FISCHER SAUERLÄNDER

Außerdem von Chris Colfer bei Fischer Sauerländer erschienen:

Roswell Johnson rettet die Welt

Land of Stories – Das magische Land
Band 1: *Die Suche nach dem Wunschzauber*
Band 2: *Die Rückkehr der Zauberin*
Band 3: *Eine düstere Warnung*
Band 4: *Ein Königreich in Gefahr*
Band 5: *Die Macht der Geschichten*
Band 6: *Der Kampf der Welten*

Land of Stories – Das magische Land: Eine Schatztruhe klassischer Märchen

Land of Stories – Das magische Land: Die Suche nach dem Wunschzauber – Band 1 als farbig illustrierte Schmuckausgabe

Tale of Magic – Die Legende der Magie
Band 1: *Eine geheime Akademie*
Band 2: *Eine dunkle Verschwörung*
Band 3: *Ein düsterer Pakt*

Chris Colfer

Land of Stories
Das magische Land

Eine düstere Warnung

Band 3

Aus dem Amerikanischen
von Fabienne Pfeiffer

Mit Illustrationen
von Brandon Dorman

FISCHER SAUERLÄNDER

Zu diesem Buch ist bei Argon ein Hörbuch, gelesen von Rufus Beck, erschienen, das im Buchhandel erhältlich ist.

2. Auflage 2026

Erschienen bei Fischer Sauerländer Taschenbuch
Frankfurt am Main 2024

Das englischsprachige Original erschien 2014
unter dem Titel »The Land of Stories: A Grimm Warning«
bei Little, Brown and Company, New York.

Hedderichstr. 114, 60596 Frankfurt am Main
Lektorat: Regine Teufel
Satz: Dörlemann Satz, Lemförde
Druck und Bindung: GGP Media GmbH, Pößneck
ISBN 978-3-7335-0620-9

Kontaktadresse nach EU-Produktsicherheitsverordnung:
produktsicherheit@fischer-sauerlaender.de

Inhalt

Für J. K. Rowling, C. S. Lewis, Roald Dahl,
Eva Ibbotson, L. Frank Baum,
James M. Barrie, Lewis Carroll und all die anderen
außergewöhnlichen Schriftsteller, die die Welt
gelehrt haben, an Magie zu glauben.
Wenn ich daran zurückdenke, wie viel Zeit ich damit
verbracht habe, Kleiderschränke nach geheimen Türen zu
durchstöbern, den zweiten Stern rechts zu suchen
und auf meinen Brief aus Hogwarts zu warten –
kein Wunder, dass meine Schulnoten
darunter gelitten haben.

Außerdem widme ich den vorliegenden Band
sämtlichen Lehrern und Bibliothekarinnen,
die diese Buchreihe unterstützen
und in ihren Unterricht einbeziehen.
Das bedeutet mir mehr, als ich in
Worte fassen kann.

»Du hast Feinde? Gut so. Das bedeutet,
dass du an irgendeinem Punkt in deinem Leben
für etwas eingestanden bist.«

Winston Churchill

Prolog

Gäste der Grande Armée

1811, Schwarzwald, Rheinbund

Die ungewöhnlich dunklen Blätter und Borken der Bäume waren des Nachts beinahe unmöglich zu erkennen und ließen keinen Zweifel darüber, weshalb man die Gegend seit fernen Zeiten »Schwarzwald« nannte. Obwohl ein heller Mond hinter den Wolken hervorlugte wie ein schüchternes Kind, konnte niemand mit Gewissheit sagen, was sich im Dickicht verbarg.

Eine Kühle hielt sich in der Luft, als hätte jemand einen Schleier über die Baumkronen gebreitet. Es handelte sich um einen entlegenen, altehrwürdigen Wald; seine Wurzeln hatten sich tief in das Erdreich gegraben, während die Äste hoch in den Himmel ragten. Wäre der schmale Pfad, der sich durch das Gelände schlängelte, nicht gewesen, hätte man glauben können, alles sei völlig unberührt und noch nie einem Menschen unter die Augen gekommen.

Ein dunkler Wagen, gezogenen von vier starken Pferden, stob durch den Wald. Die beiden schwingenden Laternen erleuchteten den Weg und gaben ihm den Anschein eines riesigen Wesens mit glühenden Augen. Zwei französische Soldaten aus Napoleons Grande Armée ritten nebenher. Schwarze Umhänge verhüllten ihre farbenprächtigen Uniformen und ermöglichten es ihnen, unerkannt zu reisen – denn die Welt sollte nie erfahren, in welcher Mission sie in dieser Nacht unterwegs waren.

Schon bald bremste der Wagen am Ufer des Rheins, in gefährlicher Nähe zur Grenze des beständig wachsenden Französischen Kaiserreichs. Dort entstand soeben ein großes Lager, Dutzende beiger Zelte wurden von unzähligen französischen Soldaten aufgeschlagen.

Auch die Reiter hatten angehalten. Sie stiegen von ihren Pferden, öffneten die Türen der Kutsche und zerrten zwei Männer heraus. Beiden hatte man die Hände hinter dem Rücken gefesselt und schwarze Säcke über die Köpfe gestülpt. Sie ächzten und brüllten unverständliche Worte – denn geknebelt waren sie ebenfalls.

Die Soldaten trieben sie vor sich her zur Mitte des Lagers und stießen sie in das größte Zelt. Selbst mit verdeckten Gesichtern merkten die Gefangenen, wie hell es dort war, und spürten einen weichen Teppich unter ihren Füßen. Die Soldaten drückten sie auf zwei hölzerne Stühle im hinteren Teil des Zeltes.

»*J'ai amené les frères*«, hörten die beiden einen ihrer Häscher sagen.

»*Merci, Capitaine*«, entgegnete eine andere Stimme unmittelbar vor ihnen. »*Le général sera bientôt là.*«

Man zog den Gefangenen die Säcke vom Kopf und entfernte

die Knebel. Sobald sich ihre Augen an das Licht gewöhnt hatten, erkannten sie einen großen, muskulösen Mann. Er stand hinter einem massiven Holzschreibtisch. Seine Haltung drückte Autorität aus, und seine Miene war alles andere als freundlich.

»Hallo, Brüder Grimm«, sagte er mit starkem Akzent. »Ich bin Colonel Philippe Baton. Wie nett, dass ihr euch heute Abend zu uns gesellt.«

Wilhelm und Jacob Grimm starrten zu dem Oberst hinauf. Sie waren verschrammt und von blauen Flecken übersät, ihre Kleider zerrissen – offenkundig hatten sie unterwegs nach Kräften Widerstand geleistet.

»Hatten wir denn eine Wahl?«, fragte Jacob und spuckte Blut auf den Teppich.

»Ich nehme an, mit Capitaine De Lange und Lieutenant Rembert habt ihr euch bereits bekannt gemacht«, sagte Colonel Baton und wies auf die beiden Soldaten, die die Brüder hereingebracht hatten.

»*Bekannt gemacht* würde ich es nicht nennen«, meinte Wilhelm.

»Wir haben es auf die höfliche Art versucht, Colonel, aber die beiden wollten nicht kooperieren«, ließ Capitaine De Lange seinen Vorgesetzten wissen.

»Da mussten wir unsere Einladung ein wenig *deutlicher* vermitteln«, fügte Lieutenant Rembert hinzu.

Die Brüder blickten sich währenddessen im Zelt um. Dafür, dass es gerade erst aufgestellt worden war, beeindruckte die tadellose Einrichtung: In einer der Ecken tickte eine Standuhr, zwei blankpolierte Armleuchter brannten zu beiden Seiten des Hintereingangs, und eine große Landkarte Europas, auf der winzige französische Flaggen die eroberten Gebiete markierten, lag ausgebreitet auf dem wuchtigen Schreibtisch.

»Was wollt Ihr von uns?«, fragte Jacob und kämpfte dabei gegen die Seile an, die seine Hände zusammenbanden.

»Wenn Ihr uns tot sehen wolltet, hättet Ihr uns schließlich gewiss längst umgebracht«, bemerkte Wilhelm und zerrte seinerseits an den Fesseln.

Ihre Ruppigkeit verdüsterte das Gesicht des Obersts noch weiter. »General Marquis hat nach eurer Anwesenheit heute Abend verlangt – nicht um euch zu *schaden*, sondern um eure *Hilfe* zu erbitten«, sagte Colonel Baton. »An eurer Stelle würde ich mir allerdings einen anderen Tonfall zulegen, damit er sich nicht anders besinnt.«

Die Brüder Grimm tauschten nervöse Blicke. General Jacques du Marquis war einer der gefürchtetsten Generäle der gesamten Grande Armée des Französischen Kaiserreichs. Allein sein Name schickte ihnen bereits eine Gänsehaut über den Rücken – doch was um alles in der Welt konnte er mit ihnen vorhaben?

Ein aufdringlicher Moschusduft erfüllte mit einem Mal das Zelt. Den Brüdern Grimm entging nicht, dass auch die Soldaten ihn rochen und sich umgehend versteiften.

»*Tss, tss, tss*, Colonel«, erklang eine dünne Stimme von draußen. »Behandelt man so etwa Gäste?«

Wer auch immer dort stehen mochte, hatte zweifellos die gesamte Unterhaltung mit angehört.

General Marquis betrat das Zelt. Der plötzliche Luftstoß ließ die Flammen in den Armleuchtern aufflackern, und die strenge, moschusartige Note seines Eau de Cologne durchwaberte noch penetranter das Zeltinnere.

»General Jacques du Marquis?«, fragte Jacob.

Für einen Mann mit solch einschüchterndem Ruf war sein Erscheinungsbild ein wenig enttäuschend: Er war recht kurz geraten, mit großen grauen Augen und gewaltigen Händen. Auf seinem Kopf saß ein imposanter runder Hut, der breiter war als seine Schultern, und an seine Uniform hatte er mehrere Ehrenplaketten geheftet. Nun nahm er den Hut ab und legte ihn auf die Schreibtischplatte; darunter zum Vorschein kam eine spiegelnde Glatze. Der General ließ sich zwanglos in den großen, gepolsterten Stuhl hinter dem Schreibtisch sinken und faltete die Hände über seinem Bauch.

»Capitaine De Lange, Lieutenant Rembert, bitte bindet unsere Besucher los«, wies General Marquis die beiden Franzosen an. »Bloß weil wir in feindseligen Zeiten leben, müssen wir noch lange nicht ungastlich sein.«

Der Hauptmann und sein Leutnant taten wie befohlen. Ein wohlwollendes Lächeln erschien auf dem Gesicht des Generals, doch die Brüder Grimm ließen sich nicht täuschen – in seinen Augen lag keinerlei Mitgefühl.

»Wieso habt Ihr uns hierhergebracht?«, fragte Wilhelm. »Wir stellen weder für Euch noch für das Französische Kaiserreich eine Bedrohung dar.«

»Wir sind Gelehrte und Schriftsteller! An uns könnt Ihr Euch nicht bereichern«, ergänzte Jacob.

Der General gab ein amüsiertes Glucksen von sich und hielt sich im nächsten Moment entschuldigend eine Hand vor den Mund.

»Das ist eine nette kleine Geschichte, aber ich weiß es besser«, sagte er. »Wisst ihr, ich beobachte euch bereits eine Weile, Brüder Grimm, und mir ist klar, dass in *euch* – ebenso wie in all euren Märchen – mehr steckt, als man auf den ersten Blick denken könnte. *Donnez-moi le livre!*«

Der General schnippte mit den Fingern, und Colonel Baton reichte ihm ein dickes Buch aus einer Schreibtischschublade.

Er ließ es geräuschvoll vor dem General auf die Tischplatte fallen, und dieser fing an, durch die Seiten zu blättern. Die Brüder Grimm erkannten das Buch auf der Stelle – es war ihr eigenes.

»Kommt euch das vertraut vor?«, fragte General Marquis.

»Das ist eine Ausgabe unserer Kinder- und Hausmärchen«, antwortete Wilhelm.

»*Oui*«, bestätigte der General, ohne von dem Band aufzusehen. »Ich bin ein großer Bewunderer von euch, Brüder Grimm. Eure Geschichten sind so phantasievoll, so *merveilleuses* – woher nehmt ihr nur all diese Ideen?«

Die Brüder Grimm warfen einander verhaltene Blicke zu; sie waren noch immer nicht sicher, was der General im Schilde führte.

»Das sind bloß Märchen«, sagte Jacob. »Ein paar haben wir uns selbst ausgedacht, aber bei den meisten handelt es sich schlicht um Volksmärchen, die seit Generationen mündlich weitergegeben werden.«

General Marquis nickte beim Zuhören bedächtig. »Aber weitergegeben von *wem*?«, fragte er und schlug das Geschichtenbuch zu. Sein freundliches Lächeln wich, und die grauen Augen schossen zwischen den Brüdern hin und her.

Weder Wilhelm noch Jacob wussten, auf welche Antwort der General aus war. »Von Familien, bestimmten Gruppen, Kindern und deren Eltern, von –«

»*Feen?*«, unterbrach ihn der General in völlig ernstem Ton. Kein einziger Muskel zuckte in seinem Gesicht.

Im Zelt wurde es totenstill. Nach einem unbehaglichen langen Moment absoluter Lautlosigkeit spähte Wilhelm zu Jacob hinüber, und beide zwangen sich zu einem Lachen, um die Unterstellung herunterzuspielen.

»Feen?«, wiederholte Wilhelm. »Ihr glaubt, Feen haben uns diese Geschichten eingegeben?«

»Feen gibt es nicht, General«, sagte Jacob.

General Marquis' linkes Auge begann heftig zu zucken, was die Brüder stutzen ließ. Der General schloss die Augen und massierte langsam sein Gesicht, bis die Krämpfe aufhörten.

»Vergebt mir, Brüder Grimm«, entschuldigte er sich mit einem weiteren falschen Lächeln. »Mein Auge macht sich immer bemerkbar, wenn ich *angelogen* werde.«

»Wir lügen Euch nicht an, General«, beteuerte Jacob. »Wenn allerdings unsere Märchen Euch derart glaubhaft erschienen sind, dann soll uns das als höchstes Kompliment –«

»RUHE!«, donnerte General Marquis, und wieder pulsierte sein Auge. »Ihr beleidigt meine Intelligenz, Brüder Grimm! Wir folgen euch schon seit geraumer Zeit, und wir wissen von der glitzernden Frau, die euch die Geschichten überbringt!«

Die Brüder Grimm verstummten schlagartig. Beiden raste das Herz, und Schweißperlen traten ihnen auf die Stirn. Jahrelang hatten sie treu ein Schweigegelübde gehalten – und dennoch war das größte Geheimnis ihres Lebens ans Licht gekommen.

»Eine *glitzernde Frau*?«, fragte Wilhelm. »General, habt Ihr Euch einmal selbst reden hören? Das ist absurd.«

»Meine Männer haben sie mit eigenen Augen gesehen«, entgegnete General Marquis. »Sie trägt Gewänder, die funkeln wie dic Sternc am Nachthimmcl, weißc Blüten im Haar und einen langen Kristallzauberstab bei sich – und jedes Mal, wenn sie auftaucht, bringt sie euch eine neue Geschichte für eure Bücher mit. Doch *woher* taucht sie auf? Darüber sinniere ich schon die ganze Zeit. Nachdem ich unzählige Tage darauf verwandt habe, jede Landkarte in meinem Besitz zu durchforsten, muss ich annehmen, dass sie von einem Ort stammt, der auf keiner dieser Karten verzeichnet ist.«

Wilhelm und Jacob schüttelten die Köpfe in dem verzweifelten Versuch, all seine Worte zurückzuweisen. Doch wie konnten sie die Wahrheit verleugnen?

»Ihr Militärs seid alle gleich«, sagte Jacob. »Die halbe bekannte Welt habt Ihr bereits erobert, und trotzdem wollt Ihr immer noch mehr – also denkt Ihr Euch Dinge aus, an die Ihr dann glaubt! Ihr seid wie König Artus, besessen von der Idee des Heiligen Grals –«

»Apportez-moi l'oeuf!«, befahl General Marquis.

Capitaine De Lange und Lieutenant Rembert eilten aus dem Zelt und kamen einen Augenblick später mit einer schweren, in Eisen geschlagenen Truhe zurück. Sie stellten sie direkt vor General Marquis auf dem Schreibtisch ab.

Der General langte in seine Uniform und zog einen Schlüssel hervor, den er sicher um den Hals trug. Er öffnete damit die Schlösser der Ketten und klappte die Truhe auf. Zuerst nahm er ein Paar weißer Seidenhandschuhe heraus und streifte sie über. Dann griff er tiefer in die Kiste und holte ein riesiges Ei hervor – aus dem reinsten Gold, das die Brüder je zu Gesicht bekommen hatten. Dieses goldene Ei stammte eindeutig nicht aus ihrer Welt.

»Ist das nicht das Schönste, was ihr je vor Augen hattet?«, fragte General Marquis mit verzücktem Blick. »Und ich glaube fest, dass es erst der Anfang ist – nur eine kleine Kostprobe jener Wunder, die uns in der Welt, aus der eure Geschichten stammen, erwartet, werte Brüder Grimm. *Und ihr werdet uns dorthin führen.*«

»Das können wir nicht!«, sagte Jacob. Er versuchte, aufzustehen, doch Lieutenant Rembert drückte ihn fest in seinen Stuhl.

»Die gute Fee – die glitzernde Frau, von der Ihr sprecht – bringt uns die Geschichten aus ihrer Welt, damit wir sie in unserer verbreiten«, erklärte Wilhelm.

»Sie ist die Einzige, die zwischen den Welten wandern kann. Wir selbst sind nie dort gewesen und können Euch daher auch den Weg nicht zeigen«, betonte Jacob.

»Wie seid Ihr überhaupt in den Besitz des Eis gelangt?«, wollte Wilhelm wissen.

General Marquis legte das goldene Ei behutsam zurück in die Truhe. »Eine weitere eurer Bekanntschaften – die *andere* Frau, die euch mit Geschichten zum Weitererzählen versorgt – hat es mir gegeben. *Apportez-moi le corps de la femme oiseau!*«

Colonel Baton verließ das Zelt. Als er wenig später zurückkehrte, zog er auf einem Handwagen einen zugedeckten Käfig hinter sich her. Er riss das Tuch herunter, und die Brüder Grimm schnappten nach Luft. Im Käfig lag der leblose Körper von *Mutter Gans.*

»Was habt Ihr ihr angetan?«, brüllte Wilhelm und mühte sich nun seinerseits, auf die Füße zu kommen, wurde jedoch ebenso unsanft daran gehindert.

»Sie wurde tragischerweise in einem nahen Wirtshaus vergiftet«, sagte General Marquis ohne jedes Bedauern. »Wie unglaublich traurig, dass eine so geistreiche Frau uns hat verlassen müssen, aber solche Unglücksfälle passieren nun mal. Das Ei haben wir in ihrem Besitz entdeckt – was mich ins Grübeln bringt … Denn wenn *diese alte Säuferin* es geschafft hat, einen Weg zu finden, um ebenfalls zwischen den Welten zu wandern, dann bin ich sehr zuversichtlich, dass ihr beiden dazu gleichermaßen in der Lage seid.«

Die Gesichter der Brüder liefen scharlachrot an, ihre Nasenflügel bebten. »Und was habt Ihr vor, wenn Ihr erst einmal dort seid? Die Märchenwelt für das Französische Kaiserreich zu beanspruchen?«, fragte Wilhelm.

»Aber gewiss doch«, erklärte General Marquis, als sollte das längst deutlich geworden sein.

»Ihr habt nicht den Hauch einer Chance!«, ereiferte sich Jacob. »In dieser Welt gibt es Menschen und Wesen, die Ihr Euch nicht einmal vorstellen könnt! Menschen und Wesen, die viel mächtiger sind, als Ihr es je sein werdet! Eure Armee wird vernichtet werden, sowie Ihr auch nur einen Fuß über die Schwelle setzt.«

General Marquis lachte erneut auf.

»Das halte ich für höchst unwahrscheinlich, Brüder Grimm.« Er kicherte. »Wisst ihr, die Grande Armée hat sehr große Pläne – es gibt noch viele Gebiete, die wir bis zum Ende des kommenden Jahres zu erobern gedenken. Da ist die Märchenwelt nur ein Krümel des Kuchens, auf den wir aus sind. Während wir uns hier unterhalten, werden Tausende und Abertausende Soldaten ausgebildet; und zusammen werden sie die größte Armee bilden, die die Welt je gesehen hat. Ich bezweifle stark, dass sich auch nur irgendjemand oder irgendetwas uns wird in den Weg stellen können – nicht die Ägypter, nicht die Russen, nicht die Österreicher, und ganz sicher kein Haufen Feen und Kobolde.«

»Und was erwartet Ihr dann von uns?«, fragte Wilhelm. »Was, wenn wir Euch kein Portal in diese andere Welt bieten können?«

Der General lächelte, doch diesmal blitzte Ernsthaftigkeit dahinter auf. Gier trat ihm in die Augen, als er endlich seine wahren Absichten enthüllte.

»Ihr habt zwei Monate, um einen Weg in diese Welt der Geschichten zu finden, Brüder Grimm«, verkündete er.

»Aber was, wenn uns das nicht gelingt?«, wiederholte Jacob. »Wie gesagt: Die gute Fee ist ausgesprochen geheimnisvoll. Womöglich begegnen wir ihr nie wieder.«

Ein kalter, heimtückischer Ausdruck breitete sich über das Gesicht des Generals aus. »*Tss, tss, tss,* Brüder Grimm. Ihr werdet nicht scheitern, weil die Zukunft eurer Freunde und eurer Familie davon abhängt. Und die wollt ihr doch gewiss nicht im Stich lassen.«

Ein leises Schnauben durchdrang die darauffolgende angespannte Stille im Zelt – doch es kam von keinem der beiden Brüder. Jacob warf einen Blick hinüber zu dem Käfig und bemerkte, wie Mutter Gans sich schmatzend bewegte. Unter den staunenden Augen aller Anwesenden kam sie wieder zu sich, als wachte sie bloß eben aus einem langen Schlummer auf.

»Wo bin ich?«, fragte sie, setzte sich auf und rieb sich den Kopf. Dann ließ sie die Halswirbel krachen und gähnte ausgiebig. »O nein, hat Spanien schon wieder eine Inquisition angezettelt? Wie lange war ich denn außer Gefecht?«

Der General stand langsam auf. Er schien fassungslos, seine Augen wurden immer größer. »Aber wie kann das sein? Sie wurde vergiftet!«, murmelte er.

»Na ja, *vergiftet* würde ich es nicht nennen … ein bisschen *übereifrig bewirtet* vielleicht«, meinte Mutter Gans und blickte sich derweil im Zelt um. »Mal schauen. Das Letzte, woran ich mich erinnere, ist, dass ich in meiner Lieblingsgaststube in Bayern gesessen habe. Der Wirt dort schenkt äußerst großzügig aus – sein Name ist Lester, ein herzensguter Kerl und alter Freund von mir. Ich habe immer gesagt, ich würde mein erstes Kind nach ihm benennen, sollte ich jemals eins bekommen – *Sekunde mal! Jacob? Willy? Was in Merlins Namen macht ihr zwei denn hier?«*

»Wir sind entführt worden«, sagte Jacob. »Diese Männer planen, in zwei Monaten in die Märchenwelt einzufallen. Wenn wir ihnen kein Portal präsentieren, werden sie unsere Familie büßen lassen!«

Mutter Gans klappte die Kinnlade herunter, und ihr Blick sprang zwischen den Brüdern und den Soldaten hin und her. Sie hatte bereits reichlich Mühe damit, ihr Bewusstsein zurückzuerlangen; von dieser Neuigkeit schwirrte ihr nun vollends der Kopf.

»Aber … aber … aber woher wissen sie –?«

»Sie sind uns gefolgt«, sagte Jacob. »Uns allen – sie haben dein goldenes Ei! Und eine tausendköpfige Armee, mit der sie im Namen Frankreichs die Märchenwelt einnehmen wollen –«

»Ruhe!«, fuhr Colonel Baton die Brüder an.

General Marquis hob eine Hand, um den Oberst zum Schweigen zu bringen. »Nein, Colonel, das geht schon in Ordnung. Diese Frau wird nämlich unseren Freunden dabei *helfen*, meine Bitte zu erfüllen. Schließlich möchte auch sie gewiss nicht, dass der Familie Grimm ein Unglück widerfährt.«

Er lugte durch die Stäbe des Käfigs zu ihr hinein, als wäre sie ein wildes Tier.

Für Mutter Gans war es nichts Neues, an fragwürdigen Orten und in heiklen Situationen wieder zu sich zu kommen, doch *das hier* schoss den Vogel ab. Seit jeher hatte sie gefürchtet, das Geheimnis ihrer Welt könnte eines Tages aufgedeckt werden. Allerdings hatte sie nie geglaubt, dass es unter derart extremen Umständen geschehen würde.

Röte stieg ihr in die Wangen, sie wurde panisch. *»Ich muss hier weg!«*, sagte sie und streckte eine geöffnete Hand aus, woraufhin das goldene Ei schnurstracks aus der Truhe zum Handwagen schwebte. Und mit einem blendend grellen Blitz lösten beide sich in Luft auf.

Die anwesenden Soldaten begannen zu schreien, doch der General blieb bemerkenswert ruhig. Sein Blick wurde nur noch entschlossener, während er weiter auf den Käfig starrte, aus dem Mutter Gans soeben verschwunden war. Nie zuvor hatte er etwas ähnlich Faszinierendes erlebt – und es bewies, dass alles, wonach er strebte, tatsächlich *existierte.*

»*Général, quelles sont vos instructions?*«, fragte Colonel Baton verunsichert.

Der General senkte den Blick zu Boden und dachte kurz nach. »*Emmenez-les!*«, befahl er und deutete auf die Brüder Grimm. Ehe sie wussten, wie ihnen geschah, wurden die Brüder aufs Neue geknebelt; die Hände wurden ihnen abermals auf dem Rücken gefesselt und die schwarzen Säcke erneut über die Köpfe gestülpt.

»Zwei Monate, Brüder Grimm«, sagte der General, ohne dabei seinen Blick von dem Wagen loszureißen. »Findet innerhalb von zwei Monaten ein Portal, oder ich lasse euch dabei zusehen, wie ich jeden Einzelnen eurer Lieben persönlich umbringe!«

Die Brüder Grimm stöhnten unter ihren Hauben. Capitaine De Lange und Lieutenant Rembert zwangen sie, aufzustehen, und bugsierten sie aus dem Zelt. Im ganzen Lager waren ihre gedämpften Klagen zu hören, als sie zurück auf den Karren gestoßen und in den dunklen Wald davonkutschiert wurden.

General Marquis nahm wieder auf seinem Stuhl Platz. Er seufzte zufrieden und sah sich um. Sein Blick fiel auf das Märchenbuch der Brüder Grimm, das noch immer auf der Schreibtischplatte lag, und er gluckste leise. Zum ersten Mal erschien ihm sein Streben nach der Märchenwelt nicht mehr wie die verstiegene Suche nach dem Heiligen Gral – sondern als in greifbare Nähe gerückter Sieg.

Er nahm eine der winzigen französischen Flaggen von der Europakarte und rammte sie in den Einband des Märchenbuchs. Vielleicht hatten die Brüder Grimm recht – vielleicht hielt die Märchenwelt Wunder bereit, die er sich nicht einmal vorzustellen vermochte. Doch jetzt konnte er seiner Phantasie freien Lauf lassen …

Kapitel 1

Eine einmalige Gelegenheit

Die Uhr zeigte eine halbe Stunde nach Mitternacht, und in nur einem Haus entlang des gesamten Sycamore Drive brannte noch Licht. Hinter einem Fenster bei Dr. Robert Gordon im ersten Stock bewegte sich ein Schatten hin und her: Conner Bailey, der Stiefsohn des Arztes, tigerte dort in seinem Schlafzimmer auf und ab. Schon seit Monaten wusste Conner, dass er nach Europa reisen würde, doch mit dem Packen hatte er bis zum Vorabend seines Abflugs gewartet.

Dass ausgerechnet jetzt Wiederholungen einer spannenden Science-Fiction-Fernsehserie liefen, half wenig gegen Conners Aufschieberitis. Von der Pilotin, die ihr Raumschiff samt Crew vor einem Angriff fieser Außerirdischer zu retten versuchte, konnte er seine Augen einfach nicht loseisen. Doch ein schneller Blick auf seine Uhr – und die damit verbundene Feststellung, dass er in nur sieben Stunden am Flughafen sein musste – zwang ihn, den Fernseher auszuschalten und sich doch auf die Reisevorbereitungen zu konzentrieren.

»Mal nachdenken«, sagte er zu sich selbst. »Drei Tage lang bin ich in Deutschland … also sollte ich wohl am besten *zwölf* Paar Socken mitnehmen.« Er nickte überzeugt und feuerte ein Dutzend Sockenknäuel in seinen Koffer. »Man weiß nie, vielleicht gibt es in Europa jede Menge Pfützen.«

Conner holte außerdem ungefähr zehn Unterwäschegarnituren aus seiner Kommode und breitete sie auf seinem Bett aus – zweifellos mehr, als er brauchen würde; doch aus einer traumatischen Übernachtung im Kindergarten, die mit einem nassen Fleck auf der Matratze zu Ende gegangen war, hatte Conner gelernt, immer großzügig Reserve einzukalkulieren.

»Okay, ich denke, jetzt habe ich alles«, befand Conner und zählte den Inhalt seines Koffers durch. »Sieben T-Shirts, vier Sweatshirts, meinen Glücksstein, zwei Schals, den anderen Glücksstein, Unterwäsche, Socken, einen Schlafanzug, meinen Glückspokerchip und die Zahnbürste.«

Er sah sich in seinem Zimmer um und überlegte, was ein Jugendlicher in Europa sonst noch brauchen könnte.

»Oh, *Hosen*!«, fiel es ihm glücklicherweise noch ein. »Hosen brauche ich noch!«

Nachdem er die fehlenden (und so unverzichtbaren) Kleidungsstücke hinzugefügt hatte, ließ Conner sich auf die Bettkante sinken und atmete tief durch. Ein breites, begeistertes Lächeln trat unwillkürlich auf sein Gesicht. Er *freute sich wie Bolle*!

Am Ende des vorigen Schuljahres hatte Conners Schulleiterin, Mrs Peters, ihn zu sich ins Büro gerufen, um ihm einen äußerst spannenden Vorschlag zu unterbreiten.

»Stecke ich in Schwierigkeiten?«, hatte Conner gefragt, als er vor ihrem Schreibtisch Platz genommen hatte.

»Mr Bailey, wieso stellen Sie mir diese Frage jedes Mal, wenn ich Sie in mein Büro kommen lasse?«, hatte Mrs Peters erwidert und ihn über den Rand ihrer Brillengläser hinweg gemustert.

»Tut mir leid. Alte Gewohnheit, schätze ich.« Er hatte mit den Schultern gezuckt.

»Ich habe Sie aus zwei Gründen hergebeten«, sagte Mrs Peters. »Zum einen wollte ich mich erkundigen, wie Alex sich in ihrer neuen Schule eingelebt hat – wo ist sie inzwischen noch mal? Vermont?«

Conner schluckte, und seine Augen wurden ganz groß. »Oh!«, machte er. Manchmal dachte er beinahe gar nicht mehr an die Lüge, die seine Familie der Schule über den Verbleib seiner Schwester aufgetischt hatte. »Sie kommt *ausgezeichnet* zurecht dort! Es könnte ihr gar nicht besser gehen!«

Mrs Peters biss sich auf die Lippe und nickte; sie wirkte fast ein wenig enttäuscht. »Wie wunderbar, schön für sie. Auch wenn ich mir manchmal ganz selbstsüchtig wünsche, sie würde wieder zurückziehen und in meinen Unterricht kommen. Allerdings hat Ihre Mutter mir von dem umfangreichen Angebot an Förderprogrammen dort erzählt, daher bin ich mir sicher, dass sie sich wohl fühlt.«

»Absolut!«, bekräftigte Conner und schielte nach links, um den direkten Blickkontakt zu vermeiden. »Und Bäume *liebt* Alex ja schon immer … und Ahornsirup … also passt sie gut nach Vermont.«

»Verstehe«, sagte Mrs Peters, kniff dabei jedoch die Augen zusammen. »Und sie wohnt bei Ihrer Großmutter? Ist das richtig?«

»Ja, nach wie vor bei Grandma … die ebenfalls Bäume und

Ahornsirup liebt. Das muss wohl in der Familie liegen«, meinte Conner und blickte nach rechts. Eine Sekunde lang geriet er in Panik, da ihm nicht mehr einfallen wollte, in welche Richtung Leute, die logen, angeblich schauten – darüber hatte er kürzlich einen Bericht im Fernsehen gesehen.

»Dann grüßen Sie sie ganz herzlich von mir, und richten Sie ihr bitte aus, sie soll mich besuchen, wenn sie demnächst einmal in der Stadt ist«, sagte Mrs Peters.

»Natürlich!«, versicherte Conner, der dringend das Thema wechseln wollte.

»Na dann – kommen wir zum zweiten Grund, aus dem ich Sie einbestellt habe.« Mrs Peters setzte sich besonders gerade in ihrem Stuhl auf und schob eine Broschüre über die Schreibtischplatte. »Soeben haben mich aufregende Neuigkeiten von einer alten Kollegin erreicht, die in Deutschland – genauer in Frankfurt – Englisch unterrichtet. Offenbar haben Wissenschaftler der Freien Universität Berlin eine Zeitkapsel aus dem Besitz der Brüder Grimm entdeckt. Ich gehe davon aus, dass diese beiden Ihnen aus meinem Unterricht in der sechsten Klasse noch ein Begriff sind?«

»Soll das ein Witz sein? Meine Großmutter kannte die zwei persönlich!«, empörte sich Conner.

»Wie bitte?«

Einen Moment lang starrte Conner sie bloß an, erschrocken über seinen eigenen Leichtsinn. »Ich meine … ja, natürlich erinnere ich mich«, versuchte er zurückzurudern. »Das sind die Märchentypen, stimmt's? Grandma hat uns früher immer ihre Geschichten vorgelesen.«

»In der Tat«, sagte Mrs Peters lächelnd – an Conners sonderbare Ausbrüche hatte sie sich inzwischen so weit gewöhnt, dass sie sich kaum noch darüber wunderte. »Und laut der Freien

Universität Berlin befanden sich in der Kapsel drei bislang unbekannte Märchen!«

»Das ist ja toll!« Conner war aufrichtig begeistert, und er ahnte, dass es seiner Schwester nicht anders gehen würde.

»Da bin ich ganz Ihrer Meinung«, sagte Mrs Peters. »Und, was noch besser ist: Die Freie Universität Berlin plant, diese Märchen im Rahmen einer großen Veranstaltung zu enthüllen. Im kommenden September, drei Wochen nach Beginn des neuen Schuljahres, sollen sie auf dem Alten St.-Matthäus-Kirchhof – einem Friedhof in Berlin – zum ersten Mal in der Öffentlichkeit vorgelesen werden. Dort nämlich liegen die Brüder Grimm begraben.«

»Das klingt alles großartig!«, pflichtete Conner ihr bei. »Aber was hat das mit mir zu tun?«

»Tja, da Sie ja inzwischen selbst ein wenig zum *Grimm* geworden sind …«

Conner lachte verlegen und spähte verstohlen nach links. Mrs Peters hatte keine Ahnung, wie nah sie mit ihrem Kompliment an der Wahrheit lag.

»… dachte ich, dass die Reise, die ich derzeit plane, Sie vielleicht interessieren könnte.« Mrs Peters tippte auf die Broschüre. »Ich habe beschlossen, einige wenige auserwählte Schüler – Schüler wie Sie, die gezeigt haben, dass sie eine Leidenschaft fürs Schreiben und Geschichtenerzählen besitzen – einzuladen, mich nach Berlin zu begleiten, um dort gemeinsam mit mir unter jenen zu sein, die diese Märchen zum ersten Mal hören.«

Conner griff nach dem Heft und starrte mit offenem Mund darauf. »Das klingt *gigantisch!*« Er schlug es auf und ließ die Augen über all die Sehenswürdigkeiten wandern, die die deutsche Hauptstadt zu bieten hatte. »Können wir uns auch mal diese Nachtclubs anschauen?«

»Leider sind jegliche Exkursionen, die mit mehr als einer Woche Unterrichtsversäumnis einhergehen, im Schuldistrikt verpönt. Daher keine *Nachtclubs*, fürchte ich. Wir werden nur drei Tage in Berlin verbringen, aber ich hatte das Gefühl, das könnte eine Gelegenheit sein, die Sie nicht würden missen wollen«, sagte Mrs Peters mit zuversichtlichem Lächeln. »Mir scheint, dass uns dort womöglich ein geradezu historisches Erlebnis erwartet.«

Als Conners Blick den unteren Seitenrand der Broschüre erreichte, verblasste sein Lächeln. Dort nämlich stand, was die Reise kosten sollte.

»Hui, das ist aber eine ziemlich *kostspielige* Gelegenheit«, bemerkte er.

»Reisen sind bedauerlicherweise nie billig«, sagte Mrs Peters. »Aber es gibt jede Menge Unterstützungsangebote der Schule, zu der ich Ihnen Informationen geben kann –«

»Oh, Sekunde mal! Ich vergesse immer wieder, dass meine Mom gerade einen Arzt geheiratet hat! Wir sind gar nicht mehr arm!«, unterbrach Conner sie, und sein Lächeln war auf einen Schlag zurück. »Wobei, Moment ... bin *ich* dann trotzdem noch arm? Da muss ich mal fragen. Irgendwie habe ich diese ganze Stiefsohn-Geschichte noch nicht komplett durchschaut.«

Mrs Peters zog die Augenbrauen hoch und blinzelte zweimal, unsicher, was sie darauf erwidern sollte. »Darüber werden Sie sich wohl in der Tat mit Ihren Eltern unterhalten müssen. Ganz am Ende dieser Broschüre finden Sie jedenfalls meine Bürotelefonnummer, falls Sie Hilfe bei der Überzeugungsarbeit brauchen«, meinte sie mit einem schnellen Zwinkern.

»Danke, Mrs Peters!«, sagte Conner. »Wen haben Sie denn sonst noch gefragt?«

»Nur eine Handvoll Schüler. Ich habe die schmerzliche Erfahrung gemacht, dass Exkursionen mit mehr als sechs Schülern unter der Aufsicht nur einer Lehrkraft schnell zu Szenen ausarten, die an *Der Herr der Fliegen* erinnern.«

»Verstehe«, sagte Conner. Nun bekam er das Bild einer Gruppe wilder Sechstklässler mit Kriegsbemalung nicht mehr aus dem Kopf, die Mrs Peters an einen Bratspieß fesselten, um sie über offenem Feuer zu rösten.

»Allerdings hat sich Bree Campbell bereits angemeldet«, fuhr Mrs Peters fort. »Ich glaube, sie ist in Ihrem Englischkurs bei Ms York?«

Conner spürte, wie sein Herzschlag sich beschleunigte. Seine Wangen wurden rot, und er schürzte die Lippen, um ein Lächeln zu unterdrücken. »Oh, gut«, sagte er leise, während er insgeheim brüllte: *»O mein Gott, Bree Campbell kommt mit nach Deutschland! Das ist so, SO toll! Der Hammer! Besser geht's nicht!«*

»Sie hat ebenfalls beachtliches schriftstellerisches Talent, muss ich sagen. Ich könnte mir vorstellen, dass Sie sich gut mit ihr verstehen werden«, meinte Mrs Peters, der gar nicht auffiel, wie sehr Conners Puls inzwischen raste. »Ich hoffe, Sie finden eine Möglichkeit, sich uns anzuschließen. Nun aber sollten Sie zurück in den Unterricht gehen.«

Conner nickte, stand auf und machte sich – mit stetig weiternickendem Kopf – auf den Rückweg zu seinem Biologiesaal. Er konnte sich keinen Reim darauf machen, weshalb es jedes Mal wärmer im Raum zu werden schien, wenn er Bree Campbell sah oder jemand sie erwähnte. Er war sich nicht einmal sicher, was er von ihr hielt – doch aus unerfindlichen Gründen freute er sich stets darauf, sie wiederzusehen, und er war ganz erpicht darauf, dass sie *ihn mochte.*

Ganz gleich, wie lange er darüber nachdachte, eine Erklärung für dieses Phänomen hatte er nicht. Eines aber war klar: *Er musste mit nach Deutschland!*

Das Gespräch mit seiner Mom und seinem Stiefvater nach der Schule lief so gut, wie Conner es sich nur hätte wünschen können.

»Das ist eine wirklich großartige Gelegenheit«, betonte Conner. »Deutschland ist ein megacleveres Land mit jeder Menge Geschichte. Ich glaube, irgendwann war da auch mal irgend so ein Krieg – *darf ich mit? Darf ich mit?*«

Charlotte und Bob saßen vor ihm auf der Couch und studierten die Broschüre. Beide waren gerade erst von ihrer Arbeit in der Kinderklinik nach Hause gekommen und hatten nicht einmal Zeit gehabt, sich umzuziehen, ehe sie von einem höchst aufgekratzten Conner überfallen worden waren.

»Das hört sich nach einer tollen Reise an«, befand Charlotte. »Dein Dad wäre ganz begeistert gewesen, wenn er von einer Zeitkapsel der Brüder Grimm erfahren hätte!«

»Ich weiß, ich weiß! Und deshalb muss ich mitfahren – damit ich das für uns alle erleben kann! Bitte, darf ich?«, fragte Conner und wippte ein wenig auf den Fußballen. Jedes Mal, wenn er die beiden um etwas bat, benahm er sich wie ein hyperaktiver Chihuahua.

Die beiden zögerten nur eine Sekunde, die sich für Conner jedoch wie eine Stunde anfühlte. »Oh, kommt schon! Alex darf in einer komplett anderen Dimension leben, aber ich nicht mal einen Schulausflug nach Deutschland machen?«

»Natürlich darfst du«, sagte Charlotte.

»YES!« Conner stieß beide Fäuste in die Luft.

»Aber du wirst selbst dafür bezahlen müssen«, schob Charlotte rasch hinterher.

Sofort fielen Conners Hände nach unten, und seine Begeisterung zerplatzte wie ein angestochener Luftballon. »Ich bin dreizehn – ich kann mir keine Reise nach Europa leisten!«

»Stimmt, aber seit wir bei Bob eingezogen sind, bekommst du ein wenig Taschengeld dafür, dass du im Haushalt hilfst, und bald ist dein vierzehnter Geburtstag«, sagte Charlotte, während sie offenbar im Kopf überschlug. »Wenn du das zusammennimmst und dazu noch eine Spendenaktion in der Schule auf die Beine stellst, solltest du es schaffen –«

»Die Hälfte«, hakte Conner ein. Er hatte selbst bereits sämtliche denkbaren Szenarien zu allen möglichen Reaktionen seiner Mom und seines Stiefvaters durchgerechnet. »Genug für den Hinflug, aber wenn ihr mich wieder zurückhaben möchtet …«

Bob sah auf die Broschüre hinunter und zuckte mit den Schultern. »Charlotte, was wäre denn dabei, wenn wir ihm die Hälfte dazugeben? Das ist eine wirklich phantastische Chance. Außerdem ist er immer so ein lieber Kerl, da schadet es doch nicht, ihn mal ein wenig zu verwöhnen.«

»Danke, Bob! *Mom, hör auf deinen Ehemann!*«, sagte Conner und gestikulierte so ausgreifend in Bobs Richtung, als wollte er ein Flugzeug auf dem Rollfeld einweisen.

Charlotte ließ sich den Vorschlag einen Moment lang durch den Kopf gehen. »Meinetwegen«, sagte sie schließlich. »Wenn du die Hälfte selbst verdienst und uns zeigst, dass dir ernsthaft etwas an dieser Reise liegt, dann steuern wir den Rest bei. Abgemacht?«

Conner wurde allmählich von all der Aufregung und Vorfreude ganz zappelig. *»Danke, danke, danke!«*, rief er und schüttelte beiden Erwachsenen die Hand. *»Es ist mir ein Vergnügen, mit euch Geschäfte zu machen!«*

Und so kam es, dass Conner nach vier Monaten – in denen er sein Taschengeld und Geburtstagsgeld gespart sowie bei Benefizveranstaltungen in der Schule Süßigkeiten, Gebäck und hässliche selbstgetöpferte Kreationen (die meist Charlotte und Bob erwarben) verkauft hatte – seinen Anteil der Reisekosten aufbringen konnte und bereit für Deutschland war.

Zu Beginn der Woche vor seinem Abflug, als Conner bereits mit dem Packen hätte anfangen sollen, war Bob mit einer weiteren Überraschung in sein Zimmer spaziert. Er hatte einen sehr alten und staubigen Koffer auf das Bett seines Stiefsohnes gewuchtet – braun, voller Aufkleber von berühmten Orten und so stinkig, dass es im Nu in Conners Zimmer nach Fußschweiß gerochen hatte.

Bob hatte die Hände in die Hüften gestemmt und stolz auf den Koffer hinuntergesehen. »Da ist er!«

»Da ist *wer*?«, hatte Conner gefragt. »Ist das ein Sarg?«

»Nein, das ist der Koffer, der mich auf meiner eigenen Europareise nach dem Collegeabschluss begleitet hat.« Bob tätschelte zärtlich die Seite des Gepäckstücks, als handelte es sich um einen treuen alten Hund. »Wir hatten eine tolle Zeit miteinander – haben jede Menge Meilen geschrubbt! Ich dachte mir, du könntest ihn für Deutschland gut gebrauchen.«

Conner vermochte sich beim besten Willen nicht vorzustellen, damit zu verreisen – es verblüffte ihn, dass der Koffer nicht augenblicklich zu Staub zerfiel wie eine Mumie, die nach Tausenden von Jahren wieder den Elementen ausgesetzt wurde. »Ich weiß nicht, was ich sagen soll, Bob«, druckste er und verbarg seine Vorbehalte hinter einem aufgesetzten Lächeln. Den Koffer rundheraus abzulehnen, kam nicht in Frage, nachdem Bob für ihn eingestanden war und so dazu beigetragen hatte, dass Conner die Reise überhaupt antreten konnte.

»Du brauchst dich überhaupt nicht bei mir zu bedanken«, versicherte Bob ihm, auch wenn das ganz gewiss das Letzte war, was Conner im Sinn hatte. »Tu mir bloß einen Gefallen und besorg einen Sticker aus Berlin für sie.«

»Das ist eine *Sie*?«

»O ja, und sie heißt Betsy«, bestätigte Bob, bereits wieder auf dem Weg aus dem Zimmer. »Viel Spaß mit ihr! Oh, und beinahe hätte ich es vergessen: Damit die linke Schnalle ordentlich einrastet, musst du extrakräftig drücken.«

Jetzt, am Ende der Woche, begriff Conner haargenau, wovon Bob gesprochen hatte. Er hatte alle Mühe damit, den Koffer, der nun zusätzlich noch einige Hosen enthielt, zu schließen. Nachdem er sich dreimal mit Karacho daraufgeworfen hatte, kapitulierte er vor Betsy.

»Na gut, vielleicht genügen sechs Paar Socken, vier T-Shirts, fünf Unterwäschegarnituren, zwei Pullover, der Schlafanzug, mein Glückspokerchip, eine Zahnbürste und *ein* Glücksstein«, beschloss Conner. Er nahm die überschüssigen Komponenten heraus und brachte seine Reisevorbereitungen zu Ende.

Es war allerhöchste Zeit fürs Bett, doch Conner wollte unbedingt noch ein wenig wach bleiben und die Vorfreude so lange wie möglich auskosten. In letzter Zeit waren die Gedanken an seine bevorstehende Exkursion nach Deutschland eine großartige Ablenkung von gewissen anderen Dingen gewesen, die ihn beschäftigten. Nun aber, während er den Blick durch sein Zimmer schweifen ließ und der vollkommenen Stille im Haus lauschte, kam die Einsamkeit, die er unterdrückt hatte, wieder hoch in ihm. Etwas – oder vielmehr jemand – fehlte in seinem Leben ... *Seine Schwester.*

Conner öffnete sein Schlafzimmerfenster, um die Lautlosigkeit, die ihn umgab, zu durchbrechen – doch der Sycamore Drive lag ebenso ruhig da wie das Haus und tröstete ihn wenig. Conners Blick wanderte hinauf zu den Sternen am Nachthimmel. Ob Alex, von wo auch immer sie nun sein mochte, wohl dieselben Sterne sah? Vielleicht war das magische Land tatsächlich einer der Sterne, die er in diesem Moment anstarrte, und lediglich noch nicht als solcher entdeckt worden. Dass er und seine Schwester nur durch Lichtjahre und nicht ganze Dimensionen voneinander getrennt sein könnten, schien ihm eine sehr versöhnliche Vorstellung.

Als Conner die Einsamkeit nicht mehr aushielt, fragte er sich laut: »Ob sie gerade wohl wach ist?«

Er schlich die Treppe hinunter ins Wohnzimmer. Dort hing, als einziger Schmuck seiner kompletten Wand, ein großer goldener Spiegel: Es war jener Spiegel, den ihre Großmutter den Zwillingen beim letzten Abschied geschenkt hatte – der eine und einzige Gegenstand, der es den Geschwistern ermöglichte, zwischen den Welten miteinander zu kommunizieren.

Conner berührte den goldenen Rahmen, und er begann zu schimmern und zu leuchten. Entweder würde das Glimmen sich einige Augenblicke halten, bis Alex im Glas erschien – oder der Spiegel würde seinen normalen, mattgoldenen Glanz wieder annehmen, falls sie es nicht tat. Heute Nacht blieb sie fern.

»Wahrscheinlich ist sie beschäftigt«, murmelte Conner leise vor sich hin. »Sie hat ja immer so viel zu tun.«

Ganz zu Anfang, nachdem er frisch von seinem letzten Abenteuer in der Märchenwelt nach Hause gekommen war, hatte Conner sich jeden Tag durch den Spiegel einige Stunden lang mit seiner Schwester unterhalten. Sie hatte ihm alles über die Unterrichtsstunden erzählt, die ihre Großmutter ihr gab, und über die Magie, die sie nun erlernte. Er wiederum hatte von seinen Schultagen und dem Lehrstoff berichtet, doch Alex' Geschichten waren stets viel spannender gewesen.

Leider waren die täglichen Gespräche der Zwillinge zunehmend seltener geworden, je mehr Alex sich im magischen Land einlebte. Manchmal verging inzwischen über eine Woche, ehe sie das nächste Mal miteinander redeten. Und mitunter fragte sich Conner, ob Alex ihn überhaupt noch brauchte. Ihm war immer klar gewesen, dass sie eines Tages erwachsen sein und eigene Leben führen würden – allerdings hätte er sich nie träumen lassen, dass dieser Tag so schnell anbrechen könnte.

Conner legte erneut eine Hand an den Spiegel und wartete, in der Hoffnung, seine Schwester werde doch noch auftauchen. Er wollte nicht nach Deutschland abreisen, ohne vorher noch einmal mit ihr gesprochen zu haben.

»Dann werde ich ihr wohl im Nachhinein alles erzählen müssen«, grummelte Conner und machte sich auf den Weg ins Bett.

An der ersten Treppenstufe hörte er hinter sich eine zaghafte Stimme: »Conner? Bist du da?«

Er rannte zurück zum Spiegel. Sein Herz hüpfte. Vor ihm, auf der anderen Seite des Glases, stand seine Schwester. Sie trug einen Haarreif aus weißen Nelken und ein glitzerndes himmelblaues Kleid. Obwohl sie auf den ersten Blick fröhlich wirkte, entging Conner nicht, dass sie sehr müde aussah.

»Hi, Alex! Wie geht's dir?«, fragte er.

»Phantastisch«, erwiderte sie mit breitem Lächeln. Ohne Zweifel freute sie sich ebenso, ihren Zwillingsbruder zu sehen, wie er sich über ihr Auftauchen. »Du bist spät noch wach.«

»Ich konnte nicht schlafen«, gestand Conner. »Zu aufgeregt, schätze ich.«

Alex runzelte die Stirn. »Wieso aufgeregt?«

Noch ehe Conner antworten konnte, fiel es ihr wieder ein: »Oh, du fliegst morgen nach Deutschland, stimmt's?«

»Jep«, sagte Conner. »Oder eher: später heute. Es ist schon früher Morgen hier.«

»Das hatte ich total vergessen! Tut mir so leid!«, sagte Alex – enttäuscht von sich selbst, dass es ihr entfallen war.

»Macht doch nichts«, meinte Conner. Es juckte ihn wirklich nicht im Geringsten; er war einfach glücklich, sie zu sehen.

»Ich habe in letzter Zeit mit all meinen Magiestunden und den Vorbereitungen für diesen albernen Einführungsball der Feen so viel um die Ohren«, seufzte Alex. Sie rieb sich die Augen. »Da habe ich nicht einmal an unseren Geburtstag gedacht! Ist das nicht verrückt? Grandma und Mutter Gans haben einen Kuchen gebacken, und ich musste sie fragen, wofür der sei!«

Jetzt war es an Conner, die Stirn krauszuziehen. »Einführungsball der Feen? Was ist das denn?«

»Na, diese große Party, die der Rat der Feen gibt, um zu feiern, dass ich ihm nun offiziell beitrete«, sagte Alex, als wäre das kaum der Rede wert.

»Das ist ja großartig, Alex!«, rief Conner. »Du wirst *jetzt schon* Mitglied des Rats der Feen? Damit bist du doch ganz gewiss die jüngste Fee, die jemals aufgenommen worden ist!«

Ein stolzes und eifriges Lächeln trat auf Alex' Gesicht. »Ja«, nickte sie. »Grandma findet, dass ich bereit sei. Ich bin mir allerdings nicht sicher, ob ich ihr da zustimme – es gibt noch so vieles, was ich lernen muss …«

»Du weißt doch, wie fürsorglich Grandma ist. Sie würde den Ozean vor einem Regentropfen beschützen«, sagte Conner. »Wenn sie der Meinung ist, dass du so weit bist, dann hat sie bestimmt recht!«

»Vermutlich«, meinte Alex, klang dabei jedoch nach wie vor

ziemlich unsicher. »Das bringt bloß eine große Verantwortung mit sich. Als Mitglied des Rats der Feen bin ich automatisch auch Teil des Märchenrats – und das wiederum heißt, ich muss bald meine Meinung zu so vielen Entscheidungen abgeben … und unheimlich viele Menschen und Wesen werden zu mir aufschauen und sich Führung und Orientierung von mir erhoffen …«

»Ohne dich gäbe es heute gar keinen Märchenrat mehr«, erinnerte Conner sie. »Diese ganze Welt steht bis in alle Ewigkeit in deiner Schuld, seitdem du die Zauberin besiegt hast. Da würde ich mir schon mal gar keine Sorgen machen.«

Ihre Blicke trafen sich, und Alex lächelte. »Danke, Conner.« *Seine* Bestätigung bedeutete ihr stets viel mehr als die beruhigenden Worte aller anderen.

»Wie geht es eigentlich Grandma?«, erkundigte sich Conner.

»Ihr geht es gut. Sie vermisst dich und Mom fürchterlich – beinahe so sehr wie ich. In den letzten Monaten hat sie mir ungeheuer viel beigebracht. Wirklich, Conner, du wärst total beeindruckt von manchem, was ich jetzt kann.«

Conner lachte. »Alex, ich war schon in Moms Bauch beeindruckt von dir. Ich bin felsenfest davon überzeugt, dass du auf deiner Seite viel ordentlicher und besser organisiert warst als ich.«

Unwillkürlich musste Alex laut lachen – sie vermisste Conners Sinn für Humor. Allerdings wollte sie ihn nicht weiter anstacheln und lenkte daher ab: »Ist denn bei Mom alles in Ordnung? Wenn ich mich mit ihr unterhalte, wirkt sie immer ganz unbeschwert, aber wir wissen beide, wie gut sie ihre eigenen Probleme überspielt.«

Conner nickte. »Im Moment geht es ihr tatsächlich gut. Sie vermisst dich, aber seit wir wieder hier sind, habe ich sie erst ein- oder zweimal dabei erwischt, wie sie über einem alten Foto von uns beiden ein paar Tränen verdrückt hat. Bob macht sie wirklich glücklich. Ich hatte beinahe vergessen, wie es ist, sie ständig so fröhlich zu sehen – fast so, als wäre Dad wieder da.«

»Das freut mich«, sagte Alex. »Dad wäre von deiner Reise nach Deutschland restlos begeistert gewesen. Wahrscheinlich hätte er dich begleitet, wenn er noch leben würde – ich wäre selbst am liebsten dabei.«

Conner warf einen Blick auf die Uhr. »Apropos Reise – ich sollte besser allmählich ins Bett gehen. In ungefähr drei Stunden fahren wir schon los zum Flughafen.«

Alex' Miene wurde lang. »Ach, wie schade. Du hast mir so gefehlt – und es ist immer wahnsinnig schön, wenn wir mal Gelegenheit haben, ein bisschen zu plaudern«, sagte sie. »Ich war bloß in letzter Zeit immer so eingespannt. Manchmal vergeht eine ganze Woche – und mir kommt es vor, als seien es nur ein oder zwei Tage gewesen.«

»Aber glücklich bist du doch trotzdem, oder?« Conner musterte Alex mit einer hochgezogenen Augenbraue. Er würde es merken, wenn sie ihn anlog.

»Ähm …« Alex dachte an all ihre Unterrichtsstunden, ihre vielen Aufgaben – und obwohl sie derart überwältigt und müde war, sprach sie aus ganzem Herzen die Wahrheit: »Ehrlich gesagt … *bin ich nie glücklicher gewesen!* Ich stehe jeden Morgen mit einem Lächeln auf, weil es sich anfühlt, als würde ich in einem nie endenden Traum erwachen, seit ich hier lebe!«

Die Zwillinge lächelten einmütig; sie wussten beide, dass das stimmte. Und so schwer es Conner fiel, Alex nicht mehr bei sich zu haben, so klar war ihm zugleich, dass seine Schwester sich an genau dem Ort befand, an den sie gehörte, und es dort richtig gut hatte.

»Ich wünschte, ich könnte dich irgendwie nach Deutschland mitnehmen«, sagte Conner.

»Das wäre toll!«, bekräftigte Alex. »Wobei ich bezweifle, dass es ein Märchen der Brüder Grimm gibt, das Grandma uns noch nicht erzählt hat, oder Dad, oder – *Sekunde mal …*« Ihr Blick huschte zum unteren Rand des Spiegelglases. »Ist der Rahmen deines Spiegels unten auf der rechten Seite lose?«

Conner nahm die fragliche Ecke unter die Lupe. »Nope – aber Moment, ich glaube, die linke Ecke wackelt.«

»Kannst du sie mal behutsam anheben und die Kante des Glases freilegen?«, fragte Alex und tat derweil auf ihrer Seite das Gleiche.

»Jep!«, machte Conner.

»Oh, gut!«, sagte Alex. »Und jetzt versuch mal, ganz vorsichtig ein Stück abzubrechen, ohne dass dabei –«

Kracks! Conner hielt ein Stück Glas in die Höhe, das größer war als seine Handfläche. »So?«

Kracks! Alex brach ihrerseits eine Ecke ihres eigenen Spiegels ab – kleiner und ordentlicher als die ihres Bruders, doch das erwähnte keiner der beiden.

»Perfekt! Und nun schau rein!« Alex vertiefte sich in ihre Scherbe.

Conner starrte ebenfalls in das kleine Spiegelstück in seiner Hand und stellte fest, dass ihm daraus das Gesicht seiner Schwester entgegensah. »Cool!«, meinte er lachend. »So kann ich dich die ganze Zeit in der Tasche herumtragen! Das ist wie ein Video-Chat!«

»Genial!«, frohlockte Alex. »Ich träume schon ewig von einem Urlaub in Europa! Und jetzt schlaf noch ein bisschen; du sollst ja nicht schon kaputt in Deutschland ankommen.«

»Okay. Gute Nacht, Alex«, sagte Conner. »Ich rufe dich an –

oder, ähm, *spiegele dich an*, wohl eher –, sobald ich aus dem Flugzeug gestiegen bin!«

»Ich freue mich darauf«, entgegnete Alex und freute sich tatsächlich ungemein, nun doch an seiner Reise teilhaben zu können. »Ich hab dich lieb, Conner!«

»Ich dich auch, Alex«, sagte Conner. Und damit verblassten die Zwillinge im Spiegel des jeweils anderen und kehrten beide in ihr eigenes Leben zurück.

Conner tappte die Treppe hinauf und verstaute seine Spiegelscherbe sorgsam in seinem mit Aufklebern übersäten Koffer. Dann legte er sich ins Bett und schloss fest die Augen. Es gelang ihm jedoch nicht, einzuschlafen – das Wiedersehen mit seiner Schwester hatte alle Müdigkeit vertrieben und dafür die Aufregung vor dem kommenden Tag nur noch verstärkt.

Wie er so dort lag, musste er über sich selbst schmunzeln. »Ich bin auf einer magischen Gans geritten, eine gigantische Bohnenranke emporgeklettert, auf dem Rücken einer Riesenschildkröte zu einer unterseeischen Höhle geschwommen und an Bord eines fliegenden Schiffs durch den Himmel einer anderen Dimension gesegelt …«, zählte er leise für sich auf. »Aber jetzt flattern mir die Nerven, nur weil ich demnächst *in ein Flugzeug steige*! Mannomann …«

Kapitel 2

Die Halle der Träume

Am nächsten Morgen erwachte Alex mit einem breiten Lächeln auf den Lippen. So war es seit ihrem endgültigen Umzug ins magische Land zwar bisher jeden Tag gewesen, doch diesmal strahlte sie besonders, da sie in der vorigen Nacht mit ihrem Bruder gesprochen hatte. Und auch wenn ihr neues Zuhause sie ungeheuer glücklich machte, gab es doch nach wie vor nichts Schöneres für sie, als Zeit mit ihrer Familie zu verbringen.

Der Feenpalast war der herrlichste Ort, an dem Alex je gelebt hatte. Sie staunte Tag für Tag über die wunderschönen goldenen Säulen, über Bogengänge, Treppen, Türme und die weitläufigen tropischen Gärten. Ein Wermutstropfen allerdings war, dass es im Palast nur sehr wenige Wände und Decken gab – da das Wetter stets so angenehm war, brauchten die Feen sie schlicht nicht. So blieb Alex jeden Morgen, sobald die Sonne über dem Königreich der Feen in den Himmel stieg, gar keine andere Wahl, als ebenfalls aufzustehen.

Zum Glück war es ihr inzwischen immerhin gelungen, einen Magnolienbaum so zu verzaubern, dass seine Äste und Blüten wie ein Vorhang rings um ihr Zimmer wuchsen. Das verschaffte ihr täglich ein paar zusätzliche Minuten seligen Schlummers, ehe sie sich aus dem Bett quälte und ihren Tag begann. Von dem magischen Vorhang abgesehen, hatte Alex ihre Unterkunft recht schlicht belassen: Es gab darin ein großes, bequemes Bett mit weißen Rosenblütenlaken, dazu ein paar Regale, die sich unter der Last von Alex' Lieblingsbüchern bogen, und einen kleinen Kleiderschrank in der Ecke, der dank einiger magischer Kniffe, die Alex von ihrer Großmutter gelernt hatte, noch nahezu unbenutzt war.

Alex schwang die Beine aus dem Bett, nahm ihren Kristallzauberstab vom Nachttisch und wirbelte damit im Kreis. Auf der Stelle verwandelte sich ihr unspektakuläres Nachthemd in ein langes, glitzerndes, himmelblaues Gewand, und auf ihrem Kopf erschien ein Haarreif aus weißen Nelken – zusammen ergab das die Standard-Feenuniform, die der ihrer Großmutter ähnelte.

»Guten Morgen, Mom, Conner und Bob«, grüßte Alex ein gerahmtes Foto auf ihrem Nachttisch. »Guten Morgen, Dad«, sagte sie zu einem anderen Bild, das ihren verstorbenen Vater zeigte.

Alex atmete tief durch und schloss kurz die Augen. »Also dann: drei Wünsche bis zum Mittag, drei Wünsche bis zum Mittag«, spornte sie sich selbst an. »Das schaffst du, das schaffst du!«

Jeden Tag um Punkt zwölf Uhr mittags traf Alex sich mit ihrer Großmutter in deren Gemächern zu einer neuen Lehrstunde.

Manchmal erwarteten sie magische Lektionen, bei anderer Gelegenheit ging es um Geschichte oder Philosophie, doch immer genoss Alex ihren Unterricht ganz außerordentlich.

Und obwohl niemand es von ihr erwartete, hatte Alex es sich jüngst selbst zur Aufgabe gemacht, den Leuten in der nahen Umgebung mit der wenigen Magie, die sie bereits beherrschte, täglich mindestens drei Wünsche zu erfüllen. Für eine vierzehnjährige Fee in der Ausbildung war das ein sehr ehrgeiziges Unterfangen, doch Alex wäre nicht Alex gewesen, wenn sie nicht auch in dieser Welt immerzu den Anspruch gehabt hätte, alles und jeden zu übertrumpfen. Außerdem hatte sie bemerkt, dass sie umso weniger Heimweh verspürte, je mehr sie zu tun hatte – und je weniger sie an ihr Zuhause in der Anderswelt dachte, desto besser lief ihr Unterricht.

Sie marschierte zielstrebig aus ihrem Zimmer, durch den Palast und die Eingangsstufen hinunter. An die schimmernden goldenen Wände und Fußböden hatte sie sich anfangs erst gewöhnen müssen, doch inzwischen machte ihr Anblick Alex längst nicht mehr so schwindelig wie in ihrer ersten Woche im magischen Land.

Auf ihrem Weg kam sie an Rosetta vorbei, die gerade in einem traumhaften Rosenbeet direkt vor dem Palast die Blumen zurechtschnitt. Die Rosen und Dornen waren so groß wie der Kopf der zierlichen Fee.

»Guten Morgen, Rosetta!«, sagte Alex.

»Guten Morgen, Liebes!« Rosetta winkte ihr zu, während Alex vorübereilte. »Wieder früh auf den Beinen, was?«

»Jawohl, Madam!«, erwiderte Alex. »Drei Wünsche bis zum Mittag, so lautet mein tägliches Ziel! Und seit zwei Monaten habe ich es jeden Tag erreicht!«

»Wunderbar, Liebes! Nur weiter so!«

Alex hastete durch die Gärten, bis ein lautes Schnarchen zu ihrer Linken sie erschreckte. Sie schaute zu Boden und entdeckte dort Mutter Gans, die an einem großen Felsbrocken lehnte und einen silbernen Flachmann umklammert hielt. Lester lag bewusstlos neben ihr – offenbar hatten die beiden eine durchzechte Nacht im Freien hinter sich.

»Guten Morgen, Mutter Gans!«, sagte Alex so laut, dass beide wach wurden.

Mutter Gans regte sich schnaubend. »Ach ja?«, meinte sie und zwang ein Auge auf. Lester gähnte und streckte seinen langen Hals.

»Habt ihr die ganze Nacht hier draußen verbracht?«, fragte Alex.

»Na ja, das Letzte, woran ich mich erinnere, ist, dass ich nach dem Abendessen mit Lester einen Spaziergang unternommen habe und wir uns nur kurz mal ausruhen wollten«, antwortete Mutter Gans. »Seitdem sind wir wohl hier. *Lester, du Daunenfüllung! Du solltest mich aufwecken! Mein guter Ruf steht auf dem Spiel!*«

Lester rollte mit den Augen, als wollte er sagen: »Der ist eh schon dahin.«

»Wieso müssen wir auch ausgerechnet in einem Königreich leben, in dem alle früh morgens schon putzmunter sind?«, grummelte Mutter Gans an ihren Ganter gewandt. »Ich schwöre dir, eines Tages ziehe ich ins Östliche Königreich. Da wissen die Leute wenigstens, wie man schläft!« Sie kletterte auf Lesters Rücken und griff nach seinen Zügeln, und gemeinsam hoben die beiden ab in Richtung des Feenpalasts.

Alex blickte ihnen glucksend nach. Dann rief sie sich ihren straffen Zeitplan ins Gedächtnis und setzte sich ebenfalls wieder in Bewegung.

Sie erreichte den Rand der Gärten und fand sich in einer ausgedehnten Wiese wieder.

»Cornelius!«, rief Alex. Sie klatschte sich laut auf den Oberschenkel. »Hierher, mein Guter! Wo bist du? Cornelius?«

Auf der anderen Seite der Wiese stand ein Einhorn, das gerade aus einem Bach trank – doch es glich keinem der übrigen Einhörner des Königreichs. Mit seinem dicken Bauch, der beim Laufen hin- und herschwang, war Cornelius alles andere als anmutig. Das silberne Horn, das ihm aus der Stirn wuchs, hatte er sich bei einem Unfall im Fohlenalter halb abgebrochen.

»Da bist du ja!«, sagte Alex.

Cornelius freute sich ebenso, sie zu sehen, und kam herübergetrottet, damit sie ihm die breite Nase streicheln konnte.

»Guten Morgen, alter Junge.« Alex spürte, dass ihr gehörnter Freund aus irgendeinem Grund betrübt war. Seine Schritte erschienen ihr weniger federnd als sonst. »Was ist denn los, Cornelius? Du wirkst traurig.«

Cornelius senkte seinen massigen Kopf und spähte niedergeschlagen über den Bach. Alex folgte seinem Blick und erkannte in der Ferne eine Herde majestätischer Einhörner: eines prachtvoller als das nächste, allesamt mit langgestreckten, schlanken Körpern und perfekten Hörnern, die im Sonnenlicht funkelten.

»O Cornelius«, sagte Alex und strich ihm zärtlich über die Mähne. »Du musst aufhören, dich mit den anderen Einhörnern zu vergleichen.«

Cornelius nickte, doch Alex sah die Selbstzweifel in seinen Augen. Es gelang ihm nie so recht, seine Gefühle zu verbergen – er trug das Herz auf dem Huf.

»Weißt du, warum ich *dich* zu meinem Einhorn auserkoren habe, Cornelius?«, fragte sie ihn.

Das bekümmerte Einhorn flehmte und zeigte seine großen, perlweißen Zähne.

»Ja, dein Lächeln ist ganz zauberhaft, allerdings nicht der einzige Grund«, sagte Alex.

Cornelius stellte sich auf die Hinterläufe und beschrieb mit den Vorderbeinen winzige Kreise in der Luft.

»Ja, ein guter Tänzer bist du auch, aber von solchen Dingen rede ich nicht«, beharrte Alex. »Ich habe dich gewählt, weil du anders bist als alle übrigen Einhörner im Königreich der Feen. Mag sein, dass dein Horn klein und gebrochen ist, aber dein Herz ist groß und stark.«

Cornelius schnaubte und wandte sich ab. Alex hatte ihn in Verlegenheit gebracht, und die Röte schimmerte durch sein weißes Fell hindurch.

»Bereit, ein paar Wünsche zu erfüllen?«, fragte Alex.

Er wieherte freudig erregt. »Prima, dann los!«

Cornelius beugte die Knie, und Alex hüpfte auf seinen Rücken. Sie schwang ihren Zauberstab über seinen Kopf und wisperte ihm ins Ohr: *»Bring uns zu jemandem, der uns braucht!«*

Cornelius' Hornstumpf begann zu leuchten, er riss den Kopf nach Nordwesten und galoppierte los – wohin auch immer die Magie ihn führen mochte. Einhörner waren wesentlich schneller als gewöhnliche Pferde, und Alex musste ihren Haarreif festhalten, während sie nur so dahinflogen.

Sie preschten durch die Bäume, über einen Fluss und zwei Bäche hinweg und fanden sich schließlich auf einem Pfad wieder, der sie ins Königreich des Gläsernen Schuhs brachte. In der Ferne kam ein kleines, bescheidenes Dorf in Sicht. Cornelius verlangsamte seinen Schritt. Er trug Alex mitten hinein ins Herz des Örtchens – sein Horn leitete ihn wie die Spürnase eines Hundes ihren vierbeinigen Besitzer.

Viele der Dorfbewohner hielten inne, als Alex und das Einhorn an ihnen vorüberschritten.

»Hallo, gute Bürger des Königreichs des Gläsernen Schuhs!«, rief Alex und winkte ihnen ein wenig linkisch zu. »Lasst euch von uns gar nicht stören, wir sind bloß hier, um ein paar Wünsche zu erfüllen!«

Die Dörfler reagierten weitaus weniger begeistert, als Alex es sich erhofft hatte. Sie kehrten tatsächlich einfach zu ihrem Tagwerk zurück.

Cornelius hielt vor einer winzigen Kate mit Wänden aus Astgeflecht und einem Strohdach.

»Bist du sicher, dass wir hier richtig sind?«, fragte Alex. Cornelius nickte nachdrücklich, und das Leuchten seines Horns verblasste.

Alex sprang von ihrem Einhorn und ging zur Tür. Sie klopfte zaghaft, doch die dürren Äste zerbrachen unter ihren Knöcheln, so dass ein Loch zurückblieb.

»O weh«, machte Alex. Das schien ihr kein gutes Omen zu sein.

»Wer ist da?«, fragte eine schwache Stimme aus dem Inneren. Alex linste durch das Loch, das sie gerade verschuldet hatte, und sah sich einem Augenpaar gegenüber, das sie anstarrte.

»Hallo«, sagte Alex. »Ich heiße Alex, und ich bin eine Fee! Na ja – genau genommen eine Fee in der Ausbildung. Aber ich bin heute hierhergekommen, um Wünsche zu erfüllen. Und mein Einhorn hat mich zu dieser Tür geführt. Gibt es in Ihrer Hütte vielleicht jemanden, der gern einen Wunsch gewährt hätte?«

Die faltenumrahmten Augen musterten sie von Kopf bis Fuß. Alex war bewusst, dass es mit ihrer Vorstellungsrede noch ebenso haperte wie mit ihrer Magie, doch zu ihrer Verblüffung wurde die Tür geöffnet, und vor ihr tauchte eine ältere Frau auf.

»Komm herein«, sagte die Frau, wenngleich sie über den unerwarteten Besuch nicht allzu begeistert schien.

»Vielen Dank«, erwiderte Alex. Sie tat einen Schritt über die Schwelle und ließ den Blick durch das kleine Haus schweifen. Es war düster und schmutzig und wirkte innen kaum stabiler als von außen. »Ein hübsches Zuhause haben Sie hier«, sagte Alex höflich. »Wie kann ich Ihnen zu Diensten sein?«

»Das da sind meine Enkeltöchter. Ich nehme an, du bist ihretwegen hier«, meinte die Frau. Hätte sie sie nicht auf die Mädchen aufmerksam gemacht, hätte Alex die eineiigen Drillinge, die sich an eine Wand drängten, wohl gar nicht bemerkt. Die Kinder waren so dreckig, dass sie mit dem Rest des Häuschens geradezu verschmolzen.

»Wie nett, euch kennenzulernen«, sagte Alex, doch keines der Mädchen ergriff ihre angebotene Hand.

»Sie brauchen gute Kleider für die Schule«, sagte die Frau und nahm an einem Tisch Platz, auf dem sich Garn und Stoffe türmten. »Wir können es uns nicht leisten, neue zu kaufen, also habe ich versucht, selbst welche zu nähen. Aber meine Finger sind auch nicht mehr, was sie einmal waren.« Sie hob zwei zitternde Hände, deren sämtliche Gelenke geschwollen und verformt schienen.

»Alles klar!«, rief Alex. »Ich verzaubere ihre schäbigen Leibchen in wunderschöne Kleider, die sie mit Stolz in der Schule tragen werden!«

Die Drillinge sahen einander mit großen Augen an – *konnte sie das wirklich?* Alex stellte sich insgeheim die gleiche Frage. Sie hob ihren Zauberstab und schnippte ihn in Richtung jedes einzelnen Mädchens, ganz so, als wollte sie ein Orchester dirigieren. Eines nach dem anderen wurden die Kinder in helles, funkelndes Licht gehüllt, das ihre schmutzstarrenden Leibchen in leuchtend pinkfarbene Kleider mit weißem Kragen verwandelte.

Die Mädchen staunten. Sprachlos sahen sie an sich hinunter. Alex nahm an, dass sie unter Schock standen, nachdem sie soeben zum ersten Mal leibhaftig Zeuginnen von Magie geworden waren – doch damit lag sie völlig falsch.

»Igitt, die sind pink!«, sagte eines der Mädchen.

»Ich hasse Pink!«, stöhnte das zweite.

»Kannst du die Farbe ändern?«, nörgelte die dritte Schwester.

Über so viel Undankbarkeit war Alex mehr als perplex. Sie schielte zur Großmutter der Drillinge hinüber, da sie erwartete, dass die alte Frau ihre Enkelinnen tadeln würde.

»Schau mich nicht so an. Du hast sie schließlich nie gefragt, welche Farbe ihnen gefallen würde«, sagte die Frau.

»Oh, tut mir leid! Mein Fehler«, räumte Alex sofort ein. Sie zückte aufs Neue ihren Zauberstab und ließ ihn drei weitere Male durch die Luft sausen, bis die Kleider gelb, lila und blau waren.

»Besser so?«, fragte Alex.

»Mein Kragen gefällt mir nicht«, mäkelte eine der Drillingsschwestern.

»Ich will ein grünes Kleid«, meldete sich eine andere.

»Ich fand das pinkfarbene hübscher«, sagte die dritte.

Alex' Nasenflügel bebten, und sie musste sich auf die Zunge beißen. »Also schön«, sagte sie durch zusammengebissene Zähne. Erneut schwenkte sie den Zauberstab, um den Forderungen nachzukommen. »Sind jetzt alle glücklich?«

»Klar doch«, meinte eines der Mädchen wenig begeistert.

»*Passt* schon«, murrte das zweite.

»Kann ich meine alten Klamotten wiederhaben?«, verlangte die dritte Schwester.

Alex fehlten die Worte. Am liebsten hätte sie den Gören vorgehalten, dass sie in Anbetracht ihrer Armut wohl kaum derart wählerisch sein durften – doch als Fee brachte sie das nicht über sich. Immerhin half sie ihnen, gerade weil sie arm waren; sie half ihnen, weil es ihre Aufgabe war.

»Mädchen, ich möchte, dass ihr euch bei der netten Madam Fee für die neuen Kleider bedankt, auch wenn sie keine Ahnung von dem hat, was sie tut«, meldete sich die alte Frau.

Die Drillinge zogen missmutige Gesichter. »Danke«, sagten sie im Chor und meinten es offenkundig allesamt nicht aufrichtig.

»Gern geschehen«, erwiderte Alex, was genauso wenig stimmte. »Viel Spaß in der Schule.«

Verstimmt rauschte sie aus dem Haus, nur um festzustellen, dass Cornelius in der Zwischenzeit ein wenig am Dach geknabbert hatte. Alex gab ihr Bestes, sich selbst davon zu überzeugen, dass ihre erste Amtshandlung des Tages – auch wenn sie nicht angemessen gewürdigt wurde – eine gute gewesen war. Sie schwang sich auf Cornelius' Rücken und vollführte einen weiteren Wirbel mit ihrem Zauberstab.

»Ein Wunsch geschafft, bleiben noch zwei«, sagte sie. »Bring uns zu unserer nächsten Wirkungsstätte, Cornelius!«

Das Horn des Einhorns fing erneut zu leuchten an, und er stürmte in eine neue Richtung davon.

Schon bald erreichten sie ein noch kleineres Dörfchen im nördlichen Teil des Königreichs des Gläsernen Schuhs. Cornelius trabte schnurstracks einen Hügel hinauf und kam an einem Brunnen zum Stehen. Zwei Kinder aus dem Dorf starrten hinein.

Alex lächelte und warf sich für die beiden mit erhobenem Kristallstab in Pose. »Hallo, Kinder!«, rief sie, doch das Mädchen und der Junge hielten die Blicke weiterhin in den Schacht gesenkt.

Alex räusperte sich. »Wie kann ich euch helfen? Ist euch etwas in den Brunnen gefallen?«

Endlich sahen die zwei zu ihr auf, doch ihre Mienen blieben beklommen.

»Nein«, antwortete der Junge. »Der Brunnen ist schon eine ganze Weile ausgetrocknet.«

»Unsere Mutter schickt uns jeden Tag mit einem Eimer hierher, in der Hoffnung, dass es wieder Wasser gibt«, erklärte das Mädchen. »Aber ein ums andere Mal kehren wir mit leeren Händen heim.«

Von diesem Unglück zu hören, stimmte Alex ganz fröhlich. »Da kann ich Abhilfe schaffen!«, verkündete sie eifrig.

»Wie das?«, wollte der Junge wissen.

»Willst du uns einen anderen Brunnen graben?«, fragte das Mädchen.

»Nein – ich bin eine Fee!«, sagte Alex – ein wenig enttäuscht, dass sie das überhaupt erklären musste. Ganz gewiss brauchte ihre Großmutter sich niemals irgendjemandem *vorzustellen*.

Die Kinder aus dem Dorf zogen beide eine Augenbraue hoch. Sie schienen Alex kein Wort zu glauben.

»Wenn du eine Fee bist, wo sind dann deine Flügel?«, fragte der Junge.

»Nicht alle von uns haben Flügel«, erwiderte Alex. »Feen gibt es in jeder nur denkbaren Größe, Form und Gestalt.«

Die Kinder legten die Köpfe schief und musterten Cornelius, der hinter Alex stand. »Ist das ein Einhorn?«, erkundigte sich der Junge.

»Ja, natürlich! Nur seinetwegen bin ich hier – er hat mich zielstrebig zu euch gebracht, damit ich euch helfen kann«, erläuterte Alex. Cornelius hob stolz den Kopf und posierte für die Kinder, doch die zwei waren ein frustrierendes Publikum.

»Wieso ist es so dick?«, fragte der Junge.

»Und warum hat es nur ein halbes Horn?«, schob das Mädchen hinterher.

Cornelius senkte den Kopf und betrachtete traurig den Boden.

»Sein Horn hat Cornelius sich als Fohlen abgebrochen, und er ist Frustfresser, okay?«, führte Alex rasch aus. »Soll ich jetzt für euch den Brunnen reparieren – oder nicht?«

Die Dorfkinder zuckten mit den Schultern. »Mach nur«, meinte der Junge. »Schlimmer kann es ja nicht werden.«

Alex war heilfroh, endlich zur Sache kommen zu können. Sie wies die Kinder an, ein paar Schritte zurückzutreten. Dann spähte sie selbst in den Schacht hinab und sah nichts als trockene Erde am Boden eines sehr tiefen Lochs. Sie zückte ihren Kristallzauberstab und schwang ihn über dem Brunnen. Das Geräusch plätschernden Wassers drang nach oben, als sich der Schacht auf magische Weise füllte. Die Geschwister hüpften vor Freude und klatschten in die Hände.

»Du hast unseren Brunnen repariert!«, stellte der Junge glücklich fest.

»Du bist *wirklich* eine Fee!«, staunte das Mädchen.

»Komm, wir nehmen dich mit zurück ins Dorf, damit die anderen dich belohnen können!«, drängte der Junge.

Alex tat den Vorschlag mit einem verlegenen Schulterzucken ab, doch ihre Wangen wurden ein wenig rot. Die Anerkennung freute sie sehr. »Ach, eine Belohnung brauche ich gar nicht«, sagte sie. »Alles, was ich tue, dient dem größeren Gemeinwohl, und ich erwarte nie –«

Sie unterbrach sich, und auch die Kinder wurden mit einem

Mal ganz still und steif. Der Boden unter ihren Füßen bebte, und aus dem Brunnen stieg ein schrilles Pfeifen empor, während immer mehr und mehr Wasser darin in die Höhe gurgelte.

»O nein«, piepste Alex. Sie, die Kinder und Cornelius wichen allesamt langsam zurück. Ein gigantischer Geysir schoss aus dem Schacht und hinauf in den Himmel wie ein ausbrechender Vulkan.

»Ich habe mich getäuscht!«, schrie der Junge. *»Das ist schlimmer! So viel schlimmer!«*

»Renn um dein Leben!«, kreischte das Mädchen.

Die Kinder rasten den Hügel hinunter und nach Hause in ihr Dorf, so schnell ihre Füße sie trugen. Beide brüllten wie am Spieß. Dorfbewohner eilten aus ihren Häusern und Läden, um nachzusehen, woher der Tumult rührte – und sie alle trauten ihren Augen nicht. Das Wasser des Geysirs regnete auf das Örtchen herab und durchnässte innerhalb von Sekunden alles und jeden.

Auch Alex und Cornelius waren längst pitschnass. »Cornelius! Setz dich auf die Brunnenöffnung! Verstopf sie, bis mir eine Lösung einfällt!«, rief Alex. Das Einhorn starrte sie an, als hätte sie den Verstand verloren. *»Bitte?«*, flehte Alex.

Cornelius näherte sich vorsichtig dem Brunnen. Seine Hufe waren von den Unmengen an Schlamm, die die Fontäne verursachte, völlig verschmiert. Das Einhorn hob den Schwanz und pflanzte sich direkt auf den Schacht, stöpselte ihn zu und gebot so dem Wasser Einhalt. Eine erniedrigende Erfahrung für Cornelius, aber zugleich äußerst nützlich. Aus dem Dorf erklangen Jubelrufe, doch sie währten nicht lange: Im Brunnenschacht staute sich das Wasser auf, und als der Druck zu groß wurde, katapultierte er das Einhorn geradewegs in die Luft. Cornelius landete auf der schlammigen Hügelflanke und schlitterte wie eine Lawine auf das Dorf zu. Alle Bewohner stürzten hastig in ihre Häuser und Läden, um ihm zu entkommen.

Cornelius krachte in die Seitenwand einer Scheune. Er war so über und über mit Matsch bedeckt, dass er an Black Beauty erinnerte.

»Trockne aus!«, schrie Alex und richtete ihren Zauberstab auf den Brunnen. »Austrocknen, habe ich gesagt! *Austrocknen! Austrocknen! Austrocknen!*«

Mit einem Mal brach ein riesiger Feuerball aus der Spitze von Alex' Stab, traf den Brunnen und zerschmetterte ihn zur Hälfte. Glücklicherweise senkte das den Wasserdruck, so dass der Geysir erstarb. Der Brunnen war nun zwar kaputt, aber voller Wasser – und im Dorf stand es ebenfalls knöcheltief.

»Ich habe das Problem behoben!«, rief Alex ganz beglückt zu den Bewohnern nach unten. Die Dorfleute lugten aus ihren Häusern hervor und stierten mit bitterbösen Blicken zu ihr hinauf, allesamt bis auf die Haut durchnässt, tropfend – und außer sich vor Wut. »Die gute Nachricht: Ihr habt wieder Wasser.« Alex mühte sich, das Schlamassel wegzulachen, doch niemand schloss sich ihr an.

Das schlammverschmierte Einhorn gesellte sich wieder zu ihr auf die Hügelkuppe. »Okay, Cornelius, lass uns von hier verschwinden.«

Sie kletterte auf seinen Rücken, und die beiden preschten davon – nicht zu ihrem nächsten Ziel, sondern fürs Erste einfach bloß so weit wie möglich weg von dem gefluteten Dorf.

Sie fanden einen winzigen Bach in den Wäldern und wuschen sich. Cornelius quälte es sichtlich, im Wasser immerzu mit seinem Spiegelbild konfrontiert zu werden; nun war er dick, kaputt *und* dreckig.

»Soll ich meinen Zauberstab benutzen, um dich wieder sauber zu bekommen?«, bot Alex ihm an. Das Einhorn schüttelte den Kopf – es wollte keinesfalls so enden wie der Brunnen auf dem Hügel. »In Ordnung«, meinte Alex. »Dann los, auf zu unserem letzten Einsatzort.«

Bis zum Mittag blieben ihnen noch einige Stunden, und Cornelius' magisches Horn lotste sie in die südwestliche Ecke des Östlichen Königreichs. In der Ferne tauchte eine Farm auf, die Alex bekannt vorkam.

»Waren wir hier nicht schon einmal?«, fragte sie Cornelius, doch er war sicher, dass sein Horn sie zum richtigen Ort führte. Vor sich konnte Alex inzwischen einen Farmer ausmachen, der einen Zaun um sein Gemüsebeet zog. Wahrscheinlich war er derjenige, nach dem sie suchten.

»Entschuldigen Sie? Benötigen Sie vielleicht Hilfe?«, fragte sie.

Der Farmer wischte sich den Schweiß von der Stirn und spähte über die Schulter. Sofort sprang er auf die Füße und scheuchte sie mit den Händen davon – wie ein wildes Tier, mit dem er keinesfalls nähere Bekanntschaft machen wollte.

»Oha, oha, oha«, rief er dabei. »Ich bin nicht auf Ärger aus, Madam!«

Sein Verhalten kränkte Alex. Wie kam er bloß auf die Idee, sie könnte ihm Ärger bringen?

»Sir, ich will Ihnen nichts Böses«, versicherte Alex. »Ich bin eine Fee. Und möchte bloß helfen.«

Der Farmer stemmte beide Hände in die Hüften und musterte sie aus zusammengekniffenen Augen. »Das hast du beim letzten Mal auch gesagt.«

»Beim *letzten Mal*?«, wiederholte Alex. »Dann haben wir uns also schon einmal getroffen?«

Der Farmer nickte bedauernd. »Ja, du hast mir dabei *geholfen*, einen Zaun um meinen Hof zu errichten, um Kaninchen und Wild fernzuhalten.«

Alex presste sich einen Zeigefinger auf die Lippen, während sie sich zu entsinnen versuchte. »Oh, jetzt fällt es mir wieder ein! Sie sind Farmer Robins!«, rief sie. »Aber was ist denn aus dem Zaun geworden, den ich Ihnen gezaubert habe?«

In der Nähe schlug eine Tür zu. Alex wandte sich um und sah Farmer Robins' Sohn aus dem Haus kommen – ihn erkannte sie sofort: groß, stark, kaum ein Jahr älter als sie selbst, mit weichem Haar, das ihm ins Gesicht fiel, und für ihren Geschmack ausgesprochen attraktiv.

»Die Tiere haben deinen Zaun aufgefressen«, meinte der Junge mit einem verschmitzten Lächeln. »Er bestand ja aus Ranken und Blättern. Hat Spaß gemacht, dir dabei zuzuschauen, wie du ihn auf magische Weise aus dem Boden hast wachsen lassen. Aber ideal, um Pflanzenfresser fernzuhalten, war er nicht wirklich.«

»Solltest du nicht an deinem Tisch weiterschreinern?«, fragte Farmer Robins seinen Sohn.

»Ich mache gerade Pause«, antwortete der. Zweifellos wollte er in Alex' Nähe bleiben. Sie gab ihr Bestes, ihm nicht direkt in die Augen zu blicken – denn das trieb ihr spürbar die Röte ins Gesicht.

»Na, weshalb haben Sie mir dann nicht gleich gesagt, dass der Zaun nichts nützen würde?«, fragte Alex den Farmer.

»Dazu hast du uns ja gar keine Gelegenheit gegeben«, kam der Junge seinem Vater zuvor. »Du hast einfach nur irgendwie mit deinem Stab herumgefuchtelt, dann beteuert, dass wir uns gar nicht zu bedanken bräuchten, und weg warst du.«

Alex schüttelte den Kopf und verdrehte die Augen. »Himmel, keine gute Tat bleibt ungesühnt«, murmelte sie vor sich hin. »Tja, dann bestehe ich darauf, meinen Fehler wiedergutzumachen!« Sie hob ihren Zauberstab und wollte einen neuen Zaun heraufbeschwören, doch der Farmer hielt sie davon ab.

»Junge Dame«, knurrte er unhöflich, »ich habe einen arbeitsreichen Tag vor mir, und der Bau dieses Zauns ist da nur der Anfang. Das Beste, was du tun kannst, ist, uns in Frieden zu lassen und nicht länger unsere Zeit zu verschwenden.«

»So ein Unsinn«, versuchte Alex ihm zu widersprechen. »Ich muss bloß ein Mal meinen Zauberstab schwingen, und im Nu steht hier ein Zaun –«

»Ich sagte *›VERSCHWINDE‹!*«, brüllte Farmer Robins. Allmählich verlor er die Geduld mit ihr. »Wir *wollen* deine Hilfe nicht, und wir *brauchen* sie auch nicht. Ich weiß schon, dass ihr Gesindel alle Probleme mit einem Zauberstabschnipsen aus der Welt schafft, aber Leute wie wir können für uns selbst sorgen. Also bitte geh und verwandele irgendwo eine Dienstmagd in eine Prinzessin, ehe mir etwas über die Lippen kommt, das ich anschließend bereuen würde.«

Alex klappte die Kinnlade herunter. So musste sie sich von niemandem behandeln lassen – besonders nicht nach dem grauenhaften Vormittag, der hinter ihr lag. Farmer Robins hatte sich den falschen Tag ausgesucht, um sich mit ihr anzulegen.

»Nein!«, brüllte Alex zurück.

»Was?«, stutzte der Farmer.

»Nein, ich *verschwinde* nicht«, sagte Alex.

Der Sohn des Farmers horchte auf; jetzt wurde es spannend.

»Es tut mir ja wirklich leid, dass ich darauf bestehen muss, Ihnen zu helfen, aber Sie sind nicht der Einzige, der einen Job zu erledigen hat, mein Lieber«, fauchte Alex. Sie trat näher an Farmer Robins heran. »Tatsache ist: Sie brauchen meine Hilfe, ob es Ihnen gefällt oder nicht. Und darum bin ich hier! Deshalb hat mein Einhorn mich zu Ihnen gebracht! Also schlucken Sie Ihren Stolz, gehen Sie mir aus dem Weg, denn ich werde nicht eher verschwinden, als dieser Zaun steht!«

Farmer Robins wirkte nun aufrichtig eingeschüchtert. Sein Sohn biss sich derweil in die Faust und erstickte beinahe an seinem unterdrückten Lachen. Alex legte ihren Zauberstab auf dem Boden ab und krempelte die Ärmel hoch. Dann marschierte sie hinüber zu dem Farmer und griff nach seinem Hammer.

»Was tust du da?«, wollte der Mann wissen.

»Her mit dem Hammer«, verlangte Alex. »Ich brauche keine Magie, um diesen Zaun aufzustellen.«

Sie riss ihm das Werkzeug aus der Hand, schnappte sich ein paar Holzpflöcke und setzte die Arbeit am Zaun dort fort, wo der Farmer aufgehört hatte. Farmer Robins und sein Sohn standen regungslos daneben und sahen der jungen Fee zu.

»Wenn ihr beiden heute noch so viel zu tun habt, dann schlage ich vor, ihr fangt endlich damit an, solange ich hier beschäftigt bin«, zischte Alex und warf ihnen einen giftigen Blick zu. Vater und Sohn gehorchten ohne Widerrede. Farmer Robins machte sich in einigen Schritten Entfernung daran, Möhren aus dem Boden zu ziehen, und sein Sohn eilte wieder ins Haus, wo er den Tisch zu Ende zimmern wollte.

Alex kam mit ihrem Zaun zügig voran. Angespornt von ihrem Frust, war sie in weniger als zwei Stunden fertig. Schließlich schlug sie den letzten Nagel in die letzte Latte und kehrte zu ihrem Einhorn zurück.

»Alles erledigt!«, rief sie zu Farmer Robins hinüber. Dessen Sohn trat nun erneut ins Freie, um den vollendeten Zaun zu begutachten. Er war zutiefst beeindruckt vom handwerklichen

Geschick der jungen Fee. Alex hob ihren Zauberstab vom Boden auf und sprang auf Cornelius' Rücken.

»Einen schönen Tag noch, die Herren!«, sagte sie. »Und übrigens: *nichts zu danken! ICH BIN NÄMLICH EINE FEE UND TUE NUR MEINEN JOB!*«

Alex und Cornelius galoppierten davon und ließen zwei sprachlose Farmer in einer aufgewirbelten Staubwolke zurück.

Wenige Minuten nach zwölf traf Alex wieder im Königreich der Feen ein. Auf der Wiese am Rand der Palastgärten verabschiedete sie sich von Cornelius und eilte dann hinüber zum Feenpalast. Ihre Großmutter sollte nicht noch länger auf sie warten müssen.

»Oh, kommt schon, die stechen euch nicht!«, vernahm sie eine lebhafte Stimme aus den Gärten. Mandarina war gerade dabei, eine Eichhörnchenfamilie in einem der Bäume mit Eicheln zu füttern, als Alex an ihr vorbeirannte. Die Bienen, die um Mandarinas Nestfrisur herumschwirrten, waren den kleinen Nagern eindeutig nicht geheuer.

»Hi, Mandarina«, rief Alex.

»Ach, du meine Güte, was ist denn mit dir passiert?«, fragte Mandarina mit einem Blick auf die vorüberrauschende Alex. Nach ihrer missglückten Brunnenreparatur und dem anstrengenden Zaunbau starrte Alex vor Dreck. »Du schaust aus, als wärst du in einen Fluss gefallen!«

»Lange Geschichte«, meinte Alex in dem Versuch, sich vor einer ausführlicheren Erklärung zu drücken.

»Hat hier jemand ›Fluss‹ gesagt?« Eine zarte Stimme kam von der anderen Seite des Gartens herübergeschwebt. Skylene tauchte aus einem nahen Teich auf. Ihr langes, seidiges Haar und ihr Kleid waren eins mit dem Wasser, durch das sie nun zum Ufer glitt.

»Die arme Alex hat einen turbulenten Vormittag hinter sich«, sagte Mandarina.

»Ich habe lediglich versucht, vor meiner mittäglichen Unterrichtsstunde mit Grandma so vielen Menschen wie möglich zu helfen«, erklärte Alex ihren Feenkolleginnen.

»Mute dir nicht zu viel zu, Alex«, mahnte Skylene. »Dein großer Tag steht kurz bevor!« Sie zog ihre Bahnen durch den Teich und berührte dabei die Wasseroberfläche leicht mit den Fingern; sofort erblühten rings um sie herum wunderhübsche weiße Seerosen. »Ich fange schon mal mit der Dekoration an. Es gibt nichts Schöneres als eine prächtige Feen-Einführungsfeier. Ein perfekter Anlass für das ganze Königreich, sich herauszuputzen!«

»Ich freue mich am meisten auf den Einführungsball! Während wir uns hier unterhalten, fertigen meine Bienen mir eine brandneue Honigwabenrobe!«, sagte Mandarina.

»Wie pompös ist dieser Einführungsball denn genau?«, fragte Alex die beiden. Ein Wirbelsturm aus Panik stieg in ihr auf. »Ich dachte, da wäre nur eine schlichte Zeremonie geplant. Muss ich mich etwa schick anziehen?«

Mandarina und Skylene tauschten besorgte Blicke – als hätte Alex sich erkundigt, was die Sonne sei.

»Schätzchen, der Einführungsball der Feen ist deine Aufnahme in unsere Gemeinschaft«, sagte Skylene. »Du musst so aussehen, wie du wahrgenommen werden und in Erinnerung bleiben möchtest.«

»Jede Fee des gesamten Königreichs wird anwesend sein«, fügte Mandarina hinzu. »Und alle kommen sie nur deinetwegen!«

Alex schloss die Augen. »Oh, großartig …«, murmelte sie, »als wäre der Beitritt zum Rat der Feen noch nicht genug, muss ich mir jetzt auch noch Gedanken darüber machen, wie ich vor dem versammelten Königreich möglichst hübsch ausschaue. Wieso bloß sparen sich Feen die wichtigsten Details offenbar immer bis zur allerletzten Minute auf?«

»Mach dir gar keine Sorgen, Herzchen, du wirst einen reizenden Eindruck machen, ganz gleich, was du trägst«, versicherte Mandarina.

»Ja, bloß *das da* sollte es nicht unbedingt sein«, meinte Skylene und deutete auf das schmutzige Kleid, in dem Alex gerade steckte.

Alex seufzte leise. Sie wirbelte ihren Zauberstab herum, und im Nu glitzerte ihr Gewand wieder wie neu. »Na dann – es war nett, mit euch zu plaudern, Mädels! Danke!«, sagte sie und setzte ihren Weg zum Feenpalast fort.

Sie hastete die goldenen Eingangsstufen hinauf, den Hauptflur entlang und eine weitere Treppe empor – bis hinauf ins oberste Stockwerk, wo sich die Gemächer ihrer Großmutter befanden. Sie gehörten zu den einzigen Bereichen des Palasts, die von vier Wänden umgeben waren, daher musste Alex klopfen.

»Komm nur herein, Liebling«, vernahm Alex die Stimme ihrer Großmutter, und sie trat ein. So oft sie inzwischen auch bereits dort gewesen sein mochte: Die Räume versetzten sie jedes Mal aufs Neue in Staunen.

Man konnte die Gemächer der guten Fee nur als spektakulär bezeichnen – alles andere wäre eine Untertreibung gewesen. Die Möbel bestanden aus rosigen Dämmerungswolken und segelten durch die Zimmer. Die Äste einer weißen Weide mit kristallenen Blättern spannten sich über dem Bett, und anstelle eines Feuers traten aus dem riesigen Kamin an einer der Wände kleine Bläschen aus und füllten die Luft. Ein Kronleuchter aus einhundert Tauben, die sich auf freischwebenden Stangen niedergelassen hatten, hing mitten im Zimmer – obwohl es keine Decke gab, an der er hätte befestigt sein können.

Auf sämtlichen Oberflächen reihten sich Erinnerungsstücke der guten Fee: Juwelen, die sie im Laufe der Jahrhunderte von Kaisern und Königinnen beider Welten erhalten hatte, bedeckten das Kaminsims. Auf einem großen Tisch ganz in der Nähe drängten sich farbenfrohe Glasflaschen mit Zaubertränken und Elixieren. Eine gläserne Vitrine an einer Wand enthielt die Zauberstabsammlung der guten Fee, und auf der dem Kamin gegenübergelegenen Seite des Raumes reihten sich in einer kleinen Bibliothek Zauberspruchbände sowie phantastische und historische Werke entlang der gesamten Zimmerbreite.

Viel augenfälliger als all diese Wertgegenstände waren jedoch die unzähligen Familienfotos von Alex und Conner und ihrem Dad, die Wachsmalstiftzeichnungen, die die beiden ihrer Großmutter als Kinder geschenkt hatten, Mathearbeiten und Diktate, für die sie Bestnoten bekommen hatten, und fürchterliche Bastelbilder aus trockenen Nudeln, die Alex und Conner der guten Fee zum Geburtstag gefertigt hatten. Nichts, was die beiden ihr je geschenkt hatten, hatte sie weggeworfen.

Im hinteren Teil der Gemächer, auf einer Art Podest, thronte der Schreibtisch der guten Fee: ein Gebilde ganz aus Glas – hinter dem Alex ihre Großmutter jedoch noch nie hatte sitzen sehen. Stattdessen stand die gute Fee immerzu an einem der vier bodentiefen Fenster dahinter, die einen atemberaubenden Ausblick über das Königreich der Feen boten.

»Hallo, Alex«, sagte ihre Großmutter, die auch nun wieder von dort über das Land blickte. Sie trug eines ihrer unverwechselbaren blauen Gewänder. Es funkelte wie die Sterne am Nachthimmel.

»Tut mir leid, dass ich spät dran bin, Grandma«, sagte Alex. »Ich habe mich heute beim Erfüllen der Wünsche ein wenig verrannt.«

»Ach?«, machte ihre Großmutter. »Wie das?«

Alex seufzte. »Manchmal bin ich mir nicht sicher, ob ich wirklich eine Fee sein sollte«, gestand sie. »Versteh mich nicht falsch: Ich liebe Magie, und ich liebe es, Menschen zu helfen. Es gibt Tage, an denen ich aufstehe und so glücklich bin über das, was ich für andere tun kann. Aber dann gibt es wieder Tage, an denen es mir vorkommt, als würde ich alles vermurksen. Ab und an habe ich das Gefühl, nicht genügend Leuten zu helfen, und dann wieder erscheint es mir, als wollten die Menschen meine Hilfe nicht einmal. Und immer dann, wenn ich kein Selbstvertrauen habe, leidet meine Magie darunter – sie wird völlig unberechenbar. In solchen Momenten komme ich mir nicht würdig vor, Mitglied des Rats der Feen zu werden.«

Alex ließ sich auf die Stufen der Plattform sinken und rieb sich die müden Augen. Ihre Großmutter kam zu ihr herüber und strich ihr sanft über den Kopf.

»Du übernimmst dich, Alex«, mahnte die gute Fee ihre Enkeltochter. »Du bist nur ein einziges Mädchen. Ganz gleich, wie sehr du dich bemühst: Du kannst nicht *jedem* helfen. Und jetzt erfährst du zum ersten Mal, dass es Menschen gibt, denen nicht zu helfen ist – nicht weil niemand dazu in der Lage wäre, sondern weil sie selbst es nicht wollen.«

Alex schlug die Augen nieder – diese Lektion war schwierig für sie.

»Ich bin froh, dass du es angesprochen hast«, meinte Grandma. »Es gibt da nämlich etwas, das ich dir zeigen wollte. Komm mit.«

Die gute Fee half ihrer Enkelin auf die Füße und führte sie

aus dem Raum und einen sehr langen Flur hinunter. Vor einer hohen Doppeltür, über die sich ein beeindruckender Steinbogen spannte, blieben sie stehen. Diesen Durchgang hatte Alex nie zuvor gesehen.

»Wo sind wir, Grandma?«

»*Das hier*«, verkündete Grandma mit einem Lächeln, »ist die *Halle der Träume.*«

Die gute Fee stieß die Türen auf. Alex schnappte nach Luft, und ihre Augen wurden doppelt so groß. Das Zimmer jenseits der Schwelle glich nichts, was sie je zu Gesicht bekommen hatte. Es war ein dunkler, endloser Raum, der sich meilenweit in sämtliche Richtungen zu erstrecken schien. Hell leuchtende Kugeln in allen erdenklichen Größen schwebten um ihre Köpfe – beinahe so, als hätte jemand das gesamte Universum in dieses eine Zimmer gequetscht.

Gemeinsam traten Großmutter und Enkelin ein und schlossen die Türen hinter sich. Alex vermochte nicht zu sagen, worauf sie nun eigentlich standen, denn genau genommen gab es keinen Fußboden.

»Diese Halle existiert schon, so lange es Feen gibt«, sagte Grandma.

»Was ist das?«, fragte Alex und deutete auf einen der umherschwirrenden Lichtbälle.

»Die Kugeln sind *Träume*, allesamt«, erklärte Grandma. »Ob groß oder klein – ein Abbild jedes *Wunschs* und *Begehrens* findet sich in diesem Raum.«

»Das müssen Tausende – nein, Millionen – sein!«, staunte Alex.

»O ja, womöglich sogar noch mehr!«, stimmte die gute Fee ihr zu. »Du verstehst ja gewiss inzwischen, dass es selbst für alle Feen der Welt zusammengenommen unmöglich ist, jeden einzelnen Traum wahr werden zu lassen. Wenn du einen genauen Blick in die Kugeln wirfst, erkennst du, worum es sich jeweils handelt und von wem die Träume stammen.«

Ein mittelgroßer Lichtball schmiegte sich geradewegs in Alex' Handfläche. Sie spähte angestrengt hinein und entdeckte im Innern ein kleines Mädchen mit einer Papierkrone auf dem Kopf.

»Dieses kleine Mädchen träumt davon, eines Tages Prinzessin zu werden«, sagte Grandma. »Derlei Wünsche findest du hier zuhauf. Uns liegen allerdings eher solche wie *dieser* hier ganz besonders am Herzen.«

Eine der größten Kugeln schwebte in ihre Hand, und beide blickten hinein. Innen betrachtete ein trauriger kleiner Junge seine jüngere Schwester, die in einem hölzernen Rollstuhl saß.

»Dieser kleine Kerl würde alles dafür geben, einfach bloß seine Schwester wieder laufen zu sehen«, sagte Grandma. »Die Kugel ist so groß, weil auch der in ihr enthaltene Traum zu den größeren gehört – und sie wiegt dennoch beinahe nichts, weil ihr Wunsch ein selbstloser ist. Ich werde ihn an mich nehmen und später schauen, ob es etwas gibt, das ich für die zwei tun kann.« Prompt schob sie sich die Kugel in eine Tasche ihres Gewands.

»*So* findet ihr also all die Menschen, denen ihr anschließend helft?«, fragte Alex.

»In der Tat«, nickte die gute Fee. »Wesentlich einfacher und praktischer als Einhörner, nicht wahr?«

Die beiden tauschten ein Lächeln. Alex versuchte, nach einer weiteren, ähnlich großen Kugel zu greifen, bekam sie jedoch nicht zu fassen.

»Wieso kann ich sie nicht festhalten?«, wollte sie wissen – denn sofort fürchtete sie, es könnte an ihr liegen.

»Weil derjenige, von dem dieser Traum stammt, deine Hilfe nicht möchte. Und allem Anschein nach will er – oder vielleicht sie – dir nicht einmal zeigen, worin der Traum besteht«, meinte ihre Großmutter.

»Das ist doch unsinnig«, sagte Alex. »Wieso sollte jemand nicht wollen, dass ich von seinem Wunsch erfahre?«

»Einem anderen Menschen seine innigsten Sehnsüchte zu offenbaren, birgt immer die Gefahr, dass dieser andere einen danach besser kennt, als es einem selbst lieb ist«, gab die gute Fee zu bedenken. »Das habe ich viele Male schmerzhaft am eigenen Leib erfahren müssen.«

Alex überlegte einen Augenblick und zog dann ihre Hand zurück. »Es muss doch ungeheuer frustrierend sein, all diese Träume um sich zu haben und zu wissen, dass es einem niemals gelingen wird, sie alle zu erfüllen«, sagte sie.

»Früher war es das vielleicht, als ich noch jünger war«, meinte die gute Fee. »Doch wir sollten einfach tun, was wir können, und uns nicht selbst mit jenen Dingen quälen, die außerhalb unserer Macht liegen. Es ist ungerecht und unrealistisch, von sich selbst zu erwarten, dass man jedes Problem auf der Welt lösen kann. Vergiss eines nie: Ganz gleich, wie viele Träume du hier drinnen findest – es wären noch viel mehr, wenn es uns nicht gäbe. Jeder Wunsch, der mit Hilfe der Magie aus dem Zauberstab einer Fee erfüllt wird, bringt ein Dutzend neue hervor, die sich die Menschen durch den Zauber, der ihnen selbst innewohnt, aus eigener Kraft werden erfüllen können. Schau dir mal diesen hier an.«

Die gute Fee deutete auf einen Lichtball, der vor den Augen der beiden langsam verblasste und schließlich komplett verschwand.

»Was ist aus ihm geworden?«, fragte Alex.

»Dieser Traum ist in Erfüllung gegangen«, sagte Grandma. »Und zwar ohne unser Zutun. Nachdem sie jahrelang von anderen Träumern inspiriert wurde, hat diese Person ihren eigenen Traum wahr gemacht – und damit wahrscheinlich erneut unzählige andere beflügelt, ihr nachzueifern. Glaub mir: Wir würden nicht in einer Welt leben wollen, in der niemand genügend Vertrauen in sich selbst besitzt, um seine eigenen Träume in die Tat umzusetzen.«

Ein zaghaftes Lächeln trat auf Alex' Gesicht. »Ich denke, ich verstehe, was du mir sagen willst, Grandma.«

Die gute Fee erwiderte Alex' Lächeln. »Das freut mich.« Eine kleine Kugel landete in der Hand der guten Fee, löste sich jedoch ebenfalls sofort in nichts auf.

»Wessen Traum war das?«, fragte Alex.

»Meiner«, erwiderte Grandma. »Jede Lektion, die du verinnerlichst, ist für mich ein wahr gewordener Traum. Und ich muss sagen, du lernst wesentlich schneller, als es mir je gelungen ist.«

Wieder lächelte Alex. So entmutigend ihr Tag bislang auch gewesen sein mochte: Ihre Großmutter gab ihr das Gefühl, dass sie auf dem besten Weg war, ihre *eigenen* Träume zu verwirklichen. Sie ahnte, dass soeben irgendwo in den Tiefen des Raums ein Lichtball verschwunden war, der zu ihr gehört hatte.

»So: Abgesehen von deinen Unterrichtsstunden möchte ich, dass du dich die restliche Woche über ausruhst. Denn wenn du nicht zuallererst gut auf dich selbst achtgibst, kannst du überhaupt niemandem helfen«, wies die gute Fee ihre Enkelin an.

»Na schön.« Alex willigte widerstrebend ein. »Danke für alles, was du mir heute beigebracht hast, Grandma.« Sie umarmte ihre Großmutter und verließ die Halle der Träume. Dabei wusste sie nicht so recht, was sie nun mit sich anfangen sollte, denn es war eine Weile her, dass sie sich zuletzt ein wenig Freizeit zugestanden hatte.

Sobald ihre Enkeltochter gegangen war, schloss die gute Fee die Augen. Winzige Tränen bildeten sich hinter ihren Lidern. Nie hätte sie sich vorstellen können, dass sie je so stolz auf jemanden sein würde, wie sie es nun auf Alex war. Sie hatte keinerlei Zweifel daran, dass Alex eines Tages eine noch bessere gute Fee sein würde als sie selbst.

Und leider schwante der guten Fee, wenn sie tief in sich hineinhorchte, dass dieser Tag viel schneller kommen würde, als es ihnen beiden lieb war …

Kapitel 3

Die Bücherkuschlerinnen

Conner hatte einen höchst merkwürdigen Traum. Er hüpfte ausgelassen über deutsche Wiesen und Felder, trug dabei grasgrüne Lederhosen und schlenkerte einen Korb voll frisch gepflückter Blumen. Er jodelte fröhlich und näherte sich bald einem malerischen Dörfchen. Alles war so friedlich und beschaulich, dass er nie wieder fortwollte. Dann aber gellte plötzlich ein schriller Alarm durch die Landschaft – ein vertrautes Geräusch, das Conner schon viele Male zuvor gehört hatte. Er blickte in den Himmel und sah, wie die fiesen Aliens aus der Fernsehserie, die er am Vorabend geschaut hatte, heransausten und das Dorf angriffen!

Der Traum fand sein jähes Ende, als Conner klarwurde, dass der Laut von seinem Wecker stammte. Er schlug ein paarmal häufiger als nötig darauf, um ihn zum Verstummen zu bringen; er war so müde, dass er sich mehr tot denn lebendig fühlte.

Sein Kopf schien gänzlich mit einer riesigen Wattewolke gefüllt, die es ihm schwermachte, die Augen offen zu halten.

Wenngleich er froh war, dass er in der vorigen Nacht noch Gelegenheit gehabt hatte, ein wenig Zeit mit Alex zu verbringen, bereute er seine Entscheidung, derart lange wach zu bleiben, nun bitterlich. Völlig gerädert zog er sich an und schleifte Betsy hinter sich her die Treppe hinunter, Stufe um Stufe. Bob und Charlotte erwarteten ihn neben der Haustür – sie waren von Haus aus *Frühaufsteher*, eine Spezies, die Conner vollkommen rätselhaft war.

»Bereit, Champ?«, fragte Bob und wirbelte seine Autoschlüssel um die Finger.

Conner brummte etwas, das entfernt nach einer Zustimmung klang. Charlotte musste zur Frühschicht ins Krankenhaus und trug bereits ihre Arbeitskleidung. Sie legte die Arme um ihren Sohn und drückte ihn fest an sich.

»Pass gut auf dich auf, Conner«, sagte sie. »Aber vor allem: Hab Spaß!«

»Mom, ich komme gar nicht erst nach Deutschland, wenn du mich nicht loslässt«, keuchte Conner, der in ihrem Klammergriff kaum Luft bekam.

»Bloß eine Minute noch«, meinte Charlotte. »Du bist schließlich das einzige Kind, das mir zum Umarmen noch geblieben ist.«

Sowie seine Mutter ihn endlich freigegeben hatte, warf Conner den Koffer auf die Rückbank von Bobs Auto, und die beiden fuhren los. Am Drive-in-Schalter einer Fast-Food-Kette holten sie sich ein fettiges Frühstück, das Charlotte ihnen niemals erlaubt hätte, und machten sich anschließend auf den Weg zum Flughafen. Unterwegs schwelgte Bob ganz beseelt in Erinnerungen an seine eigenen Abenteuer in Europa. Conner bekam nur die Hälfte davon mit – die sanften Erschütterungen und Geräusche des Wagens lullten ihn immer wieder in den Schlaf. Schließlich erreichten sie das Abflugterminal, und Bob brachte den Wagen an der Bordsteinkante zum Stehen.

»Eine Sache noch, ehe du aussteigst …«, sagte er mit sehr ernster Stimme.

»Aber nicht die Rede zu den Bienchen und Blümchen, oder?«, fragte Conner. Er befürchtete das Schlimmste. »Ich kenne nämlich aus der Schule schon die ganzen Videos.«

»Ähm, nein …«, meinte Bob. Er hielt kurz inne und grübelte offenbar, ob er womöglich tatsächlich besser dieses Gespräch mit seinem Stiefsohn führen sollte, entschloss sich dann aber, an seinem ursprünglichen Plan festzuhalten. »Ich habe dir etwas besorgt, wovon deine Mom nichts weiß.«

Bob griff in die Brusttasche seines Hemds, holte eine Kreditkarte hervor und reichte sie Conner. Der bemerkte schockiert, dass »Conner Jonathan Bailey« darauf eingeprägt war.

»Das ist mein … mein … *mein Name*«, stotterte er. »Du hast mir eine *Kreditkarte* besorgt, Bob?!«

»So ist es«, sagte Bob. »Die PIN ist dein Geburtsjahr. Aber die Karte ist lediglich für Notfälle gedacht und auch nur für diese eine Exkursion, verstanden? Sobald du gesund und wohlbehalten zurück bist, nehme ich sie wieder an mich. Ich weiß, dass deine Mom gegen solche Dinge ist, aber in diesem Fall möchte ich lieber auf Nummer sicher gehen – also bleibt das unser kleines Geheimnis, okay?«

Conner nickte begeistert. »Unbedingt! Bob, du wirst allmählich zu meinem absoluten Lieblingsmenschen! Danke dir so sehr!«

Bob lächelte und gluckste in sich hinein. »Das freut mich.« Er klopfte Conner auf den Rücken. »Ihr seid meine Familie,

Conner. Da muss ich doch gut auf euch aufpassen. Und jetzt geh und such dir ein Abenteuer – das heißt, du weißt schon … nach normalen Maßstäben. Von bösen Zauberinnen und sprechenden Tieren hältst du dich bitte so weit wie möglich fern.«

Conner entdeckte Mrs Peters neben der Eingangstür zum Terminal. Sie war umringt von vier Mädchen aus der Schule. So sehr Conner sich auf die Reise freute – auf *diese* Mitschülerinnen hätte er lieber verzichtet.

»Mach dir keine Sorgen«, beruhigte er Bob. »Das Gruseligste, was mich diesmal erwartet, steht schon dort drüben.«

Er umarmte Bob, schnappte sich Betsy von der Rückbank und winkte dem Wagen seines Stiefvaters nach, als dieser davonfuhr. Dann gesellte er sich zu Mrs Peters und den Mädchen. Die Schülerinnen wirkten allesamt ebenso übernächtigt wie er selbst. Mrs Peters dagegen sah aus wie immer, was Conners Theorie, dass sie in Wahrheit ein Roboter war, weiter festigte.

»Guten Morgen, Mr Bailey«, sagte Mrs Peters so beschwingt wie eh und je.

»Guten Morgen, Mrs Peters«, erwiderte Conner. »Hallo, Mindy – Cindy – Lindy – Wendy.«

Keines der Mädchen grüßte zurück; Conner hatte nichts anderes erwartet. Seit Beginn des Schuljahres hatten sie kein einziges Wort mit ihm gewechselt. Stattdessen starrten sie ihn stets feindselig an – als hätte er sie in der Vergangenheit öffentlich blamiert und sich nie dafür entschuldigt. Conner konnte sich ihr Verhalten beim besten Willen nicht erklären, grübelte allerdings auch nie allzu lange darüber nach. Er wusste, dass Mädchen in ihrem Alter oft ausgesprochen sonderbar wurden – und diese vier gehörten schon jetzt zu den schrägsten Vertreterinnen ihrer Art, denen Conner je begegnet war.

Mindy, Cindy, Lindy und Wendy waren schon von der ersten Klasse an – seit ihr Lehrer sie für ein Reimsilbenprojekt zusammengesteckt hatte – unzertrennlich gewesen. Gemeinsam bildeten sie den Leseclub der Mittelstufe und verbrachten jede freie Minute in der Bibliothek. Wären sie nicht so exzentrisch gewesen, hätten sie Conner an seine Schwester erinnert.

Mindy war die Kleinste, Lauteste und zudem selbsternannte Anführerin der Clique. Sie trug ihr Haar jeden Tag zu Zöpfen geflochten, als hätte jemand sie vertraglich dazu verpflichtet. Cindy war die Jüngste und erzählte nach wie vor jedem stolz, dass sie die Vorschulklasse übersprungen hatte. Außerdem hatte sie durch ihre Zahnspange genügend Metall im Mund, um damit einen Satelliten bauen zu können. Die dunkelhäutige Lindy war das größte Mädchen der gesamten Schule – sie überragte sogar sämtliche Lehrer. Dabei stand sie immer ein wenig gebeugt da, wohl weil sie ständig zu anderen hinunterschauen musste. Wendy, die Letzte im Bunde, war schrecklich schüchtern und überließ für gewöhnlich ihren Freundinnen das Wort. Sie hatte japanische Wurzeln, sehr dunkles Haar und die riesigsten Augen, die Conner je an einem Menschen gesehen hatte.

Er wusste bereits seit einer Weile, dass die vier Mädchen ebenfalls mit nach Deutschland fliegen würden, und das hatte ihn beinahe von der Reise abgebracht. Doch zum Glück kam auch Bree mit, was irgendwie alles andere aufwog.

»Wir warten lediglich noch auf Ms Campbell, dann checken wir ein«, erklärte Mrs Peters und spähte in beide Richtungen den Gehsteig hinunter. »Sie sind der einzige Junge auf dieser Exkursion, Mr Bailey. Sicher, dass Sie damit klarkommen?«

»O ja, kein Problem«, sagte Conner. »Das bin ich gewohnt. Meine Mom und meine Schwester haben sich früher vor mir über alle möglichen Frauenthemen unterhalten … meistens auch noch ausgerechnet beim Abendessen, was ich nie besonders toll fand.«

Auf Conners Erwähnung von Alex hin verdrehten die Mädchen allesamt theatralisch die Augen. Was das sollte, war ihm völlig schleierhaft.

»Oh, da ist ja Ms Campbell«, bemerkte Mrs Peters.

Conner riss den Kopf herum und folgte ihrem Blick: Bree Campbell marschierte geradewegs auf die Gruppe zu. Im Nu lösten sich die Erschöpfungswolken in Conners Kopf in Wohlgefallen auf. Allein Brees Anblick hatte den gleichen Effekt, als hätte er fünf Energydrinks abgekippt.

Bree Campbell war anders als alle Mädchen, die Conner je getroffen hatte. Sie wirkte immer unglaublich ruhig und abgeklärt, erhob nie die Stimme, und nichts und niemand schien ihr etwas anhaben zu können. Sie hatte blondes Haar, dessen Pony von einer pinkfarbenen und einer blauen Strähne durchzogen war. Normalerweise trug sie Ketten und Armbänder zuhauf, dazu das ganze Jahr über eine lila Strickmütze und – wenn irgend möglich – mindestens einen Ohrhörer.

»Guten Morgen, Ms Campbell«, sagte Mrs Peters.

»Guten Morgen, zusammen«, gähnte Bree. Sogar ihr *Gähnen* war cooler als das aller anderen, dachte Conner.

»Na dann – lasst uns reingehen und einchecken«, wies Mrs Peters ihre Schützlinge an, und sie folgten ihr samt Gepäck. Nacheinander zeigten sie bei der Dame hinter dem Schalter ihre Pässe vor und wurden für ihren Flug abgefertigt.

Conner stand in der Schlange direkt hinter Bree. Er begriff nicht, weshalb sie ihm solches Herzrasen verursachte; zwar wollte er unbedingt in ihrer Nähe sein, doch zugleich hatte er panische Angst vor ihr.

Sie ist bloß ein Mädchen, keine Python, sagte er sich wieder und wieder im Stillen. *Bleib cool. Versuch nicht um jeden Preis, witzig zu sein. Benimm dich einfach ganz normal. Und sobald du wieder daheim bist, musst du wegen dieser Symptome zum Arzt.*

»Mindy, Cindy, Lindy und Wendy – ihr sitzt in Reihe einunddreißig, auf den Plätzen A, B, C und D«, verkündete Mrs Peters und händigte die Flugtickets aus. »Und Conner und Bree sind in Reihe zweiunddreißig, Platz A und B.«

Conners Herz schlug Saltos. *Ich sitze neben Bree! Ich sitze neben Bree! Jippie! Aber wieso fühlt sich das eigentlich wie die großartigste Neuigkeit meines Lebens an?*

Er erhaschte einen Blick auf Brees Passfoto – das, wenig überraschend, wesentlich besser aussah als sein eigenes. Bree ertappte ihn dabei, wie er es anstarrte; Conner musste sich rasch etwas einfallen lassen, um nicht wie der Stalker zu wirken, der er war.

»Dein Passfoto ist viel besser als meins«, sagte er wahrheitsgemäß. »Meins habe ich im Sommer aufnehmen lassen und dabei den Fehler gemacht, zu fragen, ob ich lächeln dürfte – genau in dem Moment, in dem der Fotograf abgedrückt hat.«

Er schnippte seinen Pass auf, damit sie sich selbst überzeugen konnte.

»Schaut irgendwie aus, als hättest du niesen müssen und dich damit selbst erschreckt«, kommentierte Bree trocken. In ihrer Stimme lag keinerlei Wertung oder Spott. Sie gab einfach nur eine grundehrliche Beschreibung ab.

»Möchten Sie Ihren Koffer aufgeben, Sir?«, fragte die Dame am Schalter. Conner brauchte eine Sekunde, um sich darüber klarzuwerden, dass sie mit ihm sprach; niemand hatte ihn je zuvor *Sir* genannt.

»O ja, bitte! Nehmen Sie sie nur!«, sagte Conner und reichte der Dame Betsy zur Kennzeichnung. Die Frau warf ihm einen schiefen Blick zu, als sie hörte, dass er seinem Koffer ein weibliches Pronomen verpasst hatte. »Ich meine, nehmen Sie *ihn.* Nehmen Sie *den Koffer.*«

Betsy landete auf dem Förderband und entfernte sich langsam immer weiter und weiter von Conner. Das nächste Mal wiedersehen würde er sie erst in Deutschland. Conner und die Mädchen gingen durch die Sicherheitskontrolle und bestiegen weniger als eine Stunde später gemeinsam das Flugzeug.

Die Maschine war gigantisch. Conner erschien es unfassbar, dass etwas so Großes und Schweres sich in die Luft erheben konnte. Selbst nachdem er Zeuge all der Magie im magischen Land geworden war, faszinierte ihn diese Tatsache nichtsdestoweniger ungemein. Zusammen mit den anderen schob er sich den Gang entlang und hielt nach seinem Platz Ausschau. Er schluckte, als ihm vollends bewusst wurde, wie lange er nun auf so engem Raum eingeschlossen sein würde.

»Wo sitzen Sie denn, Mrs Peters?«, erkundigte sich Mindy. Rings um die Schüler füllten sich die Sitze rapide.

»Ich reise in der ersten Klasse«, sagte Mrs Peters. »Aber keine Sorge: Sollte einer von euch mich brauchen, lasst mir einfach von einer Stewardess Bescheid geben. Sie findet mich in Reihe eins, Platz A. Wir haben einen langen Flug vor uns, also macht es euch gemütlich.«

Und damit wandte Mrs Peters sich auf dem Absatz um und drängelte sich an den hereinströmenden Passagieren vorbei zurück in den vorderen Teil des Flugzeugs. Conner ließ sich in seinen Sitz am Fenster sinken, und Bree setzte sich neben ihn. Einen Moment lang starrte er die Rückenlehne vor sich an; er hatte keine Ahnung, wie er mit ihr ins Gespräch kommen könnte.

»Ist es okay für dich, am Fenster zu sitzen?«, fragte er sie.

Sie blickte ihn verdutzt an. »Aber *du* sitzt doch am Fenster«, antwortete sie. Conner verspürte große Lust, seinen Kopf gegen das dumme Fenster zu schlagen – das fing ja großartig an. »Oh, klar – was ich eigentlich fragen wollte, war, ob du lieber am Fenster sitzen würdest«, verbesserte er sich. »Ich hätte nichts dagegen, Plätze zu tauschen.«

»Schon in Ordnung so«, meinte Bree. »Ich werde sowieso die meiste Zeit lesen.« Sie deutete auf ihr Handgepäck, und Conner erkannte, dass die Tasche zum Bersten vollgestopft war mit dicken Krimis. Bree wurde von Sekunde zu Sekunde cooler.

»Super. Melde dich einfach, wenn du es dir anders überlegst«, sagte Conner und verlegte sich wieder darauf, den Sitz vor seiner Nase zu fixieren, bis ihm ein neues Gesprächsthema einfiel. »Also … Mrs Peters hat mir erzählt, dass du ebenfalls schreibst.«

»Mm-hmm.« Bree nickte. »Hauptsächlich Kurzgeschichten. Ich habe ein paar von deinen gelesen, als ich letztes Jahr Ms York assistiert habe – echt niedlich. Haben mich an klassische Märchen erinnert.«

Conner traute seinen Ohren kaum. »Du hast *meine* Geschichten gelesen?«

»Jep«, bestätigte Bree. »Und ich mochte sie wirklich gern – besonders die mit dem verdrehten Baum und dem laufenden Fisch. Die zwei waren wirklich raffiniert.«

»Danke«, sagte Conner und lief dunkelrot an. Sie hatte seine Geschichten nicht nur gelesen, sondern sogar *im Gedächtnis behalten.* »Ursprünglich ging es darin um eine verdrehte Giraffe und einen fliegenden Frosch, aber ich habe die Titel geändert, damit sie … ähm … realistischer klingen. Was für Geschichten schreibst du?«

»Gerade habe ich eine abgeschlossen, die ›Friedhof der Untoten‹ heißt«, erzählte Bree. »Der Inhalt erklärt sich ja quasi von selbst.«

Conner nickte ein wenig zu eifrig. »Klingt reizend.«

Er kam sich wie ein Idiot vor – da saß er und schwärmte von seinen Märchen, während sie über Dinge wie Friedhöfe und Zombies schrieb. Wie sollte er sie je von seiner Coolness überzeugen, wenn sie selbst offenbar der lässigste Mensch aller Zeiten war?

»Ich habe auch schon darüber nachgedacht, das Genre zu wechseln«, behauptete Conner. »Ich schätze, es könnte Spaß machen, düsterere Geschichten über solche Sachen zu verfassen. Geschichten mit Vampiren und Werwölfen, aber ohne Dreiecksbeziehungen und derlei Kram –«

»Oh, Conner – da fällt mir übrigens ein, dass ich dich unbedingt noch etwas fragen wollte«, unterbrach ihn Bree.

»Frag mich, was immer du willst«, sagte er.

»Bist du in mich verknallt oder so?«, fragte Bree geradeheraus.

Conner hätte schwören können, dass auf einen Schlag jedes Organ und jede Zelle seines Körpers den Dienst versagte – allen voran sein Gehirn. Er spürte, wie ihm so viel Blut in die Wangen schoss, dass er Sorge hatte, sein Kopf würde explodieren.

»Was?«, keuchte er, als hätte sie sich erkundigt, ob er ein irischer Kobold sei. »Nein! Natürlich nicht! Wie kommst du denn darauf?«

»Weil du jedes Mal scharlachrot anläufst und zu faseln beginnst, sobald ich in der Nähe bin«, entgegnete Bree. Sie sagte es weder anklagend noch argwöhnisch; wie üblich legte sie einfach ruhig die Fakten dar.

Conner zwang sich zu einem Lachen, das ein wenig zu laut geriet. »Oh, *das?* Das hat damit gar nichts zu tun. Das liegt bloß an meiner *Natriumallergie.*« Seine eigenen Worte überraschten ihn ebenso sehr wie Bree.

»Natriumallergie?«, wiederholte sie. »Von so etwas habe ich ja noch nie gehört.«

»Kommt sehr selten vor«, beharrte Conner. »Und hat zur Folge, dass ich zu schwafeln anfange und grundlos knallrot werde … erklärt also alles …«

Er hatte keine Ahnung, wie er die Ausrede weiterspinnen sollte. Bree war ganz eindeutig keineswegs überzeugt.

»Tut mir leid; ich dachte bloß, ich frage einfach – wenn wir schon einen halben Tag lang in diesem Flugzeug nebeneinandersitzen«, sagte sie.

»Das weiß ich zu schätzen«, versicherte ihr Conner. »Wäre ja sonst total komisch und unbehaglich gewesen … einfach hier zu sitzen … Stunde um Stunde … während einer von uns in den anderen verknallt ist … wie gut, dass das nicht der Fall ist …«

Am liebsten wäre er vor Scham gestorben. Er flüchtete sich in die Vorstellung, wie er aus dem Fenster krabbelte und sich in einer der Turbinen des Flugzeugs zusammenrollte. Allerdings konnte er sich nicht entscheiden, was demütigender war: dass er offenbar den Eindruck erweckte, er sei in sie verliebt – oder dass sie mit ihrer Vermutung womöglich richtiglag. Conner war noch nie zuvor *verknallt* gewesen; andernfalls hätte er das bemerkt. Doch nun, da sie ihn dessen beschuldigt hatte, ging ihm allmählich auf, dass daher sein Problem rühren musste – *er war in Bree verschossen!*

Hilflos vor Entsetzen wandte er den Blick ab und stierte aus dem Fenster. Was sollte er nun, da ihm Verliebtheit attestiert worden war, bloß tun? Gab es ein Gegenmittel, das er schlucken konnte? Saß an seinem Herzen eventuell eine Drüse, die sich entfernen ließ? War dieser Zustand lebensbedrohlich?

Wenig später rollte das Flugzeug weg vom Gate und auf die Startbahn. Mit einem Ruck hob die Maschine vom Boden ab, und Conner beobachtete staunend, wie der Flughafen unter ihnen kleiner und kleiner wurde.

»Wahnsinn«, murmelte er beinahe tonlos.

»Bist du schon mal geflogen?«, fragte Bree.

»Nicht mit einem Flugzeug«, antwortete Conner, ohne nachzudenken.

Bree kniff die Augen zusammen. »Womit denn dann? Einem magischen Teppich?«

Conner brauchte einen Moment, um zu realisieren, dass sie die Frage ironisch meinte. »Ich bin – ähm – schon mal *Ballon gefahren.* Das war echt toll, aber etwas ganz anderes als das hier. Technik ist ja heute beinahe wie Magie.«

»Weißt du, Arthur C. Clarke hat einmal gesagt, dass Magie bloß eine Form von Wissenschaft ist, die wir noch nicht verstehen«, zitierte Bree.

Conner lächelte. »Nicht immer«, widersprach er ganz leise.

»Wie bitte?«, fragte Bree.

»Oh, nichts«, meinte Conner. »Das ist ein großartiges Zitat.«

Bree verengte erneut die Augen zu Schlitzen und musterte ihn misstrauisch. »Wo bist du denn Ballon gefahren?«, wollte sie wissen.

»Das ist eine lange Geschichte.« Conner zuckte ausweichend mit den Schultern. »Damals war ich mit meiner Schwester bei meiner Großmutter in ihrem – ähm – *Heimatstaat.* Aber heute sitze ich zum ersten Mal in einem Flugzeug.«

»Scheint ganz so, als würdest du gerade alle möglichen *ersten Male* erleben«, befand Bree, die nun ebenfalls schmunzelte. Zu Conners Erleichterung stöpselte sie sich dann auch ihren zweiten Ohrhörer ein und vertiefte sich in eines ihrer Bücher, ehe er in Panik geraten oder eine weitere peinliche Antwort geben konnte.

Wenn die Reise schon so begann, wollte er gar nicht darüber nachdenken, was der Rest davon für ihn bereithalten mochte. Am liebsten hätte er sich in Luft aufgelöst, doch Bree wirkte von ihrer Unterhaltung nicht im mindesten abgeschreckt. Sie blätterte einfach eine Seite ihres Krimis nach der anderen um, vollkommen gefesselt von jedem einzelnen Wort.

Ungefähr eine Stunde nach dem Start stand Conner auf, um zur Toilette zu gehen. Als er die schuhkartongroße Kabine wieder verließ, wurde er von Mindy, Cindy, Lindy und Wendy in die Zange genommen. Sie bauten sich direkt vor ihm auf und versperrten ihm den Rückweg zu seinem Platz.

»Kann ich euch irgendwie helfen?«, fragte Conner.

»Wir müssen mit dir reden«, sagte Mindy. Alle vier durchbohrten sie ihn mit sehr ernsten, finsteren Blicken. Sie glichen einem Rudel hungriger Wildkatzen.

»Hier?«, fragte Conner. »Neben dem Flugzeugklo, Tausende Meter über dem Boden?«

Die Mädchen nickten. »Wir haben uns überlegt, dass das wohl der beste Ort ist, um dich allein zu erwischen«, sagte Cindy. »Zumal du dich nicht einfach verdrücken kannst.«

Conner sah sich nach Hilfe um, doch die nächste Stewardess servierte gerade am anderen Ende des Gangs Getränke.

»Ist das ein von langer Hand geplanter Überfall?«, fragte er.

Wendy nickte.

»Seit dem Ende des letzten Schuljahres«, erklärte Lindy.

»Okay …«, meinte Conner. »Was gibt's denn?«

Die Mädchen tauschten begierige Blicke; sie konnte es offensichtlich kaum erwarten, ihn endlich zu verhören.

»Wie geht es Alex?«, fragte Lindy. Sie verschränkte die Arme.

Ihre linke Augenbraue wanderte so hoch, dass sie beinahe die Flugzeugdecke berührte.

»Gut«, sagte Conner. »Sie wohnt bei unserer Grandma in Vermont und besucht dort auch die Schule. Wieso fragst du?«

Mindy warf theatralisch die Hände in die Luft. »*Vermont! Vermont,* sagt er!«, rief sie aus, als hätte Conner behauptet, seine Schwester lebe auf dem Mars. »Hast du dafür irgendwelche Beweise? Fotos oder eine Postkarte mit Alex' Handschrift?«

»Ihr glaubt, ich lüge euch an?« Allmählich sorgte Conner sich, dass die Mädchen Lunte gerochen haben könnten. Wie viel wussten sie bereits?

Cindy trat näher an ihn heran und sah ihm direkt in die Augen. »Wir sind praktisch in der Bibliothek zu Hause, und letztes Jahr haben wir dort ein paar *Dinge* gesehen – ein paar *fragwürdige Dinge*«, zischte sie.

»Zum Beispiel?«, fragte Conner.

»Na, zuerst einmal ist Alex früher in jeder Mittagspause in die Bibliothek gekommen«, sagte Mindy. »Und jeden Tag ist sie ganz bis ans Ende durchgegangen und hat *ein* bestimmtes Buch aus dem Regal genommen.«

»Das hat sie dann an sich gedrückt und ihm süße Liebesbekundungen in den Rücken geflüstert!«, fuhr Lindy fort.

»Wieso, Conner? Deine Schwester war das cleverste Mädchen der ganzen Schule. Da passt es doch überhaupt nicht zu ihr, sich mit leblosen Gegenständen zu unterhalten, meinst du nicht?«, fragte Cindy.

Wendy kniff die Augen zusammen und nickte.

»Ihr lauert mir also im Flugzeug auf, weil meine Schwester ein Buch im Arm gehalten hat?«, konterte Conner und gab sich alle Mühe, die vier als verrückt dastehen zu lassen.

»Wir glauben, dass sie *mit jemandem geredet* hat!«, fauchte

Mindy. »Immer wieder hat sie Sachen gesagt wie ›Bitte hol mich hier weg‹ und ›Ich will wieder zurück!‹.«

»Und dann, ehe wir es uns versehen, ist Alex verschwunden«, sagte Lindy.

»Nach *Vermont*, behauptest du«, sagte Cindy und wiegte den Kopf.

Conner versuchte, eine völlig ausdruckslose Miene zu wahren. Er wollte seinen Mitschülerinnen keinerlei Hinweis darauf liefern, dass ihre Verdächtigungen auch nur im Entferntesten gerechtfertigt waren. »Ihr spinnt doch«, sagte er. »Was wollt ihr damit andeuten? Glaubt ihr, Alex sei abgehauen?«

Mindy ballte frustriert die Fäuste. »Keine Ahnung, ob sie abgehauen ist, für die Regierung arbeitet, von Außerirdischen entführt worden ist oder sonst was«, giftete sie. »Ich weiß bloß, dass irgendetwas an dieser Geschichte faul ist, und ich weiß auch, dass du die Wahrheit kennst! Und selbst wenn du dich weigerst, uns zu erzählen, was los ist, werden wir es herausfinden!«

»Das tun nämlich die Bücherkuschlerinnen«, verkündete Lindy. »Wir lesen zwischen den *Lügen* und gehen den Dingen auf den Grund.«

Wendy nickte noch einmal und schlug sich drohend mit einer Faust in die offene Hand.

»Die Bücherkuschlerinnen?«, wiederholte Conner.

»Wir haben unseren Leseclub umgetauft«, erläuterte Cindy. »Zu Ehren von Alex … wo auch immer sie ist.«

So nah die Mädchen der Wahrheit auch sein mochten: Sie waren doch nach wie vor die unausstehlichsten Gören, mit denen Conner sich je hatte herumschlagen müssen, und dieser Umstand bewahrte ihn davor, versehentlich irgendwelche Familiengeheimnisse auszuplaudern.

»Ich schätze, ihr Mädels lest zu viel«, sagte er, drängte sich zwischen ihnen hindurch und marschierte zurück zu seinem Sitz. Dabei spüre er ihre eisigen Blicke im Nacken.

Als Conner Platz nahm, fiel ihm auf, dass Bree nicht mehr so vertieft in ihr Buch schien wie zuvor; außerdem hatte sie einen ihrer Ohrhörer herausgezogen. Hatte sie etwa belauscht, wie die Bücherkuschlerinnen Conner zugesetzt hatten?

»Dann lebt deine Schwester jetzt also in Vermont?«, fragte Bree.

»Ja, bei unserer Grandma«, antwortete Conner. Brees Fragen auszuweichen, war wesentlich kniffliger. Er ertappte sich dabei, dass er ihr gern die Wahrheit über Alex erzählt hätte – und auch alles Weitere, was sie vielleicht interessierte.

»Vermont ist ziemlich weit weg«, stellte Bree fest.

»Stimmt«, sagte Conner. »Aber wir telefonieren oft.«

»Dann bist du dort Ballon gefahren, nehme ich an?«, stürzte Bree sich in ihr eigenes Kreuzverhör.

»Ähm … ja«, meinte Conner. »Wieso?«

»Ich bin bloß neugierig«, erwiderte Bree ausdruckslos. »Wenn du also noch nie in einem Flugzeug gesessen hast, wie bist du dann bis nach Vermont gekommen?«

Conner ahnte, dass seine Unsicherheit ihm ins Gesicht geschrieben stand. »Mit dem Zug?«, piepste er.

Ein schelmisches Lächeln zuckte um Brees Mundwinkel. »Interessant …«, sagte sie. »Ich verstehe, weshalb die vier da skeptisch sind.«

Sie musterte ihn nun nicht mehr wie einen Jungen, von dem sie annahm, er sei in sie verliebt, sondern eher so, wie sie ihre Bücher betrachtete: Nun war er das Rätsel, das sie ergründen wollte.

Bree stöpselte sich ihren Ohrhörer wieder ein und wandte

sich aufs Neue ihrer Lektüre zu, schielte aber während des gesamten restlichen Flugs von Zeit zu Zeit aus dem Augenwinkel zu Conner hinüber. Der machte es sich derweil auf seinem beengten Platz so bequem wie möglich. Sein erster Flug würde ohne Zweifel auch der längste seines Lebens sein.

Kapitel 4

Eine Hochzeit in den Wäldern

Alex verbrachte den folgenden Nachmittag auf dem großen Balkon des Feenpalasts. Sie lehnte sich gegen die Balustrade und nahm die Schönheit des Ausblicks in sich auf. Wohin sie auch sah, erspähte sie Feen aller Formen und Größen, die den Palast und die Gärten für den Einführungsball schmückten und herausputzten. Jede Blume blühte ein wenig strahlender, jeder Teich kräuselte sich ein wenig klarer, und jeder Vogel zwitscherte ein wenig fröhlicher. Das gesamte Königreich fieberte den Feierlichkeiten entgegen … mit Ausnahme von Alex.

Ein Jahr zuvor hatte Alex sich nichts sehnlicher gewünscht, als mit ihrer Großmutter im magischen Land zu leben. Allein die Vorstellung, Magie zu lernen und eine Fee zu werden, war ihr damals ziemlich vermessen erschienen – und doch stand sie nun hier und sollte in nur wenigen Tagen der Feengemeinschaft als neues Mitglied des Rats der Feen vorgestellt werden. Das war mehr, als sie sich je hätte erträumen können. Mehr, als sie je für möglich gehalten hatte. Und vielleicht mehr, als sie zu bewältigen imstande war.

Mit ihrem Sieg über Ezmia, die böse Zauberin, hatte Alex bewiesen, dass sie in der Lage war, in der Märchenwelt Verantwortung zu übernehmen – doch womöglich war sie *selbst* nach wie vor nicht davon überzeugt.

Ein großer Schatten fiel über den Balkon. Alex schaute auf und erkannte Mutter Gans und Lester, die zur Landung ansetzten.

»*Hey, Kleines! Ich muss dir etwas erzählen!*«, rief Mutter Gans zu ihr herunter. Lester landete auf dem Balkon; Mutter Gans stieg ab und trat neben Alex ans Geländer.

»Was denn?«, fragte Alex. Sie beäugte einen zweifelhaften Sack voller Goldmünzen, den Mutter Gans an ihre Seite gepresst hielt.

Mutter Gans lugte verstohlen auf dem Balkon umher, um sicherzugehen, dass sich niemand in Hörweite befand. »Also, verrate bloß niemandem, dass du das von mir hast: Ich bin gerade in den Zwergenwäldern ein paar Freunden von dir begegnet«, raunte sie.

»Was hast du in den Zwergenwäldern gemacht?«

»Ich bin dort einmal wöchentlich mit einigen meiner alten Zechkumpane zum Kartenspielen verabredet, aber das tut nichts zur Sache.« Mutter Gans schloss ihre Faust ein wenig fester um den Münzbeutel. »Dabei bin ich auf Jack und Goldlöckchen gestoßen. Die beiden haben ganz wunderbare Neuigkeiten – und sie haben mich gebeten, sie dir zu überbringen.«

»Worum geht es denn?«, frage Alex gespannt. Jack und Goldlöckchen hatte sie zuletzt in jener Nacht gesehen, in der Bob ihrer Mom im Glasschuhpalast einen Heiratsantrag gemacht hatte. Seither hatte sie sich immerzu gefragt, was die beiden wohl treiben mochten.

»*Heiraten* werden sie!«, schmetterte Mutter Gans.

Alex klatschte freudig in die Hände. »Das ist ja unglaublich toll!«

»Wie es scheint, hat Jack um Goldlöckchens Hand angehalten, während die zwei sich mit einer Schar Soldaten aus dem Königreich an der Ecke duelliert haben. Er hat mir verraten, er sei sich gewiss gewesen, dass sie diesen Rahmen romantisch finden würde«, erzählte Mutter Gans.

»Und wann steigt die Hochzeit?«, fragte Alex.

»*Heute Abend!* Unmittelbar vor Sonnenuntergang in den Zwergenwäldern! Ziemlich plötzlich, was?«, sagte Mutter Gans. »Sie halten es für am besten, das Ganze so kurzfristig wie möglich über die Bühne zu bringen. Du weißt ja, wie ungern Flüchtige ihren Aufenthaltsort preisgeben. Allerdings haben sie sich gewünscht, dass ich die Zeremonie leite und dir ebenfalls eine Einladung überbringe.«

»Tja, das ist *wirklich* kurzfristig, aber ich würde es um nichts in der Welt verpassen wollen.« Mit einem Mal war Alex unsagbar glücklich, dass ihre Großmutter sie zwang, sich die restliche Woche über freizunehmen. »Aber wo genau in den Zwergenwäldern findet die Trauung denn statt?«

»Mir haben sie gesagt, ich solle sie auf einer Lichtung knapp südlich der Zwergenminen treffen«, meinte Mutter Gans achselzuckend und verdrehte die Augen. »Keine Ahnung, weshalb sie ihre Hochzeit ausgerechnet dort abhalten wollen – vielleicht waren alle Sümpfe schon ausgebucht? Jedenfalls ist die Gästeliste sehr exklusiv; nur wenige Leute wissen überhaupt von dem Anlass, also behalte alles für dich, besonders hierzulande. Du weißt ja, wie voreingenommen diese Feen sind, wenn es darum geht, dass manche von uns gern hin und wieder ein bisschen Spaß haben.«

»Wie aufregend!«, frohlockte Alex. »Ich kann es kaum erwarten. Eine Hochzeit scheint mir genau das Richtige zu sein, um mich von dieser ganzen Geschäftigkeit rund um den Einführungsball abzulenken.«

»Das kannst du laut sagen«, stimmte Mutter Gans ihr zu. »Ich hoffe, ich kriege das alles noch hin. Bei der letzten Zeremonie, die ich geleitet habe, hat der gestiefelte Kater meinen ganzen Blubbersekt getrunken und dann angefangen, Geige zu spielen; eine Kuh hat allen in einem fort erzählt, sie könne über den Mond springen, und ein verzauberter Teller ist mit einem Löffel durchgebrannt. Wenn selbst das Geschirr sich auf ein kleines Techtelmechtel einlässt, muss es eine gute Party sein – aber das vertiefen wir ein andermal.«

Mutter Gans hüpfte wieder auf Lesters Rücken, griff nach seinen Zügeln, und gemeinsam erhob das Gespann sich in die Lüfte.

Alex war dankbar, sich nun neben dem Einführungsball noch über etwas anderes Gedanken machen zu können. Sie verließ den Feenpalast eine gute Stunde vor der Dämmerung und eilte zu Cornelius, so dass ihnen genügend Zeit bliebe, zu den Zwergenminen zu gelangen. Auf ihrem Weg zu dem Feld gleich außerhalb der Gärten, wo die beiden sich verabredet hatten, begegnete Alex jedoch eine noch größere Ablenkung.

»Huhu«, sagte eine sanfte Stimme, mit der Alex absolut nicht gerechnet hatte. Sie hielt abrupt inne. Auf der anderen Seite des Felds, am Ufer des Bachs, sah sie Cornelius auf dem Rücken liegen, während Farmer Robins' Sohn ihm den Bauch kraulte wie einem Kätzchen.

»Was tust *du* denn hier?«, fragte Alex und legte eine Hand an ihren Zauberstab. Sie hatte keinen blassen Schimmer, was er im Schilde führen mochte, und wollte sich nicht überrumpeln lassen.

»Ich hoffe, es stört dich nicht, dass ich einfach so hier auftauche«, sagte der Farmerssohn und kam auf sie zu.

Tatsächlich störte es Alex nicht im mindesten, doch sie hatte keineswegs vor, ihm das zu verraten. »Wie hast du mich gefunden?«

»Habe ich nicht – ich habe dein Einhorn entdeckt«, erklärte er. »Das war schließlich nicht zu übersehen. Und ich habe mir gedacht, wo dein Einhorn ist, da erwische ich sicher auch dich früher oder später.«

Alex musste die Situation aus zwei Blickwinkeln abschätzen. Zum einen in ihrer Rolle als Fee: Als solche ging sie davon aus, dass der Junge, dem sie kürzlich geholfen hatte, sie vermutlich erneut um Hilfe zu bitten plante. Zum anderen trieb ihr – als vierzehnjährigem Mädchen – zugleich die Tatsache, dass ein süßer Junge sie hatte wiedersehen wollen, die Röte ins Gesicht.

»Tja, hier bin ich. Wie kann ich dir weiterhelfen?«, fragte sie gefasst.

»Ich brauche keine Hilfe«, sagte der Farmerssohn. »Ich wollte mich nur bei dir für das bedanken, was du auf unserer Farm getan hast. Mein Vater hasst Feen, besonders solche, die uns zur Hand zu gehen versuchen. Aber ich weiß, dass er dir tief in seinem Herzen ebenfalls dankbar ist.«

Alex nickte. »Sehr gern geschehen – Moment, wie heißt du eigentlich?«

»Mein Name ist Rook«, antwortete er. »Rook Robins.«

»Freut mich unheimlich, dich kennenzulernen, Rook«, sagte Alex. »Und nichts zu danken. Anderen Leuten zu helfen, ist meine Spezialität. Und jetzt entschuldige mich bitte, Cornelius und ich werden erwartet –«

»Halt.« Rook trat zwischen sie und ihr Einhorn. »Ehe du wieder verschwindest, möchte ich dich etwas fragen.«

»Und was?«, erwiderte Alex.

Rook schlug die Augen nieder und scharrte mit den Füßen. »Die Wahrheit ist: Du bist *anders* als alle anderen Feen, die ich je getroffen habe. Nicht bloß Glitzer, Funken, Seifenblasen, sondern ohne jede Scheu, dir die Hände schmutzig zu machen. Ich mag dich wirklich gern, und seit du auf unserer Farm warst, denke ich furchtbar viel an dich.«

Alex spürte, wie ihr Herzschlag sich ein wenig beschleunigte, doch sie ignorierte es, um sich nicht womöglich falsche Hoffnungen zu machen. Worauf wollte er hinaus?

»Du kannst Nein sagen, und das würde ich verstehen. Aber ich habe mich gefragt, ob du vielleicht irgendwann einmal Lust hättest, einen Spaziergang mit mir zu unternehmen oder so?«, stotterte Rook. Es kostete ihn sichtliche Überwindung, die Frage zu stellen, und die Antwort fürchtete er offenbar noch mehr.

Alex erstarrte. Sie hörte zu atmen auf, konnte nicht mehr denken und war sich ziemlich sicher, dass auch das Pochen in ihrer Brust aussetzte. Alles, was sie zuvor im Kopf gehabt hatte, war wie weggeblasen – der Einführungsball der Feen, Jacks und Goldlöckchens Hochzeit, ihr eigener Name, wer sie war, wo sie war, und auch alles sonstige Wichtige. Sie hatte nur noch diesen hübschen Jungen vor sich im Sinn, sein weiches Haar, seine haselnussbraunen Augen, und dass er mit ihr spazieren gehen wollte.

Mit jeder Sekunde, die Alex stumm blieb, wurde Rooks Miene ein wenig länger.

»Schon in Ordnung, ich verstehe«, sagte Rook. »Du bist eine Fee, und ich bin bloß ein Farmersjunge. Ich hätte es besser wissen sollen … ich hätte gar nicht fragen sollen.«

Er wandte sich um und stapfte davon, wobei er sich murmelnd für seine eigene Dummheit schalt.

»Nein, warte!« Kurz bevor es zu spät gewesen wäre, gelang es Alex, die Kontrolle über ihre Sinne zurückzuerobern. »Ich würde unheimlich gern irgendwann einmal mit dir einen Spaziergang machen.«

Rook fuhr ruckartig wieder zu ihr herum. »Im Ernst?«, fragte er mit glückseligem Grinsen. »Na ja, das ist … das ist … *phantastisch!*«

Wortlos standen sie einen Moment lang voreinander, beide mit leicht übermütigem Lächeln im Gesicht.

»Wann hast du Zeit?«, erkundigte sich Rook.

»Würde es dir morgen Abend passen? Selber Ort, gleiche Zeit?«

»Das wäre wunderbar«, sagte Rook. »Ich warte morgen hier im Feld auf dich.«

»Ich freue mich darauf«, sagte Alex.

»Genieß deinen restlichen Tag – oh, Moment, und wie heißt *du* denn eigentlich?«

»Mein Name ist Alex«, antwortete sie. »Alex Bailey.«

Rook strahlte von Ohr zu Ohr. »Dann sehen wir uns morgen, *Alex*.« Er joggte mit beschwingtem Schritt davon.

Nun endlich begriff Alex, was die Leute mit den Schmetterlingen im Bauch meinten. Sie verspürte ein nervöses Kribbeln, das durch ihren ganzen Körper rauschte, als würden tatsächlich Tausende von Schmetterlingen darin auf Wanderschaft gehen. Ein riesiges Lächeln breitete sich jetzt auch auf ihrem Gesicht aus.

Cornelius kam auf die Hufe und trottete zu ihr herüber. Er pustete ihr einen Luftstoß ins Gesicht und entblößte die Zähne zu einem koketten Grinsen.

»Ach, hör doch auf, Cornelius«, sagte Alex. »Wir sind einfach zwei Jugendliche, die beschlossen haben, gemeinsam spazieren zu gehen, das ist alles. Mehr steckt gar nicht dahinter.«

Cornelius wieherte; Alex konnte niemandem etwas vormachen, am wenigsten sich selbst. Dieses Treffen war eine viel größere Sache, als sie sich eingestehen wollte.

»Oh, du meine Güte, die Hochzeit! Wir brechen besser schleunigst auf, sonst komme ich zu spät!«, rief sie mit einem Mal. »Verrückt, wie die Zeit verfliegt, wenn man –«

Cornelius klimperte mit den Wimpern und seufzte verträumt, um sie weiter zu necken.

»Nein, wenn man *in Eile ist*«, beharrte Alex.

Sie stieg auf seinen Rücken, und die beiden machten sich auf nach Westen, in Richtung der Zwergenwälder und der inzwischen sinkenden Sonne entgegen. Da sie in Cornelius' magisch beschleunigtem Einhorngalopp über das Land preschten, kamen sie ziemlich schnell voran, und die Gedanken, die durch Alex' Geist wirbelten, ließen ihr die Reise noch zügiger erscheinen.

Bei all dem Kummer, den sie und ihr Bruder in ihrem jungen Leben bereits hatten verkraften müssen, war in Alex' Kopf bis zu diesem Augenblick nie Platz für *Jungs* gewesen. Sie hatte immer angenommen, dass sie *eines Tages* jemanden kennenlernen und sich verlieben würde, doch beim Älterwerden war ihr nie wirklich bewusst geworden, dass dieser *eine Tag* womöglich immer näher rückte. Und nun drängte sich ihr unweigerlich die Frage auf, ob der Moment vielleicht sogar bereits da war.

Stand Alex am Beginn ihres eigenen klassischen Liebesmärchens, oder durchlebte sie lediglich eine typische Phase auf dem Weg zum Erwachsenwerden? Würde sie zum ersten Mal wahre Romantik erfahren, oder war alles nur eine pubertäre Schwärmerei? Wollte sie sich überhaupt so früh in ihrem Leben mit jemandem einlassen, oder sollte sie besser all ihre Kraft und Energie in ihre Ausbildung zur Fee stecken?

Dass ein einziger Junge im Handumdrehen so viel Verwirrung und Aufregung in ihr Leben gebracht hatte, machte Alex vollkommen fassungslos. War es zu früh, um sich darauf festzulegen, dass sie diese neuartige Aufregung genoss? Standen ihr weitere spannende Erfahrungen bevor? Konnte Rook Robins allen Ernstes die Liebe ihres Lebens sein, oder warteten in der Zukunft noch andere Jungen auf sie? Und falls dem so war: Bedeutete das, dass Rook ihr das Herz brechen würde?

Alex war klar, dass gerade sie ganz besonders gut auf sich achtgeben musste; sie hatte zu hart gearbeitet, um zuzulassen, dass nun ein alberner Junge in ihr Leben platzte und alles ruinierte, was sie erreicht hatte. Sie durfte ihm nicht erlauben, sie zu verletzen oder von ihren Zielen abzulenken, und – das war das Wichtigste – wenn die ganze Geschichte schiefging, konnte sie keinesfalls dulden, dass er sie zu etwas oder jemandem machte, das oder der sie nicht war: Um nichts in der Welt durfte sie werden wie *Ezmia*.

Daran, dass allein seine Frage, ob sie mit ihm spazieren gehen wolle, sie derart aufwühlte, erkannte Alex, wie stark eine schlechte Erfahrung ihr womöglich zusetzen würde. Je reiner das Herz, desto leichter nahm es Schaden – und Alex' Herz gehörte sicherlich zu den reinsten, denen man begegnen konnte.

»Alex, reiß dich zusammen«, flüsterte sie sich selbst zu. *»Bloß weil du ein vierzehnjähriges Mädchen bist, musst du noch lange nicht wie eines* denken. *Er will spazieren gehen, nicht heiraten.«*

Zum Glück erreichten Alex und Cornelius die Zwergenwälder, ehe sie die Situation totanalysieren konnte. Ganz gleich, wie alt oder mächtig sie wurde: Die Zwergenwälder jagten Alex jedes Mal aufs Neue einen Schauder über den Rücken. Hier lebten einige der übelsten Wesen im gesamten magischen Land, und eine Vielzahl von Alex' schlimmsten Erinnerungen hatte zwischen den finsteren Bäumen ihren Ursprung.

Sie lotste Cornelius einen der wenigen befestigten Pfade des kompletten Gebiets hinunter, und die beiden folgten einem Schild, das sie in die Richtung der Zwergenminen wies. Kurz vor ihrem Ziel kam eine weiträumige Lichtung in Sicht, die hergerichtet war wie eine Kapelle unter freiem Himmel: Zwei Dutzend Baumstämme waren in Bankreihen vor einem großen Findling am anderen Ende der freien Fläche angeordnet worden, der dort thronte wie eine Kanzel. In den Stein hatte jemand die Initialen »J & G« gemeißelt, umgeben von einem Herzen.

»Such dir ein bisschen Gras zum Futtern, Cornelius«, sagte Alex und hüpfte von seinem Rücken. »Ich hole dich wieder ab, sobald die Trauung vorbei ist. Aber geh nicht zu weit weg; Einhörner sind in diesen Wäldern nicht unbedingt gern gesehene Besucher.«

Cornelius trottete an den Rand der Lichtung, während Alex sich nach einem freien Platz umschaute. Sie war unter den ersten Gästen.

Ein Mann mit buschigem, gezwirbeltem Schnauzbart und schwerem schwarzem Mantel saß ganz vorn in der Nähe der Kanzel. Eine Hexe, der der linke Arm und ein Großteil ihrer Zähne fehlten, hatte sich weit hinten niedergelassen, neben einem kleinen Troll mit grauer Haut und beachtlichen Hörnern.

In der Mitte der behelfsmäßigen Kapelle erspähte Alex eine

Frau, die sie in jeder Menschenmenge hätte ausmachen können. Sie saß allein, beinahe vollständig eingehüllt in einen langen, kuschelweichen roten Mantel. Ein winziger roter Hut mit passender Feder thronte auf ihrer ausgesprochen schicken blonden Hochsteckfrisur, und auf der Nase trug sie eine Brille mit runden, rotgetönten Gläsern, die offenbar der Tarnung dienen sollte. Sie funkelte alle Menschen und Wesen ringsum finster an und fühlte sich offenbar in ihrer Gegenwart keineswegs sicher.

»Rot! Wie schön, dich wiederzusehen!«, rief Alex und gesellte sich zu der vermummten Königin. »Ich hatte hier gar nicht mit dir gerechnet –«

»*Pssst!*«, zischte Rotkäppchen und drückte ihr einen Finger auf den Mund. »Nicht so laut! Ich will nicht, dass mich irgendjemand erkennt.«

Alex starrte sie an, als würde sie scherzen. »Du versuchst, unauffällig zu sein – in *diesem* Outfit?«

»Tja, vergib mir, aber ich wusste nicht, welche Garderobe einer Verbrecherhochzeit im Wald wohl angemessen wäre«, sagte Rotkäppchen und verbarg ihr Gesicht noch tiefer in ihrem Mantelkragen. »Ich wäre überhaupt nicht hier, wenn Charlie mich nicht überredet hätte. Schau dir bloß das ganze Gesindel um uns herum an! Wo haben Jack und Goldlöckchen diese Typen kennengelernt – in einem Kinderalbtraum?«

»Wo *ist* Froggy denn?«, fragte Alex. Nirgendwo auf der Lichtung konnte sie ihren einstmals verfluchten Freund entdecken.

»Er wartet irgendwo im Wald zusammen mit Jack darauf, dass die Zeremonie beginnt«, erklärte Rotkäppchen. »Er ist Jacks Trauzeuge.«

»Oh, das ist ja wunderbar!«, sagte Alex. »Und wer ist Goldlöckchens Trauzeugin?«

Rotkäppchen schnaubte verärgert durch die Nase, ohne sich

diesmal auch nur darum zu kümmern, ob sämtliche anderen Gäste sie hörten. Alex hatte zweifellos einen wunden Punkt getroffen. »Das Pferd.«

Alex musste sich auf die Lippe beißen, um nicht loszuprusten. »Das ergibt Sinn, schätze ich. Goldlöckchen und Hafergrütze haben gemeinsam schließlich eine Menge durchgemacht. Ihr zwei dagegen hattet immer eine recht – wie soll ich das ausdrücken – schwankende Beziehung.«

»Ja, zwischen uns ist es schon immer ein Geben und Nehmen – *ich gebe* und *sie nimmt*«, sagte Rotkäppchen. »Aber wir haben uns versöhnt, nachdem sie mir die gestohlene Diamantenkette zurückgegeben hatte. In ihren Augen war der Diebstahl ein harmloser Scherz gewesen, in meinen eine Tat, die mit dem Tod bestraft werden sollte, bla, bla, bla … Jedenfalls haben wir uns wieder vertragen, und hier bin ich.«

»Das klingt doch gut«, befand Alex.

»Also dann, wie geht es dir, meine Liebe? Und deiner Großmutter, und allen anderen im Königreich der Feen?«, fragte Rotkäppchen. »Glänzend wie immer, nehme ich an?«

Alex stieß einen langen Seufzer aus. »Alle stecken mitten in den Vorbereitungen für den bevorstehenden großen Einführungsball der Feen. Danach werde ich offizielles Mitglied des Rats der Feen und auch des Märchenrats sein«, sagte sie. Dann zögerte sie kurz, auch das andere gewichtige Thema, das sie gerade beschäftigte, anzusprechen – kam jedoch zu dem Schluss, dass es in ihrem Leben derzeit nicht allzu viele Menschen gab, denen sie sich damit anvertrauen konnte. »Und außerdem habe ich gewissermaßen einen *Jungen* kennengelernt.«

Rotkäppchen blinzelte überrascht und riss sich die Brille von der Nase. Ihre großen blauen Augen weiteten sich noch mehr, und ein durchtriebenes Lächeln breitete sich über ihr ganzes Gesicht aus. *»Einen Jungen!«*, wiederholte sie lautstark. Diese Entwicklung war ohne jeden Zweifel zu aufregend, als dass sie sich noch darum hätte sorgen können, unerkannt zu bleiben. »Erzähl mir alles! Wo hast du ihn getroffen? Wie alt ist er? Wie groß? Aus welchem Königreich? Welcher Stand? Welche Spezies?«

Alex hatte Mühe, all die Fragen im Kopf zu behalten. »Er ist der Sohn eines Farmers aus dem Östlichen Königreich. Älter und größer als ich. Und ein Mensch, soweit ich weiß.«

»Fürs Erste«, meinte Rotkäppchen. »Glaub mir, es kann eine ziemliche Belastung für die Beziehung sein, wenn einer der Partner dazu verflucht ist, hin und wieder die Gestalt zu wechseln und als groteske Kreatur zu leben. Aber was du schilderst, klingt sehr vielversprechend! Ein guter, zupackender Mann aus der Arbeiterschicht ist genau nach meinem Geschmack. Wie heißt er?«

»Rook Robins«, sagte Alex und musste allein bei der Erwähnung seines Namens unwillkürlich lächeln.

»Ich sehe schon, du magst diesen Jungen wirklich«, stellte Rotkäppchen mit einer hochgezogenen Augenbraue fest.

Alex seufzte erneut, als sie spürte, wie die Schmetterlinge sich abermals in ihrem Innersten regten. »Ich bin mir nicht einmal sicher, ob ich für all das überhaupt bereit bin«, gestand sie. »Ich habe im Moment einfach so viel um die Ohren, dass ich mich frage, ob ausgerechnet jetzt tatsächlich ein guter Zeitpunkt ist, auch noch einen Jungen in mein Leben zu lassen. In einem fort sorge ich mich, dass sich das Ganze zu etwas wirklich Besonderem oder aber absolut Schrecklichem entwickeln könnte – und ich habe, ganz offen gestanden, keine Ahnung, welche Variante schlimmer wäre.«

»Oh, Alex, du musst dich entspannen und einfach den Augenblick genießen«, riet Rotkäppchen. »Erste Liebe erlebt man nur einmal. Was könnte denn schlimmstenfalls passieren?«

»Er könnte mir das Herz brechen – und mich so dazu bringen, dass ich meine Aggressionen an der ganzen Welt abreagiere und sie zu versklaven versuche, wie die böse Zauberin es getan hat«, antwortete Alex nüchtern.

»Das kommt mir ein wenig überzogen vor«, sagte Rotkäppchen. »Zudem hast du nichts mit Ezmia gemeinsam, weshalb du dir über so etwas keinerlei Sorgen machen musst.«

»Wer kann das schon wissen?«, konterte Alex. »Schließlich passiert mir das gerade zum ersten Mal. Wenn ich darauf nicht ausreichend vorbereitet bin, könnte ich seelische Schäden für mein gesamtes restliches Leben davontragen!«

Rotkäppchen legte Alex eine Hand auf die Schulter und schenkte ihr ein warmes Lächeln. »Der erste Schnitt ist immer der tiefste, aber nicht jeder hinterlässt eine Narbe«, sagte sie. »Wenn du dein ganzes Leben damit zubringst, dich davor zu fürchten, dass du verletzt werden könntest, dann lebst du gar nicht richtig. Du darfst dich nicht so weit von schlechten Dingen abschirmen, sonst kann nämlich auch nichts Gutes mehr zu dir durchdringen. Wenn du dich mit einem süßen Jungen triffst, der dich mag, dann wird dich das nicht traumatisieren.«

»Danke, Rot, das hilft mir sehr«, erwiderte Alex aufrichtig – und ein wenig verblüfft darüber, dass Rotkäppchen sich in solcherlei Dingen offenbar so umfassend auskannte.

»Tja, wenn es ein Thema gibt, bei dem ich mich als Expertin bezeichnen würde, dann die erste Liebe«, verkündete Rotkäppchen. »Andererseits habe ich mit vierzehn zwei Leben ruiniert in dem Versuch, den Jungen zu erobern, den ich mochte … deshalb bin ich mir nicht ganz sicher, wie gut die Ratschläge sind, die ich dir hier gebe. Der Grat zwischen *Liebe* und *Wahnsinn* ist schmal – und ich habe ihn mehrmals in beide Richtungen überquert. Rückblickend kann ich aber sagen: Hätte ich all diese grauenvollen Dinge nicht erlebt, dann wäre ich auch Charlie nie begegnet; auf lange Sicht hat sich somit alles gelohnt.«

Die beiden lächelten einander zu. Rotkäppchen kam der großen Schwester, die Alex nie haben würde, von all ihren Bekanntschaften vermutlich am nächsten. Jahre hatte die junge Königin damit zugebracht, einem Jungen nachzujagen, dessen Herz für sie stets unerreichbar gewesen war, und doch war sie nun hier und stand ihm glücklich an jenem Tag zur Seite, an dem er eine andere Frau heiratete. Rotkäppchen hatte eine beachtliche Entwicklung hinter sich, und wenn es ihr gelungen war, ihren Herzschmerz zu überwinden, dann würde Alex es wohl ebenfalls schaffen.

»Und, wann seht ihr euch wieder?«, fragte Rotkäppchen.

»Morgen Abend«, antwortete Alex. »Wir gehen spazieren.«

»Oh, wie reizend! Ich habe mich immer gefragt, wie arme Leute ihre Rendezvous verbringen«, rief Rotkäppchen aus. »Ich bestehe darauf, dass du morgen vor eurem Treffen kurz auf meiner Burg vorbeischaust. Dann können wir uns über Jungs unterhalten, und ich kann dir bei der Kleiderauswahl behilflich sein.«

»Bist du sicher, dass dir das keine Umstände macht?«, fragte Alex. »Bist du nicht ungeheuer beschäftigt, als Königin deines eigenen Reichs und so?«

»Ach was, es wäre mir ein Vergnügen.« Rotkäppchen winkte ab. »Ich muss lediglich zu dieser albernen kleinen Sitzung der Kammer des Fortschritts, aber du kannst mich begleiten, dann plaudern wir einfach, wann immer es zwischendurch langweilig wird.«

»Was ist denn die Kammer des Fortschritts?«, erkundigte sich Alex. Gewiss hatte sie Rotkäppchen falsch verstanden.

»Habe ich dir davon noch gar nicht erzählt?«, fragte Rotkäppchen. »Die Kammer des Fortschritts ist quasi das Gleiche wie diese Einrichtung aus deiner Welt, die du mir beschrieben hast – die mit den ganzen Repräsentanten?«

»Der Kongress?«, fragte Alex.

»Ja, genau der!«, bestätigte Rotkäppchen beglückt. »Ich habe beschlossen, so etwas auch hier nachzubilden! In der Kammer des Fortschritts sitzt je ein Vertreter aus jedem Bezirk meines Königreichs, und alle zusammen unterstützen sie mich dabei, Entscheidungen zu treffen. So ist jeder Beschluss ausgewogen, und niemand kann mir allein die Schuld geben, wenn irgendetwas nicht rundläuft. Aber *Kongress* klang so öde und langweilig; ich wollte, dass mein Repräsentantenhaus einen verheißungsvollen, erbaulichen Namen trägt, wenn es schon mit einer so großartigen Aufgabe betraut ist. Und da kam mir der Gedanke, dass sich *Königin Rotkäppchens Kammer des Fortschritts* viel besser anhören würde.«

Zwischen den Bäumen ringsum bewegte sich mit einem Mal etwas; offenbar näherten sich mehrere Leute aus unterschiedlichen Teilen des Waldes der Lichtung.

»Apropos *trauen* – ich glaube, die Hochzeit fängt jeden Moment an«, sagte Alex.

Wie auf Kommando traten im selben Augenblick, in dem die Sonne den Horizont berührte, die noch fehlenden Gäste aus den Bäumen rund um die Freiluftkapelle hervor – einer zwielichtiger als der andere. Unter ihnen war ein am ganzen Körper von gelben Warzen übersäter Oger, der in der ersten Reihe Platz nahm. Ihm folgte eine Frau mit grellroten Augen, die offenbar mit der Hexe ganz hinten bekannt war und sich zu ihr setzte. Ein wild aussehender Zwerg führte einen blinden Kumpel mit zwei Augenklappen herbei, und die beiden ließen sich in der Nähe von Alex und Rotkäppchen nieder. Ein Koboldpaar mit grün geschuppter Haut pflanzte sich vor ihnen auf einen Baumstamm.

Dicht neben Alex und Rotkäppchen machte es sich eine Frau in kastanienbraunen Gewändern bequem; einzig ihre wunderschönen grünen Augen waren unverhüllt. Sie wirkte recht freundlich, doch ebenso wie Rotkäppchen wollte Alex in dieser Gesellschaft ungern allzu viele Bekanntschaften schließen.

Rotkäppchen legte den Kopf in den Nacken, blickte zum Himmel empor, atmete tief ein und aus und mühte sich, die Panik abzuschütteln, die die Neuankömmlinge ihr bereiteten. Ein lautes Flattern schreckte Alex auf, als Mutter Gans auf Lesters Rücken aus den Lüften heranrauschte. Die beiden landeten im vorderen Bereich der Lichtung, und Mutter Gans nahm ihren Platz hinter der steinernen Kanzel ein. Sie genehmigte sich einen herzhaften Schluck aus dem Flachmann, den sie in ihrem Hut verborgen hatte, und räusperte sich dann, um die Zeremonie zu eröffnen.

»Hallo, werte Damen und Herren und was auch immer ihr sonst sein mögt«, setzte Mutter Gans an. »Uns ist klar, dass viele von euch unter Zeitdruck stehen, da sie gerade auf der Flucht vor dem Gesetz sind, oder in der Vergangenheit versucht haben, einander zu fressen oder umzubringen – daher werden wir die Feierlichkeiten so kurz und schmerzlos halten wie möglich, um niemandem Unannehmlichkeiten zu bereiten. Möge die Hochzeit beginnen!«

Die Menge jubelte, was sich in einer interessanten Kombination aus Johlen, Brüllen und Knurren äußerte. Jack und Charlie – der Mann, der für die Zwillinge bis in alle Ewigkeit

Froggy bleiben würde – tauchten zwischen den Bäumen hinter der Kanzel auf. Beide trugen schicke Anzughemden und sahen so adrett und charmant aus wie eh und je. Jack wirkte ebenso nervös wie Rotkäppchen, doch war es in seinem Fall eine unverkennbar freudige Aufregung.

Vom anderen Ende der Lichtung ertönte eine Reihe leiser Hufschläge, und Alex wandte sich um und erspähte ein weiß und braun geschecktes Fohlen, das nun den Mittelgang herunterkam. Der kleine Hengst hielt ein Körbchen voller Rosenblätter im Maul und atmete sehr schwer, wobei er die Blütenblätter aus dem Korb blies und mit jedem Schnauben weiter auf dem Boden verteilte.

»Wie niedlich! Wer ist das?«, flüsterte Alex Rotkäppchen zu.

»Das ist Hafergrützes neugeborener Sohn«, wisperte Rotkäppchen zurück. »Sie nennen ihn Flöckchen.«

Kaum hatte Flöckchen die Stirnseite der Lichtung erreicht, da trottete seine cremeweiße Mutter hinter ihm mit einem Gänseblümchenstrauß im Maul den Gang entlang. Sobald sie bei ihrem Sohn und den anderen an der Kanzel angelangt war, schloss sie rasch die großen Pferdelippen um die Blumen, mahlte und schluckte.

»Alle, die noch Beine haben, erheben sich nun bitte für die Braut«, bat Mutter Gans.

Die Gäste standen auf und drehten sich zum hinteren Teil der Lichtung um. Rotkäppchen blieb sitzen, bis Alex sie auf die Füße zog.

Ein Schwarm Spatzen hoch oben in den Baumkronen stimmte eine romantische Ballade an, als Goldlöckchen erschien. Sie war atemberaubend: barfuß und in einem schlichten, aber eleganten weißen Spitzenkleid mit langer Schleppe.

Ihre goldenen Locken fielen ihr offen bis zur Taille. Wildblumen waren um den Griff ihres Schwerts geflochten, und sie hielt es auf dem Weg den Gang hinunter vor sich wie einen Blumenstrauß. Wunderschön und tödlich, ganz wie Goldlöckchen selbst.

Trotz der Vielzahl grausiger Gäste wurde es eine unleugbar märchenhafte Zeremonie. Goldlöckchen erreichte die Kanzel, und sie und Jack traten mit Tränen in den Augen vor Mutter Gans.

»Na, setzt euch schon endlich«, wies Mutter Gans die Menge an. Nachdem die Gäste ihrer Aufforderung nachgekommen waren, machte sie sich daran, die Trauung zu vollziehen. »Vor siebenundachtzig Jahren – *Hoppla, falsche Rede! Verzeihung!* – Ihr Lieben, wir haben uns heute *weiß der Himmel wo* versammelt, um die Vereinigung dieser beiden Flüchtigen zu feiern.«

Mutter Gans richtete das Wort an Jack. »Willst du, Jack, die hier anwesende Goldlöckchen – eine Frau, der zahllose Einbrüche vorgeworfen werden, dazu Diebstahl, Flucht vor dem Gesetz –«

»Versuchter Mord, nicht zu vergessen!«, rief Rotkäppchen zur Kanzel hinauf.

»Hätte ich nicht vergessen«, kommentierte Mutter Gans. »*Und* versuchter Mord – zu deiner unrechtmäßig angetrauten Ehefrau nehmen, in guten wie in schlechten Zeiten, in Freiheit und Gefangenschaft, bis dass der Tod euch scheidet?«

Darüber musste Jack nicht eine Sekunde nachdenken. »Ich will«, sagte er mit dem breitesten Lächeln, das Alex je an ihm gesehen hatte.

Mutter Gans wandte sich an Goldlöckchen. »Goldlöckchen, willst diesen Mann – einen Volkshelden, dessen Ruf du im Alleingang ruiniert hast – zu deinem unrechtmäßig angetrauten

Ehemann nehmen, in guten wie in schlechten Zeiten, in Freiheit und Gefangenschaft, bis dass der Tod euch scheidet?«

Goldlöckchen war nie in ihrem Leben glücklicher gewesen. »Ich will«, sagte sie.

»Tja, wenn das so ist, dann bringen wir es besser hinter uns!«, schmetterte Mutter Gans. »Kraft meines mir vom Märchenrat mehr oder minder anvertrauten Amtes erkläre ich euch hiermit zu Mann und Frau! Du darfst die Braut jetzt küss-«

Noch ehe sie es ihnen offiziell erlaubt hatte, prallten Jacks und Goldlöckchens Lippen aufeinander, und die Gästeschar brach abermals in wilde Jubelrufe aus. Nach ihrem Kuss schwangen die beiden Angetrauten sich auf Hafergrütze und galoppierten den Mittelgang wieder hinunter und hinein ins Abendrot, dicht gefolgt von Flöckchen.

Mutter Gans schnippte mit den Fingern, und über Hafergrützes Rücken erschien wie aus dem Nichts ein Schild, auf dem

Frisch vermählt

stand. Auf wundersame Weise hatte die Hochzeitszeremonie jegliche Ängste und Bedenken, die Alex wegen des Spaziergangs mit Rook gehegt hatte, vertrieben. Sie wünschte sich, eines Tages ebenso glückselig zu sein wie Jack und Goldlöckchen, und mit einem Mal war es ihr ganz gleich, wie viele emotionale Hindernisse sie dafür würde überwinden müssen.

»So, und jetzt verschwindet alle von hier, bevor mich noch jemand mit euch erwischt«, drängte Mutter Gans. »Und an den Oger ganz hinten – du schuldest mir noch siebzehn Goldmünzen von unserem Kartenspiel letzte Woche! Das habe ich nicht vergessen!«

Sämtliche Gäste stahlen sich so eilig in den Wald davon, wie sie zuvor aufgetaucht waren. Froggy gesellte sich zu Alex und Rotkäppchen in die Mitte der Lichtung und schloss Alex fest in die Arme.

»Hallo, Alex! Wie immer wunderbar, dich zu sehen!«, sagte er. »Eine ganz herzallerliebste Hochzeit, findest du nicht?«

»Die Trauung war ein Traum«, sagte Alex. »Meinst du nicht auch, Rot?«

Rotkäppchen antwortete nicht. Sie hatte die Arme verschränkt und starrte mit finsterer Miene Jack und Goldlöckchen hinterher.

»Liebling, was ist denn los?«, erkundigte sich Froggy. »Hat dir die Zeremonie nicht gefallen?«

»Oh, doch, doch«, beteuerte Rotkäppchen wenig überzeugend. »Besonders das Kleid – es war nämlich *meins*! Sie hat es mir gestohlen!«

Kapitel 5

Friedhofserkenntnisse

Nach einem Flug, der gefühlt eine ganze Woche gedauert hatte, erreichten Conner und seine Mitschülerinnen endlich den Londoner Flughafen Heathrow, wo sie in ihre Anschlussmaschine nach Berlin umstiegen. Inmitten derart vieler anderer Reisender aus den unterschiedlichsten Ländern und Kulturkreisen kam Conner sich ungeheuer weltmännisch vor. Er war überzeugt, dass er wesentlich reifer nach Hause zurückkehren würde, als er von dort aufgebrochen war – reifer, wenn auch reichlich erschöpft.

Als das zweite Flugzeug auf deutschem Boden aufsetzte, hatte Conner nur drei der insgesamt fünfzehn Stunden in der Luft verschlafen und fragte sich, ob seine Halsmuskulatur sich je von der unnatürlichen Haltung auf dem beengten Kabinenplatz erholen würde.

»Wir sollten alle versuchen, ein wenig auszuruhen, sobald

wir ins Hotel kommen«, wies Mrs Peters ihre Schützlinge an, während sie ihnen voran zur Gepäckausgabe marschierte. »Wir wollen ja nicht völlig übermüdet zur Lesung morgen erscheinen.«

Sie sammelten ihr Gepäck ein und folgten Mrs Peters durch den überfüllten Berliner Flughafen, immer den Ausgangsschildern nach. Dann drängten sie sich ins Freie, wo ein von Mrs Peters organisierter kleiner Van bereitstand, um sie abzuholen. Der Fahrer war ein streng dreinblickender älterer Herr mit fülligem Gesicht und dünnem Schnurrbart. Er hielt ein Schild in die Höhe, auf dem PETERS stand.

»*Guten Tag*«, begrüßte Mrs Peters ihn auf Deutsch. »Ich bin Evelyn Peters – nett, Sie kennenzulernen.«

»HALLO«, sagte Cindy sehr laut zu dem Fahrer und nötigte ihn, ihre Hand zu schütteln. »WIR KOMMEN AUS DEN USA. ES IST UNS EINE EHRE, IHR LAND BESUCHEN ZU DÜRFEN.«

Alle verdrehten die Augen, bis auf den Fahrer. Zweifellos hatte er bereits häufiger mit Touristen wie Cindy zu tun gehabt – solchen, die gleich all ihren Landsleuten einen schlechten Ruf einbrachten.

»Ich bin deutsch, nicht schwerhörig«, stellte er in tadellosem Englisch klar. »Kommt, ich lade eure Taschen ein, und dann machen wir uns auf den Weg zu eurem Hotel.«

Sobald sie den Flughafen hinter sich gelassen hatten, wurden sämtliche Augenpaare der Gäste groß vor Staunen angesichts der ersten Eindrücke, die sie von dem neuen Land erhaschten. Conner fühlte sich prompt an seinen ersten Besuch im magischen Land erinnert; sie waren so weit von zu Hause entfernt und fanden sich hier doch in einer sehr vertrauten, wenn auch ganz eigenen Welt wieder. Die Bücherkuschlerinnen zückten ihre Handys und begannen, alles zu knipsen, was ihnen vor die Linse kam.

»Schaut mal, ein Telefonmast!«, sagte Lindy und zeigte den anderen das Foto, das sie soeben aufgenommen hatte.

»Nicht anders als daheim«, kommentierte Bree.

»Aber es ist ein *deutscher* Telefonmast«, giftete Lindy, als wäre Bree schwer von Begriff.

Jede Straße, durch die der Van rollte, eröffnete ihnen den Blick auf neue Sehenswürdigkeiten, wie sie sie zu Hause vergeblich gesucht hätten. Eine gewaltige Kathedrale mit Wasserspeiern erhob sich neben einem Bürogebäude, das gänzlich aus Glas zu bestehen schien. Die abstrakte Skulptur eines Luftballonhundes thronte in der Nähe eines Denkmals zu Ehren eines berühmten deutschen Dichters. Winzige Geschäfte, die Lebkuchenhäuschen ähnelten, reihten sich an einer Straße gegenüber von Einkaufszentren, die jenen in den USA glichen.

Berlin war vollkommen anders als jede Stadt, die Conner und die Mädchen bisher besucht hatten: eine Mischung aus Alt und Neu, mit Gedenkstätten, die an Menschen und Ereignisse aus der Vergangenheit erinnerten, in direkter Nachbarschaft von Monumenten, die zukunftsträchtigen Ideen und Konzepten Tribut zollten.

»Berlin gehört ganz führend zu jenen Metropolen, die unsere heutige Welt entscheidend geprägt und geformt haben«, sagte Mrs Peters. »Hier findet sich Geschichte, wohin man auch blickt – teils ehrwürdig, teils schrecklich, in jedem Fall aber höchst bedeutsam.«

Conner nahm sich ihre Worte zu Herzen. Er schaute aus dem Fenster und grübelte, wie viele Menschen wohl vor ihm bereits durch diese Straßen gegangen und gefahren sein mochten und wie ihr Leben ausgesehen haben mochte.

»Mir kommt es eher *dreckig* als *geschichtsträchtig* vor«, meinte Mindy wenig begeistert. »Guckt euch bloß die Mauer dort drüben an – voller Graffiti!«

»Das ist die Berliner Mauer, Mindy«, sagte Bree. »Eine der wichtigsten historischen Stätten der Welt.«

Der Fahrer gab ein verhaltenes belustigtes Schnauben von sich, und Mindy lief scharlachrot an. Die anderen Mädchen machten sich hastig daran, so viele Bilder wie möglich zu schießen.

»Oh«, machte Mindy. »Tja, dann sollte man doch erwarten können, dass irgendwo ein Hinweisschild steht oder so.«

Hin und wieder erspähten sie an einer Bushaltestelle oder Werbefläche ein braunes Plakat, das die Brüder-Grimm-Veranstaltung ankündigte.

An einigen Haltestellen war das Poster sogar ins Englische übersetzt worden:

Die Freie Universität Berlin präsentiert:
Das Grimm-Fest
Gehören Sie zu den Ersten, die drei nie zuvor erzählten Märchen der Brüder Grimm lauschen, wenn eine Forschungsgruppe der Freien Universität Berlin eine jüngst entdeckte Zeitkapsel der berühmten Sprachwissenschaftler und Geschichtensammler öffnet.
Mittwoch, 12 Uhr mittags
Alter St.-Matthäus-Kirchhof
Weitere Informationen und Tickets erhältlich über die Kommunikations- und Informationsstelle der Freien Universität Berlin

Die Werbung und Aushänge in der ganzen Stadt schürten die Vorfreude und Aufregung der Gruppe noch mehr. Mrs Peters zog einen dicken Reiseplan aus ihrer Tasche und ging ihn gemeinsam mit ihren Schülern durch.

»Lasst uns allesamt ein kurzes Nickerchen machen, wenn wir da sind, und dann vor dem Abendessen vielleicht noch einen Spaziergang durch die Stadt«, sagte sie. »Die Geschichten werden morgen Mittag auf dem Friedhof vorgetragen, also treffen wir uns um zehn Uhr zum Frühstück – das ist im Übernachtungspreis inbegriffen. Oder, falls ihr ausschlafen wollt, um Punkt elf Uhr an der Eingangstür. Nach der Lesung können wir irgendwo zu Mittag essen, und für den Nachmittag habe ich eine Fahrradtour durch den Tiergarten geplant. Am Donnerstag besichtigen wir dann das Brandenburger Tor, das Bundeskanzleramt und einige Museen. Für unseren letzten Tag dachte ich mir, wir könnten bis zu unserem Rückflug noch durch ein paar Geschäfte schlendern.«

Alle nickten begeistert, auch wenn Conner die Idee, einen ganzen Tag mit Shoppen zu verbringen, nicht in gleichem Maße zusagte wie den Mädchen.

Wenig später erreichte die Gruppe das Hotel »Kaiserpalast«, das den Erwartungen, die sein Name weckte, jedoch nicht im mindesten gerecht wurde: Nichts an dem recht kleinen, sehr einfachen Gästehaus mit nur wenigen Angestellten war majestätisch oder palastartig. Nach den gerahmten Fotos an der Wand zu schließen, befand es sich schon seit der Zeit zwischen den Weltkriegen im Besitz ein und derselben Familie.

Die ältere Dame hinter dem Empfangstresen sah ebenfalls aus, als säße sie bereits seit Vorkriegszeiten dort. Sie war großgewachsen, mit lockigem grauem Haar, und die Perlen ihrer Brillenkette bildeten den einzigen Farbklecks in der tristen Eingangshalle. Ihr Englisch war weniger gut als das des Fahrers, doch Mrs Peters und ihre Schüler konnten problemlos einchecken.

Allerdings wirkte die Dame deutlich gereizt, als sie ihnen half, ihre Zimmer zu finden. Conner vermochte sich nicht festzulegen, ob sie wohl eine Abneigung gegen Amerikaner im Speziellen oder Menschen im Allgemeinen hegte. Mrs Peters ging ihr bei der Verteilung der Zimmerschlüssel zur Hand.

»Ich bezweifle zwar, dass ich mir bei unserer Gruppe deswegen Sorgen machen muss, möchte jedem von euch aber nichtsdestotrotz noch einmal ins Gedächtnis rufen: Während der gesamten Exkursion gelten sämtliche Schulregeln und Umgangsformen in aller Strenge, auch wenn wir uns in einem anderen Land befinden«, ermahnte Mrs Peters ihre Schützlinge. »Und jetzt ab ins Bett mit euch, versucht, ein wenig zu schlafen.«

Sie bestiegen den Aufzug. Wendy und Lindy teilten sich ein Zimmer im zweiten Stock; Bree wohnte zusammen mit Mindy und Cindy im dritten Obergeschoss. Conner hatte sein eigenes Zimmer im vierten, doch Mrs Peters blieb im Fahrstuhl, nachdem er ausgestiegen war.

»Wo ist denn Ihr Zimmer, Mrs Peters?«, fragte Conner und hielt ihr die Aufzugtür offen.

»Ich habe für mich die Kanzler-Suite gebucht«, ließ sie ihn wissen. »Wenn Sie erst einmal in meinem Alter sind, Mr Bailey, werden Sie feststellen, dass nichts auf der Welt eine Reise wert ist, wenn man diese Reise nicht in höchstem Komfort verbringen kann. Schlafen Sie gut.«

Die Fahrstuhltüren glitten zu, und Conner bezog sein Zimmer. Es überraschte ihn nicht, wie vollkommen karg es war: ein kleines, dem Anschein nach äußerst unbequemes Bett, brauner Teppichboden, der so alt roch, wie er aussah, und eine beige Tapete, die sich in den Ecken bereits abschälte. Conner störte sich daran jedoch nicht allzu sehr; ihm war klar, dass seine Unterkunft schlicht sein Reisebudget spiegelte.

Er wuchtete Betsy auf einen Stuhl in der Ecke und warf sich auf das Bett. Es war noch härter, als er erwartet hatte, und die Laken fühlten sich an, als bestünden sie aus Papier. So ungemütlich es auch sein mochte, ganz sicher würde er auf der Stelle einschlafen, sobald sein Körper sich in der Waagerechten befand – allerdings war er auch nach zehn Minuten, in denen er mit geschlossenen Augen dagelegen hatte, noch hellwach. Entweder wegen des Jetlags – oder er war einfach zu müde, um einzuschlummern.

»Ob Alex wohl gerade Zeit hat?«, murmelte er vor sich hin. »Sie hätte ihre helle Freude daran, dieses Zimmer zu sehen.«

Er klappte Betsy auf und nahm die kleine Spiegelscherbe heraus. Mit dem Zeigefinger tippte er auf das Glas, und sofort begann es zu schimmern in dem Versuch, eine Verbindung zwischen ihm und seiner Schwester in der Märchenwelt herzustellen. Conner starrte sein Spiegelbild an und hoffte, dass es sich jeden Moment in das Gesicht seiner Schwester verwandeln würde. Leider jedoch blieb sein Antlitz unverändert.

»Wenn magische Spiegel doch bloß Anrufbeantworter hätten«, seufzte Conner und feuerte die Scherbe zurück in seinen Koffer.

Er trat ans Fenster und ließ den Blick über den begrenzten Ausschnitt Berlins schweifen, den er durch die Scheibe erkennen konnte. Ein kleiner Teil von ihm fühlte sich geborgen in dem Wissen, dass er sich an der ehemaligen Wohn- und Wirkungsstätte der Brüder Grimm befand. Vielleicht hatten seine Großmutter und die anderen Feen sich genau hier, in der Straße, an der sein Hotel stand, einst mit den Brüdern Grimm getroffen. Womöglich war in dem Gebäude, das nun ihn beherbergte, einst eine alte Wirtsstube untergebracht gewesen, in der Mutter Gans die beiden eines Nachmittags auf ein Bier eingeladen hatte.

Mrs Peters hatte recht: Diese Stadt barg so viel Geschichte – mehr, als Conner sich je vorgestellt hatte. Er hätte schwören können, dass er tief unter sich im Boden das alte, weise Herz Berlins schlagen spürte.

Nach einigen Minuten fand Conners Blick zurück zu seinem Hotel, und er bemerkte, dass Bree sich unter ihm aus einem Fenster lehnte. Sie hatte beide Ohrhörer eingestöpselt und betrachtete die Stadt, genau so, wie er es gerade noch getan hatte. Er fragte sich, ob ihr dabei wohl die gleichen Gedanken kamen, und malte sich aus, wie begeistert Bree sein würde, wenn er ihr von jenen Details der deutschen Geschichte erzählte, die nur er kannte. Sicher würde sie ihn dann für ebenso cool halten, wie sie selbst es war.

Bree sah hoch und ertappte Conner dabei, wie er sie musterte. Conner erstarrte, alle Farbe wich ihm aus dem Gesicht. Unfassbar, dass er so unvorsichtig gewesen war. Doch Bree lachte bloß und winkte zu ihm herauf. Conner winkte zurück und tat, als hätte er sie gerade erst bemerkt. Rasch schloss er sein Fenster und die Vorhänge, ehe er sich noch mehr als Stalker outen konnte, und legte sich zu dem von Mrs Peters angeordneten Nickerchen aufs Bett.

Als er wieder aufwachte, überkam ihn der Jetlag mit solcher Heftigkeit, dass Conner das Gefühl hatte, sich unter Wasser zu befinden.

Er machte sich mit Mrs Peters und den Mädchen zu einem Spaziergang auf, und gemeinsam nahmen sie in einem kleinen Restaurant ein Stück weit die Straße hinunter ein schnelles Mittagessen ein. Conner gab sich alle Mühe, Bree vollkommen zu ignorieren – er war felsenfest davon überzeugt, dass seine Wangen explodieren würden, sollten sich ihre Blicke auch nur ein weiteres Mal für eine Sekunde treffen.

Zurück auf seinem Zimmer, versuchte Conner erneut, Alex zu kontaktieren, erreichte sie jedoch noch immer nicht. Er vermutete, dass sie ganz mit den Vorbereitungen für den Ball beschäftigt war.

Am nächsten Morgen schlug Conner ebenso müde die Augen auf, wie er sie am Vorabend geschlossen hatte – und sorgte sich allmählich, dass es sich bei seinem Jetlag um eine lebensbedrohliche Krankheit handeln könnte. Er schielte zu dem Wecker auf seinem Nachttisch hinüber und geriet in Panik, als ihm klarwurde, dass er verschlafen und nur noch fünf Minuten Zeit hatte, um sich zum Abmarsch in der Eingangshalle einzufinden. Er sprang aus dem Bett, als hätte jemand den Feueralarm betätigt, zog sich hastig an und putzte sich die Zähne.

Auf den Fahrstuhl wartete Conner gar nicht erst – er raste die Treppen hinunter ins Erdgeschoss, schnappte sich noch rasch eine Scheibe Toast vom Frühstücksbüfett und stieß dann um fünf Minuten *nach* elf zu Mrs Peters und den Mädchen am Hoteleingang, wo sie sich um einen Ständer mit Broschüren drängten und über all die Dinge schlaumachten, die es in der Umgebung zu erleben gab.

»Tut mir leid, dass ich spät dran bin«, keuchte Conner. »Ich habe verschlafen.«

Die Bücherkuschlerinnen blitzten ihn so finster an, als hätte er ein Staatsverbrechen begangen.

»Halb so schlimm, Mr Bailey«, sagte Mrs Peters. »Fünf Minuten sind keine Tragödie.«

»Nur gut, dass du kein Rettungssanitäter oder Zugführer bist«, meinte Mindy mit verschränkten Armen. Sie und die Bücherkuschlerinnen würden sich keine Gelegenheit, an ihm herumzumäkeln, entgehen lassen.

»Wir machen uns besser auf den Weg zum Friedhof, damit wir vor der Lesung ein wenig das Rahmenprogramm der Feierlichkeiten genießen können«, bestimmte Mrs Peters.

Gemeinsam verließen sie das Hotel, vor dem der Fahrer vom Vortag auf sie wartete. Sie bestiegen erneut den Van und rutschten allesamt bis zur Kante ihrer Sitze nach vorn, voller Vorfreude auf ihr erstes Abenteuer auf deutschem Boden.

Der Van fuhr zügig durch die Straßen Berlins, und wieder fotografierten die Mädchen ohne Unterlass. Ihr Weg führte durch den Tiergarten, der sich wie eine deutsche Version des Central Park mitten in der Stadt erstreckte, und vorbei am symbolträchtigen Brandenburger Tor. Conner erkannte es sofort an den Säulen und der Statue der Quadriga obenauf. Einige Minuten später, nachdem sie ein verwinkeltes Labyrinth aus Gebäuden durchkurvt hatten, hielt der Wagen endlich am Alten St.-Matthäus-Kirchhof.

Conner hatte sich den Friedhof völlig anders vorgestellt. Das Gelände lag am Ende einer langen Sackgasse und wirkte beinahe wie ein Vorhof der hohen Wohnblocks und Bürokomplexe ringsum. Ein überdachter Spielplatz befand sich nur wenige Meter von dem einhundertfünfzig Jahre alten Friedhofstor entfernt – selbst hier machten die Berliner in ihrem Bestreben, Altes mit Neuem zu verbinden, keine Ausnahme.

An dem massiven steinernen Tor, das den Eingang zum Friedhof bildete, rankten sich Überreste toten Efeus empor, und auf der Spitze thronte ein Kreuz. Obwohl es sich dabei um die zweifellos älteste Bausubstanz in diesem Teil der Stadt handelte, hatte die Pforte sich ihre Würde und Erhabenheit über die Jahre bewahrt: Etwas daran war schlicht respekteinflößend.

Braune Willkommensplakate mit Werbung für das Grimm-

Fest bedeckten das gesamte Mauerwerk. Der Van der kleinen Gruppe war einer von vielen Bussen und Transportern, die Menschen zur Lesung brachten. Sogar einige Fernsehteams waren vor Ort, um über die Veranstaltung zu berichten.

»Da sind wir!«, sagte Mrs Peters. Sie lotste ihre Schützlinge aus dem Wagen und führte sie durch das Steintor.

»Gruselig hier«, meinte Lindy, und Wendy nickte zustimmend. Nur zögerlich wagten die beiden sich weiter auf das Gelände vor.

»Total cool hier«, widersprach Bree und knipste den Eingang; es war ihr erstes Bild auf der gesamten bisherigen Reise.

Hinter der Pforte ging es auf dem Friedhof sehr festlich zu. Wohin man auch schaute, überall tummelten sich Studenten der Freien Universität Berlin in zu den Postern passenden braunen T-Shirts und beantworteten die Fragen der Gäste. Lehrer und Schüler sämtlicher Klassenstufen und aus aller Herren Länder standen in Grüppchen zusammen und unterhielten sich in den verschiedensten Sprachen.

Die meisten der Anwesenden drängten sich um die winzige Kapelle in der Mitte des Friedhofs. Die Stufen, die zu der Plattform vor dem Portal hinaufführen, waren mit einem roten Samtseil abgesperrt, so dass aus der terrassenähnlichen Fläche eine Art kleiner Bühne wurde, in deren Mitte sich eine weiße Säule mit einem gläsernen Schaukasten obenauf erhob. In diesem Kasten wiederum stand eine sehr alte Holzkiste. Conner wusste sofort und ohne jeden Zweifel, dass er die Zeitkapsel der Brüder Grimm vor Augen hatte. Er grinste von einem Ohr zum anderen. Alex und seine Großmutter wären ebenso glücklich gewesen wie er, wenn sie ihn hätten sehen können – umgeben von so vielen Menschen, die seine Begeisterung für das Werk der Brüder Grimm teilten.

»Mrs Weiss! Mrs Weiss!«, rief Mrs Peters in die Menge. Eine Frau, die man nur als deutsche Ausgabe von Mrs Peters beschreiben konnte, drehte sich zu ihnen um. Sie trug beinahe exakt die gleiche Brille wie Conners Lehrerin, und auch ein auffallend ähnliches Kleid.

»Mrs Peters! Was für eine Freude, Sie zu sehen!«, sagte Mrs Weiss und umarmte ihre alte Bekannte.

»Meine Lieben, darf ich euch eine frühere Kollegin von mir vorstellen? Das hier ist Mrs Weiss«, wandte Mrs Peters sich an Conner und die Mädchen. »Nur dank ihr sind wir heute hier. Sie unterrichtet Englisch in Frankfurt und hat sich sofort mit mir in Verbindung gesetzt, als sie von dieser Veranstaltung erfahren hatte.«

»Ich freue mich so, dass ihr alle kommen konntet«, sagte Mrs Weiss und warf einen Blick auf ihre Armbanduhr. »Die Lesung sollte in rund zwanzig Minuten anfangen, aber schaut euch in der Zwischenzeit doch gern ein bisschen auf dem Friedhof um. Auf dem südlichen Rasen zum Beispiel findet ein Kurzgeschichtenwettbewerb statt.«

»Ja, bitte vergnügt euch ein wenig, während Mrs Weiss und ich uns unterhalten«, wies Mrs Peters ihre Schüler an. »Geht aber nicht zu weit weg.«

Die Gruppe teilte sich auf und verschwand in unterschiedliche Richtungen, wie Motten, die von verschiedenen Lichtquellen angezogen wurden. Mindy und Cindy machten sich gemeinsam auf den Weg; Lindy und Wendy eilten derweil hinüber zum Kurzgeschichtenwettbewerb. Conner schlenderte tiefer in das Labyrinth aus Grabsteinen hinein, um auf eigene Faust den Friedhof näher zu erkunden.

Entlang der Außenmauer reihten sich gewaltige Mausoleen; weiter im Innern waren auf den Rasenflächen kleinere Gräber und Grabmale versprengt. Die Geburts- und Todesdaten reichten teils mehr als zweihundert Jahre zurück. Conner konnte kaum fassen, wie lange die meisten der Toten hier bereits begraben lagen. Allerdings glaubte er, eine leise Ahnung davon zu haben, wie sie sich fühlen mussten – nachdem er auf seinem Flug über den Atlantik immerhin selbst lange Zeit auf engstem Raum eingepfercht gewesen war.

Er streifte an den Grabmonumenten entlang und bewunderte die Säulen, Statuen und Buntglasfenster. Gewiss waren hier die besonders wichtigen und wohlhabenden Verstorbenen beigesetzt – Conner war überzeugt, dass er über kurz oder lang auch die Gräber von Wilhelm und Jacob Grimm finden würde. Doch nach zwei Runden über den Friedhof hatte er ihre letzte Ruhestätte noch immer nicht entdeckt.

Eine Menschentraube scharte sich um eine Reihe kleinerer Gräber in der Mitte des Friedhofsgeländes. Conners Neugier gewann die Oberhand, und er spazierte hinüber, gespannt darauf, was dort los sein mochte.

Als es ihm endlich gelungen war, sich durch die Menge zu schlängeln, sah er den Grund für den Auflauf: Alle drängten sich um vier identische Gräber, die in gleichen Abständen zueinander platziert waren. Die zugehörigen Grabsteine ragten allesamt groß, dunkelgrau und quadratisch dahinter in die Höhe. Conner musste die Namen auf den letzten beiden doppelt lesen, ehe er seinen Augen zu trauen wagte: Er starrte tatsächlich auf die ausgesprochen bescheidenen Begräbnisstätten von Wilhelm und Jacob Grimm, die neben Wilhelms Söhnen Rudolf und Herman beigesetzt waren.

»Unglaublich«, murmelte er.

»Was ist unglaublich?«, fragte eine vertraute Stimme. Conner blickte nach rechts und bemerkte, dass Bree an seine Seite getreten war. Sie hatte sich ebenfalls gerade durch die Schaulustigen bis nach vorn gekämpft.

»Unglaublich, dass das hier ihr Grab ist«, erklärte Conner. »Man sollte doch meinen, die bedeutendsten Geschichtenerzähler aller Zeiten hätten protzigere letzte Ruhestätten. Ich hatte eine große Krypta erwartet, mit Statuen von Märchenfiguren und Buntglasfenstern, die Burgen und Lebkuchenhäuser zeigen. Da ist das hier ziemlich ernüchternd.«

»Mir gefällt es irgendwie«, entgegnete Bree und fotografierte die Gräber mit ihrem Handy. »Sehr schlicht und geschmackvoll, so würde ich auch gern eines Tages in Erinnerung bleiben, denke ich. Außerdem hege ich den leisen Verdacht, dass es die beiden nicht mehr sonderlich kümmert.«

»Das stimmt wohl«, sagte Conner. Dennoch trübte der Anblick seine Stimmung erheblich. Seinem Gefühl nach hätten die Brüder Grimm wesentlich mehr verdient gehabt.

Bree schien seine Enttäuschung beinahe niedlich zu finden. »Ich bezweifle, dass überhaupt irgendjemand der Nachwelt haargenau so im Gedächtnis bleibt, wie er es sich erhofft«, befand sie. »Man muss einfach aus dem, was man hat, das Beste machen und darauf vertrauen, dass es eines Tages anerkannt wird. Immerhin wird wahrscheinlich niemand sonst auf diesem Friedhof eine derart große Menschenmenge anziehen.«

Mit einem Mal hallte der Klang eines Horns über die Gräberreihen. Alle wandten sich zur Kapelle um und erspähten auf der Terrasse einen Mann in festlichen Lederhosen, der in eine Trompete stieß. Es war zwölf Uhr, die Lesung sollte beginnen. Die vielen über das Gelände verteilten Grüppchen sammelten sich vor den Stufen zur Plattform, in fieberhafter Erwartung der nie zuvor erzählten Märchen der Brüder Grimm. Conner und Bree gingen gemeinsam ebenfalls hinüber und schlossen sich wieder Mrs Peters und den Bücherkuschlerinnen an.

»Ich bin so aufgeregt!«, quietschte Cindy und klatschte in die Hände.

»Ich hoffe, in einer der Geschichten geht es um einen schrecklichen Fluch, wie in ›Dornröschen‹«, sagte Mindy. »Gute Flüche und Verwünschungen haben mir schon immer besonders gefallen!«

»Ich wünsche mir, dass unter den neuen Märchen eine Fortsetzung oder Vorgeschichte zu einer ihrer anderen Erzählungen ist«, meinte Lindy. »Es wäre toll, zu erfahren, was unseren Lieblingsfiguren vor oder nach der bekannten Handlung so zugestoßen ist.«

Conner gluckste – er wusste es, würde es seinen Mitschülerinnen jedoch ganz gewiss nicht anvertrauen.

»Was ist denn so witzig, Conner?«, fragte Mindy.

»Oh, nichts, ich bin bloß auch ganz kribbelig«, antwortete er mit einem Schulterzucken.

Eine Frau kam aus der Kapelle, und die Menge begrüßte sie mit herzlichem Applaus. Conner nahm an, dass es sich um eine deutsche Prominente handeln musste. Sie war hochgewachsen und füllig, hatte ein rundes, rosiges Gesicht und trug ein leuchtend orangerotes Kleid mit großen Knöpfen, das perfekt zu ihrem kurzen, lockigen roten Haar passte. Nun trat sie an das Mikrophon, das jemand neben der Zeitkapsel aufgebaut hatte, und winkte der Menge zu.

Zuerst begrüßte sie die Gäste auf Deutsch, dann auf Französisch und zuletzt auf Englisch.

»Guten Tag allerseits und willkommen auf dem St.-Matthäus-Kirchhof«, rief sie gutgelaunt mit deutschem Akzent. »Mein Name ist Sofia Amsel, und die Freie Universität Berlin gewährt mir das Vergnügen, euch und Ihnen allen heute drei völlig unbekannte Märchen aus der Feder der Brüder Grimm vorlesen zu dürfen – nie zuvor hat ein Mensch sie gehört.«

Die englischsprachigen Zuhörer in der Menge jubelten. Sofia nahm die hölzerne Kiste aus dem Glaskasten und barg sie vorsichtig in ihren Händen.

»Diese Truhe wurde kürzlich in den Archiven der Freien Universität Berlin gefunden. Sie stammt aus dem Jahr 1811, und es war der Wille der Brüder Grimm höchstpersönlich, dass die darin verstauten Geschichten zweihundert Jahre später ans Tageslicht geholt und der Öffentlichkeit vorgetragen werden sollten«, verkündete Sofia. »Ich werde jedes der Märchen zunächst auf Deutsch, dann auf Französisch und schließlich auf Englisch lesen. Übersetzungen der Geschichten in weitere Sprachen werden zudem in Kürze auf der Website der Freien Universität Berlin zur Verfügung stehen. Und jetzt ist es mir eine Ehre, das erste Märchen präsentieren zu dürfen.«

Die Menge applaudierte voller Vorfreude. Behutsam öffnete Sofia die Holzkiste und entnahm ihr eine altersfleckige Pergamentrolle, die von einer weißen Schleife zusammengehalten wurde. Der Mann in Lederhosen ließ sich die Kiste übergeben und hielt sie umsichtig fest, während Sofia die erste Geschichte ins Mikrophon sprach.

Wie versprochen las sie den Text zunächst auf Deutsch, anschließend auf Französisch. Conner und die Mädchen hörten die deutsch- und französischsprachigen Gäste während des Vortrags vor Begeisterung quietschen und lachen und klatschen, wann immer ihnen eine Stelle besonders gut gefiel.

Conners Nervosität wuchs, je näher die englische Version rückte. Er konnte es kaum erwarten, zu hören, über wen oder was die Brüder Grimm geschrieben hatten, und fragte sich, ob in dem Märchen jemand vorkommen würde, den er oder seine Schwester kannten.

Sofia räusperte sich, ehe sie ins Englische wechselte. »Das erste Märchen heißt ›Der verdrehte Baum‹«, erklärte sie.

Conner schoss sofort die Röte ins Gesicht. Er schnappte so hastig und heftig nach Luft, dass er einen Hustenanfall bekam. Von der Seite spürte er Brees argwöhnischen Blick.

»Das ist ja lustig«, meinte Conner zu ihr, sobald er wieder zu Atem gekommen war. »So heißt auch *meine* Geschichte. Was für ein Zufall.«

»Jaah, ein *Zufall* …«, echote Bree. Ihr Misstrauen hielt sich jedoch nicht lange. Was hätte es schließlich sonst sein sollen, außer einem Zufall? Sie wandte den Blick wieder Sofia zu, die nun aufs Neue aus der Rolle vorzulesen begann.

Es war einmal vor langer, langer Zeit in einem fernen Wald ein Baum, der anders war als alle übrigen Bäume ringsum. Während nämlich die übrigen Bäume schnurgerade in den Himmel emporwuchsen, drehte und wand und verknotete sich der Stamm dieses besonderen Baums. Jeder, der ihn sah, nannte ihn nur den verdrehten Baum, und viele Menschen und Tiere von nah und fern kamen herbei, um ihn in seiner ganzen Pracht zu bewundern.

Nachdem die Menschen und Tiere jedoch wieder verschwunden waren, begannen die anderen Bäume, den armen verdrehten Baum zu verspotten – in einer Sprache, die nur die Pflanzen des Waldes verstehen konnten. ›Wir hassen deine Rinde und deine Äste und deine gedrehten und gewundenen Blätter! Eines Tages wirst du zu Feuerholz zerhackt werden und brennen bis in alle Ewigkeit!‹ Der verdrehte Baum wurde sehr traurig, und jeder, der der Sprache der Pflanzen mächtig gewesen wäre, hätte jede Nacht hören können, wie er sich in den Schlaf weinte.

Jahre später, an einem letzten Wintertag vor dem Frühling, kamen Holzfäller in den Wald; sie waren nicht auf der Suche nach Brennholz, sondern nach Baumaterial. Jeden Baum des Waldes schlugen sie, um daraus Häuser, Tische, Stühle und Betten zu zimmern. Als sie den Wald schließlich wieder verließen, stand nur noch ein einziger Baum, und gewiss wird es niemanden überraschen, dass es sich bei diesem um den verdrehten Baum handelte.

Die Holzfäller hatten gesehen, wie verknotet sein Stamm war und wie verdreht und gewunden die Äste wuchsen, und erkannt, dass sie sein Holz niemals zum Bauen würden nutzen können. Und so konnte der verdrehte Baum allein und in Frieden weiterwachsen, nachdem nun all die anderen Bäume fort waren. Und wenn er nicht gestorben ist, dann lebt und wächst er noch heute.

Die englischsprachigen Zuhörer quittierten das Ende des Märchens mit donnerndem Applaus.

Conner hielt seine Hände sehr still. »Faszinierend«, meinte er mit schuldbewusstem Glucksen zu Bree. »Ich habe mir beinahe exakt die gleiche Geschichte einfallen lassen wie die Brüder Grimm. Da bin ich wohl ein besserer Schriftsteller, als ich dachte.« Er gab sein bestes falsches Lachen von sich und pflasterte sich ein breites Lächeln ins Gesicht, doch ihm entging nicht, dass Bree die Situation ganz und gar nicht komisch fand.

Sie musterte ihn ebenso skeptisch aus dem Augenwinkel, wie sie es bereits im Flugzeug getan hatte. »Jaah … faszinierend«, raunte sie aus dem Mundwinkel, doch *faszinierend* war bei weitem nicht das Wort, nach dem sie eigentlich suchte.

Sofia entnahm der Truhe die zweite Rolle, die ebenfalls mit einer weißen Schleife verschnürt war, und begann, den Text auf Deutsch vorzulesen. Wenig später kam sie auch mit ihrem französischen Vortrag zum Schluss, und endlich war die englische Übersetzung an der Reihe.

»Die zweite Geschichte trägt den Titel ›Der laufende Fisch‹«, verkündete Sofia der eifrig lauschenden Menge.

Conners Augen wurden doppelt so groß – jetzt geriet er allmählich in ernste Schwierigkeiten. Bree schüttelte den Kopf; sie war sicher, sich verhört zu haben.

»Sekunde mal – hat sie gerade gesagt, das Märchen heißt ›Der laufende Fisch‹ –«, setzte Bree an, doch noch ehe sie zu Ende sprechen konnte, las Sofia bereits aus der zweiten Geschichte.

Es war einmal vor langer, langer Zeit ein Fisch, der ganz allein in einem tiefen See lebte. Jeden Tag beobachtete er voller Neid, wie ein Junge aus dem nahen Dorf am Ufer mit den Landtieren spielte: Der Junge rannte mit den Pferden umher, rang mit den Hunden und kletterte gemeinsam mit den Eichhörnchen auf Bäume. Der Fisch sehnte sich ebenfalls geradezu verzweifelt danach, mit dem Jungen zu spielen, doch ihm war klar, dass ihm das in seiner Fischgestalt unmöglich war.

Eines Tages fiel einer Fee, die hoch über dem See dahinflog, ihr Zauberstab ins Wasser. Der Fisch – ein wahrer Kavalier – brachte ihn für sie wieder hinauf an die Oberfläche.

›Zum Dank für deine ehrenhafte Geste werde ich dir einen Wunsch gewähren‹, sprach die Fee zu ihm. Der Fisch überlegte lange, doch tatsächlich gab es nur einen Wunsch, den er unbedingt von der Fee erfüllt haben wollte.

›Ich wünsche mir Beine, genau wie all die Tiere an Land, damit auch ich mit dem kleinen Jungen aus dem Dorf spielen kann‹, sagte der Fisch.

Mit einem flinken Schnippen ihres Zauberstabs verwandelte die

Fee die Flossen des Fischs in Beine und Füße, und zum ersten Mal konnte er aus dem Wasser steigen.

Als der Junge am nächsten Tag wieder erschien, zeigte der Fisch ihm glücklich seine neuen Beine. Die beiden wurden sehr gute Freunde und rannten nun jeden Tag gemeinsam mit den Pferden, rangen mit den Hunden und kletterten zusammen mit den Eichhörnchen auf Bäume. Eines Tages jedoch geriet der Junge beim Spielen zu nah ans Ufer und stürzte in den See. Der Fisch rannte ebenfalls an den Wassersaum und versuchte ihn zu retten, doch ohne seine Flossen konnte er nicht schwimmen. Der kleine Junge konnte es auch nicht, und so ertrank er im See.

Der Fisch grämte sich und wünschte, er hätte nie um Beine gebeten – denn wäre er einfach der gewöhnliche Fisch geblieben, zu dem Gott ihn geschaffen hatte, wäre der kleine Junge auch heute noch am Leben.

Alle Gäste, die auf die englische Version der Geschichte angewiesen gewesen waren, einschließlich Mrs Peters und der Bücherkuschlerinnen, gaben ein bedrücktes Seufzen von sich, als sie das traurige Ende hörten. Einzig Conner und Bree blieben vollkommen stumm. Beiden war im Verlauf des Vortrags der Mund aufgeklappt.

»Wow, *schon wieder* so ein Zufall«, war alles, was Conner hervorbrachte, doch Bree antwortete ihm nicht.

»Ein ausgesprochen betrübliches Märchen, aber ich denke, wir sind uns alle darin einig, dass tragische Geschichten uns wertvolle Lektionen lehren«, wandte Sofia sich nun wieder an ihr Publikum. »Was die Brüder Grimm uns mit diesem Märchen zu vermitteln versuchen, ist in meinen Augen wohl ›Sei vorsichtig, was du dir wünschst‹.«

Mrs Peters runzelte inzwischen ebenfalls grüblerisch die

Brauen. »Ich könnte schwören, dass ich diese Geschichten irgendwoher kenne«, murmelte sie vor sich hin, und Conners Herzschlag beschleunigte sich. »Haben *Sie* nicht ähnliche Texte geschrieben, Mr Bailey?«

»Jep!«, sagte Conner sofort; er war zu dem Schluss gekommen, dass die beste Strategie darin bestand, sich ganz begeistert zu geben. »Meine Geschichten sind den Märchen wirklich unheimlich ähnlich – total verrückt.«

Die Bücherkuschlerinnen verdrehten einhellig die Augen. Mrs Peters lächelte und tätschelte Conner den Rücken; zum Glück schien sie nun keinen weiteren Gedanken mehr daran zu verschwenden.

Bree war so still wie eh und je, starrte ihn jedoch derart durchdringend an, dass Conner praktisch *hören* konnte, wie sie sich mühte, die Sachlage zu durchschauen. Sie war ein Mädchen, das knifflige Rätsel zu schätzen wusste, doch hier stieß sie an ihre Grenzen. Wie konnte Conner die Märchen früher gekannt haben als der Rest der Welt? Bree musste klar sein, dass sie es hier mit weit mehr als einem simplen Zufall zu tun hatte.

Conner war derweil fassungslos über sein katastrophales Pech. Dass er ausgerechnet zwei der drei Geschichten, die die Brüder Grimm in ihrer Zeitkapsel versiegelt hatten, als seine eigenen auszugeben versucht hatte, musste statistisch gesehen unwahrscheinlicher gewesen sein als ein Lottogewinn. Zumindest wähnte er sich nun auf der sicheren Seite: Die wahren Umstände muteten derart unglaublich an, dass das Schlimmste, was man ihm vorwerfen konnte, wohl *telepathischer Diebstahl geistigen Eigentums* wäre. So, wie Bree ihn jedoch musterte, ahnte er, dass *Diebstahl geistigen Eigentums* das Letzte war, was sie gerade im Sinn hatte.

»Jetzt wird es Zeit für unsere dritte und letzte Geschichte«, verkündete Sofia in bedauerndem Tonfall den Zuhörern. »Da unsere englischsprachigen Freunde bislang so geduldig gewesen sind, werde ich diesmal das Märchen zuerst auf Englisch vorlesen.«

Conner stieß einen langen, schweren Seufzer aus und wappnete sich gegen jedweden Ärger, den das dritte Märchen ihm bescheren mochte. Sofia nahm die letzte Pergamentrolle aus der Kiste. Im Gegensatz zu den anderen war um diese eine rote Schleife gebunden.

»Offenbar handelt es sich hierbei um eine sehr wichtige Geschichte – wenn sie schon mit einer anderen Schleife als die übrigen versehen ist«, mutmaßte Sofia.

Sie öffnete das Band. »Das letzte Märchen heißt: ›Das verborgene Schloss‹.«

Conner sackte vor Erleichterung ein wenig in sich zusammen. Er hatte definitiv niemals eine Geschichte über ein verborgenes Schloss geschrieben oder gehört. Mit ein wenig Glück würde das letzte Märchen so gut sein, dass Bree die ersten beiden prompt vergaß. Er betrachtete seine Füße und wünschte sich, die ganze Veranstaltung möge schnellstmöglich zu Ende gehen.

Sofia räusperte sich erneut und fing dann zu lesen an.

Es waren einmal, vor langer, langer Zeit in einem fernen Königreich zwei Brüder, die gern Geschichten erzählten. Jeder in ihrem Dorf liebte es, ihnen dabei zu lauschen, und alle hielten die Brüder für ausgesprochen einfallsreich – doch die beiden hatten ein Geheimnis. Die Geschichten, die sie mit ihrem Dorf teilten, stammten nicht von ihnen selbst, sondern von jemand anderem.

Conners Blick schoss hoch. Etwas an diesem Märchen kam ihm sehr bekannt vor – *zu* bekannt.

Tag für Tag brachen die Brüder auf in den Wald, wo sie sich mit einer wunderhübschen Fee trafen. Und bei jedem dieser Treffen übergab die Fee ihnen eine neue Geschichte, die sie den Leuten in ihrem Dorf erzählen sollten. Die Fee lebte in einem verborgenen Schloss, in dessen Nähe nie auch nur ein Mensch vorgedrungen war, und ihre Geschichten handelten meist von einem der vielen magischen Wesen, die dort mit ihr wohnten. Die Brüder waren sehr dankbar dafür und verrieten keiner lebendigen Seele, dass die Fee und ihr Schloss tatsächlich existierten.

Conner spürte, wie ihm das Herz bis zum Hals schlug. Er lauschte so angestrengt, dass er alles und jeden um sich herum vergaß. Dabei füllte sich sein Kopf mit immer mehr beunruhigenden Gedanken, je vertrauter die Geschichte ihm wurde. Hatten die Brüder Grimm womöglich diese ganze Veranstaltung inszeniert, um endlich den wahren Ursprung ihrer Märchen zu enthüllen? Würden sie sogleich offenbaren, dass es die gute Fee wirklich gab – und dass sie hinter dem Lebenswerk der Brüder stand?

Eines Tages hörte auch der König von den Geschichten der Brüder. Er war ein sehr kluger Herrscher und ahnte, dass Wahrheit in den Märchen steckte. Darum wies er seine Soldaten an, den Brüdern in den Wald zu folgen, als sie wieder zu ihrem Treffen mit der Fee aufbrachen, und ihr Geheimnis wurde aufgedeckt. Der König bestellte die Brüder in seinen Palast und verlangte, dass sie ihn und seine Armee zum verborgenen Schloss der Fee bringen sollten, damit er es einnehmen könnte.

Die Brüder flehten den König an und beteuerten, nicht zu wissen, wo das verborgene Schloss sich befand. Doch der König kannte keine Nachsicht und drohte, sämtliche Bewohner ihres Dorfes töten zu lassen, wenn die Brüder ihm nicht den Weg zum verborgenen Schloss lieferten.

Da die Brüder die Fee, die so gütig zu ihnen gewesen war, nicht in Schwierigkeiten bringen wollten, baten sie einen großen magischen Vogel, der ebenfalls im verborgenen Schloss lebte, um Hilfe. Der magische Vogel gab den beiden eine Karte, die sie dem König überreichen sollten; darauf war der Weg zum verborgenen Schloss eingezeichnet. Was der König jedoch nicht wusste, war, dass es sich bei dem Pfad auf der Karte um einen verzauberten handelte: Er und seine tausendköpfige Armee würden darauf zweihundert Jahre bis zum verborgenen Schloss unterwegs sein.

Der magische Vogel versicherte den Brüdern, dass das verborgene Schloss gegen einen Angriff gewappnet sein würde, bis der König und seine Truppen einträfen. Die Brüder überbrachten also dem König die Karte, und er und seine Soldaten begaben sich sofort auf die Suche nach dem verborgenen Schloss.

Mit ihrem Abmarsch war das Dorf der Brüder vor einer Rache des gierigen Königs gerettet. Jedoch sahen die Brüder weder den magischen Vogel noch die Fee jemals wieder.

Mit der Zeit sorgten sich die beiden, dass der magische Vogel – alt und nachlässig, wie er war – womöglich vergessen hatte, die anderen magischen Wesen im Schloss davor zu warnen, dass eine Armee auf sie zumarschierte. Daher beschlossen die Brüder, eine letzte, eigene Geschichte zu verfassen, und sie ahnten, dass es die wichtigste sein würde, die sie je erzählen würden.

Die Brüder schrieben eine Geschichte, die ihrem eigenen Leben ähnelte – über ein verborgenes Schloss und magische Wesen und einen habsüchtigen König, der all das erobern wollte. Sie verbreite-

ten die Geschichte im ganzen Land, über die Generationen hinweg, in der Hoffnung, dass sie eines Tages jemandem zu Ohren kommen würde, der in der Lage wäre, zu erkennen, was sie wirklich war: kein Märchen, sondern eine verschleierte Warnung.

Eine lange Pause entstand, ehe den Zuhörern klarwurde, dass die Geschichte zu Ende war. Ihr Applaus geriet ebenso verwirrt wie ihre Mienen – das schien ihnen ein reichlich merkwürdiges, unfertiges Märchen zu sein.

»Das ist alles, fürchte ich«, sagte Sofia. »Ich jedenfalls hoffe, dass die Bewohner des verborgenen Schlosses rechtzeitig vor der herannahenden Armee gewarnt wurden. Vielleicht haben die Brüder Grimm ihre letzte Geschichte absichtlich unvollendet gelassen, damit wir alle unserer Phantasie freien Lauf lassen und uns ein eigenes Ende dazu ausdenken können. Nun werde ich den Text auf Französisch vorlesen …«

Conner fühlte sich schwindelig, und sein Magen rumorte. Ihm rasten derart viele Fragen durch den Kopf, dass er sich unmöglich auf eine konzentrieren konnte. Er hörte nicht einmal, wie Sofia die Geschichte auf Französisch und Deutsch vortrug; alles um ihn herum ertrank in einem weißen Rauschen. Wieder und wieder spielte er das Märchen in Gedanken durch – alles, was die Brüder Grimm in der dritten Geschichte geschrieben hatten, war so eindeutig und sorgsam durchdacht. Sie selbst waren die Brüder, um die es in dem Text ging; die Fee war Conners Großmutter; der magische Vogel musste Mutter Gans oder eine der anderen Feen sein; und das verborgene Schloss sollte zweifellos das magische Land versinnbildlichen. Und ebenso, wie es im Text stand, handelte es sich bei der Geschichte nicht wirklich um ein Märchen – sondern um eine Warnung.

Die Brüder Grimm versuchten, *jemanden* darauf hinzuweisen,

dass *etwas* auf dem Weg ins magische Land war. Und da sie es so gewissenhaft arrangiert hatten, dass ihre Geschichte zweihundert Jahre später gehört werden würde, musste die Gefahr, die sich dem magischen Land näherte, ihr Ziel nun beinahe erreicht haben.

Alles war derart offenkundig. Conner blickte sich in der Menge um und hoffte darauf, dass noch jemand außer ihm begriffen hatte, was es mit dem Märchen in Wirklichkeit auf sich hatte. Doch niemand sonst schien die Geschichte in gleicher Manier interpretiert zu haben wie er. Die Märchenwelt schwebte in großer Gefahr, und Conner war der Einzige in der Anderswelt, dem das bewusst war.

»Conner, alles okay mit dir?«, fragte Bree. »Gerade noch warst du knallrot im Gesicht, und jetzt bist du innerhalb von Sekunden leichenblass geworden.«

»Mir geht's gut«, log Conner. »Bloß diese Geschichte … die war so sonderbar …«

»Hatte sie zufällig Ähnlichkeit mit etwas, das du schreiben wolltest?«, erkundigte sich Bree im Scherz, doch Conners Miene sagte ihr, dass irgendetwas ganz und gar nicht in Ordnung war.

Er starrte sie unverwandt an und war doch vollkommen abwesend. Plötzlich war ihm völlig gleichgültig, ob sie wusste, dass er in sie verknallt war, und es kümmerte ihn auch nicht mehr, wie knapp sie und die Bücherkuschlerinnen womöglich davorstanden, die Wahrheit über seine Schwester herauszufinden. Ihm war einzig und allein daran gelegen, seine Großmutter und Schwester zu warnen. Ihnen drohte Gefahr.

Ehe er es sich versah, hatte Sofia ihren Vortrag in den anderen Sprachen abgeschlossen und das Grimm-Fest neigte sich dem Ende zu.

»Im Namen der Freien Universität Berlin danke ich euch und Ihnen für den netten gemeinsamen Mittag«, sagte Sofia. »Ich hoffe, alle Gäste haben die Feierlichkeiten heute genauso genossen wie ich.«

Sie legte die dritte Pergamentrolle zurück in die Truhe, die der Mann in Lederhosen ihr hinhielt, und gemeinsam verschwanden die beiden in der Kapelle. Die Menge machte sich allmählich auf den Weg zum Friedhofsausgang, und Mrs Peters scharte ihrer Schüler um sich, damit sie ebenfalls aufbrechen konnten.

»War das nicht eine bemerkenswerte Lesung?«, fragte Mrs Peters. »Ich werde sie gewiss für den Rest meines Lebens in Erinnerung behalten.«

»Mrs Peters, ich bin am Verhungern. Können wir irgendwo etwas essen?«, quengelte Mindy.

»Natürlich«, sagte Mrs Peters. »Mrs Weiss hat gerade vorgeschlagen, dass wir uns mit ihr und ihren Schülern in einem kleinen Café in der Nähe unseres Hotels treffen sollten, falls niemand Einwände hat –«

»Mrs Peters!«, unterbrach Conner sie. »Darf ich einfach zurück ins Hotel gehen? Mir geht es nicht sonderlich gut, und ich glaube, ich sollte mich besser ein wenig hinlegen.«

Mrs Peters wirkte enttäuscht, jedoch nicht überrascht; Conners Gesicht sprach Bände. »Das tut mir sehr leid, Mr Bailey«, sagte sie. »Selbstverständlich dürfen Sie das. Ich bitte den Fahrer, Sie dort aussteigen zu lassen, ehe er uns zum Mittagessen bringt.«

Für Conners Geschmack dauerte die Fahrt zum Hotel viel zu lange. Er überlegte sogar, ein paarmal zu tun, als müsse er würgen, um das Ganze zu beschleunigen. Kaum hatte der Wagen am Hotel gehalten, sprang Conner hinaus und rannte nach drinnen, ohne auch nur jemandem Gelegenheit zu geben, sich zu verabschieden. Er raste durch die Eingangshalle, stieß dabei beinahe mit drei anderen Gästen zusammen, und wetzte die vier Stockwerke bis zu seinem Zimmer hinauf – er wollte keine Zeit damit verschwenden, auf den Fahrstuhl zu warten.

Oben angekommen, platzte er durch die Tür und verschloss sie hinter sich. Sofort durchwühlte er Betsy nach seiner Spiegelscherbe. Er pochte ungeduldig gegen das Glas, um die Verbindung zu seiner Schwester herzustellen, und betete dabei, dass Alex diesmal erreichbar sein würde. Leider jedoch zeigte die Scherbe ihm nur sein eigenes Spiegelbild.

»Komm schon, Alex!«, rief Conner. »Du musst antworten! Glaub mir, jetzt gerade gibt es nichts Wichtigeres!«

Wieder und wieder tippte er den Spiegel an und gab sich alle Mühe, mit seiner Schwester in Kontakt zu treten, doch vergeblich. Er versuchte es den gesamten restlichen Tag über – ohne Erfolg.

Nie zuvor in seinem Leben war er frustrierter gewesen. Am Abend hörte er ein Klopfen an seiner Zimmertür. Mrs Peters war gekommen, um nach ihm zu sehen. Sie und die Mädchen waren soeben von ihrer Fahrradtour durch den Tiergarten zurückgekehrt.

»Wie fühlen Sie sich, Mr Bailey? Schon besser?«, fragte sie von der Schwelle aus.

»Ich habe nichts Schlimmes, mir ist nur wahnsinnig übel«, meinte Conner. »Ich nehme an, ich habe mir auf dem Friedhof irgendeinen Infekt eingefangen.«

»Soll ich einen Arzt rufen?«, erkundigte sich Mrs Peters.

»Nein, wahrscheinlich ist morgen früh alles wieder in Ordnung«, sagte Conner. »Ein bisschen Schlaf, dann bin ich sicher wie neu.«

»Das hoffe ich doch sehr«, sagte Mrs Peters. »Ich fände es furchtbar schade, wenn Sie die komplette restliche Reise einsam auf Ihrem Zimmer verbringen müssten.«

Sie verabschiedete sich, um ihm Ruhe zu gönnen, doch Ruhe war das Letzte, was Conner in dieser Nacht bekam. Nachdem er noch mehrere Stunden lang alles getan hatte, um seine Schwester zu erreichen, hielt er es in seinem Hotelzimmer nicht mehr aus; er konnte unmöglich tatenlos herumsitzen, während er wusste, dass irgendwo etwas Schreckliches im Gange war.

Conner beschloss, zum Friedhof zurückzukehren, um sich Klarheit und vielleicht gar ein paar Antworten zu verschaffen. Er schlüpfte in seine Jacke und stahl sich leise aus dem Zimmer. Auch diesmal nahm er die Treppen, da er möglichst wenigen Leuten begegnen wollte. Vom Broschürenständer in der Eingangshalle angelte er sich einen Stadtplan und folgte der dort verzeichneten Route bis zum Friedhof. Zu Fuß und im Dunkeln brauchte er dafür eine geschlagene Stunde, und zu allem Überfluss fing es auch noch zu regnen an.

Als er am Alten St.-Matthäus-Kirchhof anlangte, waren bereits sämtliche Plakate vom Tor genommen worden, und Besucher traf er natürlich ebenfalls nicht mehr an. So leer erschien ihm der Ort wesentlich friedvoller. Er nahm denselben Weg wie am Mittag zu den bescheidenen Gräbern der Brüder Grimm. Ringsum war der Boden nun mit Blumen und Geschenken der Lesungsgäste übersät.

Conner betrachtete die Grabsteine mit zusammengekniffenen Augen, als habe er nicht zwei große Steinblöcke, sondern vielmehr zwei sehr stille Menschen vor sich.

»Das war ja eine ziemlich heftige Geschichte«, meinte er zu ihnen. »Gibt es sonst noch irgendwas, das ihr zu erwähnen vergessen habt? Irgendwelche Hinweise, die ihr mir noch geben könnt?«

Der Regen nahm zu, im gleichen Maß wie Conners Frust. Es wurmte ihn tatsächlich, dass die Grabsteine nicht antworteten.

»Welche Armee marschiert auf die Märchenwelt zu? Woher kommt sie? Sind meine Großmutter und meine Schwester in Gefahr? Bitte, ich muss das wissen«, flehte Conner, diesmal mit Blick in den verregneten Himmel über sich.

Leider zeigte sich auch dort kein Zeichen. Er war gezwungen, sich allein auf sein Bauchgefühl zu verlassen. Er hatte keinerlei Zweifel daran, dass seine Anwesenheit auf dem Friedhof am Mittag Schicksal gewesen war – und dass er auch das Märchen nicht nur zufällig gehört und richtig interpretiert hatte. Nun war es an ihm, die Märchenwelt vor der anrückenden Bedrohung zu warnen.

Er hatte bloß keine Ahnung, wie er das anstellen sollte.

Kapitel 6

Königin Rotkäppchens Kammer des Fortschritts

Bis zum Einführungsball der Feen blieb Alex nur noch ein einziger Tag, doch die Feierlichkeiten waren bei weitem nicht das Einzige, was sie beschäftigte. Kaum hatte sie sich bereit erklärt, mit Rook spazieren zu gehen, da musste sie feststellen, dass nun zwei wichtige Angelegenheiten um die Vorherrschaft in ihrem Kopf rangen. In einem Moment zermarterte sie sich das Hirn darüber, was sie zum Ball anziehen und wie sie sich verhalten sollte, im nächsten malte sie sich in Gedanken aus, wie wunderbar oder tragisch ihr Spaziergang werden könnte. Diese beiden Sorgen zu jonglieren, erwies sich als permanenter, zehrender Balanceakt.

Einerseits war sie dankbar dafür, über zwei verschiedene Dinge nachdenken zu müssen, denn das eine lenkte sie vom anderen ab; andererseits hätte Alex alles dafür gegeben, bloß für einen Augenblick oder zwei vor beiden einmal ihre Ruhe zu haben. Sie kam zu dem Schluss, dass sie mit dem Stress der bevorstehenden Ereignisse am besten würde umgehen können, indem sie allem, was sie daran erinnerte, für eine Weile entfloh. Daher nahm sie nur zu gern Rotkäppchens Einladung an, sich am Morgen nach Jacks und Goldlöckchens Hochzeit mit ihr zu treffen.

Bei strahlendem Sonnenschein machten Alex und Cornelius sich früh auf den Weg in Rotkäppchens Königreich. Sie reisten nach Nordwesten, schlugen einen Bogen um das Revier der Trolle und Kobolde – oder Trobolde, wie sie sich nun nannten –, und schon bald kam in der Ferne das winzige Königreich in Sicht.

Ringsum wurde gerade eine hohe Mauer errichtet, an der mehrere Dutzend Steinmetze unermüdlich schufteten, um sie Block für Block in die Höhe zu ziehen. Dem Anschein nach würde die neue Mauer haargenau der vorherigen gleichen, die die Zauberin zum Verschwinden gebracht hatte.

Alex und Cornelius hatten keinerlei Schwierigkeiten, in das Reich zu gelangen. Viele der Wachen am südlichen Tor verneigten sich sogar vor Alex, da sie sie als Vertraute der Königin erkannten. Cornelius trabte würdevoll durch die ländlichen Hügel, die zu Suses Familienfarm gehörten, warf sich vor all den Nutztieren auf den Weiden in Pose und trug Alex schließlich in die kleine Stadt im Herzen des Königreichs, wo Königin Rotkäppchens Burg stand.

Das Städtchen präsentierte sich ebenso entzückend, wie Alex es bei ihrem ersten Besuch zusammen mit ihrem Bruder erlebt hatte: ein freundlicher, malerischer Ort mit jeder Menge Läden, Scheunen, Häusern und Wahrzeichen. Ein Bäcker gab vor seiner Backstube blechweise Kostproben seiner Waren an die vorüberschlendernden Bürger aus. Ein Schmied hatte seine Werkbank im Freien aufgestellt und zeigte einigen Zuschauern, wie Schlüssel gefertigt wurden. Farmer zerrten ihre störrischen Tiere und Kinder durch die Straßen und gingen ihrem Tagwerk nach.

Rotkäppchens Königreich hatte sich bestens von dem Tumult erholt, in den die Zauberin es gestürzt hatte.

»Verzeihung? Wissen Sie, wo ich die Kammer des Fortschritts finde?«, fragte Alex einen vorbeiziehenden Schäfer.

»Gegenüber der Burg, am anderen Ende des Parks«, erwiderte er.

»Vielen Dank«, sagte Alex und folgte seiner Wegbeschreibung. Die Burg hatte sie bereits häufig besucht, daher war es ein Leichtes für sie, Cornelius dorthin zu lotsen.

Die Kammer des Fortschritts sah haargenau aus wie eine stark verkleinerte Version des amerikanischen Kapitols – mit dem Unterschied, dass sie rot angestrichen war und anstelle einer Kuppel der wohl größte quadratische Korb der Welt auf ihrem Dach thronte.

»Das ist *typisch* Rotkäppchen«, schmunzelte Alex und schüttelte den Kopf. Selbst Cornelius wiegte sein Pferdehaupt bei dem lachhaften Anblick vor und zurück.

Die beiden durchschritten den Park, und Alex ließ Cornelius am Fuß der breiten Eingangstreppe des Gebäudes zurück. Statuen von Königin Rotkäppchen, die in ihren Lieblingskleidern heldinnenhaft posierte, säumten die Stufen bis hinauf zur Tür. Alex staunte über sich selbst, dass sie den weiten Weg auf sich genommen hatte, um ausgerechnet bei dieser Frau Rat zu suchen, doch zumindest hatte die Reise ihr Gelegenheit geboten, dem Königreich der Feen für eine Weile zu entkommen.

Die Eingangshalle der Kammer des Fortschritts war mit Dutzenden Gemälden der jungen Königin geschmückt. Alex war mit Rotkäppchens selbstverliebtem Einrichtungsstil inzwischen vertraut, und er brachte sie nicht mehr aus der Fassung. Allerdings erspähte sie an den Wänden zwei unglaublich große Bilder, die sie losprusten ließen. Eines zeigte Rotkäppchen dabei, wie sie hoheitlich zu ihrem Volk sprach, ehe sie an Bord des gigantischen fliegenden Segelschiffs – der *Granny* – in die Lüfte stieg. Das andere hielt den Moment fest, in dem Rotkäppchen sich geweigert hatte, der Zauberin ihr Königreich zu überlassen.

Alex hatte beide Ereignisse hautnah miterlebt und keines davon derart dramatisch in Erinnerung, wie die Gemälde es nahelegten; dennoch amüsierte sie sich prächtig darüber. Genau in der Mitte der Halle erhob sich eine weitere Statue von Rotkäppchen, diesmal jedoch in Überlebensgröße: die junge Königin auf ihrem Thron. Die Ähnlichkeit mit dem Denkmal zu Ehren Abraham Lincolns in Washington war frappierend.

»Ich muss aufhören, Rotkäppchen Fotos aus der Anderswelt zu zeigen«, murmelte Alex vor sich hin.

Eine Schlange wartender Bürger wand sich von der Eingangshalle aus einmal um die riesige Statue herum und bis knapp vor die offenen Flügeltüren des angrenzenden Raums. Alex ging daran entlang und betrat ein kreisrundes Zimmer direkt unter dem gigantischen Dachkorb des Gebäudes.

»ALEX, PASS AUF!«, schrie Rotkäppchen von der gegenüberliegenden Seite.

Ehe Alex wusste, wie ihr geschah, wurde sie von einem gewaltigen schwarzen Wolf zu Boden gestoßen. Der Zauberstab flog ihr aus der Hand und rollte davon. Der Wolf drückte ihr seine riesigen Pfoten auf die Brust, in gefährlicher Nähe zu ihrem Hals. Er öffnete die lange Schnauze, und Alex konnte sämtliche scharfen Zähne in seinem Maul bewundern. Sie schloss die Augen so fest wie möglich, wohlwissend, was sie nun erwartete.

Die Zunge des Wolfs fuhr ihr über das ganze Gesicht, immer und immer wieder – er freute sich schlicht überschwänglich, sie zu sehen.

»Hallo, Claudiwuff«, stöhnte Alex unter ihm. »Schön, dass es dir gutgeht.«

»Nein, Claudiwuff! Was habe ich dir gesagt? Du sollst keine Gäste anspringen!«, brüllte Rotkäppchen.

Eine Handvoll Wachleute eilten von ihren Posten entlang der Wand herbei und mühten sich, den Wolf von der jungen Fee herunterzuzerren, doch er knurrte sie böse an, so dass sie rasch wieder den Rückzug antraten.

»Claudiwuff! Runter von der Erbin des magischen Reichs – sofort!«, befahl Rotkäppchen.

Auf der Stelle ließ Claudiwuff von Alex ab. Rotkäppchen war unverkennbar als Einzige in der Lage, ihn zu kontrollieren. Alex kam auf die Füße, und Claudiwuff legte ihr seinen übergroßen Kopf in die Hand, damit sie ihn streichelte.

»Schau dich nur an, wie groß du geworden bist, Claudiwuff!«, meinte Alex und kraulte ihm das Kinn. »Jedes Mal, wenn ich dich sehe, bist du noch weiter gewachsen.«

Claudiwuff apportierte Alex' Zauberstab, doch als sie danach griff, um ihn aus seinem Maul zu nehmen, zog er ihn weg – er wollte spielen.

»O nein, Claudiwuff«, sagte Alex panisch. »Damit können wir nicht spielen!«

»Claudiwuff, aus! Gib sofort den Zauberstab der netten Fee aus!«, verlangte Rotkäppchen, doch diesmal ignorierte der Wolf sie.

»Aus, habe ich gesagt! Zwing mich nicht, die Münzdose zu schütteln!«

Claudiwuff setzte sich und legte den Stab behutsam auf dem Boden vor Alex' Füßen ab. Selbst im Sitzen war er beinahe so groß wie sie. Alex hob ihren Zauberstab auf und eilte in den hinteren Teil des Raums, wo Rotkäppchen saß.

Die junge Königin hatte auf einer Art Bühne in ihrem Thronsessel Platz genommen und sich mächtig in Schale geworfen, mit rotem Ballkleid und einem Diadem auf dem Kopf. Dazu war sie über und über mit Diamanten behängt. Zu ihrer Rechten befanden sich – ebenfalls erhöht, wenngleich natürlich nicht so hoch wie Rotkäppchens Thron – weitere Stühle in zwei Reihen, besetzt mit Menschen und Tieren gleichermaßen. Alex nahm an, dass es sich bei ihnen um die Vertreter handeln musste, die Rotkäppchen am Vortag erwähnt hatte.

Die drei Abgesandten direkt neben Rotkäppchen erkannte Alex auf den ersten Blick: Rotkäppchens Großmutter, die kleine alte Frau aus der Schuhpension und das dritte kleine Schweinchen. Außerdem waren noch drei Mäuse mit verbundenen Augen anwesend, die sich einen Stuhl teilten, ein wolliges schwarzes Schaf, eine pummelige, sehr nervös und fahrig wirkende junge Frau und ein übergewichtiger Mann im karierten Hemd, der jede Menge Stroh im Haar hatte.

»Das ist meine gute Freundin Alex, alle miteinander«, sagte Rotkäppchen. »Alex, darf ich dir die Abgeordneten meiner Kammer des Fortschritts vorstellen? Die ehrenwerten drei blinden Mäuse; Sir BaaBaa, das schwarze Schaf; die kleine Dickmadam und der alte MacDonald. Granny, die alte Frau aus der Schuhpension und das dritte kleine Schweinchen kennst du selbstverständlich schon.«

Jeder begrüßte Alex herzlich, mit Ausnahme der alten Frau, die für ihr schlechtes Gehör berüchtigt war.

»Wer hat Komplexe?«, fragte sie.

»Niemand hat Komplexe – *Alex* ist hier«, rief Granny ihrer Sitznachbarin direkt ins Ohr. »Sie ist eine von Rots Freundinnen.«

»Ich freue mich sehr, euch alle kennenzulernen«, sagte Alex. »Hoffentlich störe ich nicht bei irgendetwas?«

»Ganz und gar nicht«, versicherte Rotkäppchen. »Wir warten nur noch auf Charlie, bevor wir mit unserer wöchentlichen offenen Sprechstunde anfangen. Du hast bestimmt all die schlangestehenden Bürger bemerkt – sie lieben es, in die Kammer des Fortschritts zu kommen und ihre Sorgen vorzutragen. Inzwischen bin ich richtig gut darin, mir Lösungen dafür einfallen zu lassen, wie ich ihnen helfen kann – das ist ein wenig wie Knobeln!«

In ebendiesem Moment erklangen Schritte, und Froggy kam mit einem großen Papierstapel zur Tür hereingehastet. »Guten Tag, alle zusammen«, grüßte er die Abgesandten freundlich. »Und hallo, Alex! Dich hatte ich ja gar nicht erwartet – *huuuh!*«

Claudiwuff war Froggy entgegengesprungen, sowie dieser den Raum betreten hatte; anscheinend hieß der Wolf so nun einmal jeden willkommen. Sämtliche Blätter aus Froggys Armen wirbelten durch die Luft.

»Claudiwuff, wir haben uns zuletzt vor nicht einmal zwanzig Minuten gesehen – dieser Irrsinn muss aufhören«, grummelte Froggy und schob den Wolf von sich weg. »Wir müssen ihn zukünftig anbinden!«

»Das habe ich schon versucht, aber da hat er einfach die Kette durchgekaut«, meinte Rotkäppchen achselzuckend. *»Claudiwuff – hierher, Junge! Komm zu Mommy!«*

Claudiwuff rannte an Rotkäppchens Seite und ließ glückselig seinen großen Kopf in ihren Schoß plumpsen. Froggy sammelte seine Zettel ein, die jedoch vollkommen durcheinandergeraten waren.

»Komm, setz dich zu mir, Alex«, sagte Rotkäppchen und tätschelte die Armlehne ihres Throns. »Wir haben so viel zu bereden!«

»Bist du sicher, dass jetzt, während eurer offenen Sprechstunde, ein guter Zeitpunkt dafür ist?«, fragte Alex und nahm derweil Platz.

»Oh, absolut sicher«, beteuerte Rotkäppchen. »Charlie führt die Gespräche, ich führe die Aufsicht. Wenn sie mich brauchen, werden sie sich schon melden.«

Froggy nahm seine Position nahe der Eingangstür ein, und die Veranstaltung begann. »Verzeiht, aber die ausgefüllten Antragsformulare, die ihr heute bei eurer Ankunft eingereicht habt, sind mir ein wenig in Unordnung gekommen«, entschuldigte er sich bei den Wartenden. »Wenn ihr also an der Reihe seid, bitte ich euch, euren Namen sowie euer dringendes Anliegen zu nennen, mit dem wir uns befassen sollen.«

Einer nach dem anderen traten die Bürger vor und berichteten Froggy und den Abgeordneten von ihren Nöten. Anschließend beratschlagten Froggy und die Vertreter untereinander darüber, bevor sie dem jeweiligen Städter die bestmögliche Lösung vorstellten. Alex hatte viel Freude daran, ihnen zuzuschauen; Froggy und die Abgesandten wirkten aufrichtig bemüht, den Bittstellern zu helfen.

»Wunderbar, das läuft ja alles wie am Schnürchen«, kommentierte Rotkäppchen und konzentrierte sich dann ganz auf Alex. »Jetzt aber mal zu deinem Rendezvous heute Abend – hast du schon entschieden, was du anziehen willst? Falls nicht: Ich habe irgendwo in einem meiner Kleiderschränke ein niedliches rosa Kleid, das himmlisch an dir aussähe.«

»Ich hatte mir überlegt, einfach das hier anzulassen«, gestand Alex und deutete an dem glitzernden Gewand hinunter, das sie jeden Tag trug. »Ich denke, ihm würde es gefallen, wenn ich einfach ich selbst wäre.«

»*Da* wäre ich mir mal nicht so sicher«, warnte Rotkäppchen. »Einer der besten Ratschläge, die Granny mir je gegeben hat, war, nie ›einfach ich selbst‹ zu sein, wenn ich jemanden zum ersten Mal treffe – man will ja niemanden gleich in die Flucht schlagen.«

Darüber dachte Alex einen Augenblick lang nach. Sie war ziemlich gewiss, dass diese Empfehlung von Granny sich auf Rotkäppchen im Speziellen bezog – und keineswegs allgemeingültig war.

»Er ist der Sohn eines Farmers«, erklärte Alex. »Ich fürchte, wenn ich irgendetwas tue oder sage, das zu abgehoben wirkt, verschreckt ihn das eher. Ich möchte nicht, dass er von mir eingeschüchtert ist.«

»Mag sein, aber du solltest trotzdem dafür sorgen, dass er sich bei eurem ersten Treffen nicht *allzu* wohl in seiner Haut fühlt«, belehrte Rotkäppchen sie. »Männer müssen den Eindruck gewinnen, dir unterlegen zu sein, sonst kannst du sie nicht anständig erziehen.«

In diesem Moment unterbrach Froggy kurz ihr Gespräch. »Liebling, dieser Herr hier stammt aus dem südlichen Teil der Stadt«, sagte er und nickte dabei zu dem Mann hinüber, der in der Mitte des Raums stand. »Offenbar ist der Südpfad mittlerweile so uneben, dass sämtliche Karren, die darauf unterwegs sind, Schaden nehmen. Die Leute brauchen dringend eine neue Straße.«

»Großartig, dann dürfen sie ruhig eine pflastern«, meinte Rotkäppchen mit breitem Lächeln.

»Leider fehlen ihnen dazu Geldmittel, und in der Staatskasse sieht es ebenfalls mau aus, bis die neue Mauer fertig ist«, erläuterte Froggy. »Was sollen die Abgeordneten und ich vorschlagen?«

Rotkäppchen wusste sofort Rat. Sie nahm ihr diamantenes Armband vom linken Handgelenk und warf es dem Mann aus dem Südviertel zu. »Hier, verkauft das und legt mit dem Geld einen neuen Pfad an; das müsste locker ausreichen.«

Der Mann war sprachlos darüber, dass die Königin ihm etwas derart Wertvolles schenkte. Tränen traten in seine Augen. »Vielen Dank, Euer Majestät! Ich danke Euch von Herzen!«, sagte er auf dem Weg zur Tür.

»Sehr gern geschehen!«, antwortete Rotkäppchen und wandte sich dann rasch wieder Alex zu. »Also: Wo gehst du mit Rook denn überhaupt spazieren?«

»Ich weiß es nicht genau«, sagte Alex. »Ich hatte vor, ihm die Führung zu überlassen.«

Rotkäppchen schüttelte den Kopf. »Was auch immer du tust: Lass ihn auf keinen Fall entscheiden, wo es langgeht«, betonte sie. »Männer sind geborene Bestimmer, und unsere Aufgabe als Frauen ist es, ihnen diesen Urinstinkt auszutreiben. Wenn du ihm beim ersten Spaziergang das Zepter überlässt, schwingt er es im Nu in der ganzen Beziehung.«

»Dann ist es also ein gutes Zeichen, wenn er möchte, dass *ich* die Strecke aussuche?«, fragte Alex.

»Nein, das ist sogar noch schlimmer!«, sagte Rotkäppchen. »Es bedeutet, er hat keinerlei Selbstvertrauen und erwartet von dir, dass du alle Arbeit machst und für den Rest seines Lebens seine Hand hältst. Für so etwas bist du noch viel zu jung.«

Alex runzelte die Stirn. Rotkäppchen stürzte sie bloß in noch tiefere Verwirrung. »Glaubst du das, was du mir da gerade rätst, wirklich, Rot?«, fragte sie.

»Oh, auf *mich* trifft das alles freilich nicht zu«, erwiderte Rotkäppchen. »Ich sorge mich bloß um *dich.*«

»Liebling«, meldete sich Froggy wieder. »Diese Dame aus dem Osten der Stadt ist eine Bäckerin, deren Ehemann vor ein paar Jahren gestorben ist. Sie kommt einigermaßen über die Runden, verdient aber nicht genug, um auch ihre vier Kinder allein zu versorgen.«

Tränen strömten der armen Bäckerin über die Wangen. Offenkundig schämte sie sich, vor ihrer Königin und den Abgesandten zu stehen und um Hilfe zu bitten.

»Na, na«, machte Rotkäppchen mitfühlend. »Da muss man doch nicht weinen! Wir alle brauchen hin und wieder einmal jemanden, der uns unter die Arme greift – ich ganz besonders. Ohne mein Personal bin ich vollkommen untauglich.«

Die Königin ließ den Blick über das gute Dutzend verbliebener Städter in der Schlange streifen. Ganz hinten erspähte sie einen gebrechlichen, betrübt ausschauenden Mann, der eine Mistgabel in der Hand hielt. »Verzeihung, Sir, seid Ihr ein Farmer?«, erkundigte sie sich.

Der Mann erschrak fürchterlich, als seine Königin sich direkt an ihn wandte. »Ja, Euer Majestät«, antwortete er mit einer hastigen Verbeugung.

»Lasst mich raten: Ihr seid hier, weil Ihr es nicht mehr schafft, Eure Familie zu ernähren, liege ich damit richtig?«, fragte Rotkäppchen.

»Aber *ja*, das stimmt, Euer Majestät«, sagte er – verblüfft darüber, dass sie sein Anliegen so mühelos erfasst hatte.

»Oh, wunderbar«, freute sich Rotkäppchen. Sämtliche Anwesenden sahen sie schief an. »Ach, ich meinte doch nicht, dass *das* wunderbar ist – ich meine, es ist wunderbar, dass Ihr ein Farmer seid, weil ich glaube, dass Ihr und diese Bäckerin einander aushelfen könnt. Habt Ihr Kühe auf Eurer Farm?«

Der Farmer nickte. »Ja, ich besitze sechs Kühe«, bestätigte er.

»Hervorragend.« Rotkäppchen drehte sich wieder zu der Bäckerin um. »Ich nehme an, eine der größten finanziellen Belastungen für Euch sind die Kosten für Milch? Trifft das zu?«

»Ja, Euer Majestät«, gestand die Bäckerin schniefend ein.

»Dann hätten wir das Problem gelöst«, verkündete Rotkäppchen und klatschte vergnügt in die Hände. »Der Farmer wird die Bäckerin mit so viel Milch versorgen, wie sie benötigt, und im Gegenzug liefert sie ihm Brot für seine Familie. Passt das für jeden so?«

Der Farmer und die Bäckerin blickten einander an und lächelten; Königin Rotkäppchen hatte für beide eine Lösung gefunden. Auch Froggy und Alex tauschten ein heimliches Lächeln – Rotkäppchen mochte die meiste Zeit über auf dem Schlauch stehen, doch wenn sie einmal einen Lauf hatte, dann war sie *brillant*.

Froggy führte die offene Sprechstunde fort, und Rotkäppchen wandte sich wieder Alex zu.

»Und wenn er dann ein zweites Mal mit dir spazieren gehen will, musst du so tun, als wärst du total beschäftigt.«

»Wieso?«, fragte Alex.

»Damit er deine Gesellschaft weiterhin zu schätzen weiß«, sagte Rotkäppchen, als müsste das völlig einleuchtend sein.

Eilige Schritte hallten durch den Raum. Eine Frau verursachte einen gehörigen Tumult, indem sie sich an all den wartenden Leuten aus dem Ort vorbei in das Zimmer drängte. Bis zu diesem Moment war es ein so harmonischer Tag gewesen; das nun störte allesamt, insbesondere Rotkäppchen.

»Verzeihung, aber auch Ihr müsst warten, bis Ihr an der Reihe seid«, erklärte Froggy der Frau höflich.

»Ich bin nicht gekommen, um irgendwelche Gefälligkeiten zu erbitten«, sagte sie und trat vor die Abgeordneten. »Ich bin hier, um eine Ankündigung zu machen.«

Sie war eine sehr hübsche und entschlossene junge Dame: etwa in Rotkäppchens Alter, mit blasser Haut und blauen Augen, das dunkle Haar unter eine gelbe Haube geschoben. Dazu passend trug sie ein gerüschtes gelbes Kleid mit blauer Schärpe und einen weißen Schäferstab. Damit war sie ohne Zweifel die modischste Schäferin, die Alex je zu Gesicht bekommen hatte.

»Wer seid Ihr?«, fragte Froggy. Er lebte noch nicht allzu lange in Rotkäppchens Königreich und erkannte sie daher nicht.

»Ich bin Suse, die Besitzerin von Suses Familienfarm«, erklärte sie.

Im Raum wurde es auf einen Schlag still. Suse war ein sehr mächtiges und angesehenes Mitglied der Gemeinschaft. Nur äußerst selten traf man sie außerhalb ihres Farmlandes an. Die Menschen aus der Stadt und auch die Abgeordneten ahnten, dass sie einen ausgesprochen wichtigen Grund für ihr Erscheinen vor der Kammer des Fortschritts haben musste.

Königin Rotkäppchen musterte Suse von oben bis unten, von links nach rechts. Sie hatte nicht vor, sich in ihrem eigenen Zuhause von irgendjemandem einschüchtern zu lassen. »Danke, dass du dich heute zu uns gesellst, Suse«, sagte sie. »Was führt dich in die Kammer des Fortschritts?«

Suse lächelte. »Kurz und bündig: Ich bin gekommen, um Königin Rotkäppchen den Thron des Königreichs streitig zu machen.«

Alle schnappten nach Luft. Noch nie in der Geschichte von Rotkäppchens Königreich hatte sich jemand der Königin gegenüber derart offen respektlos verhalten. Suse schmunzelte höhnisch über die Gesichter der Anwesenden.

Rotkäppchen erhob sich von ihrem Thron. *»Wie kannst du es wagen?«*, zischte sie kalt. »Du glaubst, du spazierst einfach so in *meine* Kammer des Fortschritts und stellst *meine* Herrschaft in Frage? Du kannst von Glück reden, dass ich dich nicht auf der Stelle einsperren lasse!«

»Ihr glaubt, das hier sei *Euer* Königreich?«, konterte Suse ohne eine Spur von Furcht. »Dann irrt Ihr Euch, Majestät. Mag sein, dass es Euren Namen trägt, doch dieses Reich gehört seinen Einwohnern. Der einzige Zweck der B. U. N. G. A. L. O. W.-Revolution war es, uns aus den Klauen der bösen Königin zu befreien, die zu jener Zeit über das Nördliche Königreich herrschte. Und jetzt schaut uns an, eineinhalb Jahrzehnte später: Wir stehen in einem der vielen Schreine einer *neuen* selbstverliebten Königin. Tja, davon habe ich die Nase voll, und ich bin nicht die Einzige.«

Sie langte in eine Tasche ihres Kleids, zog eine Pergamentrolle hervor und reichte sie Froggy.

»Das ist eine Petition, unterschrieben von einhundert weiteren Bürgern. Sie stimmen mit mir überein, dass es Zeit für einen Regimewechsel wird«, sagte Suse. »Außerdem haben sie erklärt, dass ich die Kandidatin ihrer Wahl für die Position des nächsten Staatsoberhaupts bin. Wir haben einmal eine Königin gewählt, da können wir das auch ein zweites Mal tun.«

»Das ist doch absurd«, sagte Froggy.

»Es ist der Wille des Volkes, Sir«, verbesserte Suse. »Habt Ihr vor, ihn zu ignorieren – ausgerechnet in der Kammer des Fortschritts?«

Froggy überflog die Liste der Namen und zeigte sie den restlichen Vertretern.

»Ihr habt doch wohl nicht *ernsthaft* vor, euch darauf einzulassen?«, brüllte Rotkäppchen – außer sich vor Wut, dass ihre Abgeordneten ein solches Dokument auch nur durchlasen.

»An dem, was das Susemädchen da sagt, ist was dran, Liebes«, gab Granny zu bedenken.

»Granny, auf wessen Seite stehst du?«, fragte Rotkäppchen erschrocken.

»Ich werde immer auf deiner Seite stehen, Schätzchen«, versicherte Granny. »Aber die Menschen haben dich auf den Thron gehoben – wenn sie ihn nun also jemand anderem anvertrauen wollen, dann ist das ihr gutes Recht.«

Sämtliche anderen Abgesandten schienen ihr zuzustimmen; selbst die drei blinden Mäuse nickten einhellig, obwohl sie die Namen auf der Rolle nicht einmal sehen konnten.

»Wie kommst du darauf, dass ausgerechnet du geeignet sein könntest, dieses Land zu regieren?«, wollte Rotkäppchen von Suse wissen.

»Mein Farmland macht über siebzig Prozent des Staatsgebiets aus und produziert mehr als achtzig Prozent unserer Handelsgüter«, verkündete Suse. »Und neunzig Prozent der Einnahmen daraus beansprucht Ihr für Euch und lasst davon Burgen und Statuen Eurer selbst errichten.«

Rotkäppchens Nasenflügel bebten. »Was im ganzen Königreich Arbeitsplätze für unzählige Bauarbeiter und Künstler schafft«, verteidigte sie sich.

»Ja, aber wie Ihr seht, suchen nicht die Bauarbeiter oder Künstler Hilfe in dieser Kammer«, bemerkte Suse. »Ich bin überzeugt, dieses Königreich kann auf verantwortungsvollere Art und Weise gelenkt werden, so dass jeder gleichermaßen profitiert – und ich glaube, dass ich die richtige Frau für diese Aufgabe bin.«

Die Leute aus der Stadt und auch die Vertreter begannen miteinander zu tuscheln. Rotkäppchen spürte, dass einige von ihnen an Suses Vorschlag Gefallen fanden.

»Also, was willst du, Suse?«, fragte sie und verschränkte die Arme vor der Brust. »Du kannst nicht einfach hier hereinrauschen und Anspruch auf den Thron erheben.«

Sir BaaBaa hob einen Huf, um sich ebenfalls in die Diskussion einzubringen. »Wir könnten eine neue Wahl abhalten.«

Rotkäppchen durchbohrte ihn mit den Augen. »Oh, wie typisch – das *Schaf* will, dass die Farmerin Königin wird. Vetternwirtschaft vom Feinsten.«

»Ich finde die Idee gut«, meldete sich Granny. »Eine Wahl würde den Menschen dieses Königreichs die Möglichkeit geben, ihrem Willen Ausdruck zu verleihen.«

»Und was, wenn ich keine Wahl zulasse?«, zischte Rotkäppchen. »Fürs Erste bin ich immerhin noch Königin. Und wenn mich nicht alles täuscht, bedeutet das, dass mein Wort Gesetz ist.«

Suse trat noch einen Schritt näher an den Thron heran. »Dann würdet Ihr damit Eurem Volk beweisen, dass Ihr Euch in nichts von der bösen Königin unterscheidet, und die nächste Revolution, die sich erhebt, wird gegen *Euch* gerichtet sein.«

Diese Prophezeiung sollte Rotkäppchen Angst machen, und das gelang. »Meinetwegen«, grummelte sie. »Diese Schäferin wünscht sich eine kleine Wahl, also soll sie sie bekommen. Wenn ich mich allerdings recht erinnere, Suse, dann sagt man dir nach, dass du nicht einmal deine eigenen Schafe finden kannst – daher bezweifle ich, dass du in der Lage sein wirst, auch nur annähernd so viele Unterstützer hinter dich zu scharen wie ich. Ich bin nach der B. U. N. G. A. L. O. W.-Revolution zur Königin gewählt worden, und als solche werden die Bürger mich bestätigen.«

»Dann sehen wir uns an den Wahlurnen, Euer Majestät«, sagte Suse mit verschlagenem Lächeln. Sie wandte sich auf dem Absatz um und marschierte schnurstracks aus der Kammer des Fortschritts.

Rotkäppchen ließ sich wieder auf ihren Thron sinken. Ihre Wangen waren flammend rot, und ihre Stirn lag in starren Sorgenfalten. Alex hatte die junge Königin niemals so verstört erlebt. Die Vorstellung, ihren Thron zu verlieren, war immer Rotkäppchens größte Furcht gewesen – doch der Gedanke, von ihrem eigenen Volk *abgewählt* zu werden, erschien ihr offenkundig beinahe unerträglich.

Anders als in ihrer Rolle als Königin konnte Alex sich Rotkäppchen überhaupt nicht vorstellen. Sie legte ihrer Freundin eine Hand auf die Schulter und wünschte, sie hätte die richtigen Worte parat, um sie zu trösten.

Froggy rannte ebenfalls herbei und sank neben Rotkäppchen auf die Knie. »Geht es dir gut, mein Liebling?«

»Blendend, ganz blendend«, nuschelte Rotkäppchen. Sie starrte zu Boden und sann offensichtlich über ihren nächsten Schachzug nach. »Wenn diese Schäferin eine Wahl will, dann kann sie die haben.«

Kapitel 7

Strohrascheln bei Suse

Als Alex die Kammer des Fortschritts verließ, war sie regelrecht dankbar, zu ihren eigenen Problemen zurückkehren zu können. Die Beklemmung wegen des Einführungsballs der Feen und des Spaziergangs mit Rook schnürte ihr zwar schon die Brust ein, aber das alles würde keine *lebensverändernden* Auswirkungen haben – ganz im Gegensatz zu der unerwarteten Wendung, die sich in Rotkäppchens Leben abzeichnete. Allerdings schwante Alex, dass die junge Königin sie irgendwie mit in dieses Theater hineinziehen würde.

An jenem Abend eilte Alex in das Feld jenseits der Gärten, um sich mit Rook zu treffen. Pünktlich betrat sie die Wiese, doch Rook war nirgends zu sehen. Alex setzte sich auf einen Geröllblock am Ufer des Bachs und wartete geduldig auf ihn – zumindest versuchte sie es.

Jede Sekunde fühlte sich wie eine Minute an und jede Minute

wie eine Stunde. Je länger Alex wartete, desto größer wurden ihre Zweifel. Wo war er? Hatte er ihren gemeinsamen Spaziergang vergessen? Hatte er es sich anders überlegt und beschlossen, gar nicht erst zu kommen? Wurde sie gerade versetzt?

Zwischen all diesen negativen Gedanken rückte Alex unsicher ihren Haarreif zurecht oder strich eine Falte ihres Gewands glatt. Nach kaum fünf Minuten war sie felsenfest überzeugt, dass Rook nicht mehr erscheinen würde. Was sollte sie bloß Rotkäppchen bei ihrem nächsten Treffen erzählen? Wie sollte Alex je wieder einem anderen Jungen vertrauen können? Und wie diese Blamage überleben?

Gerade als sie aufgeben und zum Feenpalast zurückkehren wollte, hörte sie es auf der anderen Seite des Felds rascheln. Rook trat zwischen den Bäumen hervor – so fröhlich, aufgeregt und versonnen wie eh und je.

»Hallo, Alex!«, rief er mit breitem Lächeln.

»Hi, Rook!«, sagte Alex und stieß einen Seufzer der Erleichterung aus. Allein sein Anblick verscheuchte auf der Stelle sämtliche quälenden Gedanken; ihre Sorgen waren völlig grundlos gewesen.

Keiner der beiden wusste so recht, ob sie einander nun umarmen, sich die Hand geben oder womöglich ganz anders begrüßen sollten; daher blieben sie einige Schritte voreinander stehen und starrten sich einen Augenblick lang nur stumm an – ein etwas unbeholfener Auftakt.

»Wie ist dein Tag gelaufen?«, fragte Alex schließlich, um die Stille zu durchbrechen.

»Ziemlich unspektakulär«, meinte Rook. »Ich habe Möhren gesät.«

»Wie schön!«, sagte Alex, als wäre das die faszinierendste Neuigkeit, die ihr seit Wochen zu Ohren gekommen war.

Rook nickte. »Ich bin ein guter Gärtner«, sagte er. »Mein Geheimnis ist der Gesang. Ich habe bemerkt, dass die Pflanzen viel gesünder wachsen, wenn ich ihnen etwas vorsinge.« Plötzlich weiteten sich seine Augen. »O nein, ich hoffe, du findest das sympathisch und nicht verrückt … ich meine, ich rede nicht mit dem Gemüse oder so …«

Alex kicherte. »Ach, ich bitte dich – da, wo ich lebe, singen die Pflanzen oft *zurück*.«

Das erleichterte Rook offenbar enorm. »Also … wo würdest du denn gern entlangspazieren?«, fragte er.

»Eigentlich hatte ich vor, dir zu folgen«, sagte Alex. Damit schlug sie Rotkäppchens Ratschlag in den Wind, und ihr war klar, dass Rotkäppchen sie dafür einen Kopf kürzer gemacht hätte.

»Na ja, es gibt einen Weg durch den Wald, den ich recht gut kenne«, meinte Rook.

»Wunderbar.«

Gemeinsam schlenderten sie zwischen die Bäume und nahmen einen kleinen Trampelpfad, der sich tiefer in den Wald hineinwand. Landschaftlich besonders reizvoll war die Route nicht, doch das störte weder Alex noch Rook. Ihnen ging es vielmehr darum, einander ein wenig näher kennenzulernen. Allerdings war jeder der beiden zu verlegen, um zuerst den Mund aufzumachen.

»Wie wäre es, wenn wir uns abwechselnd Fragen stellen?«, schlug Rook vor. »Sonst nämlich wird das ein sehr stiller Spaziergang. Oder wir könnten Pantomime spielen.«

»Prima Idee«, sagte Alex. »Aber du fängst an.«

»Ach, und das bestimmst jetzt *du*, ja?«, neckte Rook. »Okay, dann mal los – wie lange zauberst du schon?«

»Tatsächlich weniger als ein Jahr«, sagte Alex. »Aber alle meinen, ich lerne ziemlich schnell. Bis zu meinem zwölften Lebensjahr wusste ich nicht einmal, dass ich eine Fee bin.«

»Wirklich? Wie hast du es herausgefunden?«

»Das ist eine lange Geschichte«, entgegnete Alex scheu.

»Na, wie gut, dass wir uns einen langen Weg ausgesucht haben«, konterte Rook mit einem Augenzwinkern. Alex schmolz dahin.

Sie beschloss, ihre Geschichte in der allerkürzesten Kurzfassung zu erzählen. »Mein Zwillingsbruder und ich sind an einem Ort aufgewachsen, der sehr weit entfernt und vollkommen anders ist als all das hier«, erklärte sie. »Unser Dad stammt aus dem Königreich der Feen, und er war zu dem Schluss gekommen, dass Magie die Leute verdirbt – sie faul macht und ihnen das Gefühl gibt, etwas Besseres zu sein und Ansprüche stellen zu dürfen. Deshalb wollte er, dass wir lernen, unsere Probleme zu bewältigen, ohne uns dabei auf Magie zu verlassen oder gar darauf angewiesen zu sein. Als wir dann zwölf waren … Tja, kurz gesagt: Eines Tages sind wir unserer Großmutter nach Hause gefolgt und haben entdeckt, wer wir wirklich sind.«

Rooks Augenbrauen waren so hoch gewandert, dass sie unter seinem in die Stirn fallenden Haar verschwanden. »Das ist ja unglaublich«, staunte er. »Kein Wunder, dass du derart anders bist als alle übrigen Feen. Was hält dein Vater denn jetzt von dir?«

»Keine Ahnung«, sagte Alex traurig. »Er ist kurz vor unserem elften Geburtstag gestorben. So hatte er nie die Gelegenheit, uns selbst die Wahrheit zu erzählen.«

Rook nickte. »Das tut mir sehr leid. Aber er muss ein sehr kluger Mann gewesen sein, wenn er eine Tochter wie dich großgezogen hat.«

»Danke«, erwiderte Alex. Sie zupfte rasch ihren Haarreif zurecht, um Rook von ihren geröteten Wangen abzulenken.

»Ist dein Bruder dann auch eine Fee?«, fragte Rook.

Alex musste unwillkürlich lachen. »Conner? Eine Fee? Oh, um Himmels willen, nein. Das war das Letzte, was er je hätte sein wollen. Er lebt immer noch zu Hause mit unserer Mom und unserem Stiefvater. Wobei ich doch annehme, dass er ein Händchen für Magie hätte, wenn er es bloß endlich einmal damit versuchen würde.«

»Und was ist mit deiner Großmutter? Wohnt sie mit dir im Königreich der Feen?«, erkundigte sich Rook weiter.

Diesmal brauchte Alex einen Moment, um eine Antwort zu formulieren. Ihr war nicht vollends klar gewesen, wie wenig Rook über sie wusste – und sie empfand es als erfrischende Abwechslung. Schließlich bedeutete es, dass er sie aufrichtig und *um ihrer selbst willen* mögen musste – und nicht, weil er wusste, wer sie einmal *sein würde.*

»Ja, das tut sie«, sagte Alex. Sie konnte jedoch schwer abschätzen, wie er reagieren würde, sobald er hörte, wer ihre Großmutter war. Sie wusste nicht einmal recht, ob sie es ihm erzählen wollte. »Jetzt bin ich an der Reihe mit den Fragen. Wie alt bist du?«

Rook schien kurz zu überlegen. »Ich bin fünfzehn – genau genommen allerdings einhundertfünfzehn.«

Zuerst hielt Alex das für einen Witz und lachte auf; als er jedoch nicht mitlachte, begriff sie, dass er in vollem Ernst geantwortet hatte. »Oh, du meine Güte, wegen des einhundertjährigen Schlaffluchs!«, fiel es ihr wie Schuppen von den Augen. »Du musst noch ein Kleinkind gewesen sein, als er ausgesprochen wurde.«

»Ja, ich war sehr jung«, bestätigte Rook. »Besonders gut erinnere ich mich nicht daran. Ich war draußen beim Spielen, als ich plötzlich ohne jeden Grund eingeschlafen bin. Und dann sind mein Dad und ich einfach einhundert Jahre später wieder aufgewacht.«

»Und deine Mutter?«, fragte Alex. »Was ist mir ihr passiert?«

Rook zögerte eine Sekunde, ehe er zu einer Erklärung ansetzte: »Ich hatte an jenem Tag Geburtstag, und meine Mutter und mein Bruder waren auf dem Feld und pflückten Beeren für einen besonderen Nachtisch, den sie für die Feier am Abend zubereiten wollten. Das Feld lag knapp hinter der Grenze des Östlichen Königreichs, deshalb traf der Schlaffluch sie nicht. Bis mein Vater und ich wieder zu uns kamen, waren sie … fort.«

Alex schlug sich eine Hand über den Mund. »Das tut mir so leid, Rook«, sagte sie. »Ich bin überhaupt nie auf den Gedanken gekommen, dass der Fluch manche Familien zerrissen haben könnte.«

»Das ist vielen Leuten nicht bewusst«, sagte Rook. »Sie nehmen einfach an, dass alle eingeschlafen und einhundert Jahre später wieder wach geworden sind – und ihr normales Leben weitergelebt haben. Aber nach dem Aufwachen war unser Leben ein komplett anderes. Ich würde lügen, wenn ich behauptete, dass ich mich über die Nachricht von Ezmias Tod nicht gefreut hätte. Er hat mir sehr geholfen, mit der ganzen Sache ein Stück weit abzuschließen. Mein Vater wird allerdings wohl nie wieder wirklich der Alte sein. Deshalb hasst er Feen so: Er nimmt es ihnen übel, dass sie nicht in der Lage waren, den Fluch zu verhindern.«

Alex nickte. »Jetzt verstehe ich seine Haltung ein bisschen besser.« Sie fragte sich insgeheim, wie Rook und Farmer Robins es wohl aufnehmen würden, wenn sie erfuhren, dass Alex diejenige war, die die Zauberin besiegt hatte. Würden sie sie dann noch mehr mögen? Oder wäre sie für beide bloß eine lebendige Erinnerung an alles, was sie verloren hatten?

»Meine Mutter und mein Bruder haben sich, während wir schliefen, so lange wie möglich um uns gekümmert, während wir schliefen«, fuhr Rook fort. »Sie haben uns jeden Tag Briefe geschrieben, damit wir sie würden lesen können, sobald der Fluch eines Tages aufgehoben würde. Immer wenn ich die beiden besonders schrecklich vermisse, hole ich einen oder zwei davon hervor. Ein wenig ist es dann, als wären sie immer noch da.«

Das konnte Alex besser nachempfinden, als Rook ahnte. Einer der Gründe, aus denen sie sich im magischen Land derart wohl fühlte, war, dass alles hier sie an ihren Dad erinnerte und ihre Sehnsucht nach ihm so ein wenig erträglicher machte.

»Jetzt bin ich wieder dran«, wechselte Rook das Thema. »Wie war dein Tag bisher? Erzähl mir alles, was du gemacht hast.«

Alex hatte keine Ahnung, womit sie anfangen sollte. »Na ja, begonnen hat er sehr nett«, meinte sie. »Ich bin in Rotkäppchens Königreich geritten, um sie zu besuchen – wir sind alte Freundinnen, ob du es glaubst oder nicht. Aber dann hat der Tag eine sehr bizarre Wendung genommen.«

»Was ist passiert?«

»Suse von *Suses Familienfarm* hat aus heiterem Himmel Ansprüche auf den Thron erhoben«, erzählte Alex. »Sie hat es geschafft, alle davon zu überzeugen, dass sie neu wählen sollten, wer über das Königreich herrschen darf.«

Rook war derart fasziniert, dass sein ganzes Gesicht erstrahlte. »Das ist ja unglaublich«, sagte er. »Wie kommt sie denn dazu? Ich dachte immer, Königin Rotkäppchen werde von ihrem gesamten Volk geliebt?«

»Nicht von jedem, wie es scheint«, meinte Alex. »Offenbar ist Suse mit Rotkäppchens Führungsstil schon lange nicht mehr zufrieden und glaubt, sie selbst würde eine viel bessere Königin abgeben. Natürlich möchte ich keinesfalls, dass Rot ihren Thron verliert – aber, ganz ehrlich: Ich glaube doch, Suse hat in einigen Punkten recht.«

Rook legte die Stirn in Falten und grübelte eine Weile nach. »Aber wieso hat sich Suse ausgerechnet den heutigen Tag ausgesucht, um die Königin herauszufordern – was denkst du? Wenn sie schon länger so unzufrieden ist, hätte sie doch eher etwas unternehmen können.«

Alex ließ sich die Szene, die Suse am Vormittag in der Kammer des Fortschritts provoziert hatte, noch einmal durch den Kopf gehen, doch ihr wollte keine Antwort einfallen. »Das ist eine wirklich gute Frage«, gab sie zu. »Einen besonderen Anlass hat sie nicht genannt. Aber irgendetwas muss sie dazu getrieben haben, gerade jetzt Neuwahlen zu fordern.«

»Kommt mir irgendwie nicht ganz astrein vor, wenn du mich fragst«, sagte Rook. Mit einem Mal blieb er wie angewurzelt stehen. Ein listiges Lächeln kroch über sein Gesicht.

»Was ist denn?«, fragte Alex und warf über die Schulter einen Blick zu ihm zurück.

»Mir ist gerade etwas ziemlich Abenteuerliches in den Sinn gekommen, das wir tun könnten«, sagte er, schob dann aber rasch hinterher: »Ach, vergiss es, das ist vielleicht nicht so dein Ding.«

Alex lachte – wenn er bloß wüsste, welch haarsträubende Eskapaden sie und ihr Bruder über die Jahre bereits erlebt hatten. »Täusch dich nicht: Rein zufällig sind Abenteuer *sehr* mein Ding«, neckte sie ihn. »Lass dich von dem Zauberstab und dem glitzernden Kleid nicht irreführen.«

Rook schüttelte den Kopf. »Ich will keinen schlechten Einfluss auf dich ausüben – zumal du ja auch noch eine Fee in der Ausbildung bist. Wir könnten beide mächtig Ärger bekommen.«

Alex wusste seine Rücksichtnahme zu schätzen, wurde zugleich jedoch bloß noch neugieriger. »Dann bin ich heute Abend eben einmal einfach nur *Alex*«, beharrte sie. »Woran hast du gedacht?«

Das brachte Rook zum Lachen, und er gab nach. »Na gut, aber sag nicht, ich hätte dich nicht gewarnt.« Er gluckste. »Ich wollte lediglich vorschlagen, dass wir – falls du herausfinden willst, was Suse tatsächlich im Schilde führt – uns auf ihre Farm schleichen und dort ein wenig umschauen könnten. Ich weiß genau, wo sie liegt: im südöstlichen Teil von Rotkäppchens Königreich, nicht allzu weit von unserer eigenen Farm entfernt. Ihre Landarbeiter haben meinem Vater einmal ein paar Schafe verkauft.«

Alex' Gewissen wollte die Idee sofort in Bausch und Bogen ablehnen. Als ehrenwerte Fee kam es ihr in höchstem Maße unverantwortlich und kindisch vor, Suse auszuspionieren. Mit Unternehmungen, die womöglich ihrem Ruf schaden würden, durfte sie absolut nichts zu tun haben. Ihre Antwort war jedoch – auch zu ihrer eigenen Überraschung – eine ganz andere.

»Dann mal los!«

Rook war schockiert. Er hatte den Vorschlag halb im Scherz gemacht, doch der Eifer, der in Alex' Augen aufblitzte, war ansteckend. »Sicher? Du fühlst dich nicht von mir unter Druck gesetzt oder so?«

In Wirklichkeit war die einzige Person, die Alex unter Druck setzte, sie selbst. Ihr letztes wahres Abenteuer schien Ewigkeiten her. Alex sehnte sich nach der unterschwelligen Angst, erwischt zu werden, nach dem Nervenkitzel einer Verfolgungsjagd.

»Lass uns auf Cornelius hinreiten«, sagte Alex. »Dann brauchen wir nur einen Bruchteil der Zeit bis zur Farm.«

Entschlossen drehte sie sich um und marschierte zurück zur Wiese. Rook stand noch einen Moment lang da wie angewurzelt, dann rannte er ihr hinterher. Mit jeder Minute, die sie zusammen verbrachten, mochte er sie mehr. Als die beiden wieder das Feld erreichten, pfiff Alex nach Cornelius, und im Nu tauchte er auf.

»Guten Abend, Cornelius«, sagte Alex. »Rook und ich wollen in Rotkäppchens Königreich, um jemandem nachzuspionieren. Hast du Lust, gemeinsam mit uns heute Abend ein paar Regeln zu brechen?«

Cornelius war ebenso baff wie zuvor Rook. Diese Seite von Alex hatte er noch nie zu Gesicht bekommen, doch sie gefiel ihm. Er nickte mit seinem riesigen Kopf, als wolle er sagen: *»Wurde ja langsam Zeit, dass du mal fragst.«*

Alex und Rook schwangen sich auf den Rücken des Einhorns, und zu dritt machten sie sich auf den Weg in Rotkäppchens Königreich.

Bis sie an der halbfertigen Mauer um das Gebiet angelangt waren, war die Sonne untergegangen. Strahlend stand der Mond am sternenfunkelnden Nachthimmel. Sämtliche Steinmetze waren nach Hause gegangen, niemand würde Alex und Rook beim Betreten des Königreichs entdecken.

Rook sprang von Cornelius' Rücken und machte sich daran, die unvollendete Mauer zu erklimmen. »Ein bisschen knifflig ist es, aber ich denke, du schaffst es auch in deinem Kleid«, rief er zu Alex herunter.

Alex versuchte gar nicht erst, ebenfalls zu klettern. Sie zog ihren Zauberstab aus einer Tasche ihres Gewands und richtete ihn direkt auf die Steine. Auf der Stelle öffnete sich ein Durchgang, und Alex schritt mühelos hindurch.

»Oh – na, jetzt gibst du aber an«, meinte Rook, kraxelte auf der anderen Seite wieder nach unten und landete neben ihr.

Cornelius wollte ihnen durch den Torbogen folgen, blieb jedoch stecken.

»Warte dort drüben auf uns, Cornelius«, sagte Alex. »Wir sind bald zurück.«

Das Einhorn war enttäuscht, richtete sich jedoch auf Alex' Bitte hin geduldig aufs Warten ein. Rook ergriff derweil Alex' Hand und führte sie über die grasbewachsenen Hügel von Suses Familienfarm. Für Alex war es das erste Mal, dass ein Junge ihre Hand hielt – ihr Herz schien Purzelbäume zu schlagen.

Etwa eine Meile hinter der Mauer kamen in der Ferne die Dächer von Suses malerischem Gehöft in Sicht. Es war ein reizendes Anwesen und erinnerte Alex an den Spielzeugbauernhof, den sie und ihr Bruder als kleine Kinder besessen hatten. Die Scheune war groß und leuchtend rot gestrichen, mit weißem Sockel. Das kleine, hölzerne Farmhaus hatte gerade die richtige Größe für eine Person und eine rundumlaufende Veranda. Zwischen den beiden Gebäuden stand eine metallene Windmühle, deren Flügel sich langsam in der nächtlichen Brise drehten.

Gigantische Heuhaufen waren über das gesamte Land verteilt, und so weit das Auge reichte, tummelten sich flauschige schwarze und weiße Schafe. Beinahe sah es aus, als wäre die Farm von winzigen Wölkchen auf vier Beinen bedeckt.

Als die beiden in die Nähe des Gehöfts kamen, zog Rook Alex hinter einen Heuhaufen, um sie vor einer Gruppe Landarbeiter zu verbergen, die ein Stück voraus zugange waren. Die Männer sammelten gerade ihr Werkzeug ein und räumten es zurück in die Scheune. Sie hatten ihr Tagwerk erledigt und würden sich nun bald auf den Heimweg machen.

Plötzlich flog die Eingangstür des Farmhauses auf, und Suse trat auf die Veranda. Sie hatte für die Nacht bereits ihre Haube abgenommen, und ihr dunkles Haar saß ihr als strenger Knoten im Nacken. Über ihrem gelben, gerüschten Kleid trug sie nun einen langen blauen Mantel, und während sie mit einer Hand ihren Stab umklammerte, hielt die andere eine Laterne. Ihre blasse Haut schimmerte im Mondlicht.

Zuerst wirkte Suse, als sei sie in Eile, doch als sie bemerkte, dass die Arbeiter noch immer da waren, blieb sie auf der Veranda.

»Gute Nacht, Miss!«, riefen die Knechte ihr zu.

»Gute Nacht, werte Herren, und danke für all eure harte Arbeit heute!«, erwiderte Suse. »Bis morgen früh!«

Die Männer zogen höflich den Hut vor ihr, kletterten allesamt auf den Wagen und fuhren in die Nacht davon. Suse lächelte und winkte ihnen nach, doch kaum waren sie verschwunden, wich ihr Lächeln einer missmutigen Miene. Sie schritt einmal komplett die Veranda ab und ließ dabei den Blick über ihr gesamtes Land schweifen, als wolle sie sichergehen, dass sie allein war.

Sobald sie die Gewissheit hatte, dass auch der letzte Feldarbeiter aufgebrochen war, hastete Suse die Stufen der Terrasse hinunter und eilte schnurstracks auf die Scheune zu. Sie zog die schweren roten Türen auf, huschte hindurch und schloss sie hinter sich wieder. Alex und Rook vernahmen ein Scharren, als Suse von innen abschloss.

»Was treibt sie wohl da drin?«, flüsterte Alex.

»Los, lass es uns herausfinden.« Rook bedeutete ihr, ihm zu folgen.

Die beiden rannten zur Scheune – so schnell, so leise und so tief geduckt, wie sie nur konnten. Alex' Kleid brachte sie immer wieder ins Straucheln; Rook musste ihr mehrmals aufhelfen. Darüber lachten beide, und in einem fort ermahnten sie einander, still zu sein. Alex konnte sich nicht erinnern, wann sie zuletzt so viel Spaß gehabt hatte.

Sie pirschten um die Scheune, bis sie ein offenes Fenster entdeckten. Langsam schoben sie sich an der Wand empor, um über das Sims ins Innere zu spähen.

In der Scheune stapelten sich bergeweise quadratische Heuballen. Suse stand vor dem höchsten Turm in der Mitte des Raums und zerrte unermüdlich einen Ballen nach dem anderen herunter. Sie ächzte und tupfte sich immer wieder die Stirn mit einem Zipfel ihres Mantels. Schließlich kam ein großes, rechteckiges Objekt zum Vorschein. Es war mit einem Tuch verhüllt.

Sie riss den Stoff herunter, und Alex musste sich eine Hand über den Mund schlagen, um nicht laut aufzukeuchen.

»Das ist ein magischer Spiegel!«, wisperte sie. »Suse versteckt in ihrer Scheune einen magischen Spiegel!«

»Bist du sicher, dass er magisch ist?«, fragte Rook.

»Ganz sicher.« Das Glas besaß einen dicken Silberrahmen mit eingravierten Blumen, und sein Bild war zu scharf, als dass es zu einem gewöhnlichen Spiegel hätte gehören können.

Suse betrachtete sich darin und ordnete einige Haarsträhnen. Sowie sie mit ihrem Aussehen zufrieden war, legte sie behutsam eine flache Hand auf das Glas. Sofort erwachte es kräuselnd zum Leben – ganz so, als hätte sie einen Stein in einen ruhig daliegenden See geworfen.

Suse beugte sich so dicht wie möglich zur Oberfläche hin, ohne sie jedoch zu berühren. »Bist du da, mein Geliebter?«, flüsterte sie sanft. Dann wartete sie mit weit aufgerissenen, bangen Augen wie ein Welpe, der die Rückkehr seines Herrchens herbeisehnt.

Im noch immer bewegten Glas erschien der dunkle Umriss eines Mannes. »Hier bin ich«, erklärte er mit tiefer, barscher Stimme.

Suse lächelte und drückte nun beide Hände gegen die Spiegelfläche. »Du hast mir heute sehr gefehlt«, sagte sie. »Ich wäre eher gekommen, aber die Knechte haben bis spät gearbeitet.«

»Wie lief es in der Kammer des Fortschritts?«, fragte der Mann.

»Tadellos nach Plan«, vermeldete Suse beglückt. »Ach, wenn du doch nur hättest dabei sein und mich hören können; ich war sehr überzeugend. Niemand hat auch nur den leisesten Verdacht geschöpft. Alle denken, dass mir einzig das Wohl des Königreichs am Herzen liegt.«

»Gut«, sagte der Mann. »Sorg dafür, dass das so bleibt.«

Sein ruppiger Ton betrübte Suse merklich. »Was ist denn los? Du wirkst so anders als sonst«, sagte sie und äugte noch angestrengter in den Spiegel.

»Jeder Tag, den ich länger hier drin gefangen bin, ist schwerer als der vorige«, sagte er. »Allmählich kommen mir Zweifel, ob ich je wieder frei sein werde.«

»Vertraust du mir etwa nicht?«, fragte Suse traurig.

»Ich vertraue darauf, dass du die rechten Absichten hast, meine Süße, aber solange du nicht zur Königin gekrönt bist, darf ich mir keine allzu großen Hoffnungen zugestehen«, erwiderte er. »Elend füllt die Leere, die die Hoffnung hinterlässt, wenn sie von der Welt wieder einmal enttäuscht worden ist.«

Suse presste ihren Körper leidenschaftlich gegen das Glas. »Ich werde einen Weg finden, dich dort herauszuholen, und wenn es das Letzte ist, was ich tue«, gelobte sie. »Bald bin ich Königin, und dann steht mir ein ganzes Universum an Möglichkeiten offen. Ich werde alle Mittel ausschöpfen und alles in meiner Macht Stehende in Bewegung setzen, damit ich dich wieder in die Arme schließen kann.«

Die Gestalt im Spiegel wurde still. »Das werden wir sehen«, sagte sie schließlich kalt.

»Du musst an mich glauben«, bat Suse. »Ohne dein Zutrauen schaffe ich es nicht.«

Langsam verblasste der Mann, und das Spiegelglas verhärtete sich wieder.

»Nein, komm zurück! Bitte, komm zurück!«, flehte Suse, doch vergebens.

Sie rutschte am Rahmen hinab und sank zu Boden. Dort hockte sie auf den Knien, vergrub das Gesicht in den Händen und schluchzte leise vor sich hin.

Nachdem sie eine Weile geweint hatte, stand sie auf, bedeckte den Spiegel erneut mit dem Tuch und stapelte abermals die Heuballen auf, um ihn zu verbergen.

»Wir sollten von hier verschwinden, bevor sie fertig ist«, drängte Rook.

Alex stimmte ihm zu, und rasch krochen sie in dieselbe Richtung davon, aus der sie sich zuvor angeschlichen hatten. Wortlos erreichten sie die Mauer um Rotkäppchens Königreich und kehrten anschließend auf Cornelius' Rücken ins Königreich der Feen zurück.

Unterwegs auf dem rasanten Einhorn fragte Rook: »Was hat Suse denn da mit dem magischen Spiegel getrieben? Und wer war der Mann, der darin gefangen ist?«

Alex hatte sich bereits dieselben Fragen gestellt. »Ich habe keinen blassen Schimmer«, gab sie zu. »Und Suse tut mir schrecklich leid. Sobald jemand erst einmal in einem magischen Spiegel feststeckt, ist es beinahe unmöglich, ihn wieder herauszuholen – und wer auch immer der Mann gewesen sein mag: Suse scheint ihn sehr zu lieben.«

»Das also ist der wahre Grund, aus dem sie Königin werden will«, stellte Rook fest. »Sie glaubt, als Königin könne sie leichter einen Weg finden, ihn zu retten.«

»Und offenbar ist der Mann noch nicht sonderlich lange im Spiegel gefangen«, meinte Alex. »Nach einer Weile beginnen Menschen, die in magischen Spiegeln feststecken, nämlich, sich selbst zu verlieren – ihre Gedanken und Erinnerungen verblassen, und irgendwann sind sie bloß noch in der Lage, die Welt um sich herum zu reflektieren. Der Geist dieses Mannes kam mir allerdings noch ziemlich wach und gesund vor. Er muss erst kürzlich verflucht worden sein, und das hat Suse wohl dazu bewogen, heute Anspruch auf Rotkäppchens Thron zu erheben.«

»Du kennst dich mit magischen Spiegeln ja wirklich gut aus«, bemerkte Rook.

»Ich habe schon ein wenig Erfahrung damit gesammelt«, seufzte Alex. »Und Suse ist nicht die Erste, die der Überzeugung anhängt, ein Thron sei die Lösung, um jemanden daraus zu befreien. Nicht viele Leute wissen das, aber: Auch die böse Königin hat den Mann, der in ihrem magischen Spiegel eingeschlossen war, geliebt. Ihre Eitelkeit und all die anderen furchtbaren Dinge, die sie Schneewittchen angetan hat, waren in gewisser Weise lediglich Versuche, das wenige zu retten, was von ihm übrig war.«

»Oh, gut«, sagte Rook mit einem verschmitzten Glitzern in den Augen. »Ich hatte schon Sorge, dass du womöglich selbst eine Sammlung magischer Spiegel besitzt, in denen all die anderen Jungen festsitzen, mit denen du vor mir spazieren gegangen bist.«

Über diese Vorstellung mussten sie beide lachen. »Bring mich bloß nicht auf Ideen«, neckte Alex. »Außerdem bist du der erste Junge, mit dem ich je einen Spaziergang unternommen habe, daher wäre meine Sammlung erbärmlich klein.«

Diese Worte schienen Rook das Gefühl zu geben, der besonderste Junge der Welt zu sein – und wie er sie daraufhin ansah, ließ sie sich wiederum wie das besonderste Mädchen fühlen. Je näher die zwei dem Königreich der Feen kamen, desto enger rückten sie auf dem Einhorn zusammen. Bald gelangten sie zu dem Feld, das an die Gärten des Feenpalasts grenzte, und Rook half Alex von Cornelius' Rücken. Sie blickten einander in die Augen, wohlwissend, dass ihr gemeinsamer Abend sein Ende erreicht hatte.

»Es wird spät«, sagte Rook und spähte hinauf in den Nachthimmel. »Ich sollte mich auf den Heimweg machen, ehe mein Vater anfängt, sich zu sorgen.«

»Ich hatte unheimlich viel Spaß heute Abend«, sagte Alex. »Danke, dass du mich auf ein Abenteuer mitgenommen hast. Das hatte ich wirklich gebraucht.«

»Wann darf ich dich wiedersehen?« Diese Frage hatte Rook auf der Zunge gelegen, seit sie Rotkäppchens Königreich verlassen hatten. »*Falls* ich dich wiedersehen darf, meine ich.«

»Sehr gern«, erwiderte Alex. »Morgen Abend findet dieser Feenball statt, zu dem ich gehen muss, aber wie wäre es vielleicht Ende der Woche?«

»Ich kann's kaum erwarten.« Sein Blick drang so tief in ihre Augen, dass Alex den Eindruck hatte, er sähe ihr direkt in die Seele. Dann beugte er sich nach vorn, und ihr Herz begann wild zu klopfen – hatte er das im Sinn, was sie vermutete? War sie bereit dafür? Doch kurz bevor ihre Lippen einander berührten, wandte Rook sich ab und marschierte los, in die Richtung, in der sein Zuhause lag.

»Auf neue Abenteuer«, sagte er.

»Auf neue Abenteuer«, wiederholte Alex.

»Gute Nacht, Alex«, rief Rook, bevor er zwischen den Bäumen verschwand.

Alex seufzte und lehnte sich haltsuchend an Cornelius. Ihr Herz schlug den Takt zu einer herrlichen Symphonie, die in ihrem Kopf spielte. Sie fühlte sich, als würde sie außerhalb ihres Körpers schweben. Nie zuvor hatte sie sich so sehr nach jemandes Gesellschaft gesehnt wie nun nach Rooks. In seiner Gegenwart verspürte sie eine Sinnhaftigkeit, die sie nicht zu erklären vermochte.

Alex tätschelte Cornelius' Kopf, um auch ihm eine gute Nacht zu wünschen, und schlenderte dann zurück zum Feenpalast. Dabei machte sie hin und wieder ganz unwillkürlich einen Hüpfer: In ihr brodelte und flatterte es vor Glück, vor Aufregung und vor Schmetterlingen …

Kapitel 8

Der Einführungsball der Feen

Endlich erwachte Alex am Morgen des Einführungsballs der Feen, zu dem das gesamte Königreich zusammenkommen würde, um zu feiern. Zwei Jahre zuvor, bei Alex' erstem Besuch in den Feengärten und im Palast, hätte sie niemals geglaubt, das Königreich könnte eines Tages *noch* magischer aussehen, als es ohnehin allzeit der Fall war. Nun, da sie aus dem Fenster schaute und das Ergebnis all der harten Arbeit erblickte, die die Feen geleistet hatten, um den Tag zu etwas ganz und gar Außergewöhnlichem zu machen, wurde ihr klar, dass sie sich geirrt hatte.

Ein doppelter Regenbogen – der gewiss nicht verblassen würde – spannte sich hoch über dem Königreich, und die denkbar flauschigsten Wolken wandelten am Himmel langsam ihre Gestalt zu Blumen, Tieren und Insekten, während sie träge dahintrieben. Die Luft war erfüllt von schillernden Bläschen jeder Größe; einige davon dienten den winzigsten Feen als Transportmittel von einer Ecke des Königreichs zur anderen. Sämtliche Pflanzen schienen größer und farbenfroher als gewöhnlich und wiegten sich in einer sanften Brise. Hohe Fontänen schossen hin und wieder aus jedem Teich und See – nie jedoch zweimal an derselben Stelle.

Nach Sonnenuntergang wurde das Königreich nur *noch* majestätischer, sobald die Sterne erstrahlten. Sie funkelten lebendig vom Nachthimmel, und jede Sternschnuppe schickte einen funkelnden Schweif über das Firmament, der Sternenstaub auf die Erde regnen ließ. Der Feenpalast schimmerte heller denn je, ganz so, als wäre er von Millionen kleinster Lichter bedeckt. Über seiner Kuppel explodierte in Zeitlupe ein Feuerwerk und tauchte die Gärten und Gewässer in bunte Farben.

Der Ball begann im großen Saal im Erdgeschoss des Palasts, und der Lärm der Feier schwoll an, je mehr Feen aus allen Winkeln des Königreichs eintrafen. Alex befand sich noch immer in ihrer Kammer – zu nervös, um sich den Festlichkeiten anzuschließen. Alle dort unten warteten auf *sie*, alle waren *ihretwegen* hier … so viel Aufmerksamkeit war ihr unbehaglich.

Seit Stunden schon stand sie vor ihrem Spiegel. In dieser Zeit hatte sie ihr Kleid auf magische Weise in mehrere verschiedene Gewänder verwandelt, eins exzentrischer als das vorige, und sich schließlich für ein schlichtes weißes mit passenden Handschuhen entschieden. Sie hatte sogar ihr Haar zu einer Frisur hochgesteckt, auf die selbst Königin Rotkäppchen stolz gewesen wäre.

Alex sah wunderschön aus, und – was noch wichtiger war – sie *fühlte* sich auch wunderschön. Sie wünschte sich, ihr sechsjähriges Ich hätte sie so erleben können. Zu wissen, dass eine solche Zukunft auf sie wartete, hätte ihr beim Aufwachsen wesentlich mehr Selbstbewusstsein beschert. Wenn doch bloß ihr

Bruder und ihre Mutter in diesem Moment an ihrer Seite hätten sein können!

Schon den ganzen Tag lang glomm die Glasscherbe, die Alex von ihrem Spiegel abgebrochen hatte, um während Conners Reise mit ihm Kontakt halten zu können. Alex nahm an, dass er in Deutschland eine großartige Zeit verlebte und ihr alles darüber erzählen wollte. Tatsächlich freute sie sich auch bereits darauf; jetzt aber musste sie ihn ignorieren. Sie konnte keine Witze oder sarkastischen Kommentare gebrauchen, die er zweifellos zu ihrem Kleid und dem anstehenden Ball abgeben würde – vor dem ihr so bereits genug graute.

Es klopfte an der Tür, und Mandarina und Skylene betraten Alex' Zimmer.

»Hallo, hallo«, grüßte Mandarina. »Wir wollten einmal nach dir schauen.«

»Unten warten alle auf dich«, fügte Skylene hinzu.

Sowie Alex' Blick auf die verzauberten Roben fiel, die die beiden trugen, verlor sie auf einen Schlag jegliches Selbstvertrauen in sich und ihr eigenes Aussehen. Mandarina steckte in einem vierkantigen Kleid, das komplett aus Bienenwaben bestand. Lebendige Bienen umschwirrten ihren Hals und ihre Handgelenke wie schwebender Schmuck, und Honig tropfte ihr als tränenförmiger Ohrring von beiden Ohrläppchen. Skylene hatte ihr langes Haar zur Form einer großen Seerose aufgezwirbelt. Ein Gewand aus echtem Wasser floss an ihr hinab: Es ergoss sich vom Hals abwärts über ihre Schultern und fiel bis knapp über den Boden, als trüge sie einen Wasserfall.

»Ihr zwei seht umwerfend aus«, piepste Alex.

»Willst du *das* etwa anlassen?«, fragte Skylene. Sie und Mandarina tauschten einen Blick, der Alex das Gefühl gab, mit ihrer Wahl einen furchtbaren Fauxpas begangen zu haben.

»Ja«, erwiderte sie dennoch mit Nachdruck, um sich selbst ein wenig aufzubauen. »Ihr habt beide gesagt, ich solle mich so anziehen, wie ich den Gästen in Erinnerung bleiben möchte, stimmt's? Dieses Kleid ist elegant, zugleich aber schlicht, und es erfüllt seinen Zweck, ohne übermäßig protzig zu wirken und alle Aufmerksamkeit auf sich zu ziehen. Genau so möchte ich wahrgenommen werden.«

Die Feen nickten bloß. »Wirklich ganz *süüüß*«, flötete Mandarina schließlich.

Überzeugend klang es nicht, und Alex verzagte nun vollends. »Ich schaffe das nicht«, sagte sie und ließ sich auf ihr Bett sinken. »Für solcherlei Aufhebens und Druck bin ich nicht geschaffen. Ich bin eher das Mädchen, das einfach am Ball teilnehmen möchte – und nicht im *Mittelpunkt* stehen will.«

Mandarina und Skylene nahmen links und rechts von Alex Platz.

»Du musst ein wenig Nachsicht mit dem Königreich haben«, erklärte Mandarina. »Der letzte Einführungsball der Feen wurde abgeblasen, nachdem wir erkannt hatten, wie zerstörerisch Ezmia war. Es ist sehr lange her, dass wir einen Grund – etwas oder jemanden – hatten, der solch einer Feier würdig gewesen wäre. Wir sind einfach alle so aufgeregt, vielleicht *zu* aufgeregt.«

»Ich kann nur ahnen, wie überwältigend alles für dich sein muss«, meinte Skylene. »Und ich fürchte, wir sind dir keine große Hilfe gewesen. Womöglich haben wir dir eine falsche Vorstellung von dem vermittelt, worum es heute Abend wirklich geht.«

»Dann sollte ich mich also nicht so kleiden, wie ich in Erinnerung bleiben möchte?«, fragte Alex.

»Vergiss, was wir darüber gesagt haben, Alex«, bat Mandarina. »Eine Fee zu sein bedeutet, dass du der Güte und Wahrheit deines Herzens folgen musst, und nichts ist wahrhaftiger, als sich so zu zeigen, wie man empfindet.«

»Und je ehrlicher du auftrittst, desto eindringlicher wirst du dafür im Gedächtnis bleiben und bewundert werden«, ergänzte Skylene.

Über diese Worte dachte Alex einige Augenblicke nach, doch sie war nicht sicher, ob sie sie vollends verstand. »Dann soll ich mich also so zeigen, wie ich mich fühle?«, vergewisserte sie sich.

»Sozusagen«, antwortete Skylene.

»Wenn du aber wirklich der Meinung bist, dass dieses Kleid zeigt, wofür du stehst, dann solltest du es ohne jeden Zweifel auf dem Ball tragen«, bekräftigte Mandarina.

»Wir lassen dich einen Moment allein, dann kannst du es dir überlegen«, sagte Skylene. »Es besteht keine Eile; komm einfach nach unten, sobald du bereit bist.«

Beide tätschelten ihr die Schulter und gingen zur Tür.

»Oh, und Alex?«, fiel es Mandarina noch ein. »Rede dir bloß nicht ein, du hättest diese Festlichkeiten nicht verdient.«

Die Feen schenkten ihr ein liebevolles Lächeln, und sie blieb allein in ihrem Zimmer zurück. Erneut trat sie vor den Spiegel und blickte diesmal eher in ihr Herz denn auf ihre Erscheinung.

Im vergangenen Jahr hatte Alex so viele neue Lebensabschnitte bewältigt: Sie lebte nun in einer anderen Dimension, sie lernte Magie, ging mit einem Jungen spazieren und war erstmals für längere Zeit von ihrer Familie getrennt. Das alles war ebenso spannend wie furchterregend, und Alex wünschte sich, dass ihr Kleid all das spiegelte.

Sie schloss die Augen und stellte sich das perfekte Gewand

vor. Dann hob sie ihren Zauberstab und veränderte ihre Robe mit einem leuchtenden Blitz ein allerletztes Mal …

Die große Halle des Feenpalasts war meisterhaft geschmückt. Die normalerweise goldenen Bögen und Säulen waren so verwandelt, dass sie im Verlauf der Nacht ihre Farben wechselten. Ein kleines Ensemble verzauberter Flöten und Streichinstrumente spielte in einer Ecke leise Musik, und entlang der Wände des ansonsten leergeräumten Saals zogen sich Tische mit Speisen und Getränken.

Hunderte und Aberhunderte Feen drängten sich auf der freien Fläche, und keine zwei von ihnen glichen einander: taubenetzte Wasserfeen, in Blätter gehüllte Gartenfeen, Feen mit großen, farbenprächtigen Flügeln und solche, die leuchteten, als bestünden sie vollkommen aus Licht, dazu kleine Feen in Insektengröße … Die Mehrheit von ihnen stand herum und unterhielt sich, einige schwebten jedoch auch in der Luft.

Im Zentrum des Geschehens befand sich die gute Fee, die als tadellose Gastgeberin alle begrüßte, die an sie herantraten. Sie trug ihr herrlichstes Gewand, das funkelte wie die Sterne am Nachthimmel, und auch die Luft um sie her glitzerte an diesem Abend, als hätte sich sogar ihre Aura für den Anlass in Schale geworfen.

Mutter Gans und Lester hatten bei einem der Getränketische Stellung bezogen und mieden alle übrigen Feen, so gut es ging. Mutter Gans schenkte sich selbst und dem Ganter großzügige Humpen Punsch ein, in die sie noch einen Schuss aus ihrem Flachmann gab.

Mandarina und Skylene warteten am Fuß der Treppe auf Alex. »Ich hoffe, wir konnten sie ein wenig aufmuntern«, sagte Mandarina. »Die Ärmste hat ja völlig verstört gewirkt.«

»Sie wird schon kommen, wenn sie so weit ist«, meinte Skylene.

»Oh, schau nur! Da ist sie«, rief Mandarina und deutete zum oberen Treppenabsatz.

Skylene klopfte eifrig gegen ihr Glas, bis der ganze Saal verstummt war. »Meine Damen und Herren, Mädchen und Jungen: Begrüßt mit uns die Fee der Stunde«, verkündete sie. »Sie ist das jüngste Mitglied, das der Rat der Feen und auch der Märchenrat je in ihre Reihen aufgenommen haben – die Einzige, die klug genug war, die Zauberin zu überlisten – und die nächste gute Fee! Bitte heißt sie herzlich willkommen: die wunderbare und wahrhaftige Alex Bailey!«

Skylene gestikulierte ausgreifend die Stufen hinauf, und der gesamte Saal brach in Applaus aus. Alex schritt die Treppe hinab, und alle schnappten gleichzeitig nach Luft, als ihre Blicke auf Alex' Kleid fielen. Sie trug noch immer das weiße Gewand, doch nun tummelten sich darauf Tausende lebendiger Schmetterlinge. Sie zuckten und flatterten im Takt mit Alex' nervösem Herzschlag, doch kein einziger flog auf und davon.

Mandarina und Skylene nahmen Alex als Erste in Empfang und gerieten sofort über ihre Robe ins Schwärmen. Mutter Gans und Lester prosteten ihr vom Getränketisch aus zu. Die gute Fee bedachte ihre Enkelin von der Mitte des Saals mit einem stolzen Lächeln. Dann holte sie Alex am Fuß der Stufen ab, fasste ihre Hand und führte sie in die Mitte des Raums.

Der ganze Palast war voller Feen, denen Alex nie zuvor begegnet war, doch abgesehen von Mandarina und Skylene konnte sie kein anderes Mitglied des Rats der Feen entdecken.

»Grandma, wo sind sie denn alle?«, fragte sie stutzend. »Kommen Rosetta, Xanthous, Emerelda, Violetta und Coral nicht zum Ball?«

»Sie werden bald da sein«, versicherte ihr die gute Fee. »Sie warten bloß noch darauf, dass wir anfangen.«

»Anfangen – *womit?*«, fragte Alex und beäugte ihre Großmutter argwöhnisch.

»Das wirst du gleich merken«, sagte die gute Fee schmunzelnd.

Skylene klopfte erneut an ihr Glas, um die Aufmerksamkeit der Menge wieder auf sich zu lenken. »Heute Abend sind wir hier zusammengekommen, um ein Mädchen zu feiern, das in den vergangenen Monaten weit mehr Weisheit und Können bewiesen hat, als man es von jemandem in ihrem Alter erwarten dürfte. Dennoch: Bevor sie offiziell dem Rat der Feen und dem Märchenrat beitreten kann, gibt es vier ehrwürdige Prüfungen, die sie bestehen muss – die Prüfung der *Tapferkeit*, die Prüfung der *Würde*, die Prüfung der *Güte*, und die Prüfung des *Herzens.*«

Die Schmetterlinge in und auf Alex schlugen wie wild mit den Flügeln. »Grandma«, hauchte sie mit weit aufgerissenen Augen. »Du hast nie erwähnt, dass ich auf dem Ball *geprüft* werde.«

Ein belustigtes Lächeln erschien im Gesicht der guten Fee. »Ich wollte dich nicht beunruhigen«, gestand sie. »Entspann dich einfach, mein Liebling. Die ersten drei Tests hast du bereits gemeistert, ohne es zu merken.«

»Bitte macht ein wenig Platz!«, rief Skylene, und die Menge der Gäste teilte sich und wich an die Wände zurück, so dass Alex schließlich allein in der Mitte des Saals stand. Ein greller Lichtblitz flammte am Ende des Raums auf, und sieben Podien sowie je ein zusätzlicher Stuhl rechts und links davon erschienen aus dem Nichts. Es handelte sich um die offiziellen Plätze der Mitglieder des Rats der Feen – und sollte Alex den Test bestehen, würde einer davon zu ihrem werden.

Mutter Gans stellte die erste Prüfung vor. Sie ging auf Alex zu und legte ihr einen Arm um die Schultern. »Als Alex dreizehn Jahre alt war, hat sie der Welt ihre Tapferkeit gezeigt, indem sie die böse Zauberin besiegt hat«, wandte Mutter Gans sich an die Gäste. »Alex ist etwas gelungen, woran fünf Königinnen, vier Könige und zehn Feen mit vereinten Kräften gescheitert sind: Sie hat einen Weg gefunden, Ezmia mit ihren eigenen Waffen zu schlagen. Und das ohne jede Rücksicht auf ihr eigenes Leben – sie hat ihren Tod riskiert, einzig in dem Bestreben, jene zu retten, die sie liebte. Deshalb, Alex, ist es mir eine Ehre, dir mitzuteilen, dass du ganz ohne Frage die Prüfung der *Tapferkeit* bestanden hast.«

Die Feen applaudierten, und Mutter Gans nahm ihren Platz hinter einem der Podien ein. Kaum hatte sie sich gesetzt, da bahnten sich vier wohlbekannte Gestalten ihren Weg durch die Menge der Feen und traten zu Alex in die Saalmitte: Es waren die alte Dame und ihre drei verzogenen Enkeltöchter, denen Alex im Königreich des Gläsernen Schuhs geholfen hatte.

»Moment, was tun diese vier denn hier?«, fragte Alex.

Mit einem Mal flammten helle Lichter auf und wirbelten um die Frau und ihre Enkelinnen herum. Staunend beobachtete Alex, wie die Alte sich in Emerelda verwandelte, während die drei Mädchen zu Rosetta, Violetta und Coral wurden.

»*Ihr* wart das?«, fragte Alex noch immer fassungslos, bevor ein Lächeln sich auf ihre Lippen stahl.

Alle vier Feen sahen so wunderhübsch aus wie eh und je. Emerelda trug ein langes Kleid aus kleinen Smaragden. Rosettas Robe war rot und mehrlagig, so dass der Rock einer riesigen Rose glich, die sich um ihre Beine rankte. Violetta hatte sich für ein farblich zu ihrem Namen passendes Kleid entschieden, mit einem hohen Kragen in Form eines Veilchens. Corals Gewand schließlich bestand aus pinkfarbenen Blütenblättern; ihr Haustier – den laufenden Fisch namens Fisher, der mit einer ebenfalls grellrosa Krawatte geschmückt war – hielt sie fest im Arm.

»Als Fee erfährt man nicht immer eine angemessene Wertschätzung«, sagte Emerelda. »Doch selbst in einem Haus, in dem Alex rüde und ohne jede Herzlichkeit behandelt wurde, ist es ihr gelungen, die Fassung zu bewahren und sich ehrenhaft zu verhalten. Sie hat verstanden, dass für Feen nicht allein zählt, *wem* sie helfen, sondern auch, *wie* sie es tun. Somit hat Alex die Prüfung der *Würde* erfolgreich bewältigt.«

Wieder klatschten die Feen in der Halle Beifall. Rosetta, Mandarina, Emerelda, Skylene, Violetta und Coral begaben sich ebenfalls zu ihren jeweiligen Podien – nun fehlte nur noch ein Ratsmitglied.

Ehe Alex es sich versah, kam Cornelius in den Saal galoppiert. Er trug Xanthous auf dem Rücken. Die beiden kamen direkt neben Alex zum Stehen, und Xanthous sprang ab.

»Jetzt erzähl mir bloß nicht, dass auch *du* Teil einer Prüfung warst!«, schalt Alex spielerisch ihr Einhorn und stemmte im Scherz die Hände in die Hüften. Cornelius nickte vergnügt mit seinem gigantischen Kopf.

Xanthous steckte in einem schneidigen gelben Anzug samt langem, flackerndem Flammenumhang. Er wandte sich an die Menge und badete dabei förmlich in der Aufmerksamkeit. »Von allen Einhörnern des Waldes, die Alex sich zum Reittier hätte erwählen können, hat sie *dieses* hier ausgesucht«, berichtete er den Gästen.

Cornelius schnaubte laut, als wolle er sagen: *»Ich habe auch einen Namen.«*

»Alex hat diesem Einhorn die Chance gegeben, sich zu bewähren, obwohl selbst die Einhörner seiner eigenen Herde es schmähten«, fuhr Xanthous fort. »Sie hat unter Beweis gestellt, dass sie Leidenschaft und Loyalität für weitaus wichtiger hält als Äußerlichkeiten – und so die Prüfung der *Güte* gemeistert.«

Abermals jubelten die Feen. Cornelius war derart gerührt, dass er sich die Augen an einer Tischdecke abtupfen musste. Xanthous gesellte sich zu den restlichen Feen an die Podien und vervollständigte somit den Regenbogen, den die Farben ihrer Gewänder bildeten. Nun trat die gute Fee zu Alex. Der gesamte Saal verstummte; nun stand die letzte Prüfung bevor.

»Alex, es gibt noch *eine* Prüfung, die du bewältigen musst, und zwar hier vor uns allen«, sagte die gute Fee ernst, wenngleich ihr Gebaren in erster Linie aufgesetzt war. »Es handelt sich um die Prüfung des *Herzens*, und sie kann nicht mit dem Zauberstab abgelegt werden – sondern lediglich mit Worten. Bist du bereit?«

Alex' Hände bebten. Einen solchen Moment hatte sie gefürchtet – einen Moment, in dem sie durch ihr Versagen womöglich das komplette Königreich der Feen enttäuschen würde. Sie fuhr sich mit der Zunge über die trockenen Lippen und nickte. »Ja, ich bin bereit.«

»Bitte schildere uns, weshalb dir erlaubt werden sollte, dem Rat der Feen und dem Märchenrat beizutreten«, sagte die gute Fee.

Dass derart viele Augenpaare auf ihr ruhten, erschwerte Alex das Nachdenken. Sie blickte in ihr Herz, auf der Suche nach der besten Antwort. All die Menschen, denen sie als Fee geholfen hatte, kamen ihr in den Sinn – und auch all jene, die ihr selbst zur Seite gestanden hatten, lange bevor sie zur Fee geworden war. Sie dachte an die Feen, die sich nun um sie scharten, und an Farmer Robins und Rook, und bemühte sich, so zu antworten, dass sie allen gerecht wurde.

»Weil … weil …«, sagte sie mit nervösem Zittern in der Stimme, »weil ich weiß, wie es ist, ohne Magie zu leben. Ich weiß, wie es ist, wenn man kämpfen und hart für Dinge arbeiten muss. Momentan, so glaube ich, fällt es den Menschen außerhalb dieses Königreichs schwer, auf uns zu vertrauen, weil sie überzeugt sind, dass keiner von uns wirklich in der Lage ist, sich in sie hineinzuversetzen. Ich denke aber, mit der Zeit kann ich zu derjenigen Fee werden, der sie ihr Vertrauen schenken und auf die sie sich verlassen, weil ich immer eine von ihnen sein werde.«

Während die Gäste auf das Urteil warteten, blieb es mucksmäuschenstill im Saal. Die gute Fee wandte sich von ihrer Enkeltochter ab und dem Raum voller Zuschauer zu. »Sie hat die Prüfung des Herzens bestanden«, verkündete sie.

Donnernder Applaus brach los, die Feen jubelten. Die gute Fee nahm ihren Platz neben den Podien ein, so dass der Rat der Feen vollzählig war. Ein brandneuer, goldener Stuhl erschien aus dem Nichts an ihrer Seite. Alex ging hinüber und strich ehrfürchtig über eine Armlehne. Endlich war sie ein offizielles Mitglied des Rats der Feen und des Märchenrats. Ein Sitz, eigens für sie, zeigte es.

Die gute Fee beugte sich zu ihr herüber. »Ich habe dir doch gesagt, dass du dir keine Sorgen zu machen brauchst«, meinte sie zärtlich.

Alex lächelte sie an. »Ich fasse es nicht, dass ihr mich schon die ganze Woche über Tests unterzogen habt«, sagte sie zu ihren Ratskollegen.

»Wir wussten, dass du uns nicht enttäuschen würdest«, entgegnete Xanthous.

»Glückwunsch, Alex«, meinte Emerelda.

»Gut gemacht«, ergänzte Rosetta.

»Willst du dich nicht gleich einmal setzen?«, fragte Coral.

Alex ließ sich zum ersten Mal auf ihrem Platz nieder. Sie konnte nicht leugnen, dass es ein unermesslich gutes Gefühl war, als vollwertiges Mitglied in offizieller Funktion bei den anderen zu sitzen.

Die Feier ging weiter, und Alex nahm in einem fort Gratulationen von Feen entgegen, die sie nie zuvor getroffen hatte. Nach einer Weile bemerkte sie, dass sich hinter einer nahen Säule jemand herumdrückte. Irgendwie kam er ihr vertraut vor. Er war größer als sie und trug einen alten Anzug, in den er noch nicht ganz hineingewachsen war. Eine gefiederte Maske verbarg sein Gesicht.

Den ganzen Abend beobachtete er Alex bereits, war jedoch zu keinem Zeitpunkt herübergekommen, um ihr zu gratulieren oder sie auch nur zu begrüßen. Je länger Alex ihn im Auge behielt, desto unruhiger schien er zu werden. Schließlich wurde sein Unbehagen offenbar unerträglich, und er eilte aus dem Feenpalast.

Alex' Neugier war zu groß. Sie stand auf.

»Grandma, würdest du mich für ein paar Minuten entschuldigen?«, bat sie ihre Großmutter.

»Aber selbstverständlich, Liebes!«

Alex hastete aus dem großen Saal und eilte die Eingangsstufen des Feenpalasts hinunter. Sie spürte, wie unter ihren Füßen etwas knirschte. Es war die Maske des Unbekannten.

Sie schaute sich um und erspähte ihn, wie er in die Gärten floh.

»Hey!«, rief sie ihm hinterher, doch er drehte sich nicht um.

So schnell ihr Gewand es erlaubte, setzte Alex ihm nach. Wann immer sie zu weit aufholte, änderte er die Richtung und rannte einen neuen Pfad entlang. Alex hatte das Gefühl, ihn durch einen Irrgarten bunter Pflanzen und Blumen zu jagen. Schließlich gelang es ihr, ihn auf einer kleinen Brücke über einem Teich zu stellen.

»Halt!«, verlangte sie. »Zeig dich, oder ich greife zu meinem Zauberstab!«

Langsam wandte ihr Gegenüber sich um, bis der Mond sein Gesicht gänzlich ausleuchtete.

»Rook?!«, keuchte Alex.

»Hallo, Alex«, erwiderte er zaghaft.

»Was tust *du* denn hier?«, fragte Alex.

»Tut mir leid, ich hatte nicht geplant, vor dir davonzulaufen«, sagte er. »Ich wollte dich bloß unbedingt wiedersehen. Da dachte ich, ich schleiche mich auf den Ball und überrasche dich. Doch als ich dich dort drinnen entdeckt und begriffen habe, dass es *dein* Ball ist, musste ich einfach bleiben.«

Alex wusste nicht, was sie darauf erwidern sollte. Es war nie ihre Absicht gewesen, ihm ihre wirkliche Identität zu verschweigen; allerdings wäre es ihr lieber gewesen, er hätte die Wahrheit nicht auf diese Weise herausgefunden.

»Rook, entschuldige, dass ich dir nicht meine ganze Geschichte erzählt habe«, sagte sie. »Ich hatte Angst, dich damit zu vergraulen.«

Einen Moment lang starrte Rook sie an; dann nickte er. »Dann bist du also die nächste gute Fee, hmm?«

»Ja«, gab Alex kleinlaut zu.

»Und *du* bist diejenige, die die Zauberin besiegt hat?«

»Ebenfalls schuldig«, gestand sie.

Rook brauchte eine Minute, um diese Neuigkeit zu verdauen. Fassungslos ließ er den Blick durch die Gärten schweifen. »Jetzt habe ich keine Ahnung, was ich denken und fühlen und tun soll.«

Alex spürte, wie ihr ganz flau im Magen wurde. »Rook, ich bin doch immer noch ich«, flehte sie. »Dieselbe Fee, die du auf eurer Farm kennengelernt hast und mit der du gestern spazieren gegangen bist.«

Zu Alex' Erleichterung lächelte Rook, als ihre Augen sich wieder trafen. »So war das nicht gemeint«, beschwichtigte er und trat einen Schritt auf sie zu. »Ich fand dich schon unglaublich, als ich dich zum ersten Mal getroffen habe, und je mehr ich an dich denke, desto wunderbarer erscheinst du mir. Jetzt, da ich auch noch sicher weiß, wie unfassbar großartig du tatsächlich bist, bezweifle ich, dass ich dich je wieder aus meinem Kopf bekomme.«

»Oh«, machte Alex. Ihr Herz begann zu rasen, und die Schmetterlinge in ihrem Bauch erwachten zu neuem Leben. »Tja, das ist sehr … sehr … *schön.*«

»Du machst mich wirklich glücklich, Alex – auf eine Art und Weise, die ich nicht erklären kann«, sagte Rook.

»Du machst mich auch wirklich glücklich, Rook«, antwortete sie. »Einer der Gründe, aus denen ich heute Abend Schmetterlinge trage, ist, dass sie zu den Schmetterlingen passen, die mir allein der Gedanke an dich beschert.«

Rook wagte sich noch einen Schritt näher und legte ihr eine Hand an die Wange. Einen langen Moment sah er ihr in die Augen, ehe sein Kopf näher kam. Alex' Herz sprengte ihr beinahe die Brust. Die Schmetterlinge auf ihrer Robe schlugen immer wilder mit den Flügeln, je kleiner der Abstand zwischen Alex und Rook wurde. Beim ersten Kuss der beiden Jugendlichen stoben sie auf.

Im großen Saal des Feenpalasts ging das Fest derweil auch in Alex' Abwesenheit weiter. Die gute Fee saß auf ihrem Platz und betrachtete beglückt das fröhliche Gewimmel ringsum. Es war ein glorreicher Abend gewesen, und sie hätte nicht stolzer auf ihre Enkeltochter sein können. Dennoch forderten die Feierlichkeiten ihren Tribut, und die gute Fee fühlte sich sehr müde und ein wenig schwach.

»Was für eine tolle Party«, meinte Mutter Gans und zog ihren eigenen Stuhl neben den der guten Fee. »Zwar wird nichts jemals die Fete übertreffen, die ich einmal im Hafen von Boston geschmissen habe, aber das hier reiht sich ganz knapp dahinter ein.«

»Ja, ich glaube, alle haben Spaß«, erwiderte die gute Fee matt.

»Alles in Ordnung mit dir, GF?«, fragte Mutter Gans. »Du wirkst nicht allzu beschwingt.«

»Ich bin einfach froh, dass dieser Tag endlich gekommen ist«, gab die gute Fee zur Antwort. »Jetzt hat das Königreich der Feen die wohlige Gewissheit, dass seine Zukunft in guten Händen ist.«

Mutter Gans musterte sie scharf. Auch wenn es der guten Fee nicht auf den ersten Blick anzusehen war, ahnte Mutter Gans, dass etwas mit ihr nicht stimmte. »Ich kenne dich schon seit Jahrhunderten; ich merke doch, wenn dich etwas bedrückt«, sagte sie.

Die gute Fee seufzte. »Kann ich dir etwas anvertrauen?«, fragte sie ihre älteste Freundin.

»Natürlich«, sagte Mutter Gans. »Wenn ich dir eine Goldmünze für jedes meiner Geheimnisse gegeben hätte, das du bewahrt hast, wäre ich pleite.«

Die gute Fee sah ihr geradeheraus in die Augen. »Vor vielen Jahren, als ich Ezmia gerade zu meiner Erbin ernannt hatte, meldete sich bereits eine leise Stimme in meinem Hinterkopf. Sie flüsterte, dass Ezmia nicht die Richtige sei. Ich habe diese unterschwellige Ahnung übergangen, doch später hat sie sich als Tatsache erwiesen. Jetzt, da ich Alex zu meiner Nachfolgerin bestimmt habe, verspüre ich wieder etwas, das sich nicht ignorieren lässt.«

»Und was?«, wollte Mutter Gans wissen. »Hast du auch bei Alex Zweifel?«

»Ganz im Gegenteil«, entgegnete die gute Fee. »Nachdem ich sie monatelang unterrichtet habe, empfinde ich bei ihrem Anblick inmitten der übrigen Ratsmitglieder nichts als Hoffnung … und *Müdigkeit.*«

»Wie meinst du das – Müdigkeit?«, hakte Mutter Gans nach.

»Eine so große und tiefe Müdigkeit, wie ich sie nie zuvor in meinem Leben verspürt habe«, erläuterte die gute Fee.

Mutter Gans' Gesicht wurde ernst. »Willst du damit das ausdrücken, was ich befürchte?«

Die gute Fee nickte. »Ja.« Sie lächelte wehmütig. »Wir beide, du und ich, sind als Einzige alt genug, um zu wissen, wie Magie in solchen Situationen funktioniert. Wir wissen, was auf uns zukommt. Aber bitte vergiss nicht: Das ist etwas Gutes. Es bedeutet, dass wir endlich die wahre Erbin der Magie gefunden haben – und dass sie bereit ist.«

Mutter Gans sagte kein Wort. Sie nahm die Hand der guten Fee in ihre eigene und bemühte sich, trotz dieser Offenbarung zu lächeln.

»Ich denke, ich werde mich für die Nacht zurückziehen«, sagte die gute Fee. »Falls du Alex begegnest, richte ihr bitte aus, dass ich sie morgen früh erwarte.«

Langsam löste die gute Fee sich in einem weichen, glitzernden Wolkennebel auf; um die Treppen zu erklimmen, war sie zu erschöpft.

Plötzlich teilte sich das Meer der Feen im Saal. Etwas hatte einen Tumult verursacht, und alle wichen so rasch wie möglich von seiner Quelle zurück. Drei ungestüme Hexen waren soeben im Feenpalast eingetroffen und drängten nun lärmend in die Mitte des Raums.

Jede von ihnen war in einen langen, schäbigen schwarzen Umhang gehüllt, und sie alle rochen übel. Eine der Hexen hatte Katzenaugen und Zweige statt Haaren; der zweiten fehlte ein Auge, während sie zugleich eine zusätzliche große Nase besaß; die Haut der dritten hing so locker, dass sie ihr vom Gesicht zu schmelzen schien wie Wachs. Alle drei gackerten laut über die Feen, die sich ängstlich vor ihnen wegduckten.

Die acht Mitglieder des Rats der Feen schlossen einen Kreis um die Hexen. Es gab keinen Zweifel daran, dass die Neuankömmlinge auf Ärger aus waren.

»Was habt ihr hier zu suchen?«, fragte Emerelda.

»Wir sind natürlich wegen des Einführungsballs der Feen hier«, krähte die einäugige Hexe schrill.

»Niemand hat euch eingeladen«, stellte Violetta fest. »Diese Feier steht nur Feen offen.«

»Mit eurer Anwesenheit in unserem Palast verstoßt ihr gegen die Gesetze des Märchenrats«, sagte Xanthous drohend.

»Hexen dürfen keinen Fuß in dieses Königreich setzen, und das wisst ihr.«

»Pocht nur auf eure Gesetze, solange ihr sie noch habt – bald nämlich wird es keinen Märchenrat mehr geben, der uns belangen könnte«, warnte die einäugige Hexe.

Getuschel brach unter den Feen aus. Was sollte das heißen? Xanthous verlor die Geduld; ihm war vollkommen gleich, worauf die Einäugige anspielte. »Verschwindet auf der Stelle, sonst lasse ich euch ins Pinocchio-Kittchen werfen«, drohte er.

Sein Einschüchterungsversuch entlockte den Hexen nur noch lauteres Gekecker. »Aber wenn wir gehen, bekommt ihr ja unser Geschenk gar nicht«, zischte die Hexe mit den Katzenaugen. »Wir sind schließlich diesen weiten Weg nicht mit leeren Händen gekommen.«

»Euer Geschenk wollen wir nicht«, sagte Mandarina. Die Bienen, die ihren Hals und ihr Handgelenk umschwirrten, flogen immer schneller. »Fort mit euch – dahin, von wo ihr gekommen seid.«

»Vertraut uns – das, was wir euch anzubieten haben, wollt ihr sehr wohl«, sagte die Hexe mit der wächsernen Haut pfeifend. »Es ist weniger ein Geschenk als vielmehr eine *Prophezeiung*. Etwas, das die Hexen lange Zeit für sich behalten haben; zu diesem feierlichen Anlass allerdings dachten wir uns, wir teilen es mit euch.«

»An eurer lächerlichen Prophezeiung haben wir genauso wenig Interesse«, meldete sich Rosetta zu Wort.

»Ich schon!«, piepste Coral und sprach damit aus, was alle neugierigen Feen im Saal heimlich ersehnten. »Es kann doch nicht schaden, sich einfach anzuhören, was die drei uns mitteilen möchten.«

Die Mitglieder des Rats der Feen tauschten Blicke, doch niemand erhob Einwände. »Nun gut«, sagte Emerelda schließlich. »Wenn die Hexen versprechen, uns in Frieden zu lassen, sobald sie ihre Botschaft überbracht haben, dürfen sie reden.«

Die Hexen wandten sich mit finsteren Blicken ihrem Feenpublikum zu. Sie fassten einander an den Händen und schlossen einen Kreis. Dann legten sie die Köpfe in den Nacken, sahen zum Himmel empor, und ihre Münder und Augen fingen zu glühen an. Ein starker Windstoß fuhr durch den Palast, als sie mehrstimmig einen Reim zu skandieren begannen.

Lauscht nun, ihr Feen, von fern und von nah,
denn unsere Worte werden wahr.
Der Märchenrat wird untergeh'n,
kann gegen altes Unheil nicht besteh'n.
Bald fallen die Reiche, allesamt,
durch Schlachten und Kriege zum Ende verdammt.
Feenblut wird tränken die Welt,
wenn die Armee der Tausend hier Einzug hält.

Die Hexen lachten hysterisch, als sie das Ende ihrer Prophezeiung erreicht hatten. Sämtliche Feen mussten sich gegen die schrillen Laute ihre Hände auf die Ohren pressen.

»Hinaus mit euch aus diesem Palast, ehe ich euch in Asche verwandele«, rief Xanthous, und Flammen brachen aus seinem gesamten Körper hervor.

»Jep, und dann puste ich eure Überreste ins nächste Jahrhundert!«, fügte Mutter Gans hinzu.

Die Hexen verließen den Saal, doch ihr Gelächter hallte noch lange nach. Ängstliche Blicke wechselten zwischen den Feen hin und her. Gab es irgendeinen Anlass, auch nur ein Wort dessen zu glauben, was die Hexen soeben von sich gegeben hatten? War tatsächlich eine tausendköpfige Armee zu ihnen unterwegs? Und woher sollte eine solche Armee stammen?

»Sorgt euch nicht«, mühte sich Emerelda, die Menge zu beruhigen. »Das war nicht mehr als ein närrischer Versuch, unseren Abend zu ruinieren. Ich weigere mich, ihnen diesen Triumph zuzugestehen. Wir wollen deshalb die Feierlichkeiten in den Gärten fortsetzen, unter dem Glanz des Sternenhimmels.«

Die Feen jubelten, und Emerelda führte alle Gäste durch die Türen des Saals ins Freie.

»Kommst du nicht mit, Mutter Gans?«, fragte Coral, bevor sie sich den anderen anschloss.

Mutter Gans hatte als Einzige gezögert. »Doch, sicher«, sagte sie. »In einer Minute bin ich bei euch.«

»In Ordnung«, sagte Coral und flog den Übrigen nach.

Mutter Gans' Augen huschten nach links, dann nach rechts, und kleine Schweißperlen traten ihr auf die Stirn. Sie allein hatte die Prophezeiung der Hexen deuten können. Alles, was die drei vorausgesagt hatten, stand mit einem dunklen Geheimnis in Verbindung, das Mutter Gans bereits seit sehr langer Zeit hütete – einem Geheimnis, von dem sie keiner Seele je erzählt hatte, nicht einmal der guten Fee.

Allerdings hatte Mutter Gans Jahre zuvor alles in ihrer Macht Stehende getan, um sicherzustellen, dass die Armee die Märchenwelt niemals erreichen würde. Bestand die Bedrohung dennoch fort?

Es gab nur einen Weg, das herauszufinden, und nur einen Menschen, der in der Lage wäre, ihr dabei zu helfen – doch er war Welten entfernt.

Mutter Gans genehmigte sich einen langen Zug aus ihrem Flachmann und sprang anschließend auf Lesters Rücken. Sie lenkte ihn zum Fenster von Alex' Zimmer, stieg hindurch und schaute sich um. In einer Ecke erspähte sie den magischen Spiegel und legte eine Hand an das Glas.

Nichts rührte sich darin, und Mutter Gans ließ verzweifelt aufs Neue den Blick schweifen. Auf Alex' Nachttisch entdeckte sie die abgebrochene Spiegelscherbe, die zu ihrer Erleichterung glomm – *er* versuchte in ebendiesem Moment, Alex zu kontaktieren.

Mutter Gans nahm das Spiegelstück an sich, und das runde, sommersprossige Gesicht desjenigen, den sie zu erreichen gehofft hatte, erschien.

»Oh, C-Dog, dem Himmel sei Dank – du bist es«, sagte Mutter Gans zu Conner. »Hör mal, wir müssen reden. Ich brauche deine Hilfe …«

Kapitel 9

Alleingang

Die letzten beiden Tage seiner Deutschlandreise verbrachte Conner eingeschlossen in seinem Hotelzimmer, wo er weiterhin vorschützte, krank zu sein. Während seine Schulleiterin und Mitschülerinnen Museen und historische Stätten besuchten, mühte er sich rund um die Uhr, den Kontakt zu seiner Schwester herzustellen. Er ernährte sich von Sandwiches und Softdrinks aus einem Automaten am anderen Ende des Flurs und schlief allenfalls für zwanzig Minuten am Stück, wenn er die Augen gar nicht mehr offen halten konnte.

Nie zuvor in seinem Leben war er derart wütend auf Alex gewesen. Er wusste zwar, dass sie mitten in den Vorbereitungen für den Einführungsball steckte, doch diese hielten sie ja wohl kaum seit drei Tagen rund um die Uhr in Atem. Wenn er sie endlich erreichte – *falls* er sie *je* erreichte –, sollte sie besser eine gute Erklärung parat haben.

Leider kam schließlich der Tag der Abreise, und Conner blieb nichts anderes übrig, als sich mit den anderen auf den Heimweg zu machen. Er tat es schweren Herzens – irgendwie hatte er sich in der Nähe der Gräber der Brüder Grimm auch deren Anliegen und der Märchenwelt insgesamt näher gefühlt.

Die Gruppe stieg geschlossen in den Van und nahm auf der Fahrt zum Flughafen Abschied von Berlin. Dort angelangt weigerte sich Conner, der Frau hinter dem Schalter Betsy zu überlassen. Seine Scherbe des magischen Spiegels steckte in dem Koffer, und er wollte sie nicht aus der Hand geben, für den Fall, dass Alex ihn zu kontaktieren versuchte. Seine plötzliche Verbundenheit mit dem Koffer entging dem Rest der Gruppe natürlich nicht. Alle wunderten sich und zogen die Augenbrauen hoch. Besonders argwöhnisch verfolgte Bree jede seiner Bewegungen.

Der erste Flug brachte sie nach London Heathrow, und gemeinsam richtete die Gruppe sich am Gate ihres Anschlussflugs nach Hause auf das Warten ein.

»Oy, Gouverneur! Oy, Gouverneur!«, sagte Cindy in fürchterlich aufgesetztem Cockney-Akzent zu sämtlichen Engländern ringsum. »So grüßt man sich hier«, raunte sie ihren Freundinnen zu, als weihte sie sie in ein Geheimnis ein.

»Nein, tut man nicht«, kommentierte Bree, die sich offensichtlich fremdschämte.

Die Bücherkuschlerinnen hatten Conner bereits seit der Abreise aus Berlin in einem fort böse Blicke zugeworfen; ihm jedoch war das völlig entgangen. Er hatte die gesamte Zeit über ins Leere gestarrt und dabei Betsy an seine Brust gedrückt, als müsste er sie vor Dieben schützen.

»Wie geht es Ihnen, Mr Bailey?«, erkundigte sich Mrs Peters über ihre Zeitung hinweg.

»Besser«, antwortete Conner, ohne aufzuschauen.

»Es tut mir außerordentlich leid, dass Sie nach der Lesung all unsere Unternehmungen verpasst haben; Sie hätten sicherlich Spaß daran gehabt«, sagte die Schulleiterin.

»Nächstes Mal«, brachte Conner nur hervor.

Aus den Lautsprechern am Gate ertönte knisternd eine Durchsage: »Wir bitten um Ihre Aufmerksamkeit. Das Boarding für Passagiere gebucht auf Übersee-Flug 527 beginnt in zehn Minuten; die Gäste der ersten Klasse halten sich bitte zuerst zum Einsteigen bereit.«

»Oh, wunderbar«, sagte Mrs Peters und faltete ihre Zeitung zusammen. »Dann sind wir im Nu in der Luft und auf Heimatkurs.«

Conner war klar, dass es schwierig für ihn würde, seine Spiegelscherbe zu benutzen, sobald er erst einmal im Flugzeug säße. Einen letzten Versuch wollte er noch starten, ehe er an Bord ging.

»Ich gehe schnell noch mal aufs Klo, bevor wir boarden«, sagte er zu den Mädchen und eilte mit Betsy im Arm durch den Wartebereich, hinüber zur nächstgelegenen Toilette.

Die Bücherkuschlerinnen verdrehten einmal mehr die Augen. Bree sah Conner nach und grübelte zweifellos, wozu er wohl seinen Koffer mitschleppte.

Conner betrat die Herrentoilette und warf einen Blick unter sämtliche Kabinentüren. Die Luft war rein – er war allein. Flink schloss er sich in ein Abteil ein, klappte den Klodeckel herunter und nahm darauf Platz. Dann öffnete er Betsy vor sich auf dem Boden und holte das Spiegelbruchstück heraus. Er presste die Finger gegen das Glas und beäugte es einige Momente lang, bis das anfängliche Schimmern verblasste. Wieder hatte er Alex nicht erreicht, und sein Frust und seine Enttäuschung wuchsen ins Grenzenlose. Trotzdem – ein allerletztes Mal wollte er sein Glück noch auf die Probe stellen, ehe er aufgab. Wieder flirrte das Glas, ebenso lange wie zuvor – und gerade als Conner schon im Begriff war, die Scherbe wegzupacken, tat sein Herz einen Satz. Ein Gesicht erschien im Spiegel, allerdings gehörte es nicht derjenigen, die er erwartet hatte.

»Oh, C-Dog, dem Himmel sei Dank – du bist es«, sagte Mutter Gans. »Hör mal, wir müssen reden. Ich brauche deine Hilfe …«

Conner war so begeistert, endlich jemanden aus der Märchenwelt vor sich zu haben, dass er beinahe vom Toilettensitz gekippt wäre. *»Mutter Gans! Ich bin so froh, dich zu sehen!«* Er war regelrecht hysterisch.

»Wenn ich jedes Mal, da jemand das zu mir sagt, eine Goldmünze bekäme, wäre ich verschuldet«, scherzte sie. »Pass auf, ich muss etwas sehr Wichtiges mit dir besprechen.«

Sie wirkte ebenso beunruhigt und durch den Wind wie Conner selbst, doch ihre Sorgen konnten gewiss warten – im Gegensatz zu den Neuigkeiten, die *er* ihr mitzuteilen hatte.

»Nein! Ich muss dir etwas erzählen, das *noch* wichtiger ist«, sagte er. *»Etwas Gigantisches ist passiert, und ich muss dringend jemanden aus der Märchenwelt einweihen!«*

Mutter Gans musterte ihn mit schiefem Blick. »Kleiner, bist du auf dem Klo?«, fragte sie. »Falls dem nämlich so ist, solltest du dich vielleicht besser mit einem Arzt darüber unterhalten, nicht mit mir –«

»Ich sitze in einer Toilettenkabine, weil ich mich gerade verstecke!«, unterbrach Conner sie. »Ich bin in Europa – auf einer Schulexkursion! Nur so kann ich kurz ungestört sein!«

»Europa?«, fragte Mutter Gans. »Okay, Kleiner, ganz ruhig.

Dann berichte mir jetzt schön langsam, was los ist, bevor dir noch ein Missgeschick passiert.«

Conner atmete tief durch und fing an: »Ich bin wegen dieser speziellen Sache mit meiner Lehrerin und ein paar Mitschülerinnen nach Deutschland geflogen; Wissenschaftler der Freien Universität Berlin haben drei brandneue Märchen entdeckt, in einer Zeitkapsel der Brüder Grimm – zusammen mit detaillierten Anweisungen, die Geschichten erst zweihundert Jahre später bekanntzumachen oder zu veröffentlichen. Wir und ein Haufen anderer Leute sind auf dem Friedhof zusammengekommen, auf dem die Brüder Grimm begraben liegen, und dort hat eine Dame die Märchen exklusiv vorgetragen. Die ersten zwei waren nicht sonderlich wichtig, aber ich glaube, bei dem dritten handelt es sich um eine verkappte Warnung.«

»Eine Warnung?«, echote Mutter Gans. »Eine Warnung wovor?«

»Das versuche ich seither auszuknobeln«, sagte Conner. »Die Geschichte war zu dicht an der Wirklichkeit, als dass sie keinen tieferen Sinn haben könnte.«

»Verrate mir, worum es ging«, drängte Mutter Gans.

»Um ein Brüderpaar, das immerzu Märchen erzählt hat – genau wie die echten Brüder Grimm. Die beiden haben ihre Geschichten von einer Fee erhalten, die in einem verborgenen Schloss lebte – *genau wie die echten Brüder Grimm, die ihre Geschichten von dir und Grandma und den anderen Feen bekommen haben.* Eines Tages hat ein machtgieriger König die Brüder gezwungen, ihm eine Wegbeschreibung zu diesem geheimen Schloss zu liefern, damit er es erobern könnte. Ein magischer Vogel, der ebenfalls dort gelebt hat – *und von dem ich annehme, dass er für dich stehen soll* –, hat den Brüdern eine verzauberte Karte gegeben, die sie an den König weiterreichen sollten, damit er zweihundert Jahre bis zu dem Schloss brauchen würde. So nämlich hätten die Menschen und magischen Wesen genügend Zeit gehabt, sich für die Ankunft der Soldaten zu wappnen. Die Brüder in der Geschichte hatten Sorge, dass der magische Vogel vergessen könnte, die anderen in dem verborgenen Schloss vor der herannahenden Armee zu warnen. Also haben sie ein Märchen darüber verfasst, in der Hoffnung, dass es das geheime Schloss früher erreichen würde als das tausendköpfige Heer des Königs.«

»Moment, kannst du den letzten Teil noch mal wiederholen?«, hakte Mutter Gans ein.

»Ich habe gesagt, dass die Brüder gehofft haben, ihre Geschichte würde eher zum verborgenen Schloss durchdringen als der König mit seinen Tausenden von Soldaten. Sie wollten Vorsorge treffen für den Fall, dass der magische Vogel verschwitzt hatte, die Übrigen zu warnen.«

Alles Blut wich Mutter Gans aus dem Gesicht. Ihr Blick war mit einem Mal furchtsam und schweifte in die Ferne. »Aber das ist unmöglich«, murmelte sie leise vor sich hin.

»Was ist unmöglich?«, wollte Conner wissen. »Sagt diese Geschichte dir irgendwas? Für mich klingt sie nämlich ganz so, als sei vor zweihundert Jahren etwas Übles in Gang gesetzt worden, vor dem die Brüder Grimm jetzt alle warnen wollen.«

Mutter Gans gab keine Antwort. Sie brachte nur ein hilfloses, unaufhörliches Kopfschütteln zustande, während sie weiter Conners Worte im Geist hin- und herwälzte.

»Mutter Gans, wenn dieses Märchen wahr ist, dann fürchte ich, dass dem magischen Land etwas Schreckliches bevorsteht – und das müssen wir verhindern«, bedrängte Conner sie.

Endlich sah sie auf und blickte ihn an. »Leider gründet diese

Geschichte der Brüder Grimm auf einer sehr wahren Begebenheit«, gestand sie gequält.

Conners Herz rutschte in Richtung Kniekehlen. »Was ist passiert?«, fragte er.

Mutter Gans seufzte und weihte Conner schließlich in ein Geheimnis ein, das sie all die Jahre sorgsam für sich behalten hatte.

»Vor zweihundert Jahren – in Andersweltzeit – lebte ein Mann namens Jacques Marquis, ein General der Grande Armée des Französischen Kaiserreichs«, sagte sie. »General Marquis war ein kluger Mann. Er ahnte, dass die Geschichten der Brüder Grimm über mythische Kreaturen und Königreiche mehr waren als reine Auswüchse ihrer Phantasie. Deshalb schickte er den beiden Spione nach und fand heraus, woher die Märchen tatsächlich stammten. So reifte in ihm der Entschluss, die wunderbaren Länder, von denen er gelesen hatte, im Namen des Französischen Kaiserreichs zu erobern. Deshalb ließ er die Brüder Grimm entführen und verlangte von ihnen, seiner Armee Zugang zu einem Portal zu verschaffen, durch das sie in die Märchenwelt gelangen konnte – unter der Androhung, andernfalls ihre Familie zu töten.«

»Und, haben sie das getan?«, fragte Conner.

»An dieser Stelle komme ich mit dazu«, sagte Mutter Gans. »Ich habe den Brüdern Grimm niemals eine Karte gegeben wie der Vogel im Märchen. Allerdings haben die zwei durch mich von einem Portal erfahren, zu dem sie auf meine Weisung hin General Marquis und seine fünftausend Mann starke Armee führen sollten. Vor der Ankunft der Soldaten habe ich das Portal jedoch verzaubert, so dass es zweihundert Andersweltjahre dauern würde, bis die Franzosen es durchquert hätten und in die Märchenwelt gelangen würden.«

»Und diese zweihundert Jahre sind jetzt vorbei!«, rief Conner. »Wieso sind sie also noch nicht im magischen Land?«

»Weil deine Großmutter nach dem Sieg über die Zauberin sämtliche Portale zwischen den Welten verschlossen hat – und das gerade noch rechtzeitig«, sagte Mutter Gans. »Dem Himmel sei Dank dafür, denn so musste ich ihr nie beichten, dass ein Heer im Anmarsch war. Ich liebe die Anderswelt so sehr, doch ich habe es nicht über mich gebracht, Widerspruch gegen die Versiegelung der Portale einzulegen. Schließlich wusste ich ja, dass auf diese Weise ein furchtbarer Mann und seine Soldaten davon abgehalten würden, in unsere Welt einzufallen.«

»Hat sich niemand je gefragt, wo eine Gruppe von fünftausend Soldaten einfach so hinverschwunden ist?«, wunderte sich Conner.

»Nein, da kurz nach ihrem Aufbruch – im Winter des Jahres 1812 – Napoleon und seine Grande Armée auch in Russland einmarschierten«, erläuterte Mutter Gans. »Die französischen Soldaten kamen mit der bitteren Kälte dort nicht zurecht, und die Russen hatten auf ihrem Rückzug alle Felder abgebrannt und alles Vieh vernichtet, so dass es nichts mehr gab, wovon die Angreifer hätten leben können. Die Zahl der Todesopfer in Napoleons Reihen war desaströs, und alle Welt nahm an, auch General Marquis und seine Männer seien unter den elendig Verendeten gewesen.«

Conner stieß einen langen Seufzer der Erleichterung aus. »Das sind doch großartige Neuigkeiten«, befand er. »Also hängt diese Armee nach wie vor im Portal fest und wird niemals das magische Land erreichen, richtig?«

Er erwartete, dass Mutter Gans seine Schlussfolgerung bestätigen würde, doch stattdessen wurde ihr Blick wieder unscharf und sorgenvoll.

»Das Portal *ist* doch für immer versiegelt, oder?«, hakte Conner nach.

»Das *war* es«, berichtigte Mutter Gans. »Allerdings besteht die Möglichkeit, dass das Portal zwischen den Welten eventuell wieder … *entsiegelt* werden könnte.«

»Wie?«, fragte Conner sofort.

Mutter Gans kannte die Antwort, spürte jedoch, dass es nicht an ihr war, Conner schon jetzt einzuweihen. »Warum oder auch nur *ob* der Durchgang überhaupt aufs Neue geöffnet wird, kann ich dir nicht mit Sicherheit sagen – ich sage lediglich, dass es möglich ist«, wiederholte sie. »Und Gewissheit finden wir nur, indem wir selbst ausprobieren, ob das Portal funktioniert oder nicht. Wenn es sich von der Anderswelt aus entriegeln lässt, dann auch aufseiten des magischen Landes, und in diesem Fall wird die Grande Armée letztlich doch in der Lage sein, nach all dieser Zeit hier einzumarschieren.«

»Dann verrate mir, wo es ist! Ich kontrolliere es höchstpersönlich«, flehte Conner.

»Das kommt absolut nicht in Frage«, sagte Mutter Gans bestimmt. »Ich habe mir noch immer nicht verziehen, dass ich Alex von der Zauberin erzählt habe – wenn ich nun auch noch *dich* in solche Gefahr stürzen würde, könnte ich überhaupt nicht mehr mit mir leben.«

Conner war so frustriert, dass er am liebsten seine Spiegelscherbe quer durch den Toilettenraum gepfeffert hätte. Selbst jetzt noch wurde er wie ein Kind behandelt. Doch Mutter Gans hob eine Hand, um ihn zum Verstummen zu bringen, ehe er überhaupt zu argumentieren beginnen konnte.

»Aber ich kenne jemand *anderen*, der es dir verraten kann«, sagte sie mit schelmisch hochgezogener Augenbraue.

»Wen?«, wollte Conner wissen. »Jemanden in dieser Welt?«

»Jep«, sagte sie. »Wo genau in Europa bist du jetzt?«

»An einem Flughafen in London«, sagte Conner.

Das schien Mutter Gans enorm zu freuen; sie stieß frohlockend eine Faust in die Luft. »Phantastisch, ich habe einen Freund in London –«

»Nicht den Ehemann der Queen, hoffe ich«, unterbrach Conner sie. »An den heranzukommen dürfte knifflig werden.«

»Nein, der Prinzgemahl und ich reden schon seit Jahren nicht mehr miteinander.« Mutter Gans tat seinen Einschub mit einer unwirschen Handbewegung ab. »Der Freund, von dem ich spreche, ist sehr alt, allerdings schon seit Ewigkeiten ein enger Vertrauter von mir.«

»Wer ist es denn?«

»Er ist eher ein *Was* als ein *Wer*«, erklärte Mutter Gans. »Such den Löwen der Red Lion Brewery. Sag ihm, dass *ich* dich geschickt habe, dann verrät er dir alles, was du wissen musst.«

»Den Löwen der Red Lion Brewery?«, echote Conner, um sicherzugehen, dass er sie richtig verstanden hatte. »Reden wir hier von einem echten Löwen?«

»Er ist eine Statue«, sagte Mutter Gans. »Und war das Maskottchen der Brauerei, in der ich den größten Teil des 19. Jahrhunderts verbracht habe – dort habe ich einige meiner engsten Zechkumpane kennengelernt. Jetzt muss ich aber wirklich los, bevor deine Schwester mich in ihrem Zimmer erwischt. Wir sollten niemanden in diese Sache einweihen, bis wir Gewissheit darüber haben, dass das Portal tatsächlich wieder geöffnet worden ist. Ich will hier keinem die Laune verderben, solange es vielleicht keinerlei Anlass zur Besorgnis gibt.«

»Und wenn es wirklich offen ist?«, fragte Conner.

Mutter Gans schluckte. »Dann sitzen wir mächtig in der Tinte«, sagte sie. »Viel Glück, Kleiner – oh, und eins noch …

Hast du nach wie vor diesen Pokerchip, den ich dir mal geschenkt habe?«

»Ja, den trage ich immer bei mir«, erwiderte Conner.

»Gut – den wirst du brauchen«, sagte Mutter Gans und verblasste dann in der Spiegelscherbe in Conners Hand.

Conner schwirrte der Kopf, doch er wusste, dass er keine Zeit verlieren durfte. Mutter Gans hatte ihm eine Aufgabe gestellt; rasch tüftelte er einen Plan aus. Zuerst musste er sich aus dem Flughafengebäude stehlen und irgendwie in die Innenstadt gelangen, anschließend die Red Lion Brewery und den Löwen finden und ihn fragen, wo sich das Portal befand und wie er überprüfen konnte, ob es noch versiegelt war. Falls der Durchgang sich von der Anderswelt aus öffnen ließ, bedeutete das, dass er aufseiten der Märchenwelt gleichermaßen offen stand – und in diesem Fall war die Grande Armée womöglich nur Augenblicke davon entfernt, ins magische Land einzufallen. Conners Plan erschien ihm geradlinig und unkompliziert. Also verstaute er seine Spiegelscherbe wieder in Betsy und verließ die Kabine; er hatte es eilig.

Allerdings wurde sein Elan bereits Sekunden später abrupt ausgebremst, als ihm klarwurde, dass er nicht allein in dem Toilettenraum war.

»Bree?«, fragte Conner entsetzt.

Bree stand direkt vor seinem Abteil, und nach ihrer völlig perplexen Miene zu schließen, hatte sie jedes Wort der Unterhaltung zwischen ihm und Mutter Gans mitgehört. »Was machst du auf dem Männerklo?«

»Sie haben früher mit dem Boarding angefangen«, sagte Bree. »Mrs Peters hat mich gebeten, nach dir zu schauen. Aus der Toilette kamen Stimmen, und da ich weiß, dass du kein

Handy hast, bin ich hineingegangen, um zu sehen, mit wem du redest – und jetzt, nachdem ich es laut ausgesprochen habe, wird mir erst bewusst, wie viele Gesetze zum Schutz des Persönlichkeitsrechts ich gerade gebrochen habe.«

»Wie viel hast du von meinem Gespräch mitbekommen?«, fragte Conner.

»Genug«, antwortete Bree geradeheraus.

Conner hatte keine Ahnung, was er darauf erwidern sollte. »Tja, dann danke, dass du gekommen bist, um mir Bescheid zu geben, aber ich werde nicht mit nach Hause fliegen«, sagte er schließlich.

»So viel habe ich verstanden«, sagte Bree.

»Bitte petz Mrs Peters nicht, wo ich hinwill«, flehte Conner. »In London hält sich jemand auf, den ich unbedingt treffen muss. Die Angelegenheit ist wirklich wichtig.«

Endlich entspannten sich Brees Gesichtszüge wieder. Sie nickte stumm vor sich hin, während sie über die Situation nachdachte. »Ich verrate niemandem etwas«, sagte sie. »Weil ich dich begleiten werde.«

Conner schüttelte ungläubig den Kopf. »Was? Ich kann dich nicht mitnehmen – du weißt ja nicht einmal, worum es überhaupt geht.«

Bree verschränkte die Arme. »Ich weiß schon seit unserem Flug nach Deutschland, dass irgendetwas los ist. Deine Schwester ist letztes Jahr beinahe ohne jede Erklärung verschwunden, du kanntest die Handlung zweier Märchen, die seit zweihundert Jahren kein Mensch zu Gesicht bekommen hatte, und soeben habe ich dich dabei erwischt, wie du – auf welch mysteriöse Weise auch immer – mit einer Frau namens Mutter Gans über eine Armee diskutiert hast, die eine andere Dimension zu erobern plant.«

Conner schloss die Augen – aus dieser Nummer kam er nicht mehr raus.

»In Anbetracht all dessen scheint mir die plausibelste Schlussfolgerung, dass du in irgendeiner Weise mit der *Märchenwelt* verbandelt bist, und jetzt musst du sicherstellen, dass eine Armee aus dem frühen 19. Jahrhundert nicht in diese Welt gelangt und deine Schwester und Großmutter in Gefahr bringt. *Habe ich noch was vergessen?*«

Das alles ratterte Bree in einem Atemzug und ohne zu blinzeln herunter. Conner war baff. Offenbar machte sich nun bezahlt, dass sie derart viele Krimis gelesen hatte.

»Okay, ich schätze, eins und eins zusammenzuzählen ist da nicht allzu schwer«, meinte Conner. »Aber mitkommen kannst du auf keinen Fall. Hast du auch nur den blassesten Schimmer, wie groß der Ärger wäre, den du dir damit einhandeln würdest?«

Bree ließ den Kopf in den Nacken fallen und schnaubte frustriert zur Decke hinauf. »Mit Ärger kann ich leben. Aber soll ich dir mal erzählen, womit ich *nicht* leben kann? Mit auch nur einer weiteren Unterhaltung der Bücherkuschlerinnen über eine Boyband oder irgendeine Liebesgeschichte aus einem Schnulzenroman! So etwas ertrage ich nicht mehr. Ich habe drei jüngere Schwestern – für die Reise nach Deutschland hatte ich mich angemeldet, um genau *solchem Theater* zu entfliehen und in Europa ein Abenteuer zu bestehen. Bisher scheinst *du* der Einzige zu sein, der mir das bieten kann. Und da du vermutlich Hilfe gebrauchen kannst, begleite ich dich, ob dir das gefällt oder nicht.«

Conner hatte Mund und Augen weit aufgerissen. Derart glühend und leidenschaftlich hatte er Bree noch nie erlebt.

»Wie kommt es, dass du all das so gut aufnimmst?«, fragte

er. »Findest du die Vorstellung einer anderen Dimension nicht irgendwie verrückt?«

»Ganz und gar nicht«, sagte Bree. »Ich bin ebenfalls Schriftstellerin, Conner. Und meine Motivation zu schreiben entspringt meiner Überzeugung, dass unser Leben mehr Geheimnisse bereithält, als die meisten Menschen zu glauben bereit sind. Du bist bloß der Erste, der mir dafür handfeste Beweise liefert.«

Conner erkannte die Begeisterung in ihren Augen wieder; er hatte sie nach ihrem ersten gemeinsamen Besuch im magischen Land jeden Tag im Gesicht seiner Schwester wahrgenommen. Wie sollte er Bree nun, da sie die Wahrheit kannte, verbieten, sich ihm anzuschließen?

»Na schön, du darfst mitkommen«, sagte er. »Solange du mir versprichst, dass du niemals einer Menschenseele irgendetwas von dem verrätst, was du herausgefunden hast oder vielleicht bald sehen wirst.«

Bree nickte langsam, dann lächelte sie breiter denn je. »Versprochen«, sagte sie, und Conner wusste, dass er ihr vertrauen konnte.

»Gut, dann lass uns jetzt aus dem Flughafen schleichen.«

Die beiden linsten aus der Herrentoilette hinüber zum Gate, an dem ihre Schulleiterin und Mitschülerinnen standen. Zu fünft warteten sie ungeduldig auf Conners und Brees Rückkehr, um sich in die Schlange der übrigen Passagiere einzuordnen, die sich bereits zum Einsteigen aufgereiht hatten. Mrs Peters ließ ihre Augen durch den Wartebereich schweifen und hielt offenkundig nach ihnen Ausschau. Dann warf sie einen Blick auf ihre Armbanduhr; auf einen solchen Moment hatten Conner und Bree gewartet. Sie fassten ihr Gepäck so fest wie möglich, stürzten aus dem Kloraum und sprinteten den breiten Mittelgang des Terminals hinunter, ehe ihre Lehrerin auch nur wieder hochgesehen hatte. Sie folgten immer den Ausgangsschildern und gelangten bald in den Zollbereich.

»Wir schaffen es – tu einfach das, was ich tue«, zischte Bree. Gemeinsam stellten sie sich an und hielten die Köpfe geduckt für den Fall, dass Mrs Peters sich zwischenzeitlich auf die Suche nach ihnen begab. Als Bree an der Reihe war, marschierte sie zu dem Zollbeamten hinter dem Schalter und legte ihren Pass vor.

»Sind Sie geschäftlich oder zum Vergnügen hier?«, fragte der Mann.

»Zum Vergnügen«, antwortete Bree leichthin. »Ich will meine Tante besuchen und mir ein paar Musicals im West End anschauen.«

Sie konnte wirklich gut schwindeln. Der Beamte stempelte ihren Pass und winkte sie durch. Conner war als Nächster dran und trat zuversichtlich vor – gewiss, dass auch er sich keinerlei Sorgen zu machen brauchte.

»Sind Sie geschäftlich oder zum Vergnügen hier?«, wollte der Mann auch von ihm wissen.

»Zum Vergnügen«, erwiderte Conner. »Wegen Fish and Chips.«

Der Zollbeamte verzog das Gesicht und musterte Conner schief. »Wegen *Fish and Chips?*«, hakte er nach.

Bree klatschte sich eine Hand gegen die Stirn; Conner selbst hätte sich am liebsten in den Hintern gebissen. Von allen Dingen, die er hätte angeben können, hatte er ausgerechnet das womöglich Einzige gewählt, wofür ganz gewiss *niemand* extra nach Großbritannien reiste. Panisch versuchte er, sich schnell etwas Rettendes einfallen zu lassen.

»Haben Sie noch nie von den Fish and Chips gehört?«, plapperte er weiter. »Die sind eines der großartigen Tenorquartette singender Köche auf diesem Planeten! Und geben bald ein Konzert im Buckinghamshirevilleton Coliseum. Moment, ich zeige Ihnen eines ihrer Alben.«

Conner griff nach seinem Koffer, doch der Zollbeamte hob eine Hand, um ihn auszubremsen. »Bitte, lass es gut sein«, sagte er. Er drückte einen Stempel in Conners Pass und scheuchte ihn davon. Conner war nie zuvor so froh darüber gewesen, als dummer kleiner Junge betrachtet zu werden.

Bree dagegen rang nach seiner Einlage noch immer um Fassung. *»Buckinghamshirevilleton?«*, flüsterte sie. *»Bist du wahnsinnig geworden? Wie willst du denn eine andere Dimension retten, wenn du es nicht mal aus einem Flughafen hinausschaffst?«*

»Mach mal halblang – ich stehe gerade unter enormem Druck, wie unschwer zu erkennen sein sollte!«, wisperte Conner zurück.

Die beiden gelangten ins Freie und fanden sich inmitten eines Meers von Autos, Taxis und Bussen in der Abholzone wieder.

»Wie sollen wir ins Stadtzentrum kommen?«, fragte Bree. »Sind wir alt genug, um uns allein ein Taxi zu nehmen?«

Conner spähte den Gehsteig entlang und bemerkte etwas, das ihn auf eine Idee brachte. Eine große Gruppe unerträglich lauter amerikanischer Teenager bestieg gerade einen Bus. Begleitet wurden sie, soweit Conner feststellen konnte, lediglich von einer einzigen Betreuerin, die ziemlich überfordert und mit ihren Nerven am Ende schien. »Beruhigt euch, alle miteinander, und steigt endlich ein!«, kreischte sie. »Ich habe die Telefonnummern eurer Eltern und keine Hemmungen, sie auch zu benutzen!«

Conner bedeutete Bree, ihm zu folgen. »Verhalt dich unauffällig, ich habe einen Plan«, raunte er ihr zu.

Beide hielten sie den Blick auf den Boden geheftet, als sie

sich unter die Schüler mischten, die nun in den Bus kletterten. Die Reihe bewegte sich so schnell vorwärts, dass die Betreuerin mit dem Abhaken der Namen auf ihrer Liste bald nicht mehr hinterherkam und schließlich einfach aufgab. Conner und Bree schlüpften mühelos hinein und suchten sich einen Platz ganz hinten.

»Alles klar, das war eine gute Aktion«, meinte Bree. »Wiegt Buckinghamshirevilleton beinahe wieder auf.«

»Danke«, sagte Conner. »So sollten wir ohne weitere Probleme in die Stadt kommen.«

Die übrigen Jugendlichen an Bord waren so eifrig damit beschäftigt, einander aufzuziehen und Selfies zu knipsen, dass ihnen die Fremden in ihrer Mitte nicht einmal auffielen. Der Bus fuhr an, ließ den Flughafen hinter sich und nahm Kurs auf das Stadtzentrum.

»So, und jetzt will ich die ganze Geschichte hören, und spar bloß nicht an den Details«, verlangte Bree von Conner.

»Welche Geschichte?«, fragte er.

»Erzähl mir alles, was ich wissen muss, bevor wir uns gemeinsam in dieses Abenteuer stürzen«, sagte sie. »Über dich, deine Schwester, diese Gänsemadam und die Dimension, die wir gleich retten.«

Conner hatte keinen blassen Schimmer, wo er anfangen sollte. »Okay, aber das ist eine lange Geschichte«, warnte er.

»Wunderbar«, erwiderte Bree. »Lange Geschichten mag ich am liebsten.«

Conner kam für sich zu dem Schluss, dass er keinen Grund hatte, nun noch irgendetwas vor ihr geheim zu halten. Also schilderte er Bree seine und Alex' komplette Odyssee: Er begann damit, wie sie zum ersten Mal auf magische Weise in die Märchenwelt transportiert worden waren, und schloss seinen

Bericht mit ihrem letzten Abschied, als das Portal zwischen den Welten versiegelt worden war.

Bree hing ihm atemlos an den Lippen, und Conner empfand es als Wohltat, mit jemandem außerhalb seiner Familie über all das Erlebte reden zu können. Er war inzwischen ausgesprochen froh, dass Bree darauf bestanden hatte, ihn auf dieser neuen Episode zu begleiten. Längst war er zu der Überzeugung gelangt, dass Abenteuer immer am schönsten waren, wenn man jemanden an seiner Seite hatte, mit dem man sie teilen konnte.

Kapitel 10

Der Löwe vom Südufer

Schließlich erreichte der Bus das Zentrum von London, und alle Jugendlichen verstummten und bestaunten durch die Fenster die ersten Sehenswürdigkeiten der majestätischen Hauptstadt. London erwies sich als multikulturelles Labyrinth stattlicher Gebäude und stolzer Tradition. Es war schwierig, die Denkmäler und Wahrzeichen von der ganz gewöhnlichen Architektur zu unterscheiden, da alles so tadellos gepflegt und instand gehalten schien. Jedes Bauwerk wirkte einhundert Jahre alt und nagelneu zugleich.

Die Teenager deuteten all die Touristenattraktionen aus, die sie im Vorbeifahren wiedererkannten – den Buckingham Palace, die Westminster Abbey, Big Ben, den Tower of London und die Tower Bridge.

»Das ist die ordentlichste Großstadt, in der ich je gewesen bin.« Conner stieß Bree an. »Vom bloßen *Hiersein* bekomme ich schon das Gefühl, ich hätte mich irgendwie schicker anziehen sollen.«

Der Bus hielt am Trafalgar Square. Der Platz wimmelte von Touristen, die die beeindruckenden Statuen und Springbrunnen vor der National Gallery fotografierten, die eine prachtvolle Kulisse abgab. Die Jugendlichen drängelten sich ins Freie, um sich unter die übrigen Besucher zu mischen, und Conner und Bree ließen sich von ihnen unbemerkt mit hinausschwemmen.

Kaum standen sie auf der Straße, da hielt Conner auch schon nach einem Geldautomaten Ausschau.

»Verzeih mir, Bob«, murmelte er mit einem Blick hinunter auf die Kreditkarte, die sein Stiefvater ihm so liebenswürdig zugesteckt hatte. Conner schob sie in den Automatenschlitz, gab die PIN ein und hob den größtmöglichen Betrag ab – sooft die Maschine ihn ausspuckte.

»Das ist eine Menge Geld – in jedem Land«, stellte Bree fest. Sie schirmte ihn vor möglichen Schaulustigen ab, während er sich Scheine in Jacken- und Hosentaschen stopfte und den Rest in seinem Koffer verstaute. »Aber es war clever, gleich einen ganzen Batzen zu ziehen, damit wir keinen Nachschub brauchen. Sonst könnte man uns ja anhand der Buchungen verfolgen. So läuft das nämlich in den Krimis, die ich lese.«

»Oh, daran hatte ich überhaupt nicht gedacht«, meinte Conner mit einem Schulterzucken. »Ich habe bloß noch nie etwas an einem Geldautomaten abgehoben, deshalb wollte ich die Gelegenheit ausnutzen.«

Zuallererst kaufte Conner am nächsten Kiosk einen Stadtplan. Er faltete ihn auseinander und versuchte, sich zu orientieren.

»Da ist eine!«, rief er beglückt und tippte auf einen Punkt auf dem Papier.

»Da ist was? Wonach suchst du denn?«, wollte Bree wissen.

»Nach einer Bibliothek«, antwortete Conner. »Da gehen wir hin und schauen nach, wie wir zur Red Lion Brewery gelangen.«

»Sicher, dass ich das nicht einfach mit meinem Handy übers Internet herausfinden soll?«, fragte Bree.

Da Conner noch nie ein Smartphone besessen hatte, war ihm diese Möglichkeit überhaupt nicht in den Sinn gekommen. »Nein, diesen Dingern vertraue ich nicht«, entschied er. »Ich würde es lieber auf die traditionelle Art lösen – immerhin sind wir in London.«

»Wie du meinst«, erwiderte Bree.

Sie folgten dem Stadtplan ein paar Kreuzungen nach Westen bis zur nächsten Bibliothek an einer Ecke des St. James's Square. Conner und Bree eilten die Stufen zum Eingang empor und zogen die hölzernen Türen auf. Bibliotheken hatte Conner schon immer als einschüchternd wahrgenommen, und dieses Gefühl wurde nur verstärkt durch die Tatsache, dass diese sich zudem noch in einem fremden Land befand.

»Habt ihr einen Mitgliedsausweis?«, fragte eine Bibliothekarin am Empfangstisch und musterte die beiden streng über den Rand ihrer klobigen Hornbrille hinweg. Conner hegte seit jeher den starken Verdacht, dass Bibliothekarinnen in der Lage waren, Gedanken zu lesen. Bestimmt würde diese Dame seine Theorie gleich bestätigen.

»Nein, aber wir überlegen, einen zu beantragen«, erwiderte Bree ruhig. »Dürfen wir uns vorher mal umsehen?«

Die Frau gewährte ihnen freien Eintritt, indem sie die Jugendlichen einfach mit einer Handbewegung in den Lesesaal winkte.

»Taschen und Gepäck dürfen nicht mit hineingenommen werden«, hielt sie die zwei dann jedoch mit Blick auf Betsy und Brees Tasche auf.

»Oh, natürlich«, sagte Bree höflich. »Können wir unsere Sachen hier an der Seite abstellen?«

Sie setzte ihre Tasche neben der Tür an die Wand, und Conner rückte Betsy daneben. Die Bibliothekarin erlaubte es mit einem Nicken. Endlich betraten Bree und Conner den Büchersaal und suchten sich ganz hinten im ersten Stock einen Tisch.

»Bin gleich wieder da; ich besorge uns ein paar Bücher«, sagte Conner und verschwand zwischen den Regalreihen. Bree machte es sich derweil bequem und fing an, durch ihr Handy zu scrollen.

Zwanzig Minuten später wuchtete Conner einen Stapel schwerer Wälzer auf ihren Tisch.

»Schau, was ich gefunden habe«, sagte er und zeigte Bree die erste Entdeckung in seinem Stapel.

»Brauereien Großbritanniens und Nordirlands«, las Bree. »Das ist großartig, Conner, aber ich habe die Red Lion Brewery im Handy nachgeschlagen – offenbar ist sie schon 1949 abgerissen worden.«

»Man darf nichts, was im Internet steht, einfach so glauben«, entgegnete Conner. Er blätterte hektisch durch die Seiten, bis er einen Absatz fand, in dem es um die Red Lion Brewery ging. »O nein, hier steht, dass die Red Lion Brewery 1949 abgerissen wurde.«

»Na so was«, meinte Bree sarkastisch. »Ich will ja nicht die Stimmung verderben, aber womöglich gibt es unseren Löwen längst nicht mehr.«

Conner seufzte, doch aufgeben wollte er noch nicht. Er zog einen weiteren Schinken aus seinem Stapel, diesmal mit dem Titel *Londons Statuen*, und machte sich daran, ihn zu durchforsten. Nach einigen Minuten wurde er ganz zappelig.

»Guck dir das mal an«, sagte er und schob Bree die aufgeschlagene Seite hin.

Der Löwe vom Südufer
13 Tonnen schwer, vier Meter lang
Könnten Statuen aus ihrem Leben erzählen, so hätte von allen Londoner Exemplaren der Löwe vom Südufer die wohl bewegteste Biographie vorzuweisen: Erschaffen wurde er im Jahr 1837 von W.F. Woodington aus Coade-Stein, einer keramischen Masse mit den Eigenschaften künstlichen Steins. Sein erstes Leben begann er als Wahrzeichen der Red Lion Brewery, die er im Stadtbezirk Lambeth mit Blick auf die Themse bewachte. Eine geheimnisvolle Aura umgibt den Löwen, seit er als eine der einzigen Skulpturen der Gegend bei den Bombenabwürfen während des Zweiten Weltkriegs keinen nennenswerten Schaden genommen hat. Auch als die Red Lion Brewery im Jahr 1949 schließlich abgerissen wurde, konnte der Löwe unversehrt aus den Trümmern geborgen werden. König George VI. fand Gefallen an ihm und ließ ihn an den Bahnhof London Waterloo umsiedeln. Dort verbrachte das majestätische Tier sein zweites Leben unter den bewundernden Blicken unzähliger Reisender, ehe er nach mehreren Jahren an seinen derzeitigen Standort am Südende der Westminster Bridge im Herzen Londons überführt wurde. Im Schutt der Red Lion Brewery wurden auch die Überreste einer zweiten, etwas kleineren Löwenstatue entdeckt, die anschließend wieder zusammengesetzt wurde, einen goldenen Anstrich bekam und heute im Twickenham Stadium besichtigt werden kann.

Conner und Bree sprudelten beide regelrecht vor Begeisterung.

»Das muss er sein! Das muss der Löwe sein, den wir finden sollen!«, meinte Bree.

Conner ließ den Blick auf dem Stadtplan über alle Brücken wandern, die die Themse überspannten. »Da ist die Westminster Bridge!«, verkündete er keine drei Sekunden später. »Sie liegt direkt bei Big Ben – in Laufweite von hier.«

»Großartig«, sagte Bree. »Dann mal los, auf zum Löwen!«

Die beiden schnappten ihr Gepäck und verließen die Bibliothek, gerade als die Geduld der Bibliothekarin ausgereizt schien. Sie eilten über den St. James's Square und immer der Karte nach bis zur Westminster Bridge. Unterwegs kamen sie an etlichen Statuen und Skulpturen von Löwen vorüber, eine grimmiger und majestätischer als die andere. Conner wurde zunehmend mulmig bei dem Gedanken daran, bald dem dreizehn Tonnen schweren und vier Meter langen Exemplar vom Südufer gegenüberzutreten. Er hoffte inständig, dass es sich bei ihm um keinen allzu beängstigenden Vertreter seiner Art handeln würde – verzauberte Objekte waren schließlich stets unberechenbar.

Die Westminster Bridge lag in der Nähe des Parlamentsgebäudes und spannte sich quasi unmittelbar vom Fuß des gewaltigen Turms, der die Glocke Big Ben beherbergte, über die Themse – fast bis zum Standplatz des beeindruckenden Riesenrads, das als London Eye bekannt war. Hunderte Touristen und Einheimische drängten sich auf der Brücke, und eine Vielzahl von Autos und roten Doppeldeckerbussen brauste ebenfalls in einem fort von Ufer zu Ufer.

Conner und Bree erreichten das eine Ende und spähten zur gegenüberliegenden Flussseite hinüber. Inmitten des Passantenchaos entdeckten sie direkt unter dem imposanten Riesenrad den Löwen vom Südufer. Gigantisch und blassgrau thronte er auf einem hohen Podest. Etwas an ihm schien anders als bei all den übrigen Löwen, die Conner und Bree in der Stadt bereits gesehen hatten. Beide merkten schnell, was es war: Anstelle einer bösartigen und bedrohlichen Grimasse trug er eine aufrichtig *besorgte* Miene zur Schau. Seine Augen waren weit aufgerissen, ebenso sein Maul.

»Das muss er sein«, sagte Conner.

»Was macht dich da so sicher?«, wollte Bree wissen.

»Weil ich jedes Mal genau das gleiche Gesicht ziehe, wenn Mutter Gans mir ein Geheimnis verrät«, antwortete Conner.

Bree besah sich die Menschenmassen ringsum. »Sollen wir einfach da rübergehen und vor all diesen Leuten mit ihm sprechen?«, fragte sie.

»Nein, wir werden später noch mal herkommen müssen, wenn hier nicht so viel los ist«, meinte Conner. »Vielleicht erst nach Mitternacht.«

Die beiden verließen die Brücke und holten sich in einem nahen Pub eine Kleinigkeit zu essen. Bree bestand darauf, es wie die Einheimischen zu halten, und zwang Conner, nach ihrem Vorbild tatsächlich Fish and Chips zu bestellen.

Nachdem sie satt waren, machten sie es sich im St. James's Park auf dem Rasen bequem und warteten bis nach Einbruch der Nacht, ehe sie zurück zur Westminster Bridge schlenderten.

Eine Weile drückten sie sich auf der dem Löwen gegenüberliegenden Straßenseite herum; als endlich kaum mehr Autos und Passanten unterwegs waren, überquerten sie die Fahrbahn und stellten sich unmittelbar unter den Löwen.

»Sag etwas zu ihm«, raunte Bree und stieß Conner in die Seite.

»Was denn?«, fragte Conner.

»Keine Ahnung – bist du mit so was nicht inzwischen vertraut?«

»Mit verzauberten Statuen inmitten belebter Metropolen? Nein, da würde ich mich noch nicht als Experten bezeichnen«, meinte Conner.

»Ich glaube an dich.« Bree schenkte ihm ein Lächeln.

Davon liefen Conners ohnehin bereits gerötete Wangen noch ein wenig dunkler an. Eigentlich hatte er nichts zu verlieren. Also holte er tief Luft und wandte sich so an den Löwen, wie er auch jeden anderen angesprochen hätte.

»Hallo, da oben!«, rief er. »Ich will ja nicht stören, aber meine Reisegefährtin und ich würden uns gern kurz mit dir unterhalten.«

Keine Reaktion. Nichts deutete darauf hin, dass Conner mehr als ein gewöhnlicher Verrückter war, der ein steinernes Denkmal anquatschte.

»Du musst ziemlich erschöpft sein«, versuchte er es erneut. »Immerhin bist du ja schon gute eineinhalb Jahrhunderte auf den Beinen, was?«

Auch netter Smalltalk brachte ihn wohl nicht weiter – und das Bewusstsein, dass er wie ein Idiot wirken musste, während er so mit der Statue plauderte, machte es Conner nicht gerade leichter.

»Also, ähm … gefällt dir London?«, fragte er dennoch tapfer. »Wir sind heute erst angekommen, und *wow* – was für ein cooles Pflaster!«

Bree verlor allmählich die Geduld. Sie trat näher an den Löwen heran. »Hör mal, Miezekätzchen«, zischte sie. »Wir haben ein paar Fragen an dich! Wir wissen, dass du sprechen kannst, wir wissen, dass du mit Mutter Gans befreundet bist, und wir ziehen erst wieder ab, nachdem du uns die Antworten geliefert hast, die wir brauchen!«

»Was tust du da?«, zischte Conner. *»Meinst du allen Ernstes, er redet eher mit uns, wenn du so mit ihm umgehst?«*

»Wir spielen guter Bulle, böser Bulle«, flüsterte Bree zurück. *»Vertrau mir; in Krimis funktioniert das immer.«*

Conner fuhr sich mit den Fingern durchs Haar, überzeugt, dass ihre Strategie eine Sackgasse war. Als er jedoch aufs Neue zu dem Löwen emporblickte, hätte er schwören können, dass dessen Gesichtszüge sich verändert hatten; nun wirkte er *noch* besorgter.

»Bree, fällt dir irgendeine Veränderung an dem Löwen auf?«, wisperte er.

Sie schaute genauer hin, und ihre Augen leuchteten auf. »Jep.«

»Sag noch etwas über Mutter Gans«, wies Conner sie an. *»Ich habe den Eindruck, er fürchtet sich vor ihr.«*

Bree nickte und wandte sich abermals an den Löwen. »Hey! Mutter Gans war sich sicher, du würdest mit uns reden. Aber falls du dich lieber mit ihr persönlich unterhalten möchtest, kann sie innerhalb von fünf Minuten hier sein.«

Diesmal gab es keinen Zweifel: Der Löwe rührte sich! Staunend beobachteten die beiden, wie seine Miene mit jeder Erwähnung von Mutter Gans verdrießlicher wurde. Schließlich konnte die Statue nicht mehr an sich halten und gab ihre reglose Pose auf.

»Nein, bitte ruft nicht Mutter Gans!«, flehte der Löwe und erwachte vor den Augen seiner zwei Besucher zum Leben.

Bree erschrak und rettete sich mit einem Satz hinter Conner; sie erfuhr soeben zum ersten Mal leibhaftig Magie. Conner war es dagegen längst gewohnt, Übernatürliches vom Feinsten zu erleben – auch wenn es ihn trotzdem immer wieder aufs Neue faszinierte. Mit begeistertem Lächeln starrte er zu dem Löwen hinauf.

»Du *kannst* also sprechen«, stellte er fest.

»Ja, ich kann sprechen«, gestand der Löwe. »Und ich werde sämtliche Fragen, die ihr habt, beantworten – bloß holt bitte nicht diese Frau hierher.«

Conner amüsierte sich köstlich über seine offenkundige Abneigung gegen Mutter Gans. »Wieso hast du solche Angst vor ihr?«

»Ich fürchte mich nicht vor *ihr*; ihre Geschichten sind es, die ich nicht ausstehen kann.« Der Löwe schüttelte den Kopf. »Im Laufe der Jahre hat sie mir ein paar absolut haarsträubende Geheimnisse anvertraut, um die ich niemals gebeten hatte – und sie erspart mir auch nie die pikanten Details! Wenn ihr die Hälfte von dem wüsstet, was ich weiß, würdet ihr sie ebenfalls mit anderen Augen sehen. Kein einzelner Löwe kann so viel ertragen!«

»Wirkst du deshalb die ganze Zeit derart beunruhigt?«, erkundigte sich Conner.

»Teilweise«, erwiderte der Löwe, und mit einem Mal wurde sein Gesicht sehr traurig. Er wimmerte, als wolle er jeden Moment in Tränen ausbrechen. »Außerdem habe ich Höhenangst, und die Leute stellen mich immerzu auf sehr, sehr hohe Podeste! Dazu kommt, dass sie mich von meinem Bruder getrennt haben, als die Red Lion Brewery abgerissen wurde – und ich habe keine Ahnung, was aus ihm geworden ist!«

Der steinerne Löwe schniefte in seine riesigen Pranken.

»Oh, du meinst die zweite Löwenstatue?«, hakte Bree nach. Sie hatte ihre Fassung zurückgewonnen und trat hinter Conner hervor. »Die gibt es noch! Sie haben deinen Bruder golden angemalt und in irgend so einem Sportstadion ausgestellt.«

Der Löwe vom Südufer war überglücklich, das zu hören, und schaute sogleich etwas weniger besorgt aus als zuvor. »Was für eine Erleichterung!«, seufzte er. »Sport hat er immer geliebt.«

»Kann er ebenfalls reden und sich bewegen, so wie du?«, fragte Conner.

»Nein, er ist bloß eine gewöhnliche Statue, aber wir bestehen aus dem gleichen künstlichen Stein«, erklärte der Löwe. »Allerdings hat Mutter Gans nur mich verzaubert.«

»Und wieso?«, fragte Conner. Zwar mussten er und Bree einige wichtige Fragen klären, doch Conner konnte der Versuchung, die ganze Geschichte des Löwen zu erfahren, nicht widerstehen.

»Mitte des 19. Jahrhunderts kam Mutter Gans jeden Sonntagabend in die Red Lion Brewery, um ihre Zechkumpane dort zu besuchen«, fing der Löwe zu erzählen an. »Etwa zur gleichen Zeit hatte sie auch angefangen, diesen schrecklichen Ganter abzurichten, damit er sie durch die Lüfte kutschiert. Er war ein fürchterlicher Flieger und ist in regelmäßigen Abständen auf dem Dach in mich hineingekracht. Eines Nachts waren die beiden ein wenig zu unachtsam und trafen mich so heftig, dass ich vom Gebäude gestoßen wurde und auf dem Boden zu Trümmern zerbarst. Mutter Gans hat mich auf magische Weise wieder zusammengefügt und einen Unverwundbarkeitszauber über mich gesprochen, damit beim nächsten Sturz nichts mehr passierte.«

»Ah, deshalb also hast du den Krieg und den Abriss der Fabrik unbeschadet überlebt«, sagte Bree.

»Das erklärt allerdings noch nicht, weshalb du sprechen kannst«, merkte Conner an.

»Na ja, mit den Jahren sind immer mehr von Mutter Gans' Trinkkumpels vor ihrer Nase weggestorben«, erläuterte der

Löwe. »Da hat sie sich einen Freund gewünscht, der bleiben und ihr einen Vorwand liefern würde, weiterhin ihre Abstecher zur Brauerei zu machen. Und bedauerlicherweise für diese Rolle mich ausgewählt. Wenngleich ich nach wie vor nicht verstehe, wieso sie mir die Fähigkeit zu sprechen gegeben hat – denn im Grunde habe ich ihr immer bloß zugehört.«

»Wo wir gerade beim Zuhören sind«, sagte Conner, »kannst du dich entsinnen, ob sie jemals die Brüder Grimm erwähnt hat – oder dass sie ein *Portal* manipulieren müsse?«

Der Löwe zog die Stirn kraus und grübelte angestrengt. »Da klingelt was«, meinte er. »Hat das vielleicht etwas mit dieser Falle zu tun, in die sie die französischen Soldaten gelockt hat?«

»Ja! Das ist es!«, rief Conner mit einem glücklichen Hüpfer.

Die Augen des Löwen weiteten sich, und sein riesiger steinerner Kopf nickte auf und ab. »Junge, Junge, an *diese* Geschichte erinnere ich mich bestens«, sagte er. »Ich wünschte, ich könnte sie vergessen! Ganze fünfzig Jahre lang hat sie mir Albträume beschert!«

Conner ahnte, dass er sehr klar und vorsichtig zugleich vorgehen musste, um dem Löwen jene Informationen zu entlocken, die ihn vor späteren Fehlern bewahren würden.

»Weißt du noch, wo das Portal ist, in dem sie die Soldaten gefangen hat?«, fragte er.

»Aber sicher«, entgegnete der Löwe im Brustton der Überzeugung. »Tief im Bayerischen Wald, inmitten der Zwillingsbäume, die dort auf halber Strecke zwischen Zwillingsburgen wuchsen. So etwas kann ich mir ganz leicht merken, weil ich selbst ein Zwilling bin.«

»Wo liegt denn Bayern?«, fragte Conner.

»Bayern ist ein ehemals eigenständiger Staat, der heute als

Bundesland zu Deutschland gehört«, meldete sich Bree zu Wort. »Und zwei Bäume zwischen zwei mittelalterlichen Burgen zu finden, dürfte auch nicht allzu schwierig sein.«

»Oh, die Bäume und auch die Burgen würdet ihr heute vergeblich suchen«, widersprach ihr der Löwe mit Bedauern. »Die sind weg.«

»Was?«, fragten Conner und Bree wie aus einem Mund. »Was soll das heißen, sie sind weg?«

»Nachdem die Brüder Grimm die Soldaten mit einer List dazu gebracht hatten, das präparierte Portal zu betreten, kamen Mutter Gans doch Bedenken, die Armee könnte womöglich einen Weg heraus finden, zurück in diese Welt. Also hat sie ihren Freund Ludwig um einen sehr großen Gefallen gebeten«, berichtete der Löwe.

»Worin bestand der?«, fragte Conner.

»Sie hat Ludwig dazu überredet, eines seiner pompösen Schlösser direkt über dem Portal errichten zu lassen, damit die Franzosen – sollten sie jemals wieder daraus auftauchen – glaubten, sie befänden sich tatsächlich in der Märchenwelt.«

»Er hat ein Schloss für sie gebaut?«, fragte Conner fassungslos. »Das ist ein *echt* großer Gefallen.«

Bree schnappte nach Luft und klatschte in die Hände. »Sekunde mal, redest du von *König Ludwig II.* von Bayern?«

»Das ist meines Wissens sein offizieller Name«, bestätigte der Löwe. »Mutter Gans hat ihn allerdings immer bloß *Ludwig* oder *Wiggy* genannt.«

Conner war der Einzige im Bunde, der noch nie von Ludwig gehört hatte. »Und wer war er?«, fragte er.

»Sagt dir etwa *der verrückte Märchenkönig* nichts?«, entgegnete Bree. Conner schüttelte den Kopf. »Er hat regelrecht zwanghaft immerzu verschwenderische Schlösser für sich selbst in Auftrag gegeben, allesamt nach dem Vorbild irgendwelcher anderen Paläste, die er in aller Welt besucht hatte.«

»Klingt nach jemandem, mit dem Rotkäppchen sich gut verstehen würde«, murmelte Conner. Doch dann fiel ihm ein, dass weder Bree noch der Löwe die junge Königin persönlich kannte.

»Das letzte Heim, das Ludwig für sich selbst hat errichten lassen, war Schloss Neuschwanstein«, fuhr Bree fort. »Inspiriert dazu haben ihn seine vielen Lieblingsmärchen aus Kindertagen, deshalb wirkt die Anlage auch wie etwas aus einem Märchenbuch. Schloss Neuschwanstein gilt als eines der Weltwunder der Moderne.«

»Halt – *gilt*, sagst du! Bedeutet das, Neuschwanstein gibt es noch?«, warf Conner ein.

»O ja«, bestätigte Bree. »Es ist mit Abstand die größte Touristenattraktion Süddeutschlands. Weshalb Ludwig das Schloss hat bauen lassen, ist bis heute ein Rätsel – aber so betrachtet, ergibt es Sinn.«

»Bloß was ist aus dem Portal geworden? Verbirgt es sich irgendwo im Innern des Schlosses?«, fragte Conner.

»Das würde ich annehmen, ich kann es aber nicht mit Gewissheit sagen«, antwortete der Löwe. »Ich habe mein ganzes Leben hier in London, innerhalb eines Radius von fünf Kilometern, verbracht.«

»Hast du eine Idee, wie wir überprüfen könnten, ob das Portal offen steht oder nicht?«, erkundigte sich Conner.

»Lass mich mal überlegen … mal sehen …« Der Löwe grübelte und schloss beim Nachdenken die Augen. »Ja! Das bayerische Portal tut sich auf, wenn eine Person mit Magie im Blut acht Noten auf einer ganz besonderen, uralten Panflöte spielt.«

Conner notierte sich im Geist diese wichtige Information.

»Wenn jemand mit magischem Blut erst die Notenfolge flöten muss, wie ist es dann den Brüdern Grimm gelungen, den Durchgang für die französischen Soldaten zu öffnen?«, wollte er wissen.

Der Löwe rümpfte die Nase; diesen Teil der Geschichte erzählte er offenbar ungern. »Mutter Gans hat einen Dolch genommen und damit sich selbst und Wilhelm Grimm die Hand aufgeritzt«, sagte er. »Dann haben sie ihre blutenden Hände fest aneinandergepresst, so dass ein wenig der Magie aus Mutter Gans' Blut in seinen Körper übergegangen ist. Ich wünschte wirklich, dieses Detail hätte sie für sich behalten – beim Gedanken an Blut wird mir ganz schwummerig, weil ich ja selbst keins habe.«

»Und wo finden wir diese Panflöte?«, überging Conner diese letzte Anmerkung.

»Ich nehme an, sie ruht mit Mutter Gans' übrigen andersweltlichen Besitztümern im Tresorraum einer monegassischen Bank«, sagte der Löwe. »Und das wiederum weiß ich nur, weil sie mich eines Tages vermessen hat, um zu prüfen, ob ich auch dort hineinpassen würde. Ich war zu groß, dem Himmel sei Dank.«

»Und *wo ist dann bitte die Bank*?«, fragte Conner.

»Monegassisch bedeutet, sie liegt in Monaco – vermutlich im Stadtbezirk Monte Carlo«, mischte Bree sich ein.

»Alles klar«, sagte Conner. »Aber trotzdem: Wo in Monte Carlo?«

Der Löwe sann kurz nach und schien zutiefst enttäuscht, als ihm klarwurde, dass er mit dem genauen Standort nicht dienen konnte. »Ich habe es vergessen«, gab er stirnrunzelnd zu. »Wenn mein Gedächtnis doch bloß so solide wäre wie der Rest von mir.«

Glücklicherweise blieb dies die einzige Frage, auf die der Löwe keine Antwort parat hatte. Conner tigerte auf dem Gehsteig auf und ab und zermarterte sich hochkonzentriert den Kopf – die Worte des Löwen hatten ihn an etwas erinnert, das Mutter Gans in der Vergangenheit zu ihm gesagt hatte. Ihm war, als sollte er wissen, wo die Bank sich befand …

Er öffnete seinen Koffer und wühlte darin herum, bis er seinen Glückspokerchip fand, den er einst von Mutter Gans bekommen hatte. Nun besah er sich das eingeprägte Muster genauer: Der Chip war dunkelblau, und rings um den Rand angeordnet erkannte er die Symbole der vier Farben eines Spielkartendecks: Herz, Pik, Karo und Kreuz. In der Kreismitte jedoch prangte anstelle einer Zahl, die den Wert des Chips angegeben hätte, die Darstellung eines kleinen goldenen Schlüssels.

»Ich glaube, ich habe eine Ahnung, wo der Tresorraum sein könnte«, sagte Conner ganz aufgeregt zu Bree. »Wie spät ist es?«

Bree warf einen Blick auf das Display ihres Handys. »Gleich vier Uhr morgens«, sagte sie. »Wow, wie die Zeit fliegt, wenn man sich mit einer verzauberten Statue unterhält.«

Conner sah dankbar zu dem Löwen auf. »Vielen, vielen Dank für all deine Hilfe; jetzt musst du uns allerdings bitte entschuldigen«, sagte er. »Wir müssen schnellstmöglich zum Bahnhof.«

Der Löwe wirkte betrübt über den Abschied, und sein Gesicht nahm wieder den gewohnt besorgten Ausdruck an. »Viel Glück«, wünschte er den beiden. »Und wenn ihr das nächste Mal Mutter Gans begegnet, richtet ihr bitte aus, dass mir absolut bewusst ist, wie viel sie um die Ohren hat – und dass sie sich deshalb keinesfalls zu einem Besuch bei mir verpflichtet fühlen soll … *nie wieder.*«

Conner machte sich eiligen Schrittes über die Westminster Bridge auf den Weg; Bree winkte dem Brauereilöwen noch zu und hastete Conner hinterher.

»Also, wie lautet unser nächstes Etappenziel?«, fragte sie ihn mit strahlenden Augen.

»Wir gehen ins *Lumière des Étoiles*«, antwortete Connor.

»Was ist das?«

»Ein Casino – irgendwo in Monaco, schätze ich«, entgegnete er.

Kapitel 11

Das *Lumière des Étoiles*

Um kurz vor sechs Uhr morgens erreichten Bree und Conner den Bahnhof St. Pancras. Sie hatten die ganze Nacht über kein Auge zugetan, zeigten jedoch beide keinerlei Anzeichen von Müdigkeit. Adrenalin und Entschlossenheit trieben sie an. Conner war noch nie zuvor in seinem Leben durchgebrannt; nun allerdings verstand er, weshalb Jack und Goldlöckchen ein Leben auf der Flucht vorzogen. Trotz aller Umstände hatte er einen enorm aufregenden und großartigen Tag hinter sich.

Bree trug ein Dauergrinsen im Gesicht, seit sie das Südufer hinter sich gelassen hatten. *»Ich bin mit einer Löwenstatue befreundet, ich bin mit einer Löwenstatue befreundet«*, sang sie in einem fort vor sich hin.

Gemeinsam studierten die beiden eine große Europakarte über den Ticketschaltern und versuchten, aus dem Linienplan, einem Gewirr zahlloser bunter Striche, schlau zu werden.

»Sieht nicht so aus, als gebe es eine Direktverbindung nach Monte Carlo«, stellte Conner fest. »Wir werden einen Zwischenhalt in Paris einlegen müssen – da, wo die dicke blaue Linie endet – und dann auf die orange Linie hier umsteigen.«

Sie stellten sich an und rückten zusammen mit anderen frühmorgendlichen Pendlern und Reisenden in der Schlange zum Schalter auf. Die Dame dahinter hatte krauses rotes Haar und riesige Tränensäcke unter den Augen. Sie trank Kaffee aus einer gigantischen Tasse, als handelte es sich dabei um Wasser.

»Der Nächste«, brummte sie.

Conner und Bree traten vor. »Zwei Fahrkarten nach Paris, bitte«, sagte Bree.

Die Schalterbeamte fixierte die beiden, als hätten sie gerade darum gebeten, ihr Auto ausleihen zu dürfen. »Habt ihr eine erwachsene Begleitperson? Oder ein von euren Eltern unterschriebenes Formular, dass ihr allein reisen dürft?«

Bree und Conner erstarrten. Irgendwie hatten sie vollkommen vergessen, dass ihr Alter auf dem Weg quer durch Europa zum Problem werden könnte.

»Wir … wir …«, setzte Bree an, doch mehr brachte sie nicht heraus.

Conner wurde panisch und sah sich auf der Suche nach einer Lösung wild im Bahnhofsgebäude um. In einer fernen Ecke erspähte er eine sehr betagte Dame, die ganz allein in einem Rollstuhl hockte. Ihr Haar hatte sie zu einem gewaltigen Nest auftoupiert, und sie war tadellos geschminkt. Mit einer Handtasche und einem kleinen Koffer im Schoß hielt sie den Blick düster zu Boden gesenkt.

»Wir sind mit unserer *Großmutter* unterwegs«, sagte Conner, einer plötzlichen Eingebung folgend.

»Ach ja?«, fragte Bree. Conner gestikulierte zu der alten Frau in der Ecke hinüber. »Ich meine: *Ach ja!*«, verbesserte sich Bree. »Ich Dummerchen – geben Sie uns bitte drei Fahrkarten nach Paris«, wandte sie sich wieder an die Schalterdame.

»Das da ist eure Großmutter?«, vergewisserte sich die Frau.

»O ja, das ist *Granny Pearl*«, bekräftigte Conner. »Sie spricht kein Wort Englisch, deshalb hat sie uns losgeschickt, um die Tickets zu kaufen.« Beschwingt winkte er der alten Dame zu. »Dauert nur noch eine Minute, Gran!«

Pearl, wie er sie getauft hatte, schien ziemlich verwirrt darüber, dass zwei fremde Jugendliche sie inmitten eines Bahnhofs grüßten, entschied sich allerdings dafür, die Geste mit einem freundlichen Lächeln zu erwidern. Außerdem wirkte sie ein wenig senil, was Conner und Bree zugutekam.

Die Schalterbeamtin zuckte mit den Schultern und prüfte Brees Anfrage. »Die einzigen drei Plätze, die im nächsten Zug noch verfügbar sind, befinden sich im Wagen der ersten Klasse«, sagte sie.

»Großartig – wie viel macht das?«, fragte Conner.

»Zweihundert Pfund je Ticket«, antwortete die Frau.

Conner schluckte. »Die nehmen wir. Gut, dass Granny Pearl uns jede Menge Geld gegeben hat.«

Er reichte der Dame einige Scheine, nahm die Fahrkarten entgegen und entfernte sich zusammen mit Bree rasch vom Schalter. Während sie auf Pearl zuhielten, warf Bree einen schnellen Blick zurück und bemerkte, wie die Beamtin ihnen über ihre Kaffeetasse hinweg misstrauisch nachspähte.

»Sie beobachtet uns noch immer; was machen wir jetzt?«, flüsterte Bree Conner zu.

»Uns die alte Dame schnappen und in den Zug steigen, schätze ich«, zischte Conner zurück.

»Wir können doch keine alte Frau entführen!«

»Was bleibt uns denn anderes übrig?«

Beiden raste das Herz – sie standen kurz davor, das größte Verbrechen ihres bisherigen Lebens zu begehen. Gemeinsam beugten sie sich zu der alten Dame hinunter und redeten leise mit ihr.

»Hallo, entschuldigen Sie – würde es Ihnen etwas ausmachen, uns einen Gefallen zu tun?«

Pearl lächelte die Jugendlichen bloß ratlos an – Conner hatte wohl richtig geraten: Sie sprach offenbar tatsächlich kein Wort Englisch.

»Wer seid ihr?«, fragte sie stattdessen auf Deutsch.

»Was hat sie gerade gesagt?«, raunte Conner Bree zu.

»Ich glaube, sie will wissen, wer wir sind«, meinte Bree. »Sie ist anscheinend Deutsche.«

»Du sprichst Deutsch?«

»Nur ein bisschen – meine echte Grandma stammt aus Deutschland.«

»Frag sie, ob sie mit uns eine Reise unternehmen will«, sagte Conner.

Bree fuhr sich mit der Zunge über die Lippen und stotterte in gebrochenem Deutsch: »Würden Sie … gern … kommen auf *eine Reise … mit uns*?«

Pearl blinzelte ein paarmal, wodurch ihr Kopf sich leicht bewegte.

»Ich denke, das zählt als Nicken – pack sie und los!«, kommandierte Conner im Flüsterton.

Bree umfasste die Griffe des Rollstuhls, und sie schoben Pearl in Richtung der Sicherheitskontrolle. Pearl lächelte dabei fröhlich vor sich hin und hatte eindeutig nicht die leiseste Ahnung, was gerade vor sich ging. Conner und Bree reichten dem Sicherheitsbeamten ihre Zugfahrkarten, und er prüfte sie sorgfältig.

»Ich werde entführt«, ließ Pearl ihn beiläufig wissen, wieder auf Deutsch.

Bree geriet in Panik und zwang sich zu einem nervösen Lachen. »Oh, Granny, du bist so lustig!«, rief sie laut. »Den ganzen Tag schon reißt du Witze.«

Der Mann gab Bree die Tickets zurück und winkte alle drei durch.

»Was hat sie eben zu ihm gesagt?«, wisperte Conner Bree zu.

»Sie hat gemeint, sie werde entführt.«

»Oh.« Conner schielte schuldbewusst auf ihre Gefangene hinunter. »Sie nimmt es aber ziemlich gut auf, oder?«

Die beiden Jugendlichen schoben den Rollstuhl den kompletten Bahnsteig hinunter und stiegen ganz vorn in den Zug ein. Ein Zugbegleiter klappte den Rollstuhl zusammen und verstaute ihn gemeinsam mit ihrem Gepäck. Bree und Conner halfen Pearl die Stufen am Einstieg hinauf und anschließend in ihr Erste-Klasse-Abteil. Für zwei flüchtige Jugendliche und eine entführte alte Frau war es ausgesprochen luxuriös, mit gepolsterten roten Sitzen und weißen Gardinen vor einem großen, quadratischen Fenster.

Behutsam setzten sie Pearl ab und nahmen ihr gegenüber Platz. Dann saßen Conner und Bree ganz still da und beäugten die alte Dame, als wäre sie ein giftiges Tier, bis der Zug aus dem Bahnhof fuhr. Beide waren überzeugt, dass die fremde Frau jeden Moment anfangen könnte, um Hilfe zu schreien – doch nichts dergleichen geschah. Pearl lächelte einfach immer weiter und betrachtete zufrieden die Landschaft, die am Fenster vorüberzog.

Der Zug nahm langsam Fahrt auf, und schon bald sausten sie

durch die ländliche Idylle Englands, auf dem Weg nach Paris. Conner entdeckte in einem Fach an der Wand des Abteils eine Broschüre und studierte die Europakarte, die auf der Rückseite abgebildet war – es handelte sich um exakt die gleiche, die er und Bree bereits am Bahnhof gesehen hatten.

»Also, sobald wir in Paris sind, steigen wir um in einen Zug nach Monte Carlo«, erklärte er.

Pearl riss für eine Sekunde den Blick vom Fenster los und verkündete auf Deutsch: *»Ich liebe Monte Carlo!«*

»Ich schätze, sie mag Monte Carlo«, übersetzte Bree.

»Okay«, sagte Conner vorsichtig und fuhr dann mit seiner Erläuterung fort. »Sobald wir in Monte Carlo sind, suchen wir das *Lumière des Étoiles*-Casino – und schauen, ob irgendjemand dort etwas mit meinem Chip anzufangen weiß«, beschloss er.

Pearl drehte sich erneut für einen kurzen deutschen Satz zu den Jugendlichen um: *»Ich liebe das Lumière des Étoiles!«* Allem Anschein nach war sie auch ein großer Fan des Casinos.

»Wieso gehen wir ins Casino, wenn wir doch eigentlich eine Bank ausfindig machen sollten?«, fragte Bree.

»Mutter Gans hat mir verraten, dass der Pokerchip einmal nützlich werden würde«, erklärte Conner. »Als sie ihn mir gegeben hat, hat sie gemeint, ich solle ihn – sofern ich je nach Monte Carlo komme – am Roulettetisch in der nordwestlichen Ecke auf Schwarz setzen. Damals hat dieser Hinweis für mich keinerlei Sinn ergeben, aber jetzt glaube ich, dass wir dort etwas Hilfreiches finden werden. Das habe ich im Gefühl.«

Der Zug tauchte in den Tunnel unter dem Ärmelkanal, und kurz wurde es dunkel im Abteil, ehe die Beleuchtung ansprang.

Das nächste Tageslicht ergoss sich über französische Felder und Wiesen. Zwar lag Frankreich nur wenige Stunden von

England entfernt, doch als der Zug sich Paris näherte und dabei langsamer wurde, hatten Bree und Conner den Eindruck, in einer ganz anderen Welt gelandet zu sein.

Paris erschien ihnen vom Zug aus wie ein lebendiges, begehbares Gemälde: Jedes Gebäude wies so viele wunderbare Details auf, dass es wie ein handgefertigtes Kunstwerk anmutete. Viele Bauten waren hoch und schmal, mit Eisengittern vor jedem der zahlreichen Fenster. Bald erreichte der Zug den Pariser Bahnhof Gare du Nord.

Conner und Bree stützten Pearl beim Aussteigen und schoben sie dann im Rollstuhl durch den geschäftigen Bahnhof.

»Wir müssen unsere Pfund in Euros umtauschen«, meinte Bree zu Conner. »Vorher können wir keine Tickets nach Monte Carlo kaufen.«

Sie entdeckten eine Wechselstube und tauschten sämtliche britischen Banknoten, die sie noch übrig hatten. Anschließend reihten sie sich erneut vor einem Ticketschalter ein, um Fahrkarten für den nächsten Zug nach Monte Carlo zu besorgen, und gaben Pearl aufs Neue für ihre Großmutter aus, um keinen Argwohn zu erregen.

»Möchten Sie in der ersten oder zweiten Klasse reisen, *monsieur*?«, erkundigte sich die Französin hinter dem Schalter.

»Zweite Klasse genügt völlig, wenn dort noch etwas frei ist«, sagte Conner.

»Speis mich jetzt auf einmal bloß nicht billig ab, Bailey«, meldete sich Bree.

»Also schön – *erste Klasse*, bitte«, murrte Conner. »Ich kriege so dermaßen Hausarrest, wenn ich heimkomme.«

Weniger als eine Stunde später erfreuten sich Conner, Bree und Granny Pearl in einem weiteren Luxusabteil abermals der Vorzüge des Reisens in der ersten Klasse. Diesmal lag eine lange, unruhige Fahrt vor ihnen, doch alle drei gaben sich Mühe, so viel wie möglich davon zu verschlafen. Auf der Strecke hielt der Zug in fünf oder sechs Städten, so dass bis zur Endstation in Monte Carlo ungefähr sechs Stunden vergingen.

Dort angekommen, sammelten Conner und Bree ihr Gepäck und Granny Pearl ein und machten sich auf den Weg zum Ausgang. Sie traten aus dem Bahnhofsgebäude und konnten den ersten Blick auf Monaco werfen.

Der Stadtstaat breitete sich umwerfend schön vor ihnen aus. Eine Ansammlung farbenfroher Hotels, Ferienanlagen und Wohnhäuser ergoss sich die monegassischen Hügel hinab und entlang der Küstenlinie. Der salzige Geruch des Ozeans umgab sie von allen Seiten. In einer Bucht ein kleines Stück den Strand hinunter lagen Hunderte von Booten und Yachten vor Anker und schaukelten auf den blauesten Wellen, die Conner je gesehen hatte.

»Das also ist die Heimat der Postkarten«, sagte er ehrfürchtig.

Es war beinahe unmöglich, die erfrischende Brise und die warmen Strahlen der goldenen untergehenden Sonne nicht zu genießen. Pearl summte eine fröhliche Melodie vor sich hin, während Conner und Bree sie in die paradiesische Stadt hineinschoben.

Ziellos wanderten sie durch die Straßen und hielten dabei immerzu die Augen offen nach einem Anhaltspunkt oder einem Hinweisschild, das ihnen den Weg zum *Lumière des Étoiles* weisen würde. Bald jedoch wurde ihnen klar, dass die komplette Stadt regelrecht aus Casinos zu bestehen schien.

»Das ist die sprichwörtliche Suche nach der Nadel im Heuhaufen«, stellte Bree fest.

»Wieso schlägst du die Adresse nicht in deinem Handy nach?«, fiel es Conner ein.

»Würde ich ja, aber mein Akku hat in Paris schlappgemacht«, gestand Bree.

Gerade als die beiden das Ende ihrer Glückssträhne gekommen sahen, zupfte Pearl Conner am Ärmel und deutete auf ein Gebäude am Ende der Straße.

»Das *Lumière des Étoiles!*«, sagte sie aufgeregt, und selbst Conner brauchte dafür keine Übersetzung.

Er und Bree waren so glücklich, dass sie die alte Dame am liebsten umarmt hätten. Aber sie wollten nicht zudringlich sein – schließlich kannten sie noch immer nicht mal ihren Namen – und fielen stattdessen einander in die Arme.

»Granny Pearl, Sie sind großartig!«, sagte Conner, als er ihren Rollstuhl zackig auf das Casino zuschob.

Das *Lumière des Étoiles* befand sich in einem gigantischen Bau mit hohen Pfeilern und einer ausladenden gläsernen Kuppel obenauf. Hätte die Leuchtreklame nicht den Namen des Casinos in die Welt hinausgeblinkt, hätte Conner das Gebäude für ein altes Rathaus gehalten, das man sandfarben angestrichen hatte, damit es besser ins Stadtbild passte.

Nur mit Mühe gelang es Conner und Bree, Pearls Rollstuhl die Stufen zum Eingang hinaufzubugsieren; schließlich aber war es vollbracht und sie eilten hinein.

Das Casino war mit grünen Marmorfußböden ausgekleidet, und entlang der Wände zogen sich goldene Säulen. Ein imposanter Kronleuchter hing von der Kuppel herab und leuchtete ein Meer von Spielautomaten und Kartentischen aus.

Kein einziger Gast auf der Spielfläche schien jünger als etwa achtzig Jahre. Wohin die drei auch blickten: Überall erspähten sie Rollstühle, Gehhilfen und weißes Haar. Großmütter zeigten anderen Großmüttern Bilder ihrer Enkel, ehe Geldscheine die Besitzerin wechselten; alte Männer gaben mit den verblassten

Tattoos an, die sie sich einst in jugendlichem Übermut hatten stechen lassen. Beinahe erschien es Bree und Conner, als hätten sie einen ganzen Raum voller Pearls betreten.

»Kein Wunder, dass es Mutter Gans und Pearl hier so gut gefällt«, meinte Conner. »Kommt mir ganz so vor, als hätten wir ihren natürlichen Lebensraum gefunden.«

Sie brachten Pearl vor einem Münzautomaten in Position und drückten ihr eine Faustvoll Kleingeld in die Hand, damit sie beschäftigt war. Genau wie von Mutter Gans beschrieben, befand sich in der nordwestlichen Ecke ein Roulettetisch – der als einziger Spieltisch im gesamten Casino vollkommen verwaist war. Conner und Bree schlängelten sich durch die Menge der Senioren, die ihnen allesamt reichlich schiefe Blicke zuwarfen – zwei Jugendliche stachen hier hervor wie bunte Hunde.

Als sie den Roulettetisch erreicht hatten, tastete Conner in seiner Tasche nach dem Pokerchip. Der Croupier trug ein weißes Button-down-Hemd, dazu eine schwarze Weste und eine Fliege. Bevor die beiden auch nur ein Wort sagen konnten, hob er eine Hand, um sie aufzuhalten.

»Mein aufrichtigstes Bedauern, *mademoiselle* und *monsieur*, aber dieser Tisch ist ausschließlich für besondere Jetons reserviert«, sagte er. »Und ohnehin bezweifle ich sehr, dass auch nur einer von Ihnen alt genug ist, um sich in diesem Etablissement aufzuhalten.«

Conner zeigte ihm den blauen Pokerchip. Die Augen des Croupiers leuchteten auf.

»Wir sind nicht zum Spielen hergekommen«, erklärte Conner. »Aber diesen hier würde ich gern auf Schwarz setzen.«

Der Satz musste eine Art Code gewesen sein, denn der Croupier ließ seine Hand sinken und zog stattdessen eine Augenbraue hoch. Er musterte die beiden ganz genau.

»Verstehe«, sagte er schließlich. »Einen Augenblick, bitte.« Er nahm den Hörer eines Telefons unter dem Roulettetisch ab und drückte ihn sich ans Ohr. *»Monsieur, nous avons quelqu'un avec un jeton noir«*, raunte er auf Französisch in die Sprechmuschel und legte sofort wieder auf. »Der Manager wird in Kürze für Sie da sein.«

Conner und Bree hatten keine Ahnung, ob das gute oder schlechte Neuigkeiten waren. Hatte der Chip sie tatsächlich zu einer nützlichen Quelle geführt, oder würden sie nun lediglich vom Manager persönlich aus dem Casino eskortiert werden?

Schon einen Augenblick später trat der Manager des *Lumière des Étoiles* zu ihnen an den Roulettetisch: ein hochgewachsener, bulliger Mann mit dichtem schwarzem Schnurrbart. Er trug einen schicken Anzug und rückte seine Krawatte zurecht, während er Bree und Conner begrüßte.

»Bonjour«, sagte der Manager. »Ich höre, ich kann womöglich behilflich sein?«

Conner zeigte auch ihm den Pokerchip. »Ja – der hier gehört unserer Großmutter«, antwortete er und deutete zu Pearl hinüber, die noch immer am Münzautomaten saß. Die alte Dame vorzuschieben hatte sich bislang als großartige Strategie erwiesen, daher ging Conner davon aus, dass es auch in diesem Fall nicht schaden konnte.

»Darf ich?«, fragte der Manager und streckte eine geöffnete Hand aus. Conner reichte ihm den Chip. Der Manager zog eine Lupe aus seinem Jackenaufschlag und besah sich Furchen an der Seite des Jetons genau. »Sehr schön, dann bitte mir nach«, sagte er, wandte sich vom Roulettetisch ab und schritt davon.

Conner und Bree tauschten Blicke; keiner von ihnen wollte dem Mann zuerst nacheilen. Schließlich gab Conner sich doch einen Ruck, und Bree folgte ihm auf dem Fuß.

Der Manager führte die Jugendlichen über die Spielfläche und hinein in einen Fahrstuhl, dessen Türen er höflich für sie offen hielt. In der Kabine befanden sich Knöpfe für sämtliche der fünf oberen Stockwerke des Gebäudes, doch sowie die Türen sich geschlossen hatten, drückte der Manager mehrere davon gleichzeitig, als gebe er einen Geheimcode ein. Als er damit fertig war, tat der Aufzug etwas sehr Überraschendes: Er bewegte sich nach *unten*, zu einem nirgends markierten Geschoss.

»Gefällt euch Monte Carlo?«, fragte der Manager beiläufig, während sie in der Kabine tiefer sanken.

»Jep«, piepste Conner nervös; er hatte panische Angst vor dem, was sie nun erwarten mochte.

Endlich hielt der Fahrstuhl an, und die Türen glitten auseinander. »Gleich hier entlang«, sagte der Manager und führte die beiden hinaus.

Zu ihrem Erstaunen fanden Bree und Conner sich auf der höchsten Ebene eines gigantischen unterirdischen Vorplatzes wieder. Beinahe schien es ihnen, als schauten sie auf einen vierstöckigen Zellenblock hinunter – doch anstelle von Gefängniszellen reihten sich entlang der Wände jede Menge *Tresorräume.*

»*Hier* also befindet sich Mutter Gans' Versteck!«, murmelte Conner.

»Das *Lumière des Étoiles* ist in Wirklichkeit gar kein Casino, sondern eine geheime Bank«, stellte Bree fest.

»O nein, wir betreiben nach wie vor eines der renommiertesten Casinos von Monte Carlo«, versicherte ihnen der Manager. »Ehe es jedoch zum Casino wurde, diente es über Hunderte von Jahren als eines der größten privaten Depots weltweit. Die Verliese werden nicht angemietet oder gepachtet, sondern für die Ewigkeit gekauft, ganz ähnlich wie Grabparzellen auf dem Friedhof.«

»Dann liegen in einigen dieser Zellen also Gegenstände, die nie wieder ans Tageslicht gelangen werden?«, fragte Conner.

»Für gewöhnlich werden die Tresorräume und darin gelagerte Besitztümer weitervererbt, aber gelegentlich passiert es, dass Klienten versterben, bevor sie die Gelegenheit hatten, ihre Schätze jemandem zu vermachen«, erklärte der Manager.

»Und die Wertgegenstände dieser Leute bleiben einfach für alle Zeit weggeschlossen?«

»Ja«, bestätigte der Manager. »Normalerweise handelt es sich bei Dingen, die Menschen in einem unterirdischen Verlies wegsperren, allerdings ohnehin um solche, die sie nicht mit der Welt teilen wollen.«

Conner und Bree schluckten genau gleichzeitig. Der Gedanke daran, was sich hinter einigen der Metalltüren verbergen mochte, jagte ihnen eine Gänsehaut über den Rücken.

»Jetzt folgt mir bitte, dann führe ich euch zum Tresorraum eurer Großmutter«, sagte der Manager.

Sie liefen hinter ihm zwei Treppen hinunter, bis sie sich auf der dritthöchsten Ebene des Gewölbes befanden.

»Da sind wir, Verlies 317«, verkündete der Manager und blieb neben der Zellentür stehen.

»Moment mal – woher wissen Sie mit Sicherheit, dass das unseres ist?«, fragte Conner.

»Jeder Chip weist an der Seite eine kleine Zahl auf, und ich habe euren geprüft, ehe ich euch nach hier unten gebracht habe«, erläuterte der Manager. »Die Chips funktionieren außerdem wie Schlüssel; ihre Ränder sind nicht eingekerbt wie bei normalen Jetons, sondern mit einzigartigen Rillen und Furchen versehen. Wenn man den richtigen Chip in die Mitte des zugehörigen Verliesschlosses einpasst und den Griff dreht, öffnet sich die Tür. Versucht man es mit dem falschen Chip, wird er zerstört, sobald man die Hebel bewegt.«

»Aber wie können Sie gewiss sein, dass wir die rechtmäßigen Begünstigten sind?«, hakte Bree nach. »Was garantiert Ihnen, dass wir den Chip nicht gestohlen haben?«

»Diese Frage stellt sich nicht«, erwiderte der Manager. »Gemäß unserer dreihundert Jahre alten Grundsätze hat derjenige, der im Besitz des Chips ist, berechtigten Anspruch auf den Inhalt des entsprechenden Verlieses. Wir händigen jedem Klienten einen einzigen Chip aus. Geht dieser kaputt oder wird er gestohlen, ist das nicht unser Problem. Auf diese Weise entgehen wir jeder Menge Gerichtsverfahren und Raubüberfällen.«

Conner und Bree nickten verständig. Das Depot schien ihnen eine reichlich sonderbare, zugleich jedoch höchst gewissenhaft geführte Einrichtung; da war es kein Wunder, dass Mutter Gans hier Geschäfte tätigte.

»Nun wünsche ich euch eine angenehme Zeit mit was auch immer euer Verlies beherbergen mag«, sagte der Manager. »Es gehört ebenso zu unserer Politik, dass ich mich entferne, bevor ihr die Tür öffnet, um auch weiterhin die absolute Vertraulichkeit eures Besitzes gewährleisten zu können. Bitte wartet, bis ich den Aufzug betreten habe, ehe ihr den Chip benutzt. Wenn ihr mit euren Angelegenheiten im Innern des Verlieses fertig seid, nehmt bitte den Fahrstuhl zurück ins Erdgeschoss.«

Sein zwangloser Tonfall passte ebenso wenig zu seinen Worten wie zu dem Ort an sich; kaum hatte er seine kleine Rede zu Ende gebracht, drehte er sich um und marschierte in die Richtung davon, aus der die drei gekommen waren. Er stieg die Stufen hinauf und verschwand im Fahrstuhl.

»Echt gruselig hier«, sagte Conner.

»Echt großartig hier«, meinte Bree. »Überleg dir bloß mal, was in diesen Zellen stecken könnte – *wer* in diesen Zellen stecken könnte!«

Allmählich ging Conner auf, dass Bree offenbar alles, was anderen Leuten einen Schauder über den Rücken trieb, faszinierend fand. Und diese Erkenntnis fand wiederum er furchteinflößend und faszinierend zugleich.

»Daumen drücken, dass das funktioniert«, murmelte er. Dann passte er den Chip in das Schloss der Verliestür ein und kurbelte die Hebel des Schließmechanismus im Uhrzeigersinn. Mit einem *Plopp* öffnete sich die Tür. Ein Luftstoß, der die verschiedensten Gerüche mit sich trug, fuhr heraus. Conner hatte noch immer beide Hände an den Griffstangen, zog die Tür jedoch nicht vollends auf.

»Worauf wartest du?«, fragte Bree.

»Ich habe mir nur gerade all die potentiell phantastischen und furchtbaren Dinge ausgemalt, die im Innern womöglich auf uns lauern«, murmelte er.

»Cool, oder?«, meinte Bree. »Zu blöd, dass mein Handy den Geist aufgegeben hat – sonst würde ich Fotos machen.«

Mit einem Ächzen zerrte Conner die schwere Tür nach hinten. Gemeinsam mit Bree trat er über die Schwelle, und beide ließen staunend den Blick über die Schätze schweifen, die Mutter Gans im Lauf der Jahrhunderte zusammengetragen hatte.

Es war, als befänden sie sich im Lager eines Museums: In dem Tresorraum gab es große ägyptische Büsten, kleine Fabergé-Eier, Hunderte versiegelter Schriftrollen, Porträts, Leinwände, Dinosaurierknochen, Tontöpfe und Pfannen und sogar einen riesigen Granatwerfer aus dem Zweiten Weltkrieg.

Conner und Bree machten sich daran, die Berge an Gegenständen zu durchwühlen. Einige davon waren derart ungeheuerlich, dass sie darüber beinahe vergaßen, wonach sie eigentlich suchten. Mutter Gans hatte viele der Objekte mit Etiketten versehen, und die beiden Jugendlichen taten sich schwer damit, ihrer Beschriftung immer Glauben zu schenken. An einer hölzernen Zahnprothese etwa klemmte ein Zettel, auf dem »George Washingtons Zähne« stand. Um ein großes, eingerolltes Pergament war ein Anhänger mit der Bezeichnung »Karte von Atlantis« geknotet. Und auf einem kleinen Briefumschlag, der ein Telegramm enthielt, lasen sie den Vermerk »Amelia Earharts Nachsendeadresse«.

Bree quollen buchstäblich die Augen aus dem Kopf, als sie den Aufkleber an einem handlichen Kelch entzifferte. »Du glaubst ja wohl nicht, dass das hier tatsächlich *der Heilige Gral* ist, oder?«, fragte sie und hielt Conner das Gefäß hin.

»Vermutlich nicht«, meinte Conner.

Bree seufzte vor Erleichterung und warf den Kelch zur Seite. Dann entrollte sie ein Porträt und lachte. »Folglich schätze ich, bei diesem Gemälde, das ›Die echte *Mona Lisa*‹ samt einer Notiz von Leonardo da Vinci sein soll, handelt es sich auch nicht wirklich um das Original«, befand sie und zeigte es ihm.

»Ähm … *das* könnte schon stimmen«, widersprach Conner, dem wieder einfiel, wie Mutter Gans ihm einst von ihrer angeblichen Liebelei mit da Vinci erzählt hatte.

Mit einem Mal schaute Bree drein, als hielte sie einen Sprengsatz in Händen. Sofort legte sie das Bild behutsam wieder zurück. Conner war zunehmend abgelenkt von all den Dingen, die es hier zu entdecken gab. Ständig musste er sich ins Gedächtnis rufen, weshalb sie eigentlich gekommen waren.

»Hätte Mutter Gans doch bloß gelernt, sich von Unnützem zu trennen, anstatt derart viel *Krempel* anzuhäufen. Dann wäre es so viel leichter, die Panflöte zu finden«, sagte er. Er schob einen Stapel uralter Landkarten aus dem Weg und sprang vor Begeisterung in die Luft, als er darunter das kleine Holzblasinstrument erspähte.

»Bree! Komm her und sieh dir das an! Ich hab sie! Ich hab sie!«

»Du bist der Wahnsinn!«, rief Bree und schloss ihn fest in die Arme. »Steht dabei, welche Noten man spielen muss, damit das Portal aufgeht?«

Conner inspizierte die Flöte. In das längste Rohr war eine Reihe von Buchstaben geschnitzt. »Hier steht ›G-E-F-C, C-E-G-F‹«, entzifferte er. »Ich nehme an, das sind Noten – oder vielleicht buchstabiert man so einen Niesanfall.«

»Genial! Jetzt müssen wir bloß noch nach Neuschwanstein und dort das Portal ausfindig machen!«, frohlockte Bree.

Sie war so außer sich vor Freude, dass sie Conner auf die Wange küsste und dann aus dem Verlies hastete. Conner lief scharlachrot an und wäre beinahe umgekippt. Sie hatte ihm soeben das Gefühl gegeben, das Allerbesonderste in einem Raum voller Schätze zu sein.

Von draußen reckte Bree wieder den Kopf herein. »Wo bleibst du denn?«

»Huch, sorry – bin schon da!« Conner verscheuchte seine wirren Gedanken, packte die Panflöte in seine Jacke und folgte ihr nach draußen.

Die beiden zogen die Tür zum Verlies hinter sich zu und verschlossen sie gewissenhaft. Conner schob sich den Pokerchip sorgsam wieder in die Tasche.

Nachdem der Fahrstuhl sie zurück ins Casino befördert hatte, bedankten sie sich bei dem Manager und verließen eilig das *Lumière des Étoiles.*

Die Sonne war bereits untergegangen.

»Bevor wir hierhergekommen sind, habe ich schon mal nach den Abfahrten geschaut«, sagte Bree. »Wenn wir es rechtzeitig ans Gleis schaffen, könnten wir den Nachtzug nach Prag nehmen, der um neun Uhr abfährt und unterwegs in München hält.«

»Perfekt«, meinte Conner. »Nur eins haben wir vergessen.«

»Und das wäre?«, fragte sie.

»Pearl!«, rief er.

Die beiden wirbelten herum und rasten die Treppe zum Casino wieder hinauf. Pearl saß noch immer vor dem Glücksspielautomaten. Allerdings hatte sie nun drei Eimer voller Münzen auf dem Schoß.

»Gut gemacht, Pearl«, lobte Bree.

»Pearl, haben Sie Lust, noch ein letztes Mal mit uns Zug zu fahren?«, fragte Conner.

Die alte Frau schien ihn zwar nicht zu verstehen, nickte jedoch liebenswürdig. Pearl gehörte zu ihrer Mission inzwischen einfach unverzichtbar dazu.

Conner und Bree trugen sie mitsamt ihrem Rollstuhl die Stufen vor dem Gebäude hinunter und schoben sie anschließend so schnell wie möglich auf den Bahnhof zu. Gerade noch rechtzeitig erreichten sie ihn, kauften als letzte Passagiere ihre Fahrkarten und stiegen auch zuletzt in ihr Abteil.

Diesmal war es weniger bequem als in den beiden vorigen Zügen, doch das störte keinen der drei – solange sie nur nach Deutschland kamen, war die Welt in bester Ordnung.

Mit einem Mal glitt die Abteiltür abrupt auf, und ein recht angriffslustig wirkender Zugbegleiter trat ein. Seine Augen verengten sich, als er Bree und Conner erspähte.

»Pässe, bitte«, verlangte er.

»Wieso müssen Sie unsere Pässe kontrollieren?«, wollte Conner wissen.

Der Zugbegleiter kniff die Augen noch stärker zusammen, als Conner der Aufforderung nicht sofort Folge leistete. »Wir sind gerade über zwei flüchtige Jugendliche in Kenntnis gesetzt worden – amerikanische Touristen, angeblich«, sagte er. »In einem solchen Fall verlangt das Protokoll, dass sämtliche Passagiere an Bord, auf die die Beschreibung passt, sich ausweisen müssen.«

Conner und Bree versteiften sich. Sie hatten es so weit geschafft, waren dem Portal nun so nahe – doch aus dieser Klemme schien es keinen Ausweg zu geben. Conner grübelte, ob der Zug bereits zu schnell war, als dass sie noch hätten hinausspringen können.

»Aber die beiden sind doch meine Enkelkinder«, meldete sich Pearl in tadellosem Englisch.

Conner und Bree rissen die Köpfe so rasch herum, dass sie sich beinahe ein Schleudertrauma zuzogen. Hatte die alte Dame etwa die gesamte Zeit über alles begriffen und mitbekommen?

»Verstehe, *madame*, aber ihre Pässe muss ich trotzdem überprüfen«, beharrte der Zugbegleiter.

»Schön, schön, schön«, meinte Pearl. »Dann will ich mal in meiner Handtasche schauen, ob ich sie finde.«

Betont langsam durchstöberte sie ihre Tasche und nahm alles einzeln und nacheinander heraus: einen Stift, ein Bonbon, eine Münze. Danach zerknüllte Taschentücher und zusammengefaltete Notizzettel und frankierte Briefe, die sie vergessen hatte abzuschicken. Der Mann wurde immer ungeduldiger, während er darauf wartete, dass sie ihm die Pässe reichte.

»Wo habe ich sie bloß hingetan?«, murmelte Pearl. »Wir waren gerade noch in Monte Carlo, da habe ich sie eingesteckt, und dann, als wir in den Zug gestiegen sind, habe ich sie im Koffer verstaut – o ja, in meinem Koffer sind sie! Wären Sie so lieb, noch einen Augenblick länger zu warten, dann suche ich im Koffer nach ihnen.«

»Das geht schon in Ordnung, *madame*«, hielt der Zugbegleiter sie auf. Er war mit seiner Geduld für diesen Tag am Ende. »Ich vertraue Ihnen. Bitte entschuldigen Sie die Störung.« Er ließ die Türen wieder zugleiten, und sie hörten, wie seine Schritte sich den Gang hinunter entfernten.

Pearl räumte ihre Habseligkeiten zurück in die Handtasche und blickte schließlich zu Bree und Conner hoch. Beide starrten sie mit weit aufgerissenen Augen und Mündern an, als stünde ihr Haar in Flammen.

»Also, wohin geht's als Nächstes?«, fragte Pearl ganz liebreizend.

»Haben Sie die ganze Zeit mitgekriegt, was wir treiben?«, erkundigte sich Conner vollkommen entsetzt.

»Ich bin alt, aber *so* alt auch wieder nicht. Und ich spreche ebenso Englisch wie ihr, meine Lieben«, erwiderte sie.

»Und Sie haben sich aus freien Stücken von uns über den halben Kontinent mitschleifen lassen?«, staunte Bree, die nicht minder fassungslos war.

»Jep«, machte Pearl. »Ihr schient mir zwei nette Kinder zu sein, damals am Bahnhof in London. Zuerst war ich mir nicht ganz sicher, was die Nummer sollte, aber im Zug ist mir schnell klargeworden, dass wir zusammen eine Menge Spaß haben würden.«

Conner und Bree warfen einander perplexe Blicke zu.

»Als ich in eurem Alter oder vielleicht ein klein wenig älter war, bin ich selbst einmal abgehauen, um ein Abenteuer zu erleben«, erklärte Pearl. »Ich hatte mich in einen Zirkusclown namens Fabrizio verliebt und bin ihm um den halben Globus gefolgt.«

»Sind Sie dabei geschnappt worden?«, erkundigte sich Bree.

»Nein, und nachdem ich ihm sechs Monate lang nachgereist war, fasste ich auch endlich den Mut, Fabrizio meine Gefühle zu gestehen«, erzählte Pearl.

»Und dann?«, drängte Conner. »Fand er es total gruselig, dass Sie ihn gestalkt hatten? Hat er Ihnen das Herz gebrochen?«

»Nein, wir waren vierundsechzig Jahre lang verheiratet – bis zu seinem Tod«, entgegnete Pearl. »Damals sprachen Taten noch lauter als Worte. Und wir haben einfach getan, was unsere Herzen uns befahlen. Heute stellen die Leute sich ja an, als wäre die Liebe eine Insel – alle wollen sie hinschwimmen, aber keiner will dabei nass werden.«

»Was haben Sie dann am Bahnhof in London gemacht?«, fragte Bree.

»Ich war bei meinem Sohn zu Besuch gewesen«, sagte Pearl. »Er hatte mich am Bahnhof wieder abgesetzt, aber ich fühlte mich noch nicht bereit, nach Hause zu fahren. Jetzt allerdings bin ich so weit, denke ich. Für zwei Tage zu verschwinden ist die perfekte Strategie, um den Kindern zu Hause wieder ein bisschen mehr Wertschätzung beizubringen. Ich habe unser kleines gemeinsames Abenteuer genossen, bin nun aber sehr müde und sollte vermutlich beim nächsten Halt aussteigen und einen Zug in die Heimat nehmen.«

Conner und Bree lachten kopfschüttelnd. »Wie heißen Sie eigentlich wirklich?«, wollte Conner wissen.

»Elsa«, antwortete sie mit breitem Lächeln. »Aber ich bestehe darauf, dass ihr mich weiterhin *Granny Pearl* nennt.«

Die Vorstellung, eine neue Großmutter zu haben, gefiel Conner und Bree. »Tja, und unsere Namen sind –«

»Ähm«, unterbrach ihn Pearl. »Wenn ihr sie mir nicht verratet, werde ich nie in die Verlegenheit kommen, jemandem sagen zu müssen, wo ich euch gesehen habe.«

Conner und Bree waren sich einig, dass die Frau ihnen gegenüber beinahe zu wunderbar war, um wirklich zu sein.

»Sie sind so viel cooler als meine echte deutsche Grandma«, sagte Bree.

»Also: Es geht mich zwar nichts an, weshalb ihr nicht bei euren Eltern seid, aber versprecht mir, dass ihr für die Dauer eures Abenteuers gut auf euch achtgebt«, bat Pearl. »Ich will bestimmt keine Spielverderberin sein – aber nur, solange niemand zu Schaden kommt.«

Die beiden nickten – wohlwissend, dass keiner von ihnen dieses Versprechen würde halten können.

Kapitel 12

Die Geheimnisse von Schloss Neuschwanstein

Um sechs Uhr früh am nächsten Morgen fuhr der Zug aus Monte Carlo in München ein, nachdem er zuvor entlang der Strecke einige Male gehalten hatte. Obwohl sie versucht hatten, unterwegs so viel wie möglich zu schlafen, fühlte sich keiner der drei Reisegefährten sonderlich erholt.

Mit kleinen Augen und völlig zerschlagen kauften Conner und Bree an einem Imbiss mehrere belegte Brötchen und Safttüten für sich und Pearl. Für ein gemeinsames Frühstück blieb ihnen kaum Zeit, da glücklicherweise an der großen Anschlagtafel für wenig später ein Zug nach London gelistet war.

Die beiden kümmerten sich darum, Pearl wohlbehalten an Bord unterzubringen, ehe sie selbst den Bahnhof verließen.

Als Conner und Bree sich zwei Tage zuvor aus Deutschland verabschiedet hatten, wäre keinem von ihnen in den Sinn gekommen, dass sie so bald zurückkehren würden. Und genau wie jede andere Stadt, in der sie bisher Station gemacht hatten, erwies sich München als ganz eigene kleine Welt: eine Stadt voller gewundener Gassen, Uhrentürme und spitzer Dächer. Es gab wunderschöne Gebäude mit Buntglasfenstern und handgefertigten Holztüren. Statuen religiöser Figuren und Sagengestalten wachten von Dächern und Balkonen aus über die geschäftigen Straßen.

»Unglaublich, wie nah diese Länder einander sind – und doch so völlig unterschiedlich«, bemerkte Conner.

»Und man kennt einen Ort wirklich erst, wenn man leibhaftig dort gewesen ist«, sagte Bree. »Da kann man sich vorher einhundert Fotos und ein Dutzend Straßenkarten anschauen – solange man eine Stadt nicht besucht und ihren Puls gefühlt hat, weiß man im Grunde gar nichts über sie.«

Conner hätte es selbst nicht besser in Worte fassen können. Da sie keine Zeit zu verlieren hatten, stürzten die beiden sich sofort in Überlegungen, wie sie am besten von München nach Neuschwanstein gelangen konnten.

»Schlechte Neuigkeiten«, warnte Conner. »Wir haben beinahe kein Geld mehr. Für etwas zu essen reicht es noch ein paar Tage lang, aber das war's dann auch so ziemlich. Ich habe keine Ahnung, wie wir so zum Schloss kommen sollen.«

»Mach dir keine Sorgen – ich habe eine Idee«, beruhigte ihn Bree. »Pass auf: Zuerst einmal suchen wir uns ein Hotel und tun so, als wollten wir dort übernachten. Und anschließend bringen wir den Portier mit einer List dazu, uns genau das zu geben, was wir brauchen.«

»Lass mich raten: So läuft das auch in deinen Krimis, oder?«.

»Nein, das habe ich mir selbst ausgedacht«, entgegnete Bree stolz. »Meine Grandma lebt in einer Eigentumswohnung in Atlantic City, direkt neben einem Haufen Hotels – und in manchen Sommern habe ich mich dort öfter mal heimlich am Kuchenbüfett bedient, ohne je dafür zu bezahlen.«

Gemeinsam zogen sie durch die gepflasterten Straßen, bis Bree ein großes, nobles Hotel erspähte, das ihr für ihren Plan ideal erschien. Es war gelb gestrichen, und rings um die Drehtür am Eingang hingen die Flaggen mehrerer verschiedener Nationen. Sie betraten das Foyer, und Bree stellte sich in die Schlange vor der Rezeption, um mit jemandem am Empfang zu sprechen.

Conner wartete einige Schritte hinter ihr; sie hatte gesagt, sie könne das bestens allein regeln – oder wollte vielleicht einfach nicht, dass er ihr dabei über die Schulter schaute.

»Guten Morgen, gnädiges Fräulein«, begrüßte der Mann hinter dem Tresen Bree auf Deutsch.

»Guten Morgen«, sagte Bree, ebenfalls in – recht holprigem – Deutsch, ehe sie wieder ins Englische wechselte. »Wie schön, Sie wiederzusehen.« Selbstverständlich war sie dem Mann nie zuvor begegnet. »Ich wollte mich nur erkundigen, ob irgendwelche Nachrichten für mich hinterlassen worden sind, solange ich unterwegs war.«

»Oh?«, machte der Portier. Er wirkte furchtbar verwirrt. »Welche Zimmernummer?«

»Na, *723*«, sagte Bree, als hätte sie ihm das bereits einhundertmal ins Gedächtnis rufen müssen.

»Und Sie heißen?«, fragte er.

»Bree Campbell«, antwortete Bree wahrheitsgemäß und tat ein wenig verletzt, dass er sich nicht daran erinnerte. »Wie Sie allerdings *wissen sollten*, ist das Zimmer auf den Namen meines Stiefvaters gebucht.«

»Herr Hueber ist Ihr Stiefvater?«, vergewisserte sich der Portier.

»Oh, unter *diesem* Namen hat er eingecheckt?«, fragte Bree und verdrehte genervt die Augen. »Bitte, machen Sie sich nichts daraus, er stammt aus Milwaukee. Immer wenn er irgendwo zum ersten Mal hinreist, legt er sich einen passenden Namen zu, damit die Einheimischen denken, er sei einer von ihnen. Wahrscheinlich hat er bei der Anmeldung auch mit irgendeinem lächerlichen Akzent geredet. *Jetzt aber noch mal zu den Nachrichten –*«

»O ja, selbstverständlich«, sagte der Portier und durchstöberte die Papiere auf seinem Tisch. »Keine Nachrichten für Zimmer 723.«

Bree zog einen Flunsch und schob ihre Unterlippe vor. »Nicht mal von *Jacob*?«, hakte sie traurig nach.

»Nein, tut mir leid«, bestätigte der Portier.

»Wie schade«, befand Bree, kam dann aber ohne Umschweife zur Sache. »Tja, da ich nun schon mal hier bin, habe ich mich gefragt, ob Sie mir sagen können, wie ich am unkompliziertesten Schloss Neuschwanstein erreiche. Mein Dad muss den ganzen Tag arbeiten, und ich habe nichts zu tun.«

»Es gibt einen Bus; mit dem sind Sie in zwei Stunden dort«, erklärte der Mann. »Leider ist er allerdings für heute und morgen schon voll belegt.«

Conners Schultern sackten nach unten, als er das hörte, doch Bree ging rasch zu einem Ersatzplan über.

»Kann man hier im Hotel Fahrräder leihen?«, erkundigte sie sich.

»Jawohl, Madam«, sagte der Portier. Er wirkte ausgesprochen erfreut, ihr endlich einmal eine positive Antwort geben zu können.

»Phantastisch. Ich schätze, dann werde ich mich wohl mit einer Fahrradtour durch die schöne Landschaft begnügen müssen«, sagte sie.

»Ein Rad?«

»Zwei, bitte«, erwiderte Bree.

»Und ich setze es auf die Zimmerrechnung?«, fragte er.

»Ja, bitte«, sagte Bree. »Und wenn Sie außerdem meinem Vater eine kurze Notiz zukommen lassen könnten, damit er weiß, dass ich ein wenig mit dem Fahrrad unterwegs bin, wäre das unheimlich nett.«

»Aber gewiss, mit Vergnügen«, beteuerte der Portier eifrig. »Ich sorge dafür, dass zwei Räder unverzüglich vor das Hotel gebracht werden.«

»Vielen, vielen Dank«, sagte Bree.

Conner hatte über ihrer Schauspielkunst inzwischen beinahe vergessen, dass sie nicht wirklich im Hotel übernachten würden. Nun allerdings tappte er mit dem Fuß, um Brees Aufmerksamkeit auf sich zu ziehen. *»Wir brauchen eine Wegbeschreibung«*, zischte er.

»Oh, und ein Letztes noch«, wandte Bree sich erneut an den Portier. »Könnten Sie mir auf einer Karte einzeichnen, wie man nach Neuschwanstein kommt? Bloß für den Fall, dass ich meinen Dad überreden kann, mich nach seiner Arbeit selbst noch dorthinzufahren.«

Der Portier nickte und markierte die Strecke für sie auf einem kleinen Faltplan. Bree bedankte sich erneut und wartete dann mit Conner vor der Eingangstür auf die Fahrräder.

»Du hast das echt gut heraus«, meinte Conner. »Im Sinne von: *unheimlich* gut.«

Bree war derweil bereits ganz in die Karte vertieft. »Okay, diesem Plan zufolge liegt das Schloss rund einhundertzwanzig

Kilometer entfernt ... was bedeutet, dass wir den *kompletten Tag* im Sattel sitzen werden«, stellte sie fest.

»O nein«, stöhnte Conner und schielte hinunter auf den Koffer, den er schon während der gesamten Reise mit sich schleppte. »Was soll ich denn so lange mit Betsy machen?«

»Stell sie einfach am Empfangstresen ab und sag dem Portier, dass du mich begleitest«, riet Bree und reichte Conner ihre Tasche, damit er diese ebenfalls in Verwahrung gab.

»Ich fürchte, hier trennen sich unsere Wege, altes Mädchen«, sagte Conner betrübt zu seinem Koffer. Er zog die Spiegelscherbe heraus und schob sie sich in die Jackentasche. Dann wuchtete er Betsy wieder ins Hotel und checkte sie für Zimmer 723 ein – ohne zu wissen, ob er sie je wiedersehen würde.

Ein Mann, der wohl zum Personal gehörte, brachte Conner und Bree je ein Fahrrad, und sie brachen zu ihrer langen Fahrt nach Neuschwanstein auf.

Bree fuhr vorneweg. Sie lenkte ihr Rad mit einer Hand und spähte dabei in einem fort auf die Karte in ihrer anderen hinunter.

Etwa eine Stunde brauchten die beiden, bis sie dem Münchner Verkehr entflohen waren und durch die bayerische Landschaft rollten. Kaum hatten sie die Stadt im Rücken, kamen in der Ferne die majestätischen Alpen in Sicht. Die Berge erschienen ihnen unfassbar hoch, beinahe so, als hätte sie jemand vor den Himmel gemalt. Ihre spitzen, zerklüfteten Gipfel waren mit Schnee besprenkelt, der Conner an erste weiße Haare im Bart eines älteren Mannes erinnerte. Wie eine imposante Garde gigantischer Soldaten, die ihr Heimatland beschützen, standen sie dort.

Je ländlicher die Umgebung wurde, desto steiler führte ihr Weg bergan. Während sie in die Pedale traten, bestaunten sie die grünen Hügel ringsum; Deutschland musste ohne Zweifel das grünste Fleckchen Erde überhaupt sein.

Hin und wieder tauchte am Straßenrand ein kleines Dorf auf. Eines wirkte malerischer als das andere, mit den orangeroten Dächern vor der beeindruckenden Kulisse des azurblauen Himmels über den Alpen. Die Natur war so wunderschön, dass sie geradezu unwirklich anmutete. Nie hätte Conner sich träumen lassen, dass die Welt so umwerfend und prachtvoll sein könnte, und mit jedem Kilometer ihrer Reise entdeckte er etwas Neues, das ihn an das magische Land erinnerte – und daran, wie sehr er es vermisste.

Gegen Mittag schoben sich Wolken die Berghänge herab und überzogen die Landschaft wie eine dicke, flauschige graue Decke. Es wurde zunehmend schwerer, Berge und Wolken voneinander zu unterscheiden.

Nach einigen Stunden im Sattel hielten Conner und Bree in einer winzigen Stadt namens Oberammergau, um sich etwas zu essen zu besorgen. Jede einzelne Fassade der Wohnhäuser und Geschäfte, die allesamt an Hexenhäuschen erinnerten, war mit Märchenszenen oder religiösen Kunstmalereien geschmückt, als erzählten sie alle zusammen eine Geschichte. Conner und Bree bremsten, um ein zauberhaftes Haus zu bewundern, dessen Mauern unverwechselbare Motive aus der Geschichte von Rotkäppchen und dem bösen Wolf zierten.

»Davon darf ich Rot niemals erzählen«, sagte Conner. »Sie ist schon aufgeblasen genug. Ich mag mir gar nicht vorstellen, wie sie herumstolzieren würde, wenn sie wüsste, dass sie auch in der Anderswelt an Gebäuden verewigt ist.«

Beide Jugendliche waren begeistert davon, wie üppig und gut getroffen die Märchendarstellungen im Stadtkern waren. Es gab Statuen von Trollen und Humpty Dumpty, Läden voller

Spielzeug und Souvenirs, Figuren sämtlicher klassischer Märchencharaktere – und sogar eine kleine Pension, die sich *Hotel Wolf* nannte. Natürlich beschlossen Conner und Bree sofort, dort einzukehren.

»Ich fühle mich, als würden wir in Rotkäppchens Königreich zu Mittag essen«, meinte Conner, als ihre Bestellung eintraf.

»Wenn all diese Leute bloß wüssten, was wir wissen«, sagte Bree.

Conner senkte den Blick auf seinen Teller. »Wie wahr …«, murmelte er traurig.

»Was ist denn auf einmal los mit dir?«, fragte Bree.

Conner zögerte, sie in seine Gedanken einzuweihen. »Ich würde mir niemals wünschen, dass meiner Schwester oder Großmutter oder sonst irgendjemandem im magischen Land etwas zustößt«, betonte er. »Aber ein Teil von mir hofft, dass sich das Portal *tatsächlich* öffnet, damit ich sie alle wiedersehen kann.«

Bree lächelte einfühlsam. »Ich finde, das kann dir niemand verübeln«, erwiderte sie. »Wir betrachten das Ganze einfach als Win-win-Situation: Wenn der Durchgang geschlossen ist, sind deine Freunde in Sicherheit – und wenn er offen steht, dann siehst du sie zumindest wieder.«

»Mm-hmm – während sie von einer tausendköpfigen französischen Armee attackiert werden«, entgegnete Conner.

»Vielleicht haben die Soldaten es sich während ihrer zweihundert Jahre im Portal anders überlegt«, gab Bree zu bedenken. »Schließlich hatten sie viel Zeit zum Nachdenken; da ist es doch möglich, dass sie ihre Welteroberungspläne inzwischen über den Haufen geworfen haben.«

»Mag sein.« Conner zuckte mit den Schultern. Beiden war klar, dass die Chancen dafür minimal waren, doch Conner war

Bree für ihren Optimismus trotzdem dankbar. Ein wenig sehnte er sich nach einem Leben, das nicht immerzu für alles einen *Preis* verlangte oder ihn vor eine *Wahl* stellte – einmal nur, so wünschte er sich, sollte der Satz »Und sie lebten glücklich bis ans Ende ihrer Tage.« auch tatsächlich in Erfüllung gehen.

Nach dem Essen setzten die beiden ihren Weg zum Schloss fort. Am Sonnenstand konnten sie unmöglich ablesen, wie lange sie bereits radelten, denn der Himmel war mittlerweile gänzlich von Wolken bedeckt.

Einige Stunden später, als ihnen bereits Hintern und Füße von den langen Stunden im Sattel schmerzten, erreichten sie den Ort Hohenschwangau.

In den Hügeln über dem Dorf erhaschten Conner und Bree einen ersten Blick auf die halb von Bäumen verborgenen Spitzen der Türme Neuschwansteins; es schien ihnen, als lugte ein Riese zu ihnen hinab.

»Wir haben's geschafft!«, jubelte Bree. »Und das in nur neuneinhalb Stunden!«

»Nur?«, fragte Conner und stieg stöhnend vom Rad. »Wahrscheinlich werde ich für den Rest meines Lebens eine fahrradsattelförmige Delle im Po haben.«

Hohenschwangau war ein unglaublich winziges Örtchen, das in erster Linie aus Restaurants, Pensionen und Andenkenläden für die Neuschwanstein-Touristen bestand. Außerdem gehörte zu dem Dorf noch ein kleineres, älteres Schloss, das auf einem Felsen gegenüber von Neuschwanstein thronte. Es hatte einen quadratischen Grundriss, eine goldene Fassade – und wurde von den Besuchern, die durch Hohenschwangau strömten, beinahe völlig links liegen gelassen.

Verglaste Informationsstände reihten sich im Herzen der Ortschaft aneinander und boten geführte Touren durch das

Märchenschloss an. Davor wartete eine lange Schlange Urlauber auf die Busse, die sie die gewundene Straße durch die Hügel hinauf bis vor die Tore Neuschwansteins bringen würden.

»Okay, ich glaube, ich habe einen Plan«, verkündete Conner. »Wir machen eine Führung durch das Schloss mit und halten uns dabei ganz am Ende der Gruppe, so dass wir rasch in Vergessenheit geraten. Wenn dann niemand hinsieht, suchen wir uns ein gutes Versteck. Und sobald es Nacht wird und alle Fremdenführer und Gäste verschwunden sind, erkunden wir auf eigene Faust das Gemäuer und versuchen, das Portal zu finden.«

»Klingt nach einem hervorragenden Plan!«, urteilte Bree.

Die beiden ketteten ihre Fahrräder an einen Ständer und gingen zu einem Kiosk hinüber, um Karten zu kaufen. Als sie jedoch darauf zusteuerten, fiel ihnen ein mehrsprachiges Schild an der Scheibe auf:

Alle Touren von Schloss Neuschwanstein
sind für den Rest des Tages ausverkauft

All tours of Neuschwanstein Castle
are sold out for the rest of the day

Tous les billets pour visiter le Château
de Neuschwanstein ont été vendus
pour le reste de la journée

Tutti i biglietti per visitare il
Castello di Neuschwanstein
sono esauriti per tutta la giornata

»O nein!«, rief Conner. »Was machen wir denn jetzt?«

»Lass uns mal schauen, ob wir von irgendwo einen besseren Blick auf das Schloss haben«, meinte Bree. »Vielleicht fällt uns ein Fenster oder dergleichen ins Auge, durch das wir hineinschleichen könnten.«

Sie fuhren ein kleines Stück vom Dorf weg, und allmählich ließen sich die Türme Neuschwansteins besser zwischen den Bäumen und Hügeln erkennen.

»Es bringt gar nichts, wenn wir uns das Schloss von hier unten ansehen – wir müssen den Hügel hinauf und näher heran«, befand Conner.

Er tat sein Bestes, die entmutigenden Gedanken zu verdrängen, doch ihre Lage schien tatsächlich alles andere als rosig. Nachdem schon die Straße *unter* dem Gemäuer derart überlaufen war, musste Neuschwanstein selbst zum Bersten vollgestopft sein mit Menschen. Vollkommen ausgeschlossen, dass sie dort würden herumschnüffeln können, ohne Verdacht zu erregen.

Conner schloss die Augen und betete für ein Wunder. Alles, was sie brauchten, war ein Weg ins Innere des Schlosses, mehr nicht! Das Schicksal der Märchenwelt hing von dem ab, was sie dort entdecken würden.

Zu Conners Glück floss ein wenig Magie durch seine Adern, und offenbar hatte sie sein Flehen erhört …

»Hey, Conner«, flüsterte Bree. *»Der Kleine da drüben beobachtet uns schon die ganze Zeit.«*

Conner sah sich um. Einige Meter von ihnen entfernt stand ein kleines Häuschen am Straßenrand. Auf den Eingangsstufen saß ein Junge und starrte unverhohlen zu ihnen herüber. Er war noch sehr jung, nicht älter als zehn, mit dunklem Haar und auffallend heller Haut. Trotz seiner runden, rosigen Wangen hatte er dürre Arme und Beine, wodurch er beinahe wie eine der Handpuppen aus dem Kasperltheater wirkte.

»Hi«, sagte Conner und winkte dem Knirps ein wenig linkisch zu.

»Hallo«, antwortete der Junge mit niedlichem deutschem Akzent. »Seid ihr zwei Amerikaner?«

»Aber ja doch«, antwortete Bree.

Ein breites Grinsen erstrahlte zwischen seinen Pausbacken, und er setzte sich fröhlich auf.

»Magst du Amerika?«, fragte Conner ihn.

»Ja!«, erwiderte der Junge mit lebhaftem Nicken. »Da kommen alle Superhelden her!«

»Warst du schon mal dort?«, erkundigte sich Bree.

Die Schultern des Jungen sackten nach unten. »Nein«, gestand er. »Ich gehe in Füssen – ein paar Kilometer die Straße hinunter – zur Schule, aber davon abgesehen bin ich noch nie weit von zu Hause weg gewesen. Ich spare allerdings mein ganzes Taschengeld, damit ich mir eines Tages Gotham City angucken kann!«

Conner und Bree tauschten Blicke, als wäre er ein herziger Welpe, den sie unbedingt behalten wollten.

»Wie heißt du denn?«, wollte Conner wissen. Gemeinsam mit Bree schlenderte er zu dem Haus hinüber, um sich näher mit dem Kleinen zu unterhalten.

»Mein Name ist Emmerich«, gab der nur zu bereitwillig Auskunft. »Emmerich Himmelsbach. Und wie heißt ihr?«

»Ich bin Conner, und das hier ist Bree. Wir sind Freunde.«

»Und was führt euch nach Hohenschwangau?«, bohrte Emmerich weiter, ehe er sich sogleich verbesserte: »Ach, das war eine alberne Frage; ihr seid hier, um euch das Schloss anzuschauen, stimmt's? Alle kommen immer nur, um das Schloss zu besichtigen.«

»Stimmt«, bestätigte Bree. »Warst du schon mal drin?«

»Oh, *viele, viele, viele* Male!«, fing Emmerich munter zu erzählen an. »Mein Großvater war früher Schlossführer, und meine Mutter arbeitet im Souvenirladen hier im Dorf. Es gibt also nichts, was ich über Neuschwanstein nicht weiß.«

»Tja, wir wollten uns *eigentlich* das Schloss ansehen«, meinte Conner niedergeschlagen. »Den ganzen Weg von München sind wir geradelt – aber jetzt sind sämtliche Tickets ausverkauft. Nicht zu fassen!«

Emmerich war vollkommen baff – und überschlug sich dann regelrecht vor Begeisterung. »Ihr seid von *München* aus mit dem Rad hierhergefahren?«, fragte er und gestikulierte dabei wild. »Warum das denn?«

Mit einem Mal kam Conner eine Idee. Er schielte zu Bree hinüber, und das Leuchten in seinem Gesicht entging ihr nicht; was auch immer er nun vorbringen würde, sie war dabei.

»Na ja, wir würden es dir ja erzählen, aber wir wollen dich nicht in Gefahr bringen«, sagte Conner.

»Ja – dafür bist du noch viel zu jung«, fügte Bree hinzu.

Emmerichs Augen wurden groß, und der Mund klappte ihm auf. »Mir *was* erzählen?«, flüsterte er.

»Ich fürchte, wir können es dir leider nicht verraten«, erwiderte Conner. »Sollte es nämlich sonst noch irgendwer herausfinden, würde unsere komplette Tarnung auffliegen.«

»Welche Tarnung denn?«, fragte Emmerich. Er hatte Feuer gefangen. »Mir könnt ihr es sagen – ich *habe* überhaupt keine Freunde, denen ich es weitertratschen könnte!«

Wieder wechselten Bree und Conner einen Blick; sie hatten den kleinen Jungen genau da, wo sie ihn haben wollten.

»Also, die Sache ist die: Wir sind nach Deutschland gekommen, um *etwas zu verstecken*«, raunte Conner. »Die Regierung der Vereinigten Staaten hat uns angeheuert, weil niemand je auf den Gedanken käme, dass zwei Jugendliche *damit* unterwegs sein könnten.«

Emmerich legte beide Hände an die Wangen; er verzehrte sich beinahe vor Neugier. »Was wollt ihr denn verstecken?«, fragte er atemlos.

Conner zog die Panflöte aus seiner Jackentasche. *»Das hier.«*

Emmerich schnappte nach Luft, noch bevor er überhaupt erkannt hatte, was Conner in der Hand hielt. »Moment mal – was ist das?«

»Es schaut aus wie eine Panflöte, aber in Wirklichkeit ist es eine Waffe«, erklärte Bree. »Die ein echt mieser Kerl unbedingt in die Finger kriegen will.«

»Und die wollt ihr in *Hohenschwangau* verstecken?!«, vergewisserte sich Emmerich.

Beide nickten. »Ursprünglich hatten wir dafür das Schloss vorgesehen«, sagte Conner. »Dort wäre niemand je auf die Idee gekommen, es könnte sich um etwas anderes als einen historischen Gegenstand handeln – aber da es ja nun keine freien Tourplätze mehr gibt, werden wir sie wohl einfach irgendwo anders unterbringen müssen.«

»Entschuldige, dass wir dich damit behelligt haben, Emmerich«, sagte Bree. »Jetzt wird es aber wirklich Zeit, dass wir wieder aufbrechen. Schließlich müssen wir vor Sonnenuntergang außer Landes sein, damit wir nicht erwischt werden.«

Sie wandten sich um, doch Emmerich sprang auf und verstellte ihnen den Weg.

»Nein, bitte wartet!«, sagte er. »Ich kann euch nach Neuschwanstein bringen, wenn ihr möchtet!«

»Wie soll das denn funktionieren?«, fragte Conner.

Emmerich spähte verstohlen umher, um sicherzugehen, dass

sich niemand in Hörweite befand. »Ich kenne einen Geheimgang ins Schloss«, erklärte er. »Mein Großvater hat mich einmal auf diesem Weg mitgenommen.«

Conner und Bree hätten einander vor Glück in die Arme fallen können, doch sie gaben sich alle Mühe, ruhig zu bleiben, um keinen Verdacht zu erregen.

»Ich weiß nicht recht … ich hätte ein furchtbar schlechtes Gewissen, wenn wir dein Leben in Gefahr bringen würden«, meinte Bree.

»Aber ich biete doch freiwillig an, mein Leben in Gefahr zu bringen!«, bettelte Emmerich. »Bitte! Ich kann sogar für euch auf die Waffe aufpassen, sobald ihr wieder weg seid!«

Conner und Bree entfernten sich ein paar Schritte und steckten mit dem Rücken zu Emmerich die Köpfe zusammen, als würden sie gemeinsam über sein Angebot beraten.

»Du bist ein Genie!«, flüsterte Bree Conner zu. *»Was für ein großartiger Zufall, dass wir ausgerechnet auf jemanden treffen, der uns zu einem Geheimweg ins Schloss führen kann!«*

»Jep – ein geradezu märchenhafter Zufall!«, wisperte Conner schmunzelnd zurück. Tief in seinem Herzen war ihm bewusst, dass er ein wenig Feenmagie in sich trug, auch wenn er das niemals offen zugegeben hätte.

Die beiden zwangen sich, jegliche allzu überschwängliche Begeisterung aus ihren Gesichtern zu verbannen, ehe sie zu Emmerich zurückkehrten.

»Na schön, Emmerich: Wenn du versprichst, niemals jemandem von dieser Angelegenheit zu erzählen, dann darfst du uns ins Schloss bringen«, sagte Conner.

Emmerich hüpfte mit glänzenden Augen auf und ab. Etwas derart Aufregendes war ihm in seinem ganzen jungen Leben noch nicht widerfahren. »Ich habe gleich geahnt, dass an euch irgendetwas besonders ist«, verkündete er. »Schließlich habe ich schon genügend Filme geschaut, um Geheimagenten zu erkennen, wenn sie mir über den Weg laufen! Wann wollen wir los?«

»Irgendwann nach Einbruch der Dunkelheit«, entschied Bree. »Damit uns niemand bemerkt.«

»Phantastisch! Ich kann nach dem Abendessen zur Marienbrücke kommen – in einer Stunde oder zwei«, sagte Emmerich. »Meine Mama würde mich umbringen, wenn ich zum Essen nicht zu Hause wäre; das darf ich nicht mal für eine Weltrettungsmission versäumen.«

»Klingt gut«, befand Conner. »Wo ist die Marienbrücke?«

»An der Straße hoch zum Schloss«, erläuterte Emmerich. »Überall stehen Hinweisschilder, ihr könnt sie gar nicht verfehlen. Von dort hat man den besten Blick auf Neuschwanstein.«

»Fabelhaft, dann treffen wir uns da«, sagte Bree.

Emmerich schaffte es noch immer kaum, stillzuhalten, und seine Wangen waren noch rosiger als zuvor. »Ich kann's kaum erwarten!«, rief er, wurde dann jedoch mit einem Mal sehr still. Offenbar war ihm etwas eingefallen. »Wenn ich nach dem Abendessen noch mal wegwill, sollte ich wohl besser mein Zimmer aufräumen, ehe meine Mama nach Hause kommt!«

Er eilte an den beiden Jugendlichen vorbei und rannte die Eingangstreppe hinauf in sein Haus. Conner und Bree stießen genau gleichzeitig einen Seufzer der Erleichterung aus.

»Derzeitige Bilanz: Wir sind unserer Schulleiterin abgehauen, haben eine alte Dame entführt, einen Portier angelogen *und* einem unschuldigen deutschen Jungen eingeredet, dass wir Geheimagenten sind«, zählte Bree auf. »Macht uns das zu schlechten Menschen?«

»Nee«, meinte Conner und schüttelte den Kopf. »Manchmal

muss man etwas Falsches tun, um etwas Richtiges und Wichtiges zu erreichen. Und jetzt los, suchen wir diese Brücke. Ich will endlich dieses Schloss sehen.«

Die beiden kehrten ins Dorf zurück und nahmen die Straße, die sich nach Neuschwanstein hinaufschlängelte. An ihrem Rand reihten sich jede Menge Schilder, die auf verschiedene sehenswerte Punkte in den Hügeln verwiesen, doch Bree und Conner hielten sich immerzu an die Wegweiser, auf denen »Marienbrücke« stand.

Bald gelangten sie zu einer langen, schmalen Metallkonstruktion mit Holzbelag, die sich zwischen zwei Felsen über eine Schlucht spannte. Mehrere Touristen hatten sich mutig auf den Steg gewagt und fotografierten nun die Berge und den Wald ringsum. Conner und Bree kämpften beide auf den ersten Schritten ein wenig mit Schwindel – sie hatten nicht damit gerechnet, knapp einhundert Meter unter sich einen Wildbach samt Wasserfall zu erspähen.

Als sie die Mitte der Brücke erreicht hatten, hoben sie den Blick und konnten zum ersten Mal Neuschwanstein in seiner ganzen Pracht bestaunen.

»Oh, du meine Güte«, keuchte Bree und schlug sich die Hände über den Mund.

»Ich glaub … ich glaub … ich glaub es einfach nicht, dass ich das tatsächlich gerade sehe«, stotterte Conner.

Keinen der beiden verwunderte es in dieser Sekunde mehr, dass Neuschwanstein als eines der größten Wunder Europas galt. Mit Tausenden von Fenstern, Dutzenden hoher Türme, spitzen Dächern und Erkern von der Farbe des Nachthimmels ragte der gigantische weiße Bau des Schlosses vor ihnen auf. Neuschwanstein thronte hoch oben auf einem steinernen Fundament. Ringsum war es von Bäumen umgeben, so dass es schien, als wüchse das Gemäuer direkt aus der Bergflanke empor.

Conner hatte im magischen Land schon viele eindrucksvolle Bauwerke zu Gesicht bekommen, niemals jedoch in seiner *eigenen* Welt. Schloss Neuschwanstein war Stein um Stein von Menschenhand errichtet worden, ohne auch nur einen Funken Magie.

»Ich würde ja sagen, dass ich beeindruckt bin, aber das wäre eine Untertreibung«, murmelte er.

»Da stimme ich dir vollkommen zu – dafür gibt es keine Worte«, sagte Bree. »Unglaublich! Und kurios: Wir wissen als Einzige, dass sich dort drinnen ein Portal in die Märchenwelt befindet – eigentlich sollte man doch meinen, das wäre offenkundig.«

Conner hätte ihr nicht inniger beipflichten können. Die sattgrünen Berghänge ringsum, die klaren Seen, in denen sich dicke graue Wolken spiegelten, und die sich kilometerweit bis zum Horizont erstreckenden kleinen Ortschaften gaben ihm das Gefühl, in einer anderen Wirklichkeit zu sein. Fast so, als wäre ein Stückchen der Märchenwelt durch einen Riss in die Anderswelt geraten und hier auf den Namen Bayern getauft worden.

Die Zeit, in der sie auf Emmerich warteten, verstrich im Nu, so vieles gab es für Conner und Bree zu bestaunen. Bald dämmerte es, und langsam verschwanden die Touristen. Schließlich waren nur noch Conner und Bree auf der Brücke. Sie bemerkten ein kleines Licht zwischen den Bäumen, und im nächsten Moment kam Emmerich mit einer Taschenlampe auf sie zugeeilt.

»Guten Abend«, begrüßte er die beiden auf Deutsch. »Bereit, das Schloss zu erkunden?«

Er ging ihnen voran einen Pfad entlang, der im Zickzack den

Hang hinab verlief, bis hinunter zu einer Aussichtsplattform in der Nähe des Wasserfalls. Dort kletterten alle drei über das Geländer und folgten dann dem Wildbach den gesamten Weg bis zum Fuß des Felsens, auf dem sich das Schloss erhob.

»Passt auf, dass ihr euch keine nassen Schuhe holt«, warnte Emmerich. Je näher sie dem Schlossberg kamen, desto breiter wurde das Bachbett, ähnlich einer überfließenden Badewanne.

Die Brücke, das Schloss und die Berge gerieten hinter den gewaltigen Bäumen, die den unteren Teil des Hügels umstanden, aus dem Blickfeld der kleinen Gruppe. Eingelassen in die Böschung und verborgen durch eine Schicht Erde und Geröll, war eine runde Tür. Emmerich tastete nach ihrem Stahlgriff und zog sie ächzend auf.

»Hier hinein«, verkündete er fröhlich.

Conner und Bree krochen nach ihm hindurch und fanden sich in einem langen steinernen Tunnel wieder. Gefühlt kilometerweit wand er sich unter dem Schloss entlang und wäre ohne Emmerichs Taschenlampe pechschwarz gewesen. Schließlich gelangten die Gefährten an sein Ende, und Emmerich stieß eine weitere kreisförmige Tür auf, die sich in den beengten Lagerraum eines Souvenirladens öffnete.

»Früher waren hier die Quartiere der Bediensteten untergebracht«, erzählte Emmerich. »Bleibt jetzt dicht hinter mir, ich muss bloß schnell den Sicherheitscode eingeben, bevor der Alarm losgeht.«

Sie schlichen durch den Laden und in einen breiten Flur, der ganz der Geschichte des Baus und der Gestaltung Neuschwansteins gewidmet war. In der Mitte des Gangs stand ein beachtliches Modell des Schlosses, und an den Wänden gab es jede Menge Fotos aus der Zeit der Errichtung, dazu frühe Skizzen und Entwürfe.

Emmerich legte hinter einem der Bilder ein Eingabefeld frei, in das er eine lange Reihe Zahlen tippte. Kaum war er damit fertig, blinkte ein grünes Licht auf.

»Neuschwanstein gehört uns!«, frohlockte er.

»Also dann, Emmerich: Führ uns durchs Schloss«, ermunterte Conner ihn. »Wir wollen alles sehen.«

Emmerich marschierte ihnen voran einen weiteren Flur hinunter, anschließend eine Wendeltreppe empor, und schon entfaltete sich vor ihnen die ganze verschwenderische Herrlichkeit des altehrwürdigen Baus. Die kreisrunden Wände des Treppenhauses waren mit einer Tapete ausgekleidet, die Drachen und fremde Symbole zierten.

»Irgendwie gruselt es mich hier«, bemerkte Conner.

»Mich auch«, stimmte Bree ihm zu. »Das ist super!«

»Viele Leute glauben, es spukt«, berichtete Emmerich. »Etliche Besucher haben schon behauptet, nachts Gespenster hinter den Fenstern gesehen oder Geräusche aus dem Schlossinnern gehört zu haben, obwohl niemand mehr drin war.«

Conner schluckte; Bree grinste. Am oberen Treppenabsatz kamen sie an der Statue eines Drachen vorbei, der dort wie ein übergroßer Wachhund postiert war und den Gang im Auge behielt.

»Als Erstes zeige ich euch das Thronzimmer«, sagte Emmerich und lotste seine Gäste den Flur hinab.

Rauten, Schachbrettmuster oder Blumenranken schmückten jeden Zentimeter der tapezierten Wände; Säulen mit geschnitzten Tierfiguren stützten die Bogenfenster, deren Rahmen allesamt vergoldet waren. Wenngleich die Farben im Lauf der Jahre verblasst sein mochten, war das Schloss auch mehr als ein Jahrhundert nach seiner Erbauung noch eine wahre Augenweide.

Emmerich führte Conner und Bree durch eine offene Tür in

den Thronsaal. Der Raum hatte eine hohe Gewölbedecke, von der ein riesiger Kronleuchter mit Hunderten von Wachskerzen hing. Die Wände waren von wunderschönen Gemälden bedeckt, die mythologische und religiöse Figuren zeigten, und im Fußbodenmosaik war jede Spezies des Tierreichs vertreten, als läge ihnen der ewige Kreis des Lebens zu Füßen.

Farbenfrohe Bögen und Säulen umstanden das Thronzimmer, und im oberen Drittel verlief eine Galerie, die auf ein hohes Podium ausgerichtet war, über dem wiederum ein Wandgemälde von Jesus Christus prangte. Die Plattform bot den perfekten Standort für einen Thron, war jedoch leer.

»Wenn das hier also der Thronsaal ist – wo ist dann der Thron?«, fragte Bree.

»Es gab nie einen«, antwortete Emmerich. »König Ludwig II. hatte einen extravaganten Herrscherstuhl in Auftrag gegeben, der genau zu diesem Zimmer passen sollte. Aber er wurde für verrückt erklärt, bevor das Prunkstück fertig war.«

»Der König hatte also nie Gelegenheit, auf seinem Thron Platz zu nehmen?«, hakte Conner nach. »Das ist bitter.«

»Der größte Teil des Schlosses ist unvollendet geblieben«, sagte Emmerich. »Ludwig hat das gesamte bayerische Staatsvermögen für seine Luxusschlösser verschleudert, und als ihm das Geld ausging, hat er damit angefangen, sich von anderen Ländern welches zu borgen, um sie fertigzustellen.«

»Verständlich, dass ihm das einen schlechten Ruf eingebracht hat«, kommentierte Bree.

Conner hatte auf ihrem Weg durch das Gemäuer bisher jeden Zentimeter auf irgendetwas hin unter die Lupe genommen, das ein Portal hätte sein können. Bislang allerdings war ihm nichts Vielversprechendes aufgefallen.

»*Glaubt ihr, in diesem Zimmer ließe sich gut eine Waffe verste-*

cken?«, raunte Emmerich, obwohl sie natürlich ganz allein im Schloss waren.

»Nein, hier nicht«, erwiderte Conner. »Gehen wir besser weiter.«

»Als Nächstes zeige ich euch König Ludwigs Gemächer«, sagte Emmerich.

Sie folgten ihm wieder hinaus in den Flur und traten kurz darauf durch schwere Holztüren. Das Schlafzimmer des Königs zeugte vom Boden bis zur Decke von bemerkenswerter Kunstfertigkeit im Umgang mit dem Naturmaterial: Alles, vom Waschgestell über den Schreibtisch bis zum Bettrahmen, wies raffinierte Schnitzarbeiten auf. Die Jünger Jesu, der weltliche Adel und auch Ernteszenen waren gleichermaßen verewigt. Wandgemälde mit Bildern aus *Tristan und Isolde*, einer der Lieblingsgeschichten des Königs, bedeckten jene Bereiche, die keine Holzdekorationen schmückten.

Sie verließen das Schlafgemach und warfen anschließend einen raschen Blick in die kleine künstliche Grotte, die zwischen zwei andere Räume gequetscht war – beinahe so, als hätte der König eine winzige Höhle in seinem Ankleidezimmer versteckt. Doch auch die Grotte entsprach noch nicht Conners Vorstellungen.

»Hast du schon irgendeinen geeigneten Ort gesehen?«, fragte Emmerich.

Auf Conners Antwort war Bree ebenso neugierig; ihr war selbst nicht ganz klar, wonach sie eigentlich suchten. Allerdings hätte Conner es ihr ohnehin nicht recht erklären können – ein Portal ließ sich nicht einfach erkennen, sondern vor allem *erspüren.*

»Noch nicht«, sagte Conner. »Wenn wir am richtigen Fleck vorbeikommen, werde ich es merken.«

»Dann bringe ich euch jetzt in den Sängersaal! Dort gibt es jede Menge zu bestaunen!«, entschied Emmerich.

Sie kehrten zur Wendeltreppe zurück und stiegen ins fünfte Stockwerk des Schlosses empor. Als sie den Sängersaal betraten, vernahmen sie als Erstes den Widerhall ihrer eigenen Schritte. Es handelte sich um den mit Abstand größten Raum Neuschwansteins – eine Halle, die sich lang und breit vor ihnen ausdehnte.

Conners und Brees Augen wurden von derart vielen Reizen überflutet, dass sie einige Herzschläge brauchten, um all die Kunstwerke im Einzelnen wahrnehmen zu können. Der komplette Saal schien sich zu einer einzigen Gesamtkomposition aus Gemälden, Statuen, Büsten, Schnitzereien, Gravuren und Symbolen der liebsten Mythen und Legenden König Ludwigs zusammenzufügen. Es gab Abbildungen von Rittern in glänzender Rüstung, Jungfrauen in Nöten, königlichen Hochzeiten und Bestrafungen übler Tunichtgute. Armleuchter säumten den Raum rundum, und gewaltige Kronleuchter hingen von der hohen Decke.

Bree starrte zu einer Frau in einem der Porträts hinauf. »Ist schon mal jemandem aufgefallen, dass Frauen in alten Bildern immerzu ausschauen, als würden sie gerade über den Tisch gezogen?«, fragte sie.

»Dieser Raum wird immer noch genutzt«, meldete Emmerich sich wieder zu Wort. »Bis heute werden hier regelmäßig Konzerte und Aufführungen veranstaltet; dafür wird der Saal dann jedes Mal mit Stühlen und Instrumenten bestückt. Also würde es doch eventuell passen, wenn ihr hier eure Panflöte verstaut.«

Das ließ Conner aufhorchen. Emmerich hatte recht: Es wäre nur logisch, wenn die Panflöte in irgendeiner Weise mit diesem Zimmer in Verbindung stünde. Hätte Conner das Schloss einst erbaut, hätte er mit Sicherheit eine Panflöte, die ein magisches Portal öffnete, in einem Musikzimmer untergebracht. Der Durchgang *musste* sich im Sängersaal befinden – das spürte Conner.

Am hinteren Ende des Raums führten vier Stufen zu einer kleinen Bühne hinauf. Vier dunkelrote Marmorsäulen standen am vorderen Rand der Plattform, verbunden durch farbenprächtige Bögen. Dahinter erstreckte sich das größte Gemälde des Saals über die gesamte rückwärtige Wand: ein majestätischer Wald mit Bäumen, Blumen, Eichhörnchen, Wild und Felsen.

Conners Augen blieben in diesem Teil des Saals hängen. Das Bild kam ihm sonderbar vertraut vor, wie ein Ort, den er bereits mit seiner Schwester besucht hatte. Etwas daran fühlte sich einladend an, auf eine faszinierende Art und Weise, die er gar nicht in Worte zu fassen vermochte.

»Was soll das Gemälde darstellen?«, fragte er.

»Das ist das Bild eines magischen Gartens«, erklärte Emmerich. »Was genau darauf zu sehen ist, weiß ich allerdings nicht.«

Conner strahlte – innerlich und äußerlich. »Ich schon«, sagte er und warf dann Bree einen Blick zu. »Ich denke, ich habe es gefunden.«

Bree und Emmerich folgten ihm hinüber zu der kunstvoll gestalteten Wand. Zu dritt standen sie davor und bestaunten das Gemälde hinter den Säulen.

»Hier willst du die Waffe verstecken?«, fragte Emmerich aufgeregt.

Conner beschloss, ihrem jungen Schlossführer die Wahrheit anzuvertrauen. »Emmerich, die Flöte ist in Wirklichkeit gar keine Waffe«, sagte er. »Und wir sind auch keine Geheimagenten.«

Emmerich schlug traurig die Augen nieder. »Schon klar«, nuschelte er. »Es hat mir trotzdem Spaß gemacht, gemeinsam mit euch so zu tun, als wärt ihr welche. Ich habe nicht allzu oft die Gelegenheit, zusammen mit anderen Kindern etwas Tolles zu unternehmen; alle, die nach Hohenschwangau kommen, bleiben immer bloß einen Tag, dann sind sie wieder weg.«

Das zu hören brach Conner und Bree beinahe das Herz. Damit war Emmerich schon der zweite Mensch auf ihrer Reise, der sich willig von ihnen manipulieren *ließ*, weil er sich einsam fühlte. Bree beugte sich zu Emmerich hinunter, bis sie sich auf Augenhöhe mit ihm befand.

»Mach dir keine Sorgen, Emmerich«, sagte sie. »Wir müssen jetzt etwas überprüfen, und falls es funktioniert, können wir dir gleich etwas viel Cooleres zeigen als jeder echte Geheimagent.«

Emmerich musterte sie neugierig. Bree nickte Conner zu, und er zog die Panflöte aus seiner Jackentasche. Noch einmal betrachtete er die eingeritzten Noten und vergewisserte sich doppelt, dass er zu jedem Ton das richtige Röhrchen kannte.

»Das mittlere Rohr sollte ein Mittel-C erzeugen«, meinte Bree. »So zumindest ist das bei einem Klavier – meine Mom hat früher darauf bestanden, dass ich Stunden nehme.«

»Dann mal los«, sagte Conner. Er blies die ersten vier Noten in die Flöte und hielt dann kurz inne, ehe er die restlichen vier Töne spielte. Ihr Klang hallte rein und ein wenig schaurig durch das leere Schloss.

Die Töne waberten durch den Saal wie sämtliche Geräusche, die die drei nächtlichen Besucher zuvor verursacht hatten – doch sie fanden kein Ende. Stattdessen wurden sie zunehmend lauter, bis der gesamte Saal zu beben begann. Der Kronleuchter über ihren Köpfen fing zu schwanken an, und unter dem Fußboden rumorte es.

»Was ist das? Was passiert hier?«, schrie Emmerich. Er hielt sich die Ohren zu und blickte sich panisch und voller Entsetzen im Raum um.

Mit einem Mal fuhr ein greller Blitz zwischen die beiden mittleren Säulen der Bühne. Das Licht dehnte sich aus und wurde zu einem Wirbel; je mehr er anwuchs, desto schneller drehte er sich. Bald schon war der komplette hintere Bereich des Saals in gleißende Helligkeit getaucht.

»O nein«, sagte Conner und fing Brees Blick auf. *»Es hat geklappt!* Wir können das Portal von unserer Seite öffnen. Das bedeutet, es *ist* wieder nutzbar, und die französischen Soldaten sind –«

Plötzlich wurden alle drei nach vorn gerissen. Das Licht hatte sich mit einem Mal in einen Strudel mit Sogwirkung verwandelt und versuchte, *sie zu verschlucken.*

»Lauft!«, brüllte Conner.

Zu dritt sprinteten sie auf die Eingangstüren des Saals zu, doch die Anziehungskraft des strahlenden Wirbels war zu stark. Emmerich packte Bree, Bree griff nach Conner, und Conner klammerte sich an einen der an die Wand montierten Armleuchter. So hingen sie quer in der Luft, während der Strudel immer heftiger wurde. Emmerich konnte sich nicht länger an Bree festhalten, Bree verlor ihren Halt an Conner, und Conners Finger rutschten vom Leuchter.

Die Gefährten wurden durch die Luft geschleudert und in das rotierende Licht gesogen. Conner, Bree und Emmerich verschwanden darin, und Neuschwanstein stand mitten in der Nacht wieder leer und verlassen da.

Kapitel 13

Die abgesetzte Königin

Die Wochen nach dem Einführungsball wurden für Alex ausgesprochen angenehm. Jeden Tag nahm sie an den Versammlungen des Rats der Feen teil, drehte auf Cornelius' Rücken ihre Runden durch die Königreiche, um zu sehen, wer womöglich die Hilfe einer Fee brauchte, und machte anschließend zusammen mit Rook lange Abendspaziergänge durch die Wälder. Sie konnte sich gar nicht entscheiden, welcher Teil ihres neuen Tagesablaufs ihr am liebsten war – außer dann, wenn die gemeinsamen Spaziergänge mit einem Gutenachtkuss endeten: An solchen Tagen war *das* eindeutig der schönste Moment.

Nachdem ihr wochenlang zuerst der Ball schlaflose Nächte bereitet und sie sich anschließend tagelang wegen Rook Sorgen gemacht hatte, fühlte Alex sich nun rundum glücklich. Endlich war sie wieder in der Lage, ihr Leben zu genießen. Sie hatte beinahe vergessen gehabt, wie Zufriedenheit und Erleichterung sich anfühlten. Über all dem Trubel hatte sie nicht einmal mehr daran gedacht, Conner zu fragen, wie ihm die Reise nach Deutschland gefallen hatte.

Dennoch: So vergnüglich ihre unbeschwerten Tage auch sein mochten, so bewusst war Alex zugleich, dass sie höchstwahrscheinlich gezählt waren. Und eines Nachmittags erhielt sie einen Brief von Rotkäppchen, der diese Ahnung bestätigte.

Liebste Alex,

Glückwunsch zu Deinem Abschluss an der Feenschule oder was auch immer Du zuletzt erreicht hast – ich bin sehr stolz auf Dich! Und mir sicher, dass Du eine wundervolle Bereicherung für die Feenliga oder jeden anderen Verein, in dem Du nun Mitglied bist, sein wirst.
Ich schreibe Dir, weil Du mir einen Gefallen tun musst. Diese grässliche Suse hat wieder zugeschlagen! Nun hat sie die Kammer des Fortschritts überredet, eine Podiumsdiskussion zwischen uns beiden zu organisieren, ehe morgen Nachmittag die Wahlkabinen öffnen. Hast Du von etwas so Barbarischem schon mal gehört? Welche Art von Königreich will sich denn anschauen, wie seine Herrscherin sich gegen eine Reihe boshafter persönlicher Anschuldigungen ob ihrer vermeintlichen Charakterschwächen erwehren muss? Gehen Adel und Anstand heutzutage denn nicht mehr selbstverständlich Hand in Hand?
Jedenfalls wollte ich Dich fragen: Würde es Dir – sofern Du am Feengericht gerade nicht zu viel zu tun hast – etwas ausmachen, mich bei der Debatte mit Deiner Anwesenheit zu unterstützen? Eine Fee, die sich öffentlich hinter mich stellt, würde meine Position enorm stärken, und wenn dann morgen Abend

die Wahlergebnisse eintrudeln und Suse verliert, darfst Du sie in einen Kürbis verwandeln und wir können abwechselnd mit einem Vorschlaghammer auf sie einhauen.

Wärmste Grüße
Ihre Majestät Königin Rotkäppchen,
Regentin von Rotkäppchens Königreich

P.S.: Alles Liebe auch von Charlie. Er hat mich bei dieser ganzen lächerlichen Kampagne unterstützt. Außerdem habe ich die Kammer des Fortschritts davon überzeugt, ihn die Podiumsdiskussion moderieren zu lassen. Er hofft, auch Dich dort zu treffen!

Ein Bote von Rotkäppchen hatte den Brief eigenhändig überbracht. Die ganze Nacht war er dafür unterwegs gewesen; nun wirkte er sehr müde.

»Bitte richten Sie Königin Rotkäppchen aus, dass ich da sein werden.« Alex seufzte.

Später am Abend berichtete sie auf ihrem gemeinsamen Spaziergang Rook von dem Schreiben.

»Wirst du Rot erzählen, was wir in Suses Scheune beobachtet haben?«, fragte Rook.

»Nein, ich glaube nicht«, sagte Alex. »Ich kann Suse ihre unehrenhaften Beweggründe nicht zum Vorwurf machen, solange Rot selbst nicht gerade edle Absichten hegt.«

»Dann bedeutet das also, dass wir morgen Abend nicht zusammen spazieren gehen?«, fragte Rook und blickte Alex mit traurigen Rehaugen an.

»Wahrscheinlich nicht«, meinte Alex. »Aber übermorgen bestimmt wieder.«

»Schon in Ordnung – mein Vater und ich wollen morgen Unkraut jäten, das dauert normalerweise ohnehin fast den gesamten Tag.« Rook stieß ein klägliches Lachen aus.

»Was ist denn so komisch?«, wollte Alex wissen.

»Ich habe bloß gerade im Kopf unser beider Tag morgen verglichen«, antwortete Rook. »Du wirst Teil einer Wahl sein, die das Schicksal eines Königreichs verändern wird, und ich rupfe derweil Unkraut aus.«

»Tja, wir leisten alle unseren Beitrag«, neckte Alex. »Aber, falls es dich tröstet: Rots Probleme sind Unkraut gar nicht so unähnlich. Ganz gleich, wie oft man sie ausreißt, sie wachsen einfach immer wieder nach.«

Am folgenden Nachmittag ritt Alex auf Cornelius in Rotkäppchens Königreich und erreichte gerade rechtzeitig vor Beginn der Debatte das kleine Städtchen. Aus der Ferne schien es, als wäre das komplette Königreich rot angemalt, doch beim Näherkommen wurde Alex klar, dass es sich nicht um Farbe handelte: Jeder Laden, jedes Haus und jeder Baum war mit Rotkäppchens Wahlkampfplakaten zugekleistert.

Auf den meisten stand schlicht WÄHLT KÖNIGIN ROTKÄPPCHEN über einem skizzierten Porträt der Amtsinhaberin. Einige waren ein wenig griffiger getextet und verkündeten MIT KÖNIGIN ROT LEIDEN WIR NIE WIEDER NOT oder EIN KÖNIGREICH, DAS SO FLORIERT, WIRD VON EINER FÄHIGEN HERRSCHERIN REGIERT – STIMMT FÜR KÖNIGIN ROTKÄPPCHEN. Andere schmähten Suse aufs Übelste und gifteten WER SUSE WÄHLT, HAT STROH IM KOPF – oder, ein wenig feinsinniger, SUSE ZIEHT DEN KÜRZEREN STROHHALM.

Alex hielt nach Postern Ausschau, die für Suses Wahl warben, fand jedoch keine. Offenbar betrieb sie weitaus weniger Aufwand als Rotkäppchen – oder die junge Königin hatte sämtliche Plakate ihrer Konkurrentin überkleben lassen.

Der Park im Herzen des Königreichs war von Wahlkabinen gesäumt. Auf der Eingangstreppe zur Kammer des Fortschritts erhoben sich zwei Podien, vor denen ein Großteil der Bürger auf dem Boden Platz genommen hatte. Die Abgeordneten saßen direkt am Fuß der Stufen, um die Debatte aus der ersten Reihe zu verfolgen.

Alex ließ Cornelius zum Grasen im Park zurück und traf an der Treppe auf Froggy. Er tigerte unruhig auf und ab, in den Händen einen Stoß Karten.

»Ist sie gut vorbereitet?«, fragte Alex.

»So gut wie nur möglich. Ich habe die ganze Woche lang mit ihr geübt.«

»Du warst mit Sicherheit ein hervorragender Lehrer«, sagte Alex und legte Froggy eine Hand auf die Schulter.

»Ich liebe Rot wirklich, und ich denke, auf ihre ganz eigene Weise ist sie eine großartige Königin«, sagte er. »Ihr Selbstvertrauen ist ansteckend, und es tut dem Königreich gut. Die Schwierigkeit besteht darin, andere dazu zu bringen, das ebenfalls zu erkennen.«

Königin Rotkäppchen und Suse traten aus der Kammer des Fortschritts und wurden auf ihrem Weg hinunter zu ihrem jeweiligen Rednerpult von wohlwollendem Applaus empfangen. Rotkäppchen schritt ein wenig zügiger aus als Suse, ging somit vor ihrer Gegnerin her und beanspruchte all den Beifall für sich.

Alex setzte sich in die Reihe der Volksvertreter, und Froggy wandte sich an die Menge.

»Seid gegrüßt, werte Käppchen, und willkommen zur ersten

Wahlkampfdebatte in der Geschichte von Rotkäppchens Königreich«, rief er. »Unsere Kandidatinnen werden gleich beide Gelegenheit haben, zu schildern, weshalb sie der Ansicht sind, eure Stimme zu verdienen. Danach beschließen wir die Diskussion mit Fragen, die Bürgerinnen und Bürger aus allen Teilen des Reiches eingesandt haben. Lasst uns anfangen!«

Froggy nahm seine Position auf den Stufen direkt unter den Podien ein, und die Veranstaltung begann. Königin Rotkäppchen ergriff als Erste das Wort, um ihr Volk für sich zu gewinnen.

»Liebe Mitkäppchen«, hob sie an. »Das klingt doch nett, nicht wahr? Wie würdet ihr wohl genannt werden, wenn Suse auf dem Thron säße – *die Strohraschler*? Ich wette, das würde euch ebenso wenig gefallen wie mir. Na – jedenfalls ist mir klar: Meine Kontrahentin wird die nächsten paar Minuten damit zubringen, euch zu erzählen, wie gut sie euch *versteht* und dass sie *eine von euch* ist und *bla, bla, bla* … und wisst ihr was? Damit hat sie recht!«

Die Bürger waren schockiert über Rotkäppchens Strategie. Alex graute davor, worauf die junge Königin wohl hinauswollte.

»Suse ist genau wie ihr. Und ich könnte mich nicht stärker von euch *unterscheiden*«, fuhr Rotkäppchen fort. »Aber gerade das liebt ihr doch an eurer Königin! Eure Herrscherin soll *euch repräsentieren,* nicht eine von euch sein. Deshalb habt ihr mich zur Königin gewählt, als ich noch ein kleines Mädchen war – weil ich, das junge, unschuldige Opfer, ein *Symbol* für euch war. Und nun, da unser Königreich zu der wohlhabenden Nation aufgeblüht ist, die wir heute sind, symbolisiere ich *ebendas.* Wenn andere Reiche den Namen unseres Königreichs hören, woran sollen sie dann denken? Wollt ihr, dass ihnen eine Anführerin in den Sinn kommt, die mit Hirtenstab über ihre

Farm stapft und vermutlich auch noch eigenhändig kocht und putzt? *Nein!* Ihr wollt, dass sie eine reiche und wunderschöne und furchtlose Königin vor sich sehen, denn eine *solche* Königin verkörpert unser Reich! Danke sehr.«

Rotkäppchen beendete ihre Rede und warf sich mit erhobenen Armen in Pose. Ihre Untertanen waren längst ausreichend geübt darin, schleunigst in Applaus auszubrechen, wann immer sie diese Haltung einnahm.

Suse räusperte sich; nun war sie an der Reihe, die Bürger von sich zu überzeugen.

»Der Grund, aus dem ich keine Wahlkampfplakate aufgehängt habe, ist derselbe, aus dem ich euch jetzt nicht mit einer ausschweifenden Rede langweilen werde: Beides wäre Zeitverschwendung«, tönte Suse. »Und während Königin Rotkäppchen wohl nichts dabei findet, eure Zeit und Mittel zu verschwenden, werde ich darauf verzichten.«

Ein leises Raunen brach unter den Zuhörern aus. Rotkäppchen war entsetzt über Suses Retourkutsche. Immer wieder ließ sie den Blick über die Menge schweifen und hoffte darauf, jemand würde sich beschweren, dass Suse die Regeln gebrochen hätte. Suse blieb derweil so ruhig und gefasst wie eh und je – ein ganz anderer Mensch als jenes emotionale Wrack, das Alex einige Wochen zuvor in der Scheune erlebt hatte. Rotkäppchen mühte sich verzweifelt, die Menge wieder auf ihre Seite zu ziehen.

»Darf ich bloß kurz allen Anwesenden ins Gedächtnis rufen, dass unsere *unfehlbare Madam Selbstlos* hier zu Zeiten, in denen ich als junges Ding bereits schreckliche Angriffe wilder Bestien überstehen musste, noch nicht einmal in der Lage war, den Überblick über ihre Schafe zu behalten!«, fauchte Rotkäppchen. »Und dann hat sie den Schäfchen so leidgetan, dass sie freiwillig zu ihr *zurückgekehrt* sind – mit wedelndem Stummelschwänzchen, damit Suse sich nicht mehr derart erbärmlich fühlen musste. Und *diese Frau* will jetzt Königin werden.«

Die Zuschauer johlten und pfiffen auf Rotkäppchens Konter hin; allmählich wurde die Debatte interessant. Froggy klatschte sich eine Hand gegen die Stirn. Alex ahnte, dass er Rotkäppchen zuvor dringlichst dazu angehalten hatte, solche Ausbrüche zu vermeiden.

»Um eines für unsere liebe Königin richtigzustellen: Ich habe meine Herde genau *ein Mal* verloren, und diese traumatische Erfahrung hat mich dazu inspiriert, im Alleingang die Farm meiner Familie zum produktivsten Betrieb des Königreichs auszubauen«, erklärte Suse. »Mittlerweile sind wir die erfolgreichste Wollproduktionsstätte der Welt, und dank des absolut zuverlässigen Zählverfahrens, das ich erfunden habe, ist meiner Farm seither *kein einziges* Schaf mehr abhandengekommen.«

Rotkäppchen würdigte diese Gegendarstellung lediglich mit einem eindrucksvollen Augenrollen. »Tja, wenn traumatische Erfahrungen jemanden also zum besseren Menschen machen, dann wundert es mich ja, dass über meinem Kopf noch kein Heiligenschein schwebt«, gab sie zurück. »Ich habe den Magen des großen bösen Wolfs von innen gesehen – ich war *in ihm drin!* Das verdient doch sicherlich ein wenig mehr Anerkennung als bloße Tagträumerei –«

»Ihr seid mit leuchtend rotem Mantel und einem Korb voll frischer Backwaren in diesen Wald hineinspaziert«, unterbrach Suse sie. »Damit habt Ihr es praktisch darauf *angelegt*, von einem Wolf angegriffen zu werden – und ausgerechnet Euch haben wir zur Königin gewählt. Wäre ein Fisch mit Haken im Maul jemandem von uns ins Boot gehüpft, hätten wir dann den zum König erhoben?«

Eine Handvoll Leute im Publikum grummelte protestierend; sie fühlten sich von Suse in ihrem Urteilsvermögen beleidigt. Rotkäppchen schlachtete diese Chance im Nu aus.

»Willst du den hier anwesenden Käppchen etwa erzählen, dass sie mit meiner Wahl zur Königin einen Fehler begangen haben?«, hakte sie nach.

Suses Augen huschten über die Menge, die von Sekunde zu Sekunde gekränkter wirkte. Nun war es an ihr, die Versammelten wieder umzustimmen.

»Was ich auszudrücken versuche, ist, dass Königin Rotkäppchen einst eine Symbolfigur gewesen sein mag – aber das große böse Wolfsrudel ist längst Geschichte«, sagte sie. »Die Zeiten haben sich gewandelt, und ein ebensolcher Wandel sollte an der Spitze unseres Königreichs geschehen. Gut möglich, dass wir damals eine Ikone nötig hatten – heute brauchen wir eine Führungspersönlichkeit.«

Schweigen senkte sich über die Menge. Die Bürger betrachteten Suse nun mit anderen Augen – nicht mehr bloß als jemanden, der mutig genug war, die Königin herauszufordern, sondern wie eine wahre Anführerin.

»Kommen wir doch zu einigen der Fragen«, mischte Froggy sich ein. »Wir fangen mit Königin Rotkäppchen an, und anschließend erhält Suse die Gelegenheit zu antworten. Die erste Frage lautet: *Wie soll den Farmern geholfen werden, deren Ernte der Winterfrost zerstört?*«

Rotkäppchen merkte auf, als hätte sie die perfekte Antwort parat. »Ich würde nicht nur die Farmer mit Mänteln versorgen, sondern auch ihr Getreide«, verkündete sie fröhlich.

Die gesamte Menge starrte sie aus zusammengekniffenen Augen an – war das ihr Ernst?

»Ich würde die Farmer mit zusätzlichem Mulch ausstatten,

so dass ihre Feldfrüchte besser gegen die Kälte geschützt sind, und außerdem mit Fässern voll erhitztem Wasser, damit ihnen die Äcker nicht überfrieren«, erläuterte Suse. Die Bürger nickten einander zu – diese Antwort gefiel ihnen deutlich besser. Froggy ging zur nächsten Frage über.

»Jetzt darf Suse zuerst sprechen, gefolgt von Königin Rotkäppchen«, mahnte er vorweg. *»Was kann getan werden, um die Schule zu einer wertvolleren und bedeutsameren Erfahrung für die Kinder unseres Königreichs zu machen?«*

Suse war auf diese Frage bestens vorbereitet. »Nicht alles lässt sich im Klassenzimmer lernen«, sagte sie. »Ich würde die Kinder auf meine Farm einladen oder sie in die Läden der Stadt schicken, damit sie unterschiedliche Arbeitsumgebungen kennenlernen, bevor sie sich selbst für eine berufliche Laufbahn entscheiden. Außerdem würde dieses Konzept unseren armen, überarbeiteten Lehrern von Zeit zu Zeit eine Verschnaufpause verschaffen.«

Diese Antwort würdigten die Lehrer im Publikum mit einer verhaltenen Runde Applaus. Rotkäppchen dachte kurz über ihren eigenen Lösungsvorschlag nach, ehe sie das Wort ergriff.

»Genau genommen gefällt mir dieser Gedanke gut«, meinte sie mit überzeugtem Kopfnicken. »Ja, ich würde das Gleiche tun.«

Alex seufzte – sie hatte bereits die ernste Befürchtung, dass die Debatte für ihre Freundin nicht gut ausgehen würde.

»Nächste Frage«, meldete Froggy sich wieder und zog eine neue Karte heran. »Diesmal bitte zuerst Königin Rotkäppchen: *Wie sieht die Zukunft unserer nationalen Sicherheit aus?«*

Rotkäppchen legte einen Zeigefinger an die Lippen, während sie sich eine Erwiderung überlegte. Alex drückte heimlich die Daumen und hoffte inständig, dass die junge Königin mit einer Antwort aufwarten konnte, die die Zuhörer für sie einnehmen würde.

»Hervorragend!«, war alles, was Rotkäppchen von sich gab, und ein breites Lächeln trat ihr aufs Gesicht.

Alex bedeckte beide Augen; sie kam sich vor, als müsste sie gerade mitansehen, wie ein Zug ungebremst auf einen Abgrund zuraste. Ein paar Untertanen lachten ihre Königin sogar aus. Suse ließ einen Moment verstreichen – und ihre Kontrahentin in der Peinlichkeit der Situation schmoren –, ehe sie selbst auftrumpfte.

»Ich bin überzeugt, dass der Schlüssel zu einem gut geschützten Königreich in einer starken Armee liegt«, sagte sie. »Kein Reich ist jemals an seiner eigenen Stärke zugrunde gegangen.«

Diesmal klatschten die Käppchen Suse begeistert Beifall. *»Suse! Suse! Suse!«*, skandierte die Menge. *»Suse! Suse!«*

Rotkäppchens Blick wanderte traurig über ihre Untertanen; sie verstand nicht, was schiefgelaufen war. Froggy erklärte die Debatte sofort für beendet, bevor das Debakel für sie noch schlimmer wurde.

»Wir bedanken uns herzlich, dass ihr so zahlreich erschienen seid und euch beteiligt habt«, sagte Froggy. »Bitte gebt nun in einer der zahlreichen Wahlkabinen im Park eure Stimme ab.«

Während die Bürger eine Königin wählten, leisteten Froggy und Alex Rotkäppchen in der Bibliothek ihrer Burg Gesellschaft. Gemeinsam erwarteten sie voller Unruhe die Ergebnisse der Abstimmung. Alex und Froggy hatten es sich in den großen, gemütlichen Sesseln vor dem Kamin bequem gemacht; Rotkäppchen dagegen tigerte seit ihrer Rückkehr aus dem Park bereits stundenlang auf und ab. Claudiwuff beobachtete sie betrübt aus einer Ecke des Raums und schien sich wohl nichts sehnlicher zu wünschen, als sie irgendwie trösten zu können.

»*Suse ist eine strohdumme Schäfchenstreichlerin!*«, rief Rotkäppchen so laut, dass es mühelos in der ganzen Burg zu verstehen war. »Sie würde nie auch nur eine halb so gute Königin abgeben wie ich. Wenn *sie* von einem Wolfsrudel gejagt worden wäre – hätte sie dann auch anschließend noch bei lebendigem Leib davon berichten können? *Nein!* Hätte *sie* sich auf ein fliegendes Schiff gewagt und eine Reise durch die Lüfte angetreten, um die Welt zu retten? *Nein!* Wäre *sie* in der Lage gewesen, eine Bohnenranke zu fällen, um ihre Untertanen davor zu bewahren, als Nachtisch einer gigantischen menschenfressenden Katze zu enden? *Nein!* Hätte *sie* sich geweigert, der Zauberin ihr Königreich zu überlassen? *Nein!* Erinnert sich eigentlich irgendjemand außer mir an alles, was ich für dieses Land getan habe?«

»Vielleicht schon, Liebling«, versuchte Froggy sie zu beschwichtigen. »Du musst jetzt geduldig sein und die Ergebnisse abwarten. Gib dich noch nicht geschlagen.«

»Gut möglich, dass dein Volk mehr Vertrauen in dich setzt als du in deine Bürger«, meinte Alex. »Glaub einfach ebenso sehr an sie, wie sie immer an dich geglaubt haben.«

Das tröstete Rotkäppchen ein wenig, und ihre Schritte beruhigten sich etwas. Schließlich klopfte es an der Tür, und das dritte kleine Schweinchen kam ins Zimmer. Froggy und Alex erhoben sich rasch, und Rotkäppchen blieb wie angewurzelt stehen.

»Guten Abend, Euer Majestät«, sagte das Schweinchen.

»Sind die Stimmen ausgezählt?«, fragte Froggy.

»Ja, das sind sie«, antwortete es.

Eine unangenehme Spannung senkte sich über die Bibliothek, und Rotkäppchen lachte hilflos. »Wunderbar«, sagte sie und tat, als wäre das keine große Sache. »Dann ist dieses ganze Wahlbrimborium also endlich vorbei, ja? Können wir Suse jetzt eröffnen, dass ich meinen Thron nicht räumen werde?«

Das dritte kleine Schweinchen druckste herum, und Alex und Froggy war klar, dass die Abstimmung nicht zu Rotkäppchens Gunsten ausgegangen war. Sie würde sogleich die niederschmetterndste Nachricht ihres Lebens hören.

»Genau genommen ist Suse zur neuen Königin gewählt worden«, sagte das Schweinchen.

Rotkäppchen brach auf dem nächsten Sessel zusammen und griff sich an die Brust; ihr Herz war soeben in eine Million Stücke zersprungen. »Verzeihung«, krächzte sie und mühte sich nach Kräften, ihre Tränen zurückzuhalten. »Würdest du das noch einmal wiederholen?«

»Suse ist zur neuen Königin gewählt worden, Madam«, kam das Schweinchen ihrer Bitte nach.

Froggy ließ sich neben Rotkäppchen nieder und nahm fest ihre Hand. Alex legte ihrer Freundin einen Arm um die Schultern. Claudiwuff trottete herbei und setzte sich ihr zu Füßen. Obwohl Rotkäppchen das Ergebnis nun doppelt verkündet bekommen hatte, fiel es ihr nach wie vor schwer, die Tatsachen zu begreifen.

»Das ist nicht möglich«, beharrte sie kopfschüttelnd. »Das hier ist *mein* Königreich. Schließlich trägt es *meinen* Namen.«

»Tatsächlich wird das Königreich umbenannt werden, Madam«, gestand das dritte kleine Schweinchen bedauernd; selbst ihm tat es leid, ihr weitere schlechte Neuigkeiten überbringen zu müssen.

»In was?«, fragte Alex.

»In ›Suses Republik‹.«

Rotkäppchen presste ein neuerliches Lachen hervor. »Na, das ist ja wohl ein absolut lächerlicher Name«, sagte sie in dem verzweifelten Versuch, die Situation herunterzuspielen.

»Wann übernimmt Suse offiziell die Regierungsgeschäfte?«, wollte Froggy wissen.

»In einer Woche«, erklärte das Schweinchen. »Sie bittet Rotkäppchen höflich darum, bis dahin sämtliche Besitztümer aus der Burg zu schaffen.«

Daraufhin gelang es nicht einmal Rotkäppchen mehr, ihre Fassung zu wahren. Sie brach in Tränen aus und vergrub ihr Gesicht an Froggys Schulter.

»Ich lasse euch einen Moment allein«, murmelte das Schweinchen und eilte aus der Bibliothek.

Manchmal war es nicht leicht, Rotkäppchen zu ertragen, wenn sie glücklich war – doch Alex hätte sich nie träumen lassen, wie viel Schmerz es ihr bereiten würde, ihre Freundin so elend zu erleben. Rotkäppchen schluchzte den gesamten restlichen Abend hindurch. Ihr Geist war gebrochen, und Alex fürchtete, dass er sich auch nicht wieder würde kitten lassen.

»Aber ich bin die Königin …«, wimmerte Rotkäppchen in einem fort in Froggys Arme. *»Ich bin die Königin … ich bin die Königin …«*

Sieben Tage, eintausend Kleider, achthundert Paar Schuhe, fünfhundert Gemälde, achtundzwanzig Statuen und einen Wolf später war in der kompletten Burg keine Spur mehr von Rotkäppchen zu finden. Ihre letzten Momente dort verbrachte sie allein in ihrem leeren Schlafgemach und starrte die blanken Wände an. Sie war derart niedergeschlagen, dass sie nicht mehr als ein schlichtes rotes Kleid und einen dazu passenden Übermantel angelegt hatte.

Ein leises Klopfen ertönte an der Tür, und Froggy schob seinen Kopf ins Zimmer. »Die Kutschen sind allesamt beladen, Liebling«, sagte er. »Es wird Zeit.«

»Also dann«, schniefte Rotkäppchen und tupfte sich die Augen mit einem Taschentuch. Sie kam auf die Füße und verließ schweren Herzens den Raum. Als sie die Tür hinter sich schloss, war es nicht nur ein Abschied von ihrem alten Schlafgemach, sondern von ihrem Leben als Königin.

Froggy bot ihr seinen Arm an und führte sie die imposante Treppe hinunter und aus der Burg. All ihre Diener standen derweil entlang der Wände Spalier und neigten respektvoll ein letztes Mal die Köpfe. Froggy und Rotkäppchen traten aus dem Tor, vor dem ein Tross aus zwölf zum Bersten vollgestopften Kutschen mit Rotkäppchens Habseligkeiten bereitstand.

Die Kutschen waren schlichte Gefährte aus Holz – ganz anders als jene, die Rotkäppchen gewohnt war.

Froggy und Claudiwuff kletterten in den ersten Wagen und warteten auf Rotkäppchen. Die abgewählte Königin sah noch einmal an der Burg empor und bewunderte die Türme und Fenster, die sie höchstselbst entworfen hatte. Sie schwelgte in glücklichen und weniger glücklichen Erinnerungen, die sie mit ihrem Heim verband, und verabschiedete sich still von allem.

Die Kutschenkolonne rumpelte aus Rotkäppchens Königreich und nahm Kurs auf das Königreich der Feen und den Feenpalast. Alex hatte Rotkäppchen eingeladen, einige Tage bei ihr unterzukommen, bis sie wusste, was sie als Nächstes mit ihrem Leben anfangen wollte. Allerdings musste Alex Rotkäppchens Besitztümer auf magische Weise schrumpfen, damit sie sich in einem winzigen Schrank verstauen ließen – anders hätte das Dutzend Kutschenladungen niemals in den Palast gepasst.

Alex nahm Rotkäppchen, Froggy und Claudiwuff mit hinauf auf den großen Balkon des Feenpalasts, in der Hoffnung, die einzigartige Aussicht könnte Rotkäppchen aufheitern.

»Ich schätze, ich habe vieles als zu selbstverständlich betrachtet«, murmelte Rotkäppchen. Das Panorama hatte sie noch gar nicht beachtet; ihr Blick war fest auf den Boden geheftet. »Genau so, wie ich stets davon ausgegangen bin, dass der Himmel auch am nächsten Tag wieder blau sein würde, habe ich auch erwartet, für immer Königin zu bleiben.«

»Hin und wieder müssen wir Dinge als gegeben voraussetzen«, tröstete Alex ihre Freundin. »Sonst würden wir in ständiger Angst davor leben, alles zu verlieren.«

Claudiwuff lag zu ihren Füßen und wimmerte – sogar er vermisste die Burg. Froggy war seit ihrer Ankunft sehr still gewesen und schien ebenfalls durcheinander zu sein. Er wirkte, als würde er krank.

»Geht es dir gut, Froggy?«, fragte Alex ihn.

»Es wird schon wieder«, meinte er. »Mir ist nur ein wenig schwindelig, das ist alles. Ich nehme an, die vergangene Woche fordert jetzt ihren Tribut.«

Er entfernte sich ein paar Schritte von den anderen, wobei er krampfhaft die Balustrade umklammerte, doch Alex drang nicht weiter auf ihn ein. Vielmehr zerbrach sie sich den Kopf nach einem Gesprächsthema, das Rotkäppchen von ihren Sorgen ablenken würde.

»Zumindest kann ich dich jetzt Rook vorstellen, solange du hier bist«, fiel es ihr ein.

Rotkäppchen nickte, machte gleich darauf jedoch ein verwirrtes Gesicht. »Entschuldige – wem?«, fragte sie.

Alex seufzte. Nach allem, was Rotkäppchen in den vergangenen Tagen durchgestanden hatte, konnte sie ihr schwerlich vorwerfen, dass sie sich an seinen Namen nicht mehr erinnerte.

Mit einem Mal rauschte Emerelda auf den Balkon und hielt direkt auf Alex zu.

»Alex, du musst mit mir kommen«, drängte sie in ernstem Tonfall.

»Wieso, was ist denn los?«, fragte Alex.

»Es geht um deine Großmutter«, sagte Emerelda. »Sie ist krank.«

Alex hatte keine Ahnung, wie sie darauf reagieren sollte. Ihres Wissens war ihre Großmutter im ganzen Leben noch niemals krank gewesen. *Konnte* eine gute Fee überhaupt krank werden?

In diesem Augenblick unterbrach ein Quaken vom anderen Ende des Balkons unverhofft ihre rasenden Gedanken.

»Steht diese Erkrankung unter Umständen in irgendeiner Weise mit meinem gegenwärtigen Zustand in Zusammenhang?«, fragte Froggy.

Alle wandten sich zu ihm um, und Rotkäppchen schrie auf. Ohne Vorwarnung oder ersichtlichen Grund hatte Froggy sich in einen Frosch zurückverwandelt.

Kapitel 14

Die Armee fällt ein

Conner wirbelte durch eine Welt aus Licht. Es war so hell, dass er kaum etwas erkennen konnte. Auch seine eigene Stimme hörte er nicht – sondern lediglich das Rauschen der Luft ringsum. Hin und wieder erspähte er Bree oder Emmerich, die neben ihm dahinflogen. Er streckte sich nach ihnen, schaffte es jedoch nicht, sie zu erreichen. Ihm war klar, dass sie sich im Raum zwischen den Dimensionen befinden mussten; er hatte bereits einmal eine ähnliche Erfahrung gemacht – als er zwei Jahre zuvor mit seiner Schwester durch das Geschichtenbuch seiner Großmutter gereist war. Allerdings schien der Übergang ihm diesmal viel länger zu dauern.

Plötzlich blitzte es und etwas streifte ihn. Es war, als fiele er durch einen Vorhang. Ehe er es sich versah, lag er auf dem Rücken und starrte zu einem wolkenverhangenen Nachthimmel empor. Einen Augenblick verharrte er ganz ruhig und regungslos und wartete darauf, dass seine Sinne zu ihm aufschlossen.

Zwei weitere Blitze flammten ganz in seiner Nähe auf, und er fühlte die Erschütterungen durch den Boden – Bree und Emmerich waren neben ihn geplumpst. Conner setzte sich auf, um nach seinen Freunden zu schauen, und stellte fest, dass sie ebenso durcheinander waren wie er.

»Tja, jetzt wissen wir also, dass das Portal ohne jeden Zweifel offen ist«, bemerkte Conner.

Bree stemmte sich hoch. »Ist der Weg hierher immer so ruppig?«

»Nein«, erklärte Conner. »Ich habe keinen blassen Schimmer, weshalb wir so unsanft durchgerüttelt worden sind.«

Emmerich schwirrte derart der Kopf, dass er kaum reden konnte. »Ich glaube, wir sind nicht mehr in Hohenschwangau«, nuschelte er und nickte dabei vor sich hin.

Conner sprang auf und ließ den Blick durch den Wald schweifen, der sie umgab. Die Bäume waren hochgewachsen und reckten ihre Äste weit in den Himmel, trugen jedoch fast keine Blätter; sie wirkten beinahe tot. Durch den heraufgezogenen Nebel war Conners Sichtweite nur sehr begrenzt.

Bree stand ebenfalls auf. »Das ist es also, hmm?«, machte sie.

»Ein Teil davon«, entgegnete Conner. »Wobei ich mir gerade nicht ganz sicher bin, welcher.«

Emmerich versuchte ebenfalls, auf die Beine zu kommen, fiel jedoch immer wieder hin. Conner und Bree schleiften ihn zum nächsten Baum und lehnten ihn an den Stamm.

»Würde einer von euch mir bitte verraten, wo ich bin?«, fragte Emmerich. »Und auch, was eben in Neuschwanstein passiert ist?«

»Ich hatte dir doch versprochen, dass wir dir etwas viel Cooleres bieten können als jeder Geheimagent«, scherzte Bree.

»Wir sind in der Märchenwelt, Kumpel«, offenbarte Conner. »Und hierhergelangt durch ein Portal, das in Neuschwanstein verborgen war.«

Emmerich sah sich mit großen, staunenden Augen im Wald um. *»In der Märchenwelt?«*, echote er. »Im Sinne von: Schneewittchen, Dornröschen, Rapunzel –«

»Die leben alle hier«, bestätigte Conner. »Meine Grandma und meine Schwester ebenfalls. Der Durchgang zwischen dieser Welt und unserer war für eine Weile blockiert, aber eine gute Bekannte von mir hat mich gebeten, nachzuschauen, ob jemand ihn wieder geöffnet hatte – tja, und da sind wir.«

Emmerich hatte so viele Fragen, dass er gar nicht wusste, welche er zuerst stellen sollte. Er entschied sich für: »Wieso wollte deine Freundin, dass du ihn überprüfst?«

»Um sicherzugehen, dass keine Bösewichte ihn benutzen«, sagte Conner.

Bree wandte sich um und musterte nun ihrerseits die Bäume. »Wo wir gerade davon sprechen – wenn *wir* durch das Portal in die Märchenwelt kommen konnten, bedeutet das dann nicht, dass die französische –«

Mit einem Mal zuckten überall ringsum Blitze auf. Und mit jedem Blitz erschien etwas extrem Schweres mitten in der Luft und krachte zu Boden. Bree schrie auf, als ihr klarwurde, dass es sich dabei überwiegend um *Menschen* handelte. Conner fürchtete, etwas oder jemand könnte ihnen auf den Kopf fallen, und blickte sich hektisch nach einem Versteck um.

»Schnell! Auf den Baum!«, brüllte er. Gemeinsam mit Bree half er Emmerich auf die Füße, und zu dritt kraxelten sie am Stamm empor, so hoch wie nur möglich. Aus der Krone konnten sie

besser verfolgen, was gerade vor sich ging: Es war, als fegte ein Gewittersturm mit einem Regenschauer aus Kanonen, Karren, Pferden, Gewehren samt Bajonetten, Schwertern *und Soldaten* über den Wald hinweg.

»Das ist die Armee!«, flüsterte Conner seinen Freunden zu. *»Die Soldaten sind schon hier!«*

Der Wolkenbruch aus Soldaten schien gar nicht enden zu wollen. Von ihrer Zuflucht oben im Baum sahen die drei meilenweit in allen Richtungen Blitze im Nebel aufflammen. Aus den Hunderten von Männern und Ausrüstungsgegenständen, die vom Himmel prasselten, wurden bald Tausende, während der Sturm noch an Stärke zulegte. Vielen der Soldaten gelang es nur um Haaresbreite, sich zur Seite zu rollen, um sich vor den Wagen und Kanonen und Pferden in Sicherheit zu bringen, die neben ihnen auf die Erde niedergingen.

Schließlich klang das groteske Unwetter doch ab, und das Donnern im Wald nahm ein Ende. Dafür hörte man nun das Stöhnen und Ächzen Tausender Männer am Boden. Die Soldaten rührten und regten sich – sie waren noch um ein Vielfaches verwirrter als Conner, Bree und Emmerich. Die meisten von ihnen hielten sich den qualvoll schmerzenden Schädel oder erbrachen sich sogar.

Allesamt trugen sie schwarze Stiefel, weiße Hosen und blaue Jacken, eine Mehrzahl dazu schlichte Barette, während andere mit farbenprächtigen Medaillen und Federn geschmückt waren, die ihren jeweiligen Rang kundtaten. Sämtliche Männer blieben lange auf dem Boden sitzen und machten keinerlei Anstalten, aufzustehen.

In der Ferne tauchte ein Mann aus dem Nebel auf. Er war ungewöhnlich kurzgewachsen und hatte einen langen, geschwungenen Hut auf dem Kopf. Angewidert betrachtete er die leidenden Soldaten vor sich. Der moschusartige Duft seines Eau de Cologne erfüllte die Luft, als er in die Nähe des Baums kam, in dem Conner, Bree und Emmerich sich verbargen. Obwohl Conner und Bree den Fremden nie zuvor gesehen hatten, waren sie sofort sicher, jenen General Jacques Marquis vor sich zu haben, vor dem Mutter Gans sie gewarnt hatte.

Der General war offenbar deutlich zäher als seine Männer und wirkte von der rauen Ankunft nicht im mindesten mitgenommen. *»Levez-vous!«*, herrschte er die schmerzgeplagte Armee zu seinen Füßen an. *»Vous êtes une honte pour la France!«*

»Was hat er gesagt?«, raunte Conner den anderen zu.

»Das hieß: ›Steht auf, ihr seid eine Schande für Frankreich‹ «, übersetzte Emmerich.

»Du sprichst Französisch?«, staunte Conner.

»Ich spreche Deutsch, Englisch, Französisch und Dänisch.«

Conner war baff. *»Wow, ich habe ja schon mit Englisch meine Probleme.«*

Bree legte beiden eine Hand über den Mund. *»Jetzt ist nicht der richtige Zeitpunkt, um zu plaudern!«*, fauchte sie, und die Jungen verstummten.

Viele der Soldaten rappelten sich auf den Befehl ihres Generals hin stolpernd hoch. Emmerich dolmetschte ihre Worte leise für Conner und Bree.

»Reißt euch zusammen und benehmt euch wie Männer«, verlangte der General von seinen torkelnden Untergebenen. »Verglichen mit der Schlacht, die uns bevorsteht, war das ein Witz.«

Ein weiterer Mann erschien durch die Nebelschwaden – dieser nun ausgesprochen groß und breitschultrig. Er trug den gleichen abgerundeten Hut wie der General, nur dass er ihn zur Seite gedreht hatte.

»General Marquis – Glückwunsch, Sir, wir sind da«, sagte Colonel Baton.

»Ja, Colonel, das sehe ich auch«, bellte der General. »Aber Eure Glückwünsche könnt Ihr Euch aufsparen, bis wir wissen, *wo genau* wir uns befinden.«

Zwei Soldaten eilten durch den Wald auf General und Oberst zu. Mit sich schleiften sie einen Mann, bei dem es sich eindeutig nicht um einen ihrer Kameraden handelte.

»General Marquis! Colonel Baton!«, rief Capitaine De Lange. »Wir haben jemanden gefunden!«

»Dieser Mann lief gerade durch den Wald, als wir angekommen sind!«, ergänzte Lieutenant Rembert.

Sie schoben den schwächlichen Alten nach vorn und zwangen ihn vor General Marquis auf die Knie. Der Gefangene wirkte außer sich vor Angst und starrte die Soldaten ringsum voller Entsetzen an. »Ich habe Euch alle vom Himmel fallen sehen!«, sagte er zitternd. »Was für eine Magie ist hier am Werk?«

Der General hatte weder Zeit noch Nerven, auf die Verwirrung des Alten einzugehen. »Verratet uns, wo wir sind, und wir lassen Euch am Leben«, kommandierte er.

»Aber … aber … Ihr seid im Östlichen Königreich, Sir«, stotterte der alte Mann.

Conner fing Brees Blick auf; diese Information war auch für die drei Freunde wertvoll.

»Und was gibt es hier, außer Bäumen?«, fragte der General.

»Westlich befindet sich die Grenze zum Königreich der Feen, aber noch näher ist das Pinocchio-Kittchen, gleich im Osten«, stammelte der Alte.

Der General trat dichter an ihn heran; seine Neugier schien mit einem Mal geweckt. »Ein Gefängnis, sagt Ihr?«, meinte er. »Und welche Art von Verbrechern sitzt dort ein?«

»Die Übelsten sämtlicher Königreiche«, sagte der alte Mann, den es zweifellos verwunderte, dass sein Gegenüber das nicht wusste.

General Marquis' Stirn glättete sich im Nu, und seine Mundwinkel bogen sich zu einem finsteren Lächeln nach oben. »Werte Herren«, wandte er sich an seine Soldaten. »Die Götter sind uns wohlgesinnt! Bald schon werden wir die Märchenwelt fest im Griff haben! Napoleon wird überaus stolz auf uns sein!«

Der Jubel der Soldaten war ein mühsamer Kraftakt.

»Ihr seid hier, um die Weltherrschaft zu übernehmen?«, fragte der Alte. »Wer seid Ihr Gesindel überhaupt?«

Der General beugte sich weit hinunter, um ihm in die Augen zu schauen. »Leider wisst Ihr bereits zu viel«, sagte er. »Entsorgt ihn.«

Der alte Mann schrie auf. *»Nein! Bitte! Ich habe Familie!«*, flehte er, doch vergebens. Der General hatte keine Unze Erbarmen im Leib. Capitaine De Lange und Lieutenant Rembert zerrten den Alten zurück in den nebelverhangenen Wald, und seine Schreie hallten zwischen den Bäumen wider. Kurz darauf war ein Gewehrschuss zu hören, ehe es wieder still wurde.

Bree musste sich eine Hand auf den Mund schlagen, um nicht loszukreischen. Emmerich ließ den Blick durch den Wald schweifen, als befände er sich in einem Albtraum. Conner durchbohrte beide mit ernstem Ausdruck – sie mussten sich weiterhin so still wie möglich verhalten, sonst würden sie die Nächsten sein.

»Colonel Baton, wir müssen unsere Männer auf der Stelle neu formieren«, wies der General seinen Oberst an. »Die Hälfte der Truppe bleibt hier im Schutz der Bäume und schlägt ein Lager auf, die andere Hälfte wird mit uns zum Gefängnis marschieren. Im Morgengrauen schlagen wir zu.«

»Was wollen wir denn dort, Sir?«, erkundigte sich Baton.

»Rekrutieren«, erwiderte der General.

Die beiden eilten in jene Richtung davon, aus der sie gekommen waren, und verschwanden ebenfalls im Nebel. Die restlichen Soldaten sammelten ihre Waffen ein, die überall im Unterholz verstreut lagen, spannten die Pferde vor die Karren und folgten ihren Vorgesetzten tiefer in den Wald. Conner, Bree und Emmerich blieben allein zurück.

Conner bedeutete seinen Freunden, leise zu warten, während er selbst zu Boden kletterte. Sobald er sich vergewissert hatte, dass die Luft rein war, winkte er sie zu sich nach unten.

»Der arme alte Mann«, wimmerte Emmerich mit Tränen in den Augen. »Ich fasse es nicht, dass der General ihm das antun konnte! Immer habe ich mir vorgestellt, dass ich jeden, der einmal Hilfe bräuchte, retten würde wie ein Superheld aus dem Kino – aber ich schätze, da habe ich mich geirrt.«

Bree legte ihm tröstend eine Hand auf die Schulter.

Conners Gedanken überschlugen sich; er grübelte über etwas nach, das der General gesagt hatte. »Habt ihr mitbekommen, was er den Soldaten erzählt hat?«, fragte er. »Seine Worte waren: ›Napoleon wird überaus stolz auf uns sein.‹«

Bree war es ebenfalls aufgefallen. »Ja«, sagte sie langsam. »Napoleon ist schon ungefähr zweihundert Jahre tot. Ich denke, den Männern ist überhaupt nicht klar, wie lange sie in dem Portal gefangen waren.«

»Und wie lange waren *wir* dort drin?«, fragte Emmerich.

Conner und Bree tauschten einen Blick, beiden lief ein Schauder den Rücken hinunter. Emmerich hatte recht. Konnte es sein, dass auch sie viel länger als angenommen zwischen den Welten festgehangen hatten? Diese Befürchtung war ein Grund mehr, schnellstmöglich jemanden zu suchen, den sie kannten.

Dass er Bree und Emmerich alldem aussetzte, bereitete Conner schreckliche Schuldgefühle; beinahe hätte er losgeweint. Er musste die beiden so schnell wie nur irgend möglich aus dem magischen Land bringen.

»Ich will nichts schönreden: Diese Kerle machen einem echt Angst«, sagte er. »Und deshalb ist es enorm wichtig, dass wir uns jetzt zackig und auf dem kürzesten Weg zum Feenpalast aufmachen, damit ich meine Freunde vor der Armee warnen kann. Sobald wir dort sind, finde ich einen Weg, euch in die Anderswelt zurückzuschicken – das verspreche ich.«

Bree und Emmerich nickten einmütig.

»Dann also mir nach«, bestimmte Conner. »Richtung Westen geht es ins Königreich der Feen – und die Zeit drängt.«

Kapitel 15

Ein bittersüßes Wiedersehen

Alex kauerte am Bett ihrer Großmutter und hielt ihre Hand. Bereits bei der Ankunft ihrer Enkelin hatte die gute Fee friedlich geschlafen. Sie wirkte dabei vollkommen sorglos, doch Alex wusste, dass genau das ihre bewährteste Fassade war; nicht einmal im Schlaf offenbarte sie ihre wahren Gefühle. Etwas war ganz und gar nicht in Ordnung, Alex spürte es.

»Verratet ihr mir jetzt, was mit ihr los ist?«, fragte sie. »Oder wollt ihr einfach dasitzen und darauf warten, dass ich alleine dahinterkomme, wie sonst auch?«

Emerelda und Mutter Gans hatten auf der anderen Seite des Betts Platz genommen und hielten ein wenig Abstand. Auch Rotkäppchen und Froggy waren im Raum; sie standen hilflos am Fußende der Matratze. Die vergangene Woche war für keinen von ihnen leicht gewesen.

»Deine Großmutter fühlt sich schon seit langer Zeit sehr

müde«, sagte Mutter Gans. »Sie hatte mich gebeten, niemandem davon zu erzählen – und dann ist sie heute einfach nicht mehr aufgewacht.«

»Ich höre das alles gerade auch zum ersten Mal, Alex«, sagte Emerelda. »Die gute Fee hat es allen verheimlicht.«

»Aber was bedeutet *müde*?«, fragte Alex zunehmend frustriert. »Muss sie sich einfach ausruhen? Kann ich ihr irgendetwas besorgen oder geben, damit sie zu sich kommt? Oder ist sie … ist sie …«

Alex brachte es nicht übers Herz, die Worte auszusprechen.

»Ich fürchte, keiner von uns kann noch etwas für sie tun«, erwiderte Mutter Gans.

»Also *stirbt* sie«, presste Alex nun doch hervor. »Wenn es so ist, wieso sagt ihr es mir dann nicht einfach ins Gesicht?«

Emerelda seufzte, doch der Laut galt weniger Alex. »Ja«, bestätigte sie. »Wir glauben, die gute Fee liegt im Sterben.«

Sofort strömten Tränen über Alex' Wangen. Ihr war immerzu bewusst gewesen, dass ihre Großmutter nicht bis in alle Ewigkeit da sein würde; allerdings hatte sie nie erwartet, sie so bald zu verlieren.

»Es tut mir so leid, Alex«, sagte Rotkäppchen.

»Bitte lass uns wissen, ob wir irgendwie helfen können«, fügte Froggy hinzu.

Alex blieb stumm. Natürlich konnte niemand ihr helfen. Ihr einziger Trost hätte darin bestanden, dass ihre Großmutter die Augen aufschlug.

»Ich lebe noch nicht einmal ein volles Jahr hier«, schluchzte Alex. »Meine Grandma ist die einzige Familie, die mir geblieben ist. Ich verstehe einfach nicht, wieso das nun passiert …«

Mutter Gans wollte die junge Fee ein wenig trösten.

»Deine Großmutter hat ein sehr, sehr langes Leben hinter

sich, Alex«, setzte sie an. »Sie hat unvorstellbar hart dafür gearbeitet, die Märchenwelt zu dem zu machen, was sie heute ist. Ihr war klar, dass sie nicht ewig leben würde, und während der letzten Jahrhunderte hat sie stets nach jemandem Ausschau gehalten, der in der Lage wäre, ihre Arbeit fortzuführen, wenn sie einmal nicht mehr ist. Viele vielversprechende Schülerinnen sind bei ihr in die Lehre gegangen, und alle haben sie die Erwartungen und Hoffnungen der guten Fee enttäuscht – bis auf dich. In dir hat sie endlich jemanden gefunden, der ihr Vermächtnis gewissenhaft und mit Bravour weitertragen wird. Und in diesem Wissen hat sie ihrer Seele nun erlaubt, *weiterzuziehen.*«

Diese Worte machten die Situation für Alex bloß noch schlimmer. »Dann heißt das also, alles ist *meine* Schuld«, stellte sie fest. »Wäre ich nicht im magischen Land geblieben oder dem Rat der Feen beigetreten, würde sie noch immer nach einer Nachfolgerin suchen und jetzt nicht hier in diesem Bett liegen. *Ich bin es, die sie gerade umbringt.*«

»Gütiger Himmel, nein«, rief Mutter Gans. »Ich versuche dir begreiflich zu machen, dass du *ihre Rettung bist.* Du schenkst deiner Großmutter die Freiheit, loszulassen, und das ist ein Recht, das jedes Lebewesen verdient, wenn seine Zeit gekommen ist, aus dieser Welt zu scheiden.«

Das zu hören war nicht leicht für Alex. Hätte sie gewusst, dass jede Unterrichtsstunde und jede Prüfung, die sie bestand, sie dem Verlust ihrer Großmutter näherbrachten, hätte Alex all das aufgegeben, ohne mit der Wimper zu zucken. Zugleich wusste sie aber, dass genau das das Letzte gewesen wäre, was ihre Großmutter gewollt hätte.

»Wie lange bleibt uns noch mit ihr?«, fragte Alex. »Wird sie noch einmal aufwachen, ehe sie uns verlässt?«

»Das lässt sich schwer sagen«, meinte Emerelda. »Möglich ist es. Es könnte durchaus sein, dass sie sich durch diesen Zustand hindurchkämpft und weitere einhundert Jahre lebt – das hängt ganz davon ab, wie viel Magie sie noch in sich trägt. In Anbetracht dessen, was sie Mutter Gans anvertraut hat, halte ich es aber für höchst unwahrscheinlich.«

»Und deshalb ist Froggy auch wieder zum Frosch geworden«, kombinierte Alex. Allmählich ergab alles einen Sinn. »Während sie im Sterben liegt, stirbt ein Teil ihrer Magie mit ihr, daher beginnen ihre jüngsten Sprüche und Zauber nach und nach zu verblassen und verlieren ihre Wirkung.«

»Korrekt«, sagte Emerelda. »Und unsere Aufgabe besteht darin, sicherzustellen, dass all die Arbeit, die sie in diese Welt gesteckt hat, niemals ganz vergeht.«

Alex legte ihrer Großmutter sanft eine Hand an die Wange. Die gute Fee war eine solch außergewöhnliche Frau; es hätte Alex nicht überrascht, wenn irgendwo in ihrem Innern tatsächlich noch ein wenig Magie schlummerte.

»Froggy, es wäre mir eine Freude, dich wieder in einen Mann zu verwandeln«, sagte Alex. »Mag sein, dass ich ein paar Anläufe dafür brauche, aber ich denke, ich bekomme es hin.«

Ihre Fürsorge rührte Froggy, insbesondere in der gegenwärtigen Situation, doch mit seiner Antwort erstaunte er alle im Raum. »Nein, schon in Ordnung«, sagte er. »Rot, mein Liebling, ich hoffe, du verstehst das – aber ich habe lange darüber nachgedacht und mich entschieden, ein Frosch zu bleiben.«

Das schockierte alle, besonders Rotkäppchen.

»Was sagst du da?«, fragte sie. »Wie kommst du dazu?«

»Weißt du, ganz gleich, wie oft ich zum Mann werde, am Ende verwandele ich mich stets zurück in einen Frosch«, erklärte er. »Ich glaube, das Universum will mir auf diese Weise etwas mitteilen. Und auch wenn ich es inzwischen gut überspielen kann, ist jede Verwandlung anstrengender für mich als die vorige. Mir immerzu aufs Neue beibringen zu müssen, wie man aufrecht geht und isst und sich als Mensch verhält, ist eine immense Belastung. Da würde ich viel lieber schlicht *eine* Gestalt wählen und dabei bleiben, und es soll anscheinend die des Froschs sein.«

Rotkäppchen mühte sich nach Kräften, diese Neuigkeit gut aufzunehmen, doch nachdem sie erst so kürzlich ihren Thron verloren hatte, gelang es ihr einfach nicht, die Fassung zu wahren.

»Verzeih mir«, sagte sie und blinzelte gegen ihre Tränen an. »Ich möchte nicht so enttäuscht wirken, wie es gerade den Anschein hat. Charlie, du hast mir beigestanden, selbst als ich mein Königreich verloren habe – da weiß ich, dass ich dir auf jeden Fall in einer so banalen Sache wie dieser treu bleiben kann. Es wird bloß eine Weile dauern, bis ich mich daran gewöhnt habe, schätze ich. Bitte entschuldigt mich; ich muss ein wenig Luft schnappen.«

Rotkäppchen riss sich zusammen, bis sie die Tür zu den Gemächern der guten Fee hinter sich geschlossen hatte – doch die anderen hörten, wie sie unmittelbar danach auf der anderen Seite in Tränen ausbrach. Alex bettete behutsam die Hand ihrer Großmutter auf das Laken und erhob sich.

»Ich brauche auch ein bisschen frische Luft«, sagte sie.

»Ich begleite dich«, meinte Mutter Gans.

»Und ich bleibe derweil bei der guten Fee«, sagte Emerelda.

»Ich ebenfalls«, beschloss Froggy und nahm Alex' Platz ein.

Auf ihrem Weg durch die Flure des Feenpalasts mit Mutter Gans entging Alex nicht, dass die Nachricht vom Zustand ihrer

Großmutter sich offenbar bereits verbreitet hatte. Jede Fee, der sie begegneten, warf ihr im Vorübereilen einen betrübten Blick zu, der Mitleid und Respekt gleichermaßen ausdrückte.

»Das alles ohne meinen Bruder durchzustehen, wird unglaublich schwer werden«, sagte Alex. »Ich würde alles dafür geben, ihn jetzt hier bei mir zu haben.«

Mutter Gans' Augen huschten den Gang auf und ab. Als die beiden einen einsamen Abschnitt des Flurs erreicht hatten, zog sie Alex rasch hinter eine Säule.

»Alex, ich muss dir etwas erzählen«, zischte Mutter Gans. »Etwas, das mit deinem Bruder zu tun hat.«

»Was denn?«, fragte Alex.

»Als deine Großmutter mir zum ersten Mal offenbart hatte, wie es ihr ging, habe ich sofort Kontakt zu Conner aufgenommen«, erklärte sie. »Ich habe ihm nicht verraten, dass die gute Fee krank ist, ihn aber gebeten, mir einen kleinen Gefallen zu tun – etwas für mich zu überprüfen.«

»Etwas zu überprüfen?«, wiederholte Alex verwundert.

»Froggys Rückverwandlung ist nicht der einzige Zauber deiner Großmutter, der womöglich nun seine Wirkung verliert«, beichtete Mutter Gans. »Die Magie, mit der sie das Portal zwischen den Welten versiegelt hat, könnte ebenfalls nachlassen. Und ich habe Conner damit beauftragt, das zu testen.«

Alex' Gefühle fuhren mit einem Mal Achterbahn. Bestand etwa die Chance, dass diese Tragödie doch noch etwas Positives mit sich brachte? Immerhin würde sie vielleicht ihren Bruder wiedersehen, wenn das Portal sich tatsächlich erneut öffnen ließe.

»Wie lange wird es dauern, bis wir Bescheid wissen?«, fragte sie.

»Ich warte noch auf eine Antwort von ihm«, sagte Mutter

Gans. »Mag sein, dass die Zauberkraft deiner Großmutter schwindet, doch solange auch nur ein Funken davon übrig ist, lässt sich unmöglich mit Bestimmtheit sagen, welche ihrer magischen Worte und Taten weiterwirken. Es könnte Wochen, Monate oder gar Jahre dauern, bis wir wegen des Portals Gewissheit haben.«

Plötzlich kam Rotkäppchen den Flur entlanggestürmt, bremste jedoch abrupt ab, als sie Alex und Mutter Gans hinter der Säule entdeckte.

»Rot, was ist denn los?«, fragte Mutter Gans. »Ist es wegen Charlie, oder hat Claudiwuff mal wieder eine der winzigen Elfen verschluckt?«

»Ich war auf dem Balkon und in Selbstmitleid versunken – als ich plötzlich etwas erspäht habe«, berichtete Rotkäppchen mit strahlenden Augen. »Mag sein, dass all der Kummer mir schon Wahnvorstellungen beschert, aber ich könnte schwören, dass ich gerade *Conner* auf den Palast habe zusprinten sehen!«

Mutter Gans' Kopf schnellte zu Alex herum. »Oder vielleicht steht das Portal offen, und wir erfahren es in den nächsten Minuten«, murmelte sie. *»Nichts wie raus auf den Balkon!«*

Die drei rannten den Gang hinunter und hinaus auf den großen Balkon des Feenpalasts. Suchend ließen sie den Blick über die Gärten schweifen, bis sie einen vertrauten jungen Mann entdeckten. Er kam auf sie zugestürzt.

»Conner!«, schrie Alex ihm entgegen. Der Anblick ihres Bruders versetzte sie in eine regelrechte Schockstarre – beinahe so, als hätte sie einen Geist vor sich. War Conner tatsächlich hier – oder ließ das geballte Unglück des Tages auch sie bereits halluzinieren?

»Alex!«, brüllte Conner zu ihr herauf. Er keuchte und war völlig verschwitzt, als wäre er schon seit Stunden gerannt. *»Ich*

muss dir etwas sagen –« Seine Stimme brach ab, die Augen verdrehten sich, und Conner verlor das Bewusstsein.

Alex zögerte keine Sekunde; sie wirbelte herum, raste durch den Palast und hinaus ins Freie zu ihrem Bruder. Sie kniete sich neben ihn und zog seinen Kopf in ihren Schoß. Mutter Gans und Rotkäppchen trafen unmittelbar nach ihr ein.

»Ist er tot?«, fragte Rotkäppchen und versteckte sich hinter Mutter Gans.

»Conner, hörst du mich?«, fragte Alex. *»Kannst du mich hören?«*

Mutter Gans zog ihren Flachmann unter ihrem Hut hervor und spritze Conner ein wenig daraus ins Gesicht. Conner regte sich und fuhr hoch.

»Ahh! Das brennt!«, rief er und rieb sich die Flüssigkeit aus den Augen. *»Spinnst du?«*

»Tut mir leid, aber der Trick erfüllt für gewöhnlich seinen Zweck«, meinte Mutter Gans.

Alex begann hemmungslos zu schluchzen, als sie begriff, dass ihr Bruder bei bester Gesundheit war. Monatelang war sie felsenfest überzeugt gewesen, ihn nie wieder leibhaftig bei sich haben zu können – und nun war er da, saß vor ihr auf dem Boden. Sie schlang die Arme um seinen Oberkörper und weinte an seiner Brust.

»Conner! Du bist hier! Du bist wirklich hier!«, schniefte sie. *»Ich habe mich noch nie in meinem ganzen Leben so gefreut, jemanden zu sehen!«*

Conner japste weiterhin nach Luft, schaffte es aber, ihre Umarmung zu erwidern. »Ich bin auch froh, dich zu sehen, Alex«, schnaufte er.

Mutter Gans unterbrach den innigen Geschwistermoment. »Kleiner, wenn du es hierher geschafft hast, dann nehme ich an, das bedeutet –«

»Das Portal ist offen!«, brachte Conner atemlos hervor. *»Und die Armee – die ist auch schon eingetroffen!«*

Auf einen Schlag wich Mutter Gans alle Farbe aus dem Gesicht. Leichenblass legte sie den Kopf in den Nacken und kippte den verbliebenen Inhalt ihres Flachmanns auf einen Zug hinunter. Alex war völlig schleierhaft, worum es gerade ging.

»Conner, was für eine Armee?«, fragte sie. »Und vor wem bist du davongerannt?«

»Lange Geschichte«, meinte Conner. »Aber zuerst einmal: Ich habe zwei Freunde aus der Anderswelt mitgebracht, die mir dort geholfen haben, das Portal zu finden. Jetzt sind sie irgendwo in den Wäldern da hinten. Sie waren etwas wackelig auf den Beinen, deshalb habe ich sie zurückgelassen – wir müssen sie suchen und so schnell wie möglich nach Hause schicken.«

»Ich kümmere mich darum«, sagte Mutter Gans und pfiff nach Lester. Kurz darauf schoss der riesige Ganter im Sturzflug von einem der Türme des Palasts heran und landete neben der kleinen Gruppe am Boden. Er war ebenso verblüfft, Conner anzutreffen, wie alle anderen kurz zuvor.

»Squaaaw?«, machte Lester.

»Hi, Kumpel, lange nicht gesehen«, meinte Conner und streichelte Lesters langen Hals.

Mutter Gans sprang auf den Rücken des Vogels, und gemeinsam stiegen sie in den Nachthimmel empor, um nach Conners Freunden Ausschau zu halten. Conner rappelte sich hoch; er rang noch immer um Atem.

Froggy tauchte am oberen Absatz der Eingangsstufen zum Palast auf und ließ den Blick über die Gärten schweifen. Die Szene, die sich ihm bot, verschlug ihm beinahe die Sprache. »Conner?«, staunte er. »Bist das wirklich du?«

»Ja, Conner ist zurück!«, rief Rotkäppchen zu ihm hinauf. »Das *Spital* hat wieder geöffnet oder so.«

Froggy hüpfte quer über den Rasen und fiel seinem Freund um den Hals. Wie auch immer Conner ins magische Land gelangt sein mochte, war ihm vollkommen gleichgültig; er war schlicht überglücklich, dass der Tag doch noch etwas Erfreuliches bereithielt.

»Hi, Froggy«, sagte Conner. »Es ist so schön, euch alle wiederzusehen!«

»Du wirkst ein bisschen durch den Wind, alter Junge«, stellte Froggy fest. »Was gibt's denn?«

»Bitte, erzähl uns, was los ist«, bat nun auch Alex. »Allmählich jagst du mir Angst ein.«

Conner atmete einige Male besonders tief durch, um sein rasendes Herz zu beruhigen, dann stürzte er sich in seinen Bericht: Er fing mit der Exkursion nach Deutschland und der Warnung an, die die Brüder Grimm in ihrem letzten Märchen versteckt hatten. Dann erzählte er, wie er versucht hatte, Kontakt zu Alex herzustellen, am Ende aber an ihrer Stelle Mutter Gans erreicht hatte. Er verriet, dass es den Brüdern Grimm einst dank einer List geglückt war, die Grande Armée in ein verzaubertes Portal zu locken, und berichtete dann von seiner Reise quer durch Europa, um ebendieses Portal zu finden und nachzuschauen, ob es offen war – mit Hilfe von Bree und Emmerich. Und zuletzt verkündete er zum abgrundtiefen Entsetzen seines kleinen Publikums, dass die Tausende Mann starke Armee nun, nach zweihundert Jahren, endlich im magischen Land angelangt war.

Danach fehlten allen die Worte. Ihre furchtbare Woche war in Wirklichkeit noch viel schlimmer, als sie geahnt hatten.

»Oh, du meine Güte«, flüsterte Alex. »Das ist unglaublich!«

»Das kannst du laut sagen«, meinte Conner. »Die letzten Tage waren echt heftig.«

Diese Aussage verwirrte Alex. »Die letzten Tage?«, hakte sie nach. »Moment mal – du hast doch gerade behauptet, dass du während des Balls probiert hast, mich zu erreichen, oder?«

»Jep«, bekräftigte Conner und verdrehte beim Gedanken an seine unzähligen Anläufe die Augen. »Das muss ja ein ziemlich turbulenter Ball gewesen sein, wenn du deswegen drei Tage lang nicht dazu gekommen bist, mit mir zu sprechen.«

»Das tut mir leid, ich hatte viel um die Ohren«, sagte Alex, ohne ins Detail zu gehen. »Aber der Ball hat vor beinahe einem Monat stattgefunden. Conner, du hast über *Wochen* in diesem Portal festgesteckt!«

Nachdem Conners Herz gerade ein wenig zur Ruhe gekommen war, fing es nun prompt wieder wie wild zu pochen an. Emmerichs Verdacht war somit bestätigt: Die Soldaten waren nicht die Einzigen, die im Durchgang zwischen den Welten jegliches Zeitgefühl verloren hatten. Kein Wunder, dass sie bei ihrer Ankunft derart durcheinander gewesen waren.

»O nein«, stöhnte Conner. »Das bedeutet, dass Bree und Emmerich seit einem Monat von ihren Familien getrennt sind.«

»Sobald Mutter Gans mit ihnen zurückkehrt, bringen wir sie in mein Zimmer und schicken sie durch unser altes Märchenbuch nach Hause«, beschloss Alex. »Nun, da das Portal wieder offen ist, sollte das funktionieren.«

Plötzlich fiel Conner etwas ein. »Aber Mutter Gans hat mir nie erklärt, *weshalb* das Portal sich aufs Neue geöffnet hat. Weiß einer von euch, wie das passieren konnte?«

Alex tauschte traurige Blicke mit Froggy und Rotkäppchen, und alle drei wurden sehr still. »Was ist los?«, fragte Conner. »Ist *noch* etwas passiert, von dem ich nichts mitbekommen habe?«

Alex holte tief Luft, ehe sie ihm die Neuigkeiten beibrachte. »Conner, das Portal hat sich aus demselben Grund geöffnet, aus dem Froggy wieder zum Frosch geworden ist«, sagte sie. »Grandmas Magie lässt nach, weil … Grandma im Sterben liegt.«

Es war wie ein Schlag in die Magengegend. Conner fiel auf die Knie, und seine Augen schossen durch die Gärten ringsum. Das durfte nicht wahr sein. So viel hatte er in der Anderswelt dafür riskiert, seine Lieben zu retten – nur um nun herauszufinden, dass es für seine Großmutter *gar keine Rettung gab.* Beinahe erschien es ihm, als wäre er in einem Albtraum gefangen, aus dem er ebenso verzweifelt wie vergeblich zu erwachen versuchte.

»Grandma kann nicht sterben«, sagte Conner, und Tränen traten ihm in die Augen. »Sie ist die gute Fee … Feen sterben nicht …«

Ihrem Bruder die traurige Nachricht beibringen zu müssen, schmerzte Alex beinahe *noch* mehr, als es ihr zuvor weh getan hatte, selbst davon zu erfahren. »Offenbar schon«, widersprach sie ihm gleichfalls unter Tränen.

»Wie viel Zeit bleibt ihr noch?«, wimmerte Conner.

»Das lässt sich unmöglich sagen«, erwiderte Alex. »Emerelda meinte, solange sie noch einen Funken Magie in sich trägt, besteht immer die Chance, dass sie sich erholt, doch da gerade sämtliche ihrer Zauber an Wirkung verlieren, ist das unwahrscheinlich.«

Ein plötzlicher Windstoß fuhr durch die kleine Gruppe und kündigte Mutter Gans' und Lesters Rückkehr an. Die beiden hatten Bree und Emmerich gefunden und sicher ins Königreich der Feen geholt. Mit großen Augen bestaunten Conners Mitschülerin und der kleine bayerische Junge die majestätischen

Gärten und den beeindruckenden Palast – einen derart wunderschönen Ort hatten sie nie zuvor gesehen.

»Wow, so was bekommt man nicht alle Tage zu Gesicht«, kommentierte Emmerich.

»Na, *das* entspricht ganz meinen Erwartungen!«, meinte Bree beglückt.

Mutter Gans hüpfte von Lesters Rücken und half anschließend den zweien aus seinem Gefieder. Gemeinsam gesellten sie sich zum Kreis um Conner.

»Das ist mal ein großer Frosch«, stellte Emmerich mit Blick auf Froggy fest und versteckte sich mit einem eiligen Schritt hinter Bree.

»Hi, Alex!«, grüßte Bree verlegen; sie hatte Conners Schwester beinahe nicht mehr erkannt. »Ich weiß nicht, ob du dich an mich erinnerst, aber wir waren in der siebten Klasse im selben Sozialkundekurs. Du schaust großartig aus, und der Palast ist echt schick!«

»Hi, Bree«, entgegnete Alex, die sich nur vage entsann. »Danke, dass du meinem Bruder geholfen hast, das Portal zu finden.«

»Keine Ursache«, sagte Bree. »Ich hatte gerade nichts Besseres zu tun.«

Conner drehte sich mit noch immer feuchten Augen zu Mutter Gans. »Du hast mir nicht verraten, dass das Portal sich öffnen könnte, weil Grandma krank war«, warf er ihr vor.

Mutter Gans stieß einen langen Seufzer aus. »Bitte entschuldige, C-Dog. Ich hatte das Gefühl, dass nicht ich diejenige sein sollte, die es dir sagt«, gestand sie.

Conner wandte den Blick ab. »Natürlich, du willst ja nie Verantwortung für irgendetwas übernehmen«, erwiderte er verbittert.

Mutter Gans wurde sehr still und schlug beschämt die Augen nieder; er hatte recht. Auch Bree und Emmerich verstummten. Sie verstanden nicht ganz, in welches Drama sie da hineingeschlittert waren.

»Würde es dich trösten, sie zu besuchen?«, fragte Alex ihren Bruder. »Sie liegt in ihren Gemächern.«

Conner schüttelte den Kopf; bevor er sich seinem Kummer hingab, wollte er seine Schuldgefühle loswerden. »Nein, zuerst müssen Bree und Emmerich zurück nach Hause kommen«, sagte er. »Ich will ihnen nicht noch mehr zumuten, als ich es ohnehin schon getan habe.«

Alex führte alle in den Palast und die Treppe zu ihrem Zimmer hinauf. Sie holte ihr altes Märchenbuch – *Das magische Land* – mit seinem smaragdgrünen Einband und den goldenen Lettern von seinem Ehrenplatz im Bücherregal und platzierte es mitten auf ihrem Bett. Dann tippte sie es dreimal mit der Spitze ihres Kristallzauberstabs an, doch nichts geschah. Auch bei zwei weiteren Versuchen tat sich nichts.

»Das begreife ich nicht«, sagte sie. »Wenn das Portal offen steht, wieso funktioniert das Buch dann nicht?«

Mutter Gans nahm es in die Hand und begutachtete jeden Zentimeter des dicken Wälzers. Mit einem Mal blitzte Erkenntnis in ihren Augen auf. »Weil das Portal nach wie vor *halb geschlossen* ist«, erläuterte sie. »Die Magie eurer Großmutter ist ausreichend abgeklungen, um es von der Anderswelt her durchlässig zu machen, allerdings noch nicht so sehr, dass es auch aus unserer Welt hinausführen könnte – so wie eine Tür, die sich nur in eine Richtung aufdrücken lässt.«

»Dann heißt das also, Bree und Emmerich sitzen hier fest?«, fragte Conner. Die Situation wurde von Stunde zu Stunde schlimmer.

»Fürs Erste«, bestätigte Mutter Gans.

»Sekunde mal«, meldete sich Alex und musterte nacheinander alle Anwesenden. Ihre Augen weiteten sich, und langsam trat ein Lächeln auf ihr Gesicht. »Das sind gute Neuigkeiten.«

»Wie das denn bitte?«, fragte Conner.

»Wenn sich das Portal auf unserer Seite noch nicht geöffnet hat, bedeutet das doch, dass Grandma noch ein wenig Magie im Körper haben muss«, verkündete Alex glücklich.

Kapitel 16

Der Maskenmann aus dem Pinocchio-Kittchen

Gerade erst hatte das Pinocchio-Kittchen nach dem barbarischen Angriff der Zauberin zum normalen Betrieb zurückgefunden, als es sich einer neuen Bedrohung gegenübersah: Wie eine unaufhaltsame Woge kam die Grande Armée in den frühen Morgenstunden auf die Festung zugerollt und entfesselte die geballte Kraft ihrer napoleonischen Geschütze.

Die schweren, mit Eisendornen bewehrten Eingangstüren des Gefängnisses wurden von den Kanonen der Armee in Stücke gesprengt. Im Innern wachten nur zweihundert verzauberte Holzsoldaten, die der Invasion Tausender Franzosen in keiner Hinsicht gewachsen waren. Die Grande Armée erzwang sich ihren Einlass, und auch die hölzernen Wächter fielen im Nu den Gewehrfeuersalven zum Opfer.

Nachdem keine einzige Wache mehr übrig war und der

Rauch sich zu lichten begonnen hatte, betrat auch General Marquis die Festung und musterte prüfend seine jüngste Eroberung. Das Pinocchio-Kittchen war dreißig Stockwerke hoch und innen offen wie ein hohler Zylinder; so bot sich dem General von der Mitte des Erdgeschosses ein freier Blick auf Ebene um Ebene von Zellen, in denen die unterschiedlichsten Kreaturen eingesperrt waren.

Die Gefangenen bildeten einen wilden Haufen: Oger, Hexen, Trolle, Kobolde, Elfen, Tiere, Männer und Frauen waren gleichermaßen vertreten. Einige bejubelten den Einfall der französischen Soldaten, die die Wärter aus Holz zertrümmert hatten, indem sie ihre Ketten gegen die Gitterstäbe der Zellentüren schlugen. Andere kauerten sich furchtsam zusammen aus Angst, ihnen selbst würde als Nächstes der Garaus gemacht.

Ihnen allen waren die Eindringlinge völlig fremd. Sie sprachen und kleideten sich anders als jeder Mensch, den die Häftlinge je zu Gesicht bekommen hatten, und ihre Waffen ließen mutmaßen, dass es sich bei den Männern um Soldaten dunkelster Magie handeln musste.

Die Überreste der hölzernen Wächter wurden mitten im Innenhof aufgeschichtet. Etliche Einzelteile, etwa Beine und Hände, zuckten noch. Der General goss Lampenöl über den Berg aus Gefallenen und steckte ihn in Brand, damit die Gefangenen ringsum zusehen konnten, wie ihre einstigen Aufseher von den Flammen verschlungen wurden.

General Marquis schritt um das Feuer. Im Gefängnis wurde es still.

»Guten Morgen«, wandte der General sich an die Gefangenen über seinem Kopf. »Ich bin General Marquis, ranghöchster Offizier der Grande Armée des Französischen Kaiserreichs. Gewiss ist dieses Reich und seine Armee vielen von euch noch gar kein Begriff – das würde ich nun gern ändern. Dort, wo wir herstammen, kennt man uns als größte Militärmacht der Geschichte. Auf unserem Weg haben wir jedes Territorium erobert und sämtliche Nationen, die sich gegen uns gestellt haben, besiegt. Und jetzt sind wir in eure Welt einmarschiert, um sie für uns zu beanspruchen.«

Sein Auftritt und seine Gegenwart bereiteten den Gefangenen zunehmend Unbehagen. Bereits die wenigen Worte hatten genügt, um sie allesamt davon zu überzeugen, dass ein gerissener und mächtiger Mann vor ihnen stand; sie spürten es buchstäblich.

»In unserer Heimat gibt es eine Redensart«, fuhr der General fort. »Wir sagen: ›Der Feind meines Feindes ist mein Freund‹. Und heute würde ich gern euch allen die Gelegenheit geben, *Freundschaft* mit der Grande Armée zu schließen. Wir bieten euch die Chance, euch mit uns zu verbünden und dafür von all euren Verbrechen freigesprochen zu werden. Unterstützt uns im Kampf gegen die Leute, die euch eingekerkert haben – helft uns, diese Welt im Namen Frankreichs zu erobern, und werdet selbst Teil des *Französischen Kaiserreichs!*«

Die Mehrheit der Insassen quittierte dieses Angebot mit Beifallsstürmen.

»Oder bleibt hier und verrottet, wie es euch bestimmt ist«, brachte der General seine kleine Rede zu Ende. »Ihr habt die Wahl.«

Die Mauern des Pinocchio-Kittchens erbebten unter dem furiosen Jubel der Gefangenen. Alles war besser, als einen weiteren Tag hinter Gittern zu verbringen – selbst die Aussicht, sich einer Armee anschließen zu müssen. Endlich boten sich ihnen ebenjene Freiheit und Möglichkeit, Rache zu nehmen, von denen sie bisher nur geträumt hatten.

Zelle für Zelle machte Colonel Baton sich daran, gemeinsam mit Capitaine De Lange und Lieutenant Rembert die Gefangenen zu rekrutieren. Jeder von ihnen wurde vor die Entscheidung gestellt, dem Französischen Kaiserreich die Treue zu schwören oder weiterhin in seinem winzigen vergitterten Raum eingeschlossen zu bleiben. Und zur Genugtuung des Generals konnten beinahe sämtliche Häftlinge es kaum erwarten, den Schwur zu leisten und damit aus ihrem Elend befreit zu werden.

Nur ein einziger Gefangener gab den Kommandeuren eine Antwort, mit der sie nicht gerechnet hatten. Er war auf der obersten Ebene der Festung untergebracht und bat die Männer, ihrem General eine Botschaft zu überbringen, die ihnen zu verlockend schien, als dass sie sie hätten ignorieren können.

»General Marquis«, sagte Colonel Baton, »einer der Insassen wünscht Euch zu sprechen, Sir.«

Der General fühlte sich allein durch die Bitte belästigt. »Und wie kommt dieser Mann dazu, anzunehmen, dass er meiner Zeit wert ist?«

»Er möchte Euch helfen, Sir«, erklärte Baton. »Und er behauptet, ohne seine Unterstützung könnet Ihr die Märchenwelt unmöglich einnehmen.«

Diese Botschaft des Gefangenen erzürnte den General. Wer mochte die Dreistigkeit besitzen, General Jacques Marquis eine solch anmaßende Behauptung zu unterbreiten? Da der General jedoch derart entschlossen war, seine Eroberung erfolgreich zu Ende zu führen, war seine Neugier letztlich größer als sein Stolz. Er würde mit dem Häftling sprechen und in Erfahrung bringen, ob dieser irgendeinen nützlichen Beitrag zu leisten vermochte.

Baton brachte den General ins höchste Stockwerk des Gefängnisses und zeigte ihm die Zelle des scheinbar so unverschämten Mannes. Neben der Tür prangte eine große Anschlagtafel, auf der zu lesen war:

Der Maskenmann
verurteilt zu lebenslanger Haft
im Pinocchio-Kittchen
wegen versuchten Diebstahls
bei der guten Fee

Der General spähte neugierig durch die Gitterstäbe. Der Maskenmann war groß gewachsen, wirkte jedoch sehr gebrechlich. Er trug einen zerlumpten Anzug mit halb zerrissener Krawatte, und ein grauer Sack über seinem Kopf verbarg sein Gesicht; nur für Mund und Augen waren Löcher aus dem Stoff geschnitten.

»Ihr seid also der Maskenmann, nehme ich an«, sagte der General.

»Hallo, General«, antwortete der Häftling. »Ich habe Eure Rede dort unten aufrichtig genossen. Grundgütiger, Ihr wisst, wie man einen achtenswerten Auftritt hinlegt. Hat man Euch das in der Militärausbildung beigebracht?«

Der General blitzte sein lachhaftes Gegenüber finster an. »Für Spielchen habe ich keine Zeit«, bellte er. »Sorgt dafür, dass dieser Mann in seiner Zelle bleibt.«

Der General wollte davonstürmen, doch der Maskenmann streckte sich – mit einem Mal geradezu verzweifelt – durch die Stäbe nach ihm und flehte: »Nein, einen Moment noch, General! Verzeiht! Es war nicht meine Absicht, Euch zu kränken – ich möchte bloß helfen! Ich verfüge über Informationen, mit denen Euch der Sieg gewiss ist!«

Das ließ den General auf dem Absatz kehrtmachen, und er

trat erneut zu dem Gefangenen. »Und wie will ein Mann wie *Ihr* in der Lage sein, einem Mann wie *mir* zu helfen?«

»Ihr stammt nicht von hier, ich dagegen schon!«, bemerkte der Maskenmann. »Ich kenne mich in dieser Welt aus und durchschaue, wie sie funktioniert. Ihr verfügt über eine höchst beeindruckende Armee, doch das wird nicht genügen, um die Macht zu übernehmen. Was Ihr benötigt, ist etwas Größeres und bedeutend Mächtigeres, wenn Ihr gegen die Feen bestehen wollt. Und ich weiß, woher Ihr ebendas bekommt!«

Der General tat noch einen Schritt auf die Zellentür zu; sein Interesse war geweckt, auch wenn er eine ausdruckslose Miene wahrte. »Ich gebe Euch zwei Minuten«, sagte er. »Erklärt Euch.«

Der Maskenmann rieb sich die Hände und begann. Er hatte eine höchst seltsame und lebhafte Art zu erzählen und fuchtelte beim Reden ausladend herum, wobei die meisten seiner Gesten nicht recht zu seinen Worten passten. Beinahe so, als beschrieben sein Mund und seine Hände unterschiedliche Dinge.

»Zuallererst solltet Ihr Euch mit der Geschichte dieser Welt vertraut machen«, sagte er. »Ihre Vergangenheit lässt sich in drei Abschnitte gliedern: die Drachenära, die Epoche der Magie und das Goldene Zeitalter, in dem wir gerade leben. Vor Hunderten von Jahren, während der Drachenära, herrschte hier das pure Chaos! Tyrannische Könige und böse Zauberer zuhauf, und natürlich *Drachen*, jede Menge Drachen – die waren in ihrer Ausbreitung fast nicht aufzuhalten und vermehrten sich wie Kaninchen!«

»Was nutzt mir diese Geschichtslektion?«, fragte der General harsch.

»Dazu komme ich gleich, General«, versicherte ihm der Maskenmann. »Wie ich gerade sagte: Überall gab es Drachen, die heillose Zerstörung anrichteten – bis die Feen sich zusammentaten und ihnen Einhalt geboten. So gelangten sie an die Macht, und die Epoche der Magie zog herauf. Der Märchenrat wurde gebildet, es herrschte Frieden und Wohlgefallen, und *bla, bla, bla* … Seit dem Aussterben der Drachen liegt die Macht nun also in den Händen der guten Fee, die den Ratsvorsitz innehat, und ihren Feenkollegen, und niemand hat es je bewerkstelligt, sie aus dieser Position zu verdrängen, *weil* …«

Er hoffte zweifellos, der General werde sein Spiel mitspielen und den Satz vervollständigen, doch Marquis wartete ungerührt ab.

»*Drachen!*«, sagte der Maskenmann noch einmal und vollführte eine rätselhafte Handbewegung. »Niemand hat es geschafft, die Feen zu stürzen, weil man dafür einen Drachen braucht – und ich weiß, wo man einen bekommt!«

Seit der Maskenmann zu seiner kleinen Rede angesetzt hatte, war General Marquis darauf gefasst gewesen, dass sein linkes Auge über kurz oder lang zu zucken anfangen würde – doch es hielt still. Offenbar steckte zumindest ein wahrer Kern in den Worten des Gefangenen.

»Na schön, und woher kriegen wir diesen Drachen?«, hakte der General nach.

Der Maskenmann ließ die Hände sinken; mit fester Miene verlangte er: »Lasst mich aus dieser Zelle, dann *zeige* ich es Euch.«

Die so spontane und zugleich abgebrühte Taktik des Maskenmannes imponierte General Marquis. Inzwischen ahnte er jedoch, dass bei diesem Häftling der Schein trog – und tatsächlich viel mehr in ihm steckte, als seine äußere Erscheinung dem Betrachter vorgaukelte. Zumindest einen Teil seines Geheimnisses wollte der General lüften, ehe er die Gittertür aufschloss.

»Wie lange seid Ihr bereits in diesem Gefängnis?«, fragte er.

»Ein Jahrzehnt«, gab der Maskenmann zurück.

»Und wieso hat man Euch zu einer lebenslangen Haftstrafe verurteilt – für den bloßen *Versuch*, etwas zu stehlen?«, bohrte der General weiter. »Das gilt doch sicherlich auch in dieser Welt als furchtbar harte Strafe für ein so geringes Vergehen.«

Der Maskenmann senkte beschämt den Kopf – nicht wegen des Verbrechens selbst, sondern weil es ihm missglückt war. »Die Strafe bezieht sich vielmehr auf das, *was* ich zu stehlen versucht habe«, gestand er und sah sein Gegenüber dann geradeheraus an. »Ihr und ich, wir sind uns ähnlich, General. Wir erkennen eine Gelegenheit, wenn sie sich uns bietet – sonst stünde keiner von uns beiden jetzt hier.«

In den blassblauen Augen des Maskenmannes lag ein Eifer, der den General faszinierte.

»Eine letzte Frage«, sagte er. »Wieso tragt Ihr diese Tüte auf dem Kopf?«

Der Maskenmann lächelte gekünstelt. »Aus dem gleichen Grund, der Euch dazu veranlasst, diese Uniform anzulegen«, sagte er. »Um etwas zu verdecken, das ich dem Rest der Welt nicht preisgeben möchte.«

Normalerweise hätte eine solche Aussage den General in Rage versetzt; diesmal jedoch brachte sie ihn zum Schmunzeln. So sonderbar der Maskenmann auch war, irgendwie fühlte er sich ihm verbunden.

»Colonel Baton«, befahl General Marquis, »holt diesen Mann aus seiner Zelle. Sobald wir diesen Mauern den Rücken gekehrt haben, werden wir eine Gruppe mutiger Kämpfer zusammenstellen und uns von ihm zu einem Drachen lotsen lassen.«

Kapitel 17

Die einzige Zeugin

Alex und Conner verbrachten die gesamte Nacht am Bett ihrer Großmutter. An Schlaf war nicht zu denken; sie fürchteten, dass die gute Fee erst recht nicht mehr aufwachen wollte, wenn sie sie allein ließen. Und hofften zugleich, die Gegenwart ihrer Enkelkinder werde womöglich ihre letzten Magiereserven stimulieren.

Früh am nächsten Morgen wurde eine Notfallsitzung des Rats der Feen einberufen, um die drängendsten Fragen zu klären. Da die gute Fee nicht daran teilnehmen konnte, bat Alex ihren Bruder, sie zu begleiten. Zu zweit funktionierten die Köpfe der Zwillinge stets am besten, und sie hegten die Hoffnung, dem Rat der Feen so bei der Beurteilung der momentanen Lage behilflich sein zu können. Alex nahm ihren Platz ein, und Conner stützte sich gegen ihre Armlehne. Obwohl der Stuhl seiner Großmutter leer blieb, wollte er nicht darauf Platz nehmen. Er wollte nicht den Eindruck vermitteln, dass ihr Sitz *verfügbar* war.

Die Versammlung hatte bereits begonnen, und schon beim Hereinkommen bemerkten die Zwillinge, dass zweifellos eine hitzige Diskussion im Gange war. Sämtliche Feen standen hinter ihrem jeweiligen Podium und erdolchten Mutter Gans mit ihren Blicken.

»Nur damit ich das richtig verstanden habe«, fauchte Emerelda. »Eine Armee aus der Anderswelt war zweihundert Jahre lang in einem Portal gefangen, ist nun hier eingetroffen und plant, unsere Welt zu unterwerfen?«

»Da liegt der Ganter begraben«, murmelte Mutter Gans. Sie wand sich unter den wütenden Augen der anderen in ihrem Stuhl.

»Und wieso hattest du bisher niemandem davon erzählt?«, wollte Mandarina zornentbrannt wissen. Ihre Bienen umschwirrten angriffslustig den Stock. Ein Wort von Mandarina, und sie hätten sich auf Mutter Gans gestürzt.

»Ich wollte die gute Fee nicht beunruhigen«, rechtfertigte sich Mutter Gans. »Ich dachte, ich komme allein mit dem Dilemma zurecht, und schämte mich zu sehr, um sonst noch jemanden in die Sache hineinzuziehen. Die Brüder Grimm und ich hatten die Soldaten in das Portal gebannt – und dann wurde schließlich zu unserem Glück der Durchgang zwischen den Welten von der guten Fee für immer versiegelt, noch bevor die zweihundertjährige Frist abgelaufen war. Daher war ich überzeugt, endgültig aus dem Schneider zu sein – bis sie krank geworden ist.«

»Du hast also niemanden eingeweiht, weil du niemandem *Sorge bereiten* und zudem verhindern wolltest, *selbst schlecht dazustehen*?«, vergewisserte sich Skylene. »Das klingt für mich etwa so schlüssig, wie in einen See zu springen, um einem Regenguss zu entgehen.«

Mutter Gans schielte zu den Zwillingen – insbesondere zu Conner – hinüber und beichtete dem Rat dann etwas, das sie nie zuvor jemandem offenbart hatte. »Vor sehr, sehr langer Zeit – bevor auch nur einer von euch Teil dieses Rats war, bevor die gute Fee und ich unsere Haarfarbe verloren und unsere Falten gewannen und als wir beide noch deutlich schlanker waren – vor Ezmia und Alex –, da war *ich* die Schülerin der guten Fee«, sagte sie.

Die Feen waren fassungslos. Auch Alex und Conner – die unfreiwillig bereits so viel über Mutter Gans in Erfahrung gebracht hatten – waren baff, dass sie ausgerechnet *das* hatte geheim halten können.

»Ich brauchte damals nur wenige Monate, um mir darüber klarzuwerden, dass ich nicht die Richtige für diese Aufgabe war«, erläuterte Mutter Gans. »Gewiss, die nötigen *Fähigkeiten* besaß ich allemal – aber ich hatte schlicht keine *Lust* darauf. Ich war zu sehr Freigeist, um diese Art von Verantwortung zu übernehmen. Also verzichtete ich auf diese höchste aller Ehren, die einer Fee zuteilwerden kann, und wurde zum Gespött des Königreichs. Die gute Fee versicherte mir, sie verstehe mich, doch ich wusste, dass sie enttäuscht war, und das quälte mich. Ich schwor mir, sie nie wieder im Stich zu lassen. Als ich später, also im frühen 19. Jahrhundert durch meine eigene Fahrlässigkeit in die Hände dieser gierigen Franzbrötchen fiel, versuchte ich, diese Bredouille auf eigene Faust bestmöglich in Ordnung zu bringen. Niemals wieder wollte ich eine solche Enttäuschung in den Augen unserer guten Fee sehen.«

Keine der Feen wusste darauf etwas zu erwidern, und so schüttelten sie alle bloß stumm die Köpfe. Conner tat Mutter

Gans leid. Nachdem er mit einer so frühreifen und altklugen Schwester wie Alex aufgewachsen war, kannte er das Gefühl, in einem fort die Erwartungen anderer nicht erfüllen zu können, nur zu gut. Nun verstand er, wieso Mutter Gans ihm nicht die ganze Wahrheit über das Portal anvertraut hatte.

»Ach, kommt schon«, wandte Conner sich an die Feen. »Nun seid mal ein wenig nachsichtig mit Mutter Gans! Da steht ihr nun alle kopfschüttelnd herum, als hättet ihr es damals auf jeden Fall besser hinbekommen. Tja, nehmt es mir nicht übel, aber zumindest hat sie sich überhaupt eine Lösung einfallen lassen. Ich kann mich nicht erinnern, wann ich *euch* zuletzt irgendein Problem habe lösen sehen. Immer wenn es irgendwo brennt, sind es für gewöhnlich Alex und ich, die die Kartoffeln aus dem Feuer holen.«

»Wie sollen wir ihm *das* denn bitte *nicht* übelnehmen?«, fragte Xanthous in die Runde.

»Was ich damit ausdrücken will: Leute aus Glas sollten nicht mit Steinen werfen«, übertönte ihn Conner.

»Die Redewendung lautet: ›Wer im Glashaus sitzt, sollte nicht mit Steinen werfen‹«, verbesserte Alex ihren Bruder.

»Oh, genau«, sagte Conner. »Na, ihr kapiert schon, was ich meine.«

Mutter Gans schenkte Conner ein Lächeln und flüsterte beinahe tonlos: *»Danke, C-Dog.«* Emerelda massierte sich die Schläfen, während sie über die nächsten Schritte nachgrübelte.

»Es nutzt ja nichts, irgendjemandem die Schuld an dem zuzuschieben, was passiert ist – wir müssen nach vorn schauen und einen Weg finden, wie wir heil aus diesem Schlamassel herauskommen«, sagte sie schließlich. »Alex, wozu rätst du uns?«

Alex konnte kaum glauben, dass Emerelda sie um ihre Meinung bat. »Ich?«, fragte sie.

»Ja, selbstverständlich«, sagte Emerelda. »Solange deine Großmutter nicht auf wundersame Weise wieder zu Kräften kommt, nimmst du stellvertretend die Rolle der guten Fee ein.«

Diese Tatsache mussten beide Zwillinge erst einmal verdauen. Wann immer Alex von irgendjemandem als nächste gute Fee bezeichnet wurde, ging sie stets davon aus, dass dabei von einem Zeitpunkt in ferner Zukunft die Rede war – und nicht vom Hier und Jetzt.

Alex biss sich auf den Daumen und senkte nachdenklich den Blick. »Zuallererst müssen wir uns einen Eindruck von dieser Armee verschaffen, damit wir wissen, womit wir es zu tun bekommen«, sagte sie entschlossen. »Je mehr wir über sie in Erfahrung bringen, desto eher lässt sich ein Weg finden, sie zu besiegen.«

»Das Letzte, worüber ich die Soldaten habe reden hören, war ein Angriff auf das Pinocchio-Kittchen«, warf Conner ein.

»Wieso sollten sie ein Gefängnis angreifen?«, wunderte sich Rosetta.

»Der General meinte, sie würden dort *rekrutieren*«, erklärte Conner.

Auf einen Schlag war die Spannung im Raum beinahe greifbar. Sämtliche Feen beäugten einander verstohlen und brachen in hektisches Geflüster aus.

»Ich habe euch doch gewarnt, dass dieser General Marquis gerissen ist«, sagte Mutter Gans.

»Moment mal, hab ich was verpasst?«, fragte Conner. »Was hat er denn davon, einen Haufen Verbrecher in seine Reihen zu holen?«

»In diesem Gefängnis sitzen ein paar ziemlich mächtige Persönlichkeiten ein«, erklärte Mutter Gans. »Glaub mir, ich kenne die meisten von ihnen. Und die Schurken im Pinocchio-Kittchen sind ja bloß die, die *geschnappt* wurden. In den Zwergenwäldern und hintersten Ecken jedes einzelnen Königreichs wimmelt es nur so von Kriminellen. Wenn *die* spitzkriegen, dass ihre Kumpane sich einer Armee angeschlossen haben, die gegen uns ins Feld zieht, werden sie alle ebenfalls mitmischen wollen. Falls es dem General gelingt, auch sie hinter sich zu versammeln, haben wir es nicht mehr nur mit einer läppischen alten Armee zu tun, sondern einen handfesten *Krieg* ins Haus stehen.«

Conner schluckte hörbar. Beinahe wünschte er sich, er hätte die Frage gar nicht gestellt. Auch Coral hatte ihre Schwierigkeiten, all die neuen Entwicklungen zu verarbeiten. Sie hob höflich eine Hand, um ihrerseits nachzuhaken.

»Dann bedeutet das also, den Märchenrat erwartet eventuell ein Kampf gegen –?«

»Alle anderen?«, brachte Mutter Gans ihren Satz zu Ende. »Sämtliche Wesen in den übrigen Reichen warten seit langem auf eine Gelegenheit, die Feen und Menschen zu stürzen. Nun könnte sich ihnen die Chance dazu bieten.«

Coral schien den Tränen nah. Beim Gedanken daran, was die unmittelbare Zukunft bringen mochte, drückte sie Fisher noch fester an sich.

»Die Hexen, die Oger, die Trolle, die Kobolde, die Elfen – schon seit der Drachenära sehnen sie sich danach, uns die Macht zu entreißen!«, fügte Violetta hinzu. »Bisher hat es ihnen lediglich am nötigen Organisationstalent gemangelt, um uns herauszufordern.«

»Und das ist eine Gabe, die der General mitbringt«, stellte Mutter Gans fest.

Während Conner und die Feen allmählich in Panik gerieten, hielt Alex entschlossen an ihrem ursprünglichen Plan fest: Je mehr Informationen sie zusammentragen konnten, desto mehr Möglichkeiten würden sich ihnen bieten, wohlüberlegt auf die Bedrohung zu reagieren. Sie reckte ihren Zauberstab in die Höhe, und ein heller Lichtblitz schoss daraus hervor. Schlagartig brachte er den Saal voller verängstigter Feen zum Verstummen.

»Wir sorgen uns hier gerade wegen jeder Menge Dinge, über die wir noch gar keine Gewissheit haben«, gab sie zu bedenken. »Wir wissen nicht, *ob* die Gefangenen sich dem General bereits verpflichtet haben. Diese Verbrecher sitzen im Pinocchio-Kittchen, weil sie nicht in der Lage waren, sich gesellschaftlichen Regeln unterzuordnen; wie können wir dann annehmen, dass sie den Befehlen des Generals gehorchen?«

Das war ein absolut berechtigter Einwand – es hatte keinen Zweck, sich zu grämen, ehe ihre Befürchtungen bestätigt waren.

»Mein Bruder und ich werden zum Gefängnis gehen und überprüfen, ob die Gefangenen tatsächlich inzwischen unter den Soldaten sind«, beschloss Alex. »Allerdings darf uns auf dem Weg dorthin niemand erwischen – und ein fliegendes Schiff oder ein Einhorn zögen bei Männern aus unserer Welt zu viel Aufmerksamkeit auf sich.«

»Ihr könnt Lester nehmen«, bot Mutter Gans an. »Deshalb habe ich ihn auch in der Anderswelt geritten – am Himmel sieht er aus wie ein gewöhnlicher Vogel.«

»Phantastisch«, sagte Alex. »Wir brechen so bald wie möglich auf.«

Keine der Feen widersprach. Zum ersten Mal wurde Alex' Wort als endgültig respektiert. Da die Zeit drängte, folgten Alex und Conner Mutter Gans sofort hinauf zum großen Balkon. Dort pfiff sie nach Lester, und im nächsten Moment sauste er von den höhergelegenen Türmen zu ihnen herab. Mutter Gans ruckte an seinen Zügeln und erklärte ihm, sowie er den Kopf senkte, flüsternd ihren Plan.

Froggy und Rotkäppchen waren ebenfalls auf dem Balkon und bewunderten zusammen mit Bree und Emmerich die herrliche Aussicht über die Gärten. Bree eilte zu Conner hinüber, kaum dass sie ihn bemerkt hatte.

»Hi, Bree«, sagte Conner. »Hast du gut geschlafen?«

»Ach, du weißt schon«, meinte sie. »So selig, wie jeder in seiner ersten Nacht in einer neuen Dimension wohl schlummern würde, schätze ich.«

Conner lächelte; die Rastlosigkeit, die sie beschrieb, konnte er aus eigener Erfahrung lebhaft nachempfinden. So müde Bree auch sein mochte, ihre Augen blitzten begeistert, während sie nun den Palast und seine Umgebung bestaunte.

»Es tut mir unendlich leid, dass ihr zwei jetzt hier festhängt. Wir schaffen euch wieder nach Hause, so schnell es geht«, versicherte Conner.

»Ich bin selbst schuld – schließlich habe ich mir ein Abenteuer gewünscht«, sagte Bree. »Und dich genötigt, mich mitzunehmen – oder etwa nicht?«

Das erleichterte Conners Gewissen ein wenig. Er schielte zu Emmerich hinüber, dem Froggy soeben die verschiedenen Bereiche der Gärten erläuterte – woran der bayerische Junge seine helle Freude zu haben schien. Er erinnerte Conner an sich selbst auf seiner und Alex' ersten Reise ins magische Land. Nun hätte er alles dafür gegeben, noch einmal mit ihren *damaligen* Problemen konfrontiert zu sein.

»Ich habe nun alles mit Lester durchgesprochen«, meldete sich Mutter Gans. »Er wird hoch genug fliegen, so dass niemand euch entdeckt.«

»*Squaaaw.*« Lester nickte.

»Dann los«, sagte Alex.

Gemeinsam mit Conner kletterte sie auf den Rücken des riesigen Ganters, und zu dritt schwangen sie sich empor, in Richtung des Gefängnisses.

Zunächst überflogen sie die Gärten des Königreichs der Feen, dann das glitzernde Wasser der Bucht der Meerjungfrauen, bis schließlich das Pinocchio-Kittchen mitten auf der Halbinsel im Süden des Östlichen Königreichs vor ihnen auftauchte.

»Da ist es!«, rief Alex. »Lester, bitte umkreis die Festung, bis wir etwas ausmachen können!«

Lester nickte und zog über dem Gemäuer eine Schleife am Himmel. Überall am Boden herrschte Zerstörung – Alex und Conner erkannten sogar aus luftiger Höhe, dass der Eingang in Trümmer gesprengt worden war. Von den Gefangenen wie auch den Soldaten fehlte jedoch jede Spur.

»Ich schätze, wir können uns ein wenig dichter heranwagen«, meinte Conner.

Lester ließ sich langsam tiefer sinken und schwebte so umsichtig wie möglich um das Gefängnis. Beim Näherkommen sahen sie, dass der Bau völlig verwaist war. Sie hielten Ausschau nach einem Platz zum Landen, doch sämtliche Mauern waren mit Eisenspitzen bewehrt, um ein ebensolches Vorhaben zu vereiteln. Alex schwang ihren Zauberstab über dem Dach des Pinocchio-Kittchens, und all die Metallstachel dort verwandelten sich in hohe Grashalme, die Lester ein weiches Aufsetzen ermöglichten.

»Okay, dann wollen wir mal nachsehen, ob noch irgendjemand hier ist«, entschied Alex. Wieder richtete sie ihren Kristallstab auf das Dach, und eine kleine Luke erschien aus dem Nichts. Die Geschwister öffneten sie, sprangen hindurch und fanden sich in einem Gang des obersten Stockwerks der Festung wieder.

Dicker Rauch hing in der Luft, und jede einzelne Zelle entlang des Flurs stand sperrangelweit offen und war vollkommen leer. Ein Blick hinunter durch die hohle Mitte des Gefängniszylinders offenbarte ihnen, dass auf allen neunundzwanzig tieferen Ebenen exakt das gleiche Bild vorherrschte.

»Ich glaube nicht, dass hier noch jemand ist«, sagte Conner. »Fast so, als hätte eine Brandschutzübung stattgefunden und niemand wäre danach zurückgekommen.«

Die Zwillinge fuhren zusammen, als sie plötzlich eine fremde Stimme vernahmen. Ganz allein in einer Zelle im obersten Stockwerk saß eine Frau.

»Pssst!«, zischte sie. *»Hier drüben!«*

Alex und Conner näherten sich ihr argwöhnisch. Wer auch immer sie sein mochte: Sie war in jedem Fall eine Gefangene und somit nicht vertrauenswürdig. Die Frau schien nur ein paar Jahre älter zu sein als Rotkäppchen, doch die Zeit war nicht spurlos an ihr vorübergegangen. Ihr Haar war dünn und zerzaust, und unter ihren gigantischen Augen hingen deutlich hervortretende Tränensäcke. Sie trug ein schlichtes schwarzes Kleid und war barfuß.

»Hier unten!«, rief sie nun vom Fußboden aus zu ihnen herauf. Ihre Stimme klang alarmiert, sie selbst wirkte dagegen völlig entspannt. »Ihr müsst jemanden warnen! Vor ein paar Stunden hat eine Armee das Gefängnis überfallen und die Insassen mitgenommen! Sie planen, zusammen die Welt zu erobern!«

Alex und Conner beugten sich hinab, um mit der Frau zu reden. Sie reckte ihnen durch die Gitterstäbe den Kopf entgegen, so weit es ihr möglich war.

»Von der Armee wissen wir schon, und wir versuchen, sie

aufzuhalten«, sagte Alex. »Wir sind hier, um noch mehr darüber in Erfahrung zu bringen.«

»Haben sie die Häftlinge gefangen genommen, oder haben die sich ihnen freiwillig angeschlossen?«, fragte Conner.

»Sie haben sich ihnen angeschlossen«, sagte die Frau. »Die Soldaten haben alle Zellen geöffnet und jeden einzelnen Gefangenen vor die Wahl gestellt, ob er zurückbleiben oder ihrer Armee beitreten wolle. Und wie sich unschwer erkennen lässt, ist die Entscheidung nahezu einstimmig ausgefallen.«

»Wieso sind *Sie* nicht mit den anderen aufgebrochen?«, wunderte sich Alex.

Die Frau musterte die beiden, als hätten sie den Verstand verloren. »Ich gehe nicht da raus«, sagte sie unter heftigem Kopfschütteln. »Da draußen gibt es nichts für mich. Ich meine, mag sein, dass es mal etwas gab – aber das ist lange her. Ich gehöre genau hierher in meine Zelle.«

»Sie sitzen schon lange ein, was?«, fragte Conner.

Irgendetwas an der Frau kam Alex sonderbar vor. Eine Plakette an der Wand neben dem Zelleneingang fiel ihr ins Auge. Alex richtete sich auf und las.

Lady Gretel
verurteilt zu lebenslanger Haft
im Pinocchio-Kittchen
wegen Mordes an Sir Hänsel

Alex bedeutete Conner, ebenfalls einen Blick auf das kleine Schild zu werfen. *»Conner, das ist Gretel aus ›Hänsel und Gretel‹!«*, raunte sie ihm zu. *»Sie hat ihren Bruder umgebracht!«*

»Was?«, wisperte er entgeistert zurück.

»Schon in Ordnung, ihr braucht nicht zu flüstern«, sagte Gretel. »Ich weiß selbst, was auf der Plakette steht. Ich weiß, wer ich bin. Ich weiß, was ich getan habe.«

Auf einen Schlag hatte Alex unendlich viele Fragen. »Wieso haben Sie Ihren Bruder getötet?«

Gretel starrte träumerisch in die Ferne. »Weil ich mich nur so *befreien* konnte.«

»Befreien wovon?«, hakte Alex nach.

»Von ›Hänsel und Gretel‹«, erwiderte Gretel.

»Von der Geschichte?«, fragte Conner.

»Nein, von dem *Etikett*«, antwortete Gretel. Angesichts der verwirrten Blicke der Zwillinge erklärte sie: »Nachdem mein Bruder und ich das Lebkuchenhaus überlebt hatten, wünschte ich mir nichts sehnlicher, als ein normales Leben zu führen – aber Hänsel hatte etwas ganz anderes im Sinn. Er wollte, dass wir zu *Helden* würden. Jedem, den wir kannten, erzählte er, was uns in den Wäldern zugestoßen war, und dann tratschten diese Menschen es all *ihren* Bekannten weiter, und bald verbreitete die Geschichte sich wie ein Lauffeuer und unsere Namen waren jedem Einzelnen in sämtlichen Reichen ein Begriff. Wir wurden behandelt wie Königskinder; Paraden wurden für uns veranstaltet, überall wurden wir mit Medaillen geehrt, sogar ein Feiertag wurde nach uns benannt.«

»Das klingt ziemlich cool«, kommentierte Conner.

Gretels Blick schnellte zu ihm hoch. »Nein, es war *schrecklich*«, sagte sie. »Weil niemand sich um *mich* scherte – immer ging es allen bloß um ›Hänsel und Gretel‹. Ich wollte nur Gretel sein, *einfach nur Gretel*, doch ganz gleich, was ich tat, niemand gestand mir das zu. Es war beinahe so, als wäre mein Bruder zur unsichtbaren Kugel- und Kettenfessel geworden, die ich für den Rest meines Lebens mit mir würde herumschleppen müssen.«

»Aber er war Ihr Bruder«, betonte Alex. »Haben Sie ihn denn nicht geliebt?«

Gretel schnaubte und streckte die Zunge heraus, als hätte sie mit einem Mal einen widerwärtigen Geschmack im Mund. »Nein, ich konnte ihn nicht ausstehen!«, entgegnete sie. »Mag sein, dass Hänsel auf andere Leute wie ein netter junger Mann gewirkt hat. In Wirklichkeit ging es ihm immer nur um sich selbst und um Aufmerksamkeit! Mich hat er stets nur mitgeschleift, damit er noch mehr Bewunderung einheimsen konnte! Außerdem hat Hänsel immerzu den ganzen Ruhm für das, was im Lebkuchenhäuschen passiert war, für sich allein beansprucht – obwohl doch *ich* es gewesen war, die die Hexe überlistet und in den Ofen geschoben hatte! Ohne mich hätte er nicht einmal überlebt! Hätte ich schon damals erkannt, was mir später klargeworden ist, hätte ich zugelassen, dass die Hexe ihn frisst!«

»Also haben später Sie ihn an ihrer Stelle umgebracht?«

Gretel nickte. »Das war allerdings ein Unfall. Eines Tages sind wir zwischen den Bäumen spazieren gegangen und er hat angefangen, all die Orte aufzuzählen, die wir seiner Meinung nach besuchen sollten, und all die Leute, die wir dort treffen könnten, und all die Ehrungen, die wir in den nächsten Tagen erhalten würden. Tja, da bin ich so wütend geworden, dass ich ihn geschubst habe – ich hatte ja keine Ahnung, dass sich direkt hinter ihm ein Abgrund auftat!«

»Haben Sie irgendjemandem anvertraut, dass es ein Unglück war?«, fragte Alex.

»Das hatte ich ursprünglich vor«, gestand Gretel. »Dann aber ist mir aufgegangen, dass diese Zelle mir etwas bot, was die übrige Welt mir verwehrte – die Chance, *einfach nur Gretel* zu sein. Also bekannte ich mich schuldig, und seither bin ich hier. Und deshalb musste ich auch nicht zweimal über meine Entscheidung nachdenken, als die Soldaten mich vor die Wahl stellten, mich ihrer Armee anzuschließen oder in meiner selbstgewählten Gefangenschaft zu bleiben.«

Gretel seufzte geradezu selig beim Gedanken an den tiefen Frieden, den sie in ihrer Zelle gefunden hatte. Conner schielte zu Alex hinüber und ließ einen Finger an seiner Schläfe kreisen. *»Die spinnt!«*, raunte er ihr zu.

Doch Gretel war mit ihrer Erzählung noch nicht am Ende angelangt. »Das Schlimmste, das ein Mensch einem anderen antun kann – außer, ihn aufzufressen, versteht sich –, ist, ihn auf nur eine *Hälfte* von etwas zu reduzieren. Wenn jemand behandelt wird wie *ein halber Mensch* oder sogar *weniger*, dann ist es so, als würde man ihm seine Menschlichkeit gänzlich absprechen. Jeder sollte das Recht auf seine eigene Individualität haben.«

Conner erhob sich langsam und kehrte der Gittertür den Rücken zu. »Na, dann vielen Dank, Lady Gretel!«, sagte er über die Schulter. »Wir sollten uns jetzt auf die Socken machen. Schließlich müssen wir herauskriegen, wohin diese Armee verschwunden ist.«

»Wartet!«, rief Gretel. »Das kann ich euch sagen! Die Armee ist samt ihrer neuen Rekruten in ihr Lager zurückgekehrt, aber der General und seine Männer haben sich an einen anderen Ort aufgemacht!«

»Und wohin?«, fragte Alex.

»Keine Ahnung – anderswohin eben«, meinte Gretel. »Der Gefangene, der mir gegenüber eingesperrt war – sie nennen ihn den Maskenmann, wegen des Sacks, den er über den Kopf gestülpt trägt –, hat sich mit dem General unterhalten, bevor sie ihn herausgelassen haben. Und ihn überzeugt, dass er einen

Drachen braucht, um die Feen zu erledigen und anschließend die Weltherrschaft zu übernehmen! Er hat behauptet, nur so könne der General mit Gewissheit siegen!«

Alex und Conner tauschten verwirrte Blicke. »Einen Drachen?«, wiederholte Alex. »Aber die sind doch schon seit Hunderten von Jahren ausgestorben. Unsere Großmutter und ihre Freunde waren es, die während der Drachenära gegen sie gekämpft haben.«

»Anscheinend weiß der Maskenmann, wo noch einer zu finden ist«, erwiderte Gretel. »Und es würde mich nicht verwundern, wenn das der Wahrheit entspricht. Er ist ein höchst ungewöhnlicher Mann. Beinahe ein Jahrzehnt hat er in dieser Zelle verbracht. Nachts führte er gern Selbstgespräche – und ich schwöre, manchmal habe ich noch eine zweite Stimme dort drinnen bei ihm gehört, auch wenn das unmöglich ist.«

Conner schlenderte zur Zelle des Maskenmannes und spähte hinein. »Hey, Alex, dieser Typ hat eine Menge Krempel da drin herumliegen.«

Alex trat neben ihn. Die Tür stand noch immer offen, und gemeinsam wagten sie sich hinein. Allein die Zelle zu betreten jagte ihnen einen Schauder über den Rücken: In die Wände waren bizarre Bilder eingeritzt, die geflügelte Kreaturen, Piratenschiffe und Tiere mit großen Ohren und Tatzen zeigten. In einer Ecke türmte sich ein Haufen Kohlen; der Gefangene hatte die einzelnen Stücke zu Haken, Herzen und Schwertern geschnitzt.

An einer Mauer hing ein ovaler Spiegel in silbernem Rahmen.

»Wozu braucht ein Maskenmann einen Spiegel?«, fragte Conner.

»Ich habe keinen blassen Schimmer«, erwiderte Alex. »Aber

wir sollten zusehen, dass wir hier wegkommen. Wir müssen schleunigst das Lager überfliegen und nachschauen, was die Armee im Schilde führt.«

Sie hasteten aus dem kleinen Raum und zurück zu der Deckenluke, die Alex geschaffen hatte. Nun richtete sie ihren Zauberstab auf den Boden, und die Steine hoben sich und nahmen die Gestalt einer kleinen Treppe an, über die die Zwillinge ihren Einstieg erreichten.

»Lebt wohl!«, rief Gretel. »Ich hoffe, ihr schafft es, sie aufzuhalten!«

»Das hoffen wir auch!«, murmelte Conner, ehe er sich hinaus auf das Dach zog.

»Tschüss, *einfach nur Gretel*!«, sagte Alex. »Danke für Ihre Hilfe.«

Die Zeit, die die Geschwister im Innern des Gefängnisses verbracht hatten, hatte Lester dazu genutzt, sämtliche Grashalme abzuweiden. Nun nahm der gigantische Ganter beide wieder auf seinen Rücken und erhob sich erneut in die Lüfte.

»Der General hatte die Hälfte seiner Männer angewiesen, irgendwo im Südosten, wo das Portal uns ausgespuckt hat, ein Lager zu errichten«, erzählte Conner seiner Schwester. »Ich wette, dort haben sie sich mittlerweile neu formiert.«

Alex ergriff Lesters Zügel und lenkte ihn hoch hinauf in den Himmel. Beide Geschwister spähten nach unten, ohne genau zu wissen, wonach sie suchten. Sowie jedoch das Lager in Sicht kam, erkannten sie es sofort.

Hunderte von Bäumen waren gefällt worden, um Platz für all die Zelte zu schaffen, die die Soldaten inzwischen aufgeschlagen hatten. Die Stämme bildeten eine Mauer rings um das Lager.

Tausende von Soldaten richteten sich gerade ein und marschierten geschäftig hin und her – und sie waren nicht allein. Etwa eintausend Rekruten aus dem Pinocchio-Kittchen waren unter ihnen. Riesige Oger wuchteten schwere Lasten durch die Gegend, während die Franzosen sich um den Aufbau kümmerten; Hexen woben Besen aus Ästen und Zweigen der gefällten Bäume, und einige Kämpfer wiesen die Kobolde in die Bedienung der Kanonen ein und erklärten den Trollen, wie man ein Gewehr abfeuerte.

Zu Alex' und Conners Entsetzen übten sie an einer Reihe hölzerner Zielscheiben, die die Form von Feen hatten.

»Mutter Gans hatte recht«, stellte Conner fest. »Sie bereiten sich auf einen *Krieg* vor.«

Kapitel 18

Die Schwanenboten

Mutter Gans stand an der Brüstung des großen Balkons und behielt den Himmel im Blick; sie wartete auf die Rückkehr Lesters und der Zwillinge. Emmerich und Bree waren ein Stück weit von ihr entfernt in eine höchst faszinierende Unterhaltung mit Froggy und Rotkäppchen vertieft.

»Dann gibt es insgesamt also sechs Königreiche, ein Revier, dazu die Zwergenwälder und das Reich der Elfen?«, fasste Emmerich zusammen, was Froggy ihnen soeben über die Märchenwelt erzählt hatte.

»Exakt!«, bekräftigte Froggy. »Und die Herrscher der sechs Königreiche bilden zusammen mit dem Rat der Feen den Märchenrat.«

Rotkäppchen räusperte sich. »Es *gab* einmal sechs Königreiche, aber nun haben wir *fünf* Königreiche und eine Republik.«

Von der Flut neuer Informationen bekam Bree beinahe

Kopfschmerzen. »Rotkäppchen war früher also Königin ihres eigenen Königreichs, das wiederum bis zur P. A. G. O. D. E. N.-Revolution zum Nördlichen Königreich gehört hatte, richtig?«, fragte sie.

»Bis zur B. U. N. G. A. L. O. W.-Revolution«, verbesserte Rotkäppchen. »Die Buchstaben stehen für ›Bewohner und Nachbarn gegen eine Ausbreitung lasterhafter und die öffentliche Ordnung gefährdender Wölfe‹. Zu dieser Zeit herrschte die böse Königin über das Nördliche Königreich, und sie tat nichts, um die Wölfe davon abzuhalten, die Dörfer der Farmer zu terrorisieren. Also haben wir rebelliert, und ich bin zu meinem eigenen Königreich gekommen.«

»Das du gerade bei der Königinnenwahl wieder verloren hast«, kombinierte Bree. »Aber nun ist das Königreich eine Republik, weil die neue Königin die Regierungsform geändert hat. Darf sie das einfach so?«

»Offenbar«, knurrte Rotkäppchen und schürzte bei dem Gedanken daran die Lippen.

»In unserem Land haben wir einen Kongress und ein Repräsentantenhaus, damit der Präsident nicht einfach solche Sachen anstellen kann, schätze ich«, meinte Bree.

»Ja, tja – *ich dachte, so etwas habe ich auch*«, fauchte Rotkäppchen mit bebenden Nasenflügeln. »Sorgfältig und persönlich ausgewählte Volksvertreter hatte ich mir an die Seite geholt, so dass niemand mir bei meinen Entscheidungen Befangenheit vorwerfen konnte, und trotzdem hat sich das ganze Königreich letztlich gegen mich gewandt. Ich habe keinen blassen Schimmer, was ich falsch gemacht habe.«

»Aber wer hat denn jetzt in deinem Land die Macht?«, wollte Emmerich wissen.

»Die kleine Dummsuse«, entgegnete Rotkäppchen ohne einen

Hauch Ironie. »Sie ist die hässlichste, abscheulichste Kreatur, die je in meinem Königreich gelebt hat, und sie hat sämtliche Bürger derart eingeschüchtert, dass sie für sie gestimmt haben.«

»Na, *das* klingt ganz ähnlich wie die Politik in unserer Welt«, befand Bree.

»Von der kleinen Dummsuse habe ich noch nie gehört«, sagte Emmerich, und schon die Vorstellung jagte ihm einen Schauder über den Rücken.

»Dann kannst du dich sehr glücklich schätzen«, antwortete Rotkäppchen. Ein kleines Lächeln stahl sich auf ihr Gesicht; sie empfand es als regelrecht therapeutisch, sich derlei erfundene Gemeinheiten über Suse einfallen zu lassen. Und bereute lediglich, dass sie diese Strategie nicht bereits *während des Wahlkampfs* genutzt hatte.

»Sie sind wieder da!«, rief Mutter Gans und zeigte in den Himmel.

Ein Schatten strich über den Balkon hinweg, und alle legten die Köpfe in den Nacken und sahen Alex und Conner auf Lesters Rücken näherkommen.

Die beiden landeten auf dem Balkon, neben ihren Freunden.

»Und, was habt ihr herausgefunden?«, fragte Mutter Gans.

»Die Armee hat die Häftlinge rekrutiert!«, verkündete Conner und sprang vom Rücken des riesigen Ganters. »Als wir über ihr Lager geflogen sind, waren die Soldaten gerade dabei, sie für den Kampf auszubilden – es sind Tausende!«

Mutter Gans presste sich eine Hand aufs Herz. »Oh, du meine Güte«, murmelte sie. »Was sollen wir nun bloß tun?«

»Ich überlege schon«, meinte Alex und stieg ebenfalls ab. »In der Zwischenzeit, Mutter Gans: Bitte sorg dafür, dass sämtliche Mitglieder des Rats der Feen sich schnellstmöglich im großen

Saal versammeln. Conner, du begleitest Mutter Gans und berichtest den anderen Feen, was wir gesehen haben. Ich muss mich als Erstes darum kümmern, so rasch es geht alle Könige und Königinnen in den Feenpalast zu holen, damit sie ebenfalls an den Beratungen teilnehmen können. Diese Angelegenheit betrifft nicht länger allein den Rat der Feen; der gesamte Märchenrat muss sich darüber verständigen.«

Mutter Gans und Conner nickten und eilten in den Palast. Alex hob ihren Zauberstab und ließ ihn wie eine Peitsche sechsmal schnalzen. Eine Reihe schimmernder Lichter blitzte ringsum auf, und sechs gigantische Schwäne von der Größe Lesters nahmen auf magische Weise vor Alex Gestalt an. Alex wirbelte die Zauberstabspitze über ihrer Handfläche, und ein Stapel Pergamente erschien aus dem Nichts. Sie rollte die Blätter zusammen und schob jedem der Schwäne eines davon in den Schnabel.

»Was ist das?«, erkundigte sich Froggy.

»Das sind Einladungen«, antwortete Alex und reichte ihm ein weiteres Exemplar, auf dem stand:

An die Mitglieder der königlichen Familien!

Ein Notfall ist eingetreten, und sämtliche Parteien des Märchenrats werden dringend gebeten, sich gemeinsam mit ihren Angehörigen unverzüglich im Feenpalast einzufinden. Nähere Informationen erhalten sie bei ihrer Ankunft.

Mit bestem Dank
Alex Bailey,
kommissarische gute Fee

»Diese Briefe müsst ihr in Windeseile den Herrscherinnen und Herrschern des Königreichs an der Ecke, des Königreichs des Gläsernen Schuhs, des Nördlichen Königreichs, des Östlichen Königreichs und an Suse und ihre Republik überbringen – und die Empfänger mit hierher zurücknehmen«, wies Alex die ersten fünf Schwäne an, ehe sie sich dem sechsten zuwandte. »Was dich betrifft: Ich habe noch andere Bekannte, denen ich diese Nachricht gern zukommen lassen würde.«

Sie erklärte dem Schwan im Flüsterton, wen sie meinte.

»Wenn die Empfänger sich nicht freiwillig bereiterklären, zu helfen, dann gebe ich euch die Erlaubnis, sie auf jede nur denkbare Art *umzustimmen*«, richtete sie anschließend das Wort wieder an alle sechs Boten. »Schleppt sie notfalls an den Knöcheln hierher – dieses Krisentreffen ist keine freiwillige Veranstaltung. Und jetzt fliegt!«

Alle sechs Schwäne verneigten sich und hoben prompt einer nach dem anderen ab. Sie schwenkten in unterschiedliche Richtungen – und das in einem Tempo, das nie zuvor ein Vogel erreicht hatte.

»Und jetzt?«, fragte Rotkäppchen. »Glaubst du, die Könige und Königinnen werden deine Botschaft ernst nehmen?«

»Das werden wir abwarten müssen«, entgegnete Alex. Sie hoffte von ganzem Herzen darauf.

Einige Stunden später zogen Rotkäppchen und Froggy sich mit Bree und Emmerich in den Palast zurück. Sie wollten Alex ein wenig Zeit zum Nachdenken geben.

Alex tigerte so ausdauernd auf dem Balkon auf und ab, dass sie beinahe eine Schneise in den Boden furchte. In ihrem Geschichtsunterricht, früher in der Anderswelt, war oft von Kriegen die Rede gewesen, aber nie hätte Alex sich träumen lassen, eines Tages leibhaftig in einen verwickelt zu werden – geschweige denn darin eine Anführerin sein zu müssen. War sie überhaupt die Richtige dafür, es gemeinsam mit dem Märchenrat gegen den General eines Kaiserreichs aufzunehmen?

Sie betete, dass ihre Stärken – Logik und gesunder Menschenverstand – ausreichen würden, um ihre mangelnde Erfahrung mit Kriegsstrategien wettzumachen. In einem fort kamen ihr die großen Kriegshelden ihrer eigenen Welt in den Sinn, etwa Franklin Delano Roosevelt und Winston Churchill. Was hätten sie an Alex' Stelle getan? Wie hätte ihr Schlachtplan ausgesehen? Welchen Rat würde Alex' Großmutter ihr geben, wenn sie könnte?

Am Himmel über Alex wurde es unruhig. Nacheinander kamen die Schwäne zurück – auf ihren Rücken die Könige und Königinnen aus allen Ecken des magischen Lands.

Alex seufzte vor Erleichterung, während ihre Freunde auf sie zurauschten – sie war unendlich froh, dass offenbar alle ihrer Einladung gefolgt waren.

Fünf Schwäne landeten einer nach dem anderen auf dem Balkon. Der erste Schwan trug König Chance, Königin Cinderella und ihre zweijährige Tochter, Prinzessin Hope, aus dem Königreich des Gläsernen Schuhs. Im Gefieder des zweiten saßen Königin Dornröschen und König Chase aus dem Östlichen Königreich. Den dritten Schwan ritten Königin Schneewittchen und König Chandler aus dem Nördlichen Königreich. Der vierte Schwan brachte Königin Rapunzel und ihren Ehemann Sir William aus dem Königreich an der Ecke. Und auf dem fünften schließlich traf Königin Suse ein.

Alle Herrscher schienen über ihre unerwartete Reise reichlich verwirrt. Königin Suse wirkte zudem inmitten all der legendären Regenten auf dem Balkon ein klein wenig eingeschüchtert. Für sie war es das erste Mal, dass sie zu einer Versammlung des Märchenrats einbestellt worden war.

»Hallo, Majestäten«, sagte Alex. »Ich danke euch sehr, dass ihr gekommen seid.«

»Alex, ich wüsste gern, was das alles zu bedeuten hat – und da bin ich gewiss nicht die Einzige«, meldete sich Cinderella zu Wort. »Und was ist mit der guten Fee? Wieso hat sie nicht selbst nach uns geschickt?«

»Weil sie krank ist«, informierte Alex die Runde. Die königlichen Herrschaften reagierten auf diese Neuigkeit ähnlich wie zuvor Alex und ihr Bruder – ihnen war nicht einmal klar gewesen, dass die gute Fee überhaupt krank werden *konnte.* »Und ich fürchte, das ist nur eines der vielen Probleme, denen wir derzeit gegenüberstehen; daher bitte ich euch, mir zügig in den großen Saal zu folgen, damit wir die Besprechung eröffnen können.«

Sie führte die Monarchen in den Feenpalast und die Stufen hinunter in jenen Raum, in dem Conner, Mutter Gans und die übrigen Feen bereits versammelt waren und warteten. Conners Anwesenheit überraschte die Neuankömmlinge allesamt, insbesondere Cinderella, die mit eigenen Augen gesehen hatte, wie die gute Fee das Portal zur Anderswelt im Garten des Glasschuhpalasts versiegelt hatte. Jeder Einzelne begriff nun endgültig, dass etwas ganz und gar nicht in Ordnung war.

Froggy, Rotkäppchen, Bree und Emmerich hasteten ebenfalls die Treppe hinab, um zu sehen, woher der Tumult rührte. Obwohl Bree und Emmerich bisher keinem der Herrschenden persönlich begegnet waren, begriffen sie im Nu, mit wem sie es zu tun hatten – was bei so verräterischen Merkmalen wie Schneewittchens blasser Haut und Rapunzels langem, wallendem Haar wenig verwunderlich war. Beide hielten ruckartig in ihrer Bewegung inne und nahmen auf den obersten Stufen Platz, um die eindrucksvollen Adeligen zu bewundern.

Rotkäppchen wäre am liebsten zu ihren ehemaligen Amtskolleginnen geeilt, doch als sie Suse in deren Mitte erspähte, wurde sie schmerzlich daran erinnert, dass sie nicht mehr dazugehörte. Also setzte sie sich neben Bree und Emmerich und schoss aus der Ferne bitterböse Blicke auf ihre Erzfeindin ab.

Froggy hüpfte die Treppe hinunter, um seine Brüder zu begrüßen.

»Charlie, was ist denn mit dir passiert?«, fragte Chandler.

»Wieso bist du wieder ein Frosch?«, wollte Chance ebenso neugierig wissen.

»Lange Geschichte«, meinte Froggy. »Wir werden euch alles erklären, das verspreche ich.«

Alex entschied, sogleich damit anzufangen, ehe die Situation noch verworrener wurde. »Die gute Fee ist sehr krank, und die Wirkungskraft ihrer Magie lässt nach«, wandte sie sich an die Versammelten. »Der Zauber, mit dem sie Prinz Charlies Fluch aufgehoben hatte, hat sich verflüchtigt, und der Durchgang in die Anderswelt steht teilweise wieder offen. Eine Armee aus unserer Welt ist ins magische Land gelangt und plant, es zu unterwerfen – aber davon soll euch Conner berichten, denn er ist den Soldaten beinahe direkt begegnet.«

Alex bedeutete ihrem Bruder, das Wort zu ergreifen, doch plötzlich sprang Mutter Gans auf die Füße.

»Nein, das erledige ich«, sagte sie. »Schließlich ist es allein meine Schuld, dass sie überhaupt hier sind.«

Alex und Conner tauschten Blicke – sie waren beeindruckt, dass Mutter Gans nun offenbar bereit war, vor dem gesamten Märchenrat die Verantwortung für ihre Fehler zu übernehmen.

Mutter Gans informierte die Könige und Königinnen über die Grande Armée und erzählte, weshalb sie verantwortlich dafür war, dass die Soldaten durch das Portal in die Märchenwelt hatten eindringen können. Dann schilderte sie, wie die Männer das Pinocchio-Kittchen gestürmt und die Kriminellen dort in ihre Reihen aufgenommen hatten. Und zuletzt fiel ihr die unglückselige Aufgabe zu, den Majestäten zu offenbaren, dass ihnen womöglich sehr bald ein Krieg ins Haus stand.

Alex saß derweil auf ihrem Stuhl, grübelte weiter über die Schrecken nach, die die Zukunft bereithalten mochte, und zerbrach sich den Kopf darüber, wie sie sich am besten darauf vorbereiten sollten.

»Diese fünftausend Mann starke Armee hat also nun Hunderte von Soldaten dazugewonnen – Schurken, die *wir* einst hinter Gitter gebracht hatten?«, hakte Schneewittchen nach und schlug sich vor Schreck die Hand über den Mund.

»Korrekt«, bestätigte Mutter Gans. »Und wir haben den unguten Verdacht, dass dieser Umstand all die flüchtigen Verbrecher in den Zwergenwäldern und anderen Gebieten auf die Idee bringen könnte, sich ebenfalls der Grande Armée anzuschließen.«

»Und was schätzen wir, wie viele Bösewichte insgesamt im Moment über die Märchenwelt verteilt auf freiem Fuß sind?«, fragte Dornröschen.

»Wir nehmen an, dass es etwa dreitausend sind«, sagte Emerelda.

Rapunzel überschlug die Zahlen rasch im Kopf. »Damit käme die Grande Armée alles in allem auf gut neuntausend Kämpfer«, sagte sie. »Das sind mehr als alle Wehrtüchtigen unserer Truppen *zusammengenommen.*«

»Wie groß sind denn eure Armeen?«, wollte Conner wissen.

»Das Nördliche Königreich verfügt über ein Heer von zweitausend Männern«, sagte Chandler.

»Das Königreich des Gläsernen Schuhs zählt eintausend«, ergänzte Chance.

»Viele Soldaten des Östlichen Königreichs haben bei dem Versuch, die Flüche der Zauberin abzuwehren, ihr Leben gelassen«, gestand Chase. »Nur ungefähr eintausendfünfhundert sind übrig.«

»Die Armee des Königreichs an der Ecke ist ebenfalls sehr klein – sie besteht aus lediglich fünfhundert Männern«, sagte Sir William.

Suse war die Einzige, die noch nicht geantwortet hatte. »Die genaue Zahl kenne ich nicht, aber ich würde sagen, sie liegt bei rund –«

»Achthundertachtundzwanzig Soldaten!«, rief Rotkäppchen vom oberen Treppenabsatz herunter.

Suse warf ihr einen garstigen Blick zu. »Ja, vielen Dank, *ehemalige Königin* Rotkäppchen«, ätzte sie.

Die kläglichen Zahlen waren ein Schock für die Zwillinge.

»Anders als in eurer Welt, gab es für uns nie einen wirklichen Grund, große Armeen bereitzuhalten«, sagte Mutter Gans.

Conner addierte die Soldaten im Kopf. »Dann heißt das also, mit all euren Truppen stehen dem Märchenrat ungefähr fünfeinhalbtausend Mann zur Verfügung. Sprich: *fünfeinhalbtausend* gegen womöglich *neuntausend* – die Grande Armée könnte auf das Doppelte unserer Heeresstärke anwachsen!«

»Und da sind die Armeen des Elfenreichs und des Reviers der Trobolde noch nicht einmal mitgerechnet«, erinnerte ihn Mutter Gans. »Falls es General Marquis gelingt, sie ebenso auf seine Seite zu bringen wie die Häftlinge, ist alles aus. Diesen Krieg können wir unmöglich gewinnen.«

»Dann müssen wir ihm zuvorkommen.« Zum ersten Mal ergriff Alex das Wort. »Wir müssen alles daransetzen, dass die Elfen und Trobolde unsere Reihen verstärken. Mag sein, dass sie nicht das beste Verhältnis zum Märchenrat haben – aber die Vorstellung, dass diese Welt in die Hände der Grande Armée fällt, wird ihnen ebenso wenig gefallen wie uns. Hat irgendjemand eine Vorstellung davon, wie groß die Truppen der Elfen und Trobolde sind?«

»Die Trolle und Kobolde haben eine Armee von siebenhundert Kriegern, soweit ich weiß«, meldete sich Mandarina. »Und die Elfen zählen eintausend Soldaten.«

»Dann sind das doch gute Nachrichten für uns«, sagte Alex. »Sobald wir beide Völker davon überzeugt haben, sich uns anzuschließen, stehen die Überlebenschancen für unsere Truppen schon deutlich besser. Außerdem kämpfen die Feen auf unserer Seite – sie dürfen wir nicht vergessen.«

Sämtliche Feen hinter den Podien protestierten sofort lautstark, allen voran Xanthous. »Feen können nicht in den Krieg ziehen; das widerspricht dem Magiekodex des Märchenrats!«, ereiferte er sich.

»Zum Teufel mit dem Kodex!«, brüllte Conner zurück, und der ganze Saal verstummte. »Der Zweck des Kodex besteht darin, den Frieden und Wohlstand der Märchenwelt zu sichern – aber bald gibt es vielleicht gar keine Märchenwelt mehr! Wenn wir diesen Krieg gewinnen wollen, werden wir Feuer mit Feuer bekämpfen müssen, und niemand verfügt über mehr Fcuer als du, Xanthous! Niemand kann größere Wellen schlagen als Skylene! Niemand sticht besser zu als Mandarina! Wir müssen alle verfügbaren Ressourcen nutzen.«

Moralisch sträubten sich die Feen mit jeder Faser ihres Wesens gegen diese Argumentation, doch Conner hatte recht: Solange sie ihre Magie für das höhere Allgemeinwohl einsetzen konnten, blieb ihnen keine Wahl. Alex faltete die Hände und senkte den Blick, während sie sich abermals in Gedanken darüber vertiefte, was noch zu tun war.

»Also schön: Ich glaube, ich habe einen Plan. Hört alle gut zu«, sagte sie schließlich, und sofort war ihr die ungeteilte Aufmerksamkeit des gesamten Raums gewiss. »Wir haben keine Ahnung, wo oder wie die Grande Armée zuerst angreifen wird – und müssen daher sämtliche Möglichkeiten in Betracht ziehen. Ich möchte, dass alle Könige und Königinnen sofort an ihre befehlshabenden Offiziere schreiben und sie anweisen, ihre Truppen in zwei gleiche Teile aufzuspalten. Eine Hälfte jeder Armee wird in ihrem jeweiligen Reich bleiben, damit kein Landstrich ungeschützt ist. Die *anderen* Hälften werden Verstecke beziehen – mir ist völlig gleich, wo sie sich verbergen, solange sie unauffindbar sind. Erst auf mein Signal hin sollen sie sich zeigen.«

»Aber wieso die Armeen aufteilen?«, fragte Xanthous.

»Auf diese Weise ist kein Königreich einem etwaigen Angriff schutzlos ausgeliefert«, erklärte Alex. »Und sollte es zu einer solchen Attacke kommen, besteht nie die Gefahr, dass wir eine komplette Armee verlieren.«

Alex wandte sich wieder den restlichen Feen zu. »Ich möchte, dass ihr zu den Soldaten stoßt, die ihre jeweiligen Königreiche bewachen«, sagte sie. »Rosetta geht ins Königreich an der Ecke, Skylene ins Nördliche Königreich, Xanthous in das des Gläsernen Schuhs, Mandarina ins Östliche Königreich, und Violetta und Coral begleiten Suse in ihre Republik. Mutter Gans und Emerelda wachen weiterhin über das Königreich der Feen und kümmern sich um die gute Fee.«

Nun drehte Alex sich um, so dass auch die übrigen Anwesenden ihre abschließenden Worte zu dem Plan vernehmen konnten. »Mein Bruder und ich werden persönlich den Trobolden und Elfen einen Besuch abstatten und sie eindringlich bitten, sich auf unsere Seite zu schlagen. Sobald wir damit Erfolg gehabt haben, lasse ich allen anderen Armeen – jenen in ihren Heimatkönigreichen und auch denen, die sich verstecken – eine Botschaft zukommen und führe sie dann vereint in die Schlacht gegen die Grande Armée.«

Jeder im Saal durchdachte einen Moment lang diese Strategie noch einmal sorgfältig. Sie mochte nicht perfekt sein, doch eine bessere hatten sie nicht.

»Und was wird aus uns?«, fragte Cinderella. »Kehren wir in unsere eigenen Königreiche zurück, oder bleiben wir im Feenpalast?«

»Weder noch«, sagte Conner und trat neben seine Schwester. »Wenn die Grande Armée euch findet, werden die Soldaten euch töten – sie haben schon einige königliche Familien und Aristokraten auf dem Gewissen und machen keine Gefangenen. Wir müssen dafür sorgen, dass ihr ständig in Bewegung und nie zu lange am selben Ort bleibt, damit sie euch niemals aufspüren. Ich würde ja vorschlagen, dass wir euch allesamt auf ein fliegendes Schiff wie die *Granny* verfrachten, aber wenn die Soldaten das am Himmel erspähten, würden sie ausflippen und es garantiert abschießen.«

»Bloß – wo sollen wir sie *dann* unterbringen? Es muss ein mobiles Versteck sein, in dem sie zugleich gut verborgen sind«, grübelte Alex laut.

Bei diesen Worten klingelte es in Conners Hinterkopf. Er war sich sicher, dass er kürzlich auf etwas gestoßen war, das den Anforderungen seiner Schwester entsprach – nur brauchte er einen Moment, um es wieder hervorzukramen. Gedanklich spulte er zurück bis ganz zum Anfang des gesamten Dilemmas, als er in Berlin auf dem Friedhof gestanden und den Märchen der Brüder Grimm gelauscht hatte. Da war es: Die berühmten Märchensammler hatten in ihrer Erzählung nicht nur eine Warnung versteckt, sondern bereits einen Plan skizziert.

»Ich hab's!«, rief Conner. »Wir schicken sie auf *einen verzauberten Pfad*, genau wie in dem Märchen ›Das verborgene Schloss‹! Dieser Pfad könnte sich durch sämtliche Königreiche schlängeln, nie zweimal dieselbe Richtung einschlagen und keinerlei sichtbare Spur hinterlassen!«

»Das ist brillant!«, frohlockte Alex. »Und einzig und allein die Leute, die davon wissen, werden in der Lage sein, ihn zu finden! Solange die Grande Armée nichts von dem Weg erfährt, tappt sie völlig im Dunkeln.«

Conner schob sich noch näher an Alex heran und flüsterte ihr zu: *»Glaubst du, du kannst einen solchen Pfad erschaffen, Alex?«* Er wollte den Anwesenden nicht zu früh Hoffnungen machen, falls Alex solcher Magie womöglich noch nicht gewachsen war.

Alex atmete tief durch. »Ja«, sagte sie. »Ich bin mir sicher, dass ich es kann.« Sie spähte zum oberen Treppenabsatz hinauf, wo die anderen noch immer hockten. »Rot, wir können die Kutschen nutzen, in denen du angereist bist – die sind ja nicht so königlich prächtig, sondern sehr schlicht.«

Rotkäppchen schnaubte. »Erinnere mich bloß nicht daran.«

Alex beäugte die majestätischen Roben, Kronen und Juwelen, die sämtliche Könige und Königinnen am Leib trugen. »Wir sollten euch auch ein wenig bescheidener einkleiden, damit ihr nicht mehr auf den ersten Blick als Herrscher zu erkennen seid«, befand sie. »Ihr dürft weder Schmuck tragen noch von Wachen begleitet werden und euch auch in keiner Weise königlich verhalten.«

»Aber wir können diese Odyssee doch gewiss nicht vollkommen ungeschützt antreten«, warf Schneewittchen ein.

»*Irgendeine* Form von Schutz brauchen wir«, bekräftigte Dornröschen. »Selbst wenn der Pfad ebenso getarnt ist wie wir.«

Alex ließ den Blick in den Himmel schweifen und überlegte. Wenig später breitete sich zum ersten Mal an diesem Tag ein Lächeln auf ihrem Gesicht aus. »Dafür weiß ich genau die Richtigen«, meinte sie. Denn die beiden flogen direkt über ihr. Alle wandten sich nun ebenfalls nach oben – gespannt darauf, was Alex zum Lächeln gebracht hatte.

Der sechste Schwan kehrte soeben zum Feenpalast zurück und landete im Saal. Sämtliche Monarchen und Feen waren sprachlos, als sie Jack und Goldlöckchen von seinem Rücken steigen sahen. Alex hatte heimlich einen der Schwäne beauftragt, ihre flüchtigen Freunde herbeizuholen.

»*Die* hast du eingeladen?«, keifte Rotkäppchen von der obersten Treppenstufe.

»Ja – ich dachte mir, dass es sicher nicht schadet, noch ein paar zusätzliche Freunde an der Hand zu haben«, meinte Alex. »Und jetzt bietet sich die perfekte Aufgabe für sie.«

Die beiden Neuankömmlinge winkten den adeligen Gästen im Raum etwas unbehaglich zu. Weniger als ein Jahr war vergangen, seit die Könige und Königinnen einstimmig beschlossen hatten, Goldlöckchen und Jack zum Dank für ihre Hilfe im Kampf gegen die Zauberin von all ihren Verbrechen freizusprechen – und seither hatten die zwei der netten Geste zum Trotz in sämtlichen Königreichen bereits etliche neue Straftaten begangen.

»Hallo zusammen«, grüßte Jack in die Runde. »Was gibt's?«

»Wir haben deinen Brief erhalten, Alex«, sagte Goldlöckchen. »Und dachten erst, er hätte uns versehentlich erreicht.

Der Schwan war allerdings *sehr* penetrant.« Sie und Jack hielten die Arme in die Höhe und zeigten den Versammelten Bissspuren, die sie bei dem Versuch davongetragen hatten, sich der Reise zu widersetzen.

Alex und Conner erzählten ihnen rasch von der Grande Armée und deren Plan, die Märchenwelt einzunehmen. Die beiden Gesetzlosen waren bereits wesentlich besser informiert, als die Zwillinge angenommen hatten – die Nachricht vom Einfall der Franzosen hatte sich inzwischen wie ein Lauffeuer in allen Reichen verbreitet.

»Viele der Kriminellen, die wir so kennen, haben sich den Soldaten bereits angeschlossen«, sagte Jack. »Die Grande Armée wächst von Minute zu Minute.«

»Jack, Goldlöckchen, ich muss euch um einen großen Gefallen bitten«, sagte Alex. »Wir schicken die Könige und Königinnen fort, damit sie niemals in die Fänge der Armee geraten. Und ich wäre euch unendlich dankbar, wenn ihr ihnen das Geleit geben und sie beschützen würdet – eben so, wie ihr meinen Bruder und mich auf unserer Mission, der Zauberin Einhalt zu gebieten, beschützt habt.«

Jack und Goldlöckchen tauschten Blicke – das war in der Tat ein großer Gefallen. Derweil erhob sich unter den königlichen Paaren Protestgemurmel: Wie sollte ein Gaunerpärchen in der Lage sein, ihnen Schutz zu bieten?

Von der höchsten Treppenstufe stieß Rotkäppchen einen Pfiff aus, um sich die allgemeine Aufmerksamkeit zu sichern. »Ich weiß, was ihr alle denkt – weil ich jeden einzelnen schlimmen Gedanken, den man zu den beiden nur hegen kann, selbst gehabt habe«, erklärte sie. »Dennoch versichere ich euch, dass es niemanden auf der Welt gibt, der gegen Goldlöckchen mit ihrem Schwert eine Chance hat, und auch keinen, den Jack mit seiner Axt nicht das Fürchten lehrt. Wir hätten unsere Reise durch die Königreiche im vergangenen Jahr ohne die beiden nicht überlebt. In ihrer Obhut werdet ihr bestens behütet sein.«

Jack, Goldlöckchen und den Zwillingen klappte vor Staunen der Mund auf. Sie konnten nicht fassen, dass ausgerechnet Rotkäppchen vor all den gekrönten Häuptern für sie eintrat.

»Danke, Rot«, sagte Goldlöckchen. »Von dir hätte ich solch ein Lob niemals erwartet.«

»Oh, das habe ich dir ja ganz zu erzählen vergessen, Goldie«, meinte Rotkäppchen aufgeregt, »ich habe jetzt eine neue Erzfeindin! Damit bist du vom Haken!«

Rotkäppchen reckte in Goldlöckchens Richtung gewandt beide Daumen nach oben. Suse verdrehte unterdessen die Augen und kreuzte die Arme vor der Brust.

»Also schön«, sagte Cinderella und drückte Prinzessin Hope noch ein wenig fester an sich. »Wenn du ihnen vertraust, dann werden sie wohl die Besten für diese Aufgabe sein.«

»Das wäre also beschlossen«, hielt Emerelda fest. »Und nun dürfen wir keine Zeit mehr verlieren. Bringen wir schleunigst die Könige und Königinnen in Sicherheit!«

Mit einem Schlenker ihrer Zauberstäbe verwandelten die Feen die königlichen Gewänder in schlichtere, gewöhnlichere Kleidung. Alle Majestäten erhielten Pergament und Schreibfedern und setzten Briefe an ihre befehlshabenden Offiziere auf, um sie anzuweisen, die Heere so aufzuteilen, wie Alex es beschrieben hatte. Sämtliche Feen – mit Ausnahme von Emerelda und Mutter Gans – nahmen die Schriftrollen anschließend an sich und lösten sich mit ihnen buchstäblich in Luft auf; sie verschwanden in jene Königreiche, in die Alex sie beordert hatte.

In der Zwischenzeit war Conner die Treppe hinaufgeeilt, um

mit Bree und Emmerich zu reden. »Ich möchte, dass ihr zwei euch gemeinsam mit den Königinnen und Königen auf den verborgenen Pfad begebt«, sagte er. »Ich würde mir nie verzeihen, wenn euch etwas zustieße. In Jacks und Goldlöckchens Gesellschaft seid ihr bestmöglich aufgehoben, das verspreche ich.«

Bree und Emmerich nickten. Beide hatten die Augen weit aufgerissen. Von den Ereignissen der vergangenen vierundzwanzig Stunden schwirrten ihnen derart die Köpfe, dass sie keinen klaren Gedanken fassen konnten. Sie hätten jedem Vorschlag zugestimmt.

»Freilich«, meinte Emmerich.

»Klingt gut«, erklärte Bree.

Conner lächelte und drehte sich dann zu Rotkäppchen. »Dich und Froggy bitte ich ebenfalls, die Gruppe zu begleiten, damit Bree und Emmerich jemanden haben, den sie kennen«, sagte er. »Außerdem weiß ich, dass es Alex und mir viel besser gehen wird in der Gewissheit, dass *all* unsere Freunde in Sicherheit sind.«

»Was?«, fragte Rotkäppchen scharf. »Du willst mich in eine gemeinsame Reisegruppe mit *dieser Susetante* stecken?«

»Es tut mir wirklich leid, dass du deinen Thron verloren hast, Rot«, sagte Conner. »Aber wenn du der Grande Armée in die Hände fällst, wird es die Soldaten nicht scheren, dass du *früher* einmal Königin warst. Und so sehr du deine Ketten auch liebst: Ich schätze, eine Guillotine um den Hals würde dir nicht allzu gut stehen.«

»Meinetwegen«, grummelte Rotkäppchen. »Falls wir allerdings doch geschnappt werden, stelle ich Suse gern als Zielscheibe für Schießübungen zur Verfügung.«

Sobald die Monarchen getarnt waren, verließen alle zusammen den Saal und folgten Alex hinaus auf die Eingangstreppe des Feenpalasts. An ihrem Fuß standen drei Kutschen in Reih und Glied, vor deren vorderste zwei Pferde gespannt waren.

König Chance, Königin Cinderella und Prinzessin Hope kletterten gemeinsam mit Königin Dornröschen und König Chase in den ersten Wagen. Königin Schneewittchen und König Chandler stiegen zu Königin Rapunzel und Sir William in den zweiten, und Froggy, Rotkäppchen, Emmerich und Bree hüpften in die dritte Kutsche, gefolgt – zu Rotkäppchens Entsetzen – von Königin Suse.

»Würde mich bitte jemand wieder in den Magen des großen bösen Wolfs einnähen?«, stöhnte Rotkäppchen.

»Das wird eine *lange* Fahrt«, seufzte Suse und schüttelte den Kopf.

Bree sprang noch einmal aus dem Wagenschlag, bevor er geschlossen wurde, und zog Conner fest in ihre Arme. »Bitte pass auf dich auf«, sagte sie.

Conner lief scharlachrot an. »Mach dir um mich keine Sorgen«, nuschelte er. »Ich bin es gewohnt, in Gefahr zu schweben.«

Er drückte die Kutschentür hinter ihr zu und klopfte noch einmal auf das Holz, um den Abreisenden Glück mitzuschicken. Cinderella reckte ihren Kopf aus dem Fenster des ersten Gefährts und machte Conner so auf sich aufmerksam.

»Ich habe mich bloß gefragt, ob du zwischenzeitlich etwas von meiner Stiefmutter und meinen Stiefschwestern gehört hast«, sagte sie. »Geht es ihnen gut in der Anderswelt?«

»O ja«, erwiderte Conner. »Als ich mich zuletzt mit ihnen unterhalten habe, hatten Lady Iris und Rosemary gerade einen Diner eröffnet, und Petunia arbeitet mittlerweile in einer Tierklinik. Sie schienen mir sehr glücklich.«

Das wiederum freute nun auch Cinderella. Und Conner war erleichtert, ihr auf die bevorstehende Reise entlang des geheimen Wegs immerhin noch einen kleinen Trost mitgeben zu können.

Jack und Goldlöckchen schwangen sich auf die Pferde, die vor der ersten Kutsche mit den Hufen scharrten, damit sie unterwegs in der Lage sein würden, alles wachsam im Blick zu behalten. Emerelda verzauberte die restlichen Wagen, so dass sie von allein fuhren, und Alex stellte sich vor der gesamten Kolonne auf, um ihr bisher anspruchsvollstes Stück Magie zu vollbringen.

»*Okay*«, flüsterte sie. »*Dann mal los.*«

Alex stellte sich den Pfad möglichst genau vor: Sie malte sich aus, wie er sich durch die Königreiche wand, ohne je erahnen zu lassen, wohin er letztlich führte, und dabei keine Spur hinterließ, sondern sich hinter den Kutschen wieder verflüchtigte. Sie berührte den Boden mit ihrem Zauberstab, und ein golden schimmernder Weg ergoss sich aus der Spitze über die Erde. Er reichte weniger als eine Viertelmeile in beide Richtungen und verlor sich dann jeweils.

Jack und Goldlöckchen ergriffen die Zügel ihrer Pferde, und die Kolonne trat ihre Fahrt an. Alex gesellte sich zu Emerelda, Mutter Gans und ihrem Bruder, die den Reisenden nachwinkten.

Emerelda legte Alex eine Hand auf die Schulter. »Deine Großmutter wäre sehr stolz auf dich.«

»Ich weiß«, antwortete Alex betrübt. Sie wünschte nur, die gute Fee hätte in diesem Moment an ihrer Seite sein können.

Emerelda, Mutter Gans und Conner kehrten in den Feenpalast zurück. Alex wollte ihnen gerade folgen, da entdeckte sie Rook. Sie hatte ihn zwischenzeitlich ganz vergessen gehabt.

»*Rook!*«, rief sie. Er lugte hinter einem von Rosettas magisch vergrößerten Rosenstöcken hervor.

»Alex, kommst du rein?«, rief Conner.

»Ja, ich bin in einer Minute da«, erwiderte sie und rannte dann hinaus zu Rook. Sie bugsierte ihn hinter ein Beet voller Riesentulpen und warf ihre Arme um seinen Hals.

»Tut mir leid, dass ich mich schon wieder einfach hergeschlichen habe. Aber ich hatte dich eine Weile nicht gesehen und mir Sorgen gemacht. Was war das denn für eine Wagenkolonne?«, fragte Rook. Seine fröhliche Miene gefror, als er Alex' ernsten Ausdruck bemerkte. »Ist etwas nicht in Ordnung?«

»Nichts ist in Ordnung«, sagte sie und schaffte es kaum, die Tränen zurückzuhalten. Den ganzen Tag über hatte sie die Fassung bewahrt. Rook jedoch war der Einzige, der ihr nicht das Gefühl gab, eine tapfere Fassade zur Schau tragen zu müssen. »Meine Großmutter ist schwerkrank, und eine Armee hat sich ins magische Land durchgeschlagen. Sie setzt alles daran, die Macht an sich zu reißen!«

»*Was?*«, keuchte Rook. »Was soll das heißen, eine Armee ist hier –«

Alex zog ihn dichter zu sich heran und sah ihm direkt in die Augen. »Du und dein Dad, ihr müsst von hier verschwinden – lauft so weit weg wie nur möglich«, beschwor sie ihn. »Ihr müsst aufbrechen, ehe sie euch schnappen!«

»Ich hoffe, das ist nicht deine Art, mich schonend abzuservieren«, entgegnete Rook scherzhaft in dem Versuch, sie zum Lachen zu bringen.

»Ich meine es ernst, Rook«, sagte Alex. »Bitte, du musst gehen! Ich würde es mir nie verzeihen, wenn dir etwas zustieße! Versprich mir, dass du dich sofort auf den Weg machst!«

»Schon gut, schon gut. Ich verspreche dir, dass ich meinen Dad hole und dann mit ihm verdufte.«

Alex seufzte und senkte den Blick zu Boden. »Okay«, murmelte sie. »Ich muss jetzt zurück in den Palast; es gibt noch so viel zu planen.«

Rook betrachtete sie mit den traurigsten Augen, die Alex je gesehen hatte. »Aber wann treffen wir uns wieder?«

»Ich weiß es nicht. Sobald all das überstanden ist, werde ich dich finden. Und nun geh bitte, damit ich nicht auch um dich Angst haben muss.«

Rook nickte. Er gab ihr einen Kuss auf die Wange und stiefelte los.

Dort am Boden hinter den Tulpen war Alex zum ersten Mal an diesem Tag vor sämtlichen Blicken geschützt. Sie kniete sich nieder, schloss die Augen und konzentrierte sich einfach nur auf ihren Atem. Für die Feen, die königlichen Herrschaften und ihren Bruder war sie aus der Not heraus stark gewesen, doch nun, nach ihrer Begegnung mit Rook, überfielen sie plötzlich alle unterdrückten Gefühle.

»Einfach atmen, Alex, einfach *atmen*«, sagte sie sich. »Du schaffst das, du schaffst das.«

Sie wartete im Schatten der Blumen, bis die Angst sie wieder verließ und ihr Mut zurückkehrte.

Kapitel 19

Ein eisiger Handel

Die Soldaten bibberten im eiskalten Wind. Die Wetterbedingungen waren längst zu rau für ihre Pferde geworden, so dass sie die Tiere hatten zurücklassen müssen; nun kämpften die Männer sich zu Fuß durch hohen Schnee. Bereits seit Stunden stapften sie höher und höher in die steilen Berge des Nordens empor, ohne jede Vorstellung davon, wo ihr Ziel lag oder wie weit es bis dorthin sein mochte.

»Wie lange noch?«, wollte General Marquis wissen.

»Sobald die Lichter sich zeigen, sind wir da«, rief der Maskenmann über die Schulter nach hinten.

Die Einheit aus ursprünglich zwanzig Soldaten der Grande Armée war auf weniger als ein Dutzend zusammengeschrumpft. Die Soldaten starben wie die Fliegen, während der Maskenmann sie durch die Kälte lotste. Alle paar Hundert Meter raubten die Elemente einem Mann die Sinne, und er verlor das Bewusstsein und stürzte in den Schnee. Seine Kameraden hatten die Anweisung, stur weiterzumarschieren, und so blieben die Gefallenen zurück.

General Marquis und Colonel Baton trugen seit Beginn ihrer Reise dicke Mäntel über ihren Uniformen, und obwohl die immer kraftloseren Soldaten hinter ihnen kaum gegen die beißende Kälte geschützt waren, wurden sie in einem fort beschuldigt, den Zug aufzuhalten. Der Maskenmann hatte lediglich eine zerlumpte alte Decke um sich gewickelt, bewegte sich aber dennoch geschmeidiger als alle anderen voran. Er hatte diesen Bergen bereits viele Male zuvor getrotzt.

»Besonders gut vertragt ihr Bande die Kälte ja wirklich nicht.« Er gluckste.

»Mir geht allmählich die Geduld aus«, drohte der General.

»Keine Sorge, General, wir sind fast da«, versicherte ihm der Maskenmann.

Wenig später tauchten die Nordlichter auf, die er den Soldaten beschrieben hatte. Sie erleuchteten den nächtlichen Himmel in hellen Grüntönen und umwirbelten die Gletscher, auf die die kleine Gruppe zuhielt. Bis sie dort anlangte, war die Einheit – einschließlich des Generals und Colonel Batons – auf sechs Mann zusammengeschrumpft. Der Maskenmann führte den kleinen Trupp durch einen schmalen Spalt zwischen zwei Gletschern und hinein in ein gewaltiges eisiges Labyrinth. Im Zickzack verlief es zwischen den Eismassen und öffnete sich schließlich zu einem breiten Krater.

»Werte Herren, willkommen im Heim der Schneekönigin«, verkündete der Maskenmann.

Sprachlos vor Staunen sahen die Soldaten sich in der Senke um. Mehrere Eissäulen umstanden die Vertiefung, deren Boden ein gefrorener See bildete. Ein vereister Wasserfall ergoss sich aus den darüber aufragenden Bergen hinab und war zu einem riesigen Thron erstarrt.

Auf diesem Thron saß die Schneekönigin, ihre beiden treuen Eisbären zur Rechten und zur Linken. Sie trug einen langen weißen Pelzmantel und eine schneeflockenbesetzte Krone, und über ihren leeren Augenhöhlen lag eine Stoffbinde. Sowohl die Schneekönigin als auch die Eisbären waren unheimlich still, beinahe so, als hätten sie die Ankunft der Soldaten vorausgeahnt.

»Der Maskenmann ist zurück«, sagte die Schneekönigin mit rauer, kratzender Stimme. »Wir haben Euch erwartet.«

»Hallo, Euer Majestät«, erwiderte der Maskenmann und deutete eine Verbeugung an. »Unsere letzte Begegnung ist lange her, doch Ihr wirkt kühl wie eh und je.«

»Komplimente könnt Ihr Euch sparen«, herrschte die Schneekönigin ihn an. »Wenn Ihr auf einen Handel aus seid, dann sollte Euch klar sein, was ich als Gegenleistung verlange.«

»Gewiss, das ist es«, sagte der Maskenmann. »Bei unserem letzten Treffen habt Ihr nachdrücklich deutlich gemacht, was Ihr im Austausch für *das Objekt der Begierde* fordert, und mit dem größten Vergnügen bin ich nun wieder hier. Ich habe alle nötigen Mittel bei mir, um den Handel zu vollziehen.«

Mit einem Mal versteifte sich der General. *»Von einem Handel war nie die Rede«*, zischte er.

Der Maskenmann bedeutete ihm, ruhig zu bleiben. »Euer Majestät, neben mir steht General Marquis der Grande Armée«, stellte er seinen Begleiter vor.

»Ich weiß, wer er ist«, fauchte die Schneekönigin. »Ich habe die Ankunft des Generals und seiner Armee in dieser Welt bereits weit vor Eurer Geburt prophezeit.«

Etwas an dieser Aussage verstörte den General zutiefst. Er bedeutete seinen Soldaten, sich in Habachtstellung bereitzuhalten, doch der Maskenmann beruhigte ihn. Er signalisierte ihm, dass die Reaktion der Schneekönigin ganz in seinem Sinne war. »Großartig«, sagte er dann zu ihr gewandt. »Dann ist Euch ja bewusst, dass er Euch im Tausch für das Drachenei genau das geben kann, was Ihr Euch stets gewünscht habt.«

»Mag sein, dass er es kann – doch ob er vertrauenswürdig ist und seinen Teil des Handels auch erfüllen wird, das muss sich erst zeigen«, meinte die Schneekönigin. »Die Zukunft des Generals hält ebenso viele Gewissheiten wie Ungewissheiten bereit. Vor langer Zeit habe ich vorausgesehen, dass er und seine Grande Armée durch die Lande ziehen und alles auf ihrem Weg erobern würden. Nun jedoch scheint mir sein Triumph über die Feen keinesfalls mehr gesichert. Um diese Welt zu unterwerfen, braucht er mein Vertrauen bei unserem geplanten Handel.«

»Und worin genau besteht der?«, fragte der General und trat vor.

Die Schneekönigin lächelte und offenbarte dabei ihre scharfzackigen Zähne. »Vor vielen Jahren war ich die Herrscherin über das Nördliche Königreich, bis ich um meinen Thron gebracht worden bin. Falls der General möchte, dass ich ihm mein Drachenei überlasse, mit dem er diese Welt erobern kann … dann muss er versprechen, mir nach seinem Sieg das Nördliche Königreich zurückzugeben.«

Der General hörte diese Forderung zum ersten Mal, und sie erzürnte ihn. »Entschuldigt mich für eine Sekunde, Eure Kaltheit«, bat er die Schneekönigin. Er packte den Maskenmann am Kragen und schleuderte ihn gegen eine der Säulen am Kraterrand.

»Von einem Handel habt Ihr nie auch nur ein Sterbenswörtchen verloren!«, zischte er.

»General, Ihr müsst mir vertrauen«, flüsterte der Maskenmann zurück. *»Nur so könnt Ihr diesen Krieg gewinnen. Lasst Euch auf diesen Pakt mit der Schneekönigin ein, und es wird vollkommen gleichgültig sein, was Ihr im Gegenzug versprecht – sobald Ihr den Drachen in Eurer Gewalt habt, werdet Ihr nicht mehr aufzuhalten sein! Und sie ebenso mühelos beseitigen wie alles andere, das sich Euch in den Weg stellt.«*

Der General wog die Worte des Maskenmannes sorgfältig ab, doch die Wut loderte weiter in seinen Augen. »Nun gut«, sagte er und wandte sich abermals zur Schneekönigin um. »Wenn Ihr mir jetzt das Drachenei überreicht, dann habt Ihr mein Wort, dass der Norden wieder Euch gehört, sobald wir ihn bezwungen haben.«

Ein tiefes, krächzendes Lachen voller Siegesgewissheit brach aus dem Mund der Schneekönigin hervor. »Musik in meinen Ohren«, meinte sie. »Ich nehme Euer Angebot an, aber seid gewarnt: Solange Ihr Euren Schwur haltet, sehe ich ungetrübt glorreiche Zeiten auf Euch zukommen – doch sowie Ihr mich betrügt, wird Euer Unterfangen in einer vernichtenden Niederlage sein Ende finden.«

Das linke Auge des Generals fing zu zucken an. Zweifellos versuchte die Schneekönigin, ihn mit Visionen zu ängstigen, die sie tatsächlich niemals gehabt hatte. Rasch spähte er hinüber zu dem Maskenmann, der ihn stumm drängte, fortzufahren.

»Verstanden«, sagte der General. »Damit sind wir im Geschäft.«

Die Soldaten spürten, wie der Boden unter ihnen erbebte. Als sie auf das Eis zu ihren Füßen blickten, stiegen dort Bläschen an die gefrorene Oberfläche empor; etwas Großes und Rundes schwebte langsam aus den Tiefen des Sees nach oben. Wenig später stieß ein Drachenei von unten gegen die Eisdecke.

General Marquis drehte sich zu seinen Männern um. »Steht nicht einfach so herum! Holt es heraus!«, befahl er.

Die Soldaten eilten zu dem Ei und schlugen ringsum mit den Schäften ihrer Gewehre auf die Eisdecke ein. Erste Risse bildeten sich, und General Marquis und Colonel Baton wichen einige Schritte zurück. Einer der Soldaten brach durch die Eisschicht in das frostige Wasser ein. Die Schneekönigin lachte; die Versuche der Männer, an das Ei zu gelangen, amüsierten sie köstlich. Durch das Eintauchen des Mannes tat sich ein riesiges Loch im Eis auf, und das Drachenei trieb hinein und in Reichweite.

»Keiner bewegt sich!«, rief der Maskenmann, und die beiden verbliebenen Soldaten hielten stocksteif inne. Vorsichtig ließ der Maskenmann sich auf Hände und Knie nieder, rutschte über den gefrorenen Boden und klaubte das Drachenei aus dem Wasser. *»Kalt – kalt!«*, kreischte er und warf es immer wieder von einer Hand in die andere, ehe er es in seine fadenscheinige Decke einschlug. Mit seiner schneidenden Kälte hatte ihm das Ei die Haut verbrannt.

Das Ei war doppelt so groß wie der Kopf des Maskenmannes. Es hatte zwar die Form eines gewöhnlichen Eis, allerdings erinnerte die Schale mit ihrer rauen, schuppigen Oberfläche an Kohle. Risse, die es sich über die Jahre zugezogen hatte, waren mit purem Gold aufgefüllt, wie ein fauliger Zahn. Der Maskenmann betrachtete das Ei stolz, als hielte er sein erstgeborenes Kind im Arm – von diesem Moment hatte er offensichtlich lange geträumt.

General Marquis trat prompt auf ihn zu und nahm ihm das Ei samt Decke aus den Händen. »Wundervoll«, sagte er und musterte es nun seinerseits mit weit aufgerissenen, neugierigen Augen. »Colonel Baton, bitte entsorgt den Maskenmann. Seine Dienste sind nicht länger vonnöten.«

Colonel Baton zog eine Pistole aus seinem Mantel und zielte damit auf den Maskenmann.

»Oha, oha, oha«, sagte der Maskenmann und hob beide Hände. *»Ihr könnt mich nicht töten! Ihr braucht mich noch!«*

»Wir haben das Ei an uns gebracht und nicht vor, auch nur eine weitere Minute mit Eurem Unsinn zu vergeuden«, sagte der General und nickte seinem Oberst zu, auf dass dieser abdrücken sollte.

»Aber jemand muss sich um das Ei kümmern – und ich bezweifle, dass Ihr oder einer Eurer Männer kundig darin seid, wie man einen Drachen ordentlich ausbrütet und aufzieht«, gab der Maskenmann zu bedenken.

»Und was macht Euch auf diesem Gebiet zum Experten?«, fragte der General gehässig.

»Ich strebe seit Jahren danach, dieses Ei in die Finger zu bekommen«, gestand der Maskenmann freimütig. »Ich weiß alles, was es über Drachen zu wissen gibt! Jetzt zum Beispiel müssen wir das Ei schleunigst in eine heiße Umgebung schaffen; je heißer, desto schneller und stärker wird der Drache wachsen – und ich kenne da einen *sehr* heißen Ort.«

General Marquis entwich ein Laut, der halb Schnauben und halb Seufzen war. Schon seit ihrem Aufbruch aus dem Gefängnis hatte er sich darauf gefreut, den Maskenmann loszuwerden, doch darauf musste er wohl noch ein wenig warten. Kopfschüttelnd bedeutete er Baton, die Pistole wieder wegzustecken.

»Mir scheint, der Maskenmann kann uns doch noch von Nutzen sein«, sagte der General. »Ihr dürft vorerst am Leben bleiben, bis der Drache geschlüpft ist und Ihr ihn für mich großgezogen habt. Und jetzt führt uns aus diesen eisigen Bergen, bevor mein Ärger meine Vernunft überwiegt.«

Mit einem letzten finsteren Blick auf den Maskenmann stapfte General Marquis in Richtung der Gletscherspalte, durch die sie die Senke betreten hatten. Colonel Baton und die beiden verbliebenen Soldaten folgten ihm. Der Maskenmann rieb sich über die Brust, um sein rasendes Herz zu beruhigen – er musste sich in den nächsten Tagen ins Zeug legen, wenn ihm sein Leben lieb war.

»Ich danke Euch, Eure Frostigkeit«, wandte er sich noch einmal an die Schneekönigin, ehe er sich hastig verbeugte und seiner kleinen Truppe nacheilte. Sobald er zusammen mit den Soldaten verschwunden war, stieß die Schneekönigin wieder ihr kratziges Lachen aus, das durch die gesamte Schlucht hallte.

»Was belustigt euch so, Euer Gnaden?«, erkundigte sich der Eisbär zu ihrer Linken.

Ein boshaftes Grinsen breitete sich über das Gesicht der Schneekönigin aus. »Mit einem Mal sehe ich in der nahen Zukunft unseres maskierten Freundes eines ganz deutlich vor mir«, sagte sie.

»Was erkennen Euer Majestät?«, fragte nun der Eisbär rechts von ihr.

»Seine Maske hat über einen beachtlich langen Zeitraum seine Identität geschützt«, sagte sie. »Doch noch bevor diese Woche vorüber ist, wird seine schlimmste Angst Wirklichkeit werden: Die Person, vor der er am dringlichsten verbergen will, wer er ist, wird sein Geheimnis lüften.«

Kapitel 20

Der große Troboldsee

Nachdem sie die Könige und Königinnen zusammen mit ihren Freunden auf den verborgenen Pfad geschickt hatten, konnten die Zwillinge trotz aller Erschöpfung kaum Schlaf finden. Bereits vor Tagesanbruch waren sie wieder auf den Beinen, und sowie die Sonne über dem Königreich der Feen in den Himmel stieg, trafen sie sich auf dem großen Balkon des Feenpalasts mit Mutter Gans, die dort Lester auf ihre Reise ins Revier der Trobolde und zum Reich der Elfen vorbereitete.

»Ich möchte, dass du Conner und Alex brav gehorchst und genau das tust, was die beiden dir sagen. Flieg besonders vorsichtig, behalt immerzu den Himmel ringsum im Blick und sorg dafür, dass dir jede Landung so sicher und standfest wie möglich gelingt«, wies sie ihn an. »Mit anderen Worten: Tu all das, was du für mich normalerweise nie tust.«

Lester nickte und plusterte sein Gefieder auf, um es für den bevorstehenden Flug hübsch flauschig zu machen.

»Sicher, dass du der Mission gewachsen bist, Lester?«, fragte Conner schalkhaft. »Falls du Bedenken hast, könnten wir auch auf einem dieser verzauberten Schwäne reisen.«

Lester öffnete den Schnabel und funkelte Conner empört an – allein schon der Vorschlag kränkte ihn zutiefst. Er packte seine eigenen Zügel mit dem Schnabel und drückte sie Conner auffordernd in die Hand: Er war der Aufgabe mehr als gewachsen.

»Das verstehe ich mal als Bestätigung«, meinte Conner lachend. Er und seine Schwester schwangen beide je ein Bein über die Flügel des gewaltigen Ganters und nahmen auf seinem Rücken Platz – Conner vorn, Alex hinter ihm.

»Unsere erste Station ist das Revier der Trobolde, Lester«, erklärte Alex. »Und nach unserem hoffentlich erfolgreichen Besuch dort machen wir uns auf den Weg ins Reich der Elfen.«

»Wer hat bei denen eigentlich das Sagen?«, fragte Conner.

Mutter Gans schnaufte unbehaglich. »Elvina, die Elfenkaiserin«, sagte sie.

»Die *keine* Freundin von dir ist, nehme ich an«, schlussfolgerte Conner.

»Hütet euch einfach in ihrer Gegenwart«, warnte Mutter Gans die Geschwister. »Kaiserin Elvina ist ebenso wunderschön wie gerissen. Sie gleicht einer giftigen Blume – äußerlich hübsch und harmlos, im Innern brandgefährlich. Lasst euch nicht von ihr täuschen. Ganz egal, was sie euch verspricht, ihre Treue wird immer in erster Linie ihren eigenen Leuten und nicht dem Allgemeinwohl gelten.«

Conner schluckte. »Giftige Blume, kapiert«, murmelte er.

»Elfen sind hochintelligent und für ihr gutes Gedächtnis bekannt – und meine Güte, können die nachtragend sein«, fuhr Mutter Gans fort. »Anfangs werden sie einer Zusammenarbeit sehr zurückhaltend gegenüberstehen; das sollte euch jedoch nicht unmittelbar entmutigen. Sie haben dem Rat der Feen nie verziehen, dass er ihnen keinen Platz im Märchenrat zugestanden hat, und weigern sich seither, mit uns zu reden.«

»Wenn sie aber schon so lange nicht mehr mit euch sprechen, wie kommst du dann darauf, dass sie sich mit uns unterhalten werden?«, fragte Alex.

Mutter Gans zuckte mit den Schultern. »Keine Ahnung«, meinte sie. »Viel Glück, ihr zwei. Ich werde hier auf euch warten und zur Stelle sein, wenn ihr wiederkommt.«

Ihr Rat wirkte auf Alex und Conner alles andere als tröstlich. Lester watschelte ein paar Schritte zurück und streckte seine Flügel. Dann trampelte er vorwärts und begann, sie auf und ab zu schlagen, bis er schließlich mit den Zwillingen vom Balkon abhob. Sie schwangen sich in die Lüfte, und im Nu waren Mutter Gans und der Feenpalast aus ihrem Sichtfeld verschwunden.

»Wer hätte nach dem letzten Mal gedacht, dass wir beide gemeinsam schon so bald aufs Neue die Welt retten«, sagte Conner mit einem nervösen Lachen, um die Spannung zu lockern.

»Ich habe mir immer gewünscht, dass sich das Portal zwischen den Welten irgendwie wieder öffnen würde, allerdings nicht zu diesem Preis«, seufzte Alex. »Scheint ganz so, als würden wir immerzu nur Pest gegen Cholera tauschen.«

»Ich weiß genau, was du meinst«, erwiderte Conner. Dann jedoch kam ihm ein versöhnlicher Gedanke. »Überlegst du dir auch manchmal, wie unser Leben verlaufen wäre, wenn wir das magische Land nie entdeckt hätten? Fragst du dich ab und zu auch, was wir jetzt gerade tun würden, wenn Grandma und Dad nicht aus der Märchenwelt stammten?«

Alex lächelte. »Dann würde ich vermutlich mein Studium und meine Karriere statt Kriege und Schlachten planen.«

Conner schmunzelte ebenfalls. »Und ich müsste bloß Algebra überleben – und nicht eine tausendköpfige Armee.«

Sie grinsten beide, wurden jedoch sofort wieder ernst. Ihr Erbe hatte den Geschwistern schon viele außergewöhnliche Erlebnisse beschert; allerdings hatten sie deshalb zugleich bereits auf einiges verzichten müssen.

»Denk nur an all das, was wir als normale Jugendliche jetzt so treiben würden«, sagte sie mit einem neuerlichen tiefen Seufzer. »Ob ich nach diesem Kapitel unseres Lebens wohl jemals wieder in der Lage sein werde, etwas einfach nur zu genießen? Ohne Angst, es gleich wieder zu verlieren?«

Conner hörte heraus, was zwischen ihren Worten mitschwang. »Übrigens«, hakte er ein, »wer war denn dieser Typ, mit dem du gestern Abend in den Feengärten gesprochen hast?«

Conner spürte, wie der Körper seiner Schwester sich hinter ihm versteifte. »Wovon redest du?«, versuchte Alex sich dummzustellen. »Der Junge im Garten? Oh, du meinst *Rook Robins* – den Farmerssohn aus dem Östlichen Königreich. Mit dem habe ich mich erst kürzlich angefreundet.«

»Rook Robins?«, wiederholte Conner. »Das klingt nach einem Baseballspieler. Und du bist sicher, dass ihr *nur Freunde* seid?«

Aus unerfindlichen Gründen verabscheute Conner auf Anhieb alles an diesem fremden Jungen.

»Ich bitte dich, Conner«, wehrte Alex ab. »Als ob ich Zeit für Romantik oder dergleichen hätte, nachdem ich gerade frisch dem Rat der Feen beigetreten bin und nun den Märchenrat in den Krieg führe.«

Alex hasste es, ihren Bruder anzulügen. Doch Conner würde niemals Ruhe geben, besonders dann nicht, wenn er herausbekäme, dass Rook einer der Gründe gewesen war, aus denen er Alex von Deutschland aus so lange nicht erreicht hatte. Conner war derweil froh, dass Alex hinter ihm saß und somit seine Miene nicht sehen konnte. Ihm war glasklar, was hier vor sich ging.

»Weißt du, du könntest es mir ruhig anvertrauen, wenn er mehr als ein Freund wäre – ich verspreche, dass ich es Mom nicht verraten würde«, sagte er und brannte bereits darauf, seiner Mom alles brühwarm zu erzählen.

Alex tat seine Worte lachend ab. »Falls aus meiner Freundschaft mit Rook unerwartet mehr werden sollte, erfährst du es als Allerersten – im Augenblick scheint mir das aber kaum möglich«, erwiderte sie nachdrücklich.

»Wunderbar – wenn er dir allerdings das Herz bricht, schlage ich ihn für dich zusammen«, verkündete Conner.

Alex prustete los. »Na, um das zu sehen, würde ich sogar bezahlen«, meinte sie und wechselte dann rasch das Thema, damit ihr Bruder keine Gelegenheit hatte, sie weiter in Verlegenheit zu bringen. »Wo wir nun aber schon dabei sind … ich wollte dich längst fragen: Bist du eigentlich in deine Reisegefährtin Bree verknallt?«

Wäre Lester ein Auto gewesen, hätte Conner eine Vollbremsung hingelegt. Stattdessen griff er derart ruckartig in die Zügel, dass Lester krächzend protestierte. Conner lief unterdessen so rot an, dass Alex es von hinten an seinem Nacken und den Ohren erkennen konnte.

»Ob ich in Bree verknallt bin?«, wiederholte Conner, als handele es sich dabei um eine völlig absurde Vorstellung. »Also wirklich, Alex – bloß weil ich dir ein paar harmlose Fragen

zu deinem Liebesleben gestellt habe, musst du nicht gleich so taktlos werden.«

Alex schnaubte über die Doppelmoral ihres Bruders. »Ich bin nicht taktlos, sondern dachte nur, ich frage, weil du knallrot wirst, wann immer du in ihrer Nähe bist oder ihr Name fällt«, stellte sie klar. »Gestern Abend, als sie dich zum Abschied umarmt hat, da hatte ich schon Sorge, dein Kopf könnte explodieren – und es würde mich übrigens nicht wundern, wenn auch sie ein bisschen verliebt in dich wäre.«

Unwillkürlich stahl sich ein Lächeln auf Conners Gesicht, gegen das er gänzlich machtlos war. *War Bree tatsächlich ebenfalls in ihn verliebt?* Diese Möglichkeit hatte er bislang überhaupt nie in Betracht gezogen. Hatte sie ihn vielleicht nicht nur aus Abenteuerlust quer durch Europa begleitet, sondern auch, um Zeit mit ihm zu verbringen? Eilig zwang Conner seine Mimik wieder unter Kontrolle.

»Sei versichert: Ich empfinde rein gar nichts für Bree«, behauptete er. »Ehrlich gesagt fing sie in Europa allmählich an, mir auf die Nerven zu gehen. Dass sie immerzu meine Entscheidungen angezweifelt hat; wie ruhig sie in jeder Situation geblieben ist; ihre Haare mit der blauen und pinkfarbenen Strähne, die sie in einem fort unter ihre Mütze gesteckt hat; jeden Tag irgendeine neue überraschende Enthüllung … Das alles war total nervig.«

Alex brauchte gar nicht weiter nachzubohren – Conners wahre Gefühlslage war offenkundig. Ein Glück, dass er nicht sehen konnte, wie hoch ihre Augenbrauen gewandert waren. »Mm-hmm, klingt ganz so, als hättest du dir wirklich nicht sonderlich viele Gedanken über sie gemacht«, meinte sie. »Wie gut, dass da nichts zwischen euch läuft.«

»Wieso?«, fragte Conner sofort – auf einmal hatte er das Gefühl, sich in die andere Richtung rechtfertigen zu müssen. »Du hältst mich also für nicht reif genug, um in jemanden verliebt zu sein – oder von jemandem geliebt zu werden, ja? Zu deiner Information: Auch ich bin ziemlich attraktiv –«

»Conner!«, unterbrach Alex ihn. »Es ging mir lediglich darum, dass wir gerade zu unserer alten Freundin Trollbella unterwegs sind, und wir werden uns erst wieder von ihr verabschieden, wenn sie uns Unterstützung durch ihre Armee zugesichert hat – selbst wenn das bedeutet, dass du sie dafür heiraten musst.«

Conner stieß einen langen, leidigen, jedoch sehr leisen Seufzer aus. Die junge Trollkönigin, die seit ihrer ersten Begegnung bis über beide Ohren in ihn verschossen war, hatte er beinahe vergessen gehabt.

»Himmel, ich hoffe bloß, auch in dieser Welt kennt man Scheidungen«, sagte er.

Den Rest ihrer Reise ins Revier der Trobolde verbrachten die Zwillinge recht still, beide aus Sorge, andernfalls unfreiwillig mehr über sich selbst preiszugeben, als ihnen lieb war. Sie waren einander so vertraut, dass jeder gegenseitige Täuschungsversuch ohnehin vergeblich war.

Endlich tauchten die berghohen Felsbrocken, die das Revier der Trobolde umschlossen, am Horizont auf, und Lester setzte zum Sinkflug an. Conner bemerkte dabei erstaunt, dass das Gebiet im Innern der steinernen Einfassung vollkommen von Wasser bedeckt war: Das gesamte Revier glich einem gigantischen Swimmingpool.

»Sekunde mal«, sagte Conner. »Haben die ihr Territorium etwa gar nie trockengelegt, nachdem die Zauberin es geflutet hatte?«

»Nope«, meinte Alex. »Die Feen haben ihnen angeboten, das

komplette Areal wieder instand zu setzen, aber Königin Trollbella hatte andere Pläne.«

»Die da wären?«, fragte Conner.

»Das wirst du gleich sehen.«

Lester segelte in das Revier hinein und landete sanft auf dem Wasser. Wie in einem winzigen Boot glitten die Zwillinge mit ihm über den riesigen See, der einst eine felsige Gerölllandschaft gewesen war.

»Das gibt's doch nicht«, murmelte Conner schockiert, als ihm klarwurde, worauf seine Schwester angespielt hatte: Königin Trollbella hatte ihr Reich in eine gigantische schwimmende Stadt verwandelt.

Hunderte von Forts, gebaut aus den Trümmern ihres einstigen unterirdischen Zuhauses, trieben vor ihnen im Wasser. Troll- und Koboldfamilien bewohnten die kleineren Kastelle, während die größeren Festungen als gemeinschaftliche Bereiche genutzt wurden. Einige der Kobolde kraulten von Burg zu Burg; die Trolle zogen es dagegen offenbar vor, sich in hölzernen, bootsähnlichen Gebilden auf dem Wasser fortzubewegen. Viele ließen vom Rand ihrer Forts die gewaltigen Füße ins Nass baumeln und hielten dabei Angelruten in der Hand – wobei die Geschwister ziemlich sicher waren, dass es hier keinerlei Fische gab, die hätten anbeißen können. Nun, da sie an der Oberfläche lebten, wirkten die Trolle und Kobolde zudem dunkler; durch die Sonne hatte ihre Haut satte Tönungen von Grün, Blau und Braun angenommen.

Trotz ihres so drastischen Tapetenwechsels machten sämtliche Wesen einen ungeheuer gelangweilten Eindruck. Alex und Conner, die auf dem riesigen Ganter vorüberdrifteten, waren seit Wochen der interessanteste Anblick, der sich ihnen bot, und sorgten entsprechend für mächtig Aufruhr.

»Die hatten ein bisschen Unterhaltung wirklich bitter nötig«, bemerkte Conner, und seine Schwester nickte.

Mit einem Mal vernahmen die Zwillinge eine vertraute Stimme vom Deck eines langen, breiten Boots, das sich ihnen näherte.

»Rudert, Trobolde, vorwärts!«, befahl Königin Trollbella. Sie lag lässig ausgestreckt am Bug und aalte sich in der Sonne. Ein Dutzend Trolle und Kobolde hockte derweil in der Mitte des Gefährts und legte sich wie geheißen in die langen Ruder. Das Boot bewegte sich mit leichtem Linksdrall vorwärts, da die Arme der Trolle kürzer waren.

Ein junger männlicher Troll stand am Heck und behielt die Ruderer im Blick. Er war kurzgewachsen und stämmig, genau wie Trollbella, und trug einen imposanten gehörnten Helm sowie einen Brustpanzer. Kaum hatten die Ruderer die Zwillinge und Lester auf dem Wasser neben sich erspäht, da hielten sie allesamt abrupt inne; sie deuteten auf den monströsen Ganter und begannen zu tuscheln, ebenso wie all ihre Kameraden in den umliegenden Forts.

»Habe ich gesagt, dass ihr zu rudern aufhören dürft?«, keifte Trollbella. Als ihr Boot sich dennoch nicht wieder in Bewegung setzte, richtete sie sich wütend auf, um nachzuschauen, worin das Problem bestand. Sobald ihre Augen dasselbe erblickten wie die ihrer Untergebenen, fiel ihr die Kinnlade herunter und sie schlug sich beide Hände an die Wangen.

»Hi, Trollbella«, sagte Conner verlegen und winktc. »Hast du mich vermisst?«

»Butterbub!«, keuchte sie. »Bist du es wirklich – oder sehe ich ein Trugbild im Wasser?«

»Er ist leibhaftig hier«, sagte Alex. »Wir sind *beide* hier.«

»Aber ich dachte, ich habe meinen Butterbuben für immer

verloren«, japste Trollbella, die völlig unter Schock stand. »Du bist durch dieses Portal nach Hause zurückgekehrt, und ich habe geglaubt, du kommst niemals wieder! War unsere Liebe so stark, dass selbst ein Portal ihr nicht standhalten konnte? Hat unsere gegenseitige Zuneigung den Durchgang aufs Neue aufgesprengt? Bist du nun hier, um endlich König des großen Troboldsees zu werden?«

»Ähm … *nein*«, stellte Conner klar. »Aber das Portal hat sich *tatsächlich* wieder geöffnet – und deshalb bin ich da.«

»Der große Troboldsee, hmm?«, machte Alex. »So nennst du euer Revier also jetzt?«

»Ja, Feenmädchen«, antwortete Trollbella mit finsterer Miene. »Und ich erwarte, dass sämtliche Landkarten unverzüglich umgeschrieben werden! Schon immer habe ich mir gewünscht, in Wassernähe zu leben, und die Zauberin hat mir diesen Wunsch unbeabsichtigt erfüllt. Und jetzt müsst ihr auf mein Boot steigen, damit ich meinen Butterbuben gebührend umarmen kann.«

Lester paddelte seitlich an ihr Schiff heran, und zwei der Rudertrolle halfen Alex und Conner an Bord. Trollbella warf sich Conner an den Hals wie ein Klammeraffe und katapultierte sie beinahe beide ins Wasser. Conner nahm an, sie würde ihn wohl eine ganze Weile nicht mehr loslassen, doch sie gab ihn wesentlich schneller frei als erwartet. Dann schaute sie mit großen Augen zu ihm auf, und ihr Blick wirkte eher besorgt denn lüstern wie üblich. Etwas war gänzlich anders an Trollbella, doch die Zwillinge hatten es zu eilig, um dem auf den Grund zu gehen.

»Pass auf, Trollbella«, setzte Conner an. »Wir sind hier, weil wir mit dir reden müssen. Etwas sehr Schlimmes ist passiert, und wir brauchen deine Hilfe.«

Trollbella stemmte beide Hände in die Hüften. »Es belastet unsere Beziehung, wenn du immer bloß mit katastrophalen Neuigkeiten zu mir kommst, Butterbub«, sagte sie. »Ich wünschte, du würdest mir nur ein einziges Mal stattdessen Blumen oder Schokolade vorbeibringen.«

»Zum millionsten Mal: Wir *führen* keine Beziehung!«, sagte Conner.

»Ja, ich weiß, für solcherlei kindische Bezeichnungen ist unsere Liebe zu mächtig«, sagte sie. »Unsere Liebe ist endlos … ewig … unzerstörbar …« Mit einem Mal brach die Trollkönigin in Tränen aus.

»Trollbella, was ist denn los mit dir?«, fragte Alex.

»Es gibt da etwas, dass ich meinem Butterbuben beichten muss, ehe wir uns weiter unterhalten«, schluchzte Trollbella. »Während du fort warst, *habe ich einen anderen gefunden.*«

»Was?«, fragten die Zwillinge genau gleichzeitig. Dieses Geständnis war das Letzte, womit sie aus dem Mund der Trollkönigin gerechnet hatten.

Trollbellas Blick huschte schuldbewusst über das Boot, und sie wandte sich von den Geschwistern ab – was sie ihnen nun erzählen musste, schmerzte sie zu sehr, als dass sie ihnen dabei in die Augen hätte sehen können. »Nachdem du für immer in eine andere Dimension entschwunden warst, war mir klar, dass es schwierig sein würde, unsere Liebe am Leben zu halten. Ich habe versucht, dir so lange wie möglich treu zu bleiben, und diese sechs Tage waren die härtesten meines Lebens. Ohne dich war ich schwach, Butterbub, und mein Herz ist vom rechten Weg abgekommen. Ich habe den Gedanken, für immer allein zu sein, nicht ertragen, und es deshalb *einem anderen geschenkt.*«

Alex und Conner tauschten gleichermaßen baffe Blicke. Gemessen an all den jüngsten Ereignissen überraschte es Conner, wie groß die Last war, die bei Trollbellas Worten von ihm abfiel.

»Ich habe immer geglaubt, dass es mir eines Tages – sollte das Unmögliche geschehen und du tatsächlich zu mir zurückkehren würdest – ein Leichtes sein würde, mein Herz wieder dir zu geben, doch nun, da du vor mir stehst, geht mir auf, dass ich mich geirrt habe«, sprach Trollbella weiter. »Sobald ich jemanden zu meinem Geliebten auserkoren habe, kann ich meine Liebe erst zurücknehmen, wenn ich die Gewissheit habe, dass sie keine Zukunft hat – und ich fürchte, mit meinem neuen Erwählten habe ich mir nun bereits einen langen, glückseligen Lebensweg entworfen.«

»Okay, aber eins muss ich doch wissen: Wer ist denn der Arme?«, erkundigte sich Conner, unfähig, seine Neugier im Zaum zu halten.

»Sein Name ist Gator, und er gebietet über mein Heer ebenso wie über mein Herz«, antwortete Trollbella. Ihr träumerischer Blick wanderte zum Heck des Boots, und sie winkte dem kleinen Troll mit seinem gehörnten Helm zu. Gator erwiderte die Geste, wirkte dabei jedoch reichlich unbehaglich – *Gegenseitigkeit* war offenkundig nichts, worauf Trollbella in Beziehungen Wert legte.

»Glückwunsch«, meinte Conner zu beiden.

»Aber ich bin dir untreu geworden, Butterbub!«, klagte Trollbella und fiel auf die Knie. »Ich hatte mir geschworen, dass unsere Liebe unsterblich sein würde, und diesen Schwur habe ich gebrochen! Nie wirst du eine andere so lieben können, wie du mich geliebt hast! Ich fühle mich so schrecklich dafür, dass ich dich in dieser grausamen Welt alleinlasse! Bitte sag mir, ob ich irgendetwas tun kann, um meine Schuld zu begleichen!«

Alex stieß Conner in die Seite und räusperte sich. *Das war ihre Chance.*

»Keine Ahnung«, druckste Conner herum und tat sein Bestes, todunglücklich zu wirken. »Ich bin schockiert, abgrundtief schockiert. Es fühlt sich an, als wäre mir mein Herz aus der Brust gerissen, von einem Rudel Wölfe zertrampelt und von einem Oger durchgekaut worden. Ich werde eine ganze Weile brauchen, um darüber hinwegzukommen –«

»In der Zwischenzeit könntest du allerdings durchaus etwas tun, das ihn *immens* trösten würde«, mischte Alex sich ein, um die Sache zu beschleunigen.

»O ja, Butterbub!«, winselte Trollbella zu Conners Füßen. »Alles würde ich tun, um dir deinen Herzschmerz zu erleichtern! Bitte, meine Schuld wiegt beinahe unerträglich schwer! Ein Wort genügt!«

»Ach, nun ja …«, sagte Conner theatralisch. »Sofern es dir ernst damit ist, dass du meine emotionalen Wunden heilen, die Bruchstücke meines Herzens wieder zusammenfügen und die Fetzen meiner Seele wieder vernähen willst … dann wäre es mir eine große Hilfe, wenn du mir deine Armee zur Verfügung stellen könntest.«

»Du willst meine Armee?«, fragte Trollbella. Verwirrt schaute sie zu ihm auf. Mit dieser Bitte hatte womöglich sogar ihr Butterbub eine Grenze überschritten.

»Ja – aber es gibt einen sogar noch wichtigeren Grund, aus dem ich sie brauche«, schob Conner eilig hinterher.

»Trollbella, ein tausendköpfiges Heer von Männern ist in diese Welt eingefallen und plant, sie zu unterwerfen –«, versuchte Alex zu erklären, doch Trollbella schnitt ihr das Wort ab.

»Still, Feenmädchen!«, befahl die Trollkönigin. »Das geht dich nichts an. Halt deinen Zauberstab aus unseren Angelegenheiten heraus!«

Alex verdrehte die Augen und bedeutete ihrem Bruder,

den Rest zu erläutern. Rasch erzählte Conner von der Grande Armée und schilderte, weshalb sie auf die Hilfe der Trobolde angewiesen waren, um die Soldaten aufzuhalten. Zwar schien die Trollkönigin von seinen Ausführungen nicht allzu gefesselt, doch sämtliche Wesen ringsum zeigten mit einem Mal umso größeres Interesse.

»Ich komme mit!«, meinte einer der rudernden Kobolde.

»Das klingt phantastisch!«, rief ein Troll herüber. Er hatte von einem nahen Fort gelauscht.

»Ich bin nicht mal in der Armee, aber in eurem Kampf werde ich euch trotzdem unterstützen!«, meldete sich ein Kobold zu Wort und schien zum Äußersten entschlossen.

»Ich auch!«, brüllte ein anderer Troll.

Die Zwillinge waren von so viel Eifer begeistert. Das Leben in der schwimmenden Stadt musste wirklich öde sein, wenn Trollbellas Untertanen die Vorstellung eines Krieges derart verlockend fanden.

Trollbella selbst kniff die Augen zusammen und kreuzte die Arme vor der Brust, während sie über Conners Bitte nachdachte. »Trotzdem: Eine Armee im Austausch für ein gebrochenes Herz scheint mir ein ziemlich happiger Preis«, befand sie.

Sofort presste Conner sich beide Hände auf die Brust und ließ sich mit schmerzverzerrtem Gesicht auf das Deck fallen. »Oh, mein gebrochenes Herz! Es tut so weh! Oh, der Schmerz, dieser elende Schmerz!«, schrie er.

»Dein Herz befindet sich links in deiner Brust, Conner«, zischte Alex zu ihm hinunter. Hastig verschob er seine Finger.

Beim Anblick ihres derart gepeinigten Butterbuben, dessen Leid sie selbst verschuldet hatte, traten Trollbella Tränen in die Augen. »O nein, Butterbub!«, sagte sie und stürzte an seine

Seite. »Wenn meine Armee deinen Schmerz lindern kann, dann sollst du meine Armee haben!«

Prompt setzte Conner sich wieder auf, im Nu genesen. »Gott sei Dank«, meinte er. »Das weiß ich wirklich zu schätzen! Dann müssen wir jetzt schleunigst deine Soldaten zusammenziehen und sie in unseren Plan einweihen.«

Königin Trollbella kam auf die Füße und wandte sich an ihre Ruderer. »Bringt uns auf der Stelle zum Armeefort, Trobolde!«, ordnete sie an. »Mein Butterbub muss mit unseren Truppen sprechen, damit seine Genesung beginnen kann!«

Die Trolle und Kobolde an den Riemen wendeten das Boot einmal um einhundertachtzig Grad und steuerten es dann auf das ausgegebene Ziel zu. Alex bedeutete Lester, ihnen zu folgen, und half Conner beim Aufstehen.

»Gelungene Einlage«, wisperte sie ihm ins Ohr.

»Danke«, erwiderte Conner, machte dann aber eine griesgrämige Miene.

»Was ist denn los?«, fragte Alex. »Wir haben soeben die Troboldarmee auf unsere Seite gebracht, und es war viel einfacher, als wir erwartet hatten!«

»Schon klar«, meinte Conner betrübt. »Aber ich fasse es einfach nicht, dass Trollbella diesen Troll *mir* vorzieht.«

Kapitel 21

Aus der Asche

Der verborgene Pfad schlängelte sich durch die Landschaft, überquerte Flüsse, ohne dass dafür Brücken nötig wurden, und bewältigte unerschlossene Berge; so gelangten die Wagen auf ihrer Odyssee von einem Königreich ins nächste.

Jack und Goldlöckchen behielten ihre Umgebung hochkonzentriert im Blick, hatten bislang jedoch noch keinerlei Probleme für ihre geheime Reisegesellschaft ausgemacht. So friedlich das Land außerhalb der Kutschen aber auch daliegen mochte: Im Innern des dritten Wagens sah es vollkommen anders aus.

Rotkäppchen war es mit Mühe gelungen, sich auf die Zunge zu beißen, seit sie das Königreich der Feen hinter sich gelassen hatten; sie und Suse hatten auf der gesamten bisherigen Wegstrecke noch kein einziges Wort gesagt, und die Übrigen blieben ebenso still, aus Sorge, dass jeder Gesprächsversuch die beiden in erbitterten Streit stürzen könnte. Stattdessen verfolgten Froggy, Bree und Emmerich wie bei einem Tennismatch die garstigen Blicke, die zwischen Rotkäppchen und Suse hin- und herflogen.

Schließlich ertrug Rotkäppchen die Stille nicht länger und wandte sich so diplomatisch wie nur möglich an Suse.

»Also, Suse«, sagte sie. »Genießt du es, über mein Königreich – Verzeihung, *dein* Königreich – zu herrschen?«

»Jep«, war Suses einzige Antwort. Sie starrte Rotkäppchen gleichmütig an, ohne auch nur zu blinzeln, als hätte Rotkäppchen ihr ein kindisches Spiel vorgeschlagen, auf das sie nicht eingehen wollte.

Die anderen tauschten unbehagliche Blicke; dass diese Unterhaltung in einem Desaster enden würde, schien unvermeidlich.

»Das freut mich«, log Rotkäppchen durch zusammengebissene Zähne. »Hast du schon all die Versprechungen eingelöst, die du den Leuten im Wahlkampf gemacht hast?«

»Beinahe«, erwiderte Suse mit noch immer ausdrucksloser Miene.

»Wundervoll«, quiekte Rotkäppchen. »Und wie geht es den Abgeordneten der Kammer des Fortschritts?«

»Die habe ich allesamt durch echte Volksvertreter aus der Stadt ersetzt«, ließ Suse sie wissen.

Unwillkürlich musste Rotkäppchen kichern. »Na, das hatten sie auch verdient«, meinte sie. »Und was ist mit der Burg? Hast du dich schon an sie gewöhnt? Das wird sicher eine Weile gedauert haben, nachdem du dein ganzes bisheriges Leben in diesem Bauernhaus verbracht hattest.«

»Tatsächlich lebe ich dort nach wie vor«, stellte Suse richtig.

Mit einem Mal würgte Rotkäppchen, als hätte sie eine Fliege verschluckt. »Ach *wirklich*?«, brachte sie hervor und gab dabei ihr Bestes, ruhig zu bleiben. »Wieso hast du dann von mir verlangt, dass ich ausziehe?«

»Weil ich die Burg in ein Waisenhaus umfunktioniert habe«, sagte Suse und lächelte hämisch.

Rotkäppchen saß stocksteif da, während ihr Gehirn diese Neuigkeit verarbeitete. Dann, als wären plötzlich ihre urtümlichsten Instinkte durchgebrochen, warf sie sich mit erhobenen Fäusten auf Suse.

»Ich bringe dich um!«, kreischte Rotkäppchen.

Froggy war auf diesen Augenblick gefasst gewesen und packte sie sofort, ehe sie irgendeinen Schaden anrichten konnte. Allerdings war er dabei auf Brees und Emmerichs Hilfe angewiesen.

»Du lausiges, strohwühlendes Miststück! Das hast du absichtlich gemacht! Du wusstest, dass nichts mich mehr verletzen würde als die Einquartierung einer Bande Rotzlöffel in meiner Burg!«

»Rotkäppchen, wie kannst du so über Waisenkinder reden?«, tadelte Bree.

»Oh, lass dich von dem Begriff nicht täuschen! Ich habe all diese kleinen Tunichtgute persönlich getroffen, und einer ist schrecklicher als der andere! Die Eltern der meisten von ihnen sind zudem am Leben und bei bester Gesundheit – sie hatten bloß keine Lust, ihre grässlichen Bälger selbst aufzuziehen«, schäumte Rotkäppchen.

Suse wies Rotkäppchens Unterstellung zu ihren Beweggründen nicht zurück; sie lächelte Rotkäppchen einfach von ihrem Sitz aus weiter boshaft an. Rotkäppchen beruhigte sich derweil langsam wieder so weit, dass die anderen sie loszulassen wagten. Emmerich beschloss, das Thema zu wechseln, bevor es Verletzte zu beklagen gab.

»Was ist denn das für eine Kette, die Sie da anhaben?«, wollte er von Suse wissen.

Nie zuvor hatte jemand sie darauf angesprochen, und Suse war überrascht, dass das Schmuckstück ihm aufgefallen war. Um ihren Hals lag tatsächlich ein hauchdünnes, nahezu unsichtbares Kettchen, das zudem halb im Ausschnitt ihres Kleids verschwand. Nun fingerte sie es heraus und zeigte ihm den kleinen, herzförmigen Stein daran.

»Ein steinernes Herz«, erklärte sie.

»Wieso tragen Sie es?«, bohrte Emmerich nach.

Suse war unsicher, wie sie ihm antworten sollte, denn auch diese Frage hatte ihr niemals jemand gestellt. »Einst habe ich Menschen verloren, die ich sehr liebte«, sagte sie. »Diese Kette trage ich zum Gedenken an sie. Auf sonderbare Weise hilft es mir, das Vermissen besser auszuhalten.«

»Sind sie gestorben oder bloß vor dir *geflohen*?«, schnaubte Rotkäppchen giftig.

Suse gab keine Antwort. Sie nestelte an der Kette und lächelte die frühere Königin einfach nur an. Allein ihre Gegenwart reizte Rotkäppchen mehr, als jegliche Worte es vermocht hätten.

In der ersten Kutsche ging es derweil nicht gar so lebhaft zu, auch wenn die Passagiere hier ebenfalls zunehmend unruhiger wurden. Prinzessin Hope war vom langen Stillsitzen bereits ganz zappelig und fing zu weinen an. Cinderella barg ihre Tochter sanft in den Armen und wiegte sie, bis sie wieder einschlief. Dornröschen bewunderte von ihrem Platz gegenüber das mütterliche Geschick ihrer Freundin.

»Du machst das so wunderbar«, sagte sie. »Wenn ich euch beide sehe, fehlt mir meine eigene Mutter umso mehr.«

»Ich vermisse meine Mutter ebenfalls«, gestand Cinderella.

»So oft wünsche ich mir, sie wäre noch am Leben, damit ich sie fragen könnte, ob ich mich richtig verhalte.«

»Ich kenne jedenfalls in dieser Welt keine bessere Mutter als dich«, lobte König Chance seine Frau. »Und da schließe ich unsere eigene Mutter mit ein.«

König Chase lachte über die Worte seines Bruders. »Ja, unsere Mutter war im Herzen ein guter Mensch, nach außen jedoch mitunter sehr kalt.«

Dornröschen schmunzelte und ließ den Blick dann betrübt aus dem Fenster schweifen. Das Mutterthema schmerzte sie in jüngster Zeit sehr.

»Glaubst du, falls dieses ganze Chaos wieder in Ordnung kommt –«, setzte Cinderella an, verbesserte sich jedoch rasch. »*Sobald* dieses ganze Chaos in Ordnung gekommen ist – habt ihr beiden dann vor, eine Familie zu gründen?«

Chase legte eine tröstende Hand über Dornröschens Finger, und sie kämpfte gegen Tränen an. Es gab etwas, das sie ihren Freundinnen bisher nicht verraten hatte.

»Bitte entschuldige, ich wollte nicht –«, sagte Cinderella, obwohl sie keine Ahnung hatte, wofür sie um Verzeihung bat.

»Nein, schon gut«, versicherte ihr Dornröschen. »Leider können ich und viele weitere Frauen in unserem Königreich als Folge des Schlaffluchs keine Kinder bekommen.«

Cinderella und Chase waren über diese Enthüllung am Boden zerstört. »Oh, meine Liebe, das tut mir so, so leid«, keuchte Cinderella, wusste jedoch keine Worte, die in dieser Situation ein Trost gewesen wären.

Dornröschen hielt den Blick weiterhin starr aus dem Fenster gerichtet, um sich vor den mitleidigen Blicken ihrer Begleiter zu schützen. »Manche Dinge sollen einfach nicht sein, schätze ich«, murmelte sie.

Im Wagen wurde es sehr still. Der verborgene Pfad wand sich über die Grenze zwischen dem Nördlichen und dem Östlichen Königreich, und die Landschaft draußen wurde Dornröschen vertrauter.

»Wir sind zu Hause«, verkündete sie ihrem Ehemann. »Diese Hügel würde ich aus meilenweiter Entfernung erkennen –«

Sie brach ab, ihr Blick wurde leer. Plötzlich jedoch tauchte in der Ferne etwas in ihrem Blickfeld auf, das ihr einen Schauder über den Rücken jagte. Sie stieß das Fenster auf und beugte sich hinaus.

»Haltet die Wagen an!«, rief Dornröschen zu Jack und Goldlöckchen nach vorn.

Die beiden rissen an ihren Zügeln, und die Kolonne wurde langsamer. Dornröschen war bereits aus dem Kutschenschlag gesprungen, ehe die Räder gänzlich zum Stehen gekommen waren. Sie stürmte los.

»Warte! Wo brennt's denn?«, schrie Jack ihr hinterher.

»Wo willst du hin?«, brüllte auch Goldlöckchen. Doch die Königin ignorierte sie.

Die übrigen Reisenden stiegen nun ebenfalls neugierig aus ihren Gefährten. Sowie die Monarchen Dornröschen in der Ferne rennen sahen, sprinteten sie ihr nach, mussten jedoch gar nicht sonderlich lange laufen. Dornröschen hielt am Rand eines Dorfes inne, das keiner der anderen zuvor bemerkt hatte. Voller Entsetzen starrte sie auf das, was vor ihr lag.

Die kleine Ansammlung von Häusern war einem grauenhaften Angriff zum Opfer gefallen: Nahezu sämtliche Wohnstätten waren niedergebrannt, dichter Rauch hing in der Luft, und einige Häuser standen noch immer in Flammen. Keine lebendige Menschenseele zeigte sich weit und breit, es herrschte Totenstille. Der Schaden war so katastrophal, dass sämtlichen

Königen und Königinnen sofort klar war: Hier hatte die Grande Armée gewütet. Nur *deren* Waffen besaßen die nötige Zerstörungskraft, um ein unschuldiges Städtchen derart in Schutt und Asche zu legen.

»Das begreife ich nicht«, flüsterte Dornröschen. »Wieso trifft es immerzu mein Königreich am schlimmsten?«

Schneewittchen trat neben sie und legte ihr eine Hand auf die Schulter. »Mag sein, dass im Östlichen Königreich die Sonne stets zuerst untergeht – doch auch der Sonnenaufgang zeigt sich hier am frühesten«, sagte sie.

Ihre versöhnlichen Worte verhallten ungehört, denn ein Geräusch aus den Flammen lenkte Dornröschen ab – ein Laut, so zart, dass sie nicht sicher war, ob sie ihn tatsächlich vernommen oder sich nur eingebildet hatte.

»Hast du das gehört?«, fragte sie.

»Was denn?«, entgegnete Schneewittchen.

»Es klang wie ein *Weinen*«, sagte Dornröschen.

Da ertönte das Wimmern erneut, und diesmal stürzte Dornröschen augenblicklich auf das Dorf zu.

»Röschen, bleib hier!«, rief Chase seiner Frau nach.

»Das ist zu gefährlich!«, warnte Cinderella.

»Keine Sorge, wir holen sie«, sagte Goldlöckchen, und gemeinsam mit Jack setzte sie der Königin nach.

Dornröschen ließ sich von dem Geräusch leiten; je näher sie ihm kam, desto lauter wurde es. Sie stemmte die Tür eines bröckelnden, ausgebrannten Hauses auf und trat über die Schwelle. Gegen all den Rauch in der Luft musste sie ihren Mund bedecken. Inzwischen klang das Weinen so laut, dass es unmöglich Einbildung sein konnte.

Jack und Goldlöckchen fanden die Königin und vernahmen es nun selbst klar und deutlich.

»Was ist das?«, fragte Goldlöckchen.

»Klingt wie ein *Baby*«, staunte Jack.

»Hier drüben!«, rief Dornröschen.

Unter einem Haufen Schutt aus den Überresten der einstigen Decke war eine kleine Truhe begraben. Jack und Goldlöckchen halfen Dornröschen, die Trümmer beiseitezuräumen, und gemeinsam öffneten sie den Deckel. Versteckt im Innern lag ein kleines Mädchen – zweifellos die einzige Überlebende des Überfalls der Grande Armée.

»Ich fasse es nicht«, murmelte Goldlöckchen voller Staunen.

»Wie hast du bloß ihr Weinen gehört?«, fragte Jack.

Dornröschen konnte es ebenso wenig erklären. »Ich nehme an, es sollte einfach so sein«, sagte sie und hob das Baby in ihre Arme, wo es augenblicklich still wurde.

Goldlöckchen beäugte derweil die morschen Dachbalken über ihnen. »Wir müssen schleunigst hier raus.«

Zu dritt rannten sie mitsamt ihrem Fund aus dem Gebäude, gerade als das Dach einstürzte. Dornröschen hatte dem kleinen Mädchen das Leben gerettet – nur Sekunden, bevor es zu spät gewesen wäre. Die Freunde kehrten zu ihrer Reisegesellschaft zurück, die noch immer am Dorfrand auf sie wartete. Die anderen rissen die Augen auf, als sie das überlebende Kind erblickten.

»Wessen Baby ist das?«, fragte Bree.

»Eine Waise, soweit wir wissen«, erwiderte Dornröschen.

»Na, ich kenne da eine großartige Burg, in die du es bringen kannst, wenn du nach einem Waisenhaus suchst«, giftete Rotkäppchen und blitzte Suse garstig an.

Dornröschen blickte lächelnd auf das Baby in den Armen, und in ihren Augen lag eine Wärme, die die anderen nie zuvor darin gesehen hatten. »Ich kenne sogar ein Schloss«, sagte sie. »Die Kleine wird bei *uns* leben.«

Chase trat auf seine Frau zu, um sie zur Vernunft zu bringen, doch sowie sein Blick auf das Gesicht des Mädchens fiel, wurde er von den gleichen Gefühlen überwältigt wie Dornröschen. Dieses Kind hatte darauf *gewartet*, von ihnen gerettet zu werden.

»Was ist mit der königlichen Blutlinie?«, sprach Chandler aus, was der Rest der Gruppe dachte.

»Wenn euch Blut so sehr beschäftigt, dann lade ich euch zu einem Spaziergang durch das Dorf hier ein – da könnt ihr euch anschauen, wie viel Blut meines Volkes bereits vergossen worden ist«, sagte Dornröschen. »Dieses Kind ist eine Überlebende und Nachfahrin dieses Königreichs und somit eine würdige Erbin unseres Throns.«

Obwohl Dornröschen ausschließlich Cinderella und Chance anvertraut hatte, dass sie selbst nicht in der Lage war, Kinder zu gebären, erhob keiner der anderen Einwände. Der Säugling strahlte wie ein Hoffnungsschimmer in düstersten Zeiten – wenn es der Kleinen gelungen war, die Zerstörungswut der Grande Armée zu überleben, dann würden sie selbst es ebenfalls schaffen.

»Wie werdet ihr sie nennen?«, fragte Cinderella.

Dornröschen schenkte der Runde der Königinnen und Könige ringsum ein Lächeln, und Freudentränen sammelten sich in ihren Augen. Alle hatten sie das spontan adoptierte Kind bereits als eines der ihren akzeptiert.

»Da sie in der Asche dieses Dorfes gefunden wurde, denke ich, Ash ist ein passender Name«, befand sie.

»Prinzessin Ash des Östlichen Königreichs; das klingt hübsch«, urteilte Froggy.

»Sie ist wunderschön«, sagte Rapunzel.

Rotkäppchen starrte derweil zu dem geplünderten Dorf hinüber, und ein schwerer Kloß der Schuld legte sich ihr in die Magengrube. All ihr Zorn und Kummer über den Verlust ihres Throns erschienen im Vergleich zu dem Schrecken, dem sich die Welt gegenübersah, mit einem Mal so winzig und unbedeutend. Der Angriff hätte ebenso leicht *ihr Königreich* treffen können, und dieser Gedanke weckte in ihr eine Wut, wie sie sie nie zuvor verspürt hatte.

Rotkäppchen marschierte zu Goldlöckchen hinüber. Alle rechneten damit, dass sie einen Streit vom Zaun brechen würde, doch zur allgemeinen Überraschung trug sie stattdessen eine Bitte vor: »Bring uns bei, wie man kämpft.«

»Wie bitte?«, fragte Goldlöckchen.

»Ich will lernen, wie ich selbst gegen diese Armee kämpfen kann«, erklärte Rotkäppchen den Versammelten. »Das hier hätte jedem beliebigen Dorf in jedem beliebigen Königreich widerfahren können – es war keine Attacke auf das Östliche Königreich, sondern auf uns alle. Und ich habe nicht vor, die Hände in den Schoß zu legen und zuzuschauen, wie diese Grande Armée alles zerstört, was wir so sehr lieben. Falls ich sterbe, soll das nicht in einer gemütlichen Kutsche oder einem Thronsaal geschehen, sondern im Kampf an der Seite unserer Bürger.«

Die königlichen Herrschaften tauschten Blicke, allesamt tief bewegt von Rotkäppchens Worten. Sie waren verblüfft, beeindruckt und – in allererster Linie – *inspiriert* von dem, was sie von sich gegeben hatte. Gemeinsam taten sie einen Schritt auf Goldlöckchen zu, geeint in ihrem Bestreben.

»Ich habe vom täglichen Putzen im Haus meiner Stiefmutter noch ziemlich kräftige Armmuskeln«, prahlte Cinderella.

»Und es wäre *wirklich* eine nette Abwechslung, nicht ständig in diesen Kutschen eingepfercht zu sein«, meinte Schneewittchen schulterzuckend.

Das plötzliche Interesse der Adeligen begeisterte Goldlöckchen, und sofort zog sie ihr Schwert aus der Scheide. »Na dann, ganz wie ihr wünscht«, sagte sie. »Majestäten, bitte sucht euch allesamt einen langen Stock. Als Erstes werde ich euch zeigen, wie man ein Schwert führt.«

Mutter Gans stand auf dem großen Balkon des Feenpalasts und starrte zu den Sternen am Nachthimmel empor. Im Stillen betete sie, dass die Zwillinge und Lester – wo auch immer sie sein mochten – mit ihrer Mission, weitere Armeen zu rekrutieren, Erfolg hatten. Vor allem aber flehte sie darum, dass sie wohlauf und unversehrt waren.

Emerelda rauschte zu ihr ins Freie. »Mutter Gans«, keuchte sie atemlos. »Die gute Fee – sie ist wach.«

Mutter Gans hob beinahe vom Boden ab, so unbändig freute sie sich. »Ganz und gar, gesund und munter?«, fragte sie fassungslos.

»Nur vorübergehend, dem Anschein nach«, antwortete Emerelda. »Sie wirkt ausgesprochen müde, und sie möchte dich sehen.«

Sofort rannten Emerelda und Mutter Gans in die Gemächer der guten Fee. Mutter Gans fiel an ihrem Bett auf die Knie und ergriff ihre Hand. Die gute Fee hatte die Augen geöffnet, doch ihre Lider schienen schwer, als wäre sie soeben aus einem tiefen Schlaf erwacht und würde gleich wieder wegnicken.

»Hallo, meine liebe Freundin!«, grüßte Mutter Gans sie leise.

»Emerelda, würdest du Mutter Gans und mich bitte für einen Moment allein lassen?«, bat die gute Fee schwach.

Emerelda nickte und eilte aus dem Raum.

»Mutter Gans, es gibt noch etwas, um das ich dich bitten muss, ehe ich gehe«, sagte die gute Fee.

»Bevor du gehst? Aber wohin willst du denn gehen?«, lachte Mutter Gans. »Zum Gebirgswandern? In die Sommerfrische? Nach Palm Springs?«

»Du weißt, wohin ich gehe«, entgegnete sie.

»Ja, natürlich«, murmelte Mutter Gans betrübt. »Ich hatte bloß gehofft, es bestünde vielleicht doch noch die Chance, dass du bleibst. Worum möchtest du mich denn bitten?«

Je angestrengter die gute Fee sich zu sprechen mühte, desto bleierner wurden ihre Augenlider. »Über die Jahre habe ich viele deiner Geheimnisse gewahrt«, sagte sie. »Im Gegenzug habe ich dich lediglich gebeten, ein einziges von meinen zu hüten – und nun wünsche ich mir von dir das Versprechen, dass du es auch nach meinem Tod für dich behalten wirst.«

Mutter Gans verstand. »Du meinst den *anderen* Erben?«, sagte sie.

»Ja«, sagte die gute Fee schnaufend. »Hätte Alex sich nicht als *wahre Erbin des magischen Reichs* erwiesen, läge ich jetzt nicht in diesem Bett. Ihr Mitgefühl ist ihre größte Stärke und empfindlichste Schwäche zugleich. Sollte sie je erfahren, dass es noch jemanden gibt – und um wen es sich handelt –, dann würde sie sich ebenso täuschen lassen wie ich, und sie würde daran zugrunde gehen.«

»Das verstehe ich«, sagte Mutter Gans. »Du hast mein Wort: Dein Geheimnis ist bei mir sicher. Alex wird es nie erfahren.«

Die gute Fee schenkte ihrer ältesten Freundin ein Lächeln.

»Ich danke dir«, sagte sie erleichtert. Nun endlich gab sie dem Gewicht ihrer Lider nach und versank erneut in einem sehr tiefen Schlummer. Sie schlief noch friedlicher als zuvor, nachdem ihr diese bedeutende Sorge genommen war.

Mutter Gans seufzte und drückte der guten Fee die Hand. Dieses Geheimnis zu schützen, würde zur schwierigsten Aufgabe ihres Lebens werden.

Kapitel 22

Bis auf den Grund

Mitten in der Nacht fanden sich drei Dörfer im Süden des Östlichen Königreichs im Kreuzfeuer eines Angriffs: Soldaten der Grande Armée fielen in die Städtchen ein und raubten den Einwohnern all ihre Habseligkeiten. Die Dörfler selbst wurden gefangen genommen und ins Lager der französischen Truppen verschleppt.

Nur ein Dorf brachte den Mut auf, Widerstand zu leisten, und wurde in der Folge gänzlich zerstört. Sowie die versklavten Dorfbewohner im Lager ankamen, mussten sie sich in Reih und Glied aufstellen und bekamen je eine Schaufel in die Hand gedrückt. Dazu erhielten sie lediglich den Befehl, zu graben.

»Wie tief sollen sie denn graben?«, fragte General Marquis den Maskenmann. Gemeinsam sahen sie aus dem behaglichen Zelt des Generals den Gefangenen bei der Arbeit zu.

»Bis sie auf Magma stoßen«, erwiderte der Maskenmann. Er wiegte das Drachenei in seinen Armen, ohne es auch nur eine Sekunde aus den Augen zu lassen. »Das dürfte nicht sonderlich lange dauern. In der Drachenära war das gesamte Östliche Königreich von Vulkanen übersät. Drachen legten ihre Eier in das Magma, weil ihr Nachwuchs in der Hitze rasant gedieh.«

»Und was geschieht, sobald das Ei in der glühenden Masse ruht?«, erkundigte sich der General mit verstohlenem Seitenblick auf den Maskenmann.

»Das erkläre ich Euch beizeiten«, entgegnete der und umklammerte das Ei nur fester. Er gab sich betont kurz angebunden, da ihm klar war, dass allein sein Wissen über Drachen ihn am Leben hielt.

»Ihr seid klüger, als Ihr ausschaut«, meinte der General.

»General Marquis«, rief Colonel Baton aus dem Zeltinnern, »unser Angriffsplan für morgen steht.«

Der Oberst und Capitaine De Lange waren über den Schreibtisch des Generals gebeugt, auf dem sie eine große Karte der Märchenwelt ausgerollt hatten. Mehrere Fähnchen steckten darin, und kleine Figuren scharten sich an strategisch wichtigen Punkten sämtlicher Königreiche.

»Deckt sich der Plan mit dem, was wir besprochen haben?«, wollte der General wissen.

»Jawohl, Sir«, versicherte der Oberst. »Morgen bei Sonnenaufgang greifen wir alle Königreiche zeitgleich an und nehmen die jeweiligen Hauptstädte ein. Capitaine De Lange und seine Männer haben erfolgreich die königlichen Streitkräfte ausgespäht, und wir freuen uns, Euch informieren zu können, dass unsere Armee aus Soldaten und Rekruten mehr als doppelt so viele Kämpfer zählt wie sämtliche Truppen aller Reiche zusammengenommen.«

»Fahrt fort«, wies ihn der General an.

»Die Oger und eintausend Soldaten werden ins Reich der Elfen beordert, um deren Heer zu besiegen – den genauen Umfang ihrer Streitmacht haben wir nicht herausfinden können; wir schätzen allerdings, dass es bloß etwa eintausend Kämpfer stark sein dürfte. Die Hexen und dreihundert Soldaten überfallen das Königreich an der Ecke mit seiner kleinen Armee von nur rund zweihundert Mann. Die Kobolde marschieren zusammen mit eintausend Soldaten im Nördlichen Königreich ein, um dessen eintausend Mann zählendes Heer zu bezwingen. Die flüchtigen Tiere werden gemeinsam mit vierhundert unserer Kämpfer in Rotkäppchens Königreich eine Armee ebenso vieler Wehrtüchtiger überwältigen. Die Trolle und fünfhundert Soldaten sollen im Königreich des Gläsernen Schuhs die fünfhundert Mann der dort stationierten Truppe schlagen. Und die übrigen Kriminellen stürmen zusammen mit achthundert Soldaten das Östliche Königreich, wo sie einer Armee von knapp siebenhundert Kämpfern die Niederlage beibringen sollen. Das Revier der Trolle und Kobolde ist für uns wertlos – sie verfügen in dieser Welt über keinerlei Einfluss oder Ansehen, also werden wir unsere Männer nicht an sie verschwenden.«

»Wir sind sämtlichen hiesigen Armeen zahlenmäßig überlegen«, ergänzte Capitaine De Lange. »Somit bleiben Euch zweitausend Soldaten, die Ihr ins Königreich der Feen führen könnt, um den Feenpalast zu erobern.«

»Und ein Drache!«, rief ihnen der Maskenmann ins Gedächtnis. »Zweitausend Soldaten *und* ein Drache stehen Euch zur Verfügung.«

»Wie rasch wird der Drache bereit sein?«, fragte Baton.

»Bei der Drachenaufzucht kommt es allein auf eine gelungene zeitliche Abstimmung aller Faktoren an«, erklärte der

Maskenmann. »Je nach Temperatur des Magmas und Futtermenge könnte er innerhalb weniger Tage seine volle Größe erreichen – solange ich die Möglichkeit habe, stets in seiner Nähe zu sein und mich fachkundig um ihn zu kümmern, versteht sich.«

Der General betrachtete eingehend die ausgebreitete Karte. Seine Kommandeure mochten siegesgewiss sein, doch er selbst war alles andere als zufrieden. Etwas an ihrer Strategie gefiel ihm ganz und gar nicht.

»Seid Ihr sicher, dass die Truppenstärke der gegnerischen Heere korrekt ermittelt worden ist?«, fragte er. »Nach der Beschreibung der Brüder Grimm schienen mir die Streitkräfte sämtlicher Königreiche wesentlich umfangreicher.«

»Meine Männer sind erst gestern – kurz nach Eurer eigenen Rückkehr aus dem Norden – wieder zu uns gestoßen, Sir«, beteuerte Capitaine De Lange. »Sie haben die Armeen der Königreiche in den jeweiligen Hauptstädten bei der Kriegsvorbereitung beobachtet und alle Soldaten gezählt.«

Der Plan behagte dem General noch immer nicht. Er ahnte, dass mehr als Soldaten und ein Drache nötig sein würde, um den Feenpalast zu stürmen.

»Nun gut«, sagte er. »Aber ich möchte mehr in der Hand haben, ehe wir die Feen überfallen: Ich will, dass alle Herrscher lebend gefangen genommen und hierhergebracht werden, sobald ihr jeweiliges Königreich eingenommen ist – verstanden?«

»Jawohl, Sir«, sagte Colonel Baton. »Wir werden das Königreich der Feen zuletzt angreifen – sobald wir die Regenten der übrigen Gebiete in unserer Gewalt haben.«

»Capitaine De Lange, sorgt dafür, dass die Dörfler so schnell graben wie möglich«, befahl der General. »Spätestens bei Sonnenaufgang soll das Ei ins Magma gelegt werden.«

Capitaine De Lange salutierte und machte sich zur Grabungsstelle auf. General Marquis rieb sich den kahlen Kopf, noch immer in Sorge, dass seinen Männern etwas Entscheidendes entgangen war. In diesem Moment eilte Lieutenant Rembert mit weit aufgerissenen Augen ins Zelt, um dem General freudige Nachrichten zu überbringen.

»General Marquis, in einem der nahen Dörfer ist etwas entdeckt worden, das Ihr gewiss gern sehen würdet, Sir.«

»Und das wäre, Leutnant?«, fragte der General, als könne nichts ihm noch Begeisterungsstürme entlocken.

»Wir haben einen magischen Spiegel gefunden, Sir«, verkündete der Leutnant.

Das weckte nun doch das Interesse des Generals. Er hatte gehört, dass magische Spiegel intuitives Wissen über die Welt in sich bargen. Vielleicht vermochte der Spiegel seine Zweifel im Hinblick auf die bevorstehende Schlacht zu besänftigen. »Bringt ihn her«, ordnete er an.

Der Leutnant verließ das Zelt und erschien Augenblicke später erneut, diesmal mit zwei Soldaten, die er anwies, den massiven quadratischen Gegenstand, den sie schleppten, ins Innere zu wuchten. Die Männer stellten ihn in einer Ecke auf und zogen den schützenden Stoff, in den sie ihn eingeschlagen hatten, herunter. Der Spiegel hatte einen breiten goldenen Rahmen mit eingraviertem Rankenmuster und das klarste Glas, das die Umstehenden je zu Gesicht bekommen hatten.

Der General näherte sich ihm wie einer giftigen Schlange. Unterdessen war dem Maskenmann vollkommen klar, um welche Art Spiegel es sich handelte, doch er warnte den General nicht – denn er war viel zu neugierig darauf, was sich diesem darin zeigen würde.

General Marquis blieb einen langen Moment vor dem Glas

stehen, doch nichts tat sich. Er wedelte eine Hand durch die Luft, aber sein Spiegelbild veränderte sich nicht.

»Idiot – Ihr seid hereingelegt worden«, brüllte er Rembert an. »An diesem Spiegel ist überhaupt nichts magisch.«

Gerade als der General sich wegdrehte, keuchten die anderen Männer im Zelt auf. Nun hatte sich sein Abbild im Spiegel doch gewandelt: Anstelle des erwachsenen Mannes in hochdekorierter Uniform war ein schwacher kleiner Junge im Glas aufgetaucht. Er war entsetzlich dürr und schmutzig, und er zitterte – ein halb verhungerter, verängstigter Bauernbub in zerlumpter, zerrissener Kleidung und ohne Schuhe. Sein linkes Auge war zugeschwollen, zweifellos infolge einer brutalen Tracht Prügel.

Der General hatte sein ganzes Leben damit zugebracht, diesen Jungen nach Kräften zu vergessen, doch sowie er ihn sah, erkannte er ihn.

»Leutnant«, sagte General Marquis in leisem, aber drohendem Tonfall. »Ich wünsche, dass dieser Spiegel augenblicklich aus meinem Zelt entfernt und auf der Stelle zerstört wird – und solltet Ihr mich je wieder mit derartigem Humbug belästigen, werdet Ihr der Nächste sein.«

Rembert und die restlichen Soldaten schafften hastig den Spiegel aus dem Sichtfeld des Generals. Obwohl der nicht einmal die Stimme erhoben hatte, waren alle Männer sich einig, dass sie ihn nie zuvor derart aufgewühlt erlebt hatten. Selbst nachdem der Spiegel verschwunden war, starrte der General weiter in die Zeltecke.

»Colonel Baton«, sagte er schließlich scharf. »Ich möchte nicht bis zum Morgengrauen warten – sendet die Armeen in die Königreiche aus, sobald sie sich formiert haben.«

»Zu Befehl, General«, erwiderte Colonel Baton. Er schritt

eilig aus dem Zelt, und der Maskenmann blieb allein mit dem General zurück.

»Welche Sorte magischer Spiegel war *das* denn bitte?«, fragte General Marquis.

»Ein Spiegel der Wahrheit«, antwortete der Maskenmann. »Er zeigt, wer jemand tatsächlich ist, statt nur das äußere Antlitz des Betrachters zu reflektieren.«

Daraufhin wurde der General sehr steif und still.

»Ich nehme an, Ihr seid in großer Armut aufgewachsen«, fuhr der Maskenmann fort. »Das erklärt wohl, woher Euer Ehrgeiz rührt – Euer Leben lang wart Ihr gezwungen, Euch zu beweisen –«

Der Kopf des Generals schnellte zu ihm herum. »Wagt es bloß nicht, Mutmaßungen über mich anzustellen«, bellte er. »Ihr glaubt, mich zu kennen – dabei habt ihr nicht den blassesten Schimmer. Ihr habt keine Ahnung, woher ich komme, was hinter mir liegt oder welche Hürden ich nehmen musste, um zu dem zu werden, der ich heute bin. Dieser Junge im Glas war ein Abbild der Vergangenheit, nichts mehr. Er wird nie wieder irgendjemandem etwas beweisen müssen.«

Der Maskenmann war klug genug, sein Gegenüber nicht weiter zu reizen. »Ihr habt recht, ich kenne Euch nicht«, lenkte er ein. »Darum lasst mich Euch bitte eines fragen – etwas, das mich seit unserem ersten Treffen beschäftigt: Wieso wollt Ihr diese Welt erobern? Selbst dort, wo Ihr herstammt, dürfte es doch ein wenig verstiegen anmuten, Anspruch auf eine andere Dimension zu erheben.«

Der General schritt zu seinem Schreibtisch hinüber und zog aus der obersten Schublade einen dicken Wälzer hervor. Er blätterte durch die Seiten, und der Maskenmann erkannte, dass sie mit Karten und Porträts bedruckt waren: ein Geschichtsbuch.

»Dort, wo ich herkomme, wird jede Epoche vom Ruhm eines einzigen Mannes geprägt«, sagte er. »Alexander der Große, Julius Cäsar, Wilhelm der Eroberer, Dschingis Khan … sie alle waren die größten Feldherren ihrer Zeit. Bald schon wird sich ein Mann namens Napoleon Bonaparte in ihre Riege einreihen … es sei denn, ein anderer Mann unterwirft etwas, wovon Napoleon nicht einmal zu träumen wagt.«

»Ah, verstehe«, sagte der Maskenmann. »Ihr seid darauf aus, ihn zu übertreffen. Gewiss aber werdet Ihr doch schon jetzt der Welt – ebenso wie er – für Eure immensen Verdienste um das Französische Kaiserreich in Erinnerung bleiben?«

General Marquis schlug das Buch energisch zu und verstaute es wieder in der Schublade. »Mag sein«, sagte er. »In den Geschichtsbüchern allerdings ist lediglich Platz für *einen* Mann.«

Kapitel 23

Das Reich der Elfen

»Die eine Hälfte der Armeen des Märchenrats harrt in Verstecken aus, während die andere ihre jeweiligen Königreiche bewacht«, erklärte Alex der Troboldarmee. »Sobald wir das Heer der Elfen rekrutiert haben, werden sämtliche Truppen – die verborgenen wie auch jene, die ihre Heimatreiche schützen – sich zusammenschließen und gemeinsam gegen die Grande Armée ins Feld ziehen. Wartet auf mein Signal und stoßt dann im Königreich der Feen zu uns. Noch Fragen?«

Die Truppe der Trobolde bestand aus etwas mehr als achthundert Trollen und Kobolden, die allesamt schlecht in Form und größtenteils erst kürzlich und aus reiner Langeweile beigetreten waren. Nun saßen sie vor Alex in einem hölzernen Amphitheater, das wie ein Donut auf dem großen Troboldsee trieb.

Einer der Trolle hob die Hand und schien nach Alex' Erläuterung tatsächlich noch Klarstellungsbedarf zu haben.

»Ja, *du da* mit dem Knochen durch die Nase«, rief Conner ihn auf. »Was möchtest du wissen?«

»Wenn wir die Armeen des Märchenrats unterstützen, was springt dann für uns dabei heraus?«, fragte der Troll.

Aufgeregtes Raunen brach unter den Troboldsoldaten aus; Alex hatte mit keiner Silbe erwähnt, was sie im Gegenzug für ihre Hilfe bekommen sollten.

»Was wollt ihr denn?«, gab Conner die Frage zurück. »Wir könnten euch ein paar Schafe oder vielleicht ein trockenes Stück Land besorgen?«

»Wir wollen unsere Freiheit zurück!«, brüllte ein Kobold aus der hintersten Sitzreihe.

»Ja! Wir wollen das Recht, unser Königreich zu verlassen!«, knurrte auch ein Troll ganz vorn.

Die gesamte Troboldarmee grummelte zustimmend. *»Freiheit! Freiheit! Freiheit!«*, skandierten Trollbellas Untertanen.

»Ruhe, Trobolde!«, verlangte Königin Trollbella. Im Amphitheater kehrte augenblicklich Stille ein. »Es kränkt mich, dass ihr euch danach sehnt, der Wasserwelt, die ich für euch erschaffen habe, den Rücken zu kehren! Besonders nachdem wir erst kürzlich unsere Seekrankheit überwunden haben!«

Ein Kobold auf den mittleren Rängen des Theaters beugte sich vornüber und übergab sich in den Nacken des Trolls, der vor ihm hockte.

»Nun ja, die *meisten* von uns haben sie überwunden«, verbesserte sich Trollbella.

Conner verdrehte die Augen. »Ihr seid hier eingepfercht worden, weil ihr es einfach nicht lassen konntet, Leute zu versklaven! Meine Schwester und mich habt ihr nicht nur einmal, sondern gleich *zweimal* verschleppt! Erwartet ihr da allen Ernstes, dass wir euch eure Freiheit gewähren?«

Trollbella verschränkte die Arme vor der Brust. »Ich werde nie verstehen, weshalb die Menschen es so persönlich nehmen, wenn sie zu Sklaven gemacht werden«, meinte sie. »Was, wenn meine Trobolde versprechen, nie wieder jemanden zu versklaven? Würdet ihr es euch dann noch einmal überlegen, Butterbub?«

Conner schielte zu Alex hinüber. Sie hatten keine Wahl – sie waren auf die Trobolde angewiesen.

»Ich schätze schon«, antwortete Conner.

Königin Trollbella klatschte beglückt in die Hände. »Dann leisten wir hiermit einen heiligen Trobold-Kleinfinger-Schwur«, sagte sie. »Hebt alle eure rechte Hand, falls ihr eine habt, und streckt euren kleinsten Finger in den Himmel. Dann sprecht mir nach: *Ich, Königin Trollbella –«*

»Ich, Königin Trollbella«, wiederholte die Troboldarmee.

»Nein, Trobolde – jeder von euch muss seinen eigenen Namen nennen«, erklärte sie, und ihre Untertanen verbesserten sich rasch. *»Ich gelobe, niemals wieder unerlaubt einen Menschen zu entführen, einzusperren, zu versklaven oder gewaltsam auszuborgen – solange ich lebe.«*

Widerwillig echoten die Trobolde ihren Schwur Wort für Wort.

»Wunderbar«, lobte Trollbella. »Gut gemacht, Trobolde – ihr dürft die Finger wieder herunternehmen. Genügt euch das, Butterbub und Feenmädchen?«

Die Zwillinge seufzten. »Das muss es wohl«, befand Alex.

Ein Kobold in der ersten Reihe reckte die Hand aufs Neue.

»Ja, *du da* mit dem fehlenden Ohr«, ermunterte ihn Conner.

»Wie wird das Signal aussehen?«, fragte der Kobold.

Alle wandten sich Alex zu und erwarteten gespannt ihre Antwort – einschließlich Conner.

»Ähm … also … das weiß ich noch nicht genau«, stotterte Alex. »Aber keine Bange: Wenn es kommt, werdet ihr es erkennen.«

Trollbella bedachte sie mit einer hochgezogenen Augenbraue. »Hat dir schon mal jemand gesagt, dass du ein bisschen *zu* zuversichtlich bist?«, fragte sie.

Bis die komplette Troboldarmee in Alex' Schlachtpläne eingeweiht war, hatte die Sonne sich hinter den Horizont verabschiedet. Trollbella bestand darauf, dass die Zwillinge über Nacht blieben, und teilte Alex und Conner einen privaten Schlafbereich auf dem schwimmenden Fort der Trollkönigin zu – der aus einem Stück hölzerner Bodenplanken und einer dünnen Decke bestand. Alex fürchtete, die gesamte Konstruktion zum Kentern zu bringen, falls sie mit ihrem Zauberstab Betten heraufbeschwor.

Abgesehen von der Wellenbewegung des Wassers und Trollbella, die im Zehn-Minuten-Takt nach ihnen linste, fiel es den Geschwistern auch wegen all ihrer Sorgen schwer, Schlaf zu finden.

»Conner, bist du noch wach?«, flüsterte Alex.

»Was für eine Frage«, seufzte Conner. »Was geht dir so durch den Kopf?«

»Ich habe bloß gerade über das Reich der Elfen nachgedacht«, antwortete sie. »Wenn die Trolle für ihre Hilfe eine Gegenleistung erwarten, dann fürchte ich, die Elfen könnten ebenfalls einen Preis verlangen.«

»Die wollen vermutlich bloß einen Haufen Schuhe«, meinte Conner. »Sind Elfen nicht ganz verrückt nach Schuhen?«

»Himmel, ich hoffe, es wird so einfach«, sagte Alex. »Ich muss mir etwas einfallen lassen, das die Kaiserin so verzweifelt begehrt, dass sie mir dafür ihre Armee zur Verfügung stellt.«

»Praktisch, dass du die nächste gute Fee bist«, befand Conner. »Da hast du jede Menge Trümpfe im Ärmel.«

Am nächsten Morgen erwachten die Zwillinge mit üblen Rückenschmerzen von ihrer Nacht auf dem harten Holzboden. Sie verabschiedeten sich von Trollbella und kletterten erneut auf Lesters Rücken; der Ganter breitete seine Flügel aus, hob vom Wasser ab und flatterte in den Himmel hinauf.

Durch die Wolken flogen sie nach Nordwesten, immer in Richtung des Reichs der Elfen. Die Reise in luftiger Höhe erinnerte die Geschwister an ihre Odyssee an Bord der *Granny* im Jahr zuvor. Von derart weit oben wirkte die Welt so friedlich und sicher. Beide hofften, dass sie nach ihrem Treffen mit den Elfen einem echten Frieden auch am Boden einen deutlichen Schritt näher sein würden. Nach einigen Stunden Flug erreichten sie das nordwestlichste Reich.

»Schau nur, Conner!«, rief Alex. »Da ist es! Das Reich der Elfen!«

»Oha«, macht Conner. »Elfen leben ja tatsächlich in Bäumen.«

Das gesamte Kaiserreich befand sich in der Krone eines gewaltigen Baumes von der Größe eines Bergs. Beim Näherkommen erkannten die Zwillinge Hunderte von Behausungen zwischen den Ästen. Einige saßen darauf wie Baumhäuser, ein paar schwangen darunter und ähnelten Nistkästen, und wieder andere waren sogar *in* das Geäst hineingebaut wie Eichhörnchenkobel.

Die Blätter des Baumes waren länger als die Körper der Geschwister, so dass die beiden das Gefühl hatten, geschrumpft und in eine Miniaturwelt geraten zu sein. Lester landete vorsichtig auf einem besonders starken Ast, und Alex und Conner glitten von seinem Rücken. Sie gingen den straßengleichen Ast entlang, vorbei an all den unterschiedlichen Häusern und in Richtung des Stamms in der Mitte der Baumkrone, da sie dort die Unterkunft der Kaiserin vermuteten.

»Ich hoffe wirklich, zu diesem gigantischen Baum gibt es keine ebenso riesigen Käfer oder Vögel«, sagte Conner, und ein Schauder überlief ihn bei der bloßen Vorstellung.

»Squaaaw!«, krächzte Lester gekränkt.

»Nicht solche wie *dich*, Lester – ich rede von Monsterkrähen oder Megaspinnen«, versicherte ihm Conner. »Ich möchte nicht als Mittagessen von irgendwem enden.«

Mit einem Mal schien der Ganter panische Angst vor dem Baum zu bekommen. Zu seinem Schutz watschelte er merklich dichter an die Zwillinge heran.

»Ich glaube nicht, dass wir uns deswegen Sorgen machen müssen«, sagte Alex. »Schaut euch mal um – hier ist *überhaupt nichts.*«

Die Geschwister ließen den Blick suchend durch das Astwerk unter, über und vor sich schweifen, erspähten jedoch tatsächlich nichts und niemanden. In jeder einzelnen Behausung herrschte gähnende Leere.

»Die haben wohl von der Grande Armée gehört und sich aus dem Staub gemacht«, vermutete Conner.

Geschlagen sackte Alex auf einen der schmächtigeren Äste. »Aber wohin bloß?«, fragte sie. »Und wie sollen wir sie nun erreichen?«

Grübelnd sah Conner sich weiter um. »Na ja, man kann schließlich nicht einfach so ein komplettes Kaiserreich entwurzeln und umsiedeln, ohne dass es jemand bemerkt –« Er erstarrte. Ihm war ein neuer Gedanke gekommen.

»Was denn?«, drängte Alex.

»Weißt du noch, wie ich dich letztes Jahr beim Geschichtenschmökern in der Bibliothek entdeckt habe?«, fragte Conner sie.

»Ja, vage – wieso?«

»Damals hast du gemeint, mit dem Lesen von Märchenbüchern seien wir *zu unseren Wurzeln zurückgekehrt*«, erinnerte er sie. »Nachdem du mir zuvor erklärt hattest, dass bestimmte Arten von Vögeln und Insekten sich im Wurzelgeflecht ihrer Heimatbäume verstecken, wann immer ihr Zuhause bedroht ist. Was, wenn Elfen es genauso halten?«

Alex sprang auf die Füße und begann, auf und ab zu hüpfen. »Conner, du bist ein Genie!«, jubelte sie. »Ich wette, die Elfen sind niemals wirklich fortgezogen! Wetten, dass wir bloß zum unteren Ende des Baumstamms hinunterfliegen müssen, und dort finden wir sie?«

Nun hopste auch Conner ausgelassen mit seiner Schwester – eine Gelegenheit, seine eigene Cleverness zu feiern, ließ er sich niemals entgehen. »Ich bin selbst froh, dass mir das eingefallen ist«, freute er sich. »Ehrlich gesagt rauscht mir nämlich das meiste von dem, was du erzählst, zum einen Ohr hinein und zum anderen wieder – *AAAAH!*«

KNACKS! Die Zwillinge waren auf eine schwache Stelle ihres Asts getreten und brachen geradewegs hindurch. Zu ihrer Überraschung entpuppte er sich als hohl, und sie plumpsten auf eine lange hölzerne Rutsche. Die Bahn wand sich durch den Ast und danach in Spiralen im Innern des gigantischen Baumstamms abwärts. Alex und Conner schrien und versuchten, sich irgendwo festzuhalten, doch die Röhre war zu glatt, so dass sie im Nu tiefer und tiefer hinabsausten.

Schließlich erreichten sie das Ende der Rutsche und purzelten übereinander zu Boden. Auch der imposante Stamm des

Baums war vollkommen ausgehöhlt, und sie fanden sich in einer geheimen Kammer ganz unten wieder. Beide blickten nach oben und entdeckten, dass es sich bei ihrer Rutschbahn um lediglich eine von vielen handelte, die sich allesamt spiralförmig empor in die verschiedenen Äste des Baumes schraubten. Alex und Conner waren unversehens in einen Fluchtweg gestürzt.

Verblüfft stellten sie zudem fest, dass sie nicht länger allein waren. Wie vermutet, verbargen sich Tausende und Abertausende von Elfen in dem Hohlraum – und wirkten nicht minder verblüfft über ihre unerwarteten Besucher.

Ausnahmslos waren sie nicht allzu groß und von sehr schlanker Statur. Alles an ihnen schien spitz: Jeder einzelne Elf hatte spitze Ohren, ein spitzes Kinn, spitze Schuhe, und einigen saß sogar ein spitzes Kegelhütchen auf dem Kopf. Ihre Kleidung war ganz in Schwarz und Weiß gehalten und asymmetrisch geschnitten – sie trugen Westen, die schief geknöpft wurden, und ihre Hosenbeine und Ärmel waren von jeweils unterschiedlicher Länge.

»Was ist denn mit ihren Klamotten passiert?«, raunte Conner seiner Schwester zu.

»Erinnerst du dich nicht an das Märchen vom Schuhmacher und den Elfen?«, flüsterte Alex zurück. »Elfen sind furchtbar schlecht darin, ihre eigenen Kleider zu schneidern.«

Die Zwillinge wurden jetzt von einem Dutzend Elfensoldaten umringt, die ihre hölzernen Armbrüste auf die beiden richteten. Alex und Conner rissen die Hände hoch.

»Was tut ihr in unserem Reich?«, fragte einer der Elfen.

»Wir sind nicht auf Ärger aus!«, beteuerte Conner.

»Wir würden gern mit eurer Kaiserin sprechen«, ergänzte Alex.

Die Elfen pirschten sich mit ihren Waffen noch näher an sie heran. »Wer seid ihr?«, wollte der Soldat wissen.

»Ich bin Conner Bailey, und das ist meine Schwester Alex«, wimmerte Conner. Er wurde panisch. »Meine Schwester ist eine richtig große Nummer – gewissermaßen die gute Fee, im Moment.«

»Conner!«

»Was soll ich denn sonst sagen? Die knallen uns gleich ab!«

»Lügner!«, rief der Elf.

Alex griff nach ihrem Zauberstab und verwandelte mit einer flinken Handbewegung sämtliche Armbrüste in Blumensträuße. Alle Elfen im Baum schnappten nach Luft und wichen einige Schritte zurück.

»Sie ist eine Hexe! Und gekommen, um unsere Knochen für ihre Tränke zu zermahlen! Packt sie!«, befahl der Elf. Die Soldaten stürzten nach vorn, und die Geschwister wappneten sich.

»HALT!«, ertönte eine strenge Stimme von der anderen Seite des hohlen Baumstamms. Die Elfen wandten sich blitzartig um; an der gegenüberliegenden Wand der geheimen Kammer saß eine Elfe auf einem Blätterthron.

»Ich schätze mal, das ist die Kaiserin«, wisperte Conner Alex zu.

Kaiserin Elvina war die größte Elfe im Raum, und als sie sich von ihrem Sitz erhob, ragte sie über alle anderen – einschließlich der Zwillinge – hinaus, wie die Königin eines Bienenvolkes. Auch sie hatte ein spitzes Kinn, spitz zulaufende Ohren, dazu riesige braune Augen und bemerkenswert lange Ohrläppchen. Ihr dunkles Haar war zu zwei seitlichen Schnecken gedreht, und darüber erhob sich ein kolossaler Kopfschmuck aus Zweigen. Die Robe der Kaiserin schmiegte sich eng an ihren Körper und bestand komplett aus Ästchen und Stöckchen, die einzeln um ihre schmale Gestalt geklebt zu sein schienen. Sie glich einem wandelnden Baum.

Ein puscheliges Rieseneichhörnchen hockte neben ihrem Thron wie ein überdimensionaler Hund. Die Kaiserin erhob sich und schlenderte auf die Zwillinge zu, wobei die Elfen sich teilten, um sie hindurchzulassen.

»Wenn sie behauptet, die gute Fee zu sein, dann soll sie es beweisen«, verlangte die Kaiserin. Sie entsprach haargenau Mutter Gans' Beschreibung: Äußerlich war sie wunderschön, doch Alex und Conner spürten, dass hinter ihren einschüchternden Augen noch wesentlich mehr lauerte.

Alex war völlig ratlos. Zwar hielt sie einen Zauberstab in der Hand – doch wie konnte sie die Elfen überzeugen, dass sie rechtmäßig die gute Fee vertrat?

Aus der Höhe erklang ein lautes Krächzen. Das gesamte Reich schaute nach oben und wurde Zeuge, wie Lester in den unteren Teil des Baumes geschlittert kam. Er flatterte wie wild mit den Flügeln, rutschte allerdings zu schnell, um noch zu bremsen. Mit dem Schnabel voran klatschte er neben Alex und Conner auf den Boden. Dass er seine Entscheidung, ihnen ins Innere des Stammes zu folgen, bereits bereute, war offenkundig.

»Wir haben einen gigantischen Ganter – spricht das für uns?«, fragte Conner mit nervösem Lachen. Er meinte es im Scherz, doch die Kaiserin war von Lester außerordentlich angetan.

»Diesen Vogel erkenne ich wieder«, verkündete sie. »Er gehört Mutter Gans.«

»Mutter Gans ist eine Freundin von uns«, sagte Alex. »Sie hat uns ihren Ganter geborgt, damit wir eine Chance hatten, sicher anzureisen und mit Ihnen zu reden. Ich bin die Enkeltochter der guten Fee, und da sie derzeit krank ist, übe ich vorübergehend ihr Amt aus.«

Die Augen der Kaiserin huschten zwischen den Geschwistern hin und her. Womöglich entsprach deren Geschichte doch der Wahrheit.

»Ich hoffe, dir ist klar, dass dein Status als gute Fee hier bedeutungslos ist. In meinem Reich besitzt der Märchenrat weder Macht noch Autorität«, sagte sie.

»Ja, das ist uns bewusst«, versicherte Alex. »Wir sind hier, um Sie zu warnen: Eine Armee ist in unsere Welt eingefallen und plant, einen Krieg zu entfesseln –«

»Von dieser Grande Armée haben wir bereits gehört«, unterbrach die Kaiserin sie. »Deshalb haben wir Zuflucht im Innern unseres Baumes gesucht, wo wir ausharren werden, bis die Soldaten wieder abgezogen sind.«

Conner tat einen Schritt auf sie zu. »Die Soldaten werden aber nicht abziehen, solange wir sie nicht gemeinsam bekämpfen«, sagte er. »Der Märchenrat benötigt die Hilfe Ihrer Truppen, um diese Armee zu besiegen. Allein ist das für die Feen und Menschen nicht zu schaffen.«

Wütendes Gemurmel brach unter den Elfen aus. Den Zwillingen entging nicht, wie sehr ihre Worte die Kaiserin erzürnten, doch statt die Stimme zu erheben, flatterte Elvina mit den Lidern und setzte ein Lächeln auf.

»Hilfe?« Sie lachte. »Ihr wollt unsere *Hilfe?* Hat es jeder mitbekommen? Die Feen haben zwei Kinder geschickt mit dem Auftrag, uns um Hilfe anzubetteln.«

Nur ein paar der Elfen stimmten in ihr Lachen ein. Die Übrigen blitzten Alex und Conner finster an. Die Geschwister machten sich gerade alles andere als beliebt.

»Schauen Sie, Madam Baumkaiserin«, sagte Conner. »Wir verstehen ja, dass Sie noch immer verärgert sind, weil die Elfen nicht in den Märchenrat aufgenommen wurden, aber wenn wir jetzt nicht zusammenarbeiten, wird die Grande Armée uns alle vernichten –«

»Mein lieber Junge«, unterbrach ihn die Kaiserin, und jegliche Belustigung verschwand aus ihren Zügen. »Das haben sie euch also erzählt – dass wir schmollen, weil sie uns nicht eingeladen haben, ihrem kleinen Feenverein beizutreten? Na, da haben sie die Geschichte wohl ein wenig umgeschrieben, wie mir scheint.«

Alex und Conner tauschten besorgte Blicke. »Weshalb sind Sie denn sonst sauer?«, erkundigte sich Conner.

Die Kaiserin begriff offenbar, dass die Zwillinge an ihrer Unwissenheit keine Schuld trugen, und klärte sie auf.

»Während der Drachenära wurden die Elfen von den Drachen ebenso drangsaliert wie sämtliche anderen Völker. Unsere Vorfahren halfen den Feen dabei, die Drachen zu besiegen. Doch sowie diese Untiere geschlagen waren und die Welt die friedvolle Epoche der Magie eingeläutet hatte, vergaßen die Feen alles, was wir für sie getan hatten. Sie teilten die Welt unter den überlebenden Rassen auf: Den Menschen fielen mehrere großzügige Königreiche zu, die Elfen dagegen bekamen lediglich ein winziges, praktisch unbewohnbares und völlig abgeschiedenes Stück Land. Wir wurden ebenso ausgegrenzt und geächtet wie die Trolle und Kobolde – jedoch aus keinem anderen Grund als jenem, dass wir keine Menschen sind.«

Davon hatten die Geschwister in der Tat nie zuvor gehört; sie hatten stets angenommen, dass die Elfen sich aus freiem Willen zu einem Leben im fernen Nordwesten entschlossen hatten.

»Als wir Elfen gegen das uns zugewiesene Gebiet protestierten, ignorierten die Feen uns. Und da die Elfen ihre Autorität in Frage stellten, wurden sie nicht in den Märchenrat aufgenommen«, fuhr Kaiserin Elvina fort. »Im Nordwesten wimmelte es von Raubtieren, die Jagd auf Elfen machten, und auch von Hexen, die unsere Körper für ihre Tränke zerpflückten, doch unseren Vorfahren blieb keine andere Wahl, als sich hier niederzulassen. Sie pflanzten und zogen diesen gigantischen Baum und bauten ihr Reich hoch oben in seiner Krone, weit weg von den Gefahren am Boden. Und seither ist er unser Zuhause.«

Alex und Conner wussten nicht, was sie darauf erwidern sollten. Konnten sie sich für etwas entschuldigen, das vor so langer Zeit geschehen war?

»Na ja, Ihr Volk hat uns dafür letztes Jahr auch ziemlich hineingeritten, als Sie sich der Zauberin ergeben haben!«, meinte Conner und kreuzte die Arme vor der Brust. »Ich finde, damit sind wir quitt.«

»Wieso sollten wir ein Dilemma in Ordnung bringen, das wir nicht selbst verursacht hatten?«, entgegnete die Kaiserin. »Aus meiner Sicht besteht kein Unterschied zwischen der Zauberin und dieser Armee – beide sind eure Probleme. Die Menschen und Feen wollen nach eigenem Gutdünken bestimmen, in welche Angelegenheiten sie die Elfen miteinbeziehen –«

Alex fiel ihr ins Wort, ehe die Situation noch heikler wurde. »Euer Majestät, jedes Land schreibt die Geschichte stets ein wenig anders – so ist das einfach«, sagte sie. »Aber wir leben allesamt in derselben Welt, und niemandem ist damit geholfen, wenn wir uns bis in alle Ewigkeit daran aufreiben, wer sich wann blöder verhalten hat. Genau jetzt – und dringender als je zuvor – muss diese Welt gegen eine Macht zusammenstehen, die uns alle bedroht. Wir sind nie davon ausgegangen, dass Sie einfach so auf unsere Bitte hin mit uns kooperieren würden, daher biete ich Ihnen eine Gegenleistung für Ihre Unterstützung im Kampf gegen die Grande Armée an.«

»Und die wäre?«, fragte die Kaiserin spöttisch.

»Ja – und die wäre?«, echote Conner nicht minder neugierig.

Alex war klar, dass sie ihr Angebot für den Rest ihres Lebens bereuen würde, doch die Zeit lief ihnen davon. »Sobald diese Armee mit Hilfe der Elfen zerschlagen ist, werde ich als neue gute Fee den Märchenrat abschaffen«, verkündete sie.

Die gesamte Kammer war baff über diese Worte aus ihrem Mund.

»Was?«, schrie Conner auf.

»Was hast du gerade gesagt?«, fragte die Kaiserin.

»Sie haben mich richtig verstanden«, beharrte Alex. »Der Märchenrat ist ungerecht, diskriminierend und in Krisenzeiten erwiesenermaßen völlig untauglich. Diese Welt muss *vereint* in die Zukunft schreiten. Deshalb lade ich Sie dazu ein, mir bei der Gestaltung einer neuen, gesamtheitlichen Allianz zur Hand zu gehen. Helfen Sie mir dabei, die *Märchenunion* zu schmieden.«

Alex' Rede schockierte alle Anwesenden – und sie selbst am allermeisten. Tatsächlich hatte sie nie den Traum gehegt, ein neues Bündnis ins Leben zu rufen, um die Märchenwelt zu einen, doch sie ahnte, dass einzig die Aussicht auf ein solches ihr die Achtung und Gunst der Kaiserin würde sichern können.

Kaiserin Elvina tat noch einige weitere gemessene Schritte auf die Zwillinge zu. Das ganze Kaiserreich wartete mit angehaltenem Atem auf ihre Antwort.

»*Falls* die Elfen dieser neuen Vereinigung beitreten, beanspruche ich den Vorsitz«, sagte die Kaiserin.

»Du hättest es doch mit den Schuhen versuchen sollen, Alex!«, raunte Conner und klatschte sich eine Hand gegen die Stirn.

»Die neue Union wird keinen Vorsitz haben«, betonte Alex. »Aber Sie dürfen zusammen mit mir die Organisation übernehmen. Die Märchenunion wird sich an den Handlungsempfehlungen der guten Fee und der Kaiserin der Elfen orientieren – und diese Ratschläge werden wir den Mitgliedern *gemeinsam* erteilen.«

Alex reichte der Kaiserin ihre Hand. Elvina sah verächtlich darauf hinunter; sie hatte nie zuvor einer Fee vertraut, spürte jedoch, dass Alex ihr Wort halten würde. So schüttelte Kaiserin Elvina ihr die Hand, und der Handel war besiegelt. Nun gab es kein Zurück.

»Meine Armee steht Euch zur Verfügung, gute Fee«, sagte die Kaiserin mit einer angedeuteten Verbeugung.

»Phantastisch«, sagte Alex. Sie linste zu ihrem Bruder hinüber, in dessen Seufzer ebenso große Erleichterung lag, wie Alex selbst sie empfand. Nun, da sie die Elfen an ihrer Seite wussten, hatten sie tatsächlich eine reelle Chance, diesen Krieg zu gewinnen.

»Also dann: Ich möchte, dass das Heer der Elfen mir unverzüglich ins Königreich der Feen folgt«, bestimmte Alex. »Auf dem Weg werde ich den Truppen der übrigen Königreiche Bescheid geben, auf dass sie sich uns anschließen. Wir können gemeinsam die Grande Armée überrumpeln, ehe sie –«

Ein ohrenbetäubender Lärm erfüllte mit einem Mal den riesigen Baum, als eine Kanonenkugel in den Stamm einschlug und ihn teilweise in Stücke sprengte. Die Zwillinge wie auch die Elfen wurden zu Boden geschleudert, und Sonnenlicht flutete die dunkle Kammer; es ergoss sich durch das gewaltige Loch, das soeben in ihr Versteck gerissen worden war. Sie waren zu spät – die Grande Armée hatte mit ihrem Angriff bereits begonnen.

Ein weiteres Donnern – und eine zweite Kugel traf den Baum. Ihr folgten eine dritte und vierte.

»Was geht hier vor?«, schrie die Elfenkaiserin.

»Das ist die Grande Armée!«, brüllte Conner. »Die Soldaten sind schon da! Das Reich der Elfen steht unter Beschuss!«

Die Elfen gerieten in Panik und rannten kopflos im Innern des Stammes umher.

»Bleibt ruhig, alle miteinander!«, rief Elvina. »Ich will, dass jeder von euch sich sofort in Sicherheit bringt. Nur unsere Krieger bleiben, um diesen Eindringlingen zu trotzen!«

Alex wandte sich Conner zu wie ein aufgeschrecktes Reh im Scheinwerferlicht – innerhalb von Sekunden war ihr kompletter Plan hinfällig geworden.

»Conner, was tun wir jetzt?«, fragte Alex. »Wir müssen die Elfen mitnehmen, damit wir alle zusammen die Grande Armée attackieren können!«

»Erst mal müssen wir hier raus und uns einen neuen Plan ausdenken!«, entgegnete Conner. »Wenn die Grande Armée beschlossen hat, das Feuer zu eröffnen, dann tun sie das andernorts wahrscheinlich gerade ebenso!«

»Aber die Elfen!«, flehte Alex. »Wir brauchen sie, um letztlich zu siegen!«

»Uns bleibt keine Wahl! Wir müssen auf der Stelle verschwinden!«

Conner packte Lesters Zügel und zwang seine Schwester, auf den riesigen Vogel zu steigen. Dann kletterte er selbst hinterher, und sie flogen die hohle Röhre des Baumstamms hinauf. Weit über ihnen riss eine neuerliche Kanonenkugel ein Loch, und Conner lenkte Lester hindurch ins Freie.

Rings um den Baum des Reichs der Elfen erspähten die Geschwister nun mindestens eintausend Soldaten und Hunderte von Ogern. Sowie diese die Zwillinge bemerkten, richteten sie ihre Kanonen auf Lester aus. Die Oger griffen sich Geröllbrocken vom Boden und schleuderten sie zusammen mit den Geschossen auf den Ganter.

Lester krächzte panisch, während er den Kugeln und Steinen knapp entging. Er flatterte vom Baum des Reiches der Elfen fort, so schnell seine Flügel es vermochten, und lenkte die Feinde so zumindest kurzzeitig von der Elfenarmee ab, die sich derweil aus dem Innern des Baumes bereitmachte, mit ihren Armbrüsten auf die fremden Eindringlinge zu schießen. Die gewöhnlichen Untertanen der Elfenkaiserin bewarfen die Grande Armée inzwischen von den Ästen herab mit gigantischen Eicheln und Zweigen.

Gerade als Alex und Conner sich außer Reichweite der Kanonen glaubten, bolzte eine verirrte Kugel durch den Himmel und durchschlug Lesters rechten Flügel. Der Ganter quäkte vor Schmerz laut auf, verlor das Gleichgewicht und trudelte im nächsten Moment zusammen mit den Zwillingen in rasantem Tempo auf die Bäume am Horizont zu. Zwar ruderte er nach Kräften mit dem linken Flügel, doch das allein genügte nicht, um sie am Himmel zu halten.

Sekunden später krachten die drei schmerzhaft auf den Waldboden. Die Geschwister wurden von Lesters Rücken geschleudert und kugelten links und rechts von ihm ins Unterholz. Conner prallte gegen einen Baum und fand sich schließlich in einem üppigen Gesträuch am Stamm wieder; Alex schlitterte durch hohes Gras und hörte unter sich ein Knacksen. Als sie endlich liegen blieb, langte sie sofort nach ihrem Zauberstab – nur um feststellen zu müssen, dass er in ihrer Tasche in mehrere Teile zersplittert war.

Beide waren sie zu schwer verletzt, um aufzustehen. Sie hatten sich bei dem Absturz mehrere Knochen gebrochen. In der Ferne vernahmen sie Lesters erbarmungswürdiges Krächzen –

womöglich litt der Ganter noch schlimmere Schmerzen als sie. Auch der Kriegslärm aus dem Reich der Elfen schallte nach wie vor durch die Luft. Die Zwillinge schauten sich hilflos zwischen den Bäumen um und hatten keine Ahnung, wo sie sich befanden. Bald jedoch trübte sich ihr Blick, und beide verloren langsam das Bewusstsein.

Der Krieg hatte begonnen.

Kapitel 24

Die vergessene Armee

Die geteilten Truppen der Grande Armée schwärmten in alle Ecken der Märchenwelt aus, um zeitgleich in den ihnen jeweils zugewiesenen Königreichen zuzuschlagen. Hunderte von französischen Soldaten und Trollen überschritten auch die Grenze zum Königreich des Gläsernen Schuhs.

Hoch über dem gewundenen Uhrenturm des Glasschuhpalasts schwebte Xanthous in der Luft und sah die Soldaten aus der Ferne heranmarschieren. Der Augenblick, den sie alle am meisten gefürchtet hatten, war gekommen: Dem Königreich des Gläsernen Schuhs stand der erste Angriff bevor, und das königliche Heer war den Angreifern gegenüber deutlich in der Unterzahl. Xanthous reckte einen Finger in die Höhe, und eine feurige Flamme schoss daraus hervor. Das Signal galt Sir Lampton und dessen Männern unten im Hof, die sich nun rasch auf dem Rasen vor dem Palast versammelten.

»Wie viele sind es?«, fragte Sir Lampton Xanthous, als dieser zu Boden schwebte.

»Ihr Heer ist uns um einige Hundert Trolle überlegen«, sagte der Feenmann. »Wir sind klar im Nachteil, doch es könnte erheblich schlimmer sein.«

»Wir sollten die andere Hälfte unserer Truppen verständigen, damit sie aus ihrem Versteck zu uns stoßen«, drängte Sir Lampton. »Wenn es nur Trolle sind, die die Feinde uns voraushaben, bleibt uns eine Chance, diese Schlacht zu gewinnen! Und weniger von meinen Männern müssen heute ihr Leben lassen.«

»Lampton, das dürfen wir nicht tun«, beschwor ihn Xanthous. »Wir müssen der Grande Armée mit den Männern entgegentreten, die uns dafür zur Verfügung gestellt sind, und auf die Freigabe warten. Vertraut mir, dieses Gefecht wird nur das erste von vielen sein, die uns bevorstehen. Wenn wir all unsere Kräfte bereits zu Beginn verschleudern, bleiben uns womöglich keine, um den Schrecken von morgen zu begegnen.«

Sir Lamptons Miene wurde ernst, und er trat dichter an Xanthous heran. »Wie soll ich vor diesen Männern rechtfertigen, dass ich sie zum Sterben in den Kampf schicke, während ihre Brüder im Versteck ausharren?«

»Gut denkbar, dass wir diese Schlacht verlieren – aber sofern wir aus dem Krieg als Sieger hervorgehen wollen, müssen wir uns an den Plan halten«, erwiderte Xanthous.

Sir Lampton nickte widerwillig. »Himmel, ich hoffe, dieses kleine Mädchen hat sich nicht verkalkuliert«, murmelte er vor sich hin.

»Ich auch, Sir«, gestand Xanthous, »Ich möchte mir gar nicht ausmalen, wie die Welt bald ausschauen könnte, falls wir scheitern.«

Sir Lampton bestieg sein Pferd und ritt durch die Reihen

der Glasschuhsoldaten. »Meine tapferen Krieger«, rief er. »Der Feind ist früher als erwartet in unserer herrlichen Heimat angelangt. Mag sein, dass er mehr Soldaten und Trolle mitbringt, als wir ihm entgegensetzen können – doch er wird uns niemals an Herz, Mut und Liebe zu unserem Land übertreffen!« Lampton zog sein Schwert und hob es weit über den Kopf. »Lasst uns die Ersten sein, die diesen Ungeheuern zeigen, dass das Königreich des Gläsernen Schuhs nicht zu haben ist! Lassen wir ihnen eine Kostprobe der Glasschuharmee angedeihen, so dass sie sich ängstlich zusammenkauern, wenn erst unsere Brüder aus ihrem Versteck zurückkehren, um sie endgültig zu erledigen!«

Alle Glasschuhsoldaten rissen nun ebenfalls ihre Schwerter in die Höhe. Sie bejubelten Lamptons Worte, obwohl ihnen klar war, dass viele von ihnen das Gefecht nicht überleben würden. Wie wahre Soldaten schöpften sie Tapferkeit aus ihrer Furcht und stellten sich der Gefahr, die auf sie zurollte, um ihr geliebtes Land zu beschützen.

»Aber wir sind doch gar nicht in der Unterzahl!«, rief eine Stimme hinter den Männern.

Lampton und seine Truppe drehten sich um und sahen, dass der Rufer nicht allein war. Langsam quollen hinter dem Glasschuhpalast und aus den Straßen der Hauptstadt Hunderte und Aberhunderte einfacher Bürger hervor. Die Männer und Frauen trugen Töpfe und Pfannen, Heugabeln und Hacken, Teigrollen und Messer, Scheren und Gartenwerkzeug, Wischmopps und Eimer. Sie waren Bäcker und Farmer, Schmiede und Schneiderinnen, Lehrerinnen und Metzger, Dienstmägde und Stallburschen – und sie alle waren gekommen, um stolz den Soldaten ihres Königreichs im Kampf beizustehen.

»Was soll das?«, herrschte Xanthous die Einwohner an.

»Wir wollen ebenfalls kämpfen!«, erklärte ein Farmer, und sämtliche Männer und Frauen ringsum klatschten ihm Beifall.

»Das hier ist auch *unser* Zuhause!«, schrie eine Schneiderin.

»Wir lassen nicht zu, dass unser Königreich sich irgendjemand anderem als unserem König und unserer Königin beugt«, brüllte ein Metzger.

Ihr Eifer verwirrte die Soldaten; während seiner gesamten Militärkarriere hatte Sir Lampton noch nie etwas Vergleichbares erlebt. Die Bürger des Königreichs des Gläsernen Schuhs schienen beinahe mehr darauf zu brennen, der Grande Armée die Stirn zu bieten, als seine eigenen Männer.

»Meine Damen und Herren«, rief Lampton und bedeutete ihnen, sich zu beruhigen. »Wir schätzen Eure hehren Absichten, aber dies ist eine Angelegenheit für die Glasschuharmee, und es wäre moralisch verwerflich, um Eure Unterstützung zu bitten!«

Eine Dienstmagd schaute sich demonstrativ in der Menge ihrer Gleichgesinnten um. »*Bitten?* Ist irgendjemand hier *gebeten* worden, für dieses Königreich zu kämpfen?«, fragte sie. »Mich muss niemand *bitten* – ich bin aus freiem Willen hier, weil ich meine Heimat verteidigen möchte. Und ich werde erst wieder verschwinden, wenn diese Grande Armée Geschichte ist!«

Die Umstehenden brachen in tosenden Jubel aus. Ihr Tatendrang war ungebrochen, und nichts, was Lampton sagte oder tat, würde sie zur Umkehr bewegen.

Xanthous schielte zu Lampton hinüber und zuckte mit den Schultern. »Ein wenig Verstärkung kann unseren Reihen nicht schaden«, meinte er.

Sir Lampton ließ den Blick über die entschlossene Meute schweifen. Sein Heer hatte sich soeben vor seinen Augen nahezu verdoppelt, und das Bild wärmte ihm das Herz. Die Menschen, deren Schutz er sein ganzes Leben treu verschrieben hatte, waren nun *ihm* zu Hilfe geeilt. Das Wohl ihres Königreichs war ihnen ebenso lieb und teuer wie ihm selbst.

Mit erhobenem Schwert trat er vor seine nun erheblich größere und stärkere Armee. »Dann lasst uns gemeinsam gegen diese Eindringlinge ins Feld ziehen und ihnen zeigen, aus welchem Glas die Glasschuharmee *und* das Königreich des Gläsernen Schuhs geblasen sind!«, verkündete er.

Die Soldaten der Glasschuharmee schwangen gleichfalls ihre Schwerter, Besen, Harken und Hämmer, ihre Teigrollen, Stricknadeln und sämtliche anderen Objekte, die sie zum Kampf mitgebracht hatten. Zusammen lärmten sie so laut, dass es meilenweit zu hören war und die Soldaten und Trolle der herannahenden Armee in ihren Stiefeln erzitterten.

Kapitel 25

Die heilenden Flammen von Hagettas Feuer

Conner hatte nicht damit gerechnet, je wieder aufzuwachen. Als Lester über dem Wald abgestürzt war, hatte er geglaubt, sein letztes Stündlein habe geschlagen. Er hatte gehofft, dass der Märchenrat den Krieg ohne ihn und seine Schwester würde gewinnen können – und dass er und Alex in diesem Fall allen als Helden in Erinnerung bleiben würden. Das letzte Bild vor seinem geistigen Auge, ehe er das Bewusstsein verloren hatte, war eines jener Statue gewesen, die man ihnen zu Ehren errichten würde. Sein in Stein gehauenes Ich war dabei viel größer und muskulöser gewesen als der echte Conner, und der Künstler hatte ihm ein gespaltenes Kinn verpasst; genau so wollte Conner in die Geschichte eingehen.

Doch zu seiner immensen Überraschung kam er wieder zu sich. Seine Augenlider öffneten sich langsam, und es dauerte einen Moment, bis sein verschwommener Blick sich scharfstellte. Er lag auf einer Pritsche in einer kleinen, vollgestopften Hütte. Ein massiver Holztisch und ein eiserner Kessel nahmen die Mitte des Raums ein, und dazwischen stapelte sich ein beachtlicher Turm aus Spiegeln. Die Wände waren – vom Boden bis zur Decke – mit Regalen voller Einmachgläser gesäumt: Erde, Sand, Grünpflanzen, Blumen, grellbunte Flüssigkeiten, Insekten, kleine Reptilien und Stücke größerer Tiere – etwa Schweineohren und Rinderhufe – befanden sich darin. In einem winzigen Ziegelkamin loderten die pfirsichfarbenen Flammen eines kleinen Feuers.

»Wo bin ich?«, fragte Conner. Er spürte ein Kitzeln seitlich am Brustkorb und schielte hinunter – nur um festzustellen, dass seine komplette linke Körperhälfte in ganz ähnliche Pfirsichflammen gehüllt war. *»AHHH! Ich brenne! Ich brenne!«*

Conner schrie und sah sich panisch nach etwas um, womit er sich selbst löschen könnte. Als er nichts fand, fing er an, mit seinen Ärmeln auf das Feuer einzuschlagen. Dass er keinerlei Schmerz verspürte, musste – so nahm er an – wohl dem Schockzustand zu verdanken sein, in dem er sich zweifellos befand.

Aus einem Seitenraum der Hütte tauchte eine Frau auf und eilte an Conners Seite.

»Beruhige dich«, sagte sie und ergriff seine Hände. »Du richtest gerade mehr Schaden an als das Feuer.«

Die Frau war mittleren Alters und trug ein dunkelrotes Gewand. Ihr Haar hatte die gleiche Farbe, und ihre Augen leuchteten in durchdringendem Grün.

»Was passiert mit mir?«, kreischte Conner.

»Du hast dir bei dem Sturz die Rippen gebrochen«, erklärte die Frau. »Das Feuer heilt dich.«

»Das Feuer *heilt* mich?«, echote Conner ungläubig.

Die Frau schlenderte zum Kamin hinüber. »Es ist ein magisches Feuer. Schau«, sagte sie und hielt eine Hand in die Flammen. Sie flackerten um ihre Finger, verbrannten sie allerdings nicht. »Siehst du? Zufrieden?«

Conners Panik legte sich etwas, doch er war nach wie vor alles andere als entspannt. Seinen Körper von Flammen überzogen zu wissen, empfand er als zutiefst verstörend, ganz gleich, wie hilfreich sie auch sein mochten.

»Haben Sie unseren Absturz mitbekommen?«, fragte er die Frau.

»Ja«, antwortete sie. »Ihr wart alle ziemlich schwer verletzt. Daher habe ich euch hierhergebracht, um eure Wunden zu versorgen, ehe sie noch schlimmer wurden. Ihr befindet euch in den Zwergenwäldern, aber keine Sorge, in meiner Hütte seid ihr sicher.«

»Wo ist meine Schwester? Geht es ihr gut?«, hakte Conner sofort nach.

»Sie ist übler zugerichtet als du, aber ebenfalls auf dem Weg der Besserung«, versicherte ihm die Frau.

Sie rückte ihren Kessel zur Seite, so dass Conner freie Sicht auf Alex hatte, die dahinter friedlich auf einer weiteren Pritsche ruhte. Eines ihrer Beine und auch ein Handgelenk waren von Flammen umschlossen, die ihre gebrochenen Knochen wieder zusammenfügten.

»Wer sind Sie?«, erkundigte sich Conner. »Eine Hexe?«

»Ich heiße Hagetta«, sagte die Frau. »Und dieser Tage ziehe ich die Bezeichnung *Heilerin* vor – aber ja, ich bin eine Hexe.«

Ihr Name kitzelte eine Erinnerung in Conners Hinterkopf. »Hagetta?«, wiederholte er. »Sind Sie rein zufällig mit der Hexe Hagatha verwandt?«

Hagetta nickte. »Sie war meine deutlich ältere Schwester«,

sagte sie. »Hagatha hat mir alles beigebracht, was ich über das Hexenhandwerk weiß. Allerdings habe ich mich im Gegensatz zu ihr nie für dunkle Magie interessiert, daher sind wir kurz vor ihrem Tod getrennte Wege gegangen.«

Alex regte sich und setzte sich langsam auf. Wie zuvor Conner blickte sie sich orientierungslos um, bis ihre Augen sich an die Umgebung gewöhnt hatten. »Wo bin ich?«

»In Sicherheit, Liebes«, sagte Hagetta.

»Hey, Alex, kleine Vorwarnung: Und außerdem stehst du in Flammen! Aber keine Angst, deinem Bein und Handgelenk tut das gut«, warnte Conner sie.

Alex' Augen wurden doppelt so groß, als sie das Feuer entdeckte, das ihren Arm und Oberschenkel umwaberte. »*Okay*«, piepste sie. Wohl fühlte sie sich damit jedoch ebenso wenig wie ihr Bruder. »Alsooo … in welcher Art Flammen brutzele ich denn im Moment genau?«

»Es handelt sich dabei um heilendes Feuer aus dem Atem eines Albinodrachen«, erläuterte Hagetta. »Albinodrachen waren sehr selten und nicht minder schrecklich als gewöhnliche Drachen, aber ihre Flammen verfügten über einzigartige Heilkräfte. Meine Urururgroßmutter kam während der Drachenära in den Besitz einiger dieser Flammen, und seither hat meine Familie sie von Generation zu Generation am Brennen gehalten.«

»Wow«, machte Conner. »Bei mir überlebt nicht einmal ein Tamagotchi.«

Hagettas Erklärung beruhigte Alex etwas, doch noch immer war ihr vom Aufwachen in einer sonderbaren, völlig fremden Hütte leicht mulmig zumute. Unverwandt starrte sie Hagetta an; sie hätte schwören können, dass sie einander bereits einmal begegnet waren.

»Kenne ich Sie von irgendwoher?«, fragte Alex schließlich.

»Sie heißt Hagetta und ist Hagathas jüngere Schwester«, setzte Conner seine Schwester ins Bild.

Alex war schockiert. »Sie sind *Hagathas* Schwester?«

»Die bin ich«, bestätigte Hagetta. »Aber ich glaube, wir haben uns zudem auf Jacks und Goldlöckchens Hochzeit getroffen.«

»Stimmt!«, rief Alex aus, die sich nun ebenfalls wieder entsann. »Wie haben Sie die beiden kennengelernt?«

Die Frage brachte Hagetta zum Lachen. »Mit Goldlöckchen bin ich bekannt, seit sie ein ganz kleines Mädchen war und ihr Leben auf der Flucht begonnen hat. Bei unserer ersten Begegnung habe ich sie erwischt, als sie mich gerade ausrauben wollte; ich habe sie verjagt und dachte, ich würde sie nie wieder zu Gesicht bekommen. Doch ein paar Wochen später habe ich sie dann im Wald gefunden – sie war von irgendeinem Tier angegriffen worden und kaum noch am Leben. Ich habe sie hierher mitgenommen und ihre Wunden geheilt, aber sie hat sich geweigert, länger zu bleiben denn nötig. Hat darauf bestanden, dass sie meine Hilfe nicht braucht, und mir beteuert, sie könne auf sich selbst achtgeben. Mir war klar, dass sie zu stur war, um sich umstimmen zu lassen, also habe ich ihr ihr erstes Schwert geschenkt. Und ihr eingebläut, dass sie würde lernen müssen, sich zu verteidigen, wenn sie auf sich allein gestellt durchkommen wollte.«

»Sie haben Goldlöckchen ihr erstes Schwert gegeben?«, staunte Conner, der sich über die Anekdote köstlich amüsierte. »Das ist in etwa so, als hätte man Shakespeare seine erste Schreibfeder in die Hand gedrückt.«

Hagetta schmunzelte. »Sie hat sich einige Jahre später revanchiert: Eine Herde Trolle hatte mich in den Wäldern in die

Enge getrieben und versuchte, mich zu versklaven. Goldlöckchen hat meine Hilferufe gehört und ist aus dem Nichts auf ihrem Pferd herangeprescht.«

»Wow – na, das nenne ich mal gutes Karma«, meinte Conner.

»In der Tat.« Hagetta nickte. »Und seither mühe ich mich nach Kräften, jedem beizustehen, der Hilfe nötig hat. Nie hätte ich gedacht, dass eine gesuchte Kriminelle mich einmal die Kraft des reinen Gewissens zu schätzen lehrt.«

»Wir können Ihnen für die Rettung aus der Not gar nicht genug danken«, sagte Conner, bevor er sich rasch im Raum umsah. »Sekunde – wo ist Lester?«

Die Zwillinge vernahmen ein Krächzen; schläfrig schob der Ganter den Kopf unter Hagettas Tisch hervor. Feuer umzüngelte seinen lädierten Schnabel, und auch sein linker Flügel stand in pfirsichfarbenen Flammen, während die Federn allmählich eine nach der anderen neu wuchsen.

»Der ist das sturste Federvieh, das mir je untergekommen ist«, stellte Hagetta fest. »Als ich euch gefunden hatte, durfte ich zuerst keinen von euch berühren – er hat euch beschützt wie seine eigenen Küken. Ich habe ihm versichert, dass ich nur helfen wolle, und trotzdem musste ich ihm einen Schlaftrank verabreichen, um ihn zu beruhigen. Den sollte er nun aber allmählich verstoffwechselt haben.«

Conner bedachte den Ganter mit einem liebevoll tadelnden Blick und rieb ihm den langen Hals. »Danke, dass du auf uns aufgepasst hast, Kumpel«, flüsterte er. »Das wird Mutter Gans unheimlich freuen.«

Alex durchwühlte ihre Taschen und schnappte mit einem Mal nach Luft. »O nein«, rief sie. »Mein Zauberstab ist zerbrochen, und die einzelnen Stücke müssen mir aus der Tasche gerutscht sein!«

»Keine Sorge, mein Kind – dein Zauberstab ist im Nu wieder wie neu«, versprach Hagetta. Sie deutete in den Kamin, und Alex erspähte ihren kristallenen Stab. Er lag direkt auf dem Feuerholz, wo die Flammen ihn sorgsam kitteten.

Alex war so erleichtert, dass sie sich wieder in die Waagerechte sinken ließ und beinahe die Brandstellen an ihrem eigenen Körper vergaß.

»Sie sind die netteste Hexe, die ich je kennengelernt habe«, befand Conner. »Ich habe immer geglaubt, Hexen seien allesamt schrecklich, doch Sie haben mir das Gegenteil bewiesen.«

»Ein fauliger Apfel bringt den gesamten Baum in Verruf«, meinte Hagetta. »Ich entstamme einer langen Linie von Hexen, und bislang habe ich nur von einer *einzigen* gehört, die Kinder frisst – aber dank ›Hänsel und Gretel‹ denkt die ganze Welt, wir würden *allesamt* in Lebkuchenhäuschen wohnen und unschuldige Knirpse ins Verderben locken.«

»Interessante Argumentation«, sinnierte Conner. »Ich habe schon mindestens so viele hässliche Menschen wie Hexen getroffen, aber *wir* müssen uns nicht mit solchen Vorurteilen herumschlagen.«

»Die meisten Hexen sind nicht von Natur aus abstoßend«, erklärte Hagetta. »Dunkle Magie hinterlässt ihre Spuren an jenen, die sie gebrauchen. Meine Schwester Hagatha war einst die schönste Frau, die ich je zu Gesicht bekommen hatte. Männer aus sämtlichen Königreichen reisten über weite Strecken an, um sie zu umgarnen und ihr den Hof zu machen. Nachdem sie jedoch ihr Leben der niederträchtigen Zauberkunst verschrieben hatte, spiegelte sich deren Einfluss mehr und mehr in ihrem Gesicht.«

Alex setzte sich erneut kerzengerade auf. »Moment mal – wie lange sind wir denn eigentlich schon hier?«, fragte sie.

»Ein paar Stunden«, erwiderte Hagetta.

»O nein«, keuchte Alex. »Conner, wir müssen sofort zurück zum Feenpalast! Nun, da die Grande Armée ihre Angriffe begonnen hat, brauchen wir einen neuen Plan!« Sie wollte eilig aufstehen, japste aber vor Schmerz auf und fiel zurück auf die Pritsche.

»In eurer jetzigen Verfassung seid ihr beiden niemandem eine Hilfe«, sagte Hagetta. »Wartet, bis die Flammen ihre Arbeit erledigt haben. Sobald sie ausgehen, dürft ihr euch als geheilt betrachten.«

Alex hatte keine Wahl. Ihre Strategie war dahin, und sie sackte in sich zusammen, als wäre der Krieg bereits verloren.

»Es war ein echt cleverer Schachzug von dir, jeweils die Hälfte der Heere in ein Versteck zu schicken, Alex«, versuchte Conner ihr Mut zuzusprechen. »So war zumindest niemand dem, was passiert ist, unvorbereitet ausgeliefert. Sobald wir wieder im Feenpalast sind, finden wir heraus, wer angegriffen worden ist und wer noch nicht – und dann kann unsere ursprüngliche Taktik womöglich doch noch funktionieren.«

»Um den Plan geht es mir gar nicht«, sagte Alex. »Du hast ja gesehen, wie gnadenlos die Grande Armée das Reich der Elfen unter Beschuss genommen hat. Gegen eine vergleichbare Attacke hätten das Königreich an der Ecke oder Suses Republik nicht den Hauch einer Chance –«

Unwillkürlich fiel Hagetta ihr ins Wort. »Hast du gerade ›Suses Republik‹ gesagt?«, fragte sie. »Was um alles in der Welt soll das denn sein?«

»Das ist der neue Name von Rotkäppchens Königreich«, informierte Conner sie. »Er wurde geändert, wegen Suses Wahl zur Königin.«

Hagetta zog beide Augenbrauen hoch, und ihr Blick verlor sich in der Ferne, vollkommen perplex. »So ist das also«, murmelte sie.

»Kennen Sie Suse?«, fragte Alex.

Daran ließ Hagettas Miene keinen Zweifel. »Leider nur zu gut.«

»Und woher?«, bohrte Conner weiter.

»Sie hat mich als kleines Mädchen einmal aufgespürt«, erzählte Hagetta. »Offenbar war sie eines Nachmittags auf ihrer Farm eingeschlafen und hatte so ihre Schafherde verloren. Das Ganze war äußerst peinlich für sie, deshalb ist sie zu mir in den Wald gelaufen und hat mir fünf Goldmünzen dafür bezahlt, dass ich ihr einen Trunk braue, der sie wach halten würde.«

»Und, haben Sie es getan?«, fragte Conner.

»Das habe ich«, bestätigte Hagetta. »Und es war einer der größten Fehler meines Lebens.«

»Hat etwas nicht gestimmt mit dem Trunk?«, mutmaßte Alex.

»O nein, mit dem Trunk war alles in Ordnung – mit der kleinen Bittstellerin allerdings umso weniger«, meinte Hagetta. »Das Gebräu hat so gut gewirkt, dass Suse fortan viele Male an mich herangetreten ist und über die Jahre von mir erwartet hat, all ihre Probleme zu lösen. Mal brauchte sie einen Trunk, der ihren Schafen die flauschigste Wolle bescherte; mal einen, von dem ihre Kühe die süßeste Milch geben würden; dann wieder sollte ich ihr Samen heraufbeschwören, die sie ihren Hühnern verfüttern und so die größten Eier bekommen könnte – die Wünsche hörten gar nicht mehr auf! Und wurden nur noch verstiegener, sowie *dieser Mann* auf den Plan trat.«

Die Zwillinge tauschten Blicke; nun waren sie erst recht gespannt.

»Welcher Mann?«, erkundigte sich Conner.

»Der Mann, in den Suse sich Hals über Kopf verliebte. Er war älter als sie und ein schamloser Schwindler.«

»Reden Sie von dem Mann, der in ihrem magischen Spiegel gefangen ist?«, fragte Alex. Die Neugier hatte vollkommen von ihr Besitz ergriffen, so dass es ihr nicht gelungen war, sich die Frage zu verkneifen.

Conner und Hagetta starrten sie gleichermaßen baff an. Conner hatte keine Ahnung, wovon seine Schwester redete; Hagetta dagegen verschlugen Alex' Worte beinahe die Sprache.

»Woher weißt du von dem magischen Spiegel?«, entgegnete sie.

»Von welchem magischen Spiegel?«, hakte Conner ein.

Alex zögerte und bemühte sich, ihre eigene Rolle bei der Entdeckung so unverfänglich wie möglich darzustellen. »Während des Wahlkampfs hatten ein Freund und ich die Idee, dass es lustig sein könnte, Suse ein wenig nachzuspionieren«, gestand sie. »Wir wollten niemandem Ärger bereiten, sondern bloß ein bisschen Spaß haben. Doch dabei haben wir herausgefunden, dass sie in ihrer Scheune einen magischen Spiegel verbirgt, in dem wiederum ein Mann feststeckt.«

Conner hob argwöhnisch eine Augenbraue. »Handelt es sich bei diesem Freund zufällig um denselben, in den du *nicht verknallt* bist?«

Alex ging nicht auf ihn ein; ihre komplette Aufmerksamkeit galt Hagetta.

»Der magische Spiegel in Suses Besitz dient der Kommunikation, nicht der Einkerkerung«, erklärte Hagetta. »Ich muss es wissen – schließlich bin ich diejenige, die ihn für sie erschaffen hat. Der Mann, den ihr gesehen habt, war niemals in dem Spiegel gefangen; vielmehr ist er vor vielen Jahren ins Gefängnis gesperrt worden. Ich habe beiden einen Spiegel gegeben, damit sie dennoch die Möglichkeit hatten, Kontakt zu halten.«

Alex schlug sich eine Hand auf den Mund. Dass der Spiegel in Suses Scheune ein Kommunikationsspiegel sein könnte, wie sie und ihr Bruder je einen besaßen, war ihr überhaupt nicht in den Sinn gekommen.

»Sekunde mal«, mischte sich Conner ein, der nun ganz eigene Puzzleteile zusammensetzte. »In einer der Zellen im Pinocchio-Kittchen war ein Spiegel! Ist Suse etwa in den *Maskenmann* verliebt?«

»Seinen wahren Namen hat sie mir nie verraten, aber ja, so hat er sich selbst genannt«, sagte Hagetta. »Er war der jüngste Spross einer sehr mächtigen Familie – doch er strebte nach mehr Macht als alle anderen. Und ließ nichts unversucht, um sie zu erlangen: Er log und stahl, machte unhaltbare Versprechungen und ging Handel ein, die er sich nicht leisten konnte. Die durchtriebenste Art Mensch, die man sich nur denken kann.«

Alex nickte; alles ergab nun zunehmend Sinn. »Suse wollte unbedingt Königin werden, weil sie glaubte, als Herrscherin über ein eigenes Reich hätte sie genügend Einfluss, um ihn aus dem Gefängnis zu befreien.«

Hagetta schnaubte. »Ganz sicher hat sie außerdem die Schuld kaum ertragen«, sagte sie. »Suse hat er es nämlich zu verdanken, dass er überhaupt erst gefasst worden ist – *sie hat ihn verpfiffen.*«

Conner schnappte nach Luft. »Sie hat den Mann, den sie liebte, ans Messer geliefert?«

»Mag sein, dass er Suses unschuldiges Herz in seinen Bann geschlagen hatte; trotzdem konnte nicht einmal sie leugnen, wie gefährlich er war. Sie warnte mich ebenso häufig vor ihm, wie sie mir ihre unsterbliche Liebe zu ihm beichtete. Sie verriet ihn, um jemand *anderen*, den sie liebte, zu schützen«, erklärte Hagetta. »Suse und der Maskenmann haben ein gemeinsames *Kind*.«

Beide Zwillinge schüttelten ungläubig den Kopf. »Suse ist Mutter?«, fragte Conner.

»Sie war es«, entgegnete Hagetta. »Suse hatte panische Angst vor der Reaktion des Maskenmannes, sollte er herausfinden, dass sie von ihm schwanger war. Er war derart machtbesessen, dass sie fürchtete, er würde einen Erben als Bedrohung betrachten. Daher schickte sie einen anonymen Brief in den Feenpalast mit der Warnung, dass der Maskenmann die gute Fee zu bestehlen plante, und er wurde auf frischer Tat ertappt. Während er im Gefängnis saß, brachte Suse einen Sohn zur Welt; der Maskenmann hat weder von dem Baby noch von ihrem Verrat je erfahren.«

»Und was ist aus dem Kind geworden?«, wollte Alex wissen.

Hagetta seufzte und schüttelte den Kopf. »Suse kam hierher gestolpert, als ihre Wehen bereits eingesetzt hatten, und gebar den Kleinen in ebendiesem Raum«, sagte sie. »Sie flehte mich an, ihr Kind an einen Ort zu bringen, an dem der Maskenmann es nie finden würde. Sie war damals so jung, dass auch ich es für das Beste hielt, wenn jemand anders ihren Sohn aufzog. Also habe ich ihn fortgeschafft, und solange ich lebe, werde ich keiner Seele verraten, wohin – damit sein Vater ihn tatsächlich niemals findet. Suse hat es das Herz gebrochen, von ihrem Kind – und ebenso dem Maskenmann – getrennt zu sein. Ich habe mein Möglichstes getan, sie mit dem heilenden Feuer zu behandeln, doch selbst die Flammen eines Albinodrachen vermögen ein gebrochenes Herz nicht zu heilen.«

»Haben Sie sonst noch etwas unternommen, um ihr zu helfen?«, fragte Conner.

»In der Tat«, sagte Hagetta. »Und in diesem Zug zum ersten und einzigen Mal in meinem Leben dunkle Magie vollbracht. Ich habe einen Zauber angewandt, den ich einst meine Schwester an einer liebeskranken jungen Frau hatte ausführen sehen: Ich habe Suse ein kleines Stück aus dem Herzen geschnitten – jenen Teil, der voller Schmerz und Sehnsucht nach den Männern in ihrem Leben war – und es in Stein verwandelt. Das Mädchen, für das meine Schwester den Zauber genutzt hatte, war zu einem seelenlosen Ungeheuer geworden, und dieses Schicksal wollte ich Suse ersparen. Daher habe ich ihr das Stückchen ihres Herzens an einer Kette anvertraut und ihr nahegelegt, es zu tragen, sobald sie bereit wäre, sich dem Schmerz, den die Liebe mit sich bringt, zu stellen. Ich hoffe für sie, dass der Maskenmann für den Rest seines Lebens hinter Gittern bleibt.«

»Hagetta, der Maskenmann ist von der Grande Armée rekrutiert worden«, gestand Alex bang. »Er hat dem General versprochen, er könne die Soldaten zu einem Drachenei führen. Uns wurde gesagt, das sei unmöglich, doch wenn er so mächtig ist, wie Sie behaupten … glauben Sie, er hat tatsächlich die Mittel, eines zu besorgen?«

Hagetta wurde sehr still, und ihre Miene erstarrte. Sie erweckte den Eindruck, als würden vor ihrem inneren Auge grauenvolle Bilder vorüberziehen.

»Ich bete darum, dass das nicht der Fall ist«, sagte sie. »Die Feen haben diese Welt erfolgreich von den Drachen befreit, doch es gab stets Gerüchte, denen zufolge ein oder zwei Eier übrig geblieben sein könnten. Sollte tatsächlich erneut ein Drache auftauchen, dann wüsste heutzutage niemand mehr, wie man ihn besiegt – alle Feen, die dazu in der Lage waren, sind inzwischen entweder tot oder zu alt, um ein solches Wesen zu töten. Falls der Maskenmann ein Drachenei in die Hände bekommt, ist es aus mit der Welt! Ganz gleich, welchen Plan *ihr* ausgeheckt habt.«

Kapitel 26

Drachenfütterung

Die Dörfler schürften so tief in die Erde, dass neben dem Lager der Grande Armée eine wahre Schlucht entstand. Ein Mann namens Farmer Robins hatte das Pech, als Erster unter dem Dreck und Staub auf Magma zu stoßen. Sowie seine Schaufel die Scholle durchbrach, ergoss sich die Lava ins Freie und verbrannte ihm die Hände. Er schrie auf und stürzte unter Höllenqualen zu Boden.

Obwohl Rook von Alex angefleht worden war, aus dem Süden des Östlichen Königreichs zu fliehen, hatte er es nicht geschafft, seinen Vater rechtzeitig von diesem Rat zu überzeugen; die Grande Armée war eingefallen, hatte ihre Farm und die umliegenden Ortschaften besetzt und Rook und seinen Vater gefangen genommen. Zusammen mit den aufgegriffenen Dorfbewohnern waren sie zum Graben in das Lager verschleppt worden.

»*Vater!*«, brüllte Rook und eilte an Farmer Robins' Seite.

Lava flutete derweil unaufhaltsam die Schlucht, und die übrigen Dörfler stolperten hektisch davon. Rook und ein weiterer Mann hievten sich Farmer Robins auf die Schultern und stützten ihn auf dem Weg nach oben – gerade rechtzeitig, ehe die glühende Masse den gesamten Grund bedeckte. Sie war so heiß, dass die zurückgelassenen Spaten Feuer fingen, sobald sie davon berührt wurden.

General Marquis linste aus seinem Zelt, als er den Aufruhr vernahm, und ein kleines Lächeln stahl sich auf sein Gesicht: Es war an der Zeit, den Drachen schlüpfen zu lassen.

Die wachhabenden Soldaten trieben die Leute aus dem Dorf am Rand der Schlucht zu einem Grüppchen zusammen. Alle keuchten und waren von ihrem eiligen Aufstieg erschöpft und verschwitzt. Rook barg den Kopf seines vor Schmerzen stöhnenden Vaters im Schoß; die Brandwunden mussten dringend versorgt werden. Suchend blickte er sich um, doch im Lager gab es niemanden, der dafür in Frage kam. Seine einzige Chance bestand darin, so schnell wie möglich zu fliehen.

Wenige Augenblicke später traten General Marquis und Colonel Baton an die Abbruchkante der Grube und betrachteten die aufwallende orangefarbene Lava tief unter sich. Sie hatten den Maskenmann hinuntergeschickt, um das Ei hineinzulegen, und erwarteten nun ungeduldig seine Rückkehr. Endlich tauchte sein verhülltes Gesicht wieder auf, und er kletterte zu ihnen empor.

»Mannomann, ein lebhaftes Exemplar haben wir da!«, rief er den beiden Kommandeuren fröhlich zu. Ein Teil seiner zerlumpten Kleider war versengt, und die Zipfel seiner Maske qualmten. Offenbar war das Ausbrüten des Drachen nicht völlig problemlos vonstattengegangen.

»Ist er geschlüpft?«, fragte der General.

»O ja, das ist er!«, verkündete der Maskenmann. »Glückwunsch, General – ein Junge! Und was für ein quirliges Kerlchen! Hat mich schon mit seinem ersten Atemzug beinahe gegrillt.«

Der Maskenmann zog sich die letzten Meter empor und streckte eine Hand aus, um sich über den Rand helfen zu lassen, doch der General machte keinerlei Anstalten, ihm die seine zu reichen. So hievte der Maskenmann sich aus eigener Kraft aus der Schlucht, kam auf die Füße und klopfte sich Schmutz und Asche vom Leib.

»Und was tun wir jetzt?«, wollte der General wissen.

»Wir füttern ihn«, erklärte der Maskenmann. »Im Moment hält er ein Nickerchen in der Lava, aber in ein paar Minuten wird er sehr hungrig sein. Entscheidend ist, dass er dort unten stets tunlichst viel Nahrung zur Verfügung hat. Sowie die ihm nämlich ausgeht, wird er heraufsteigen, um zu jagen, und das soll er erst, nachdem er ausgewachsen ist. Drachen sind am aggressivsten, wenn sie zum ersten Mal ihr Nest verlassen, und wir möchten schließlich, dass er sich diese Energie für seine Attacke gegen die Feen aufspart.«

General Marquis gab ein Knurren von sich, als ihm klarwurde, dass er noch länger würde Geduld aufbringen müssen. Der Maskenmann strapazierte seine Nerven mehr als jede bisherige Schlacht. »Was frisst er denn?«, fragte der General.

»Fleisch«, antwortete der Maskenmann, als sollte das offensichtlich sein.

Der General musterte den Maskenmann mit schiefem Blick. Zweifellos hoffte er, ihn auf diesem Weg endlich loszuwerden.

»Schaut mich nicht so an«, sagte der. »Ich bin bloß Haut und Knochen – und der Drache benötigt Proteine, um groß und stark zu werden. Außerdem werdet ihr mich weiterhin brauchen, sobald er erst einmal aus der Schlucht gekrochen ist – um Euch zu zeigen, wie man ihn gefügig macht.«

»Lieutenant Rembert?«, verlangte General Marquis.

Rembert hatte bei den Soldaten gestanden, die die Dörfler bewachten, und eilte nun heran. »Jawohl, Sir?«, fragte er.

»Schafft alles Vieh herbei, das wir den Leuten auf den Dörfern abgenommen haben, und treibt es an den Rand der Schlucht«, befahl der General. »Dann stoßt die Tiere einzeln nach Anweisung des Maskenmannes über die Kante.«

»Verstanden, Sir«, sagte Rembert. »Und was sollen wir mit den Dörflern machen?«

General Marquis warf den Gefangenen einen düsteren Blick zu. »Fürs Erste lassen wir sie am Leben«, entschied er. »Falls wir später noch weiteren Bedarf an Futter für den Drachen haben.«

Obwohl die Dorfbewohner seine Worte nicht hören konnten, war offenkundig, was der General da mit seinem Leutnant ausheckte. Die Männer und Frauen brachen in fieberhaftes Geflüster aus, und Familien drängten sich noch ein wenig dichter aneinander. Rook spähte im Lager umher, auf der verzweifelten Suche nach einer – *irgendeiner* – Rettung aus diesem Albtraum.

Ein wiederholtes heftiges Donnern erschütterte die Erde, als ein Pferd auf den Lagerplatz zugaloppierte. Die Soldaten und Dörfler wandten sich in Richtung der Bäume und erkannten Capitaine De Lange. Er kam geradewegs vom Schlachtfeld und hielt auf sie zu. Der Hauptmann wirkte fahrig und umklammerte einen verwundeten Arm. Sowie er nah genug war, sprang er aus dem Sattel und rannte zu General Marquis.

»General Marquis! General Marquis!«, schrie er.

Der General schien über das verfrühte Wiedersehen ganz und gar nicht begeistert. »Wieso führt Ihr Euer Bataillon nicht in die Schlacht gegen das Königreich des Gläsernen Schuhs, Capitaine De Lange? Oder haben Eure Männer etwa bereits den Sieg errungen?«

De Lange fiel auf die Knie und starrte flehend zu dem General empor. »Sir, meine Einheit hat gekämpft bis zum Äußersten, doch wir waren hoffnungslos in der Unterzahl!«, beichtete er.

»*WAS?*«, brüllte der General.

»In der Unterzahl?«, schrie auch Baton. »Aber das ist unmöglich! Wir haben mehr als genügend Trolle und Soldaten für das Königreich des Gläsernen Schuhs abgestellt!«

Capitaine De Lange begann zu Füßen des Generals zu schluchzen. Er ahnte, was sein Versagen ihn kosten würde. »Wir haben die Truppen korrekt gezählt, Sir! Allerdings hat niemand damit gerechnet, dass Hunderte und Aberhunderte einfacher Bürger sich ihnen anschließen würden! Die Trolle haben sich allein bei ihrem Anblick ergeben oder sind in die Zwergenwälder geflohen. *Wir sind geschlagen worden!*«

Der General tat einen Schritt nach vorn und starrte De Lange unverwandt ins Gesicht. Die Lava am Boden der Schlucht in seinem Rücken war nichts gegen das Feuer, das in seinen Augen loderte.

»Wollt Ihr mir sagen, dass unsere Armee von den *Bäuerinnen und Bauern* des Königreichs des Gläsernen Schuhs besiegt worden ist?«, fragte er. Seine Nasenlöcher waren geweitet wie nie zuvor, und sein Kopf lief so rot an, dass es schien, als könnte er jeden Moment selbst in Flammen aufgehen.

Capitaine De Lange schüttelte den Kopf; er hielt noch viel schlimmere Neuigkeiten bereit. »Ich rede nicht nur vom Königreich des Gläsernen Schuhs, Sir! Zivilisten allerorten haben sich mit den Armeen ihrer Königreiche verbündet – *in jedem einzelnen Reich.* Sämtliche unserer Berechnungen und Prognosen haben gestimmt – doch wir hatten keine Chance, *das* vorauszusehen! Bitte glaubt mir, wenn ich Euch versichere, dass wir alles in unserer Kraft Stehende getan haben!«

Der General richtete seinen glühenden Blick auf Colonel Baton, den die Nachricht nicht minder schockierte. »General, ich habe die Planung persönlich beaufsichtigt«, sagte Baton. »Wir waren absolut gewiss, dass unsere Strategie zum Sieg führen würde.«

Abrupt wandte der General sich ab und marschierte fort von den Männern, die ihn derart enttäuscht hatten. Nie zuvor in seiner gesamten Militärkarriere war er ähnlich ernüchtert worden.

»Lieutenant Rembert, Eure Pistole«, forderte General Marquis.

Der Leutnant beeilte sich, der Anweisung Folge zu leisten, und brachte dem General die Waffe. Im Bruchteil einer Sekunde wirbelte General Marquis herum und schoss Colonel Baton sowie Capitaine De Lange in den Fuß. Beide stürzten nach hinten und schlitterten die Wände der Schlucht hinunter. Stöhnend mühten sie sich, wieder auf die Füße zu kommen. Mit einem Mal vibrierte ein leises Grollen durch den Klaff, und das Wehklagen der Kommandeure schwoll an. Trommelfellzerfetzendes Kreischen hallte als Nächstes herauf, doch es entstammte keiner menschlichen Kehle. Der Klang glich Tausenden von Nägeln, die zeitgleich über Metall kratzten.

»Der Drache ist wach!«, rief der Maskenmann, und das gesamte Lager presste sich die Hände auf die Ohren.

Zwischen den schrillen Schreien war nun das Keuchen der

Männer im Todeskampf zu vernehmen, während sie bei lebendigem Leib gefressen wurden. Die wutentbrannte Miene des Generals blieb unterdessen starr und unverändert.

Marquis reichte Rembert die Pistole zurück. »Glückwunsch, Rembert, Ihr seid hiermit zum Oberst befördert«, sagte er. »Und jetzt verfüttert dieses Vieh an den Drachen, sobald er mit seiner Vorspeise fertig ist.«

»Jawohl, Sir«, sagte Rembert und rannte davon, um die gestohlenen Nutztiere herbeizuholen.

General Marquis tigerte an der Abbruchkante auf und ab; er durchlebte soeben die übelste Niederlage seines Lebens – und mit Niederlagen konnte der General nicht gut umgehen. Mehr als die Hälfte seiner Armee war verloren und überdies ausgerechnet von *Bauernvolk* besiegt worden. Im Stillen schmiedete er bereits Pläne, diese Blamage zu rächen.

Der Maskenmann näherte sich ihm, hielt jedoch ausreichend Sicherheitsabstand. »Ihr habt diesen Krieg begonnen, und Ihr könnt ihn noch immer für Euch entscheiden«, beschwor er Marquis. »Ich sage es Euch noch einmal: Sowie der Drache –«

»Wenn ich noch ein einziges Mal von Euch höre, dass ich bloß einen Drachen brauche, um diesen Krieg zu gewinnen, dann seid Ihr der Nächste, den er frisst!«, warnte der General. »Jeder Jäger weiß, dass ein Keiler sich nicht mit nur *einem* Schuss erlegen lässt. Es bedarf eines Pfeils für den Kopf und eines weiteren für das Herz. Mag sein, dass der Drache der Pfeil ist, den ich dieser Welt in den Kopf schieße – wenn ich jedoch die Hauptstädte und Herrscher der einzelnen Königreiche in meine Gewalt gebracht hätte, wäre mir damit ihr Herz sicher gewesen. Diese Armee wäre durch nichts und niemanden mehr aufzuhalten gewesen.«

Rook hatte die Unterhaltung der beiden Männer von Beginn an aufmerksam verfolgt; dabei war ihm klargeworden, dass er über Informationen verfügte, die für den General von immensem Interesse waren. »General!«, rief er, reckte sich und hob eine Hand. »Wenn Ihr es auf die Könige und Königinnen abgesehen habt: Ich weiß, wie Ihr an sie herankommt.«

Er konnte selbst kaum fassen, was er gerade tat – sein Überlebensinstinkt schien jegliche anderen Sinne ausgeschaltet zu haben.

Der General warf dem Jungen einen finsteren Blick zu und lachte zugleich über diesen erbärmlichen Versuch, seine Aufmerksamkeit zu erlangen. »Still, ehe ich dich als Nächstes dem Drachen vorwerfe!«

»Ich meine es ernst«, sagte Rook.

Die übrigen Dörfler flehten ihn an, sich zu setzen und den Mund zu halten, doch Rook wehrte sie ab. »Die Könige und Königinnen wurden fortgeschickt, lange bevor Eure Männer in ihre Reiche einmarschiert sind. Ich habe es mit eigenen Augen gesehen. Und ich kann euch sagen, wo sie jetzt sind.«

General Marquis kochte ohnehin bereits vor Wut, und dieser Dorfjunge, der behauptete, mehr zu wissen als *er*, gab ihm beinahe den Rest. »Dann verrate es mir«, herrschte er ihn an und trat auf Rook zu.

Rook schüttelte den Kopf. »Ich verrate es Euch nur, wenn Ihr alle hier freilasst«, erklärte er.

Die Vorstellung eines weiteren Handels erzürnte den General derart, dass er wirkte, als wollte er gleich selbst Lava spucken. »Vielleicht sollte ich lieber jeden einzelnen Dorftölpel in deinem Beisein töten, *bis* du mir erzählst, wo sie sind?«

»Verzeihung, General?«, mischte der Maskenmann sich ein. »Bei allem gebührenden Respekt: Der Junge bittet um nicht viel. Die Dorfleute sind nutzlos; somit würdet Ihr nichts verlieren, wenn Ihr ihm seinen Wunsch im Gegenzug für die Information erfüllt.«

General Marquis bedachte den Maskenmann mit seinem bisher hässlichsten Ausdruck. *»Ihr habt kein Recht, mir Ratschläge zu erteilen!«*, zischte er und schlug ihm schallend ins Gesicht.

Der Maskenmann stürzte zu Boden und hustete einen Mundvoll Blut aus. »Ich versuche lediglich zu helfen, General«, schnaufte er. »Falls Ihr diesen Krieg verliert, verliere ich ebenso! Ich werde zurück ins Gefängnis wandern! Ich sehne Euren Sieg über diese Welt nicht weniger herbei als Ihr!«

Der Atem des Generals beruhigte sich langsam wieder, und er schritt zu Rook hinüber. »Nun gut – verrate es mir, dann lasse ich diese Menschen gehen«, sagte er gefasst.

»Nein«, entgegnete Rook. »Lasst sie zuerst gehen, und *dann* sage ich Euch, wo die königlichen Herrschaften sich befinden.«

Der General stierte den Jungen geradeheraus an und wartete darauf, dass sein linkes Auge zu zucken beginnen würde, doch nichts tat sich. »Schön«, sagte General Marquis. »Solltest du mir die Monarchen jedoch nicht ausliefern, werde ich dich höchstpersönlich töten.«

Er bedeutete seinen Soldaten, die Gefangenen freizugeben, und Rook verfolgte, wie einer nach dem anderen in den Wald davonrannte. Viele zögerten zunächst, unwillig, Rook mit den Feinden alleinzulassen, doch er versicherte ihnen, dass alles gut würde. Farmer Robins wurde von zwei anderen Dörflern in die Mitte genommen und aus dem Lager gezogen.

»Tu das nicht, Rook! Spiel nicht den Helden!«, schrie Farmer Robins verzweifelt. Er versuchte, sich aus dem Griff der beiden Männer zu winden, die ihn stützten; doch seine Wunden

schmerzten zu sehr. Rook wartete, bis sein Vater ganz außer Sicht war, bevor er dem General die ersehnte Information offenbarte.

»Ich weiß nicht, wo sie sind, aber sehr wohl, wie Ihr sie findet«, sagte er.

»Dann zeig uns den Weg«, verlangte der General.

Rook schloss die Augen und seufzte. Erst nun, nachdem der Handel abgeschlossen war, begriff er wirklich, was er getan hatte – und auch, wie viele Menschen er für die Rettung weniger in Gefahr brachte. »Vergib mir, Alex«, murmelte er.

Wäre die Welt in einem besseren Zustand gewesen, hätte die Reise entlang des verborgenen Wegs ein recht vergnügliches Unterfangen sein können. Die Könige und Königinnen an Bord der Kutschen rumpelten durch Gebiete ihrer eigenen Königreiche, die sie nie zuvor zu Gesicht bekommen hatten. Sie besuchten einander gegenseitig in ihren Wagen und beratschlagten, wie sich zukünftig das Leben in ihrer jeweiligen Heimat durch neue Handelsverträge erleichtern ließe, und sie überlegten, dass sie der Schurken und Bösewichte, die ihre Grenzen überquerten, besser Herr werden konnten, indem sie auf eine Zusammenarbeit ihrer Armeen setzten.

Dennoch waren es bittersüße Pläne, die sie schmiedeten, denn allen war bewusst, dass die Grande Armée noch immer ihr Unwesen trieb und es eine Weile dauern würde, ehe ihre Welt zu einer Normalität zurückfinden und sie in ihre Königreiche heimkehren würden.

Alle paar Stunden hielten sie an, um sich die Beine zu vertreten. Dann brachte Goldlöckchen den Reisenden ein paar neue Selbstverteidigungskniffe bei. Sie war beeindruckt von den Fortschritten, die die Gruppe bereits in so kurzer Zeit gemacht hatte.

Die Fahrt auf dem geheimen Pfad schweißte alle Beteiligten auf einzigartige, nie gekannte Weise zusammen, und ausgerechnet Goldlöckchen schien sie am meisten zu genießen. Sie strahlte buchstäblich nach jeder Unterrichtseinheit, und das Lächeln wich ihr gar nicht mehr aus dem Gesicht.

»Darf ich dir sagen, dass du noch niemals hübscher ausgeschaut hast?«, meinte Jack zu seiner Frau. »Und glücklicher habe ich dich auch nie zuvor erlebt.«

»Du kennst mich doch: Nichts liebe ich mehr als ein anständiges Abenteuer«, erwiderte Goldlöckchen. »Besonders in Begleitung meines feschen Ehemanns.«

Jack lachte und warf ihr aus zusammengekniffenen Augen einen Seitenblick zu. »Ich kenne dich zu gut, um das auch nur für eine Sekunde zu glauben«, sagte er. »Du verheimlichst mir doch etwas, oder?«

»Na schön, ich verrate es dir«, gab Goldlöckchen nach. »Auch wenn ich es um nichts in der Welt vor Rotkäppchen eingestehen würde: Ich empfinde die Gesellschaft der anderen Königinnen – all dieser starken, cleveren und selbstbewussten Frauen – als immenses Vergnügen.«

Jacks Mund klappte dramatisch auf. »Willst du damit etwa sagen, dass meine Frau sich nun in *Damenrunden* wohl fühlt?«, fragte er mit großen neckenden Augen.

»Ich denke schon«, entgegnete Goldlöckchen, die sich über ihr Geständnis ebenso amüsierte wie er.

»Ich vermute, hinter diesem Lächeln steckt sogar noch mehr«, meinte Jack. »So eine Miene ziehst du nur, wenn du vorhast, mich mit etwas zu überrumpeln. Komm schon, Goldie, du weißt, ich mag keine Überraschungen. Falls du ein Geheimnis hast, spuck es einfach aus.«

Goldlöckchens Schmunzeln wurde noch breiter. »Mag sein«, sagte sie. »Aber wie alle guten Geheimnisse muss auch dieses bis zum richtigen Moment bewahrt werden.«

Jack lachte und schüttelte den Kopf. »Du und deine Geheimniskrämerei«, zog er sie auf. »Wir könnten einhundert Jahre verheiratet sein, und ich würde trotzdem jeden Tag etwas Neues über dich lernen.«

»Ich hoffe, das stört dich nicht«, meinte Goldlöckchen und zwinkerte ihm zu. »Ich bin eine Frau *vieler* Rätsel, und du kratzt gerade erst an der Oberfläche.«

Ein zärtliches Lächeln trat auf Jacks Gesicht. »Im Grunde verliebe ich mich mit jeder neuen Enthüllung bloß noch mehr in dich.«

Goldlöckchen beugte sich zu ihm, um einen Kuss auf seine Wange zu drücken, doch die Pferde, die vor ihren Wagen gespannt waren, preschten plötzlich nach vorn und fielen in einen deutlich schnelleren Galopp als gewöhnlich. Goldlöckchen und Jack sahen sich um und bemerkten, dass der verborgene Pfad, der bislang stets in Biegungen und Schleifen verlaufen war, mit einem Mal schnurgerade durch das Land führte, bis er sich am Horizont verlor.

»Was ist denn jetzt los?«, wunderte sich Goldlöckchen.

»Wir werden nach Südosten gelotst«, stellte Jack mit Blick zur Sonne fest. »Vielleicht rufen Alex und die anderen uns zurück? Vielleicht ist der Krieg schon vorüber?«

Die Kutschen rasten durch die Landschaft und hinein in die südöstlichen Wälder. Allerdings verlangsamten die Pferde ihr Tempo, als ein junger Mann vor ihnen auf den Weg trat: ein hochgeschossener Jugendlicher mit weichem braunem Haar.

Rotkäppchen streckte ihren Kopf aus dem Wagenfenster, um nachzuschauen, woher der Tumult rührte. »Ich bin mir sicher, diesen Jungen noch nie gesehen zu haben, aber ich könnte beinahe schwören, dass ich weiß, wer er ist«, verkündete sie und grübelte dabei insgeheim, woher sie diese Gewissheit nahm.

Die Kutschen kamen direkt vor dem Fremden zum Stehen. Der junge Mann spähte mit Tränen in den Augen zu ihnen empor.

»Wer bist du?«, fragte Jack.

»Es tut mir so leid«, flüsterte der Junge.

»Was tut dir –« Doch Goldlöckchen blieb keine Zeit, ihre Frage zu Ende zu bringen.

Einhundert Soldaten brachen plötzlich aus den Bäumen und umzingelten den Wagentross. Jack und Goldlöckchen rissen rasch ihre Waffen hervor, doch sie waren hoffnungslos unterlegen. Die Könige und Königinnen in den Gefährten schrien auf, als Gewehre und Schwerter auf sie gerichtet wurden. Keiner von ihnen vermochte auch nur irgendetwas zu unternehmen – sie waren in einen Hinterhalt der Grande Armée geraten.

General Marquis schlenderte als Letzter zwischen den Bäumen hervor. Er platzierte sich hinter Rook und klopfte dem jungen Mann auf die Schulter. »Gut gemacht, mein Junge«, sagte er. »Das hast du wahrlich gut gemacht.«

Kapitel 27

Das Zeichen am Himmel

Während die Sonne tiefer sank und die Nacht sich allmählich über die winzige Hütte in den Wäldern legte, flackerten die Flammen um Alex' und Conners Wunden zunehmend schwächer. Schließlich umhüllte nur noch ein zarter Schimmer die verletzten Glieder der Zwillinge.

»Das Feuer ist beinahe aus«, sagte Alex. Sie stand von der Pritsche auf und konnte endlich ihr Bein wieder ohne Schmerzen belasten.

»Meine Rippen fühlen sich auch großartig an«, befand Conner. Er drehte den Oberkörper und schaffte es mühelos, seine Zehen zu berühren. »Mir ging es nie besser! Die Flammen scheinen ganze Arbeit geleistet zu haben!«

»Wir müssen jetzt dringend los«, wandte Alex sich an Hagetta.

Diesmal widersprach die Hexe ihr nicht. Sie holte den Kristallzauberstab aus dem Kamin und reichte ihn Alex. »Bitte sehr, Liebes.«

Alex begutachtete ihren Zauberstab; er war so gut wie neu, ohne den kleinsten Kratzer. »Wir werden Ihnen Ihre Güte und Fürsorge nie vergessen«, beteuerte sie. »Sollten wir uns je irgendwie revanchieren können, bitte zögern Sie nicht –«

Hagetta hob eine Hand. »Den größten Gefallen tut ihr mir, indem ihr versprecht, auf euch achtzugeben«, sagte sie herzlich. »Ich verstehe nicht, weshalb gerade euren jungen Schultern eine solch schwere Last aufgebürdet ist, doch je aufrechter ihr euch haltet, desto weniger werdet ihr sie spüren. Lasst euch von nichts und niemandem jemals entmutigen, Kinder. Mut ist etwas, das keiner euch nehmen kann.«

Alex und Conner lächelten sie warm an. Ebendas hatte einst auch Goldlöckchen ihnen ans Herz gelegt, und nun ahnten sie, von wem sie selbst es gelernt hatte.

»Wir scheinen ohnehin immer irgendwie auf die Füße zu fallen«, scherzte Conner. »Außer bei diesem einen Absturz, den Sie mitbekommen haben und der uns fast das Leben gekostet hat – aber dank Ihnen haben wir ja sogar den ganz gut weggesteckt!«

Alex beugte sich unter die Tischplatte. »Bereit zum Abflug, Lester?«

»Squaaaw!«, krächzte der Ganter und kam glücklich flatternd auf die Füße, wobei er beinahe den Tisch umstieß.

»Alles klar, dann mal los –«

Plötzlich klopfte es laut an Hagettas Tür. Alle vier fuhren herum.

»Erwarten Sie Besuch?«, fragte Conner.

»Nein«, erwiderte Hagetta. Sie wirkte ebenso beunruhigt wie die Geschwister. »Schnell, hinter den Kessel, versteckt euch.«

Die Zwillinge kauerten sich hinter den riesigen Topf. Lester tauchte erneut unter den Tisch ab, und Hagetta breitete eine gewaltige Decke darüber, um ihn besser zu verbergen. Alex richtete ihren Zauberstab auf die Tür und wappnete sich für das Schlimmste.

Hagetta öffnete nur einen Spalt breit und linste hinaus. »Kann ich Euch helfen?«, fragte sie.

»Hallo, und entschuldigt die Störung – aber ich bin auf der Suche nach einem Mädchen und einem Jungen. Der Ganter, auf dem sie unterwegs waren, wurde am Himmel angeschossen und muss hier in der Gegend über den Wäldern abgestürzt sein«, erklärte eine vertraute Stimme. »Habt Ihr sie vielleicht gefunden?«

Hagetta zog die Tür vorsichtig ein wenig weiter auf, damit die Zwillinge einen Blick auf den Besucher erhaschen konnten.

»Xanthous!«, rief Conner und sprang hinter dem Kessel hervor.

»Alles in Ordnung, Hagetta, er ist ein Freund«, sagte Alex.

Hagetta ließ den Feenmann ein, und er schloss die Geschwister voller Freude fest in die Arme.

»Alex! Conner! Dem Himmel sei Dank – ihr seid wohlauf! Ich habe überall nach euch gesucht«, sagte er.

Seine heitere Stimmung verwirrte die Zwillinge – befanden sie sich nicht mitten in einem Krieg? War ihm etwa nicht bewusst, dass das Reich der Elfen und andere Gebiete attackiert worden waren?

»Xanthous, wieso bist du nicht im Königreich des Gläsernen Schuhs?«, fragte Alex. »Die Grande Armée hat ihre Angriffe begonnen! Wir haben selbst gesehen, wie die Soldaten ins Reich der Elfen eingefallen sind!«

»Wir waren gerade auf dem Weg, um dich und die anderen Feen zu warnen«, ergänzte Conner.

»Wir wissen längst Bescheid! *Sämtliche* Königreiche mit Ausnahme des Königreichs der Feen sind angegriffen worden«, informierte Xanthous die beiden.

Alex schlug sich eine Hand auf den Mund; Tränen traten ihr in die Augen. »O nein!«, keuchte sie. »Wir haben nicht damit gerechnet, dass der Sturm auf alle gleichzeitig losgehen würde! Dafür war unser Plan nicht ausgelegt! Ich habe die Herrscher allesamt angewiesen, ihre Armeen zu teilen! Es ist meine Schuld, dass jedes einzelne Heer gegenüber der Grande Armée in der Unterzahl war!«

Xanthous drückte ihr seine Hände auf die Schultern und blickte ihr fest in die Augen. »Alex, kein Grund, so aufgelöst zu sein. Selbst mit jeweils der Hälfte der Truppen im Versteck waren die Angreifer *uns* gegenüber in der Unterzahl!«

Alex' und Conners Herzen fingen wie wild zu pochen an, doch zum ersten Mal seit langer Zeit nicht in unheilvoller Manier. Überbrachte Xanthous ihnen soeben tatsächlich gute Neuigkeiten, oder bildeten sie es sich nur ein?

»Hast du gerade gesagt, dass ihr der Grande Armée überlegen wart?«, hakte Conner nach. »Aber wie ist das möglich? Die Franzosen hatten doppelt so viele Männer wie wir.«

Ein stolzes Lächeln huschte über Xanthous' Gesicht. »Offenbar haben sich beide Seiten vertan«, meinte er. »Die Eindringlinge haben die Heere der Königreiche gezählt, *nachdem* diese aufgeteilt worden waren, und gerade genügend Soldaten geschickt, um ihnen gleichzukommen. Und wir haben bei unseren Kalkulationen augenscheinlich *die vergessene Armee* nicht berücksichtigt.«

»Welche ›vergessene Armee‹?«, stutzte Alex. Verzweifelt versuchte sie dahinterzukommen, an welches Reich oder Revier sie womöglich nicht gedacht hatte.

»Die Bürger!«, rief Xanthous aus. »So etwas habe ich noch nie erlebt: Sowie die Grande Armée mitsamt den rekrutierten Kriminellen die Grenze zum Königreich des Gläsernen Schuhs überschritten hatte, sind all die einfachen Leute aus ihren Häusern zusammengelaufen, um sich dem Kampf anzuschließen! Und das nicht nur im Königreich des Gläsernen Schuhs! Von Skylene, Rosetta, Mandarina und Coral habe ich erfahren, dass exakt das Gleiche in sämtlichen anderen Gebieten ebenfalls geschehen ist!«

»Das ist phantastisch!«, jubelte Conner und stieß eine Faust in die Luft.

Es klang zu schön, um wahr zu sein, und Alex wollte sich doppelt und dreifach vergewissern, ehe sie Hoffnung zu schöpfen wagte. »Sekunde mal. Du behauptest also, die Mehrheit der Grande Armée ist aufgerieben, während die *Hälfte* der Truppen des Märchenrats noch immer im Versteck darauf wartet, sich überhaupt in die Schlacht einzumischen?«

»Genau so ist es!« Xanthous nickte strahlend.

»Dann heißt das, *wir* sind jetzt in der Überzahl! Und zwar gehörig!«, fasste Conner beglückt zusammen.

»In der Tat!«, bekräftigte Xanthous erneut, hob beide Zwillinge in die Höhe und wirbelte sie durch die Hütte. »Gut vorstellbar, dass wir diesen Krieg letztlich doch gewinnen!«

Alex und Conner waren über diese Neuigkeiten so erleichtert, dass sie lauthals juchzten und durch den Raum hüpften. Ihr Siegestaumel endete jedoch abrupt, als Alex einfiel, dass die Grande Armée eventuell noch einen Trumpf im Ärmel hatte.

»Xanthous, noch haben wir nicht endgültig gesiegt«, sagte sie. »Es könnte sein, dass die Franzosen ein Drachenei in ihren

Besitz gebracht haben! Wir müssen weiterhin an unserem Plan festhalten, sämtliche verbliebenen Soldaten zusammentrommeln und ins Königreich der Feen zurückkehren, bevor die Grande Armée dort eintrifft! Ich wette, dort werden sie zuletzt zuschlagen!«

»Aber das ist unmöglich«, widersprach Xanthous. »Drachen sind seit Hunderten und Aberhunderten von Jahren ausgestorben.«

»Ich fürchte, die Möglichkeit besteht durchaus«, mischte Hagetta sich ein. »Zwar habe ich selbst nie ein Ei zu Gesicht bekommen, doch in der Hexengemeinschaft geht schon seit langem das Gerücht um, eines oder zwei könnten gerettet worden sein und die Jahrhunderte überdauert haben.«

Xanthous seufzte, und die Flammen auf seinem Kopf und den Schultern flackerten schwächer, während er über ihre Worte nachdachte. »Dann lasst uns keine Zeit vergeuden«, meinte er. »Alex, jetzt ist der Zeitpunkt für das Signal gekommen. Auf, zurück ins Königreich der Feen – die Armeen werden wohl einen Tag oder gar zwei benötigen, bis sie dort zu uns stoßen.«

»Nein, das ist nicht schnell genug«, sagte Conner. »Wir müssen einen Weg finden, all diese Männer *auf der Stelle* zum Feenpalast zu bekommen. Sobald der General erfährt, dass seine Einheiten geschlagen sind, wird er im Handumdrehen erneut angreifen wollen.«

»Aber man kann unmöglich Tausende und Abertausende Krieger auf einmal zum selben Ort transportieren«, erwiderte Xanthous. »Kein fliegendes Schiff oder geheimer Pfad würden so viele Menschen fassen.«

Alex wurde still und grübelte versunken. »Wir brauchen einen Zauber – womöglich den mächtigsten in der gesamten Geschichte der Märchenwelt«, murmelte sie. »Das Signal muss die Soldaten allesamt erreichen – und sie zugleich ins Königreich der Feen befördern.«

»Bloß, wer oder was ist *so* mächtig?«, fragte Conner. »Ich schätze, nicht einmal Grandma oder der Zauberin würde etwas Derartiges gelingen.«

Xanthous und Alex tauschten Blicke, doch keiner von ihnen hatte eine Idee. Alex rief sich die magischen Unterrichtsstunden mit ihrer Großmutter ins Gedächtnis – sie wusste, wenn sie sich etwas nur gut genug vorstellte, dann war sie in der Lage, es wahrzumachen. Doch wie ließ sich das, was sie anstrebte, konkret umsetzen?

Hagetta räusperte sich. »Wenn ich an eurer Stelle wäre, würde ich mir die Nacht zunutze machen«, sagte sie. »In bangen Zeiten wenden sich die Menschen häufig den Sternen zu und suchen am Himmel nach Orientierung.«

Genau diese Worte hatte Alex hören müssen. Ihre Augen wurden groß, und sie blickte zur Decke der Hütte empor, während ein Gedanke in ihrem Kopf Gestalt annahm. Sie hatte das Bild so klar vor sich, als würde es über ihr an die Balken geworfen. »Ich weiß, wie der Zauber aussehen kann!«, rief sie. »Ich werde zwar Hilfe dabei brauchen, aber ich glaube wirklich, dass er verrückt genug ist, um zu funktionieren!«

»Du hast uns noch nie enttäuscht«, bemerkte Xanthous.

Seine Worte machten ihr Mut, und den hatte Alex nun nötiger als je zuvor. »Xanthous, ich möchte, dass du sämtliche Feen, die noch in den Königreichen stationiert sind, abholst. Wir treffen uns alle im Königreich der Feen«, ordnete sie an. »Conner und Lester, ihr beiden kommt mit mir.«

Xanthous verneigte sich vor Alex und Conner. »Bis bald.« Er zerstob in bunt schimmernde Funken und verschwand ins Nichts.

»Und wohin geht es für uns?«, fragte Conner. Doch Alex rannte bereits aus der Hütte und blieb auf dem Rasen davor stehen. Conner und Lester folgten ihr rasch; Hagetta behielt alle drei vom Türrahmen aus im Blick.

Alex kletterte auf Lesters Rücken und packte die Zügel. Sie bedeutete Conner, es ihr nachzutun, und diesmal nahm er hinter ihr auf dem Ganter Platz.

»Lester, bitte flieg so hoch du nur kannst«, wies Alex den gigantischen Vogel an, und er nickte eifrig.

»Also, was hast du vor?«, versuchte Conner es noch einmal. »Das wird wahrscheinlich der allerwichtigste Zauber, den du je in deinem Leben ausführen wirst – aber fühl dich nicht unter Druck gesetzt oder so!«

Alex spähte über die Schulter zu ihm nach hinten. In ihren Augen lag ein verschmitztes Funkeln. »Nicht *ich* habe etwas vor – wir *zusammen* haben etwas zu erledigen.«

»Huch? Was soll ich denn tun?«, stutzte Conner.

»Das wirst du schon sehen«, meinte Alex mit schelmischem Grinsen. »Na dann, Lester: Abflug!«

Lester spreizte seine riesigen Flügel und setzte sich watschelnd in Bewegung. Die Zwillinge winkten Hagetta zum Abschied, während sie sich in den Himmel schwangen.

»Danke für alles, Hagetta!«, rief Conner zur Erde zurück.

»Viel Glück, Kinder!«, antwortete sie und scheuchte die beiden davon.

Sie gewannen so schnell an Höhe, dass Hagettas Hütte im Nu aus ihrem Sichtfeld verschwand. Bald war unter ihnen lediglich ein Meer aus Bäumen zu erahnen, das sich meilenweit in sämtliche Richtungen erstreckte. Lester schlug unermüdlich mit den Flügeln, bis die Luft zu dünn wurde und es ihm nicht mehr gelang, weiter aufzusteigen.

»Das ist wunderbar, alter Junge«, sagte Alex und hob nun ihren Zauberstab über den Kopf. »Conner, fass mit an – du hilfst mir jetzt bei dem Spruch.«

»Ich? Ich kann doch überhaupt nicht zaubern!«

»O doch, das kannst du sehr wohl«, versicherte ihm Alex. »Und zwar ebenso gut wie ich – du musst bloß daran glauben! Ganz gleich, wie oft du es abstreitest: In deinem Blut fließt genauso viel Magie wie in meinem. Grandma hat mir beigebracht, dass der Schlüssel, um sie zu aktivieren, im Glauben an sich selbst liegt – und mit deiner Hilfe, da habe ich keinerlei Zweifel, schaffen wir es, diesen Zauber zu vollbringen.«

Conner war nach wie vor skeptisch. »Okay, aber falls es nicht klappt, ist es nicht meine Schuld.«

»Ich weiß, dass es funktionieren wird!«, bekräftigte Alex. »Vertrau einfach darauf, dass es uns gelingt! Und halt dich fest, denn gleich legen wir ordentlich an Tempo zu!«

Widerstrebend fasste Conner nach dem Ende des Zauberstabs seiner Schwester, und gemeinsam reckten sie ihn noch höher.

Dabei schien alles um sie herum mit einem Mal wie in Zeitlupe abzulaufen. Die Geschwister spürten, wie die Magie durch ihre Körper rauschte und über ihre Hände in den Stab floss. Sie fühlten die Kraft nicht nur in sich selbst, sondern auch in der Luft ringsum – beinahe so, als würde alle Magie der Welt zu ihnen strömen, um sie bei ihrem magischen Kunststück zu unterstützen.

Die Zwillinge richteten den Kristallzauberstab kerzengerade nach vorn, und ein gigantischer, grellweißer Lichtball brach aus der Spitze hervor und dehnte sich aus, so dass er im Handumdrehen die beiden umschloss. Wie eine Kanonenkugel schossen sie nun durch den Himmel, auf direktem Weg in das Königreich der Feen.

Alex und Conner hatten sich selbst und Lester in eine Sternschnuppe verwandelt, die sich in bisher unerreichter Reisegeschwindigkeit durch die Nacht bewegte.

Die Erscheinung war so hell, dass jeder Mensch und jedes Wesen in sämtlichen Reichen am Boden sprachlos vor Staunen innehielt und ihr nachstarrte. Sobald die Soldaten der Armeen des Märchenrats sie entdeckten, verwandelten sie sich allesamt – ob im aktiven Dienst oder im Versteck – selbst in ähnliche Leuchtkugeln und jagten augenblicklich den Geschwistern hinterher. Je mehr Königreiche die Zwillinge überquerten, desto mehr Soldaten scharten sich um sie, und umso größer wurde auch ihr Stern. Es schien, als wären Tausende und Abertausende Meteore in den Nachthimmel entsandt worden und hätten sich dort nun zu einem imposanten Kometen vereinigt.

Mit einem Schnippen des Zauberstabs war Alex und Conner das monumentalste magische Meisterstück geglückt, das die Welt je gesehen hatte: Sie brachten sämtliche Heere des magischen Landes zusammen, damit diese die Grande Armée, die ihre Heimat bedrohte, endgültig in die Flucht schlagen konnten. Gemeinsam flogen sie unter dem Sternenzelt dahin, mit Kurs auf den Feenpalast und genügend Licht im Gepäck, um die Sonne neu zu entzünden.

Kapitel 28

Die Schlacht um das Königreich der Feen

Emerelda und Mutter Gans tigerten unruhig auf dem großen Balkon des Feenpalasts auf und ab. Nacheinander erschienen auch die restlichen Mitglieder des Rats der Feen. Xanthous traf als Letzter ein, nachdem er die Übrigen eingesammelt hatte, und rannte sofort zur Brüstung, um suchend den Blick über die Gärten schweifen zu lassen.

»Sind Alex und Conner schon mit den anderen Armeen aufgetaucht?«, fragte er in die Runde.

»Wie meinst du das, ›mit den anderen Armeen‹?«, wunderte sich Emerelda.

»Xanny, halt mal für eine Sekunde die Luft an. Beruhig dich und erzähl uns, was hier eigentlich los ist«, bestimmte Mutter Gans.

Xanthous wandte sich zu seinen Gefährtinnen um, und seine

flackernden Flammen spiegelten dabei seine zunehmende Sorge und Unruhe. »Alex und Conner wollten sämtliche Truppen aller weiteren Königreiche zusammentrommeln und hierherbringen, ehe die Grande Armée unser Königreich erreicht.«

»Aber es würde all die Soldaten Tage kosten, zu uns zu marschieren«, sagte Violetta.

»Alex hatte vor, einen Zauber zu benutzen, mit dessen Hilfe alle zeitgleich ankommen würden«, erklärte Xanthous.

»Was für ein Zauber sollte das denn schaffen?«, wollte Skylene wissen.

»Das würde mehr Magie erfordern, als wir allesamt aufbringen könnten«, ergänzte Mandarina.

Ihre Skepsis frustrierte Xanthous, und seine Flammen loderten höher. »Meine Damen, wir haben Alex von Beginn an vertraut; da dürfen wir jetzt nicht ins Zweifeln geraten.«

Mutter Gans trat ebenfalls an das Geländer, und eine Bewegung zwischen den Bäumen jenseits der Gärten erregte ihre Aufmerksamkeit. »Tja, dann hoffe ich sehr, dass funktioniert, was auch immer sie sich ausgedacht hat – denn die Grande Armée ist bereits hier!«, rief sie.

Die übrigen Feen drängten sich um sie und spähten mit ihr in die Ferne. Die ersten der zweitausend verbliebenen französischen Soldaten waren in diesem Moment auszumachen. Sie kamen aus allen Himmelsrichtungen herbeigeströmt und kesselten die Gärten und den Feenpalast komplett ein. Schließlich bildeten sie doppelte Reihen und hoben ihre Gewehre. Auch Kanonen wurden in Position geschoben und auf das Palastgebäude ausgerichtet.

Am Rand der Gärten rammte etwa ein Dutzend Soldaten sieben hohe Pfähle in den Boden, um die die Männer wiederum Heuhaufen und getrocknete Zweige auftürmten.

»Was um alles in der Welt soll das denn werden?«, fragte Rosetta.

Drei Wagen rumpelten heran und hielten auf die Pfosten zu; Pferde waren nur vor den ersten gespannt, die beiden anderen schienen sich wie durch Magie zu bewegen. Die Feen auf dem Balkon schrien auf und schlugen die Hände vor den Mund, als ihnen klarwurde, dass es sich um dieselben Kutschen handelte, die sie auf den verborgenen Weg geschickt hatten. Nun erkannten sie im Innern auch die Könige und Königinnen und ihre Begleiter, allesamt Gefangene.

Die Monarchen wurden aus den Wagenschlägen gerissen und zu den Pflöcken geschleift. Prinzessin Hope und Prinzessin Ash wurden ihren Müttern entrissen und zu Emmerich und Bree in eine der Kutschen bugsiert.

Königin Cinderella und König Chance wurden am ersten Pfeiler festgebunden, Königin Dornröschen und König Chase am zweiten, Königin Schneewittchen und König Chandler fesselten die Franzosen an den dritten Pfahl und Königin Rapunzel und Sir William an den vierten. Für Suse wurde der fünfte Pfosten ausgewählt, und selbst Jack und Goldlöckchen hatten keine Chance: Sie landeten am sechsten Pflock, Froggy und Rotkäppchen am siebten.

»Wenn ihr nur für eine Sekunde zuhören würdet, dann könnte ich euch erklären, dass ich nicht einmal mehr Königin bin«, versuchte Rotkäppchen einen der Männer der Grande Armée zu beschwören. »*Die da* sitzt jetzt auf dem Thron – sie hat die Wahl gewonnen, und deshalb gehört es auch zu *ihren* Pflichten, sich öffentlich hinrichten zu lassen, und nicht zu meinen!«

Mit dem Kopf ruckte sie nachdrücklich in Suses Richtung, doch der Soldat ignorierte ihre kleine Rede völlig.

Eine Handvoll Franzosen schlug nun auf Trommeln; andere entzündeten Fackeln und postierten sich damit neben den königlichen Herrschaften. Der Rat der Feen sollte sogleich Zeuge einer grauenvollen Exekution werden. General Marquis schwang sich auf das Dach der mittleren Kutsche und wandte sich von dort an all die Feen in den Gärten ringsum und auch die Ratsmitglieder auf dem Balkon vor ihm.

»Feen! Hier und jetzt biete ich euch eine einzige Gelegenheit, euch freiwillig der Grande Armée zu ergeben!«, verkündete er. »Nehmt sie an – und ich werde die Herrscher eurer Welt verschonen. Kapituliert ihr dagegen nicht, werdet ihr sie eines schrecklichen Todes sterben sehen!«

»Wählt die erste Option!«, schrie Rotkäppchen zu den Feen des Rats hinauf.

Die Feen in den Gärten lugten zwischen den Pflanzen und Bäumen hervor; allesamt waren sie entsetzt von dem Anblick, der sich ihnen bot, jedoch zugleich machtlos gegen die schiere Überzahl der Soldaten.

»Ich zähle bis drei«, brüllte der General. *»Eins …«*

Sämtliche Augenpaare waren auf den Rat der Feen geheftet, im stummen Flehen, er möge etwas unternehmen.

»Zwei …«

Xanthous, Emerelda und ihre Gefährtinnen flüsterten miteinander und berieten sich fieberhaft, doch keiner von ihnen wusste eine Lösung.

»Drei!«, dröhnte der General mit frustrierter Miene. Er hatte erwartet, dass die Feen einlenken würden, doch zu seiner Überraschung verharrten sie tatenlos auf dem Balkon. »Eure Zeit ist um! *Brulez-les!* Fackelt sie ab!«

Die Soldaten warfen Fackeln auf die Strohhaufen und Zweige rings um die Pfosten, und die Hinrichtung begann. Viele der

Königinnen kreischten auf, und auch die Könige flehten um Hilfe. Die Flammen fraßen sich ihnen unaufhaltsam entgegen. Nur Sekunden trennten die Gefesselten vom Tod auf dem Scheiterhaufen, falls ihnen die Feen nicht beisprangen.

»Mutter Gans, bleib hier und bewache den Palast«, ordnete Emerelda an. »Ihr Übrigen: Folgt mir. Wir werden uns nicht ergeben, aber wir müssen diesem Wahnsinn ein Ende bereiten, ehe jemand stirbt.«

»Bitte beeile dich, Alex«, murmelte Xanthous inbrünstig vor sich hin.

Mehrere Lichtblitze flammten am Rand der Gärten auf, und Emerelda, Xanthous, Mandarina, Skylene, Rosetta, Violetta und Coral erschienen vor den Soldaten. Sämtliche Kanonen und Gewehrläufe zeigten auf sie, und die Männer warteten nur auf den Befehl, zu schießen. Emerelda senkte die Hände, und die Feuer, die bereits an den Pfählen leckten, wurden kleiner.

»Hör auf, diese Flammen zu löschen – es sei denn, du willst, dass meine Armee das Feuer eröffnet!«, brüllte der General.

Sie waren von zu vielen Gewehren und Kanonen umgeben; sollte der General Ernst machen, würde keine der Feen überleben, da es ihnen unmöglich gelingen könnte, sich ausreichend zu schützen.

»Ihr seid ein böser Mensch, General Marquis«, rief Emerelda ihm zu. »Und zu Eurem Unglück habt Ihr für Euren Eroberungsversuch eine Welt gewählt, in der das Böse keinen Platz hat. Mag sein, dass wir heute nicht in der Lage sein werden, Eure Armee davon abzuhalten, unser Königreich zu besetzen – aber *Euch wird Einhalt geboten werden.* Ihr werdet diesen Krieg nicht gewinnen – das lässt diese Welt nicht zu! Diese Welt will Euch hier nicht haben! Bindet diese Männer und Frauen auf der Stelle los und gesteht Eure Niederlage mit Würde ein – oder tragt die Konsequenzen, sobald die übrigen Armeen hier eintreffen.«

Die Soldaten der Grande Armée spähten nervös in den Feengärten umher, doch der General wirkte nicht im mindesten eingeschüchtert. Emereldas Warnung schürte seinen Zorn bloß weiter: Er hatte bereits so viele Ultimaten gestellt bekommen, dass er kein einziges zusätzliches mehr ertrug.

»*Feuer frei!*«, brüllte er.

Die Grande Armée lud ihre Kanonen und legte die Schusswaffen an. Die Luft in den Gärten sirrte vor Panik, während die umstehenden Feen fürchteten, jeden Moment die Ermordung sämtlicher Ratsfeen miterleben zu müssen.

Mit einem Mal erleuchtete der helle Schweif einer heranrasenden Sternschnuppe den Nachthimmel. Aller Augen schnellten nach oben, insbesondere die des Generals und seiner Männer. Etwas Vergleichbares hatten sie in ihrer eigenen Welt noch nie zu Gesicht bekommen – doch den Bewohnern der Märchenwelt erging es nicht anders. Die Erscheinung war zu grell für einen gewöhnlichen Meteoriten und wurde beim Näherkommen nur größer und größer.

»*In Deckung!*«, befahl der General seinen Truppen und hechtete selbst vom Kutschendach. Die Soldaten der Grande Armée warfen sich zu Boden und bedeckten schützend ihre Köpfe. Der Rat der Feen und die Feen in den Gärten dagegen harrten regungslos aus und starrten weiterhin staunend dem Stern entgegen – ihnen war klar, dass sie es hier mit Magie zu tun hatten. Alex und Conner waren gekommen.

Der Stern schlug mitten in den Palastgärten mit solcher Wucht ein, dass eine Druckwelle die Pflanzen ringsum knickte und die Flammen um die Pfähle endgültig löschte. Sowie Wind und Staub sich gelegt hatten, erkannten die Ratsmitglieder die Geschwister auf Lesters Rücken, noch immer in der Gartenmitte und umgeben von den Armeen des Königreichs des Gläsernen Schuhs, des Östlichen Königreichs, des Nördlichen Königreichs, des Königreichs an der Ecke, des großen Troboldsees und aus Suses Republik. Der Zauber der Zwillinge hatte funktioniert.

Niemand im Königreich der Feen hatte jemals etwas so Spektakuläres gesehen. Alle blickten sich ehrfürchtig und benommen um – vor allem die neu eingetroffenen Soldaten. Noch Sekunden zuvor hatten sie sich in ihren jeweils eigenen Königreichen befunden.

»Das war ja mal ein Hammerzauber, Alex!«, lobte Conner. Selbst ihm war von der Reise noch ein wenig schwindelig.

Alex blickte sich um, und ein breites Lächeln trat auf ihr Gesicht. »Wir haben es geschafft, Conner! Wir haben alle Truppen hierhergebracht!«, jubelte sie und schloss ihren Bruder fest in die Arme.

»Schaut allerdings aus, als sei die Grande Armée schneller gewesen.« Er deutete nach vorn.

Jeglicher Stolz über ihre Leistung wich aus ihren Gesichtern, als die beiden die Mitglieder des Rats der Feen erspähten, die am Rand der Gärten den Männern der Grande Armée gegenüberstanden. Zu ihrem bodenlosen Entsetzen hatten die Franzosen auch die Könige und Königinnen sowie ihre Freunde in ihre Gewalt gebracht. Den Zwillingen wurde schlecht.

»Sie haben alle erwischt, die auf dem verborgenen Pfad unterwegs waren!«, rief Conner schrill.

»Wie ist das möglich?«, keuchte Alex. »Jemand muss uns verraten haben! Nur die, die dabei waren, als sie sich auf den Weg gemacht haben, hätten sie finden können!«

Die Soldaten der Grande Armée sprangen rasch wieder auf

die Füße und griffen nach ihren Waffen, die sie nun nicht nur auf den Rat der Feen, sondern auch auf all die Neuankömmlinge ringsum richteten.

»Ich schätze, dieses Rätsel müssen wir uns für später aufsparen«, meinte Conner.

»Überlegt ihr zwei euch einen Plan – und geht währenddessen in Deckung! Ich halte sie hin, so lange ich kann!«, schrie Emerelda den Geschwistern über die Schulter zu.

»Feuer!«, befahl General Marquis, der sich ebenfalls aufrappelte, erneut. *»Tötet sie! Tötet sie allesamt!«*

Emerelda hob die Hände, und mit einem Mal legte sich eine undurchdringliche Decke aus smaragdgrünem Licht über die Gärten und den Palast. Sie wirkte wie ein vorübergehender Schutzschild gegen die explodierenden Kanonen und Gewehre. Der Zauber verlangte Emerelda jedoch ihre letzten Kräfte ab.

»Beeilt euch!«, schnaufte sie. »Viel länger schaffe ich es nicht!«

Alex vermochte keinen klaren Gedanken zu fassen – die Vorstellung, einen Verräter in den eigenen Reihen zu haben, lähmte sie völlig. Conner verlor keine Zeit. Ohne sich erst mit seiner Schwester zu beraten, hüpfte er von Lesters Rücken und machte sich daran, den Soldaten und Feen ringsum Anweisungen zu erteilen. Sie mussten sich schnellstmöglich neu organisieren.

»Alles klar, Männer: Ich weiß, ich bin nur halb so alt und groß wie ihr, aber hört mir zu!«, rief er. »Ich will, dass ihr die Gärten umstellt und die Grande Armée nicht durchlasst. Die Soldaten des Nördlichen Königreichs bewachen gemeinsam mit Skylene die nördliche Einfassung. Das Heer aus dem Königreich des Gläsernen Schuhs schützt mit Xanthous die Südseite. Die Truppen aus dem Östlichen Königreich übernehmen die östliche Flanke, unter Leitung von Mandarina. Und um den

Westen kümmert sich die Armee des Königreichs an der Ecke, zusammen mit den Männern aus Suses Republik. Die Angreifer dürfen um keinen Preis bis zum Feenpalast vordringen.«

Die Armeen zögerten merklich, Befehle von einem vierzehnjährigen Jungen entgegenzunehmen.

»Was ist? Habe ich gestottert?«, fragte Conner.

»Ihr habt den Jungen verstanden!«, sprang Sir Lampton Conner bei. »Los, kesseln wir die Gärten ein!«

Die Männer folgten Lamptons Führung und verteilten sich in die Richtungen, die Conner ihnen jeweils zugewiesen hatte. Conner selbst spürte derweil ein Zupfen an seinem T-Shirt. Er wandte sich um und bemerkte hinter sich Königin Trollbella.

»Was ist mit uns, Butterbub?«, fragte sie und klimperte mit den Wimpern. »Was soll die Troboldarmee tun?«

»Trollbella? Wer hat dich denn hergebeten?«, japste Conner hysterisch.

»Ich konnte unmöglich zu Hause bleiben und meinen Trobolden allein den ganzen Spaß überlassen – deshalb bin ich meiner eigenen Armee beigetreten«, verkündete sie, zog Conner dann dichter zu sich heran und flüsterte ihm ins Ohr. »Außerdem habe ich es nicht über mich gebracht, meinen Gator allein in die Schlacht zu schicken – er würde mich zu sehr vermissen.«

Trollbella warf Gator, der einige Meter entfernt stand, eine Kusshand zu, und er schluckte – die Beziehung, zu der er nie sein Einverständnis gegeben hatte, lief allmählich rasant aus dem Ruder. Conner beäugte die eifrige Troboldtruppe ringsum, und prompt fiel ihm die perfekte Aufgabe für sie ein.

»Rosetta! Violetta! Coral!«, rief er den verbliebenen Feen zu. »Bevor das Reich der Elfen angegriffen worden ist, hatten die Elfen sich bereiterklärt, uns zu helfen – wir haben hier mehr als genügend Männer, aber da die Elfenkrieger nicht mit uns eingetroffen sind, fürchte ich, sie versuchen noch immer in ihrem eigenen Gebiet, die Grande Armée abzuwehren. Ich möchte, dass ihr drei so viele Trobolde wie möglich mit ins Reich der Elfen nehmt und ihnen den Rücken stärkt.«

Rosetta gelang es nicht, ein missbilligendes Kopfschütteln über seine Bitte zurückzuhalten. »Den *Elfen* sollen wir helfen? Aber die werden außer sich vor Empörung sein, wenn wir dort auftauchen –«

»Dann können sie später eine Beschwerde einreichen!«, entgegnete Conner. »Wir müssen uns diese Typen *samt und sonders* vom Hals schaffen, ganz gleich, wie viele Brücken wir dabei hinter uns abbrechen!«

Rosetta, Coral und Violetta fügten sich schulterzuckend.

»Also schön: Trobolde, fasst euch alle an den Händen und haltet euch gut aneinander fest«, wies Coral Trollbellas Untertanen an.

Die Troboldarmee stellte sich Hand in Hand in drei Grüppchen um die einzelnen Feen auf. Langsam verschwanden sie in funkelnde bunte Staubwolken hinein, fort ins Reich der Elfen. Auch Trollbella hatte Anstalten gemacht, sich ihren Reihen anzuschließen, doch Conner packte sie und Gator und zerrte die beiden aus ihrem Kreis, ehe sie sich mit den anderen auflösten.

»Du nicht, Trollbella!«, sagte Conner. »Du wartest bitte zusammen mit Gator und den restlichen Trobolden in der Nähe des Feenpalasts. Dort ist es am sichersten.«

Trollbella himmelte ihn an, als hätte niemand je lieblichere Worte an sie gerichtet. »Selbst in Kriegszeiten überstrahlt deine Sorge um mich alles andere«, säuselte sie. »Deine Liebe schmiegt sich um meinen Körper wie ein wärmender Mantel, Butterbub –«

»Ja, ja, ja – geht einfach!«, meinte Conner und schubste sie und Gator in Richtung des Palasts.

»*Alle in Deckung!*«, schrie Emerelda. Sie vermochte die Gewehrkugeln und Kanonen nicht länger aufzuhalten; ihre Knie gaben nach, und die Decke aus smaragdgrünem Licht verflüchtigte sich so rasch, wie sie erschienen war. Die Armeen des Märchenrats bezogen im Schutz der Bäume und Felsen ihre Positionen zwischen der Grande Armée und den Gärten.

Conner sprang erneut auf Lester, und mit einem kraftvollen Flügelschlag katapultierte sich der Ganter mitsamt den Zwillingen an Emereldas Seite. Alex richtete ihren Zauberstab auf die Soldaten, die nun Schüsse auf sie abfeuerten; ihre Gewehre verwandelten sich prompt in große Schlangen, die sich den Männern um die Arme wickelten.

Emerelda kam vor Erschöpfung kaum wieder auf die Füße. Die Geschwister stützten sie und halfen ihr auf Lesters Rücken.

»Lester, bring Emerelda in den Feenpalast«, bat Alex.

Der Ganter krächzte und erhob sich mit der grünen Fee, die quer in seinem Gefieder hing. Conner blickte sich derweil in den Gärten um und stellte fest, dass die meisten ihrer Truppen sich zu den ihnen zugeteilten Posten durchgeschlagen hatten.

»Und was jetzt?«, fragte Alex ihren Bruder.

»Wir schaffen die Herrscher und unsere Freunde in Sicherheit«, bestimmte Conner.

Gemeinsam rannten Alex und Conner hinüber in den vorderen Teil der Gartenanlagen zu den Kutschen und Pfählen.

»Tötet sie!«, brüllte der General, als er die Zwillinge auf sich zusprinten sah.

»Aber Sir, das sind Kinder«, wandte Colonel Rembert ein.

»Wenn sie wie Männer kämpfen wollen, dann können sie

auch wie Männer sterben«, beharrte General Marquis. »*Und jetzt schießt!*«

Die Soldaten der Grande Armée zielten geradewegs auf die Geschwister. Alex hob ihren Zauberstab und deutete damit auf die Füße der Franzosen. Wie blättrige Netze brachen Ranken aus dem Boden hervor und rissen den General und seine Gefolgsleute von den Beinen. Sie wehrten sich erbittert, und Alex ahnte, dass die Pflanzen sie nicht lange in Schach halten würden.

»Gut gemacht, Alex!«, rief Froggy.

»Klasse Einfall!«, lobte Jack.

»Bindet *mich* zuerst los!«, kreischte Rotkäppchen.

Alex richtete ihren Stab auf die Handfläche ihres Bruders, und ein langes, silbrig glänzendes Schwert erschien darin. Er nutzte es sofort, um die Seile zu durchtrennen, die Froggys und Rotkäppchens Hände aneinanderfesselten. Während er damit zugange war, stand Alex Wache.

Mehrere Mitglieder der Grande Armée hasteten herbei, um ihrem General zu Hilfe zu kommen, doch mit einem Schlenker ihres Kristallzauberstabs verzauberte Alex ihre Gewehre in langstielige Rosen, deren Dornen den Männern die Finger zerstachen, bevor sie Gelegenheit hatten, abzudrücken.

»Jack«, flüsterte Goldlöckchen ihrem Ehemann zu, der nach wie vor neben ihr angebunden war.

»Ja, mein Liebling?«

»Ich muss dir etwas erzählen, und womöglich bekomme ich nie wieder die Chance dazu.«

»Mag sein, dass wir gerade in der bisher übelsten Klemme sitzen, aber deshalb brauchen wir uns noch lange nicht voneinander zu verabschieden«, wisperte Jack zurück.

»Nein, das meine ich nicht«, sagte Goldlöckchen. »Es geht

um das Geheimnis, das ich dir auf dem verborgenen Pfad nicht verraten wollte. Jack, *ich bin schwanger.*«

Als wäre die Welt plötzlich angehalten worden, nahm Jack nichts mehr um sich herum wahr. Er sah nur noch seine atemberaubende Frau, und sein Kopf war leergefegt bis auf die wunderschönen Neuigkeiten, die sie ihm soeben offenbart hatte.

»*Was?*«, fragte er strahlend. »Im Ernst?«

Goldlöckchen lächelte ebenfalls und nickte selig. »Ja – freust du dich?«

Jack lachte, und Tränen traten ihm in die Augen. »Auch wenn wir gerade nur knapp eine Hinrichtung überlebt haben und uns inmitten einer Schlacht befinden, hast du mich soeben zum glücklichsten Mann der Welt gemacht«, sagte er.

Conner kam zu ihnen herübergehechtet und zerteilte mit einem Hieb die Stricke um ihre Hände und Füße. »Ihr zwei wirkt *viel* zu fröhlich dafür, dass um uns herum ein Krieg tobt«, befand er und musterte sie argwöhnisch.

»Alex, könntest du uns kurz ein wenig ausrüsten?«, fragte Goldlöckchen, und sie und Jack streckten ihr die leeren Hände entgegen. Alex schnippte den Zauberstab in Richtung der beiden, und in der nächsten Sekunde schlossen sich Goldlöckchens Finger um ein Schwert und Jacks um eine Axt.

»Wir kümmern uns darum, die restlichen königlichen Herrschaften zu befreien; bringt ihr zwei die Kids in Sicherheit«, rief Jack den Zwillingen zu. Er deutete auf die Kutsche in ihrem Rücken, in der noch immer Bree und Emmerich mitsamt den kleinen Prinzessinnen gefangen waren. Der Wagenschlag war verriegelt, doch Conner hieb ihn mit einem einzigen Schwertschlag entzwei – seine Waffenfertigkeit beeindruckte ihn selbst.

»Conner! Du bist da!« Bree warf ihm die Arme um den Hals.

»Geht es euch zweien gut?«, wollte Conner von seinen Freunden wissen.

»Abgesehen davon, dass uns hier mächtig die Knie schlottern, könnte es gar nicht besser sein«, meinte Emmerich mit tellergroßen Augen.

In seinem Arm barg er Prinzessin Ash, während Bree Prinzessin Hope hinter sich aus dem Wagen hob. Conner pfiff nach Lester, und der Ganter schwebte innerhalb von Sekunden vom Palastbalkon herbei. »Lester, flieg mit diesen vieren zurück zum Palast! Sorg dafür, dass sie sicher hineingelangen – sie sind mir alle sehr wichtig.«

Lester salutierte mit seiner Flügelspitze und kauerte sich nieder, damit Bree und Emmerich leichter aufsteigen konnten.

»Kommst du nicht mit?«, fragte Bree Conner.

»Ich folge euch bald.« Er zwinkerte ihr zu. »Aber mach dir keine Sorgen.«

»Unmöglich«, gab sie zurück.

Conners Herz fühlte sich mit einem Mal an, als wollte es platzen, doch er hatte keine Zeit für Rührseligkeiten. Stattdessen nickte er Lester zu; der Ganter stieß sich ab und segelte mit seinen Freunden zum Palast davon, bevor Bree erneut Zeugin werden konnte, wie Conner die Röte in die Wangen stieg. Bree und Emmerich umklammerten im Flug die kleinen Prinzessinnen fest, und Conner blickte ihnen nach, bis er sie in der Ferne sicher auf dem großen Balkon landen sah.

Inzwischen hallten Gewehrfeuersalven und Kanonenkugeleinschläge immer seltener durch die Luft, da der Grande Armée allmählich die Patronen und Geschosse ausgingen. Die meisten der französischen Soldaten warfen ihre Waffen fort und stürmten nun mit gezückten Schwertern auf die Gärten zu. Die Armeen des Märchenrats sprangen hinter den Bäumen und

Felsen hervor, die sie zuvor verborgen hatten, und warfen sich in den Kampf. Anstelle von Explosionen klang nun das Klirren der Schwerter herüber – die wahre Schlacht hatte begonnen.

Jack und Goldlöckchen durchtrennten die Seile, mit denen die übrigen Könige und Königinnen an die Pfosten gefesselt waren. Suse wurde als Letzte befreit, doch sie schien alles andere im Sinn zu haben als ihre Rettung. Vielmehr suchte sie mit den Augen die Reihen der Grande Armée ringsum ab, als hätte sie in einer Menschenmenge jemanden verloren. Sowie Jack die Stricke um ihre Handgelenke gelöst hatte, sprintete sie ohne ein Wort der Erklärung davon, direkt auf die feindlichen Linien zu.

»Kommt zurück! Ihr bringt Euch in Gefahr!«, schrie Froggy ihr hinterher.

»Wir hätten sie festgebunden lassen sollen«, grummelte Rotkäppchen.

»Ich fürchte, sie steht womöglich unter Schock«, sagte Froggy. »Los, Liebling – wir müssen sie erwischen, ehe sie sich in den sicheren Tod stürzt!«

»*Müssen* wir das – oder wäre es bloß *das Richtige*?«, hakte Rotkäppchen spitz nach. Doch bevor sie Gelegenheit hatte, weiter dagegenzuhalten, zog Froggy sie bereits mit sich in die Gärten, entschlossen, die Königin zu retten.

Cinderella und Dornröschen rannten unterdessen zu der Kutsche, in die ihre Töchter gesteckt worden waren, und gerieten in Panik, als sie die Mädchen dort nicht mehr vorfanden.

»Wo sind sie?«, fragte Cinderella verzweifelt und blickte wild um sich.

»Keine Sorge, ich habe sie mit meinen Freunden zurück in den Palast bringen lassen«, antwortete Conner. »Sie sind in Sicherheit.«

»Oh, dem Himmel sei Dank«, seufzte Dornröschen und legte Cinderella eine Hand auf die Schulter. Beide sackten vor Erleichterung in sich zusammen, nun, da sie ihre Kinder in guter Obhut wussten.

»Wir sollten auch die Könige und Königinnen in den Palast bringen«, schlug Goldlöckchen vor.

»Nein! Wir haben gesagt, dass wir unseren Armeen im Kampf zur Seite stehen, und diesen Schwur werden wir jetzt einlösen!«, beharrte Schneewittchen.

Sämtliche Herrscherinnen und Herrscher nickten entschieden.

»Majestäten, bei allem gebührenden Respekt: Wir befinden uns in einem echten Krieg, und ein paar Selbstverteidigungslektionen am Straßenrand mit Stöcken und Ästen genügen nicht, um dem gegenüberzutreten, was uns heute Nacht erwartet«, gab Jack zu bedenken.

Rapunzel wandte sich rasch zu Conner um. »Stimmt es, dass unsere Bürger die Grande Armée in den einzelnen Königreichen erfolgreich abgewehrt haben?«, fragte sie ihn, und auch alle anderen Monarchen horchten auf. »Wir haben gehört, wie die Soldaten sich bei unserer Gefangennahme darüber unterhalten haben, aber ist es wahr?«

»Ja«, bestätigte Conner. »Ihr solltet sehr stolz auf eure Untertanen sein – die sind echt cool.«

Die Könige und Königinnen tauschten Blicke und grinsten selbstbewusst. »Dann habe auch ich nicht vor, mich zu verstecken«, verkündete Chance der Runde. »Wenn unsere Völker tapfer sein konnten, dann können wir das ebenfalls!«

Dem General und den am Boden liegenden Soldaten war es inzwischen beinahe gelungen, die Ranken, die sie festhielten, abzuschütteln. Alex ließ mit einem Schlenker ihres Zauberstabs neue wachsen, doch weder ihr und Conner noch Goldlöckchen oder Jack blieb Zeit, mit den Monarchen zu diskutieren.

»Na schön, dann führen wir unser kleines Regiment in die Schlacht«, meinte Goldlöckchen. »Aber ihr haltet euch allesamt dicht hinter uns, und jeder deckt den anderen!«

»Zieht nicht ohne Schutz los!« Alex richtete ihren Zauberstab nacheinander auf jeden Einzelnen von ihnen, und Schwerter und Schilde erschienen in ihren Händen.

»Ich hätte nie gedacht, dass ich das einmal sagen würde, aber: *Auf in den Kampf!*« Cinderella stieß kühn ihr Schwert in die Luft. Die übrigen Könige und Königinnen taten es ihr nach, und Jack und Goldlöckchen stürmten ihnen voran in die Gärten, um sich aufseiten ihrer Armeen ins Getümmel zu stürzen.

Conner sah sich um. Die Truppen des Märchenrats rangen nun überall in den Gärten erbittert mit den Soldaten der Grande Armée. Welche Männer zu welchem Königreich gehörten, war schwerlich zu erkennen; sie alle hielten dem Ansturm der Feinde bislang tapfer stand. Doch die Trobolde auf den Eingangsstufen des Palasts wirkten höchst besorgt, während die Schlacht um sie herum stetig näher kroch.

»Wir sollten hinüber zum Palast spurten und den Trobolden helfen«, sagte Conner.

»Da bin ich ganz deiner Meinung –«, sagte Alex und nickte, doch mit einem Mal lenkte etwas ihre Aufmerksamkeit ab. Ein beständiges Wummern ertönte aus nicht allzu weiter Ferne irgendwo in ihrem Rücken.

»Alex! Hilf mir!«, schrie eine vertraute Stimme.

Alex folgte dem Ton und entdeckte Rook. Er war in einen der Wagen gesperrt. Ihr wurde schwer ums Herz, und sie lief auf der Stelle los, um ihn zu befreien.

»*Rook!* Was tust du denn hier?«, fragte sie. »Wie bist du in der … *Kutsche* gelandet?«

Plötzlich ging ihr ein Licht auf. Neben den Feen und ihrem Bruder war Rook der Einzige, der mitbekommen hatte, wie sie die Könige und Königinnen auf den verborgenen Pfad geschickt hatte.

»Alex! Bitte hol mich raus!«, flehte Rook.

Jegliche Farbe wich ihr aus dem Gesicht, und sie erstarrte; ihre Hand hatte bereits über dem Riegel geschwebt. »*Du* warst es«, keuchte sie. »Du hast dem General von dem geheimen Weg erzählt.«

Obwohl sie wusste, dass es keine andere Erklärung gab, betete Alex insgeheim, sie möge sich irren. Einmal mehr wünschte sie sich inständig, eine andere Version der Wahrheit wählen zu können.

Rook versuchte nicht einmal, seinen Verrat zu leugnen. »Ja, ich war es, aber ich hatte keine Wahl!«

Alex brach in Tränen aus; ihr Herz zersprang in tausend Stücke. Rook war der Mensch gewesen, auf den sie sich in allen Lebenslagen verlassen zu können geglaubt hatte. Nie zuvor hatte sie jemandem erlaubt, sich so tief in ihrem Herzen einzunisten. Die freudigen Momente jener Zweisamkeit, von der Alex gehofft hatte, dass sie zu wahrer Liebe würde, waren lediglich die Vorboten eines Dolchstoßes in ihren Rücken gewesen.

»Ich fasse es nicht«, schluchzte sie. »Ich habe dir vertraut, Rook! Ich habe dir vertraut!«

Bei ihrem so tief verletzten Anblick traten nun auch Rook Tränen in die Augen. »Alex, ich hatte niemals vor, dich zu hintergehen! Du musst mir zuhören: Mein Vater war verwundet, deshalb habe ich dem General gesagt, wie er den verborgenen

Pfad findet – um meinen Vater zu retten! Und jetzt hol mich bitte hier heraus; der General führt etwas im Schilde, in das ich dich einweihen muss –«

»Wie soll ich dir denn nun noch glauben?«, fragte Alex.

»Alex! Hinter dir!«, schrie Conner.

Alex wirbelte herum. Ein Dutzend Soldaten der Grande Armée hatte sich leise herangeschlichen. Die eine Hälfte der Männer schnitt den General und seine Komplizen von ihren Ranken los, die andere stürmte mit gezückten Waffen auf die Zwillinge zu. Ohne nachzudenken ließ Alex ihren Herzschmerz an den Feinden aus, die ihr entgegenstürzten. Sie peitschte ihren Zauberstab durch die Luft, und eine Explosion aus weißem Licht schleuderte die Soldaten in die Luft.

Conner war ebenso entsetzt wie beeindruckt. »Alex?«, fragte er zaghaft.

»Ich habe keine Ahnung, was gerade in mich gefahren ist …«, keuchte Alex atemlos. »Ich … ich … ich habe gerade all diesen Männern weh getan!«

»Das ist schon in Ordnung!«, beschwichtigte Conner sie und kam vorsichtig näher. »Die hatten das Gleiche mit dir vor!«

Alex' Augen huschten kreuz und quer durch die Gärten. Sie stand komplett neben sich. Innerhalb von Sekunden hatte sie jedes Selbstgefühl verloren. Ihre Wut und Trauer hatten sie überwältigt und in einen völlig anderen Menschen verwandelt.

Die verbliebenen Soldaten durchtrennten derweil die letzten Pflanzenschlingen um den General und seine Kumpane.

»Schnell, zum Palast!«, meinte Conner.

»Alex, bitte lass mich raus!«, flehte Rook.

Das allerdings war das Letzte, wonach Alex der Sinn stand; sie richtete ihren Zauberstab auf den Wagenschlag, und fünf zusätzliche Schlösser erschienen daran.

»Nein, Alex!«, rief Rook. »Tu das nicht! Ich muss dich warnen, vor dem –«

»Ich will dich nie mehr sehen«, schrie Alex.

Conner rannte zu seiner Schwester und packte sie am Arm. Gemeinsam flüchteten sie in die Gärten und verschwanden aus Rooks Blickfeld.

General Marquis rappelte sich hoch und streifte die letzten Ranken von seinen Kleidern. Er betrachtete die tobende Schlacht ringsum, und seine Nasenflügel bebten. Mittlerweile waren seine Männer hoffnungslos in der Unterzahl; nur Minuten trennten die Grande Armée von der endgültigen Niederlage.

»Colonel Rembert!«, brüllte der General.

»Ja, General?«, antwortete Rembert und eilte herbei.

»Es wird Zeit für Phase zwei unseres Plans«, befahl der General. »Holt den Maskenmann! Sagt ihm, er soll auf der Stelle den Drachen herbeischaffen! Jetzt bringen wir diesen Krieg zu Ende.«

Der Gedanke daran, den Drachen aus der Schlucht klettern zu lassen, jagte Rembert einen Schauder über den Rücken. »Jawohl, Sir«, erwiderte er dennoch.

Die Zwillinge hetzten im Zickzack durch die Gärten, mit Kurs auf den Palast. Alex weinte so bitterlich, dass sie sich bald nicht mehr auf den Beinen zu halten vermochte; hinter einem großen Gänseblümchenbeet gaben ihre Knie nach und sie stolperte zu Boden. Conner kniete sich neben sie, und sie vergrub ihr Gesicht an seiner Schulter.

»Ich nehme an, Rook war doch mehr als ein Freund«, stellte Conner fest und tupfte seiner Schwester mit einem Zipfel seines T-Shirts die Tränen von den Wangen.

»Oh, Conner, ich komme mir so dumm vor«, schniefte Alex.

»All das hier ist meine Schuld! Ich habe auf mein Herz statt auf meinen Verstand vertraut, und das haben unsere Freunde beinahe mit dem Leben bezahlt!«

»Hey, hey, hey«, machte Conner. »Alles ist gut. Wir haben sie rechtzeitig erreicht, und jeder Einzelne von ihnen ist in Sicherheit – zumindest so sicher wie möglich.«

»Ich fühle mich wie ein Stück Glas, auf das jemand getreten ist«, schluchzte Alex weiter. »Innerlich so zersplittert, dass ich nicht einmal mehr weiß, wer ich bin oder wie ich ich selbst sein soll. Jetzt begreife ich, wie Ezmia zu dem geworden ist, was sie war – du hast ja erlebt, was ich diesen Soldaten angetan habe! Ich bin keinen Deut besser als sie.«

Conner richtete seine Schwester auf, bis er ihr direkt in die Augen schauen konnte. »Alex, hör auf, so zu reden!«, sagte er eindringlich. »Du wirst nicht zulassen, dass ein dummer Junge, der dringend mal zum Friseur müsste, deine ganze Persönlichkeit derart verändert, verstanden? Die Alex, die ich kenne, würde sich für solche Worte selbst in den Hintern treten! Ezmia war ein jämmerliches, narzisstisches Teufelsweib, und du wirst niemals werden wie sie, ganz gleich, was dir zustößt. Und jetzt reißt du dich zusammen, und wir helfen gemeinsam unseren Freunden dabei, diesen Krieg zu gewinnen!«

Alex setzte sich auf und nickte langsam. »Gut«, sagte sie.

»Gut«, bestätigte Conner. »Dann auf zum Palast, die Trobolde brauchen uns.«

Er zog Alex auf die Füße, und gemeinsam setzten sie ihren Weg durch die Gärten fort. Wohin sie sich auch wandten, überall wütete noch immer die Schlacht – doch allem Anschein nach *standen die Zeichen für den Märchenrat auf Sieg!*

Die Geschwister erspähten sieben Soldaten der Grande Armée, die Skylene umstellt hatten und mit ihren Schwertern bedrohten. Gerade als sie zustoßen wollten, vollführte Skylene eine kreisende Handbewegung über ihrem Kopf, und Wasser aus einem nahen Teich erwischte die Männer wie der Strahl eines gigantischen Feuerwehrschlauchs.

Andere Krieger jagten Mandarina über den Rasen und trieben sie schließlich vor einer hohen Hecke in die Enge. Sie legten ihre Gewehre auf die Fee an, und Mandarina streckte ihnen die geöffneten Handflächen entgegen. Eintausend wütende Bienen schossen aus ihren Ärmeln und dem Bienenstock auf ihrem Kopf und griffen die Männer an – die zu Boden stürzten, wo sie wieder und wieder gestochen wurden. Ein schadenfrohes Grinsen trat auf Mandarinas Gesicht.

Kanonen wurden nun auch auf Xanthous und die an seiner Seite kämpfende Glasschuharmee ausgerichtet. Kleine Feuerbälle wuchsen in Xanthous' Handflächen, und er schleuderte sie den Geschützrohren entgegen, so dass diese explodierten, ehe sie auch nur gezündet werden konnten. Die Männer rings um den Feenmann jubelten, und einer verbrannte sich bei dem Versuch, Xanthous auf die Schulter zu klopfen.

Die Bewohner der Gärten trugen ebenfalls ihren Teil bei: Feen jeder Größe zogen den Franzosen die Hosen herunter oder stibitzten im Vorbeihuschen ihre Képis. Einige verzauberten sogar die überall wachsenden Riesenpflanzen, woraufhin diese die feindlichen Soldaten mit ihren Blättern packten und sie sich dicht an die Stängel pressten.

Die Zwillinge erspähten Goldlöckchen und die Königinnen. Rücken an Rücken behaupteten sie sich gegen eine Gruppe feindlicher Kämpfer, von denen sie eingekreist worden waren. Die Männer verhöhnten und verlachten die Frauen, die es gewagt hatten, sie herauszufordern.

»Wir wenden den Trick an, den ich euch auf der Wiese im

Nördlichen Königreich beigebracht habe – bei drei«, raunte Goldlöckchen ihren Gefährtinnen zu. »Eins, zwei, *drei*!«

Die Frauen hechteten nach vorn und kegelten mit einer Sprungrolle in die Soldaten, die prompt zu Boden gingen. Zwei von ihnen rappelten sich rasch wieder auf, doch Cinderella und Schneewittchen brachten sie erneut zu Fall, indem sie Rapunzels Haar wie ein Stolperseil straffzogen.

»Gut gemacht, Majestäten!«, rief Sir Lampton quer durch die Gärten.

»Danke, Sir Lampton!«, antwortete Cinderella.

Lampton selbst befand sich gemeinsam mit Jack und den Königen im Gefecht gegen eine weitere Schar französischer Soldaten. Die Märchenkönigsbrüder lieferten sich einen regelrechten Wettstreit darum, wem von ihnen es gelang, die meisten der Feinde von den Füßen zu holen, und zählten laut jeden Mann, den sie entwaffneten.

»Das macht sechzehn für Chandler, vierzehn für Chance und zwanzig für mich«, verkündete Chase.

Jack schlitterte über die Erde und trat einem Franzosen die Beine weg. »Netter Versuch, Jungs«, neckte er die Könige. »Aber das war mein *fünfzigster*!«

Mutter Gans kam auf Lesters Rücken herbeigeflogen. Sie hatte es nicht länger im Palast ausgehalten und beschlossen, sich ebenfalls in die Schlacht zu stürzen.

»Also dann, Lester! Mach es genau wie damals, als wir im Zweiten Weltkrieg knapp diesen Kamikazefliegern entkommen sind!«, wies sie den Ganter an.

Der riesige Vogel reckte die Flügel und rotierte durch die Luft wie ein Kampfflugzeug. Mutter Gans hielt eine Korbladung leerer Schampusflaschen umklammert, die sie aufbewahrt hatte, und bombardierte damit nun die Soldaten der Grande

Armée, während sie über ihre Köpfe zischte. Auch die beiden wurden beschossen, doch Mutter Gans verwandelte die Kanonenkugeln mit einem Fingerschnippen in große Seifenblasen.

Eines der Geschosse verirrte sich und durchschlug die Seitenwand der Kutsche, in der Rook gefangen war. Hätte er nur ein paar Zentimeter weiter links gesessen, hätte er sein Leben verloren. So aber kraxelte er durch das Loch und rollte sich auf dem Boden ab, ehe er aus der Kampfzone flüchtete und in den Wald davonjagte. Er hatte sein Möglichstes getan, um Alex zu warnen, doch sie weigerte sich, ihn anzuhören – und ihm war klar, dass die Feen dem, was da auf sie zukam, niemals gewachsen sein würden.

Alex und Conner standen einige Meter von der Eingangstreppe des Feenpalasts entfernt, als sie Suse vorüberflitzen sahen. Ihr dicht auf den Fersen waren Froggy und Rotkäppchen.

»Euer Majestät –«, rief Froggy ihr hinterher.

»Euer *gewählte* Majestät«, verbesserte Rotkäppchen ihn.

»Suse, bitte bleibt stehen!«, flehte Froggy.

Alex und Conner jagten ihren Freunden nach. Suse preschte unbeirrt weiter.

»Was ist hier los?«, fragte Alex Froggy und Rotkäppchen.

»Ist das nicht offensichtlich? Suse hat mal wieder ihre Schäfchen verbummelt und keine Ahnung, wo sie sind!«, schrie Rotkäppchen zurück.

»Das ist nicht lustig, Rot!«, tadelte Froggy.

»Und mit Schäfchen meine ich ihren *Grips*! Wieso hält sie denn bloß nicht an?!«, zeterte Rotkäppchen.

Tatsächlich wie von Sinnen hetzte Suse durch die Gärten – auf der Suche nach irgendetwas oder irgendjemandem. Ihre Augen huschten über Reihe um Reihe der französischen Soldaten; sobald ihr klarwurde, dass sie bei der einen Gruppe nicht fündig würde, hastete sie zur nächsten.

»Wo bist du?«, murmelte sie dabei immer wieder vor sich hin.

Froggy und Rotkäppchen ging allmählich die Puste aus, und sie wurden langsamer. Suse dagegen schien unermüdlich; sie schüttelte ihre Verfolger ab und entschwand tiefer in die Gärten hinein.

»Es hat keinen Zweck«, stellte Froggy fest und blieb stehen. »Sie will einfach keine Vernunft annehmen.«

Rotkäppchen und die Zwillinge holten ihn ein. Conner warf einen Blick zurück zum Palast und bemerkte eine Traube feindlicher Krieger. Sie hatten sich bis zur Eingangstreppe geschlichen und kämpften dort nun gegen die Trobolde. Trollbella saß gleich hinter Gator auf den Stufen und feuerte ihn an, während er die Waffen gegen einen Angreifer schwang.

»Los, Gator, los! Los, Gator, los!«, skandierte sie und klatschte dabei fröhlich in die Hände, als befände sie sich bei einer Sportveranstaltung. »Hau ihn kurz und klein! Hau ihn kurz und klein!«

»O nein«, stöhnte Conner. »Da bahnt sich nichts Gutes an!«

Er spurtete der Troboldarmee zu Hilfe, erreichte sie jedoch nicht schnell genug. Gator war zu schmächtig, um den Soldaten allein abzuwehren, und verlor auf der Treppe das Gleichgewicht. Der Soldat rammte ihm sein Schwert in den Bauch, und Gator stürzte zu Boden.

»GATOR!«, kreischte Trollbella.

»Neeeiiin!«, brüllte Conner. Er warf sich mit seiner eigenen Waffe auf den Mann. Der Franzose war viel stärker als Conner, und beinahe hätte diesen das gleiche Schicksal ereilt wie den Troll. In letzter Sekunde richtete Alex ihren Zauberstab auf

den Gegner ihres Bruders, und ein grellroter Blitz brach aus der Spitze hervor und traf den Feind in die Brust; er wurde in die Luft katapultiert, und seine Gefechtsgenossen wichen angstvoll zurück.

Trollbella bettete sich Gators Kopf in den Schoß; der Troll lag in den letzten Atemzügen.

»Verlass mich nicht, Gator«, klagte sie, und Tränen liefen ihr aus den weit aufgerissenen Augen.

»Trollbella?«, fragte Gator und blickte zu ihr hoch. *»Ehe ich gehe, muss ich dir noch sagen –«*

»Du möchtest mich heiraten, ich weiß!«, schluchzte Trollbella hysterisch. »Ja, Gator! Ich will deine Frau werden!«

Gator war schockiert darüber, dass die Trollkönigin ihm selbst im Sterben noch das Wort abschnitt. Natürlich hatte er gewiss etwas völlig anderes auf der Zunge gehabt, doch nun schloss der kleine Troll für immer die Augen, bevor ihm ein weiterer Ton über die Lippen kam. Trollbella wiegte ihn in den Armen, und Tränen tropften von ihren Wangen auf sein Gesicht.

»Komm zurück, Gator!«, schniefte sie. »Bitte, komm zurück!«

Alex, Froggy und Rotkäppchen traten zu Conner und den Trobolden auf die Stufen vor dem Palast, und gemeinsam starrten sie stumm auf die traurige Trollkönigin hinunter.

»Jeder Krieg fordert Opfer, fürchte ich«, murmelte Froggy.

Ein Blick ringsum verriet den Zwillingen, dass sich inzwischen immer mehr Franzosen in den Wald zurückzogen. Xanthous erschien neben der Treppe, gefolgt von Mandarina und Skylene.

»Die Grande Armée ist aus dem südlichen Teil der Gärten geflohen«, verkündete er den Geschwistern.

»Der Osten ist ebenfalls befreit«, sagte Mandarina.

»Und in den nördlichen und westlichen Gärten wird auch nicht mehr gekämpft«, ergänzte Skylene.

Xanthous schlug betrübt die Augen nieder. »Viele unserer Männer haben wir verloren, aber ich glaube, wir können mit Fug und Recht behaupten, dass die Schlacht siegreich für uns zu Ende gegangen ist.«

Nur Sekunden später tauchte zudem Rosetta mit guten Neuigkeiten aus dem Reich der Elfen auf. »Als wir dort eintrafen, herrschte ziemliches Chaos. Doch die Soldaten und die Oger, die sich mit der Grande Armée verbündet hatten, sind in die Zwergenwälder geflüchtet«, berichtete sie den anderen. »Der Baum des Kaiserreichs ist stark beschädigt und zahlreiche Elfen haben ihr Zuhause verloren; Kaiserin Elvina ist allerdings in Sicherheit. Violetta und Coral sind geblieben und gehen ihrem Volk beim Wiederaufbau zur Hand.«

»Das freut mich zu hören«, meinte Alex. »Hier ist die Lage ganz ähnlich.«

Bald schon scharten sich die Truppen um ihre jeweiligen Könige und Königinnen und fanden sich zusammen mit ihnen ebenfalls vor dem Palast ein. Mutter Gans und Lester landeten neben den Zwillingen, und auch Jack und Goldlöckchen stießen hinzu. Jeder einzelne Mann, jede Frau, jeder Troll und Kobold und jede Fee wirkten erschöpft – und doch empfanden sie trotz aller Müdigkeit einen gemeinschaftlichen Stolz: Seite an Seite und Hand in Hand hatten sie über die Grande Armée triumphiert.

Conner schritt zielstrebig durch die Menge, mitten ins Herz der Gartenanlage.

»Conner, wo willst du hin?«, rief Alex ihm nach.

»Ich bringe das hier zu Ende«, erwiderte er.

Er eilte weiter, bis er sich auf halber Höhe zwischen den Armeen des Märchenrats vor dem Palast und dem General samt Gefolge am Rand der Gärten befand. Nur ein paar Dutzend Männer hielten General Marquis mittlerweile noch die Treue, und einer wirkte kraftloser als der andere. Sie stützten sich an den Kutschen und Pfählen und aneinander ab; ihre Munition war bis auf die letzte Patrone und Kanonenkugel verfeuert, und auch ihre Schwerter hatten die meisten von ihnen eingebüßt.

General Marquis schien als Einziger noch ein wenig Leben in sich zu haben. Er warf sich so stolz und boshaft in die Brust wie eh und je – ganz so, als rechne er seinem Heer nach wie vor Chancen auf den Sieg aus.

»Der Krieg ist vorbei!«, rief Conner ihm und seinen Anhängern zu. »Kapitulieren Sie, General, bevor es noch mehr Tote gibt.«

Ein bedrohliches Lächeln wuchs auf General Marquis' Gesicht. »Die Grande Armée kapituliert niemals!«, verkündete er.

Conner warf sein Schwert zu Boden, um seinen Worten noch mehr Nachdruck zu verleihen. »Die Grande Armée ist Geschichte«, sagte er. »Sie und ihre Männer waren zweihundert Jahre lang in diesem Portal gefangen! Es gibt kein Französisches Kaiserreich mehr, in das Sie heimkehren könnten! Napoleon ist tot! Sie und Ihre Truppen haben nichts mehr, worum es sich zu kämpfen lohnt.«

Die französischen Soldaten begannen miteinander zu tuscheln – sprach der Junge die Wahrheit? Hatten sie im Portal tatsächlich jegliches Zeitgefühl verloren? Der General verzog keine Miene, sondern lachte Conner bloß aus.

»Du erbärmlicher, ahnungsloser kleiner Dummkopf«, höhnte er. »Willst du meine Intelligenz beleidigen, indem du mich anlügst? Ich habe nicht den ganzen langen Weg hierher auf mich genommen, um mich besiegen zu lassen! Dieser Krieg hat gerade erst angefangen!«

Ein donnerndes Grollen wummerte durch die Erde wie ein mächtiger Herzschlag. Conner blickte nach unten und bemerkte, dass sein Schwert dort bebte und zuckte, als nähere sich etwas sehr, sehr Großes. Das Dröhnen wurde mit jeder Sekunde stärker, und auch der Feenpalast begann nun zu schwanken; das gesamte Königreich wurde von Erdbeben geschüttelt.

Über den fernen Baumkronen stieg Rauch in den Himmel. Ein schreckliches Kreischen hallte durch die Luft. Alle Umstehenden pressten sich die Hände auf die Ohren, um dem grässlichen Geräusch zu entgehen.

»O nein«, keuchte Alex und erbleichte.

»Das darf nicht wahr sein«, flüsterte Mutter Gans entsetzt.

Der Märchenrat verfolgte mit Schrecken, wie hinter den Bäumen die Silhouette eines ungeheuren Wesens auftauchte. Die Gerüchte über das Ei entsprachen der Wahrheit: Ein Drache hatte sich im magischen Land erhoben.

Kapitel 29

Der Drache erwacht

Der Drache brach aus den Bäumen hervor und landete am Rand der Gärten. Er war beinahe so hoch wie der Feenpalast. Rote Schuppen bedeckten seinen Körper, und zwischen seinen scharfen Zähnen zuckte eine gespaltene Zunge vor und zurück. Auf seiner Stirn saßen zwei Hörner, und spitze Stacheln bedeckten seinen Kopf und zogen sich entlang der gesamten Wirbelsäule wie ein Kamm. Aus seinem Rücken wuchsen zudem zwei gewaltige Flügel, und ein langer Schwanz peitschte über den Boden. Aus den enormen Nasenlöchern trat in einem fort Rauch aus, so dass sie ein wenig an die Schornsteine einer Dampflok erinnerten.

Eine derart monströse Kreatur hätten Alex und Conner sich selbst in ihren kühnsten Träumen nicht vorstellen können. Kein Dinosaurier oder Untier, von dem sie je gelesen hatten, war mit dem Biest vergleichbar, das nun auf sie zustapfte.

Der Drache krümmte den Rücken und brüllte in Richtung des Märchenrats – so laut, dass einige Palastfenster zerbarsten. Sämtliche Feen in den Gärten rannten oder flogen in die Bäume, die die Rasenflächen säumten, um nicht von dem Ungetüm zertrampelt zu werden. General Marquis lachte manisch.

Conner schnappte sich sein Schwert vom Boden und hastete zurück zu seiner Schwester und den Männern und Frauen an der Treppe.

»Mutter Gans, was sollen wir tun?«, fragte er.

Alle wandten sich zu ihr um.

»Wieso schaut auf einmal jeder mich an? Ich habe noch nie einen Drachen getötet!«, erwiderte sie.

»Warst du nicht ebenso wie Grandma eine der Feen, die sie während der Drachenära gejagt haben?«, erkundigte sich Alex und musste dabei krampfhaft an sich halten, um nicht in Panik auszubrechen.

»Ich habe bloß mit den kleineren gerungen«, räumte Mutter Gans ein. »Deine Großmutter war diejenige, die wusste, wie man sie erledigt.«

Conner raufte sich die Haare. »Okay, wir denken jetzt alle scharf nach! Es muss doch einen Weg geben, dieses Vieh um die Ecke zu bringen!«

General Marquis konnte ihre Angst quer durch die Gärten förmlich spüren. Er ergötzte sich daran, zu sehen, in welche Hilflosigkeit sein neues Haustier sie stürzte, und ließ sie genüsslich noch ein wenig länger schmoren, ehe er dem Drachen den Befehl zum Angriff geben wollte.

Auch der Maskenmann, der nun zwischen den Bäumen direkt unterhalb des Drachen auftauchte, hatte nie glücklicher gewirkt. Er staunte mit verklärtem Blick zu der gigantischen Kreatur empor, als verkörpere sie sein ganz persönliches Lebenswerk. Tatsächlich hatte er sich von klein auf danach verzehrt, einen echten Drachen zu besitzen, und dieser war größer und besser, als er ihn sich je hätte erträumen können.

Zu Marquis' Unglück gehorchte der Drache dem Maskenmann zudem wesentlich besser, als dem General bewusst war.

»Genug der Warterei«, rief General Marquis. »Lasst den Drachen auf den Feenpalast los! Ich will ihn brennen sehen!«

Der Kopf des Maskenmannes schnellte zu dem General herum. »Nein«, sagte er schlicht.

Der General drehte sich vollends um, bis er frontal vor dem Maskenmann aufragte. Niemand hatte es je gewagt, einen seiner Befehle so rundheraus zu verweigern.

»Was habt Ihr gerade gesagt?«, fragte er drohend.

»Ich habe Nein gesagt, Jacques«, meinte der Maskenmann leichthin.

Er tat einige Schritte in Richtung seines Gegenübers, doch der Drache rührte sich nicht von der Stelle. Etwas an dem Maskenmann wirkte mit einem Mal gänzlich anders; er schien weitaus weniger gebrechlich und sonderbar als zuvor. Stattdessen verlieh der Besitz des Drachen ihm deutlich mehr Rückgrat und einen beträchtlichen Schub Selbstbewusstsein – er musste sich niemandem mehr gefällig erweisen.

»Ich habe mich in jüngster Zeit gehörig von Euch herumkommandieren lassen, und nun reicht es mir«, schnauzte er den General an.

»Ihr arbeitet für mich!«, brüllte General Marquis zurück.

Der Maskenmann brach in Gelächter aus. »Und jetzt ist der Moment der Wahrheit gekommen, General«, sagte er. »Von jener Sekunde an, da Ihr mit Euren Männern das Gefängnis gestürmt habt, habt Ihr für *mich* gearbeitet. Ich habe lange darauf gewartet, dass mir jemand von Eurem Kaliber über den Weg läuft – jemand, der ebenso machthungrig ist wie ich, sich jedoch von seinem Ehrgeiz blenden und somit leicht manipulieren lässt. Die ganze Zeit über habt Ihr lediglich *geglaubt*, ich würde für Euch arbeiten, während Ihr mir in Wirklichkeit haargenau das gegeben habt, was ich wollte. Ich danke Euch für Eure Dienste, General Marquis, aber Ihr seid für mich nicht länger von Nutzen.«

Der Maskenmann war der einzige Mensch, dem es je gelungen war, den General zu täuschen. Und zum allerersten Mal bekam es nun der ranghöchste Offizier der Grande Armée mit der *Angst* zu tun.

»Steht nicht einfach so herum! Ergreift diesen Mann!«, verlangte er – doch keiner seiner Soldaten rührte sich. In diesem Augenblick war es der Mann mit dem Drachen, dessen Unmut sie mehr fürchteten.

»Eine kluge Wahl«, kommentierte der Maskenmann. »Adieu, General.«

Er öffnete seine Hände; Bruchstücke der Schale des Dracheneis lagen darin. Nun umklammerte der Maskenmann sie fest, streckte beide Arme dem General entgegen – und der Kopf des Drachen ruckte in dieselbe Richtung. Das Untier tat zwei Schritte nach vorn, und General Marquis versuchte zu fliehen.

»Neeeiiin!«, schrie der General.

Der Drache holte tief Luft und stieß einen langen, kraftvollen Atemzug aus. Wie der Strahl eines Flammenwerfers umfing er den General, und das Feuer verzehrte ihn erbarmungslos. Als das Lodern aus dem Drachenmaul nachließ, war der Erdboden dort, wo General Marquis gestanden hatte, versengt, und von dem Mann fehlte jede Spur.

»Was war das denn gerade?«, kreischte Conner.

»Der Maskenmann – er hat die Eierschalen des Drachen!«, rief Mutter Gans aus. »Wenn ein Drache geboren wird und zum ersten Mal die Augen öffnet, nimmt er an, dass jenes Wesen, das er zuerst mit seiner Eierschale erspäht, seine Mutter ist – was bedeutet, dass wer auch immer die Bruchstücke in seinen Besitz bringt, zum Meister oder zur Meisterin des Drachen wird! Der Drache gehorcht dem Maskenmann!«

»Oh, großartig«, meinte Conner. »Noch mehr gute Neuigkeiten!«

Der Maskenmann reckte die Kalkreste nun gegen den Feenpalast. »Töte sie«, wies er den Drachen an, und die riesige Echse walzte vorwärts. Plötzlich aber rauschte Suse aus den Gärten herbei und warf sich zwischen den Drachen und den Palast.

»Halt!«, schrie sie. *»Du musst das nicht tun!«*

Die Hände des Maskenmannes sackten nach unten, und der Drache hielt inne.

Nachdem sie Stunden damit zugebracht hatte, in den Reihen der französischen Soldaten nach ihm zu suchen, hatte Suse nun endlich den Maskenmann gefunden. Langsam und mit tränenüberströmtem Gesicht ging sie auf ihn zu.

»Ich weiß, dein Leben ist schwierig und ungerecht gewesen und du bist von deiner eigenen Familie verstoßen worden – aber ich bin mir auch sicher, dass sich irgendwo unter deiner Maske ein liebevoller, fürsorglicher Mann verbirgt«, beschwor sie ihn. »In *diesen* Mann habe ich mich einst verliebt! Jetzt hast du die Chance, dem Rest der Welt zu zeigen, dass du nicht der hinterlistige, rachsüchtige Wahnsinnige bist, für den sie dich hält – um meinetwillen, offenbare ihnen den Mann, den ich liebe, damit unsere Hoffnung auf eine gemeinsame Zukunft aufs Neue erblühen kann! Stürz die Welt nicht ins Unglück, nur weil sie dich ins Unglück gestürzt hat!«

Die Umstehenden beobachteten die Szene mit angehaltenem Atem. Allen hämmerte das Herz so laut, dass sie überzeugt waren, es würde ihnen jeden Moment die Brust sprengen. Bedeuteten dem Maskenmann Suses Worte etwas? Liebte er sie genug, um seine Bestie zurückzurufen?

Schließlich deutete der Maskenmann mit seinen um die Eierschalen geballten Fäusten erneut auf den Palast. »*Töte sie ALLESAMT!*«, brüllte er.

Aus Suses blasser Haut wich noch das letzte bisschen Farbe. Ihre Tränen versiegten, und ihr stockte der Atem. Wie betäubt starrte sie den Maskenmann an und presste sich dabei eine Hand auf die linke Brust. Trotz ihrer inständigen Bitte schien es dem Mann, den sie mehr liebte als alles auf der Welt, vollkommen gleichgültig zu sein, ob sie lebte oder starb. Ohne jeden verbliebenen Lebenssinn sank Suse zu Boden und wurde sehr still.

Sir Lampton und Xanthous rannten zu ihr hinüber und trugen sie zurück zu den anderen. Sie betteten ihren Körper auf die Stufen, und Alex und Conner beugten sich über sie. Conner fühlte ihren Puls.

»Sie ist tot«, keuchte er. Die Frauen schlugen die Hände über den Mund, und die Männer nahmen betroffen ihre Kopfbedeckungen ab. Selbst Rotkäppchen traf diese Nachricht schwer, und sie vergrub ihr Gesicht an Froggys Schulter.

Alex zog Suses Kette aus ihrem Ausschnitt hervor. Sie begutachtete den winzigen herzförmigen Stein und bemerkte, dass ein frischer Riss quer hindurchlief. Suse war buchstäblich an einem gebrochenen Herzen gestorben.

Der Drache kroch behäbig auf den Feenpalast zu und verkohlte dabei rechts und links alles Grün auf seinem Weg.

Alex ertrug es nicht länger, als leichte Beute tatenlos herumzustehen und sich in ihr Schicksal zu fügen. Ihre Großmutter war die einzige lebende Person, die wusste, wie ein Drache zu besiegen war – und solange sie noch atmete, bestand immerhin die Möglichkeit, dass sie dieses Wissen weiterzugeben vermochte.

Alex stürmte die Eingangstreppe hinauf in den Feenpalast und betete, dass ihre Großmutter ihnen helfen konnte, ehe alles verloren war.

»Alex, wo willst du –«, setzte Conner an, wurde jedoch abgelenkt, bevor er die Frage zu Ende bringen konnte.

»Schaut nur!«, rief Goldlöckchen.

Eine Herde Einhörner galoppierte aus dem Wald hinter dem Drachen und kreiste das Ungeheuer ein, um seinen Marsch aufzuhalten. Angeführt wurden die Einhörner von Rook, der der Meute auf Cornelius vorausritt. Er war gerade rechtzeitig zurückgekehrt.

Das unerwartete Hindernis irritierte den Drachen. »Vernichte sie und scher dich zum Palast!«, befahl der Maskenmann.

Die Einhörner rammten dem Drachen ihre Hörner in die Füße, und er brüllte vor Schmerz laut auf. Dann begann er, die Tiere mit seinen Vorderklauen zu packen und in hohem Bogen in den Wald zu schleudern. Cornelius verpasste der Drache einen Tritt, und das plumpe Einhorn segelte mit Rook auf dem Rücken in einen entfernten Teil der Gärten. Der Drache verlor derweil die Geduld und hauchte seinen feurigen Atem über die restlichen Einhörner. Sie hatten seinen Angriff lediglich verzögert – glücklicherweise so jedoch Alex ein wenig zusätzliche Zeit verschafft.

Im Innern des Palasts rannte Alex in die Gemächer der guten Fee und fiel am Bett ihrer Großmutter auf die Knie. Obwohl die Märchenwelt sich inmitten der schrecklichsten Krise befand, derer sie sich je gegenübergesehen hatte, schlief die gute Fee so friedlich, als gäbe es nicht den geringsten Anlass zur Sorge.

»Grandma, du musst aufwachen!«, flehte Alex. »Da draußen steht ein Drache, und ich habe keine Ahnung, wie ich ihn abwehren soll!«

Das Gebrüll des Untiers erschütterte die Kammer, und Alex drückte ihr Gesicht in die Matratze ihrer Großmutter, bis es verhallt war.

»Grandma, ich weiß, du glaubst, ich sei bereit, deinen Platz als gute Fee einzunehmen – aber das bin ich nicht«, weinte sie. »Wie man einen Drachen besiegt, ist bloß eines der vielen Dinge, die du mich noch lehren musst! Wenn du auch nur noch ein wenig Magie in dir hast, dann bitte, bitte komm zu dir! Wir brauchen dich dringender denn je!«

Alex lauschte verzweifelt auf einen Laut, der nicht von dem Chaos vor den Fenstern rührte, doch im Zimmer blieb es still. Sie verharrte eine volle Minute regungslos, doch nichts tat sich. Schließlich wischte sie ihre Augen an der Matratze trocken und warf einen letzten Blick auf ihre schlafende Großmutter – *doch die gute Fee war verschwunden!*

»Grandma?«, japste Alex überrascht und blickte wild um sich. »Grandma?«

Ihre Augen streiften den Nachttisch, und sie bemerkte, dass auch der Zauberstab ihrer Großmutter fort war. Die gute Fee hatte ohne ein Geräusch den Raum verlassen.

Nachdem der Drache mit den Einhörnern kurzen Prozess gemacht hatte, trampelte er zielstrebig auf den Feenpalast zu und breitete dabei schon die Flügel in Vorbereitung auf seinen Angriff aus.

»Was jetzt?«, fragte Jack in die Runde der Männer und Frauen, die sich um ihn scharten.

Conner war der Einzige, der antwortete: *»Beten«*, sagte er.

Mutter Gans nahm einen langen Zug aus ihrem Flachmann und marschierte dann auf den Drachen zu. »Ich werde ihn ablenken – ihr anderen flieht in die Wälder!«

»Nein, das darfst du nicht! Er wird dich zermalmen!«, bat Conner sie eindringlich.

Mutter Gans warf ihm über die Schulter einen zärtlichen Blick zu. »Schon in Ordnung, C-Dog«, meinte sie mit traurigen Augen. »Es ist meine Schuld, dass all das überhaupt passiert ist – da wird es Zeit, dass ich ein wenig Verantwortung übernehme.«

Ehe sie noch einen weiteren Schritt tun konnte, brüllte der Drache trommelfellzerfetzend auf, und allein die Schallwellen zwangen die Umstehenden in die Knie. Während sie einander wieder auf die Füße halfen, erklang in ihrem Rücken eine vertraute Stimme.

»Geh beiseite, Gans. Gegen Drachen hast du schon immer alt ausgesehen«, neckte die weiche, warme Frauenstimme. Alle wirbelten herum und starrten mit offenem Mund und ungläubigen Augen zum Eingangsportal des Feenpalasts empor.

»Grandma?«, keuchte Conner.

Die gute Fee war erschienen, in nicht mehr als ihrem Nachthemd. »Verzeiht meine Aufmachung; ich bin gerade erst erwacht und hatte keine Zeit, mich dem Anlass entsprechend zu kleiden«, sagte sie entschuldigend.

Der Drache blieb wie angewurzelt stehen, als er die gute Fee erspähte. Zum ersten Mal in seinem Leben verspürte er einen Anflug von Furcht – beinahe so, als wäre die Angst vor ihr in seinen Genen verankert. Er röhrte in ihre Richtung, und jeder, der zwischen ihm und der guten Fee stand, wurde erneut zu Boden geschleudert. Nur die zierliche Frau im dünnen Gewand wirkte nicht im mindesten beeindruckt.

Sie kam barfuß die Stufen herab und schritt mit erhobenem Zauberstab über den Rasen auf die gigantische Bestie zu. Alex rannte aus dem Palast und stellte sich neben Conner an den unteren Treppenabsatz. Sie schnappte nach Luft und musste sich setzen, als ihr klarwurde, was soeben geschah.

Der Anblick, der sich ihr bot, war unglaublich: Ihre winzige Großmutter näherte sich bedächtig einem riesigen, feuerspeienden Drachen, als schlenderte sie über den Wochenmarkt.

»Grandma! Warte! Tu das nicht!«, schrie Conner.

»Grandma, du bist krank! Bitte komm zurück!«, flehte Alex.

Die gute Fee wandte sich mit einem verschmitzten Funkeln in den Augen zu ihren Enkeln um. »Keine Sorge, Kinder – ein wenig Magie habe ich noch in mir, und ich könnte mir keine bessere Verwendung dafür vorstellen«, meinte sie. »Das wird ein Spaß!«

Die Männer und Frauen, Soldaten und Feen, Könige und Königinnen, Trolle und Kobolde verfolgten ebenso fassungslos wie gebannt, wie die alte Frau weiter auf den Drachen zuspazierte. Das gewaltige Ungetüm kreischte ihr entgegen und spie seinen Feueratem in ihren Weg. Sie wehrte ihn mit ihrem Zauberstab ab, und die Flammen verflüchtigten sich in sämtliche Richtungen, ohne dabei dem Palast im Rücken der guten Fee zu nahe zu kommen.

»Du hast dir den falschen Garten zum Verwüsten ausgesucht«, ließ sie den Drachen wissen.

»Sitz nicht einfach tumb herum – *vernichte sie!*«, verlangte der Maskenmann von der anderen Seite der Gärten.

Der Drache blies den bisher stärksten, heißesten Flammenstrahl aus seinem Maul, doch die alte Frau parierte ihn mühelos mit ihrem Stab. Alex und Conner umklammerten einander derweil krampfhaft; beide hatten panische Angst, dass ihre Großmutter jeden Moment verletzt werden könnte – doch das genaue Gegenteil war der Fall: Inzwischen lachte die gute Fee über die Versuche des Drachen, ihr weh zu tun.

»Das Entscheidende im Kampf gegen einen Drachen ist, niemals zu vergessen, dass man selbst viel cleverer und mächtiger ist als er«, rief die gute Fee ihren Verbündeten zu. »Er mag furchteinflößend erscheinen, aber in Wirklichkeit ist er bloß eine große, geflügelte Echse mit schrecklichem Maulgeruch.«

Ein langer silberner Streif brach aus der Spitze ihres Kristallzauberstabs hervor; sie wedelte den Stab fröhlich durch die Luft, als dirigierte sie ein unsichtbares Orchester, und das Band sauste umher wie eine riesige Peitsche. Mit jeder Sekunde wurde der Faden länger, und der Drache sprang vor und zurück, um ihm zu entgehen. Schließlich jedoch war der Silberstreif so lang, dass die Bestie sich hoffnungslos darin verfing, als sie Anstalten machte, davonzufliegen.

Die gute Fee hatte den Drachen nun exakt da, wo sie ihn haben wollte. Noch einmal peitschte sie ihren Zauberstab durch die Luft, und das dünne Seil, das um das Untier gewickelt war, begann heller und heller zu strahlen. Die anderen mussten ihre Augen beschirmen, um nicht geblendet zu werden – bis der Drache schließlich zu einem Häufchen Asche zerstob.

»NEEEIIIN!«, brüllte der Maskenmann, und sein Schrei hallte durch das gesamte Königreich. Mit zornblitzenden Augen wandte er sich wieder zu den Soldaten der Grande Armée

um. »Was steht ihr hier herum und glotzt mich an, ihr Idioten! Wir müssen schleunigst aus diesem Königreich verschwinden!«

Keiner der Krieger stellte die Autorität des Maskenmannes in Frage. Sie hasteten ihm nach, um im Wald unterzutauchen, ehe die Feen die Verfolgung aufnahmen.

Die gute Fee atmete tief und zufrieden durch und schloss die Augen. Ihre Knie knickten ein; langsam sank sie zu Boden und kam sacht auf dem Rücken auf.

»GRANDMA!«, schrien die Zwillinge wie aus einem Mund. Sie rannten an ihre Seite, und Conner bettete ihren Kopf in seinen Schoß.

»Grandma, ist alles in Ordnung mit dir?«, fragte er.

»Bist du verletzt?«, bangte auch Alex.

Ihre Großmutter lächelte warmherzig zu ihnen hoch. »Ich dachte mir, ich trete mit einem Paukenschlag ab«, meinte sie schwach. »Mir war klar, dass ich nicht ohne Grund noch da war, und ich bin unheimlich froh, dass ihr beiden eure alte Granny einmal in Aktion erleben durftet, bevor es Zeit für den Abschied wird.«

»Grandma, das eben war das Coolste, was ich je in meinem Leben gesehen habe!«, sagte Conner.

»Du bist die Größte, Grandma«, flüsterte Alex. »Bitte verlass uns nicht.«

»Euch verlassen?«, erwiderte ihre Großmutter und zog eine alberne Grimasse. »Wer redet denn von so etwas?«

»Stirbst du etwa nicht?«, fragte Conner ganz zaghaft. »Lagst du nicht deshalb so lange bewusstlos im Bett?«

Die gute Fee berührte sanft die Gesichter ihrer beiden Enkelkinder. »Doch, ihr zwei, ich sterbe«, sagte sie. »Aber was die anderen Feen euch nicht erklärt haben, ist, dass eine Fee niemals wirklich *tot* ist. Wenn ihr Leben in dieser Dimension endet, kehrt ihre Seele schlicht *zurück zur Magie.* Sie wird zum wichtigsten Grundstoff und Wesen dessen, was es den übrigen Feen ermöglicht, die Welt zu einem besseren Ort zu machen. Selbst wenn ich fort bin, werde ich weiterhin bei euch sein. Jedes Mal wenn ihr einen Zauberstab schwingt, eine Beschwörung sprecht oder eine magische Formel benutzt, werde ich euch aus der Ferne mit so großem Stolz zuschauen, dass er den Himmel zum Leuchten bringen wird.«

Tränen traten den Zwillingen aus den Augenwinkeln und liefen ihre Wangen hinunter. Die Stimme ihrer Großmutter wurde beim Reden schwächer und schwächer. Alex und Conner wussten nicht, ob sie ihnen die Wahrheit erzählte oder sich nur mühte, ihnen den Abschied zu erleichtern, doch beide ahnten, dass ihnen nur noch Augenblicke blieben, bis sie fort sein würde.

»Wir haben dich so unendlich lieb, Grandma«, sagte Alex. »Ich will mir nicht einmal ausmalen, wie unser Leben ohne dich verlaufen wäre.«

»Langweilig, so viel steht fest«, scherzte Conner. »Du warst die magischste Großmutter, die zwei Kinder sich nur hätten wünschen können – *buchstäblich*! Ich schätze, diesen Titel hast du sicher in der Tasche.«

Ein letztes Mal erschien auf dem Gesicht der alten Frau jenes Lächeln, das die Zwillinge so gut kannten und derart liebten. Es glich haargenau dem Lächeln ihres Dads und war der schönste Anblick der Welt.

»Ich liebe euch, Kinder«, sagte sie. »Passt aufeinander auf – und vergesst nie, dass uns stets nur ein einziger Gedanke trennt.«

Zum allerletzten Mal schlossen sich die Augen der guten Fee. Unter der Berührung ihrer Enkel wurde ihr Körper schwerelos und verflüchtigte sich zu Hunderten hell glitzernder Lichtfunken, die durch die Luft schwebten, emporstiegen und unter den Sternen am Nachthimmel ihren Platz einnahmen.

Etwas Vergleichbares hatten Alex und Conner nie zuvor erlebt. Selbst im Sterben gelang es ihrer Großmutter, die Zwillinge staunen zu lassen – vielleicht war sie tatsächlich zur Magie zurückgekehrt. Die Geschwister hielten einander fest umschlungen und weinten gemeinsam, während über ihnen die Sonne aufging. Die gute Fee hatte die Welt verlassen, doch das Königreich der Feen war gerettet und sah einem neuen Tag entgegen.

Kapitel 30

Zurück zur Magie

Am folgenden Abend fand in einem der heil gebliebenen Teile der Feengärten eine wunderschöne Zeremonie statt; gefeiert wurden die Leben all jener, die im Krieg gefallen waren, und sämtliche Feen des Königreichs sowie jeder Bürger der benachbarten Reiche, der den Wunsch verspürte, nahm daran teil.

Besondere Ehren erwiesen die Versammelten Gator, Königin Suse und der guten Fee: Kleine Plaketten mit Gators und Suses Namen wurden in den Gärten angebracht, und vor den Eingangsstufen zum Feenpalast errichteten die Feen eine riesige Statue der guten Fee. Zu Conners Freude und Erleichterung handelte es sich dabei um eine absolut wirklichkeitsgetreue Darstellung seiner Großmutter – nicht größer oder muskulöser, wie er sich einst ein Denkmal für sich selbst erträumt hatte.

Die Feierlichkeiten erinnerten die Zwillinge an die Beerdigung ihres Vaters, doch diesmal ruhte zum Glück nicht alle Aufmerksamkeit auf ihnen. Sie teilten ihren Verlust mit dem Rest der Märchenwelt und konnten so zusammen mit all ihren Freunden und Bekannten trauern. Jedem Einzelnen in den Reihen der Gäste stand der unglaublich tiefe Eindruck, den ihre Großmutter im magischen Land hinterlassen hatte, ins Gesicht geschrieben, und aus ihren Mienen sprach ebenso viel Dankbarkeit wie Betrübnis.

Wohin Alex auch ging, überall verneigten sich die Menschen und Wesen vor ihr; sie wusste, sie würde noch einige Zeit brauchen, um sich daran zu gewöhnen, dass sie nun selbst zur guten Fee geworden war.

Alex bat die Könige und Königinnen, eine Nacht länger zu bleiben, damit sie am Tag nach der Zeremonie ihre erste offizielle Märchenratssitzung als gute Fee abhalten konnte. Der Krieg war vorüber, doch vor ihnen lagen noch unzählige weitere Schlachten – private wie öffentliche.

Bree und Emmerich fragten Alex und Conner, ob sie ebenfalls der Feier beiwohnen dürften; danach wollten sie so bald wie möglich nach Hause zurückkehren, damit ihre Eltern sich nicht noch mehr sorgen mussten, als sie es zweifellos ohnehin bereits taten.

»Ich werde wochenlang Hausarrest bekommen.« Bree lachte. »Zu schade bloß, dass meine Eltern mir die Wahrheit niemals glauben würden – sonst nämlich hätten sie womöglich Erbarmen mit mir.«

»Was willst du ihnen denn erzählen?«, erkundigte sich Conner.

Bree zuckte mit den Schultern. »Dass ich mich in einen Zirkusclown verliebt habe und mit ihm quer durch Europa gezogen bin«, meinte sie. »Wir wissen ja, dass so etwas vorkommt.«

»Würde es dir etwas ausmachen, meiner Mom und meinem Stiefvater Bescheid zu geben, wo ich bin?«, fragte Conner. »Wahrscheinlich ahnen sie es sowieso bereits – dass Alex und ich hin und wieder für eine Weile verloren gehen, ist nichts Neues mehr.«

»Kein Problem«, antwortete Bree. »Vielleicht können sie meine Eltern dann ein wenig milder stimmen. Indem sie ihnen bestätigen, was für einen fürchterlichen Einfluss du auf mich gehabt haben musst oder so.«

Ein verschmitztes Lächeln trat auf Emmerichs Gesicht. »Ich wette, die anderen Kids in Füssen grämen sich allesamt riesig um mich«, sagte er. »Ich werde behaupten, dass ich von Geheimagenten entführt worden war – was ja gar nicht mal so weit von der Wirklichkeit entfernt ist.«

»Und was sagst du deiner Mom und deinem Dad?«, fragte Bree.

»Ich lebe bloß mit meiner Mom«, entgegnete Emmerich. »Meinen Dad habe ich nie kennengelernt. Aber als meine Mom ein kleines Mädchen war, hat mein Großvater ihr immer von sonderbaren Dingen erzählt, die er in Neuschwanstein gesehen hatte; sie wäre vermutlich nicht einmal allzu erstaunt über die Wahrheit. Ich werde trotzdem monatelang den Abwasch machen müssen, ganz gleich, wo ich gewesen bin, aber das war die Sache wert! Nie zuvor hatte ich solchen Spaß – auch wenn ich gleich mehrfach in Lebensgefahr geschwebt habe!«

»Da stimme ich dir vollumfänglich zu«, nickte Bree. »Es war auf jeden Fall das Abenteuer meines Lebens.«

An diesem Abend folgten Conner, Bree und Emmerich Mutter Gans hinauf auf einen der höchsten Türme des Feenpalasts. Das kreisrunde Zimmer an der Spitze war extrem staubig, und Spinnweben spannten sich zwischen den Wänden. Zweifellos hatte sich sehr lange schon niemand mehr dorthin verirrt. In dem Raum befand sich nichts außer einem leeren Torbogen, der sich genau in der Mitte erhob.

»Dieser Durchgang ist eines der ursprünglichen Portale, die wir in der Blütezeit der Märchen genutzt haben, um in die Anderswelt zu reisen«, erklärte Mutter Gans. »Ach, das waren die guten alten Tage.«

Conner legte Bree und Emmerich je einen Arm um die Schultern. »Wisst ihr: Nun, da ihr zwei die Märchenwelt besucht habt, liegt es auch in eurer Verantwortung, uns dabei zu helfen, die Geschichten in der Anderswelt lebendig zu halten«, sagte er.

Seine beiden neuen Freunde waren von dieser Aufgabe begeistert; eine derartige Verantwortung anvertraut zu bekommen, gab ihnen das Gefühl, ein Stück des magischen Landes mit nach Hause nehmen zu dürfen.

»Ich schätze, für diese Herausforderung bin ich bereit«, verkündete Bree.

»Ich auch!«, schob Emmerich sofort hinterher.

Mutter Gans betätigte einen Hebel an der Wand, und ein durchscheinender blauer Vorhang erschien in dem Torbogen. Ein heller Schimmer drang durch den Stoff, und Conner erkannte jene Zone gleißenden Lichts, die zwischen den beiden Welten lag.

»Schaut ganz so aus, als sei das alte Portal wieder funktionstüchtig«, stellte Mutter Gans fest.

»Wohin führt es?«, fragte Emmerich.

»Ihr kommt irgendwo in den Niederlanden heraus«, sagte Mutter Gans, geriet dann allerdings ins Grübeln. »Oder war es Nevada? Oh, was soll's – fragt einfach irgendjemanden, wenn ihr dort seid. Und besser, wir bringen den Abschied schnell hinter uns: Ich werde nicht jünger, nicht einmal von dem Gebräu, das ich so fleißig trinke.«

Conner schloss seine Freunde in eine bittersüße Umarmung.

»Ich danke euch beiden so sehr – ohne eure Hilfe hätte ich es nie bis hierher geschafft«, sagte er. »Sobald alles wieder in geordneten Bahnen verläuft, besuche ich euch, das verspreche ich.«

»Du wirst mir fehlen, Herr Bailey«, meinte Emmerich augenzwinkernd auf Deutsch. Es fiel ihm schwer, der Märchenwelt den Rücken zu kehren.

»Pass auf dich auf, Kumpel«, erwiderte Conner.

Emmerich trat als Erster durch den Vorhang und verschwand in die Anderswelt. Bree zögerte einen Moment vor dem Portal, ehe sie ihm folgte. Ein einfaches *Auf Wiedersehen* schien ihr nicht genug.

»Dann also bis bald«, brachte sie mühsam heraus.

»Jep, auf jeden Fall«, murmelte Conner und wich ihrem Blick aus, da er spürte, wie ihm die Röte ins Gesicht stieg.

Bree küsste ihn auf die Wange und tat einen Schritt in Richtung des Durchgangs. Da Conner klar war, dass sie einander nun eine geraume Weile nicht über den Weg laufen würden, wurde er ein wenig verwegen und beschloss, ihr ein Geheimnis mitzugeben.

»Hey, Bree«, rief er. »Bevor du gehst – es gibt da noch etwas, dass ich dir erzählen wollte.«

»Und das wäre?«, fragte sie.

Conner verzog beim Sprechen beinahe schmerzhaft das Gesicht. »Nach gründlicher Überlegung und Selbstreflexion bin ich zu der Erkenntnis gelangt, dass ich vielleicht – eventuell – möglicherweise – *doch* in dich verknallt bin«, gab er zu.

Bree lachte. »Daran habe ich nie gezweifelt«, meinte sie.

»Und, übrigens: *Ich bin auch in dich verknallt.*« Sie zwinkerte ihm zu und sprang anschließend rasch durch den Vorhang, bevor einer von ihnen ein weiteres Wort herausbringen konnte.

Conner klappte die Kinnlade herunter, und sein Herz fühlte sich an, als wollte es ihm aus der Brust flattern. Er war überglücklich und zutiefst verwirrt zugleich. Wenn sie einander beide so sehr mochten – *was kam dann als Nächstes?* Das schien ihm ein ebenso elektrisierendes wie zermürbendes Rätsel, und Conner hatte keinen blassen Schimmer, was er nun mit sich anfangen sollte.

Mutter Gans drückte den Hebel in seine Ausgangsstellung und wandte sich Conner mit ernster Miene zu. »C-Dog, wir müssen uns unterhalten.«

»Ich weiß«, nuschelte Conner verlegen. »Ich bin eine echte Niete darin, mit Mädchen zu reden – aber, zu meiner Verteidigung: Bree ist von allen Mädchen, die ich je getroffen habe, das erste, das ich überhaupt ein bisschen verstehe!«

Mutter Gans musterte ihn mit merkwürdigem Blick. »Das, was ich dir sagen will, hat mit erster Liebe überhaupt nichts zu tun«, meinte sie. »Es geht um das Portal im Sängersaal von Schloss Neuschwanstein, durch das ihr drei gereist seid. Ich hatte eine Kleinigkeit zu erwähnen vergessen, als ich dir davon erzählt hatte.«

»Ach ja?«, machte Conner – gespannt, worauf sie hinauswollte. »Wir haben ein paar Tage lang darin festgesteckt, aber nachdem es sich erst einmal vollständig geöffnet hatte, sind wir ziemlich problemlos durchgekommen.«

»Das ist es ja – so hätte es nicht sein sollen«, erläuterte Mutter Gans. »Ich hatte den Brüdern Grimm geraten, die Grande Armée in das bayerische Portal zu locken, weil ich es verzaubert hatte. Und zwar so, dass nur jemand mit magischem Blut ohne Schwierigkeiten in der Lage wäre, es zu benutzen. Jeder Sterbliche, der es versuchte, sollte für zweihundert Jahre darin festhängen – so, wie es den Franzosen ergangen ist. Du hättest also prompt hier eintreffen sollen, aber wenn Bree und Emmerich Normalsterbliche wären, müssten sie noch immer darin gefangen sein.«

Conner blinzelte mehrmals in rascher Folge und mühte sich, das ganze Ausmaß dessen, was sie ihm soeben offenbart hatte, zu fassen. »Willst du etwa behaupten, dass Bree und Emmerich ebenfalls Magie im Blut haben?«

»Das ist die einzige Erklärung«, bestätigte Mutter Gans. »Auch wenn mir völlig schleierhaft ist, wie das möglich sein kann.«

Conner grübelte einen Augenblick. Eine Ahnung stieg in ihm auf, gegründet auf all dem, was er während ihrer Odyssee quer durch Europa erfahren hatte.

»Moment mal – die Löwenstatue hat uns erzählt, dass du ein wenig deines eigenen Bluts mit dem von Wilhelm Grimm vermischt hast, damit er die Panflöte spielen und so das Portal aktivieren konnte«, sagte er.

»Das stimmt«, antwortete Mutter Gans.

»Wäre es dann nicht denkbar, dass Bree und Emmerich Nachfahren von Wilhelm Grimm sind?«, überlegte Conner laut.

Mutter Gans nickte langsam, während sie sich seine Logik durch den Kopf gehen ließ. »Denkbar ist alles«, sagte sie.

Die Vorstellung war nahezu überwältigend. Magie wirkte immer auf mysteriöse Weise, doch Conner war baff, dass es ihm allem Anschein nach irgendwie gelungen war, von Milliarden Menschen in der Anderswelt ausgerechnet auf zwei zu stoßen, die gleichfalls magischer Abstammung waren. Bree und Emmerich mussten von Geburt an dazu bestimmt gewesen sein, das magische Land zu finden – nicht anders als er und Alex.

»Falls sie allerdings nicht mit Wilhelm Grimm verwandt sind, frage ich mich, wie sonst Magie in ihr Erbgut gelangt sein könnte«, sinnierte Mutter Gans. »Womöglich hat sich in der Vergangenheit noch jemand unbemerkt zwischen den Dimensionen bewegt … bloß wer?«

Alex lief allein durch die Flure des Feenpalasts. Hinter ihr lag ein langer und trauriger Tag, und sie sehnte sich verzweifelt nach einem Ort, an dem sie ganz für sich sein konnte.

Ihre Suche nach Einsamkeit wurde jedoch durch höchst unwillkommene Gesellschaft gestört, als jemand hinter einer Säule hervorsprang und sie erschreckte.

»Hallo, Alex«, sagte Rook.

Er war der allerletzte Mensch, dem sie hatte begegnen wollen. »Was tust du hier?«

»Ich habe mich in den Palast geschlichen, um dich zu sehen«, gestand er und rückte dabei eine Schlinge zurecht, in der sein rechter Arm lag. Beim Kampf gegen den Drachen vom Einhornrücken aus hatte er eine Verletzung davongetragen.

»Von dir und den Einhörnern habe ich gehört«, meinte Alex. »Wie geht es Cornelius?«

»Mit ihm ist alles in Ordnung«, erwiderte Rook. »Beim Sturz hat er sich das Horn angeschlagen, aber das merkt man kaum.«

»Euer Einsatz war sehr mutig, und für eure Hilfe bin ich dankbar«, sagte Alex. »In den Zwergenwäldern lebt eine Hexe namens Hagetta. Bring deinen Vater zu ihr. Lass sie wissen, dass ich dich geschickt habe, dann wird sie seine und auch deine Wunden heilen – darüber hinaus aber kann ich nichts mehr für dich tun. Das, was ich in den Gärten gesagt habe, meine ich nach wie vor so: Ich will dich nie wieder sehen!«

Sie ging weiter den Gang hinunter, und Rook humpelte hinter ihr her. Offenbar hatte er sich bei seinem Sturz den Knöcheln verstaucht, doch Alex vertraute ihm nicht einmal mehr genug, um ihm abzunehmen, dass er ihr die Verletzung nicht lediglich vorgaukelte.

»Ich weiß, dass ich dein Vertrauen missbraucht habe – aber ich habe es getan, um meinen Vater und die übrigen Dorfbewohner zu retten«, beschwor Rook sie erneut. »Das musst du doch verstehen – ich hatte keine Wahl.«

Alex drehte sich rasch ein letztes Mal zu ihm um. »Eines Tages werde ich es wohl tatsächlich begreifen«, sagte sie. »Aber eine Wahl hat man immer, und als gute Fee werde ich *für den Rest meines Lebens* stets die allerschwierigsten Entscheidungen treffen müssen – darüber, wem ich helfen soll und wem nicht, wessen Leben ich rette und wessen nicht, welches Königreich ich schütze und welches nicht. All das sind furchtbare Wahlen, vor denen ich stehen werde, und ich sollte nicht von dir erwarten, diese Last zusammen mit mir zu schultern. Ich kann dir nicht zum Vorwurf machen, dass du anders wählst, als ich es tun würde; meine Verantwortung kann ich allerdings ebenso wenig mit dir teilen. Und diese Verantwortung ist mein *Leben.*«

»Das war's dann also«, meinte Rook traurig. »Nach all den wunderbaren Gesprächen und gemeinsamen Spaziergängen bringt uns ein kleiner Stolperstein zu Fall, und wir werfen die Flinte ins Korn?«

»Das war kein Stolperstein, sondern eine Gabelung«, entgegnete Alex. »Wir würden es niemals schaffen, auf demselben Weg zu bleiben – und gerecht wäre es für keinen von uns. Es tut mir leid.«

Sie eilte weiter den Flur entlang, so zügig, dass er nicht mit ihr Schritt halten konnte. Rook rief ihr nach, doch Alex hielt den Blick starr geradeaus gerichtet.

»Eines Tages werde ich dich umstimmen, Alex!«, prophezeite er. »Das verspreche ich!«

Alex stieß eine schwere Doppeltür auf und fand sich in der Halle der Träume wieder. Dort, dessen war sie sich gewiss, würde sie allein sein können. Sie sank auf den unsichtbaren Fußboden und starrte zu all den hellen Kugeln hinauf, die die Hoffnungen und Träume der Menschen darstellten. Leider war der endlose Raum längst nicht mehr so voll damit wie damals, als ihre Großmutter ihn ihr gezeigt hatte. Viele Träumer hatten in den vergangenen Tagen ihren Mut verloren, und ihre Wünsche und Sehnsüchte waren dem Krieg zum Opfer gefallen.

Ein Klopfen ertönte von der anderen Seite der Tür.

»Ich habe gesagt, ich will dich nie mehr sehen!«, rief Alex.

Conner streckte seinen Kopf herein. »Himmel, Verzeihung!«

»Nein, warte, Conner! Es tut mir leid!«, entschuldigte Alex sich. »Ich hatte mit jemand anderem gerechnet.«

Conner war gekommen, um seiner Schwester zu berichten, was er über Bree und Emmerich erfahren hatte, doch nun war er von der Halle der Träume derart in den Bann geschlagen, dass er sein eigentliches Anliegen völlig vergaß. Er schloss die Türen hinter sich und setzte sich neben Alex.

»Wo sind wir hier?«, fragte er staunend.

»In der sogenannten Halle der Träume«, erklärte Alex. »Hier werden jede Hoffnung und jeder Traum jedes einzelnen Menschen und Wesens dieser Welt aufbewahrt.«

»Cool«, befand Conner. »So eine Art gigantischer Feendatenbank.«

»Früher waren es viel mehr, aber ich fürchte, der Krieg hat

eine Menge Leute entmutigt; sie glauben nicht länger an ihre Wünsche und Ziele«, murmelte Alex. »Nun, da Grandma fort ist, wird es meine Aufgabe sein, ihnen diesen Glauben zurückzugeben.«

»*Unsere* Aufgabe, meinst du wohl«, verbesserte Conner. »Ich bleibe nämlich.«

Alex schaute ihn verwirrt an. »Was soll das heißen, du bleibst? Was ist mit der Anderswelt?«

»Die läuft mir nicht davon«, sagte Conner. »Fürs Erste aber gehöre ich hierher, zu dir. Ich weiß, dass du Bammel davor hast, die gute Fee zu sein; deshalb leiste ich dir Gesellschaft, bis du dich in dieser Rolle wohl genug fühlst und ohne mich zurechtkommst. Außerdem will ich lieber erst dann wieder zu Hause aufkreuzen, wenn Mom und Bob vergessen haben, wie viel Geld ich mit der Kreditkarte abgebucht habe.«

Alex lächelte. Die Geste ihres Bruders war das Netteste, was er nur für sie hätte tun können.

»Und du bist dir ganz sicher?« Sie machte sich nicht einmal für eine Sekunde die Mühe, so zu tun, als wäre sie über seine Worte nicht froh und erleichtert.

»Absolut sicher«, bekräftigte Conner. »Zusammen sind wir schließlich so ziemlich unschlagbar – und hier gibt es noch eine Menge zu tun.«

»Also schön«, sagte Alex. »Allerdings nur unter einer Bedingung.«

Conner wagte kaum, nachzuhaken. »Die da wäre?«

»*Du* wirst jetzt *mein* Schüler sein«, verkündete seine Schwester. »Jede gute Fee braucht einen.«

Conner schnaubte. »Oh, ich bitte dich, Alex! Mach mal halblang!«, stöhnte er.

»Denk doch bloß einmal darüber nach, Conner«, redete

sie eifrig weiter. »Ich kann dir Zauberformeln beibringen, Bannsprüche und Verwandlungen – und dir zeigen, wie man Wünsche erfüllt! Und sollte mir je etwas zustoßen, würde das magische Land in deine Hände fallen, genau so, wie es sein sollte.«

Er verdrehte die Augen und verzog das Gesicht, als wäre ihr Vorschlag die katastrophalste Idee der Welt. »Meinetwegen«, grummelte er schließlich dennoch. »Aber ich lasse mich ganz sicher nicht als *nächste gute Fee* bezeichnen.«

»Deinen Titel kannst du frei wählen.« Alex war so begeistert von der Vorstellung, dass es sie nicht im mindesten kümmerte, wie ihr Bruder genannt werden wollte.

Conner grübelte einen Moment darüber nach. »Ich möchte *stellvertretender Feenboss* sein.«

Alex schmunzelte und nickte. »Damit kann ich leben«, entschied sie. »*Conner Bailey, stellvertretender Feenboss* – klingt nett.«

Kapitel 31

Die Enthüllung

Am nächsten Tag versammelte sich der komplette Märchenrat im großen Saal des Feenpalasts. Alle sieben Feen nahmen würdevoll ihre Plätze hinter den Podien ein, Mutter Gans setzte sich Alex gegenüber in ihren Stuhl, und die Könige und Königinnen stellten sich auf dem Parkett vor ihnen auf. Jack, Goldlöckchen und Trollbella waren ebenfalls gebeten worden, zu erscheinen, wenngleich keiner von ihnen den Grund dafür verstand. Sie nahmen schlicht an, Alex müsse wohl noch einen Trumpf im Ärmel haben.

Auf Alex' Wunsch hin war der Stuhl der guten Fee ebenfalls im Raum belassen worden – noch fühlte Alex sich nicht bereit, ihn zu entfernen. Wann immer ihr Blick darauf fiel, stellte sie sich ihre Großmutter vor, die ihr von ihrem Platz aus zulächelte. Dieser Gedanke inspirierte Alex und bestärkte sie darin, die Arbeit ihrer Großmutter fortzuführen.

»Schaut ganz so aus, als seien wir vollzählig«, warf Mutter Gans in die Runde. »Wollen wir anfangen?«

»Noch nicht«, sagte Alex. »Auf einen Teilnehmer warten wir noch.«

Keiner außer ihr ahnte, wer das sein mochte, doch aller Augen folgten ihren, als sie nach oben sah. Die Neugier der Versammelten wuchs mit jedem Moment.

Zwei riesige Schwäne tauchten am Himmel auf und segelten in den Saal. Im Gefieder des einen thronte Kaiserin Elvina; auf dem anderen begleiteten sie zwei Elfensoldaten.

Der Märchenrat und seine Gäste tauschten ungläubige Blicke; sämtliche Augenpaare waren weit aufgerissen, als hätten sie es mit einem Gespenst zu tun – die Mehrheit der Anwesenden war der Elfenkaiserin nie zuvor von Angesicht zu Angesicht begegnet.

Die Soldaten stiegen von ihrem Schwan und halfen ihrer Kaiserin ebenfalls herab. Zum ersten Mal seit Hunderten von Jahren betraten somit Elfen Feenboden.

»Ich danke Ihnen von Herzen, dass Sie zu unserem Treffen gekommen sind, Kaiserin«, begrüßte Alex sie respektvoll.

»Ich war höchst verwundert über die Einladung, da ich meinen Teil unserer Abmachung nicht erfüllt habe«, erwiderte die Kaiserin.

»Ich bin einfach froh, dass Sie und Ihre Elfen in Sicherheit sind«, antwortete Alex.

Die Kaiserin und ihre Soldaten hielten sich im Saal ein wenig abseits. Elvina war die Größte im Raum und musterte die übrigen Monarchen finster. Zweifellos waren die Elfen nicht mit der Absicht angereist, neue Freundschaften zu schließen.

»Ich liebe Eure Zweige«, versuchte Schneewittchen das Eis zu brechen.

Kaiserin Elvina starrte sie an, als handele es sich bei ihrem Kompliment um eine abgrundtiefe Beleidigung. »Das ist die heilige Krone, die seit der Drachenära jede Herrscherin und jeder Herrscher des Reichs der Elfen getragen hat«, gab sie hochmütig zurück.

»Na, jedenfalls ist sie sehr hübsch«, fügte Cinderella hinzu.

Nun, da tatsächlich alle Geladenen anwesend waren, eröffnete Alex die Versammlung.

»Ich habe euch heute hierhergebeten, um etwas zu verkünden«, sagte sie. »Ich habe beschlossen, dass meine erste Amtshandlung als neue gute Fee in der Abschaffung des Märchenrats bestehen soll.«

Sofort regte sich im Saal lautstarker Protest. Einzig Kaiserin Elvina war nicht überrascht, und sie amüsierte sich köstlich über die Reaktionen der Umstehenden. Zum ersten Mal seit geraumer Zeit waren die Elfen vor den Menschen in etwas Bedeutsames eingeweiht gewesen.

»Hast du den Verstand verloren?«, fragte Mandarina.

»Ich glaube, du brauchst mal Urlaub, Kleines«, urteilte Mutter Gans.

Xanthous mühte sich nach Kräften, sachlich und vernünftig mit ihr zu diskutieren. »Alex, wir haben uns hinter jede deiner Entscheidungen gestellt, aber diese können wir nicht mittragen.«

»Beruhigt euch, allesamt, und lasst mich ausreden«, rief Alex. »Meine Großmutter hat den Märchenrat in der Absicht geschaffen, die Welt zu einen – doch wie durch die Grande Armée eindrucksvoll bewiesen worden ist, hat er dieses Ziel weit verfehlt. Der Krieg war nicht die letzte Bedrohung, die wir erleben werden. Wir müssen gewappnet sein für alles, was die Zukunft bringen mag, und das wird uns nicht gelingen, wenn einige von uns kein Mitspracherecht haben. Deshalb gründe ich hier und heute die Märchenunion – und ich bitte die Trobolde und Elfen, ihr ebenfalls beizutreten.«

Im Saal wurde es sehr still, doch niemand erhob Einspruch. Die Blicke der Männer und Frauen huschten zwischen der Trollkönigin und der Kaiserin der Elfen hin und her, voller Spannung, wie sie auf Alex' Angebot reagieren würden.

»Du willst, dass die *Trobolde* mitmachen?«, fragte Trollbella starr vor Schreck.

»Ja«, bestätigte Alex. »Dein Volk hat eine lange rüpelhafte Geschichte hinter sich, und dir ist es bemerkenswert erfolgreich gelungen, seine Würde wiederherzustellen, Trollbella. Dennoch werden die Trolle und Kobolde uns nie respektieren, solange wir ihnen nicht gleichermaßen Respekt zollen. Im Verlauf des Krieges habe ich ausgesprochen wertvolle Lektionen von zwei äußerst ungewöhnlichen Lehrern gelernt – der eine ein Gefangener, die andere eine Hexe. Sie haben mir beigebracht, dass jedes Wesen ein Individuum ist und man eine gesamte Rasse niemals für die Fehler und Schandtaten von Individuen bestrafen darf. So einfach es auch scheint, großen Gruppen den Ruf anzulasten, den ihre Vorfahren ihnen eingebracht haben: Es ist ungerecht. So, wie wir den Trollen und Kobolden vergeben, hoffe ich, dass die Elfen den Menschen und Feen das verzeihen können, was ihnen vonseiten der Feen in der Vergangenheit widerfahren ist.«

»Von *Vergebung* war in unserer Abmachung nie die Rede«, warf Kaiserin Elvina ein. »Allerdings war es eine sehr selbstlose und großzügige Geste der Feen, uns beim Angriff der Grande Armée zur Seite zu stehen, und dafür sind wir ihnen zu Dank verpflichtet. Sofern diese neue Union zukünftigen Generationen von Elfen zugutekommt, werden wir uns ihr gern anschließen.«

Ein Lächeln stahl sich auf Alex' Gesicht. Die Feen ringsum waren sprachlos, dass es ihr gelungen war, die Elfenkaiserin zum Schulterschluss zu bewegen.

»Dann sind wir uns jetzt also alle einig?«, fragte Alex in die Runde. Sie suchte den Augenkontakt mit jedem einzelnen Herrscher, jeder Herrscherin und sämtlichen Feen im Saal. Alle nickten.

»Ich glaube, das sind wir«, verkündete Emerelda. »Somit soll der heutige Tag als Geburtsstunde der Märchenunion in die Geschichte eingehen.«

Der Saal brach in donnernden Beifall aus; selbst die Kaiserin klatschte mit. Trollbella schlug vor Überschwang ein Rad. Alex hatte soeben der Märchenwelt eine enorm vielversprechende Zukunft gesichert.

Jack räusperte sich. »Verzeihung, aber wir beide fragen uns noch immer, weshalb du *uns* herbestellt hast.«

»Das führt mich zum zweiten unserer Besprechungspunkte«, sagte Alex. »Die Mehrheit der Kriminellen, die die Grande Armée rekrutiert hatte, ist während der Schlacht geflohen, was bedeutet, dass sich derzeit in sämtlichen Königreichen mehr Gauner und Schurken denn je auf freiem Fuß befinden – von den verbliebenen französischen Soldaten, die entkommen sind, ganz zu schweigen. Wir müssen alle zusammenarbeiten, um sie zu fassen und hinter Gitter zu bringen. Mit der Erlaubnis der Märchenunion würde ich euch beide, Jack und Goldlöckchen, gern darum bitten, eine Truppe um euch zu scharen, mit der ihr diese Verbrecher aufstöbert.«

Jack und Goldlöckchen starrten einander an.

»Uns?«, fragte Jack.

»Aber wir *sind* Verbrecher«, meinte Goldlöckchen.

»Und als solche die perfekten Kandidaten für diese Aufgabe«, konterte Alex. »Ihr denkt wie Kriminelle – und deshalb werdet ihr mühelos herausfinden, wo sie sich verstecken und mit wem sie sich zu verbünden planen.«

»Darüber müssen wir erst einmal nachdenken«, sprach Jack für sie beide. »Wir hatten uns in jüngster Zeit gerade ein wenig mit dem Gedanken getragen, uns zur Ruhe zu setzen.«

Das wiederum war Goldlöckchen völlig neu. »Wann bitte sollen wir uns darüber unterhalten haben?«, fragte sie ihren Ehemann.

»Na ja, ich bin einfach davon ausgegangen, weil –« Er zog vielsagend die Augenbrauen hoch, so dass sie die stumme Anspielung auf ihr ungeborenes Kind sofort verstand.

Goldlöckchen schenkte ihm ein Lächeln und nahm seine Hand. »Die bloße Tatsache, dass ein Vogel ein Nest baut, bedeutet doch nicht, dass er künftig nicht mehr fliegen will«, erklärte sie und wandte sich dann rasch Alex zu. »Wir sind dabei. Jack und ich möchten diese Welt ebenso sehr zu einem besseren Ort machen wie du. Außerdem gibt uns das die Möglichkeit, so weiterzuleben, wie wir es immer getan haben – nur künftig zum Wohle der Allgemeinheit statt nur zu unserem eigenen.«

»Da stimme ich dir voll und ganz zu«, sagte Jack. Seit sie wussten, dass sie ein Kind erwarteten, hatten beide mit einem Mal einen gänzlich anderen Blick auf die Zukunft. »Du kannst auf uns zählen, Alex.«

»Dann würde ich empfehlen, ihr spürt als Allerersten den Maskenmann auf«, mischte sich Mutter Gans ein. »Seine Skrupellosigkeit und Gier kennen keine Grenzen – er hat einst versucht, die gute Fee höchstpersönlich zu bestehlen. Ich wette, während wir hier sprechen, heckt er irgendwo dort draußen bereits seinen nächsten Schlag gegen die Feen aus.«

»Mutter Gans, was wollte der Maskenmann der guten Fee denn rauben?«, fragte Alex. »Ein Drachenei hatte Grandma doch ganz gewiss nicht in ihrem Besitz.«

Mutter Gans schüttelte den Kopf. »Leider weiß ich es nicht, aber es muss etwas so Bedeutendes gewesen sein, dass er sich mit der Tat eine lebenslange Haftstrafe eingehandelt hat.«

»Wir stellen sofort eine Mannschaft zusammen und schwärmen nach ihm aus«, beteuerte Goldlöckchen.

Damit war alles unmittelbar Wichtige geklärt, und Alex beschloss die erste Sitzung der Märchenunion. Sie schwang ihren Kristallzauberstab durch die Luft, und mehrere weitere große Schwäne erschienen, um die Könige und Königinnen in ihre jeweiligen Reiche zu bringen.

Nach der Versammlung war Alex vollkommen ausgelaugt und sehnte sich inständig nach ein wenig Ruhe und Entspannung. Statt in ihr eigenes Zimmer zurückzukehren, entschied sie sich, die alten Gemächer ihrer Großmutter aufzusuchen. Bald schon würde sie ohnehin dort einziehen, und ehe die Räume dafür verändert wurden, wollte Alex etwas Zeit darin verbringen.

Als sie die Tür erreichte, stand diese bereits einen Spaltbreit offen.

»Das ist ja seltsam«, murmelte Alex vor sich hin. Sie hoffte, dass nicht bereits jemand ihre Habseligkeiten umgeräumt hatte.

Sie schlüpfte hindurch, und der Duft ihrer Großmutter begrüßte sie. Zu ihrer Freude und Erleichterung schien alles noch so, wie die ehemalige gute Fee es verlassen hatte. Alex' Blick glitt über die Besitztümer ihrer Großmutter; sie freute sich darauf, alles gemeinsam mit ihrem Bruder durchzusehen, und grübelte, was sie wohl beim Blättern in den Zauberbüchern und

Ordnen des Schränkchens mit verkorkten Tränken und Zutaten über die gute Fee erfahren würden.

Als Alex' Augen ebenjenes Schränkchen streiften, erschrak sie jedoch: Sämtliche Schubladen waren aufgezogen und offenbar durchwühlt worden. Ringsum war der Boden von zerbrochenen Fläschchen bedeckt, ebenfalls Zeugnis einer hastigen Suche. Die Schranktür schwang noch immer in ihren Angeln – *somit musste der Dieb nach wie vor im Raum sein.*

Alex hob ihren Zauberstab und schritt bedächtig das Zimmer ab. »Wer ist da?«, fragte sie nachdrücklich.

Sie musterte jeden Zentimeter ihrer Umgebung, doch nichts rührte sich. Ihr Bauchgefühl verriet ihr allerdings, dass sie nicht allein war.

Alex durchforstete jeden Winkel der Gemächer, entdeckte jedoch keine Menschenseele. Einzig hinter dem Schreibtisch ihrer Großmutter auf der erhöhten Plattform ganz hinten vor der Wand hatte sie noch nicht nachgeschaut. Ihr Herz pochte schneller und schneller, je näher sie ihm kam.

»Zeigen Sie sich!«, befahl sie. »Das ist ein Privatraum, und Sie haben hier nichts verloren!«

Eine großgewachsene und bedrohlich wirkende Gestalt sprang mit einem Mal hinter der Tischplatte auf. Noch ehe Alex den Maskenmann erkannt hatte, brüllte er ihr entgegen und gab dem Schreibtisch einen kräftigen Stoß in ihre Richtung. Das Möbelstück kippte vom Sockel, krachte zu Boden und zerbrach; Alex gelang es nur in letzter Sekunde, aus dem Weg zu hechten. Der Maskenmann rannte derweil zur Tür, doch Alex richtete ihren Zauberstab darauf, und sie schlug zu.

»Stillgestanden!«, schrie sie. »Keine Bewegung, oder ich jage Sie in die Luft!«

Der Maskenmann reckte beide Hände in die Luft, blieb jedoch mit dem Rücken zu Alex stehen. Sie bemerkte, dass seine Finger ein winziges blaues Fläschchen umklammerten.

»Du bist also die neue gute Fee«, meinte er. »Nett, dich endlich kennenzulernen.«

»Was versuchen Sie da zu stehlen?«, wollte Alex wissen.

»Zu *stehlen* versuche ich überhaupt nichts.«

»Und was ist das in Ihrer Hand?«

»Etwas, das mir schon vor langer Zeit *zugestanden* hätte«, zischte der Maskenmann.

»Drehen Sie sich um!«, verlangte Alex.

Der Maskenmann gehorchte langsam. Etwas an den blassblauen Augen hinter seiner Maske kam Alex unheimlich vertraut vor – sie hätte schwören können, diese Augen irgendwo bereits gesehen zu haben.

»Nehmen Sie diese lächerliche Verkleidung ab«, sagte Alex und umfasste ihren Zauberstab fester.

»Glaub mir, das willst du nicht wirklich«, neckte der Maskenmann sie.

»Sofort!«, brüllte Alex.

Widerstrebend zog der Maskenmann sich den Sack vom Kopf und entblößte damit zum ersten Mal seit mehr als zehn Jahren sein Gesicht. Alex schnappte nach Luft, und ihr Zauberstab fiel ihr aus der Hand. Sie hatte sich nicht getäuscht – sie war dem Maskenmann tatsächlich schon zuvor begegnet.

Conner, Froggy und Rotkäppchen standen auf dem großen Balkon und verfolgten, wie die Sonne über den Gärten unterging. Überall auf den Rasenflächen waren Feen damit beschäftigt, ihre in der Schlacht beschädigten Behausungen aufzuräumen und zu reparieren.

»Obwohl mehr als die Hälfte der Gärten zerstört ist, sind sie noch immer wunderschön«, meinte Rotkäppchen schwärmerisch. »Am liebsten würde ich mir einen eigenen Garten anlegen, direkt unter dem Vorbau meines Schlafzimmers in der Burg –« Mit einem Mal wurde sie ganz traurig und bremste sich selbst aus. »Ach, ich Dummchen – immerzu vergesse ich, dass ich ja derzeit obdachlos bin.«

»Hast du dir schon überlegt, was du jetzt, da du nicht mehr Königin bist, anfangen willst?«, fragte Conner.

»Außer mich in die Einsiedelei zu flüchten wie die Schneekönigin, während ich darauf warte, dass jemand mir meinen Thron zurückgibt?«, antwortete Rotkäppchen. »Nein, ich fürchte nicht. Wobei ich gehört habe, dass Königin Dornröschen anscheinend auf der Suche nach einem Kindermädchen ist.«

Froggy legte ihr einen Arm um die Schultern. »Du begleitest mich nach Hause ins Königreich des Gläsernen Schuhs«, bestimmte er. »Einen Thron kann ich dir nicht bieten, aber ein privater Garten ganz für dich allein lässt sich sicher einrichten.«

Sein Vorschlag entlockte Rotkäppchen ein Seufzen. »Ich schätze, das wird dann reichen müssen. Es könnte wesentlich schlimmer sein – immerhin bin ich viel lieber eine abgesetzte Königin als eine tote. Arme Suse, beinahe bereue ich all die schrecklichen Dinge, die ich über sie gesagt habe.«

Eine Kutsche rumpelte durch die Gärten auf den Palast zu. Keiner der Freunde schenkte ihr besondere Beachtung, bis sie so nah gekommen war, dass die drei erkennen konnten, wer darinsaß.

»Das ist das dritte kleine Schweinchen!«, rief Conner und deutete mit dem Finger.

»Was will dieses backsteinfanatische Ferkel denn hier?«, wunderte sich Rotkäppchen.

»Los, finden wir es heraus«, meinte Froggy.

Er führte Rotkäppchen und Conner durch den Feenpalast, und sie empfingen das dritte kleine Schweinchen auf der Eingangstreppe.

»Hallo, Euer Majestät«, grüßte es mit einem galanten Diener. »Wie schön, Euch wiederzusehen.«

»Komm zur Sache, Piggy, was tust du hier?«, fragte Rotkäppchen mit verschränkten Armen. Zuletzt hatte es ihr immer bloß schlechte Neuigkeiten überbracht, so dass sie auch diesmal nichts Gutes erwartete.

»Suses Republik betrauert nach wie vor den tragischen Tod der Königin; gestern Nachmittag jedoch hat eine neue Wahl stattgefunden, und ich bin hier, um Euch das Ergebnis zu verkünden«, erklärte es fröhlich.

Dieser Wahlausgang hätte Rotkäppchen nicht gleichgültiger sein können. »Na, da bin ich aber gespannt, mit welchem Äffchen sie Suse ersetzen wollen – geschieht ihnen ganz recht, wenn dann wieder ein Ochse auf dem Thron sitzt –« Plötzlich unterbrach sie sich, und ihre Augen wurden so groß, dass sie ihr halbes Gesicht einzunehmen schienen. »Sekunde mal – hast du mich gerade mit *Euer Majestät* angesprochen?«

Froggy und Conner grinsten sich aufgeregt an. Rotkäppchens Hände begannen zu zittern, und sie hüpfte auf und ab. Waren all ihre Träume Wirklichkeit geworden? Hatte ihr Volk ihr die Herrschaft zurückgegeben?

»Ist Rot wieder zur Königin auserkoren worden?«, erkundigte sich Conner.

»Ja, bin ich das Äffchen? Bin ich der Ochse, den sie verdienen?«, fragte Rotkäppchen und trippelte nervös auf der Stelle.

»Nein, Madam«, entgegnete das dritte kleine Schweinchen. »Meine Anrede war an Prinz Charlie gerichtet.«

Froggy wurde blassgrün. »Ich?«, fragte er. »Ich bin gewählt worden?«

»Er?«, hauchte Rotkäppchen, nicht minder schockiert.

»Jawohl, Sir«, bestätigte das Schweinchen. »Ich gratuliere – Ihr seid nun König. Suse hatte keinen Nachfolger bestimmt und uns blieb keine Zeit, eine große Kampagne mit mehreren Kandidaten zu organisieren, also haben die Bürger Stimmzettel zum Ausfüllen bekommen. Und Euer Name ist am häufigsten eingetragen worden.«

Conner gab ein herzhaftes Glucksen von sich und klopfte seinem Freund auf den Rücken. »Saubere Leistung, König Froggy!«

Froggy war sprachlos. Seine Pupillen weiteten sich so sehr, dass seine riesigen, glänzenden Augen beinahe vollkommen schwarz wurden. Er wandte sich um und warf Rotkäppchen einen schuldbewussten Blick zu.

»Meine Liebe, es tut mir so leid«, brachte er mühsam hervor. »Das fühlt sich an, als würde ich dir etwas wegnehmen.«

»Machst du *Witze*?«, fragte Rotkäppchen. »Das sind phantastische Neuigkeiten! Ist dir klar, was das bedeutet?«

»Dass du von nun an insgeheim meinen Tod planen wirst?«, gab Froggy zurück und schluckte hörbar.

Rotkäppchen lachte entzückt auf. »Nein, Charlie!«, antwortete sie mit breitem Lächeln. »Es heißt, dass ich wieder Königin sein werde! Sobald wir verheiratet sind, versteht sich.«

Froggy schüttelte den Kopf; er war überzeugt, dass er sie missverstanden hatte. »Wie bitte?«, quakte er.

»Habt ihr zwei euch etwa verlobt, ohne uns etwas davon zu erzählen?«, hakte Conner ein.

»Meines Wissens nicht«, krächzte Froggy heiser und starrte Rotkäppchen heillos verwirrt an. »War das ein Heiratsantrag, Schatz?«

»Wenn ich so wieder Königin sein kann – dann ja!«, rief Rotkäppchen und warf ihm die Arme um den Hals. »Oh, Charlie, unsere Hochzeit wird wunderschön! Wir werden sie direkt im Anschluss an deine Krönung feiern, in den neuen Gärten, die du für mich rund um die Burg anlegen wirst. Kurios, wie sich die Dinge im Leben manchmal fügen, nicht wahr?«

Froggy schielte mit leicht panischem Gesichtsausdruck zu Conner hinüber – sein Leben hatte soeben eine völlig unerwartete und beängstigende Wendung genommen.

Die feierliche Stimmung fand jedoch ein jähes Ende, als aus der Ferne eine Kanone abgefeuert wurde. Alle warfen sich gerade rechtzeitig zu Boden, um dem Geschoss zu entgehen. Es zersprengte die Eingangsstufen zum Palast zu einem Marmorsplitterregen. Nachdem der Staub sich verzogen hatte, rappelte Conner sich auf und spähte zum anderen Ende der Gärten. Einige Dutzend Soldaten der Grande Armée, die den Krieg überstanden hatten, stürmten – angeführt von Colonel Rembert – auf den Feenpalast zu.

»Wir werden wieder angegriffen!«, brüllte Conner.

»Schon wieder?«, quiekte Rotkäppchen.

Xanthous und Skylene hasteten aus dem Innern des Gebäudes herbei und kletterten die zerstörte Treppe hinab zu Conner und den anderen.

»Was ist los?«, fragte Xanthous.

»Die Franzosen sind zurück!«, berichtete Conner.

»Wie viele sind es?«, wollte Skylene wissen.

»Nicht allzu viele«, sagte er. »Nur ein paar Dutzend oder so.«

Die Feen blickten ebenfalls quer durch die Gärten – und im selben Moment flog eine zweite Kanonenkugel in ihre Richtung. Xanthous schickte ihr einen feurigen Blitz aus seinen Fingerspitzen entgegen, und sie zerbarst in der Luft.

»Skylene und ich kümmern uns hierum«, meinte Xanthous zu Conner. »Beruhige du alle im Palast: Niemand braucht in Panik zu verfallen.«

Die Feen rannten über den Rasen auf die Soldaten zu. Conner half Froggy, Rotkäppchen und dem dritten kleinen Schweinchen auf die Füße.

»Ein paar Dutzend Männer scheinen mir kaum genug für eine ernsthafte Attacke«, argwöhnte Froggy.

»Das stimmt«, pflichtete Conner ihm bei. »Eher für eine *Ablenkung.*« Mit einem Mal sackte ihm das Herz in die Hose. »O nein, genau das ist es! Der Maskenmann ist zurück! Ich muss meine Schwester finden!«

Conner kraxelte die zerstörten Eingangsstufen zum Palast empor und stürmte hinein. Beinahe wie ein Fisch, der einsam gegen den Strom schwimmt, wühlte er sich durch all die Feen, die nach draußen drängten, um zu sehen, woher der Tumult rührte. Drinnen raste Conner die breite Treppe nach oben, fand Alex jedoch nicht in ihrer Kammer vor. Als Nächstes versuchte er es in den Gemächern seiner Großmutter und platzte keuchend durch die Tür.

Das Erste, was ihm auffiel, war der zertrümmerte Schreibtisch. Danach bemerkte er die vielen Glasscherben rings um das Zaubertrankschränkchen. Alex saß auf den Stufen der Plattform ganz hinten im Raum und starrte schwer atmend und mit gespenstisch weißem Gesicht ins Nichts. Ihr Zauberstab lag einige Meter von ihr entfernt auf dem Boden – etwas stimmte ganz und gar nicht.

»Alex, geht es dir gut?«, fragte Conner und eilte zu ihr. »Was um Himmels willen ist hier passiert?«

Seine Schwester zitterte und wich seinem Blick aus. *»Der M-m-maskenmann w-war hier«*, stotterte sie.

»Hat er dir weh getan?«, drängte Conner.

Alex schüttelte den Kopf. *»Er – er – er – hat einen Trank gestohlen. Ich – ich – ich habe ihn dabei erwischt und dazu gebracht, seine M-m-maske abzunehmen!«*

»Und dann?«

»Ich – ich – ich habe sein Gesicht gesehen!«, kreischte Alex. Tränen ergossen sich über ihre Wangen.

»Ja, und?«, fragte Conner. »Alex, du machst mir Angst! Was war denn mit seinem Gesicht? Bitte, sag schon!«

Sie drehte sich zu ihrem Bruder und schaute ihm direkt in die Augen. Nie zuvor hatte Conner sie derart erschüttert erlebt.

»Conner«, japste sie. »Der Maskenmann – er ist *Dad*!«

Was für ein unglaubliches Ende von Band 3!
Zum Glück geht es weiter: Lies die Fortsetzung
»Land of Stories. Das magische Land – Ein Königreich in Gefahr« –
im Buchhandel und überall dort, wo es Bücher gibt!

Danksagung

Bedanken möchte ich mich bei Rob Weisbach, Alla Plotkin, Rachel Karten, Glenn Rigberg, Derek Kroeger, Lorrie Bartlett, Meredith Wechter, Joanne Wiles, Meredith Fine und meinem zweiten Gehirn Heather Manzutto. Außerdem gilt mein Dank Alvina Ling, Melanie Chang, Bethany Strout, Megan Tingley, Andrew Smith und allen anderen bei Little, Brown.

Ein großes Dankeschön an meine Eltern, meine Schwester, Grandma, Will, Ash, Pam, Jamie, Jen, Melissa, Babs, Dot und Bridgette, an Romy, Roberto, Char, Whoopi, Brian und meine übrigen Verwandten und Freunde, die unwissentlich ihren Beitrag zu diesem Buch geleistet haben.

Jerry Maybrook danke ich für die unzähligen Stunden, die er mit mir bei der Aufnahme der Hörbücher verbracht hat – und für das leckerste selbstgebackene Brot, das ich je gekostet habe!

Besonderen Dank verdienen zudem die Verantwortlichen

des St.-Matthäus-Kirchhofs und Schloss Neuschwansteins. Sowie natürlich sämtliche Leser, die mir Fankunst zu ihren Lieblingsfiguren oder Buchbesprechungen schicken – nichts macht mich glücklicher!

LAND OF STORIES

Achtung Suchtgefahr!

Enthält jede Menge Magie, verrückte Königreiche
und wilde Abenteuer!

Band 1
978-3-7335-0764-0

Band 2
978-3-7335-0497-7

Band 3
978-3-7335-0620-9

Band 4
978-3-7335-0621-6

Band 5
978-3-7335-0671-1

Band 6
978-3-7335-0672-8